피의 꽃잎들

Petals of Blood

세계문학전집 339

피의 꽃잎들

Petals of Blood

응구기 와 시옹오

왕은철 옮김

민음사

나의 어머니와 웅얌부라를 위하여
1974년 6월 4일에 돌아가신 웅진주 와 시웅오를 기억하며

무섭고 근원적인 굴곡들!
뱀 같고, 뿌리는 육손이의 손처럼 꺼림칙한
맹그로브 묘목 하나하나는

등에 이끼가 낀 두꺼비,
독버섯, 강력한 꽃생강,
피의 꽃잎들,

호랑이난초의 얼룩덜룩한 음문(陰門),
그리고 그곳을 지나는 여행객들의 뇌리를 떠나지 않는
이국적인 음경(陰莖)을 손아귀에 숨기고 있네.
— 데릭 월컷, 「늪」

차례

일러두기

본문에 인용된 성경은 주교회의 성서위원회가 편찬한 『성경』(2판 3쇄)을 바탕으로 하고, 국제가톨릭성서공회가 편찬한 『해설판 공동번역 성서』(개정판)를 참고하였다.

1부
걸으며

그리고 내가 보니, 흰 말 한 마리가 있는데, 그 위에 탄 사람은
활을 들고 있었습니다. 월계관이 그에게 주어졌습니다.
그는 이기면서 나아가고, 이기기 위해……
그리고 다른 말이 나왔는데 붉은 말이었습니다. 그 위에 탄 사람에게는 세상에
서 평화를 없애고 사람들이 서로를 죽이게 하는 권세가 주어졌습니다.
그에게 큰 칼이 주어졌습니다…….
그리고 내가 보니, 검은 말이 있는데, 그 위에 탄 사람은 저울을 손에 들고 있었
습니다…….
그리고 내가 보니 푸르스름한 말이 있는데, 그 위에 탄 사람의 이름은
죽음이었습니다…….
그리고 그들에게는 세상의 사분의 일을 지배하며
칼과 기근과 죽음으로 사람들을 죽이는 권위가 주어졌습니다.
　─「요한 묵시록」6장

사람들은 왕들의 포악함을 경멸했다…….
그러나 자비의 달콤함이 파괴로 바뀌자
겁을 먹은 군주들이 돌아온다.
그들은 저마다 그들의 시종들 ─ 교수형 집행자, 성직자, 세금 징수원, 군인, 변호
사, 귀족, 옥리, 아첨꾼 ─ 과 함께 호사스럽게 돌아온다.
　─ 월트 휘트먼

1

 1. 일요일, 그들이 그를 잡으러 왔다. 그는 산에서 철야 기도를 마치고 막 돌아온 참이었다. 그가 「요한 묵시록」을 펴 놓고 침대에서 쉬고 있는데, 경찰관 둘이 문을 두드렸다. 한 사람은 키가 크고 한 사람은 작았다.

"당신이 무니라 씨입니까?" 키가 작은 경찰관이 물었다. 그의 왼쪽 이마에 별 모양의 흉터가 있었다.

"네."

"뉴 일모로그 초등학교에서 가르치시나요?"

"당신이 지금 그곳에 있잖소."

"아, 예. 확실히 해 두고 싶어서 그렇습니다. 실인 사건이라는 것이 이리오*나 우갈리**는 아니니까요."

"무슨 말이오?"

"뉴 일모로그 경찰서까지 가 주셔야 되겠습니다."

"무슨 일인데요?"

"살인 사건 때문입니다. 일모로그에서 일어난 살인 사건."

지금까지 아무 말도 하지 않던 키가 큰 경찰관이 서둘러 덧붙였다. "무니라 씨, 별거 아닙니다. 의례적인 심문입니다."

"설명은 필요 없소. 당신은 이 세계에서 당신이 해야 할 일을 하고 있을 뿐이니. 그나저나 웃옷이나 좀 걸칩시다."

그들은 그가 침착한 것을 보고 놀란 눈으로 서로를 바라보았다. 그가 한 손에 성경을 들고 돌아왔다.

"무니라 씨는 성경을 손에서 놓지 않으시는군요." 키가 작은 경찰관이 인상적이라는 듯 말했다. 그는 성경을 조금 두려워하는 것 같았다.

"그분이 재림하시기 전에 우리는 늘 씨 뿌릴 준비를 하고 있어야 해요. 분쟁과 살인과 전쟁과 피에 관한 모든 징후가 여기에 예언되어 있다오."

"일모로그에서는 얼마나 사셨습니까?" 키가 큰 경찰관이 세상의 종말과 예수의 재림에 관한 이야기에서 화제를 돌리려는 듯 물었다. 그는 정기적으로 교회에 나가는 사람이라 잘못된 발언을 하고 싶지 않았다.

"의례적인 심문이 벌써 시작된 거요?"

"아니, 아닙니다, 무니라 씨. 이것은 비공식적인 겁니다. 그냥 얘기하는 거죠. 우리는 당신한테 아무 감정이 없습니다."

---

* 으깬 콩, 옥수수, 감자로 만든 일종의 전.
** 옥수숫가루로 만든 일종의 케이크.

"십이 년 됐소!" 그가 그들에게 말했다.

"십이 년이나!" 두 사람이 그의 말을 되뇌었다.

"그래요, 이 황무지에서 십이 년을 살았다오."

"아, 그렇다면 뉴 일모로그가 세워지기 전에도 여기에 계셨 겠군요."

2. 압둘라는 뉴 예루살렘이라 불리는 일모로그 지역의 오두 막 밖 의자에 앉아 있었다. 그는 붕대가 감긴 왼손을 바라보았 다. 병원에 오래 있지는 않았다. 그날 밤의 시련을 거친 후로 이상하게 마음이 차분했다. 그러나 실제로 무슨 일이 일어난 건지는 아직도 이해할 수 없었다. 그는 시간이 지나면 이해하 게 되리라 생각했다. 그러나 소망이나 의도에 지나지 않았던 일이 이렇게 성취된 것을 어떻게 설명할 수 있을까? 그가 그 것을 어느 정도나 의도했던 것일까? 그는 머리를 들었다. 경 찰관이 그를 바라보고 있었다.

"압둘라?"

"예."

"경찰입니다. 경찰서까지 가 주셔야겠습니다."

"지금 말인가요?"

"그렇습니다."

"오래 걸리나요?"

"모르겠습니다. 진술을 받고 몇 가지 질문을 할 겁니다."

"좋아요. 의자를 집 안에 들여놓고 나올게요."

그러나 경찰서에 가자 그들은 그를 감방에 가둬 버렸다. 압둘라는 그를 속인 것에 대해 항의했다. 경찰관 하나가 그의 뺨을 때렸다. 그러자 옛날의 분노와 새로운 원한이 갑작스럽게 솟구쳤다. 두고 봐라, 언젠가…….

3. 경찰관이 완자가 입원한 병원에 왔다.

"미안하지만 환자는 보실 수 없습니다." 의사가 말했다. "질문에 대답할 수 있는 상태가 아닙니다. 아직도 정신 착란 상태로 소리를 지르고 있습니다. '불이야…… 불이야……. 우리 이모…… 우리 이모…… 불을 꺼요, 불을 꺼요!' 계속 이렇게 소리 지르고 있습니다."

"소리 지르는 걸 녹음해 주세요. 단서가 될지도 모르니까요. 그 여자에게 무슨 일이 생기면 말이죠."

"아뇨, 환자가 위중한 상태는 아닙니다……. 충격을 받아 환상에 시달릴 뿐이죠. 열흘쯤 지나면……."

4. 카레가는 빨리 잠이 들었다. 그는 일모로그 셍게타 양조 회사 노조 집행부의 철야 회의에 참석했다가 늦게야 돌아왔다. 누군가 문을 두드리는 소리가 들렸다. 그는 파자마를 입은 채로 침대에서 뛰어나왔다. 중무장을 한 경찰들이 문 앞에 있었다. 카키색 옷을 입은 경찰 간부가 앞으로 나왔다.

"무슨 일이죠?"

"경찰서까지 가 주셔야겠습니다."

"무슨 이유로요?"

"의례적인 심문입니다."

"내일 하면 안 되나요?"

"안 될 것 같습니다."

"옷 좀 갈아입고 나올게요."

그는 들어가서 옷을 갈아입었다. 다른 사람들한테 어떻게 연락을 하나 싶었다. 6시 뉴스를 들은 터라 파업이 금지되었다는 건 이미 알았다. 그러나 자신이 체포되더라도, 파업은 계속되었으면 싶었다.

그는 대기 중이던 랜드로버에 실려 이송되었다.

그런데 아침 예배를 보려고 일모로그 교회에 갈 준비를 하던 아키니가 그의 집이 있는 방향을 우연히 바라보았다. 그녀는 늘 무의식적으로 그렇게 했다. 그 습관을 버려야겠다고 여러 번 다짐하면서도 그렇게 했다. 그녀는 랜드로버가 사라지는 모습을 보고, 그의 집으로 달려갔다. 그녀가 그곳에 가 본건 그때가 처음이었다. 문은 잠겨 있었다.

몇 시간도 안 지나 소문이 퍼졌다. 적의에 불타는 노동자들이 그의 석방을 요구하며 경찰서를 향해 행진했다. 경찰 간부가 나와서 놀랍도록 유화적인 태도로 그들에게 얘기했다.

"평화롭게 해산해 주시기 바랍니다. 카레가가 여기에 와 있는 것은 의례적인 심문을 받기 위해서입니다. 당신들이 지난밤에 파업을 결의해서가 아닙니다. 일모로그에서 발생한 살인 사건 때문입니다."

"노동자에 대한 살인이다!" 누군가가 대꾸했다.

"노동 운동에 대한 살인이다!"

"노동자들의 투쟁, 만세!"

"제발 해산하십시오." 경찰관이 필사적으로 호소했다.

"너희들이나 해산하라……. 외국 회사들과 하수인들의 포악 행위를 해체하라!"

"식민화된 흑인 하수인들의 비호를 받는 외국의 통치를 타도하자! 우리의 땅에 대한 착취를 타도하자!"

화가 난 군중 사이에 위협적인 분위기가 조성되고 있었다. 경찰 간부가 부관들에게 신호를 보내자, 그들이 총으로 무장한 다른 경찰들에게 명령을 내렸다. 그들은 일모로그 센터 오른쪽까지 노동자들을 쫓아갔다. 노동자 한두 명이 심각한 부상을 입고 병원으로 실려 갔다.

노동자들은 그들 자신의 힘에 눈을 뜨고 있었다. 그처럼 반항적으로 당국에 맞선 것은 일모로그에서 처음 있는 일이었다.

5. 《데일리 마우스피스》지는 '음지고, 추이, 키메리아 피살'이라는 제목으로 호외를 발행했다.

"노조 선동가로 추정되는 남자가 살인 사건과 관련하여 체포되었다. 세계적으로도 유명한 셍게타 양조 회사의 아프리카 이사들로 잘 알려진 선도적인 사업가와 교육자 두 사람이 지난밤, 임금 인상 요구를 거부하기로 결정한 지 불과 몇 시간 만에 일모로그에서 일어난 화재로 사망했다.

누군가가 그들을 그 집으로 유인했고, 고용된 살인 청부업자들이 불을 지른 것으로 알려졌다.

세 사람의 죽음은 일모로그에 엄청난 손실을 가져올 것이다. 그들은 크라프와 렙만의 시대를 연상시키는 작은 19세기형 마을을, 가가린과 암스트롱 이후에 태어난 세대들도 자랑스럽게 찾아올 근대 산업 도시로 변모시켰다……. 키메리아와 추이는 KCO의 걸출한 창시자들이었다…….”

2

1. 그러나 그 모든 일은 고드프리 무니라가 자전거를 타고 먼지를 일으키며 일모로그를 지나 예전에 학교 운동장이었던 곳에 있는, 이끼가 무성한 방 두 칸짜리 집의 문까지 갔던 십이 년 전에 처음 시작되었다. 그는 자전거에서 내려 가만히 섰다. 오른손은 허리에 대고, 왼손은 자전거를 잡고 있었다. 그는 핏발 선 눈으로 한때는 엷은 황토색이었던 벽에 마른 회색 이끼가 덮여 있는 광경을 바라보았다. 그런 다음 서두르지 않고 자전거를 벽에 기대 놓은 뒤, 허리를 굽혀 바지 하단을 풀고 두 손으로 털었다. 그것은 먼지가 바지와 신발에 자꾸 달라붙었기 때문에 취한 상징적인 몸짓이었다. 그는 몇 걸음 뒤로 물러나서 문과 무너지는 벽과 햇볕에 삭은 양철 지붕을 다시 세밀하게 살폈다. 그러다가 갑자기 뭔가를 결심한 듯, 문으로 가더니 손잡이를 돌리고 오른쪽 어깨로 문을 밀었다. 요란

한 소리와 함께 문이 열렸다. 방에는 죽은 거미들이 널려 있었다. 벽은 처마에 이르기까지 파리 날개들이 붙은 거미줄로 가득했다.

또 다른 사람이 마을에 왔다는 소식이 일모로그에 퍼졌다. 아이들이 그를 몰래 살폈다. 그들은 미친 듯이 그곳을 정리하고 풀을 뽑는 그의 모습을 살피고는 어른들에게 낱낱이 고해바쳤다. 노인들은 그가 바람과 함께 사라질 거라고 말했다. 전에도 다른 사람들이 왔다가 그렇게 가곤 했다. 다리가 없는 사람(악마여, 압둘라를 먹어 치우소서.)이나 늙어서 허리에 힘이 없는 사람(신이여, 늙은 옹야키뉴아를 축복하소서.)이 아니면 누가 이 폐허에 정착하려 하겠는가.

학교는 교실이 네 개 있는 엉성한 건물이었는데, 흙벽은 깨지고 양철 지붕에는 큰 구멍들이 나고 거미줄과 죽은 파리들의 머리와 날개가 더 많았다. 선생들이 한 번 보고 달아난 것도 놀랄 일은 아니었다. 학생들은 대부분 목동들로, 많은 경우 한 학기도 마치지 못하고 가축을 위해 새로운 풀밭과 물을 찾으러 아버지를 따라 떠났다.

그러나 무니라는 계속 머물렀다. 한 달이 지났을 때, 사람들은 소곤거리기 시작했다. 머리가 돈 게 아닐까. 그렇게 늙지도 않았는데 악령이 씌인 게 아닐까. 특히 그가 전설에 나오는 웅데미의 묘로 알려진 곳 가까이에 있는 아카시아 숲에서 수업을 시작했을 때 그랬다. 웅데미는 제국주의가 밀려와 모든 것을 바꿔 놓기 전에는 일모로그를 지켰다고 알려진 인물이다. 음와시 와 무고는 그가 산등성이와 평지를 위해 점을 치고 액

땜의 처방을 내렸던 응데미를 조롱하고 있다고 말했다. 응야키뉴아는 밤이면 어둠을 이용해 학교 건물과 아카시아 숲 사이에 있는 산에 똥을 쌌다. 아이들은 아침마다 아직 덜 마른 똥 덩어리를 보았다. 그들은 부모한테 달려가 새로 온 선생에 관한 우스운 이야기를 전했다. 무니라는 일주일 남짓, 사라지는 학생들을 찾아 언덕과 평원으로 자전거를 몰고 다녔다. 학생을 찾으면 그는 자전거에서 내렸다. 그리고 자전거가 넘어지게 놔두고 학생을 향해 달려갔다.

"네 이름이 뭐니?" 그는 학생의 어깨를 잡고 물었다.

"무리우키예요."

"누구 아들이냐?"

"왐부이 아들입니다."

"네 어머니 이름이냐?"

"네."

"아버지는?"

"멀리서 일하십니다."

"왜 학교가 싫은지 말해 보렴."

오른쪽 발가락으로 땅에 뭔가를 그리는 아이는 고개를 한쪽으로 숙이고는 가까스로 웃음을 참았다.

"몰라요, 몰라요." 그가 울 것처럼 말했다. 무니라는 무리우키가 다른 아이들까지 데리고 학교로 돌아오겠다는 약속을 하고서야 그를 놓아줬다. 그렇게 아이들은 조심스럽게 돌아왔다. 그들은 여전히 그가 약간 이상하다고 생각했지만 그래도 이번에는 벽 너머로 도망가지 않았다.

응야키뉴아가 학교의 케이애플 울타리 밖에서 무니라를 기다렸다. 그는 그녀가 지나갈 것이라고 생각하며 자전거에서 내려 옆으로 비켰다. 그러나 그녀는 좁은 길의 한복판에 서서 잔가지가 달린 막대기에 몸을 기댔다.

"당신은 어디서 왔소? 포장도로가 있는 곳이오?" 그녀가 물었다.

"네."

"마른 나무에 달린 전선에서 나와 밤을 낮처럼 환하게 만드는 빛도 있는 곳이오?"

"네."

"여자들이 하이힐을 신소?"

"네."

"머리에는 기름을 바르고 그을린 염소 가죽 냄새도 나오?"

"네."

그는 그녀의 주름진 얼굴과 눈에 어린 빛을 바라보았다. 그리고 그녀를 넘어 빈 학교를 바라보았다. 4시가 넘은 시각이었다. 그는 그녀가 원하는 게 무엇일지 궁금했다.

"그들이 백인처럼 아름답고 현명하다는 말이오?"

"때로는 너무 현명하죠."

"여기 젊은이들은 우리를 떠났소. 반짝이는 쇠가 그들을 불렀소. 그들은 떠나고 젊은 여자들만 이따금 돌아와서 아이를 할머니에게 맡긴다오. 땅을 파 먹고살다가 이미 늙어 버린 할머니에게 말이오. 그들은 도시에는 한 사람이 있을 공간밖에 없고…… 고용주가 자그마한 뜰에 있는 자그마한 방에 아이들이 있는 걸 원치 않는다고 말한다오. 당신도 그런 얘기를 들은 적 있소? 아이들을 원치 않는다는 얘기 말이오. 젊은 남자들도 마찬가지요. 어떤 남자들은 가면 돌아오지를 않는다오. 어떤 남자들은 뒤에 두고 간 아내를 보러 돌아와서는 배만 불룩하게 만들어 놓고, 홍역이나 천연두에 쫓기듯이 일모로그를 후다닥 떠나 버린다오. 우리가 그들을 뭐라고 불러야 하는 거요? 새로운 홍역과 천연두 세대라고 불러야 되는 거요? 옛날에 유럽인들이 침략했을 때 우리네 사람들을 약하게 만들었던 게 이와 똑같은 피부병이나 역병 아니었소? 그렇다면 당신을 이렇게 버려진 건물로 오게 만든 게 뭔지 나한테 얘기해 보시오. 압둘라를 보시오. 그는 저 너머에서 왔소. 그가 우리한테 뭘 가져왔소? 당나귀 한 마리였소. 당나귀 한 마리였단 말이오! 당신은 우리 마을에서 뭘 가져가려고 온 거요? 남아 있는 아이들이오?"

그는 이 말을 잠시 생각해 보았다. 그는 노랗게 잘 익은 케이애플 하나를 따서 손가락으로 으깼다. 숨어서 무언가를 하고, 열매 맺을 씨앗을 뿌릴 만한 안전한 구석은 어디에도 없는 걸까? 썩어 가는 케이애플 냄새가 코를 찔렀다. 갑자기 구역질이 났다. 주여, 저희를 과거로부터 구원하소서. 그는 필사적으로 호주머니를 뒤졌다. 손수건을 찾아 재채기가 나오는 것을 막기 위해서였다. 그러나 이미 소용없었다. 한 줄기 콧물이 응야키뉴아의 주름진 얼굴로 날아갔다. 아우우우, 응두리 이시 무티우케 무오네. 그녀는 놀라서 이렇게 소리를 지르며 도망쳤다. 재채기가 다시 나올 것 같아 그는 얼굴을 돌렸다. 그리고 다시 얼굴을 돌려 길을 쳐다보니, 케이애플 숲이나 어디에도 응야키뉴 아의 흔적은 보이지 않았다. 그녀는 사라지고 없었다.

그는 별스러운 일도 다 있다고 중얼거리며 자전거를 타고 천천히 압둘라의 가게로 갔다.

압둘라도 일모로그에 새로 온 사람이었다. 그와, 작고 마른 조지프는 솥과 접시와 싸구려 담요들을 찢어진 사이잘 삼 자루와 더러운 시트를 묶어서 만든 임시 자루에 넣어 당나귀가 끄는 수레에 잔뜩 싣고 사람들 가운데로 들어왔다. 올해는 기념할 만한 해가 되려는 모양이었다. 응조구는 해괴한 세 사람을 보고, 그들이 요구하는 더 해괴한 것을 들으며, 올해는 파란 많은 해가 되겠다고 냉소적으로 중얼거렸다. 일모로그의 전설에 나오는 다라마샤의 것이었던, 진흙 담이 무너진 가게를 그 누가 구하려고 생각이나 했겠는가? 응조구 노인은 지붕과 벽이 한쪽으로 기울어 마른 풀과 붉은 흙과 구분이 되지 않는 건물을 가리키며 말했다. 귀신과…… 기억과 저주도 가져가면 되겠군. 사람들은 작은 가게로 몰려가서 그의 잘린 다리와 궁상맞은 얼굴을 흥미롭게 바라보고 그가 조지프를 향해 욕을 해 대는 소리를 들었다. 얼마 지나지 않아서는 소금과 후추를 살 수 있는 가게가 생겼다는 것을 기쁘게 생각했다. 그러나 그의 당나귀는 사람들을 다소 놀라게 했다. 너무 많은 풀을 뜯어 먹고 너무 많은 물을 마시는 탓이었다. 한 달도 안 되어 압둘라는 옥수숫가루, 후추, 소금을 공급하는 것 외에 주점까지 열었다. 금요일이나 토요일이 되면, 가축을 치는 사람들이 일모로그 평원에서 가게로 내려와 술을 마시면서 그들의 소와 염소에 관해 얘기하고 노래를 했다. 이따금 루와이니 시장에 가서 염소를 팔기 때문에 그들에겐 돈이 많았다. 그 돈을 달리 쓸 데가 없어 목에 매달린 작은 깡통 안에 있는 붉은 헝겊에 숨기고 다녔다. 그러고 나면 그들은 며칠이나 몇 주 동안 사라졌다가 압둘라의 상점을 다시 찾았다.

무니라는 뒷문으로 가게에 들어가 삐걱거리는 소리가 나는 긴 의자의 가장자리에 앉았다. 조지프가 그에게 터스커 맥주를 가져다주기를 기다리며 응야키뉴아를 만났던 일을 떠올렸다. 그러곤 별스러운 일도 다 있다고 다시 한 번 중얼거렸다. 그가 맥주를 마시기 시작하자마자 건장하지만 나이가 많은 세 사람이 그가 있는 탁자로 와서 앉았다. 무투리, 응주구나, 루오로였다. 모두 잘나가는 농부들이었다. 그들은 농촌 사회에서 현명한 사람들, 즉 아사마키로, 가족 간의 다툼뿐 아니라 농촌 사회와 평원의 목자들 사이에서 벌어지는 다툼을 해결했다. 더 심각한 다툼이나 문제가 생기면, 점쟁이인 음와시와 무고를 찾아갔다. 그들은 무니라에게 아는 체를 하고 날씨에 대해 얘기하기 시작했다.

"당신이 살던 곳도 여기처럼 건조한가요?"

"아, 그러니까…… 1월은 늘 덥죠."

"물론 똑같겠죠. 기세미수 철이니까요."

"그렇게 불리나요?"

"이 아이들…… 당신 머릿속엔 외국인처럼 생각이 너무 많아요. 당신이 살던 곳에서는 가사노 수확이 괜찮았나요? 여기는 형편없었어요. 옥수수와 콩으로 응자히 비가 끝날 때까지 버틸 수 있을지 모르겠어요. 그러니까 비가 오게 되면……."

"저는 사실 농부가 아니에요." 무니라가 서둘러 말했다. 응자히, 세미수, 가사노, 음웨레 같은 이야기가 그를 혼란스럽게 했던 것이다.

"알아요, 알아. 교육을 받은 사람들의 손은 그 자체로 책이죠. 도시 사람들은 손을 보면 알아요. 응고메를 낀 것처럼, 흙이 묻어 있지 않으니까요."

응주구나에게는 꿈이 있었다. 손에 흙 묻히는 일을 그만뒀다는 표시로 언젠가 손가락에 응고메를 끼고 싶었다. 그러면 젊었을 때 보았던 지주들처럼 될 것 같았다. 유명한 가문들은 소와 염소가 너무 많아 일꾼과 식객 들을 얻어서 일을 시켰다. 일꾼과 식객들은 품삯으로 양 한 마리를 받아서 개간되지 않은 땅이나 주인이 없는 풀밭으로 가 목축을 하고 싶어 했다. 부잣집이나 부족, 가문의 우두머리들한테는 일을 시킬 부인들과 아들들이 많거나 더 많은 재산을 가져다줄 딸들이 많았다. 그러나 응주구나는 늘 잘사는 것과는 거리가 멀었다. 땅에서 거두는 수확은 신통치 않아 보였고, 이제는 식민주의 이전 시절처럼 의존할 처녀지도 없었다. 그의 아들들은 유럽인 농장이나 대도시로 가 버린 지 오래였다. 그에게는 딸도 없었다. 하기야 요즘에는 딸이 있어도 별 소용이 없다. 딸을 여럿 둔 응주고 노인도 결국 가진 것은 염소가 아니라 근심뿐이었다. 그래서 응주구나는 일모로그에 흩어져 사는 오두막의 다른 농부들처럼 작은 토지와 빈약한 연장과 소가족 노동에 만족하며 살아야 했다. 그러나 꿈만은 포기하지 않았다.

무투리가 말했다. "지난 음웨레 철에는 비가 충분히 오지 않았어요. 이제 우리는 해와 바람과 하늘에 있는 순구루리 새들만 쳐다보면서 비가 안 오면 어떡하나 걱정만 하고 있네요. 물론 응자히 비는 아직도 두 달이나 남았지만……. 그런데 저 놈의 새들을 보니 걱정이 돼요."

무니라는 농사에 관심이 없었다. 예상되는 가뭄과 비에 관한 이야기는 어릴 때부터 들었던 바다. 농부들은 늘 가뭄을 걱정했다. 그런 얘기를 하면 재앙을 막을 수 있다는 듯이.

"비는 틀림없이 와요." 자기도 그런 것에 관심이 있다는 듯 그가 그렇게 말했다. 그는 대화 주제를 다른 쪽으로 돌리고 싶었다. 그를 구해 준 것은 압둘라였다.

"혼자서 학교를 운영할 수 있겠어요?" 압둘라가 물었다.

"일단 1학년과 2학년 수업을 시작하고, 선생을 더 채용할 수 있으면 좋겠어요."

"1학년과 2학년 수업을 동시에 한다고요?"

"2학년 수업은 오전에, 1학년 수업은 오후에 하는 거죠."

"아주 헌신적인 분이군요." 압둘라가 말했다. 무니라는 그 말이 빈정대는 소리인지, 아니면 칭찬하는 소리인지 가늠이 되지 않았다. 그러나 그는 진지하게 대답하려고 애썼다.

"우리 식자층의 일부는 독립 투쟁을 평범한 사람들에게 맡기는 경향이 있었지요. 일종의 방관자적 입장이죠. 그러나 이제 독립이 됐으니 빚을 갚을 기회가 온 거죠. 그러니까…… 우리가 늘 방관자적 입장은 아니었다는 것을 보여 주기 위해서죠……. 그래서 제가…… 일모로그로 오겠다고 자원한 거고요."

"일부는 이미 자기들 배만 채우기 시작한 것 같은데 뭘 그래요." 압둘라가 말했다. 다시 한 번, 그의 어조가 무니라를 약간 불편하게 했다. 압둘라는 그의 선교적인 자세와 열정을 이미 의심하고 있거나 적대시하는 것 같았다.

"제가 모든 사람을 대변할 수는 없겠죠. 그러나 우리에게는 아직 이 독립을 진정한 것으로 만들기 위해서 뭔가를 할 수 있다는 열광과 믿음이 있는 것 같아요." 그가 말했다.

"그렇게 얘기해야죠." 무두리가 칭찬을 했다. "좋은 말이에요."

무니라는 그 기회를 활용해 학교를 어떻게 운영할 것인지 설명하고 그들의 협조를 부탁했다. 단결이 힘이다. 그는 이런 구호를 믿지 않았지만, 그 말이 그들에게 먹히는 걸 보았다. 땅거미가 지자 세 농부는 자신들의 집을 향해 걸음을 옮기다가 응야키뉴아한테 그 일을 보고하러 갔다. 조금은 무겁게 각자의 지팡이에 몸을 의지한 그들의 눈은 약간 충혈되어 있었고 목소리는 또렷하지 않았다. 괜찮은 사람 같아요. 그들은 응야키뉴아의 오두막에 모인 다른 사람들에게 그렇게 말했다. 괜찮은 사람 같아요. 그들은 그렇게 말하고 의미심장한 눈으로 서로를 바라보았다.

그렇게 그는 일모로그 사람의 하나가 되었다. 아이들은 아에이오우이이 우우를 큰 소리로 노래했다. 그리고 카마우 와 응조르게 에나 응두투 쿠구루를 노래하면서, 자기 발가락을 무는 모래 벼룩을 바닥에 문지른다고 진지하게 생각했다. 어떤 아이들은 학교에서 도망쳐 자기네 가축에게 진짜 목동의 노랫가락을 휘파람으로 불어 주거나, 들에 있는 미아리키 나무를 오르내리기도 했다. 다른 사람들은 일주일 정도 울다가 가축 치는 일로 돌아갔다. 무니라는 조금 실망했다. 지금은 1860년대가 아니라 1960년대인데…….

다시 한 번, 그는 산등성이를 뛰어다니며 아이들 몇을 붙잡고 회의가 있으니 다른 아이들한테 알리라고 말했다. 그런데 나타난 아이들은 다섯 명뿐이었다. 진흙으로 된 연단에서 그는 아이들을 향해 말했다. "여러분은 이 회의에 참석함으로써 평균 이상의 근면성과 지성을 보여 줬습니다. 따라서 여러분을 영어 초급반으로 올리겠습니다. 그러나 여러분에게는 빛과 발전을 반대하는 사람들의 무관심과 적개심을 이겨 낼 수 있는 선생님이 필요합니다." 다시는 이런 벽지로 오지 않겠다고 속으로 맹세하며 그는 첫 번째 회의를 마쳤다. 노래에 보조를 맞추려고 했던 그의 첫 번째 시도는 다시 실패와 패배로 끝나는 듯 보였다.

박차, 등자(鐙子), 자전거 등받이, 먼지구름 속을 달려가는 사람. 무니라는 울타리 뒤에서 그의 실패를 비웃는 많은 눈들을 의식했다. 옹야키뉴아가 길로 나오더니 멀어지는 그의 등을 향해 소리쳤다. 들판에 있던 여자들도 일모로그가 진짜 일모로그였던 오래전에 그곳에 왔던 다른 사람에 관한 기티로 노래를 부르며 조롱했다. 그들이 합창으로 노래했다. 우리는 모노루의 아들들을 보네요. 옹데미 가문은 어디 있나요?

그는 신경 쓰지 않았다. 한 달 동안, 그들은 그를 조롱했다.

날마다 그가 피난처로 삼았던 가게와 술집 주인 압둘라조차 그를 도와주려 하지 않았다. "여기 사람들은 낯선 사람이나 낯선 것들에 대해 의심이 좀 많아요. 처음에는 내 당나귀도 좋아하지 않았는걸요. 아직도 좋아하지 않지만요. 왜냐고요? 풀 때문이죠. 상상해 보세요." 그는 말을 잇기 전에 조지프에게 욕을 퍼부었다. 그리고 무니라 쪽으로 몸을 기울이고 뭔가를 공모하는 듯한 목소리로 말했다. "선생님, 그 노인네가 학교 안에다 똥을 싸 놓았다는 게 사실인가요? 무지막지한 짓이군요. 하하! 조지프, 이 빌어먹을 자식아, 선생님한테 맥주 한 병 더 갖다 드려. 그런데 그게 정말인가요?" 이렇게 말해 놓고 그 절름발이 친구는 무니라의 곤란한 상황에 웃음을 터뜨렸다.

그 웃음과 다른 기억들, 그리고 치리 지역의 수도인 루와이니로 가는 길을 떠올려도 무니라의 기분은 나아지지 않았다. 그는 자전거를 타고 울퉁불퉁하고 고랑이 많은 길을 가면서 생각했다. 이놈의 빌어먹을 길은 노인네들과 애새끼들과 병신들만큼 믿을 수 없군.

그 길은 한때 일모로그를 루와이니로 연결해 주던 철로였다. 철로는 숲에서 나온 목재와 숯과 윗가지 껍질들을 루와이니에 있는 기계들과 사람들을 위해 실어 날랐다. 그것은 숲을 먹어 치웠다. 그리고 그 일이 끝나자, 두 개의 선로는 치워지고 바닥은 길이 되었다. 과거에 존재했던 착취의 영광은 이제 아무 흔적도 없는 일종의 길이 되었다.

그는 백인들이 전에 소유했던 커피 농장을 따라 지그재그로 난 포장도로 끝에서 미소를 지었다. 그런데 여기서도 그는 쉴 수가 없었다. 마주 오는 트럭을 피하기 위해서 계속 풀 속으로 들어가야 했다. 트럭 운전사들은 웃으면서 음탕한 몸짓을 할 뿐이었다. 자전거가 트럭의 젖통을 빨게 하라는 듯한 몸짓이었다.

루와이니의 건물들이 보였다. 그때 문득, 그는 자신이 아직까지 대안을 준비하지 못했다는 사실을 떠올렸다. 자신이 그렇게 열렬히 일모로그를 선택했던 이유를 생각해 보았다. 속에서 들끓던 분노의 소리가 리무루에서 일하는 것에 대한 두려움으로 대치되었다. 그렇게 되면 그는 자신의 실패와 대비되는 아버지의 성공의 그림자 속에서 일하게 될 터였다. 그것은 실패를 인정하는 것이었다.

그런 생각이 갑자기 그를 멈추게 했다. 그는 자전거에서 내렸다. 그리고 자전거에 기대어 울타리 너머의 풍경을 바라보았다. 루와이니 외곽에 펼쳐진 골프장이 보였다. 말끔하게 손질된 푸른 잔디가 1마일이 넘게 펼쳐져 있었다. 배가 나오고 몸집이 큰 네 번째 남자가 볼을 치지 못하고 계속 골프채를 휘두르고 있었다. 세 명의 아프리카인들이 그 모습을 바라보며 웃고 있었다. 찢어진 옷을 입은 남자 캐디들이 골프채를 메고 공을 든 채 적당한 거리에 서 있었다. 아하, 세상은 이렇구나. 무니라는 정신이 번쩍 들었다. 그는 후다닥 자전거를 타고 루와이니로 향했다.

음지고의 사무실은 말끔하게 정리되어 있었다. 세 개의 커다란 잉크병 옆에는 들어오는 우편물이 담긴 상자, 나가는 우편물이 담긴 상자, 많은 펜과 연필과 다양한 우편물이 담긴 상자가 따로 있었다. 벽에는 제도용 핀으로 여러 학교의 위치가 표시된 치리 지구의 지도가 걸려 있었다.

"당신 학교는 어떻게 돼 가나요?" 음지고가 물었다. 그가 회전의자에 앉은 채로 살짝 몸을 돌려 핀이 꽂혀 있는 지도를 바라보았다.

"저를 빈 학교로 보내셨더군요. 선생도 하나 없는."

"평화로운 곳으로 가고 싶다고 하지 않았던가요? 도전적인 곳으로요."

"학생들도 없다니까요."

"솔직히 나는 그 학교에 무슨 문제가 있는지 모르겠어요. 아무도 그곳에 있으려고 하지 않으니 말이오. 다들 일 년이나 이 년 있다가 떠나고 말았죠. 당신이 선생을 찾으면 우리가 채용할게요. 보조 교사도 상관없어요."

"하지만……."

"내가 곧 가 볼게요. 가서 직접 둘러보죠. 괜찮은 길은 있나요? 염병할 차들이 정말 문제예요. 흑인들의 짐이라고요. 정말 그래요. 당신 이름이…… 아, 무니라 선생이죠. 자전거가 훨씬 낫겠군요."

그는 이제 무니라를 바라보았다. 무니라의 입술이 아이러니한 미소를 띠며 벌어졌다. "당신은 미리 알았어야 해요……. 빠져나가려고만……." 그러나 무니라는 음지고가 어떻게 알 수 있었을까 싶었다. 갑자기 이곳으로 오는 길에 그를 숲으로 피하게 만들었던 트럭 운전사들이 생각났다. 그는 음지고가 자전거를 애써 칭찬한 말 속에서 대단한 기지를 발견했다. 속에서 들끓던 분노가 웃음으로 바뀌었다. 그는 갈비뼈가 아플 때까지 웃었다. 그러고 나자 기분이 한결 나아졌다. "내 말을 못 믿겠다는 거요?" 음지고가 물었다. 무니라는 이제 다른 생각을 하고 있었다. 절름발이 압둘라, 늙은 응야키뉴아, 학교에 가는 것보다 가축을 치고 미아리키 나무에 오르는 것을 더 좋아하는 아이들. 그는 이 사람의 거만함과 그들의 단도직입적인 태도를 비교해 보았다. 그들의 얼굴에는 호기심이 있는 반면, 매끈한 메르세데스 벤츠의 뒷좌석에 앉아 있는 사람들과 한때는 유럽인만 살았던 대저택과 사설 친목 클럽의 벽 뒤에 있는 사람들은 얼굴에 두려움이 있었다. 그들에게는 성실함이 있는 반면, 사업 이야기를 하면서 골프장을 걸어가는 사람들의 배에는 악의와 교활함만 가득했다. 압둘라의 말을 떠올리며, 그는 일모로그에 대해 친근한 감정을 느꼈다.

지금 생각해 보니 그가 응야키뉴아, 압둘라, 응조구, 응주구나, 루오로를 비롯한 사람들을 오해한 건지도 몰랐다. 그는 사직하겠다거나 전근을 요청하겠다는 말은 한마디도 하지 않았다. 그는 분필과 연습장과 종이 들을 챙겼다.

"음지고 씨, 지금 하신 말씀 진심입니까? 보조 교사를 채용해도 된다는 말 말입니다."

"그래요, 무니라 씨. 나한테 데려오면 정식으로 임명하겠소. 나는 그 학교가 발전하는 것을 보고 싶어요. 전 학급이 운영되는 걸 보고 싶어요."

그는 루와이니에 있는 푸라하 집에서 그날 밤을 묵고, 다음 날 키암부 지역으로 갔다. 자전거를 타고 일모로그에 가기 전에 리무루에 있는 자기 집에서 하루나 이틀쯤 묵고 싶었던 것이다.

그는 지금껏 리무루에서 평생을 살았다. 1946년에 시리아나를 떠난 후로는 리무루에 있는 여러 학교에서 가르쳤다. 리로니, 카만두라, 티에쿠누, 가사라이니에서 가르쳤고 지난 육 년은 망구오에 있었다. 그래서인지 자신의 과거가 있는 곳으로 돌아가자 흥분되었다. 그러나 가정을 꾸리는 문제에 있어서만은 아직도 아버지에게 의존을 해야 한다는 생각 때문에 괴로웠다. 그는 늘 자립하고 싶었지만, 아직도 아버지의 집 부근에서 빙빙 돌았다. 그렇다고 완전히 아버지의 일부가 된 것도 아니었다. 그보다 성공한 형제들은 상황이 완전히 달랐다. 동생 중 하나는 영국에 유학을 갔다가 돌아와 은행업계에서 성공했다. 다른 동생은 마케레레 대학을 막 마치고 석유 회사의 홍보부에 들어갔다. 그리고 또 다른 동생은 마케레레 대학에서 의학을 전공하고 있었다. 누나 둘은 고등학교를 잘 마친 뒤, 하나는 영국에서 간호사 수련을 받고 있고 다른 하나는 미국 버몬트에 있는 고다르 대학에서 경영학 학사 과정을 밟고 있었다. 여동생 무카미는 최근에 죽었다. 그 생각을 하면 아직도 많이 슬펐다. 나이는 그보다 훨씬 어렸지만, 그의 편을 들어주고 그를 실패자라 생각하지 않던 여동생이었다. 그 애는 활달하고 반항적인 기질을 갖고 있었다. 언젠가 한두 번은 무단 거주자의 아이들과 함께 아버지의 과수원에서 자두와 배를 훔쳐서 매를 맞은 적도 있었다. 케냐 고등학교에 들어간 후에도 방학 때면 종종, 일꾼들이 제충국* 꽃 따는 걸 거들었다. "저들은 돈을 받고 일하는 거야!" 어머니는 이렇게 말하며 동생을 혼냈다. 결국 그 애는 망구오 늪이 내려다보이는 채석장 절벽에서 뛰어내렸다. 동생의 자살은 힘겨운 세상에 대해 '아니다'라고 말하는 행위였다.

그의 아버지 이제키엘리는 부유한 지주이자 존경받는 교회 장로였다. 인상은 차갑고 엄격했으며, 키가 크고 엄하고 인색했다. 아이들은 하느님의 말씀과 기도가 충만한 상태에서, 콩알이 몇 개 든 삶은 옥수수를 먹고 우유는 조금만 들어가고 설탕은 아예 들어가지 않은 차를 마시며 커야 한다는 것이 그의 신조였다. 식사량을 그렇게 적게 할당했음에도 그는 신앙심이 있는 일꾼들을 자기 농장으로 잘도 끌어들였다. 무니라가 기억하기로, 일꾼 둘은 평생 아버지의 농장에서 일했다. 그들은 아직도 누덕누덕 기운 바지를 입고 신발 대신 슬리퍼를 신고 다녔다. 아버지는 종종 많은 일꾼 ─ 어떤 사람들은 가키, 메투미, 구실랜드처럼 먼 곳에서 왔다. ─ 을 고용해 밭을 일구고 제국충 꽃을 따서 말리게 했으며, 12월이 되면 자두를 따서 상자에 넣어 인도인 가게에 갖다 팔았다. 그들에겐 모두 공통점이 있었다. 주님에 대한 복종이 그것이었다. 그들은 그를 이제키엘리 형제, 그리스도 안의 형제라고 불렀다. 그들은 일이 끝나면 뜰에 모여서 기도를 하고 감사를 드렸다. 물론 급료

---

* 국화과에 속한 여러해살이풀. 케냐가 주요 생산국이며 살충 성분이 있어 천연 방충제로 이용된다.

를 올려 달라고 선동하거나 농장에 문제를 일으키는 등 악마적인 기질을 가진 사람도 가끔 있었지만, 그들은 해고당했다. 그들 중 한 사람은 일꾼들을 규합하여 유럽인의 농장을 중심으로 운영되는 농장 근로자 노조의 지부를 만들려고 했다. 그는 아프리카인 고용주와 유럽인 고용주가 다를 게 없다고 주장했다. 그도 곧 해고당했다. 그는 설교 중에도 지탄을 받았다. "최근에 있었던 이제키엘 형제의 시련과 유혹"의 한 예로 제시되었던 것이다. 그러나 무니라는 어린 나이였음에도 일꾼들이 아버지 집에서 떨어진 농장 아래쪽의 거처에 있을 때면, 하느님을 찬미할 때조차 과장이 덜하고 더 자유로워 보이며, 더 강한 믿음과 경건함을 갖고 하느님을 찬양하고 노래한다는 것을 알았다. 다가올 천국에 대한 그들의 확신과 믿음은 경외스럽기까지 했다. 시리아나에서 휴가를 받았을 때 그는 그들의 모임에 참석한 적이 있었다. 그때, 그는 자신이 카미리소에서 아미나, 즉 질이 안 좋은 여자와 처음으로 범했던 죄의 심각성을 의식하고 가슴이 두근거렸다. 그는 고백을 하고 하느님한테 죄를 용서받고 싶었다. 그러나 그것을 말하려고 하는 순간, 그들이 그의 고백을 믿어 주지 않을 것 같은 느낌을 받았다. 그것을 어떻게 말로 표현하나 하는 생각도 들었다. 그래서 그는 집으로 가서 자신을 하느님한테 바치는 속죄의 의식을 치르기로 결심했다. 그는 성냥 한 통을 훔치고 풀과 마른 쇠똥을 모아 그가 하느님한테 죄를 저지른, 카미리소에 있는 아미나의 집 모형을 만들고 불을 붙였다. 불길을 바라보니 자신이 정말로 정화되는 것 같은 느낌이었다. 그는 하느님이 자신을 받아 주셨다는 사실에 평화를 느끼며 편안한 마음으로 잠자리에 들었다. 샬롬. 그런데 쇠똥에 남아 있던 불씨가 밤사이 불어온 바람에 불길로 변했다. 만약 제때 발견하지 않았더라면 곳간을 다 태웠을 터였다. 아침에 그는 사람들이 그 일에 대해 얘기하는 소리를 들었다. 아마도 이웃들이 질투심에 그랬을지 모른다고 그들은 얘기했다. 그는 아무 말도 하지 않기로 했다. 그러나 아버지는 진상을 알 것만 같았다. 이것이 그의 죄의식을 더 심화시켰다.

무니라에게는 늘 떠오르는 여자가 한 사람 있었다. 그녀는 교회에 다니지는 않았지만, 다른 사람들보다 경건해 보였다. 다섯 그루의 삼나무에 둘러싸인 오두막에서 외따로 사는 모습은 유난히 성실해 보였다. 여자의 집은 그들의 큰 집과 다른 일꾼들의 거주지 사이 정확히 반쯤 되는 지점에 있었다. 마리아무 노인에게는 아들이 하나 있었는데, 무니라가 시리아나에 가기 전에는 그의 놀이 친구였다. 그리고 무니라가 시리아나에서 돌아온 후에도 그들은 함께 어울렸다. 자주는 아니었지만, 1953년쯤에 마리아무의 아들이 마우마우를 위해 무기를 갖고 다니다가 잡혀서 교수형에 처해졌다는 소식을 듣고, 정말로 깜짝 놀랐을 정도로 함께 어울렸다. 그러나 그가 마리아무 노인을 기억하는 주된 이유는 다른 사람들은 그의 아버지의 말과 선의를 신뢰한 반면, 그녀는 낮은 임금이나 제때 임금을 지불하지 않는 것에 대해 항의를 했기 때문이었다. 그녀는 이제키엘리에게 공손했지만 그를 두려워하진 않았다. 그러나 아버지는 그녀를 질책하거나 해고하지 않았다. 그는 아버지의 오른쪽 귀가 없는 것 — 그의 귀는 마우마우 게릴라들한테 잘렸다. — 과 관련하여 그녀의 이름이 거론되는 것을 들은 적이 있었다. 최근에는 무카미의 죽음과 관련하여 그녀의 이름이 거론되기도 했다. 그러나 그는 어렸을 때, 마리아무의 오두막에 가서 차를 마시고 숯불에 감자를 구워 먹던 일을 잊지 못했다.

지금, 무니라는 그녀가 다른 사람들과 함께 카미리소의 집단 마을로 이주하기 전에 그녀의 오두막이 있던 삼나무 옆에 서 있었다. 그녀는 어찌 되었을까? 자신이 시리아나에서의 실패를 다독이며 고립되어 살다가 리무루의 실제 삶과 접촉을 잃고 관심도 잃었다는 사실이 놀랍기만 했다……. 그는 그것의 일부였지만 그것의 일부가 아니기도 했다……. 시리아나 이후로는 과거에 관한 모든 것이 너무 희미해서 안개에 싸인 듯 비현실적이었다……. 그의 삶과 기억에 큰 균열이 생긴 것 같았다. 일모로그로 가기로 결심한 것은 그가 비현실적인 감각을 깨기 위해 처음으로 한 의식적인 행동이었다.

그는 자신의 두 아이들과 함께 놀면서 잠시, 그들에게 자기는 어떤 모습으로 비칠지 생각해 보았다. 그도 아버지처럼 엄격하고 차가워 보일까? 그는 아이들에게 일모로그에 대해 얘기해 줬다. 목동들의 눈과 코 주변에 모인 파리에 대해 얘기해 줬다. 아내가 소리쳤다. "애들한테 무슨……." 그는 아이들에게 일모로그에 외눈박이 마리무가 출몰한 적이 있다고 얘기해 줬다. 산에 똥을 누는 재미있는 할머니 얘기도 하고, 더러운 입에서 욕을 쏟아 내는 까다로운 절름발이 얘기도 했다.

그의 아내가 다시 한 번 소리를 질렀다. "애들한테 무슨……."
아이들은 그의 얘기가 전혀 재미있지 않은 모양이었다. 웃음
기 없는 아이들의 눈을 보자 스스로가 우스워졌다. 알았다, 너
희들에게 성경을 읽어 주마. 그제야 아내의 얼굴이 환해졌다.
예수가 그들에게 말씀하셨다. 너희들은 마을과 지상의 어두
운 곳으로 가서 성령으로 가득한 나의 등불을 밝혀라. 그렇게
이루어질 것이다. 아멘.

아이들이 자러 들어가자, 아내는 반은 엄격하고 반은 꾸짖
는 눈길로 그를 바라보았다. 너무 독선적이고 성경만 읽고 날
마다 기도만 하는 탓에, 아름다울 수도 있었을 아내의 얼굴엔,
감각적인 것이 모두 사라지고 이제 영혼의 차가운 빛만 남아
있었다.

"아이들에게 불경스러운 말을 하다니, 부끄러운 줄 아세요.
당신은 이 세계가 우리의 집이 아니라는 걸 알아야 해요. 우리
는 그들과 우리를 위해 내세를 준비해야 해요."

"걱정하지 마. 나는 이 세상에 속한 적이 없으니까. 리무루
에 속한 적도 없고……. 기분 전환으로…… 일모로그는 괜찮
을지 모르지."

그렇게 해서 고드프리 무니라는 다시 한 번 자전거를 타고
일모로그로 달려갔다. 그런데 이번에는 사람들이 나와서 그
를 환영해 줬다. 응야키뉴아는 학교로 찾아와서 이렇게 말했
다. 돌아왔구려. 당신에게 하느님의 가호가 있기를! 그녀는 축
복의 의미로 자기 손에 침을 뱉었다. 그는 몸을 약간 움찔했지

만, 웅야키뉴아가 적대적이지 않다는 사실이 기뻤다.

그는 다시 가르치기 시작했다. 사람들이 그를 받아들인다는 사실에 마음이 훈훈했다. 수업에 나온 아이들이 열심히 듣는 모습을 보니 짜릿했다. 일모로그 전체가 갑자기 그의 목소리에 귀를 기울였다.

그는 일모로그의 일상적인 얼굴이자 시간제 학생들을 위한 지식의 수호 기사였다. 2학년이나 그가 영어 초급반이라고 부르는 학급은 아침에 수업을 했고, 1학년은 오후에 수업을 했다. 학생들은 마음 내키는 대로 학교를 들락거렸다. 그는 기대한 것만큼 질서가 없어도, 잘못된 행동을 해도, 심지어 가뭄에 대한 얘기를 해도 이해하고 너그럽게 넘어갔다. 그로서는 일모로그에 사는 성인 남녀들이 자기를 그들의 선생, 즉 머릿속에 새 시대의 지혜를 갖고 있는 사람으로 생각해 주는 것만으로도 충분했다. 그들은 다른 세계에서 온 그가 자기들 곁에 머물기로 했다는 사실을 고맙게 생각했다. 그들은 불안감이 없는 그의 눈에서 머물고자 하는 의지를 보았다. 다른 사람들의 눈엔 언제나 달아나고 싶은 표정이 담겨 있었다. 그러곤 작은 불평거리만 생기면 늘 후다닥 달아나서 다시는 돌아오지 않았다. 무니라는 그곳에 계속 머물렀다. 그들은 월말이면 월급을 수령하러 루와이니에 갈 준비를 하는 그의 모습을 불안하게 지켜보았다. 그러다가 그가 다시 돌아오면 서로에게 이렇게 말했다. "이 사람은 계속 있겠어." 이제 그들은 그에게 달걀을 가져다주기 시작했다. 이따금 닭도 가져다줬다. 그는 이러한 공경을 감사하게 받아들였다. 그는 산등성이에 이리저리 난 길들을 거닐었다. 사람들은 그가 지나가면 존경의 마음으로 길을 비켰고, 그는 머리를 살짝 끄덕이거나 미소를 지으며 그것을 받아들였다. 그는 그들의 응두뉴를 보고 재미있어라 했다. 그것은 물건을 교환하거나 값을 깎는 장소라기보다는 친구들을 만나는 장소 같았다. 그들은 필요할 때마다 해가 넘어가기 전에 산등성이에서 만났다. 평원에서 온 사람들은 우유와 구슬 세공, 때로는 동물 가죽까지 가져왔다. 그러곤 자기들이 가져온 물건들을 코담배, 콩, 옥수수와 교환하거나 그것들을 구입했다. 압둘라의 가게나 루와이니에 갈 때가 아니면 사람들은 다소간 돈 없이도 살아갈 수 있었다. 돈이나 음식이나 옷이 있으면 다른 것과 바꿀 수 있었다. 돈은 필요한 물건을 사기 위해 아껴 두었다. 언젠가는 창이나 칼이 한두 개씩 팔리는 것을 보기도 했는데, 놀랍게도 그것들은 무투리가 만든 것이라고 했다. "그러나 그는 음와시의 집에서만 그런 것들을 만들 수 있다오." 응야키뉴아가 그에게 살짝 알려 줬다. "풀무와 망치를 사용해 쇠를 두드리고 구부리려면 사악하고 질투 어린 눈으로부터 보호를 받아야 하기 때문이지요." 그는 음와시 와 무고가 일모로그 산등성이와 일모로그 평원에 영적인 힘을 행사하며 보이지 않게 그들의 삶을 통제하고 있다는 것을 알게 되었다. 파종의 최적기와 가축 치는 사람들이 이동하기에 적합한 날을 알려 주는 것도 그였다. 무니라는 그를 만난 적이 없었다. 일정한 나이에 이르지 못하면 아무도 그를 볼 수 없었다. 그러나 그는 사바이 울타리가 쳐진 그의 집이 어디 있는지 보았다. 그건 고마운 일이었다. 앞으로는 그곳

가까이 가는 것을 피할 수 있었기 때문이다. 이것 말고는 모든 것이 안정적이었다. 사람들은 자기들의 삶에 성급하게 끼어들게 되면 나타나게 마련인 혼란도 없이 그를 좋아하고 존경해 줬다. 그는 그것이 하느님의 때늦은 선물이 아닐까 생각했다. 그는 두려움과 죄의식과 얼어붙은 세월들을 잊어버리려고 노력했다. 아버지나 아내, 그의 유년 시절과 술을 마시던 청년 시절에 얽힌 불쾌한 기억들을 억눌렀다. 그는 평원에 사는 목자들이 압둘라의 가게에 들를 때를 특히 좋아했다. 그들은 창을 밖에 놓고 마시면서 소에 대해 얘기하고, 두더지처럼 땅을 파며 살아가는 사람들에 대해 농담을 했다. 일모로그의 농부들은 비가 늦어지는 것을 걱정하면서도, 그들이 하는 일을 열심히 두둔했다. 그러다 보면 농부들과 목자들 사이에 어느새 어느 쪽이 더 중요한지, 동물인지 아니면 작물인지를 놓고 격렬한 토론이 벌어졌다. 가축은 부다. 유일한 부다. 특히 백인들이 오기 전에 진짜 남자들이 바랐던 것은 소와 염소 들을 갖는 게 아니었던가. 염소가 한 마리도 없는 사람들이나 가끔 들에 씨를 뿌리고, 옥수수나 마, 사탕수수나 바나나를 키우지 않았던가. 그리고 결국에 가서는 염소 한 마리를 사려고 그런 것들을 팔지 않았던가. 심지어 새끼 한 마리를 사기 위해서 그렇게 하지 않았던가. 그렇게 염소 한 마리를 사고 싶은 일념에 일꾼이 되지 않았던가 사람들은 곡식이 아니라 염소를 밟고 딸을 팔지 않았던가. 대장장이나 도기나 바구니를 짜는 사람이나 아름다운 장신구를 만드는 사람들은 이따금 그들의 물건을 몸속에 피가 흐르는 동물과 바꾸려 하지 않았던가. 피가 흐르는 동물들을 손에 넣기 위해서가 아니라면, 나라들이 왜 전쟁을 했겠는가. 그러나 다른 사람들은 염소가 부가 아니라는 주장을 폈다. 부가 염소와 소로 표현된다고, 똑같은 것이 부일 수는 없다. 부는 땅과 남자의 손으로 가꾸는 작물로부터 나온다. 부는 사람의 손에 난 땀이라는 말도 모르는가. 백인들을 보라. 그들은 우리의 땅을 먼저 가져가고, 그다음에 염소와 소 들을 가져가고, 무력 충돌이 있을 때마다 집세와 벌금을 내라고 했다. 그리고 나중에 가서야 젊은이들을 잡아다가 땅에서 일을 시켰다. 그것을 가르는 선이 늘 분명한 것은 아니었다. 어떤 사람에겐 땅도 있고 가축도 있었기 때문이다. 이것은 양쪽 다 중요하다는 말이었다. 딸을 주고 염소들을 받는 것은 사실이었지만, 그것은 일을 두려워하지 않는 여자를 찾는 일이기도 했다. 왜 부자들이 일꾼들과 식객들을 고용하겠는가. 소와 염소를 돌보기 위해서만이 아니라 작물을 돌보기 위해서이기도 하다. 식민주의자들과 경찰이 왜 젊은이들을 사로잡았는가. 땅을 경작하고 소들을 돌보기 위해서였다. 유럽에서 온 외국인은 교활했다. 그는 그들의 땅과 그들의 땀과 그들의 부를 가져가고 그들에게 그가 가져온, 먹을 수도 없는 돈이 진짜 부라고 말했다! 그런 식으로 입씨름이 이어졌다. 무니라는 그런 이야기에 끼어들지 않았다. 그는 그들과 달리, 땅과 그들이 '피가 흐르는 것'이라고 하는 것에 대해 아웃사이더 같은 느낌을 받았다. 식민주의에 관한 이야기는 어떤 내용이든 그를 불편하게 했다. 그는 갑자기 자신이 어떤 것도 해 본 적 없고 어떤 것이 일어나기를 바란 적도 없다는 것을 의식했다.

그는 세상을 이방인으로서 떠도는 운명을 갖고 타고난 것 같았다. 그러나 자격도 없는데 어떻게 이렇게 존경을 쉽게 받아들이고, 그들 중의 하나가 된 것이 왜 이리 좋은 것일까 싶었다.

그는 대화의 주제를 바꾸고 싶어, 그들을 대변하는 국회의원이 누구인지 물었다. 열띤 대화가 이어졌다. 사람들은 국회의원의 이름을 기억하지 못했다. 그들은 지난번 선거 기간에 그에 대해 들은 적이 있다고 했다. 그는 자신에게 투표해 달라고 요청하기 위해 이 지역에 찾아와서는 여러 가지 약속을 했다. 심지어는 하람비 상수도 개발 사업과 방목장 사업을 추진하겠다며 가구당 20실링씩을 걷어 가기까지 했다. 그러나 그 이후로 그들은 그를 본 적이 없었다. 누군가가 그의 이름이 응데리 와 리에라라는 걸 기억해 냈다. 국회의원이 뭐지? 새로운 형태의 정부 요원? 그런데 왜 그가 표를 달라고 했던 거지? 그런 이야기마저도 무니라를 초조하게 했다. 그는 정치적인 입장을 표명할 필요가 없는 얘기를 했으면 하는 생각에 다른 질문을 했다. 이곳을 찾는 사람들은 없습니까? 그랬더니, 선생들이 있었다고 했다. 그러나 그 사람들은 독립 직전에 도시로 다시 달아나 버렸다고 했다. 나중에 온 사람 중에도 머문 사람은 없었다. 그리고 추수가 막바지에 이를 무렵이면 장사꾼들이 트럭을 갖고 찾아와 일부 작물을 사서 가져갔다. 연초에는 가끔 족장과 세금 징수원과 겸찰이 찾아왔다. 그들은 세금을 내라며 그들에게 겁을 주었다. 그러나 그것은 전혀 새로운 일이 아니었다. 수많은 세월 동안 늘 있어 왔던 일이었다. 그들을 가장 힘들게 하는 것은 젊은이들이 땅을 피해 달아나고 있다는 것이었다. 그런 움직임은 2차 세계 대전 이후부터 시작되었다……. 아니 그 이전부터였다……. 그래, 그래……. 다른 세계에서 온 유령 같은 유럽 식민주의자들이 그들 사이에 들어온 이후로는 늘 그랬다. 그런데 일모로그 사람들은 세금을 내지 않을 방법을 찾아야 했다……. 무니라는 조바심을 치며 생각했다. 정치라는 것으로부터 피할 수는 없는 것일까?

그의 일과는 규칙적이었다. 하루 종일 수업을 하고, 산등성이로 산책을 갔다가, 그다음에는 압둘라의 가게로 갔다. 시간이 지나면서 압둘라도 그를 받아들였다. 멀리서 무니라가 오는 걸 보고 그는 조지프에게 욕을 하면서 선생님이 앉을 의자를 갖다 놓으라고 소리쳤다. 무니라는 우호적인 적개심과 장난스러운 경멸감 사이를 오가는 그의 어조가 마음에 안 들었지만, 그래도 만사를 잊고 홀가분한 꿈의 땅에서 맥주를 마셨다. 그러나 압둘라는 이따금 심술을 부리며 그가 일모로그에서 처음 받았던 수모를 환기시켰다. 압둘라는 그를 향해 몸을 기울이고 거짓 음모라도 꾸미는 것처럼 친근한 어조로 말했다.

"당신도 알다시피 여기 사람들은 의심이 너무 많아요. 그들이 의심스러운 얼굴을 위로 치켜드는 거 봤죠? 비가 오지 않으면 틀림없이 우리 집 당나귀를 탓할 거예요. 그들의 사제라는 사람 봤어요? 정말 유명한 사람이에요. 상당히 유명하죠. 그런데 나는 그를 본 적이 없어요. 이상하지 않아요? 무투리, 웅주구나, 루오로, 심지어 웅조구 노인을 보세요. 그들은 우리 집 당나귀를 좋아하지 않아요. 왜 그런지 아세요? 소 여러 마리가 먹을 풀을 먹는다는 거예요. 그럼에도 잡아먹을 수는 없대요. 그러나 실제로는 우리 집 당나귀의 식욕이 부러운 거예요. 우리 집 당나귀는 뿌리까지 먹으니까요. 그리고 소나 염소가 찾지 못하는 곳에서 물을 찾아내기도 해요. 그래서 이 사람들이 그런 눈빛을 하는 거예요. 노인네의 눈 봤죠? 사악하게 번뜩이는 것 같지 않아요? 당신도 알아야 해요. 선생, 학교 안에 있는 산에다 그 노인네가 똥을 쌌다는 게 사실인가요? 아이들은 당신이 그랬다고 생각한다고요? 하하하! 거기에 똥을 퍼질렀다고요? 하하하! 조지프, 이 게으름뱅이야. 선생님한테 맥주 하나 더 갖다 드려. 저렇게 게으른 검둥이 본 적 있나요? 여하튼, 그게 정말 사실인가요?"

"압둘라, 내 말 좀 들어 봐요." 무니라는 민감한 문제로부터 화제를 돌리려고 노력했다. "교육에 관한 얘기를 꺼내셨으니 하는 말인데, 조지프를 학교에 보내는 게 어때요?"

"그렇다면 밖에서 부리는 이 당나귀를 가게 안에서도 부리라는 건가요?"

그처럼 가벼운 자극들을 제외하면, 무니라는 일모로그를 좋아하게 되었다. 이제는 그도 그의 아내와 음지고와 그의 아버지가 사는 세계를 의심과 적개심이 어린 눈으로 바라보게 되었다. 집에 가도 하루 이상 머물지 않았다. 그들의 질문을 받으면 '관여하지 않고 사는' 새로운 느낌이 갑자기 위협을 받는 것 같았다. 음지고의 일상적인 질문들이 무니라에게는 위협적으로 느껴졌다. 그가 실제로 약속을 지켜 일모로그에 찾아오는 것은 아닐까 싶었다. 무니라는 일상적인 대답을 했다. "그곳은…… 염병하게……." 이 말을 듣고 음지고가 그곳에 오지 않았으면 싶었다. 아무도 그가 가르치는 리듬과 그의 세계를 방해하지 않았으면 싶었다. 때때로 그는 아이들에게 말도 안 되는 노래를 부르게 했다. 음부리 니 인도, 응곰베 니 인도, 음베카 니 인도 응가이 무헤아니. 가끔은 아이들에게 덧셈 뺄셈을 가르치다가 밖으로 나가기도 했다.

그는 농부들이 들에서 일하는 모습을 지켜보았다. 그들은 실제로는 비를 기다리고 있었다. 날씨 때문에 애를 태우는 그들의 마음이 희미하게나마 느껴졌다. 그러나 피부에 와 닿는 햇살의 감촉은 따뜻하고 좋았다. 갑자기 가슴이 충만해지면서 일모로그의 남자들과 여자들과 아이들과 땅과 모든 것을 껴안고 싶었다. 그의 집과 문제들은 먼 곳에 있었다!

4월 초에 비가 내리기 시작했다. 노인들의 눈은 일모로그에 찾아오는 새로운 삶에 대한 기대로 빛났다. 그들의 주름진 얼굴이 에너지로 충만해지면서 활짝 펴지는 것 같았다. 모두가 들에서 바쁘게 움직였다. 무투리, 응주구나, 루오로, 응조구조차도 한동안 압둘라의 가게에 들르지 않았다. 하루 종일 씨를 뿌리거나 진흙탕이 된 들에서 소와 염소들을 끌고 다니느라 기진한 탓이었다. 남자들이 마, 사탕수수, 바나나 외에 다른 것들을 심지 않을 때는 그래도 시간이 있었다. 그러나 시대가 변하고 있었다. 노인들은 젊은이들이 떠나는 것을 막을 수 없었다. 그래서 무니라는 파종기에는 압둘라와 조지프만을 벗 삼아 술을 마셨다. 그는 이제 그들의 한가로운 잡담과 비화들, 그리고 쉽게 해결되지 않는 문제들에 대해 이러쿵저러쿵 벌이던 말씨름마저 그리웠다.

그는 걷거나 자전거를 타고 집으로 갔다. 땅에서 행해지는 행위에 관한 한 그는 아웃사이더였다. 조금은 서글프고 버림받은 듯한 느낌도 들었다.

여자들만이 쏟아져 내리는 비 사이사이로 정신없이 들에 나가며 그에게 아는 체를 했다.

그러나 그는 이해하려고 노력했다. 그리고 그 모든 것에서 교훈을 얻어 아이들에게 "노동은 존엄한 것"이라고 말했다. 그는 아이들에게 훨씬 더 힘차게 노래를 하게 했다.

소는 부라네
　일은 건강이라네
염소는 부라네
　일은 건강이라네
작물은 부라네
　일은 건강이라네
돈은 부라네
　일은 건강이라네
하느님은 전능하신 분
　하느님은 비를 내려 주시는 분!

그렇게 육 개월이 지나자 일모로그가 자기 것처럼 느껴졌다. 자신의 영지를 바라보는 저택의 주인이나 대부족장이 된 느낌이었다. 차이가 있다면 손실과 이익, 잃어버린 염소들과 태어난 염소 새끼들을 애써 계산할 필요가 없다는 것이었다.

비가 오고 싹이 텄다. 6월이 되자 꽃이 피었다. 일모로그 전체가 부족장과 주인을 환영하기 위해 거대한 꽃무늬 옷을 입은 것 같았다.

그는 아이들을 데리고 들로 나가서 자연을 공부하게 했다. 꽃을 꺾어서 암술머리, 암술, 꽃가루, 꽃잎이 어떤 것을 가리키는지 알려 줬고 수정에 대해서도 약간 얘기해 줬다. 아이 하나가 소리쳤다.

"저기 보세요. 피의 꽃잎들이 달린 꽃이에요."

들에는 백색, 청색, 보라색 꽃들이 대부분이었는데, 그것만 특별하게 붉은색을 띠고 있었다. 어떻게 보아도 피가 흐르는 듯한 느낌을 주었다. 무니라는 몸을 기울여 떨리는 손으로 그 꽃을 꺾었다. 빛 때문에 그렇게 보였던 건지 지금은 그저 붉은 꽃일 따름이었다.

"피라고 불리는 색깔은 없다. 네 말은 붉다는 뜻이겠지. 알겠니? 너희들은 무지개의 일곱 가지 색깔을 외워야 해. 꽃은 종류도 다양하고 색깔도 다양하단다. 자, 각자 꽃을 한 송이씩 꺾어서 꽃잎과 암술의 숫자를 세어 보고 나한테 꽃가루가 어떤 것인지 보여 주렴……."

그는 자신이 꺾은 꽃을 바라보며 서 있다가, 시든 꽃잎들을 버렸다. 그런데 다른 아이가 소리쳤다.

"여기 또 있어요. 피의 꽃잎이 달렸어요. 아니, 붉은……. 그런데 암술머리도 없고 암술도 없고…… 안에도 아무것도 없어요."

그가 아이한테 다가갔다. 다른 아이들이 그를 둘러쌌다.

"아냐. 네가 틀렸다." 그가 꽃을 잡으며 말했다. "이 색깔은 붉은색도 아니야……. 다른 꽃처럼 색깔이 완전하지 않잖니. 이것은 누르스름한 붉은색이다. 안에 아무것도 없다고 했지? 줄기를 보렴. 뭐가 보이니?"

"네." 아이들이 소리쳤다. "벌레가 있어요. 다리가 여러 개 달린 녹색 벌레예요."

"맞다. 이 꽃은 벌레가 먹었다……. 그래서 열매를 맺지 못하는 거야. 이래서 우리가 벌레들을 죽여야 하는 거란다……. 빛이 닿지 않아도 꽃은 이런 색깔이 된다."

그는 자신이 설명이 만족스러웠다. 그러나 아이들이 거북한 질문들을 하기 시작했다. 왜 서로 잡아먹는 거죠? 왜 먹힌 것이 다시 먹을 수 없는 거죠? 하느님은 왜 이런 일이 일어나게 두시는 거죠? 그는 질문들에 개의치 않고 그들을 조용히 시키기 위해 그것이 자연의 법칙이라고 말했다. 법칙이 뭐죠? 자연은 사람인가요? 자연은 하느님인가요? 법은 그냥 법이고 자연은 자연이란다. 사람들과 하느님은요? 얘들아, 이제 휴식 시간이다.

사람…… 법칙…… 하느님…… 자연. 그는 이런 것들에 대해 깊이 생각해 본 적이 없었다. 그는 아이들을 데리고 다시는 들에 나가지 않기로 결심했다. 네 개의 벽에 둘러싸여 있을 때 그는 골똘한 표정으로 자신을 올려다보는 아이들에게 지식을 전달하는 초연한 선생이었다. 따라서 끌려 들어가는 것을 피할 수 있었다. 그런데 벽을 벗어나 들에 나오자, 불안이 엄습했다. 그는 아카시아 숲까지 걸어가서 가시를 따기 시작했다.

아이들을 밖으로 데리고 나온 게 문제라는 생각이 들었다. 응야키뉴아 때문에 얼마나 놀랐던가! 그 생각을 하면서 그는 본능적으로, 그녀가 언젠가 도시와 하이힐을 신은 여자들에 대해 물었던 장소를 바라보았다.

잠시, 무니라는 자신의 눈을 믿을 수 없었다. 심장이 멎는 것 같았다. 여자 하나가 마을 길을 벗어나 자신을 향해 오고 있었다. 머리에 헐렁하게 두른 밝은색 키텡게 천이 어깨 위로 내려와 그녀의 얼굴을 해로부터 반쯤 가려 주었다.

"선생님, 괜찮으세요?" 여자가 대담하게 소리쳤다. 그녀의 목소리는 부자연스러울 정도로 활기차고 순수했다. 그의 귀에 그 소리가 풍성하고 기분 좋게 들렸다. 그녀가 작은 손을 내밀고 그를 빤히 바라보다가 갑자기 어린애처럼 수줍게 시선을 떨궜다. 여자의 태도에는 온순한 존경심이 계산된 듯 묻어났다. 그는 답변을 하기 전에 뭔가를 삼켰다.

"괜찮습니다. 그런데 좀 덥네요."

"그래서 내가 여기로 온 거예요."

"일모로그에요?"

"아니, 선생님이 있는 곳으로요. 물 좀 있나요? 이곳에서는 물이 금처럼 귀하죠."

"최근에 비가 왔잖아요. 일모로그 강도 꽉 찼고요."

"그렇다면 제대로 찾아왔군요." 그녀가 다정하게 말했다. 그녀의 말과 목소리가 대기에 어른거리며 열기로 가득한 그들 사이의 침묵을 어루만졌다.

"안으로 들어오세요." 그가 말했다.

물은 거실 구석에 있는 항아리에 있었다. 책장 밑이었다. 그녀는 컵으로 물을 마셨다. 그는 자기 쪽으로 팽팽하게 당겨진 그녀의 목울대가 조금씩 움직이는 모습을 바라보았다. 그녀의 목은 길고 우아했다. 일모로그 평원에서 볼 수 있는 암컷 가젤 같았다.

"있으면 조금만 더 주세요." 그녀가 숨을 약간 헐떡이며 말했다.

"차를 좀 마시면 어떨까 싶군요." 그가 말했다. "추울 때는 차가 몸을 덥혀 주고 더울 때는 식혀 준다잖아요."

"차와 물은 다른 목구멍으로 내려가죠. 그냥 물이나 한 잔 더 주세요. 차는 신경 쓰지 마세요. 내가 끓일게요."

그는 그녀에게 물 한 잔을 더 주고는 물건들이 어디에 있는지 알려 줬다. 마음이 조금 너그러워지면서 따뜻해지기까지 했다. 그러나 그녀가 갑자기 크게 웃는 바람에 곧 그러한 기분에서 빠져나왔다. 그는 본능적으로 바지의 지퍼를 바라보았다. 정상이었다.

"아하." 그녀가 말했다. "마을 사람들이 하는 얘기가 사실이네요. 정말 총각인가 봐요. 냄비 하나에 접시 하나, 나이프 하나에 숟가락 두 개와 컵 두 개. 손님도 안 오나요? 특별히 아끼는 여학생도 없어요?" 그녀가 얼굴에 장난기를 머금고 물었다.

"무슨! 여기 온 지는 얼마나 됐어요?"

"어제 저녁에 왔어요."

어제라니! 그런데 벌써 그에 대해 알고 있단 말인가! 그는 긴장했다……. 지난 육 개월의 안정이 위협받는 느낌이었다. 마을 사람들이 자기에 대해 무슨 얘기를 한 거지? 이러한 의심으로부터 해방될 방법은 없을까? 그는 양해를 구하고 교실 쪽으로 걸어갔다. 자신이 하는 일을 볼 테면 보라지 싶었다. 뭐 문제 될 거 있어? 이렇게 도전적인 생각이 스치자 곧 마음이 편안해졌다. 그는 일을 만드는 사람이 아니라 지켜보고 떠도는 아웃사이더일 뿐이었다.

그는 발걸음 소리와 책이 스치는 소리를 들었다. 개구쟁이들이 창문과 깨진 벽을 통해 모든 것을 보고 있었다. 부자연스럽게 책에 열중하고 있는 모습을 보니, 그랬던 게 틀림없는 것 같았다. 그는 정말 아이들이 자신을 어떻게 생각할지 궁금했다. 그러나 그 질문을 물리치고 다른 질문을 떠올렸다. 이렇든 저렇든 뭐가 중요하겠는가? 벌써 오랜 시간 가르쳐 왔으니, 기존에 있던 것을 가르치는 것은 일도 아니었다. 어둠 속으로 끌려 들어가지 않게 조심하기만 하면 될 터였다……. 그래……. 피의 꽃잎들이 달린 꽃과 하느님이나 법칙에 관한 질문들처럼 알려지지 않고 알 수 없는 어둠 속으로 끌려 들어가지만 않으면 된다. 그러나 지금은 가르칠 수가 없었다. 그는 수업을 몇 분 일찍 끝내고 집으로 돌아갔다. 그 낯선 여자에게 더 많은 것을 묻고 싶었다. 이름은 뭐냐? 어디서 왔느냐? 그러다가 궁극적으로는 이렇게 묻고 싶었다. 그를 염탐하라고 음지고가 보냈느냐? 그런데 그는 왜 이렇게 남의 눈에 띄는 걸 두려워할까?

마루가 깨끗이 쓸려 있었다. 접시도 닦여서 마루 위에 있는 두 개의 막대기 위에서 마르고 있었다. 그러나 여자는 어디에도 없었다.

2. 일모로그에서 무니라의 삶은 지금까지는 계속 화려했다. 그것은 마을 사람들이 그에게 보여 준 존경심 때문만은 아니었다. 그는 땅을 파는 여자들의 모습을 소중하게 생각했다. 그 모습을 보면 가끔 마음이 짜릿했다. 그들은 녹색의 땅과 하나인 듯 보였다. 그는 비가 오고, 모든 사람이 머리에 자루를 얹고 질퍽거리는 밭에 있는 시기를 늘 떠올렸다. 자루를 머리에 인 것은 비로부터 자신을 보호하기 위해서가 아니라 비가 몸에 떨어지는 것을 완화하기 위해서였다. 그들은 땅에 씨앗을 뿌리느라 정신이 없었다. 그는 안전한 교실이나 압둘라의 가게에서 그 모습을 바라보았다! 물론 잔인한 면도 있었다. 그도 그 점은 인정해야 했다. 길이 몇 개 나고 믿을 만한 급수 시설이 있었다면 그들의 삶은 한결 나았을 것이다. 더불어 진료소가 하나 있었다면 유용했을 것이다.

특히 아이들은 보기 흉한 모습을 하고 있을 때가 많았다. 염증이 생긴 눈과 콧물로 범벅이 된 코 주변에 파리들이 달라붙어 있었다. 그리고 대부분은 떨어진 옥양목 하나만 걸치고 다녔다.

그러나 이처럼 부조리한 모습을 뛰어넘는 것은 서로에 대한 그들의 관심이었다. 이따금 그는 잘생긴 세 아이를 만날 때가 있었다. 하나는 우는 아이를 등에 업고, 세 번째 아이는 우는 아이를 다독이며 리듬에 맞춰 자장가를 불러 주었다.

아가야, 울지 마라.

감히 우리 아가를 때리는 놈은 누구든

가시가 살에 박히는 저주를 받을 거야.

아가야, 네가 울음을 그치면

어머니가 들에서 금방 돌아오셔서

기테테 그릇에 우유를 듬뿍 주실 거야.

일제히 올라간 그들의 목소리 — 둘이나 셋 아니면 그 이상이었다. — 가 그가 은둔해 살고 있는 시골의 고독을 강조했다. 그는 그 모습을 보면서 마우마우* 무장 봉기 이전에 아버지의 제국충 밭에서 아이를 어르며 자장가를 부르던 아이들의 모습을 떠올렸다.

그런 것을 제외하면 마을은 그의 삶에 간섭하지 않았다. 그러니 문에 서서 지켜보는 이방인에 불과한 그 역시 그들의 삶에 간섭할 이유가 없었다.

오늘은 압둘라의 가게로 가는 마음이 약간 편하지 않았다. 조금 전에 있었던 모호한 모습 탓이었다. 그러나 일모로그 등성이는 고요하고 평화스러웠다. 그는 중얼거렸다. 이렇게만 같아라, 이렇게만 같아라, 영원히.

압둘라의 가게 뒷문을 두드리려고 하는데, 갑자기 얼굴로 피가 몰려드는 것 같았다. 잠시, 머리가 마비되는 느낌이었

---

* 케냐의 원주민인 키쿠유족이 조직한 반백인(反白人) 테러 집단. 케냐 민족 운동의 총본산으로, 1952년 반란을 시작했고 1957년 영국이 많은 군인을 투입하여 진압했으나 이것을 계기로 케냐 독립 운동은 더욱 고조되었다.

다……. 어쩌면…… 어쩌면 그다지 늙지…… 염병할…… 그
래…… 여자가 지옥이야……. 여자가 천국이야. 그는 마음을
단단히 하고 들어갔다.

"여기가 선생님의 또 다른 은신처군요." 여자가 말했다.
"보다시피 나는 선생님의 모든 비밀을 알아 가고 있어요."

"이건…… 비밀도 아니죠." 그가 앉으며 말했다. "목이나
축이려고 오는 거니까요."

"차를 마셨더니 갈증이 풀렸어요. 아주 맛있었어요."

"그러나 차보다는 맥주가 낫죠. 압둘라한테 물어보세요. 일
끝나고 마시는 맥주 한 잔이 최고라고 할 거예요. 한 잔 더 할
래요?"

"사양하지 않을게요." 여자가 고개를 뒤로 젖히고 웃으면
서 말했다. 그녀의 가슴이 도전하듯 앞으로 불거졌다. 그녀가
압둘라를 향해 말했다. "지상에서 자기 몫을 다 마시지 못하
면, 천국에 가서 먹을 양이 너무 많을 거라는 말도 있어요."

압둘라가 조지프를 향해 맥주를 더 가져오라고 소리쳤다.
그는 절뚝거리는 걸음으로 석유램프를 가져와 유리를 닦고
불을 켰다. 그리고 맥주를 마시려고 앉았다.

"당신 이름이 뭐죠?" 무니라가 여자에게 물었다.

"완자예요."

"완자 카히이?" 압둘라가 끼어들었다.

"어떻게 알았죠? 학교에서는 그렇게 불렀어요. 종종 남자
애들과 씨름을 했죠. 남자애들만 받는 훈련도 받았고요. 자전
거도 타고 물구나무도 서고 수레도 끌었어요. 치마를 다리 사

이에 꼭 여미고 나무에 올라가기도 했어요."

"완자…… 완자……." 무니라가 이름을 반복했다. "이름이
더 없어요?"

"물어보지 않아서 몰라요. 물어봐야 할까 봐요. 그래 보죠
뭐. 할머니는 알겠죠."

"할머니가 누군데요?" 압둘라가 물었다.

"응야키뉴아……. 우리 할머니 모르세요? 나한테 두 분이 일
모로그의 이방인이라고 얘기해 주신 분이 우리 할머니인데."

"잘 알려진 분이죠." 무니라가 불확실하게 말했다.

"당연히 알죠." 압둘라가 말했다.

"그럼 할머니를 보러 왔나요?" 무니라가 물었다.

"맞아요." 그녀가 거의 들리지 않을 정도로 조용히 말했다.
침묵이 이어졌다. 압둘라가 헛기침을 하고 무니라를 향해 몸
을 기울이며 음모라도 꾸미는 듯한 몸짓을 했다. 무니라는 압
둘라의 눈에 어린 사악한 눈빛을 보고 긴장했다. 그 이야기를
할 필요가 있을까? 그래야 할까? 그는 갑자기 누구라도 죽일
것 같은 증오감이 몰려오는 걸 느꼈다. 동시에 그는 그 타격에
맞설 만한 말을 필사적으로 찾으려 애썼다.

"선생님 생각에는 내가 그 학교에 들어가기엔 나이가 너무
많은가요?" 예기치 않게 압둘라가 막 생각났다는 듯 물었다.
무니라는 고마운 생각이 들었다. 안도감에 한숨을 크게 내쉬
지 않을 수 없었다. "그렇게만 되면 완자도 학교에 가자고 설
득할 수 있을 거예요. 완자를 땅에 메다꽂거나 함께 수레를 끄
는 것도 괜찮을 것 같아서요."

완자가 웃더니 심각한 표정으로 무니라를 바라보았다.

"한쪽 다리를 못 쓰는 이분은 좀 심술궂군요. 하지만 나는 이분을 천 번이라도 메다꽂을 거예요."

조지프가 그들에게 술을 더 가져다주었다.

무니라는 그녀의 얼굴에 나타난 미세하고 빠른 변화들이 매혹적이라고 생각했다. 크게 웃을 것 같다가 무의식적으로 심각한 표정으로 바뀌고, 다시 거꾸로 바뀌고, 그러나 근본적으로 동요하지 않는 얼굴이었다.

"내가 성인 남녀한테 뭘 가르칠 수 있을까요?"

"영어로 읽고…… 쓰고…… 말하는 거죠." 압둘라가 대꾸했다.

"지리와 먼 나라들의 역사도 가르쳐 줄 수 있을 테고요." 완자가 맞장구를 쳤다.

"두 사람이 학교에 무슨 도움이 될까요? 아이들을 반골로 만들 것 같은데. 제 스승 중 한 분은 '학교는 규율'이라고 말씀하셨어요."

"우리에게 반장을 시키면 되죠." 압둘라가 말했다.

"수업을 감시하면서 떠드는 아이들 이름을 적어 놓고요."

"아니면 뒤에서 선생님 험담을 하는 아이들 이름을 적어 놓고요."

"아니면 담배를 피우는 아이들 이름을 적어 놓고요."

"아니면 여자 친구에게 편지를 쓰는 아이들 이름을 적어 놓고요……. 그런데 나는 왜 선생님이 우리를 등록시키길 두려워하는지 알아요. 우리가 파업을 주도할까 봐 그렇죠. 책을 찢고 선생들을 때릴까 봐요. 선생들을 타도하자고 할까 봐요……. 그렇게 되면 폭동이 일어나고 학교는 문을 닫고……."

압둘라는 학교 파업을 상상하고 있었다. 그는 여러 가지 생각을 하며 이런저런 모습을 떠올렸다.

"그런데 말이죠," 그가 말했다. "실제로도 선생이 연애 편지를 압수했다고 해서 아이들이 들고일어난 학교가 있어요."

갑자기 그는 교장이 학교에 똥을 엄청나게 쌌다는 의심을 받아서 거의 문을 닫을 뻔했던 학교에 관한 얘기를 하고 싶은 충동을 느꼈다. 막 이야기를 시작하려는데, 응야키뉴아가 완자의 할머니라는 사실이 떠올랐다. 또한 그는 완자와 무니라가 아주 조용해졌다는 사실에 주목했다. 이유는 모르지만, 두 사람은 불과 몇 분 전 술에 취해 아무 얘기나 떠들던 사람들이 아니었다. 그는 두 사람의 얼굴을 차례로 바라보았다. 뭐가 잘못된 걸까 싶었다. 램프 불이 깜빡거렸다. 그림자가 벽으로 지나갔다. 그림자가 얼굴 위로 지나갔다. 어쩌면 그들의 삶 위로도 지나갔는지 몰랐다. 압둘라는 그렇게 생각했다. 결국 두 사람은 그에게 이방인들이었다. 그들을 함께 있게 만든 것은 일모로그일 뿐이었다. 나중에 침묵의 그림자를 깬 무니라의 목소리는 생각에 잠기고 침착했지만, 그 밑으로 씁쓰레한 무언가가 깔려 있었다.

3. 무니라는 바닥을 바라보며 자기도 모르는 생각에 빠져 천천히 얘기를 시작했다. 그는 잊어버렸어야 하는 과거로부

터 나와 시간의 계곡과 산등성이와 평원을 가로질러 자신의 죽음이 시작된 지점까지 이야기하고 있었다.

"반장이 되려면 자기보다 위에 있는 사람들의 구두를 핥을 수 있어야 하고, 접시를 원래보다 더 빛나게 닦을 수 있어야 하고, 시리아나에서 떠돌던 말처럼 기도를 할 때는 예수를 능가해야 해요. 당신들도 나와 함께 시리아나에 있었어야 하는 건데. 엄청난 대가를 치러야 했던 유럽인들의 죽음의 춤이 있기 이전과 중간, 아니 이후에도 말이죠. 당신들은 우리의 하찮은 삶과 그들의 두려움과 위기가 엄청난 변화와 문제를 배경으로 하고 있다고 말할지도 몰라요. 웅야바니와 히티라 사이의 연령 집단에 주어진 이름들, 즉 몸보코…… 카란지, 보티, 웅궁가, 무수우, 나아가루 야 미앙가, 바미티, 가치나 방기, 쿠기니 음부라키와 같은 이름들로 알 수 있듯이 말이죠. 그러나 시리아나에서 우리는 그런 모든 것들로부터 안전했어요. 초등과 중등 기숙사 학교에서는 말이죠. 그런데 얘기가 옆길로 새고 있네요. 여하튼 나는 다른 사람의 구두를 핥을 수는 없었어요. 접시를 더 밝게 닦을 수도 없었고, 예수, 그러니까 그리스도를 능가할 수도 없었어요……. 에에…… 나는 어떤 것에서도 뛰어나지 못했어요. 반에서는 중간쯤 갔죠. 운동 경기에서는 몸도 따라 주지 않았고 의지도 없었어요. 추이와 다르게, 나는 하느님이 내게 허락하신 것 이상의 것을 바라지도 꿈꾸지도 않았어요. 추이는 윌리엄 셰익스피어라는 영국 작가의 말을 인용하며 야망이라는 것은 좀 더 단호해야 한다고 말하곤 했어요. 그는 대부분의 우리와는 다른 것으로 만들어진 시람이었어요. 튀어나온 광대뼈, 약간 딱딱한 얼굴, 납죽하긴 했지만 가운데에서 조심스럽게 가르마를 탄 머리에 키가 큰 젊은이였어요. 일을 할 때는 자기 스타일로 매끈하게 했죠. 셰익스피어를 조금씩 인용하는 것에서부터 옷을 입는 것에 이르기까지 말이죠. 희끄무레한 바지, 풀 먹인 흰 셔츠, 감색 재킷으로 이뤄진 칙칙한 교복과 하느님과 제국을 위하여라는 교훈이 새겨진 넥타이까지 그의 몸에 맞게 특별히 재단을 한 것 같았어요.

학교에 넥타이핀을 처음 소개한 것도 추이였어요. 그게 유행이 됐죠.

밑단이 접힌 짧은 운동 바지를 처음 입은 것도 그였어요. 그것도 유행이 됐어요.

운동에서뿐 아니라 그는 모든 면에서 스타였어요. 추이, 추이, 추이, 어디에서나 추이였어요. 영국인 정착민들이 좋다고 생각했던 시원한 산의 공기가 그의 불거진 근육을 만들었던 거죠. 그가 축구를 하면서 상대를 속이기 위해 갑자기 몸을 좌우로 틀면서 공을 몰고 가는 모습을 보는 건 정말로 즐거운 일이었어요. 관중들은 목이 쉴 정도로 소리를 질렀어요. 그는 넋을 잃은 관중에 맞춰 연기를 하는 연기자였어요. 질러 버려! 누군가는 이런 말도 했어요. 그를 통해 조 루이스와 그의 위업에 대해 들을 때까지 그는 우리의 셰익스피어였어요. 그다음엔 우리의 조가 되었죠. 우리 학교가 유럽 팀들과 맞붙을 때는 특히 그랬어요. 조, 조, 부숴 버려, 부숴 버려. 공을 놓치면 다리를 걸어차. 우리는 그렇게 주문했어요. 그에게는 최고의 순간이었죠. 그러한 순간의 그는 우리였어요. 백인 식민주의자에 대항해 공을 차는 우리였어요.

지금 생각해 보면, 그렇게 백인을 증오하면서도 우리가 헬로스 아이언몽거 신부를 백인으로 생각하지 않았던 건 이상한 일이었어요. 어쩌면 우리는 그를 종류가 다른 백인으로 생각했는지도 몰라요. 이름이 주는 인상과 달리, 그는 미션 스쿨의 교장이라기보다 농부처럼 보이는 온화한 노인이었어요. 뭘 잊어버리기 일쑤여서 교실이나 교회에 금색 레이스가 달린 검은 사제복을 종종 두고 나왔지요. 그의 부인은 안짱다리였어요. 우리는 종종 그 부인이 골키퍼를 하면, 다리 사이로 공이 다 들어가겠다고 농담을 했죠. 그와 부인이 손을 잡고 잔디 위를 걸어가는 모습은, 끝없이 새하얀 밭을 갈고 우유가 들어간 차를 마시고 바닐라 크림 초콜릿을 먹는 천국으로 가는 여정을 다시 시작하기 전에 지구에 잠시 머무는 순례자들처럼 보였어요. 아이언몽거 신부는 추이를 좋아했어요. 그래서 다정하게 그를 셰익스피어라고 불렀어요. 그러나 조 루이스라고 부른 적은 없어요. 우리는 그걸 재미있어라 했죠. 그들은 그를 답답한 베드포드에 태우고 시골을 돌아다니곤 했어요. 도시에서 열리는 음악회와 인형극에도 데려갔어요. 어쩌면 그는 자식이 없는 그들에게 아들 같은 존재였는지도 몰라요. 우리는 추이가 3학년 때, 전에는 4학년 학생들의 차지였던 학교 회장이 되었는데도 놀라지 않았어요.

아이언몽거 부부가 은퇴한 뒤 영국에 있는 집으로 가서, 학생들의 무례한 말을 빌리면 죽음을 기다리기 직전의 일이었어요. 그리고 케임브리지 프로드샴이 부임했어요. 우리가 그를 제대로 알기도 전에 그는 우리의 삶을 바꿔 놓았어요. 전장에서 막 돌아온 그는 아프리카 학교가 어때야 하는지에 대해 이미 확고한 생각을 갖고 있었어요. 그는 열대 지방에서 바지를 입는 걸 말도 안 되는 일이라고 생각했어요. 그는 입술이 두툼한 아프리카인이 회색 양털 옷과 풀을 먹여 목깃이 뻣뻣한 흰 셔츠를 입고 챙이 넓은 모자를 쓰고 넥타이를 맨 모습을 스케치하고는 경멸스럽다는 듯 웃었어요. 그런 모습을 흉내 내지 말라는 거였죠. 식사에는 쌀이 들어가지 않았어요. 학교는 그들이 감당할 수 있는 것 이상으로 살고자 하는 사람들을 만들어 내는 곳이 아니라면서요. 예배드리는 날을 제외하고는 신발도 못 신게 했어요. 학교는 검은 유럽인들이 아니라 순수함과 조상들의 단순한 방식에 코웃음을 치지 않을 진정한 아프리카인들을 길러 내야 한다는 것이었어요. 동시에 우리는 하느님과 제국의 품에서 강해져야 했어요. 세상에서 히틀러의 위협을 제거한 것은 그 둘이었으니까요.

스포츠, 크로스컨트리, 새벽 5시의 찬물 샤워가 의무가 되었죠. 봉사에 필요한 힘을 기르라는 것이었어요. 우리는 아침 저녁으로 나팔과 북으로 된 학교 악단이 연주하는 군가에 맞춰 영국 국기에 경례를 했어요. 그리고 군대식으로 줄을 맞춰 교회로 행진해 창조주를 향해 '주여, 저를 씻겨 주소서. 그리하면 저는 눈보다 하얘질 것입니다.'라고 합창을 했어요. 그리고 하느님의 자식들에게 시련을 주기 위해 유럽에서 솟아 나온 악마를 물리친 제국이 존속하게 해 달라고 기도를 했어요.

추이 말고 누가 파업을 이끌었겠어요. 우리는 이전에 누렸던 권리를 되찾고 싶었어요. 우리는 카키색 반바지를 입고 싶지 않았어요. 더욱이 벌레 속에 단백질이 얼마가 들어 있든, 음부카와 벌레가 먹은 콩들도 먹고 싶지 않았어요. 유럽 학교의 선수들은 경기가 끝나면 포도당과 오렌지 주스를 마시는데 우리는 맹물만 주다니, 말도 안 되는 일이었어요. 우리는 아이언몽거 신부를 데려오라고 요구했어요.

나한테 무슨 일이 있었는지는 잘 모르겠어요. 어쩌면 그때 느꼈던 감정 때문이었는지 몰라요. 여하튼 나는 사흘 동안, 영국 국기에 경례하기를 거부하면서 내가 평소와 다르다고 느꼈어요. 불필요하게 앞에 나서게 됐던 거죠. 추이와 나는 다섯 명의 다른 학생들과 함께 시리아나에서 쫓겨났어요. 나머지 학생들은 곤봉과 최루탄과 방패로 무장한 험악하게 생긴 경찰 기동대가 학교 안으로 밀고 들어오자, 교실로 돌아갔어요. 프로드샴의 강경책이 결국 승리한 거죠……."

무니라는 말을 멈췄다. 이야기가 진행되는 동안 그의 목소리는 점점 희미해졌다. 그러나 그 목소리에는 내면을 신랄하게 응시하는 무게와 힘이 있었다. 그는 1940년대 초반에 학교에서 있었던 그 사건이 아직도 그렇게 생생하고, 지금도 자신에게 고통을 준다는 사실을 완전히 인식하지 못했다. 어쩌면 술을 마신 데다 완자가 있어서 부드러워진 것이지두 몰랐다. 다른 이유 때문인지도 몰랐다. 그는 학교와 관련된 과거로부터 얼굴을 들어 벽에 비친 그로테스크한 그림자를 바라보았다. 완자가 무슨 말인가를 할 듯이 헛기침을 했지만, 아무 말도 하지 않았다. 압둘라가 카운터를 닫으라고 조지프에게 소리쳤다. 무니라가 말을 이었다.

"나중에 들으니 추이는 남아프리카에 갔다가 미국으로 갔다고 하더군요. 그 사건은 내게 교훈을 주었어요. 야망은 보다 단호해야 한다는 걸 깨달은 거죠. 나의 야망은 너무 말랑말랑했어요. 그 이후로 나는 내 안으로 움츠러들었죠…… 대의에 대한 열정적인 헌신을 요구하는 군중 앞에서 나의 존재감을 없애며 살게 된 거죠. 그냥 땅속에 숨어 살자. 내가 왜 위험을 무릅써야 하는가. 나한테 교실과 괜찮은 학생들 몇만 주고 나를 내버려 둬라. 이렇게 생각한 거죠."

압둘라는 조지프를 향해 욕을 하면서 왜 여태까지 맥주를 안 가져오느냐고 소리를 질렀다. 조지프가 부리나케 맥주를 가져왔다. 압둘라가 그를 향해 탁자를 치우라고 소리쳤다.

조지프는 일곱 살쯤 되어 보였다. 눈은 반짝반짝했지만 얼굴은 딱딱하고 무표정했다. 그가 있으니 주의가 분산되었다. 모두가 그를 바라보았다. 완자는 조지프의 접히지 않은 셔츠 소매를 유심히 보았다. 그리고 그가 탁자를 치우면서도 그녀에게 등을 보이지 않으려 한다는 걸 재빨리 간파했다. 커다란 탁자의 가운데에는 크게 금이 가 있었다. 그는 탁자를 닦으려고 몸을 뻗었으나 그녀가 있는 곳까지 손이 닿질 않았다.

"행주를 이리 주렴. 내가 도와줄게." 그녀가 말했다.

"그냥 하게 놔두세요. 아무짝에도 쓸 데가 없는 게으른 자식이에요."

그래도 그녀는 행주를 받아 탁자 전체를 닦았다. 그가 방에서 나갈 때, 그녀는 그의 반바지의 엉덩이 부분이 찢어져 있는 걸 보고 상황을 이해했다.

"저 애는 학교에 다니나요?" 그녀가 무니라를 쳐다보며 물었다.

"아니, 아니요." 무니라는 마치 책임에서 벗어나고 싶은 듯 재빨리 말했다.

"왜 안 다니는 거죠?"

"압둘라한테 물어보세요." 그가 술을 꿀꺽 마시며 말했다.

"이 다리를 좀 보세요. 내가 한 짝 다리로 가게를 돌아다닐 수는 없잖아요. 나는 마술사가 아니에요."

시작은 좋았지만, 저녁이 깊어지면서 불쾌한 기억들이 끼어드는 것 같았다.

"이보세요, 압둘라." 완자가 몇 분간 아무 말 없이 있다가 말했다. "나는 한동안 이곳에 있을 거예요. 저 아이를 학교에 보내요. 내가 가게 일을 도울게요. 전에 이런 일을 해 본 적이 있어요. 이제는 가야겠어요. 무니라 선생님, 어두운 곳에서 하이에나와 마주칠까 겁이 나네요. 할머니의 집까지 바래다주세요."

압둘라는 식탁에 그대로 있었다. 그리고 두 사람이 작별 인사를 하고 떠나도 고개를 들지 않았다. 그는 큰 소리로 조지프를 불렀다.

"가서 문을 닫아라. 맥주 한 병 더 가져오고 물러가라." 그가 한결 부드러운 목소리로 말했다. 이번에는 조지프에게 욕을 하지 않았다.

4. 한 주도 안 되어 그녀도 우리 사이에서 새로운 화제가 되었다. 그녀는 응야키뉴아의 손녀딸이었고 이따금 할머니를 도와서 집안일이나 들일을 했다. 우리가 아는 건 이 정도가 전부였다. 도시 여자가 어떻게 저렇게 손을 더럽힐 수 있지? 아름답게 반짝이는 검은 머리 위에 어떻게 물통을 일 수 있지? 젊은이들은 죄다 달아나는 추세인데, 그녀가 일모로그에 온 진짜 이유는 뭘까? 우리는 더욱 호기심 어린 눈으로 그녀가 오가는 모습을 바라보았다. 흙덩어리를 부수는 일 말고는 들에서 할 일은 없었다. 우리는 콩과 옥수수가 익어서 수확이 시작될 날을 기다리고 있었다. 우리 모두는 그녀가 가 버릴 것이라고 말했다.

어느 날 그녀가 사라졌다. 물어볼 때마다 노파의 얼굴에 알쏭달쏭한 미소가 어렸지만, 우리는 그녀가 돌아오지 않을 거라고 확신했다. 이상하게도 우리는 그녀가 오지 않기를 바라는 것처럼 얘기했지만, 사실은 그녀가 돌아오기를 모두 간절히 바랐다. 이것은 일주일 후 그녀가 흰 푸조 승합차에 짐을 싣고 돌아왔을 때, 사람들이 지은 표정에서 분명하게 드러났다. 우리는 차를 에워쌌다. 일모로그의 집 앞에서 진짜 차가 서 있는 장면을 보는 건 처음이었다. 우리의 산등성이에서 무슨 일인가가 일어나고 있는 것 같았다. 우리는 그녀가 짐을 내리는 걸 거들었다. 운전사는 길이 나쁘다고 계속 투덜대면서, 미리 알았더라면 오지 않았을 것이라고 말했다. 적어도 그런 돈을 받고는 오지 않았을 거라고. 그는 달구지가 지나다닐 만한 길도 만들어 놓지 않은 이유를 모르겠다고 말했다. 우리는 차가 지나가도록 옆으로 비켰다. 그러고는 먼지에 휩싸여 차가 안 보일 때까지 손을 흔들었다. 그리고 우리의 관심은 다시 환자가 가져온 물건들로 쏠렸다. 보노 스프링 침대, 폼 매트리스, 부엌용품, 무엇보다 숯이나 장작의 도움 없이 물을 데울 수 있는 석유 히터가 흥미로웠다. 그러나 저녁이 되자 우리의 마음과 상상력을 사로잡은 것은 석유램프였다. 우리는 그것에 일모로그 별이라는 이름을 붙였다. 일모로그 밖에 나가 본 사람들은 그것이 루와이니에 있는 도시 별이나 마른 나무에 걸려 있는 도시 별과 아주 흡사하다고 말했다. 그녀는 응야키뉴아의 오두막에서 멀지 않은 오두막으로 이사를 했다. 사람들은 일주일이 지나도록 그녀가 램프에 불을 붙이는 모습을 보려고 뜰 주변을 기웃거렸다. 그래도 의문은 풀리지 않았다. 왜 일모로그를 택한 걸까? 우리 아이들이 우리한테 돌아올지도 모르는 일이었다. 젊은이들이 없다면 마을이 무슨 마을이냐 싶었다. 그러나 그녀가 돌아온 날 밤, 우리는 잠을 자지 않고 그녀의 오두막 밖에 서 있었다. 응야키뉴아가 노래를 불렀다. 그녀는 전에는 일모로그 안에서뿐 아니라 밖에서까지 노래를 잘하는 것으로 유명했다. 낮은 목소리로 옛날 옛적에 살았던 응데미와 그의 아내들을 찬양하는 노래를 불렀다. 다른 여자들이 이따금 후렴을 넣었다. 우리는 곧 노래를 하며 춤을 추기 시작했다. 아이들은 어둠 속에서 서로를 쫓아다녔고 나이 든 사람들은 이따금 일모로그의 위대한 과거 속 장면들을 몸짓으로 표현했다. 그것은 추수가 몇 달 남은 시점에서 벌어진 축제였다. 어른들에게 한 가지 아쉬웠던 점은 새로운 시작을 환영하기 위해 음와시 와 무고의 침으로 축복을 받은 달콤한 꿀맥주를 준비해 놓지 않았다는 것이었다.

여자들은 고개를 끄덕이며 말했다.

"응야키뉴아한테 흙을 돋아 주거나 추수를 도와줄 일손이 생겼군그래."

"정말로 농사를 지을 줄 아는지 밭에 가서 봐야 되겠어."

일모로그 전역에 피어 있던 꽃들은 나중에 푸른 콩깍지와 옥수수 속대로 바뀌었다. 일모로그 농부들은 이제 밭으로 들어가 더 이상 흙을 필요로 하지 않는 작물에 한가롭게 흙을 돋아 주거나 잡초를 뽑았다. 엉겅퀴, 금잔화, 물망초가 그들의 옷에 달라붙었다. 그들은 작물이 익기를 기다리면서 웃기도 하고 농담도 하고 얘기도 했다.

그러나 그들의 웃음 뒤에는 풍년이 오지 않을지도 모른다는 두려움이 있었다. 비와 햇빛의 균형이 맞으면 풍년을 예상할 수 있었다. 비가 간헐적으로 오거나 너무 많이, 너무 오래 오다가 갑자기 햇볕만 너무 내리쬐면 흉년이 예상되었다. 올해는 뒤의 경우였다.

실제로 콩과 완두콩의 꼬투리가 상당히 작았다. 옥수수는 가늘고 꼬투리의 발육이 약간 덜 된 상태였다.

그래도 그들은 하느님은 주기도 하고 거둬 가는 분이기도 하다는 걸 믿으며, 그것들이 익어 수확기가 되기를 기다렸다.

완자와 무니라는 뭘 요구하는 것 없이 점점 서로를 이해하게 되었다. 깊은 것도 없었고 가슴을 쥐어뜯는 것도 없었다.

그는 그녀와 같이 있는 게 마냥 좋았다. 처음에는 속으로 그렇게 생각했다. 한동안 그는 기운이 나고 심지어 보호받는 느낌까지 받았다. 그녀는 그의 계속적인 관심을 고마워하면서도 장난스럽게 받아들이는 것 같았다. 그가 달리 행동했더라면 놀랐을 것 같은 태도였다. 그녀는 종종 해변에 대해 이야기했다. 남자들이 입는 흰 칸주, 우윳빛을 띠는 음나지 맥주, 일요일이면 해변가에 흩어져 있던 털이 부얼부얼한 코코넛 껍질, 킬린디니 항구의 낮은 절벽들, 먼 곳에서 온 증기선들이 떠 있는 넓고 푸른 물. 그녀는 몸바사의 좁은 아랍 거리들, 그 위의 예수 요새에 대해서도 이야기했다. "거기에다 예수의 이름을 붙여 부르는 걸 생각해 보면 참 웃겨요." 압둘라가 그녀에게 아랍인들이 여자나 고양이로 변할 수 있다는 게 사실이냐고 묻자 그녀가 웃으며 물었다. 그런 말을 믿다니, 당신은 스와힐리 사람이 아닌가요? 완자는 마치 자기가 가 본 곳에서는 어디서나 그곳에서의 삶에 몰두했던 듯, 그런 것들에 대해 실감 나게 말했다. 그녀는 개인적인 얘기는 거의 하지 않았다. 자기 자신에 대해서도 얘기하지 않았다. 물론 무니라는 개의치 않았다. 그는 다른 사람의 과거에 드리운 베일을 걷어 내고자 하는 사람이 아니었다. 그러나 그는 그녀의 치명적인 눈길, 그리고 그와 압둘라에게 보여 주는 대담함과 인위적인 수줍음을 오가는 태도에 영 익숙해지지가 않았다. 인정하고 싶지 않았지만, 그녀의 얼굴에 깃든 기다림과 그 눈에 깃든 고통스러운 호기심과 경험은 그를 조금 혼란스럽게 했다. 그녀는 물론 그에게 매인 사람이 아니었다. 무니라도 그것을 알았다. 그리고 그것은 그의 기질과도 잘 맞았다. 그는 다른 사람하고 일상적인 관계 이상이 되는 걸 두려워했다.

그럼에도 무니라는 그렇게 경박하고 유치한 자신의 이야기를 함으로써 자신의 일부를 다른 사람에게 넘겼으며, 그렇게 함으로써 그들에게 자신을 지배할 힘을 줬다고 느꼈다. 그는 하루를 마치고 압둘라의 가게에서 그녀를 만날 것을 생각하며 수업에 들어갔다. 맥주를 같이 마시고…… 같이 웃고……. 그는 저녁에 얘기를 하다가 시리아나에 관한 이야기를 했던 밤을 향해 조심스럽게 접근해 갔다. 물론 얘기를 실제로 꺼내지는 않고 그 언저리를 돌기만 했다. 그러나 그들의 얼굴은 아무 반응이 없었다. 그래서 그들이 실제로 그의 실패에 대해 어떻게 생각하는지 알 수 없었다. 그녀는 늘 가까이 있으면서도 멀리 있었다. 그녀가 압둘라에게도 똑같이 친밀하게 얘기하는 게 점점 고통스럽게 느껴졌다. 그녀가 압둘라와 그를 비교하며, 그를 모자라게 생각할지도 모를 일이었다. 그는 압둘라에 대해 생각해 보기 시작했다. 이 친구는 어쩌다 다리를 잃었을까? 왜 일모로그에 왔을까? 그러다 자신이 압둘라에 대해, 하기야 누구에 대해서도, 아는 게 거의 없다는 사실에 놀랐다.

낮게 뜬 비행기 한 대가 일모로그 위를 지나갔다. 아이들이 교실에서 몰려 나가 하늘을 향해 눈을 찡그리고 목소리를 높였다. 그들은 비행기의 움직임과 그것이 들과 일모로그의 산등성이와 평원 위로 그림자를 드리우며 날아가는 모습을 눈으로 열심히 좇았다. 압둘라의 당나귀가 놀라서 소리를 질렀다. 당나귀가 지르는 소리가 작은 비행기가 내는 소리와 겹쳤다. 농부들이 옥수수 밭에서 나오더니 두세 명씩 길에 모여 비행기를 바라보고 얘기를 나눴다. 어쩌자고 일모로그에 자꾸 돌아오는 거지? 완자가 학교로 가서 무니라에게 똑같은 질문을 했다. 원하는 게 무엇일 것 같아요? 무니라는 알지 못했지만, 그녀가 자기한테 의견을 구하러 왔다는 사실에 기분이 좋았다. 그냥 관광을 하는 건지도 모르죠. 비행기가 상공을 가로질러 먼 백청색 구름 속으로 사라졌을 때 그가 말했다. 그들이 처음 만난 이래 완자가 학교로 그를 찾아온 건 처음이었다. 그는 그녀가 물러가는 모습을 바라보았다. 가볍게 흔들리는 엉덩이가 매혹적이었다. 그러니 마음이 끌릴 수밖에 없었다.

그러더니 그녀가 꿈에 나타나기 시작했다. 꿈속에서 그들은 가슴과 가슴을 맞대고 있었다. 몸은 욕망으로 팽팽해진 채로 서로의 눈을 들여다보며, 그들은 그렇게 일모로그 언덕에 서 있었다. 그들은 학교에서도 안 보이고, 향기로운 정원 같은 그녀의 몸 때문에 노발대발하며 인상을 찌푸린 채 이를 갈고 있는 케임브리지 프로드샵의 눈에도 안 보이는 곳에 서 있었다. 그들은 씨름을 하기 시작했다. 그들은 땅에 떨어지는 대신, 푹신푹신한 구름 속으로 떨어져 일모로그의 언덕과 계곡 위에서 천천히 춤을 추었다. 그들은 허벅지를 맞대고 있었다. 발산되려 하는 따뜻한 피의 힘이 느껴졌다. 그는 더 이상 참을 수 없었다. 아침에 일어나 보니 침대가 젖은 흔적이 보였다. 그는 매우 슬펐다. 이제 위험에 처한 것이었다. 관찰자에 불과한 나한테 무슨 일이 일어나고 있는 걸까? 그는 신음했다. 그리고 하루나 이틀 동안, 그녀가 옆에 있으면 무뚝뚝하고 냉담하게 굴었다. 황혼이 지자 그는 일모로그 언덕을 거닐며 이 새로운 감정이 무엇인지 헤아려 보려 애썼다. 남자다운 용기는 어디로 간 걸까? 구렁 속의 혼돈이 두려워 벼랑의 가장자리에서 떨며 살아가야 하는 걸까?

비행기가 왔다 가고 오래지 않아서 카키색 옷을 입은 남자들이 랜드로버를 타고 일모로그에 왔다. 그들은 들판에 가더니 체인을 끌고 다니며 붉은 막대기를 박았다. 그들이 누구이며 남의 땅에서 뭘 하는지 알고 싶은 사람들이 그들을 둘러쌌다. 사람들은 그 남자들이 사용하는 체인, 경위의(經緯儀) 그리고 그중 하나가 목에 걸고 계속 들여다보는 망원경을 신기하게 여겼다. 어떤 사람들은 그 망원경으로 그들이 있는 곳에서 세상 끝까지 볼 수 있다고 우겼다. 완자가 다가오더니 그의 옆에 섰다. 그러나 그녀의 눈은 그들의 우두머리인 관리에게 가 있었다. 관리가 무니라한테 오더니 물을 좀 달라고 했다. 무니라는 아이를 시켜 학교에 가서 물과 유리컵을 가져오게 했다…… 무니라가 남자에게 무슨 일인지 물었다.

"저는 엔지니어예요." 그가 말했다. "아프리카 횡단 도로 건설을 위해 예비 측량을 하고 있는 겁니다."

"어디로 이어지는 도로죠?"

"자이레, 나이지리아, 가나, 모로코, 아프리카 전체로 통하는 길이죠." 그는 설명을 마치고 동료 작업자들에게 돌아갔다.

무니라가 완자 쪽으로 고개를 돌렸을 때, 그녀는 황급히 그곳을 떠나고 있었다. 마치 벌에 쏘인 사람처럼 달려가다시피 하고 있었다. 나중에 압둘라의 가게로 가자, 사람들이 무니라에게 다가와 그 사람이 무슨 얘기를 했으며, 그 사람들이 오래전에 약속했던 수로를 위해 측량을 한 건지 물었다. 이상하게도 완자는 사람들 사이에 없었다. 그러나 그는 사람들이 하는 얘기와 추측에 정신을 집중하려고 애썼다.

"그들이 우리 땅을 마음대로 가져가지 않으면 좋겠군." 무니라의 얘기를 듣고 나더니, 응주구나가 사람들의 두려움을 대변하여 말했다.

"조금밖에 안 가져갈 겁니다." 압둘라가 말했다. "그리고 보상해 줄 겁니다."

"많은 돈과 다른 땅을 줄 거요." 누군가가 덧붙였다.

"제대로 된 도로가 생기는 것은 좋은 일이죠. 우리가 밖으로 나가는 데도 편할 거예요. 도시에서 우리를 찾아오는 전갈 같은 놈들한테 우리 물건을 주는 대신, 시장에 보낼 수도 있을 거고요." 응주구나는 그러한 가능성을 떠올리고 흥분했다.

그러나 사람들은 그런 일이 일어날 수 있다는 것을 믿지 않았다. 응데리 와 리에라도 수로를 건설해 주겠다고 약속하고는 지키지 않았잖는가.

무니라는 완자가 그 자리에 없는 것이 마음에 걸렸다. 그를 피하는 걸까? 그녀가 너무 보고 싶었다. 그는 그 문제와 정면으로 맞서기로 결심했다.

다음 날 밤, 측량 기사들이 떠난 후, 그는 정면 돌파를 결심하고 그녀의 집으로 갔다. 애원하는 눈길과 대담한 열기로 따뜻해진 손길이면, 이 시련이 곧 끝나리라. 안에 계세요? 그는 이렇게 말하고 오두막 문에 기대어 섰다. 그리고 너무 큰 좌절

감과 실망감을 떨쳐 내려고 손으로 배를 문질렀다. 의자에 편
안하게 앉아 침대의 프레임에 몸을 기대고 있는 압둘라의 모
습이 환한 불빛에 드러났다.

"선생님…… 오셨군요……. 너무 좋아요." 그녀가 소리쳤다.

자리에 앉는 동안 그의 가슴은 더욱 무너져 내렸다. 불빛에
비친 압둘라의 얼굴은 행복해 보였다. 압둘라는 조심스럽게
숨겨 놓았던 소굴로 찾아온 그를 환영하는 듯 환한 미소를 지
어 보였다.

"오늘을 기념하려면 맥주를 좀 가져왔어야죠." 그녀가 압
둘라 옆에 앉아 그를 바라보며 말했다.

"선생님은 기분이 어떠시오?" 압둘라가 물었다. "여기로
온다는 걸 알았으면 좋았을 뻔했네요. 그랬다면 선생님을 기
다렸을 텐데. 보다시피 나는 방금 혼자서 저녁 이슬을 맞으며
왔어요……."

"괜찮아요……." 그 얘기를 듣자 갑자기 무니라의 기분이
한결 나아졌다. "그런데 뭘 축하하는 거죠?"

"맞혀 보세요."

"모르겠어요."

"오늘 압둘라가 나한테 일자리를 제안했어요. 내가 이 제안
을 받아들여야 할까요?"

"어떤 일인데요?"

"술집 여급이죠. 상상해 보세요. 일모로그의 술집 여급. 내
가 받아들여야 할까요?"

"어떤 일이냐에 달렸죠. 그런데 일모로그에는 손님들이 거

의 없잖아요."

"아하, 바로 그래서 술집 여급이 필요한 거예요. 선생님, 정말이라니까요! 손님을 더 끌어들이라고 여급을 고용하는 거예요. 아니면 몇몇 단골들한테 술을 더 마시게 하든가 해야죠."

"당신이 원한다면……. 그런데 전에 그런 일을 해 본 적 있나요?"

"내가 지금까지 얘기했던 모든 곳을 어떻게 알게 됐을 거라고 생각하세요?" 그녀가 갑자기 자리에서 벌떡 일어났다. "차를 만들어야겠어요. 우유는 없지만 차를 마시며 축하해요."

완자의 걸음걸이는 아주 사뿐했다. 그녀가 그릇을 씻기 시작하자 무니라의 눈이 그녀의 풍만한 몸과 가슴이 움직이는 모습을 따라 움직였다. 그는 아직도 어리둥절했다. 자기가 얘기했던 도시에 가서 쉽게 일할 수도 있는데 어째서 일모로그에서 그런 일을 하게 된 걸 저리도 즐거워하는 걸까? 그런 일이라면 루와이니마저도 훨씬 더 크고 좋은 곳이었다. 어제는 어째서 그렇게 이상하게 행동했을까? 그러나 그는 그녀가 만든 가볍고 즐거운 분위기에 영향을 받지 않을 수 없었다. 차를 마시는 동안 어린애처럼 행복해하던 그녀의 기분이 엄숙하고 조용하게 다시 한 번 바뀌었다.

"울고 싶어요. 조지프가 이제 학교에 다닐 수 있게 돼서 정말 기뻐요. 압둘라가 조지프에게 옷과 석판과 책을 사 줬어요."

"압둘라, 잘했어요. 마침내 그렇게 해 줬군요. 조지프는 영리한 아이 같아요. 틀림없이 잘할 거예요."

"그 아이가 고마워해야 할 사람은 완자요. 그 일을 가능하게 한 건 완자니까요."

"그렇게 만든 건 무니라의 이야기였어요. 너무 감동적인 이야기였어요. 정말로 너무 감동적이었어요." 그녀가 말했다.

시리아나에 관한 이야기가 그녀의 과거와 관련된 깊은 무언가를 건드린 모양이었다.

무니라는 갑자기 너무 행복해져서 그녀에게 말했다.

"당신은…… 웃을 때…… 정말 젊어 보여요……. 압둘라를 위해 여급으로 일하기보다는 학교에 있어야 할 것 같아요." 그녀가 잠시 생각에 잠기더니, 차를 조금 마시고 컵을 만지작거렸다.

"일이 서로 연결되는 걸 보면 참 신기해요. 당신도 학교에서 있었던 파업 때문에 여기에 있는 건지도 모르잖아요. 나는 압둘라가 왜 일모로그에 있는지 몰라요. 우리가 여기에 있는 건 모두 우연일지도 몰라요. 아니면 하느님의 뜻이거나요. 모르겠어요……. 모르겠어요……. 도로 측량을 하러 왔던 남자들 기억하죠?" 그녀가 물었다. "엔지니어 기억하죠?"

그녀는 멈칫거리며 시작했지만, 이제는 갑자기 자기 삶의 한 매듭에 대해 얘기할 필요를 느꼈다. 그들은 그런 분위기를 느끼고 기다렸다. 그녀가 일어나더니 램프에 압력을 가해 불을 한층 밝게 만들었다.

"그 사람을…… 알아요?" 무니라가 머뭇거리며 물었다.

"아뇨." 그녀는 이렇게 말하고 천천히 덧붙였다. "그런데 그 사람을 보자 내 과거가 떠올랐어요……." 그녀는 다시 말을 멈추고 앉았다. 그러면서 빈잔을 발로 건드렸다가 그것을 집어 옆으로 치웠다. "예를 들어, 나를 보세요." 그녀는 생각에 잠긴 듯한 상당히 매혹적인 어조로 다시 말을 이었다. "이따금 혼자서 이런 질문을 해 봐요. 어째서 어리석은 일이…… 남자애가 찾아오고…… 남자애와 여자애가 학교 다닐 때 연애하는 것이…… 어째서 그런 것이 삶에 영향을 미쳐야 하지? 그런 것 있잖아요. 압둘라도 저번 날 밤에 그것에 대해 얘기했죠……. 선물로 연필을 주고 사탕을 도둑맞고 책에서 연애편지를 베껴 쓰고…… 모든 것이 결국 똑같이 끝나고…… 마잉키 니 수무, 마니니 니 쿠카리……. 입맞춤을 의미하는 ××자 주변에 떨어진 눈물방울들." 그녀는 고개를 들고 웃었다. "말이 많으면 독이 되고 적으면 설탕이 된다는 사람들 말이 어쩌면 맞을지도 몰라요. 그 아이의 이름은 리소였어요. 그와 나는 키누 초등학교에 다닐 때 같은 반이었어요. 여자애들은 잔인할 수 있죠. 나는 그가 보낸 편지들을 다른 여자애들에게 읽어 주곤 했어요. 우리는 키누에서 룽기리에 갈 때까지 깔깔거리며 그를 비웃었어요. 그러나 나는 그가 연필과 사탕을 줬다는 말은 아무에게도 하지 않았어요. 모든 게 유치하고 즐거운 장난이었어요. 그런데 어느 토요일, 우리는 학교에 늦게까지 있었어요. 우리 학교와 룽기리의 축구 경기를 보기 위해서였죠. 우리는 그들을 카두라고 부르고, 우리를 카누라고 불렀어요. 그들은 그걸 싫어했지요. 그런데 카누가 카두한테 지고 말았어요. 리소가 나를 집에 데려다줄 때, 우리는 그 경기에 대해 얘기했어요. 그런데 그가 우후루 얘기를 꺼냈어요. 특히 가난한 사람들을 위한 기회가 점점 더 많아지고 있다고요. 그러니 공부를 열심히 해서 중고등학교에 가고 대학교에 가서 기술을 공부하겠다는 거예요. 그래요, 그는 엔지니어가 되겠다고 했어요. 길이나 강 위에 다리를 만드는 게 그의 꿈이었어요. 생각해 보세요, 그 나이에 그런 생각을 하다니. 기분이 좋더군요. 그러나 남자애들은 늘 우리 여자애들보다 미래에 대해 더 자신만만해하죠. 그들은 자기들이 인생에서 되고자 하는 게 뭔지 아는 것 같았어요. 그에 반해 우리 여자애들에게는 미래가 애매해 보였어요……. 아무리 열심히 공부해도 결국 부엌과 침실로 귀착될 거라는 걸 아는 것만 같았어요. 그날 저녁, 나는 자기가 원하는 것에 그렇게 자신만만한 사람과 같이 있다는 사실이 너무 좋았어요. 나도 그와 뭔가를 공유하는 느낌이었어요. 나도 앞을 바라보고 열심히 공부하겠다고 했어요. 그가 더이상 둔하고 어리석어 보이지 않았어요. 우리는 어둠 속에서 손을 잡았어요. 어떤 남자가 지나가면서 기침을 했어요. 우리 아버지 같았어요. 그러나 나는 신경 쓰지 않았어요. 나는 집으로 달려가서 나의 사슴 가죽 가방을 벽에 걸고 앉았어요. 어머니가 왜 평상복으로 갈아입지 않느냐고 물었어요. 나는 오늘이 금요일이니 어차피 내일이면 교복을 빨아야 해서 그렇다고 말했어요. 어머니는 그러면 집에 온 것이 그래서냐고 물었어요. 나는 가만히 있었어요. 리소가 보낸 편지들을 떠올렸어요……. 나의 사랑은 모래알이나 숲 속의 나무들이나 내 몸의 세포처럼 헤아릴 수가 없어……. 그의 꿈도 떠올렸어요. 그러자 웃으면서 어머니에게 엔지니어가 되겠다는 리소의 꿈에 대해 얘기하고 싶었어요. 나는 학교에서 축구 경기를 보느라고 늦었다고 말했어요. 남아서 우리 편을 응원해야 했다고요. 그런데 어머니가 방금 누구하고 있었냐고 물었어요. 남자친구하고요. 나는 그렇게 대답하고 웃었어요. 어머니, 그 아이는……. 나는 이렇게 말을 시작했다가 어머니의 눈에 어린 표정을 보고 입을 다물었어요. 아버지가 말했어요. 쟤는 이제 여자야. 어머니한테 말대꾸도 하는군. 부모님은 나를 방에 가두고 때렸어요. 아버지는 혁대로 때리고 어머니는 물건을 묶어서 끌고 다닐 때 쓰던 소가죽 끈으로 때렸어요. 이것이 남자 손을 잡고 집에 온 벌이다! 이것이 네 어머니한테 말대꾸를 한 벌이다! 너무 부당했어요. 나는 울지 않기로 결심했어요. 그러자 부모님은 더 화가 나는 모양이었어요. 이제는 나를 울게 하려고 때리더군요. 나는 마침내 살려 달라고 비명을 질렀죠. 당신들은 하느님의 자식이면서 자비심도 없느냐고 울었어요. 그러자 부모님이 매질을 멈췄어요. 나는 계속 흐느껴 울었어요. 나는 속으로 이 세상을 저주했어요. 내가 무슨 잘못을 했는지 알 수 없었어요. 나는 죄책감을 느끼지 않았어요. 다시는 야만인 아이와 다니지 말라는 경고를 받고서야 나는 부모님이 나를 때린 게 단순히 사내아이와 함께 있었기 때문만은 아니라는 걸 깨달았어요. 부모님은 그 아이의 집이 우리 집보다도 가난해서 때린 거였어요. 그리고 나를 때리는 방식에도 두 사람이 뭔가를 짜고 하는 듯한 느낌을 받았어요. 나는 내 아버지와 어머니가 소원해지고 있다는 걸 알고 있었어요. 비상사태* 초기에 있었던 일 때문이었어요. 그리고 나는 내 아버지가 어려운 상황에 처해 있다는 걸 알았어요. 그러나 그들의 재결합 방법으로 나를 이용한다는 사실엔 화가 났어요. 그때, 그들은 저녁 늦게까지 귓속말을 했어요.

나는 몇 날 몇 주 동안 복수를 계획했어요. 전에도 부모님께 많이 맞았지만, 그렇게까지 반항심을 느낀 건 처음이었어요. 어떻게 하면 복수를 할까 그 생각뿐이었어요. 가난한 게 죄인가? 부자가 아니면, 모두 죄인이란 말인가? 기독교인이 아닌 것도 죄인가? 동시에 나는 내 고통의 원인이었던 젊은 남자가 싫었어요. 나는 내 영혼 속에 있는 고통을 다독거렸어요. 나는 독한 여자예요. 그래서 내가 어떤 것을 오랫동안 마음에 담아 둘 수 있다는 것도 알아요. 나는 부모님이 나한테 그랬던 것처럼 정말로 그들에게 상처를 주고 모욕을 줄 뭔가를 찾아내고 싶었어요. 그러나 나는 어렸어요. 고통이 희미해지고 복수에 대한 생각은 일상적인 삶에 묻혀 버렸어요. 그러나 그날 밤 이후로, 나는 나와 내 집과 학교와 세계 중 어느 것도 예전과 같지 않다는 걸 알았어요. 마치 그것들이 나를 학교와 마을 너머에 있는 흥미로운 세계로부터 떼어 놓고 있는 것 같았어요. 바깥세상에 삶이 있는 것 같았어요. 그 당시는 독립 전이어서 삶이 어떻게 달라질지를 놓고 많은 이야기들이 있었어요……. 아, 내가 이 모든 것을 너무 오래전 일처럼 얘기하고 있군요. 겨우 몇 년 전 일인데 말이죠……. 그래요, 겨우 몇 년 전 일이에요.

---

* 키쿠유족이 1950년대 마우마우 무장 봉기를 전개하자 당시 식민 통치를 하던 영국은 1952년부터 1960년까지 비상사태를 선포하고 봉기를 무력으로 제압하고 가담자들을 체포해 고문하는 등 가혹 행위를 자행했다.

이 무렵, 어떤 남자가 나타나더니 우리 집 부근의 땅을 사서 빗물을 받는 큰 탱크가 딸린 돌집을 지었어요. 결혼해서 딸이 둘이나 있는 사람이었어요. 다른 사람들이 곧 그를 따라 하기 시작했어요. 그의 집이 최고라서 유행이 된 거죠. 그것은 앞으로 다가올 일에 대한 신호 같은 것이었어요. 독립이 되면 곧, 모두가 적어도 지붕이 함석으로 된 집과 빗물을 받을 물탱크를 갖게 될 거라고 생각한 거죠. 그 사람은 작은 트럭과 버스의 주인이기도 했어요. 우리는 그가 어디에서 왔는지 몰랐어요. 어쩌면 그는 아프리카인들이 사업권을 확보하던 비상사태 말기에 우리 마을 최초의 거물이었을 거예요. 그는 우리 아버지와 너무 달랐어요. 키가 크고 강하고 부자였으며 모두가 부러워하고 존경했어요. 자기 버스에서 차장을 하는 걸 처음으로 보았을 때부터 나는 그에게 끌렸어요. 내가 두 번째 탔을 때 그는 요금을 받지 않았어요. 누구누구의 딸 아니냐고 하면서 말이죠. 물론 나는 그가 나를 알아봤다는 사실이 기뻤어요. 그는 우리 집에 한두 번 왔어요. 가세가 기울던 우리 아버지는 그걸 너무 자랑스럽게 생각했어요. 나는 창피했어요. 그는 우리 아버지와 친구가 되었고, 곧 집에 자주 찾아오기 시작했어요. 크리스마스 때는 우리 모두에게 선물을 줬어요. 나한테는 꽃무늬 드레스를 주면서 나를 자기 딸이라고 했어요. 내가 꼭 오래전에 도시로 간 내 사촌 언니 같았어요. 적어도 나는 그렇게 생각했어요. 나중에 그는 트럭에 나를 태우고 도시의 로열 시네마로 데려가 오후 영화를 보여 줬어요. 그 후로 학교는 전과 같지 않았어요. 그가 집에 찾아올 때마다, 나는 같이 있는

게 부끄럽다는 듯 일부러 일찍 잠자리에 들었어요. 그러나 그
의 방문은 그다음 날 오후에 나를 보고 싶다는 우리만의 신호
였어요. 그러면 나는 꽃무늬 드레스를 가방에 넣고 그 위에 책
을 덮었어요. 그리고 시내 화장실에 가서 꽃무늬 드레스로 갈
아입고 교복은 가방에 숨겼어요. 4~5시쯤 나는 집으로 돌아
갔어요. 물론 교복을 입고서 말이죠.

　나를 잡아낸 것은 수학 선생이었어요. 나를 유독 총애하
던 그는 나한테 눈독을 들이고 있었어요. 다른 여학생들보다
내 가슴이 조금 더 크고 몸매가 풍만했기 때문이죠. 그는 갖가
지 구실을 대 가며 나를 학교에 잡아 두고 싶어 했어요. 가서
내 집에 불 좀 지펴라. 이 연습장을 내 집에 갖다 놓아라. 손톱
을 왜 깎지 않았니. 4시 지나서 보자. 이런 식의 구실을 대면
서 말이죠. 한번은 어머니한테 그를 일러바쳤어요. 그랬더니
어머니가 화를 내며 그의 상급자한테 가서 따져야겠다고 하
기도 했어요. 여하튼 그는 내가 자주 결석을 한다는 사실을 눈
여겨보았어요. 그리고 나를 감시하다가 잡아낸 거죠. 그는 나
를 자기 집으로 불러 사랑한다며 나를 원한다고 했어요. 나는
거절했어요. 그러자 그가 자신이 아는 걸 들이댔어요. 나는 그
가 마음대로 하게 두든가, 아니면 부모님한테 야단을 맞든가
둘 중 하나를 택해야 했어요. 나는 거절했어요. 그랬더니 그가
내 부모님께 일러바쳤어요. 그 사람을 특별히 싫어했던 내 어
머니는 너무 충격을 받아서인지 나를 때리지도 못했어요. 처
음에 나는 그들이 상처를 받은 줄 알았어요. 그러나 어머니는
적대적인 세계로부터 보호하겠다는 듯 나를 울면서 껴안았어

요. 나는 죄책감을 느끼며 울었어요. 결정적으로 부모님은 이 일로 사이가 틀어졌죠. 어머니는 깊은 상처를 받은 목소리로 아버지에게 말했어요. 결국 그 사람은 당신의 부자 친구잖아요. 내 아버지에겐 대단한 모욕이었죠. 아버지가 한없이 작고 가여워 보이더군요. 어머니는 그 사람이 더러운 발과 위선적인 얼굴을 한 번만 더 집에 들여놓으면, 뜨거운 물을 부어 버리겠다고 위협했어요. 그러고는 더 이상 한마디도 하지 않았어요. 나도 그 사람을 다시는 만나지 않겠다고 맹세했어요. 나는 전보다 열심히 공부를 했고 수학 선생의 득의양양한 웃음과 비열한 말도 견뎌 냈어요. 놀랍게도 나는 모의 영어 시험에서 그 지역에서 2등을 하고 수학 시험에서 1등을 했어요. 아마 선생도 놀랐을 거예요. 눈치 없는 남자 친구는 5등을 했어요. 이제 모든 사람들은, 실제 시험은 나한테 누워서 떡 먹기라고 생각했어요. 선생님들은 내가 지원했으면 하는 고등학교들에 대해 얘기하기 시작했어요……. 그러나 내 복수의 결과들이 나를 따라왔어요. 나는 음식을 토하고 조금씩 피로를 느끼기 시작했어요. 임신을 한 걸까? 나는 애인에게 다시 달려갔어요. 그가 말했어요. 나의 두 번째 아내가 되도 좋다면 너와 결혼할게. 그런데 내 아내는 너무 거칠어서 너를 종으로 삼아 버릴 거야. 나한테는 죽느냐 사느냐 하는 문제를 그는 너무 가볍게 생각하는 것 같았어요. 나는 어머니가 곧 이 사실을 알게 될 거라는 걸 알았어요. 그러자 견딜 수가 없었어요. 어머니가 알게 될 때쯤이면 나는 이미 여기에 없을 거라고 생각했어요. 나는 마음을 정했어요. 돌파하기로 마음을 먹은 거죠.

그날을 떠올리면 늘 수치심과 죄의식을 느껴요. 어머니는 침대에 누워 있었어요. 나는 학교에 갈 준비를 하고 있었어요. 어머니가 나한테 말했어요……. 우리에게 염소가 두 마리 있다……. 마른 똥을 밭에 가져가 버려라. 그것이 기회였어요. 나는 좋은 옷들을 바구니에 담고 그 위에 마른 똥거름을 덮었어요. 그길로 집에서 달아났어요……. 그에게로 달려간 거죠. 그가 나를 보더니 갑자기 웃기 시작하더군요. 그러고는 우스운 짓 하지 말라고 하더군요. 자신은 내 아버지만큼이나 나이가 많다면서요. 그리고 자신은 기독교인이라고 했어요. 뭔가가 목구멍에 걸리더군요. 나는 울 수도 없었어요. 나는 한 번 훌쩍거리다가 이스틀리에 있는 사촌 언니를 찾아갔어요."

그녀는 마지막 말을 하면서 목소리를 약간 낮췄다. 무니라는 그녀의 괴로운 영혼이 죄의식과 굴욕의 계곡을 힘겹게 지나던 시절과, 그 여정의 근원을 뒤돌아보며 보냈을 불면의 나날을 그려 볼 수 있었다. 그런 생각을 하고 있는데, 그녀의 낮고 냉소적인 웃음소리가 들렸다.

"그래요. 나는 깊고 깊은 계곡을 건너서 나한테 들려오는, '외로운 자들은 모두 나에게 오라. 내가 너희에게 최후의 안식을 주겠노라.'고 했던 그리스도한테 의존할까도 여러 번 생각했어요. 정말 그러고 싶었어요. 사촌 언니는 내가 처한 상황을 알고 있었어요. 언니는 내가 선택한 현실을 제대로 보게 하려고 애썼어요. 그러나 내가 그 길을 선택했을까요? 나는 하느님의 목소리와 사촌 언니의 제안을 따르지 않으려고 열심히 싸웠어요. 나는 살아서 복수를 해야겠다고 생각했어요. 아직 젊은 나이였으니까요. 나는 그녀처럼 살지 않겠다고 생각했어요. 이런저런 일을 해 봤지만, 우리 여자들이 쉽게 구할 수 있는 일은 여급 일 같아요. 학교를 중퇴하고 시험에 실패하고, 때로는 고등학교를 중퇴한 우리 여자들한테는 말이죠."

슬프고 비통한 어조가 잠시 침묵을 지배했다. 분명한 것은 그녀가 어떤 싸움을 했든 원래의 상처를 잊지 않았다는 사실이었다. 그녀는 압둘라와 무니라를 자신의 세계로 끌어들였다. 그들도 그 상처를 경험하는 것 같았다. 어쩌면 그것은 그들에게 각자의 상처를 떠올리게 했는지도 모른다. 갑자기 그녀의 목소리에 생기가 돌았다.

"그래서 학교에 다니지 못하는 아이들을 보면 늘 마음이 아파요……. 그래서 우리가 조지프가 학교에 다니게 된 것을 내일, 가게에서 축하해야 하는 거예요. 압둘라, 나는 정말 행복해요. 무니라, 당신도 내일 와야 해요. 내가 일모로그의 여급으로서 처음 맞는 밤이니까요."

그녀는 무한한 에너지와 열광으로 다시 한 번 그들을 끌고 갔다. 그녀에겐 남자의 가슴을 다양한 감정들과 기대감으로 뛰게 만드는 재주가 있었다.

"내일은 음지고를 만나러 루와이니에 가려고 해요."

"안 돼요. 와야 돼요." 그녀가 다급하게 그의 말을 잘랐다. "장립종 쌀을 1파운드만 가져다주세요. 오늘은 압둘라가 나를 집에 데려다줬어요. 내일은 당신 차례예요. 어둠이 무서운 건 아니겠죠? 달이 뜰 테니 걱정 마세요. 추수의 첫날이니까요. 내일은 축하할 일이 너무 많네요……."

어둠이 무서우냐고? 그럴 리가 있나. 내일 밤이든 다른 날 밤이든, 당신과 함께라면 무섭지 않지. 그는 속으로 쾌재를 불렀다.

"압둘라, 고마워요……. 무니라, 고마워요……." 그들이 일어설 때, 그녀가 정답게 말했다. 두 남자의 귀에는 그 말이 각자 자기한테만 특별한 의미를 담아 하는 말처럼 들렸다.

무니라는 압둘라에게 "잘 가요."라고 말하고 어둠 속을 계속 걸었다. 그는 다음 날 그곳에 가서 그녀를 집까지 데려다줄 일을 생각했다. 아름다운 꽃잎들. 아름다운 꽃들. 내일은 정말로 수확의 첫날이 될 터였다.

3

1. 십이 년 후, 일요일이었다. 무니라는 경찰에 제출한 진술서에서 그 장면을 다시 재현하려고 노력했다. 그는 진술서에서 진실만을, 오직 진실만을 말하려고 했다. 그러나 그 장면은 아직도 기억에 생생했지만, 설명할 수 없는 운명과 폭력이 암시된 그 이야기를 완자가 처음으로 들려주던 날 밤을 정확히 말로 표현할 길은 없다는 것을 깨달았다. 그는 딱딱한 의자에 앉아 탁자에 팔꿈치를 괴고 이따금 그림 달력에 눈길을 주었다. 벽에 있는 장식이라곤 그 달력이 전부였다. 그러나 그의 눈길은 대부분, 경찰관의 얼굴에 멎어 있었다. 무니라는 그 경찰관이 신참인 것 같다고 생각했다. 일모로그 경찰서가 그의 첫 근무지일 것이다. 어쩌면 그는 지금 예민하거나 마음이 조급하거나, 양쪽 다일 것이다. 그는 오른발로 마루를 톡톡 두드리고 손가락으로 탁자를 살짝 두드렸다. 인내심을 잃

어 가는 것이었다. 무니라는 이해하려고 했다. 어느 누군들 불안의 기류를 느끼지 않으랴 싶었다. 학생들은 파업을 일으켜 완고하고 권위적인 교장 선생들을 사무실 벽장에 가두고, 노동자들은 연장을 내려놓고 삼자 협상의 일시적인 위안을 거부하고 있었다. 주부들은 가두 행진을 벌이며 높은 물가에 대한 항의로 격렬한 구호를 외치고, 무장 강도들은 군중의 환호를 받으며 은행을 털고 있었다. 여자들은 철옹성 같은 남자들의 권력과 특권에 맞서 평등권을 주장하며 부엌과 침실에 틀어박히기를 거부했다. 이 모든 것들이 지상의 지배 계급들한 테서 정해진 질서와 법을 지키라는 위임을 받은 자들의 신경을 거스를 수 있었다. 그들은 지상의 지혜를 너무 믿었다. 성경을 펼치고 이러한 것들이 오래전에 예견되어 있었다는 것을 보려 하지 않았다. 카레가와 그를 따르는 셍게타 공장 노동자들도 별반 다르지 않았다. 그들은 그것이 같은 피부색, 지역, 출신 지역의 진정한 공동체임을 거부하고, 흑인이든 백인이든 인도인이든 고용주라면 다 반대했다. 그러나 그들도 실패했다. 가장 중요한, 아니 유일한, 종교의 형제애를 거부했기 때문이었다. 만물의 주인이고 영원한 왕국의 주인 품에서 다시 태어난 종교의 형제애를 거부했기 때문이었다. 이 경찰관은 어떤 진실을 원하는 걸까? 무니라는 그에게 완자가 예언자들이 말했던 '그녀'라는 걸 보여 주고 싶었다. 언제나 고통과 항의, 희망과 두려움, 그리고 무엇보다도 육체의 힘을 통한 탈출의 약속을 환기시키는 목소리로 남자들을 복종하게 만들고 탈선하게 만드는 '그녀'라는 것을 보여 주고 싶었다. 그러나 경찰관 — 이 세계의 현자 — 은 방 안을 거닐며 무니라를 차가운 눈으로 바라볼 뿐이었다. 어리석은 여급이 십일 년 전 — 횡단 도로는 말할 것도 없고 일모로그에 어떤 석조 건물도 세워지기 전이었다. — 에 질렀던 소리가 현재와 무슨 관련이 있다는 걸까? 성경을 펴고 아담과 이브의 이야기를 읽는 게 더 나을지도 몰랐다. 그도 세월을 건너뛰어 다소 생생하게 남아 있는 기억에 몰두하는 게 더 낫지 않을까? 그러면 시간과 에너지가 확실히 절약될 텐데. 바로 그거야. 무니라는 그렇게 생각했다. 경찰관이 화를 내는 게 조금은 흥미로웠다. 그것, 그 소리, 그 장면이 그 모든 것과 관련이 있었다. 만약 무니라가 그 소리에 얼이 빠지지 않았다면, 그의 주변과 압둘라의 주변과 일모로그의 주변을 싸고 있는 사악한 거미줄과 표시들을 볼 수 있었을 것이다. 그는 달리 생각해 보기도 했다. 그는 펜과 종이를 청하며 시간을 좀 달라고 했다. 그는 자기 손으로, 그리고 자기 방식으로 진술서를 작성하고, 경찰관은 나중에 질문을 하면 될 터였다. 그리고 하느님의 도우심이 있으면……. 경찰관이 인내심을 잃고 갑자기 탁자를 쳤다. 그는 역사가 아니라 사실을 원했다. 설교나 시가 아니라 사실을 원했다. 살인은 이리오도 아니고 웅조히*도 아니오. 그는 이렇게 말하고 간수들을 불러 그를 가두라고 지시했다.

그는 감방에 갇혔다. 쇠사슬이 채워지는 소리가 들리자 역적인 만족감 같은 게 느껴졌다. 그는 감방에서 하느님의 목소

---

* 사탕수수로 만든 맥주.

리를 들으며 베드로와 바울을 떠올렸다. 그래, 바울은 사울이 었지. 살인은 이리오가 아니오. 무니라는 하품을 하며 전에 그를 찾아왔던 경찰관들이 똑같은 표현을 했던 것을 떠올렸다. 피곤했다. 지난밤에 경비를 서서 그런지 갑자기 피곤이 몰려왔다. 그는 깊은 잠에 빠졌다.

다음 날 아침, 그들이 그를 깨웠다. 그의 마음은 이미 상쾌해져 있었다. 그는 똑같은 사무실로 불려갔다. 그런데 이번에는 다른 경찰관이 있었다. 그의 얼굴은 미소를 짓거나 웃거나 농담을 할 때도 표정이 없었다. 감정을 드러내는 법을 모르는 얼굴 같았다.

그 경찰관은 이 사건을 담당하려고 나이로비에서 온 사람으로 식민지 시대부터 현재에 이르기까지 다양한 상관 밑에서 다양한 일을 해 온 사람이었다. 그에게 범죄는 조각 그림 맞추기 같은 것이었다. 그는 거기에 법칙이 있다고 생각했다. 범죄의 법칙, 범죄적인 행동의 법칙이 있다고 생각했다. 열심히 들여다보면, 가장 미세한 몸짓에서도 이 법칙이 작동하는 것을 확인할 수 있다고 믿었다. 그는 사람들한테 관심이 있었다. 그들의 행동과 말과 몸짓, 공상과 걸음걸이에 관심이 있었다. 그러나 그것은 조각 그림의 일부로서만 느끼는 관심이었다. 책을 많이 읽은 그는 법, 정치, 의학, 교육 등 관심 분야도 다양했다. 그러나 그것은 그의 절실한 관심사 중 일부로서의 관심일 뿐이었다. 그는 실마리가 담긴 이미지, 특정 범죄의 법칙을 찾고 있었다. 그것으로부터 그는 가장 미세한 사항까지 정확히 상황을 파악할 수 있었고, 실패하는 경우는 거의 없었다.

그에겐 일에 대한 환상이 없었다. 이 땅에 어떠한 권력이 있든, 그것에 봉사하는 데 지식을 사용했다. 그는 자신의 입장을 주장하지 않았다. 그래서 그는 독립 정부를 위해 쏟는 무자비한 힘으로 식민 정권에도 봉사했다. 앞으로도 어떤 정권이 오든 그 정권을 위해 충실하게 봉사할 터였다. 그는 중립적이었다. 그가 정치인, 전문인, 사업가, 사소한 범죄자에 대해 갖고 있는 엄청난 힘은 모두가 법에 봉사하고자 하는 이 중립성에서 나온 것이었다. 그의 은밀한 야망은 언젠가 흥신소를 차려 변호사나 사제처럼, 누군가에게 고용되는 것이었다.

이번 사건은 매우 흥미가 당겼다. 특히 관계된 사람들의 유형이 그랬다. 추이는 교육자이자 사업가였고, 호킨스 키메라는 거물 사업가였다. 압둘라는 소상인이었고, 무니라는 교사이자 독실한 신자였다. 완자는 창녀였다. 이들은 모두 기본적으로 신도시에 있었다. 그는 이 일이 얼마나 많은 사람들을 끌어들였는지 궁금했다. 그는 지역과 사람들을 유심히 살폈다. 편견을 갖고 시작하고 싶지 않았다. 모든 것이 그를 매혹시켰다. 무니라가 특히 그랬다.

"무니라 씨, 앉으세요. 잠은 잘 잤나요?"

"네."

"담배 드릴까요?"

"아뇨, 안 피웁니다."

"내 소개부터 해야 되겠네요. 내 이름은 놀라시겠지만 공교롭게도 고드프리 경감입니다. 어제는 미안했습니다. 젊은 친구라서요. 당신도 요즘 젊은이들이 어떤지 알잖아요."

"이해합니다. 그는 자신이 할 일을 하며 인간의 법에 봉사했을 뿐입니다."

"무니라 씨, 잘 생각하셨소. 법이라. 우리 모두는 법의 지배를 받지요."

"하느님의 법이죠."

"그래요, 무니라 씨. 그러나 하느님도 인간을 통해 역사하시죠. 당신이나 나나 다른 사람을 통해서 말이죠. 무니라 씨, 잘 들으시오. 당신은 일모로그에서 많은 존경을 받는 사람이오. 누구보다 오래 이곳에 있었죠. 들리는 얘기로는 십이 년이나 됐다죠. 당신은 사람들 대부분을 알아요. 정말이지 우리는 누구도 부당하게 대하고 싶지 않아요. 진실과 정의에 봉사하고 싶을 뿐이오. 이것은 정의에 대한 인간의 개념에 불과하지만 현재로서는 이것이 정의의 개념이오. 어쩌면 나중에 모든 것이 소상히 밝혀지고 지금처럼 모든 것이 오리무중이 아니게 되면……. 그러나 무니라 씨, 지금으로선 우리도 최선을 다해야 해요. 당신도 알다시피 경찰관은 교사나 사제처럼 공직자일 뿐이오. 공적인 희생자라고 해도 될 거요. 우리가 생명과 재산을 보호해 주고 있음에도 사람들은 고맙다고 하지 않죠. 그러나 그것이 우리의 운명이고 우리의 직업이오. 여하튼 우리는 그런 일을 하며 돈을 받으니까요. 그러나 우리는 우리의 진짜 주인인 대중의 도움 없이는 이 막중한 책임을 다할 수가 없어요. 무니라 씨, 이것은 무서운 신뢰요. 자, 무니라 씨, 우리는 당신에게 펜과 종이를 주고 잠자리까지 제공할 거요. 알겠지만, 완전한 진술서를 작성하기 전까지는 당신을 경찰서에서 내보내 줄 수가 없어요. 무니라 씨, 이것은 절차에 불과하오. 아무런 의미도 없어요. 당연히 음식도 제공됩니다. 인내심과 쓰려는 의지만 있으면, 얼마든지 원하는 방식으로 쓸 수 있어요. 나는 개인적으로 일모로그의 역사에 아주 관심이 많아요. 당신의 학교에 대해서도 마찬가지고요. 그러나 우리가 당신에게 요구하는 것이 행동과 일반적인 기질, 특히 키메리아, 추이, 음지고가 살해—물론 살해당한 게 아닐 수도 있지요.—되던 날 밤과 그 전후로 압둘라와 완자와 카레가의 움직임에 대해 알고 있는 것을 아주 분명하게 진술하는 것이라는 걸 기억하시오. 물론 키메리아, 추이, 음지고는 살해당하지 않았을 수도 있어요."

2. 신도시에서의 살인에 대해 어떻게 얘기할 수 있지? 혼령의 살인? 어디에서 시작하지? 하느님의 법이 작동하는 걸 보여 주려면 과거를 어떻게 재현해야 하지? 현명한 자가 볼 수 없는 것을 이제는 눈먼 자가 볼 수 있도록, 하느님의 의지가 작동하고 하느님의 의지가 나타나는 것을 어떻게 보여 주지?

어쩌면…… 어쩌면 이런저런 일……. 내가 했을지도 모르고 하지 않았을지도 모르는 일들……. 우리는 이제는 돌이킬 수 없는 행위를 한 다음, 늘 마음속으로 이런저런 생각들을 해 본다. 마음을 차분하게 먹자. 그런데 인간인 내가 어떻게 가슴이 뛰는 것을 막을 수 있겠는가? 비와 가뭄에서 출발한 일모로그가 피의 꽃잎들이 피어나는 현재에 이르기까지 그 발전 과정을 목격했던 내가 어떻게 그럴 수 있겠는가? 압둘라와 응야키뉴아와 완자와 카레가를 아는 내가 어떻게 그럴 수 있겠는가? 나는 그들 하나하나의 가슴을 헤아려 보지 않았던가? 나는 늘 우리가 하는 말의 가장자리에 면도날 같은 긴장감이 어려 있는 것을 느꼈다. 우리의 모든 대화와 계획과 과거에 대한 기억에서 그랬다. 심지어 다음 날에 축하 파티를 하자며 그녀가 꼭 오라고 당부한 날 밤에도 그랬다. 생각의 격렬함, 시각의 격렬함, 기억의 격렬함. 나는 지금 그것을 볼 수 있다. 이 감옥의 어스름 속에서 보니, 사물과 숲과 언덕과 계곡들이 침침한 하늘을 배경으로 더 뚜렷하게 보인다. 사탄아, 내 뒤에 숨어라. 통찰력에 대한 오만한 확신. 내가 그를 구하고 있다고, 그녀와 압둘라도 구하고 있다고 생각하던 때가 있었다. 그런데 갑자기 내가 아주 조심스럽게 밟던 길을 카레가가 무모하게 가는 것을 보았다. 나는 그를 붙들고 싶었지만 역부족이었다. 한 주 동안, 나는 완자가 그녀의 거대한 꿈과 계획에서 빠져나오려고 하는 우리의 미약한 노력을 비웃고 있는 모습을 상상했다. 맹세코 나는 그녀가 원하는 것이 힘이라는 것을 알았다. 특히 젊고 필사적인 남자들을 지배하는 힘이라는 것을 알았다. 과거에 자신에게 저질러진 악에 복수하기 위해 필요한 힘이라는 것을 알았다.

그리고 카레가는 그 길을 간 다음에도 아직 어린애였다. 이것은 그를 비아냥대거나, 그의 열정과 이상주의, 영웅주의와 헌신의 가능성에 대한 타오르는 믿음과 같은 감정의 힘을 부정하기 위해서 하는 말이 아니다. 그는 포착하기 어려운 아름다움, 아직 발견되지는 않았지만 지속적인 인간관계에 대한 진실을 향해 팔을 뻗었다. 그는 모든 것에서, 심지어 일모로그에 왔을 때도, 잃어버린 순수함과 믿음과 희망을 찾고 있는 것같았다. 우리 사이가 틀어지기 전에 그의 연습장에서 읽었던 글이 떠오른다.

당신은 웃으면서 이렇게 말하겠지. 오, 이것은 큰 아이의 눈물일 뿐이라고. 당신은 웃으면서 이렇게 말하겠지. 그는 평화로운 농가의 대문에 불길한 징조들을 가져오기 위해 온 사내아이라고. 웃고 빈정대라. 나만 홀로 이 두려움을 갖고, 속으로 이것과 싸웠다. 우리의 가슴이 맞닿아 뛸 때조차, 그녀가 나중에 나를 배신하리라는 것을 내가 몰랐다고 어떻게 말할 수 있을까? 그녀는 나보다 나이가 많았다. 그녀는 해가 질 때 사비리 새들이 집으로 날아가는 것을 더 많이 본 사람이었다. 그리고 사실, 그녀만이 아니다. 아쉽게도 내가 어제 희망했던 세계는 내 손에서 떨어졌다. 내가 알던 사람들, 내가 보았던 새로운 세계를 만드는 사람들은 내 기억 속에서 희미해졌다. 우리가 그토록 많은 믿음과 희망과 피와 눈물을 갖고 함께 뿌렸던 씨는 지금 어디에 있을까? 나는 혼잣말을 해 본다. 새로운 힘은 어디에 있을까? 씨앗이 움트게 하고 꽃을 피울 새로운 힘은 무엇일까?

나는 그때 그것이 절망이라고 생각했다. 그렇게도 어린 마음에 그렇게도 고통스러운 절망 때문에 그는 나를 향해 돌아선 것일까? 내게 뭘 바랐던 것일까? 그가 케냐 전역을 떠돌아다니고, 몸바사에서 키수무까지 갔다가, 그리고 다시 일모로그까지 온 것은 그 말 뒤에 있는 희망을 향한 염원 때문이었을까? 그런데 뭘 찾고 있었던 것일까? 그것이 무엇이었든, 그것이 그를 일모로그로, 나에게로, 압둘라에게로, 완자에게로, 이 수수께끼 같은 진실과 아름다움에게로 몰고 왔다. 대단한 환상이다! 우리는 모두, 매서운 바람과 비와 가뭄을 잠시 피할 자그마한 공간을 하느님의 구석에서 찾는다. 나는 그가 이것을 알았으면 싶었다. 그가 찾는 힘은 양의 피에서만 찾을 수 있다는 것을.

3. 당신은 카레가가 나를 믿기로 한 것은 과거에 있었던 모호한 관계 때문이었다고 말할 것이다. 내가 모호하다고 표현한 것은 우리가 일모로그에서 처음 만났을 때, 나는 오랫동안 우리가 선생과 학생으로 언젠가 한번 만났을 뿐이라고 생각했기 때문이다. 그리고 그것마저도 나는 잊고 있었다. 그날, 그는 나의 은신처에 왔다. 그것이 나의 은신처라는 것을 최근에야 다른 외부인, 즉 완자에게 들켰다. 나는 놀라서 생각했다. 문가에 서 있는 저 낯선 사람은 누구지?

나는 루와이니에 있는 본부에 갔다가 돌아오는 길이었다. 전날 밤 완자가 부탁하던 것이 생각나서 다른 곳에는 들르지 않았다. 나는 진실로 그녀를 집에 데려다주고 싶었다. 그녀와 단둘이 어둠 속을 걸어 오두막까지 가고 싶었다. 그녀에게 마음을 빼앗긴 것이 두렵기까지 했다. 나의 마음을 포로로 만들고는 그토록 새침하게 "장립종 쌀을 1파운드만 가져다주세요."라고 말하다니! 나는 그녀의 말에 복종할 준비가 되어 있었다. 나는 루와이니에 있는 상점을 다 뒤져 쌀을 샀다. 수확을 축하하기 위한 오늘 밤 파티 준비는 완벽했다.

"안녕하세요." 나는 삐걱거리는 소리가 나는 자전거에서 내려 백색과 황토색이 섞인 벽에 자전거를 기대며 무심한 목소리로 말했다.

"저를 기억하실지 모르지만……." 그가 내 인사를 받고 얘기를 시작했다.

나는 모호한 미소를 짓고 손을 저으며 그의 말을 멈추게 했다. 얘기해 보면 알겠지 싶었다. 그런데 그때도 그의 태도에는 나의 심기를 거스르는 뭔가가 있었다. 자신만만한 표정 때문이었을까, 아니면 기꺼이 도우려는 태도 때문이었을까? 그는 내가 분필 두 상자와 연습장 꾸러미를 운반하는 것을 도왔다. 나는 완자를 위해 구입한 장립종 쌀 자루를 날랐다. 집 안 다른 곳과 마찬가지로 거실도 거의 비어 있었다. 나무 벤치, 이음새를 따라 금이 크게 간 탁자, 두 개의 접이식 의자, 벽에 고정된 책장, 거기에 꽂힌 오래된 《플라밍고》, 《드럼》, 《아프리카 영화》 잡지들과 『모든 것이 산산이 부서지다』와 『라위노의 노래』. 나는 늘 책을 더 갖다 놓아야겠다고 생각했지만, 다른 일들처럼 이 일에서 역시 그것을 실행에 옮기지도, 그렇다고 안 하지도 않는 애매한 상태였다. 그는 내가 제안한 접이식 의자를 마다하고 벤치 끝에 앉았다. 그는 몸집이 작았다. 눈은 슬프고 강렬했다. 성인이었다. 그러나 갑자기 고통스럽게 성인이 된 사람처럼 보였다.

"차 마실래요?" 그가 거절하기를 바라며 물었다. 니는 다리를 뻗으며 완자를 생각했다. 그녀의 생각, 그녀의 이야기, 조지프에 대한 배려, 압둘라와 나한테 행사한 마법에 대해 생각했다. 나는 이후 그녀가 떠나야 하는 상황에 대해 생각해 보았다. 그렇게 되면 아이는 어떻게 되지? 나는 불현듯 이런 질문을 하고 있었다.

"연하고 따뜻한 것이면 됩니다." 그가 말했다. 나는 내키지 않았지만 어쩔 수 없이 주인 역할을 해야 했다.

"집에 우유가 없어요."

"우유는 안 들어가도 괜찮습니다. 저도 쇼핑센터 옆에 살지만, 늘 우유가 있는 건 아니랍니다."

나는 프리머스 석유곤로에 압력을 넣다가 갑자기 마리아무 노인을 떠올렸다. 그가 한 말이 그녀를 떠올리게 한 것이다. 내 아버지의 땅에서 살던 소작농. 우리는 늘 그녀를 땅과 분리할 수 없는 존재로 생각했다. 그녀는 감정을 드러내지 않았지만 신앙심이 아주 깊었다. 그 신앙심은 몸가짐에서도 드러났다. 말을 하는 방식, 일을 할 때 몸을 떨며 몰두하는 모습이 그랬다. 그녀는 찻잎을 넣지 않고 차를 끓였다. 그녀는 설탕을 숟가락에 담아 불에 덥혔다. 설탕이 끈적끈적해지면, 그것을 끓는 물에 넣었다. 나는 그녀가 만든 차가 정말 좋았다. 마리아무가 만든 차를 마시려고 종종 어머니의 기독교적 감시망을 벗어나기까지 했다. 적어도 거기에는 설탕이 많이 들어갔고, 우유를 넣는 허식은 없었다. 나를 찾아온 손님에게 이런 이야기를 할까 하다가 나는 이렇게만 말했다.

"우리는 작은 것에 고마워할 줄 알아야 해요. 어떤 사람들은 우유나 찻잎 없이 차를 만들어 마시기도 하니까요."

"아, 제 어머니도 종종 찻잎을 구하지 못하면 그렇게 하셨어요. 숟가락에 설탕을 담아 데우셨거든요. 우리는 그것을 검댕이라고 불렀죠. 그러면 어머니는 웃으면서 말씀하셨어요. 카레가, 설탕이 약간 묻은 검댕 좀 줄까?"

나는 그를 다소 날카롭게 바라보며 말했다.

"고향이 어디죠?"

"카미리소예요. 아시겠지만 리무루, 콰음비르에 있죠."

"그렇다면 리무루에서 여기까지 왔다는 말인가요?"

"네."

"설마 걸어서 온 건 아니겠죠."

"부분적으로는 걸었어요. 승합차 택시를 탔죠. 만원이었어요. 주인은 골골거리는 포드 앵글리아에 공간이 무한정 있다고 생각하는지 '서로를 배려하는 마음으로 잘 좀 앉읍시다. 이 차는 트럭보다 더 크답니다.' 이렇게 말하면서 승객을 계속 태웠어요. 그 차에 스무 명 이상을 태우고 그렇게 울퉁불퉁한 길을 달리더군요."

"이 지역의 길은 다 울퉁불퉁해요."

"언젠가 황토나 타르를 깔 날이 오겠죠."

나는 불과 하루 전에 일모로그에 붉은 말뚝을 박았던 측량 기사들과 비행기와 랜드로버를 떠올렸다. 일모로그를 통과하는 일모로그 국제 도로. 그런 터무니없는 생각을 하자 갑자기 웃음이 나오려 했다. 국제 도로를 만들기 전에 작은 도로를 제대로 만들 생각은 왜 안 하는 걸까? 적어도 루와이니라도 훨씬 빨리 오갈 수 있을 텐데. 그랬다면 훨씬 덜 피곤한 몸으로 집에 돌아왔을 것이고, 이 낯선 자를 이렇게 만날 일도 없었을 텐데. 그러나 갑자기 씁쓸한 생각이 들어 일모로그 농부의 편을 들었다. 돈이 콸콸 흐르는 강물처럼 쏟아져 들어온다면 모를까, 그들이 길을 내는 일은 없을 터였다.

"그래요. 그래요⋯⋯. 하이에나의 이마에 뿔이 날 때쯤이면 그렇게 되겠죠." 나는 큰 소리로 말했다.

이 말을 해 놓고 나는 깜짝 놀랐다. 지금까지 일모로그의 농부들과 목자들은 타르가 깔린 도로와 믿을 수 있는 교통 수단의 도움을 받지 않고 대지와 태양과 싸워 왔다. 어쨌거나 젊은이들은 남자와 여자를 막론하고 도시로 나갔고 노인들만 남아 농사를 지었다. 그리고 노인들은 큰 시장에 내다 팔기 위해 농사를 지을 만큼 큰 자극을 느끼지 못했다. 목자들은 가축의 수를 늘렸다가 결국에 가서는 가뭄이나 질병으로 잃었다. 그들은 평원으로 더 깊숙이 들어가면서 어쩌면 모든 것이 하느님의 저주라고 말할지도 몰랐다. 나는 마음속으로 이 비참한 구석을 도시의 모습과 비교해 보았다. 한쪽에는 고층 건물이 있었고, 다른 쪽에는 진흙 벽과 풀 지붕으로 된 오두막이 있었다. 한쪽에는 아스팔트 도로와 국제공항과 카지노가 있었고, 다른 쪽에는 가축이 지나는 길과 해가 지기 전의 잡담이 있었다. 우리의 예전 주인들은 전혀 고르지 않게 개간된 땅을 우리에게 남겼다. 중심에는 과일과 나머지 지역에서 빨아들인 물이 가득했다. 그러나 중심에서 먼 나머지 지역들은 더없이 약하고 가난했다. 난쟁이 같은 굼바에 관한 이야기가 전해져 왔다. 만지리 세대보다 훨씬 앞서고, 철기 시대가 도래하기 이전에 케냐에 살았다는 그. 머리는 너무 커서 나머지 몸 전체 위에 위험하게 얹혀 있었다지. 전설에 따르면, 굼바는 넘어질 때마다, 외부의 도움 없이는 몸을 일으킬 수 없었다고 한다.

일모로그에서 살아가는 나의 삶과는 너무나 이질적인 생각들이 갑자기 의식을 파고들었다. 나는 이 젊은이의 존재가 나의 영혼을 짓누른다고 생각했다. 이곳 농민들에게 제대로 된 물이 없는 게 나하고 무슨 상관일까? 목자들의 눈이 퉁퉁 붓고 가축들이 가뭄으로 죽어 가는 것이 나하고 무슨 상관일까? 젊은이들이 희망은 없고 허황된 약속만 있는 도시에서 황금색 양털을 찾기 위해 일모로그를 피해 달아나는 것이 나하고 무슨 상관일까? 그 모든 것이 나하고 무슨 상관일까? 나는 내 형제를 지키는 자가 아니었고 그러고 싶었던 적도 없었다.

나는 대중의 주목을 받는 사람도 아니었고 실제로도 다른 사람의 일에 관심이 없었다. 나의 삶은 연결이 안 되는 사건들의 연속이었다. 나는 일모로그라는 피신처에서 행복했다. 적어도 완자가 오기 전까지는 그랬다. 그녀의 얼굴이 다시 내 존재의 지평선을 배경으로 아름답고 슬프게 떠올랐다. 그녀는 나에게 뭘 하고 있는 걸까? 그녀의 아이한테는 무슨 일이 있었던 걸까?

"무슨 일을 하시오?" 나는 젊은이에게 다소 불쑥, 차갑게 물었다.

"일요? 아직 아무 일도 하지 않습니다……. 여러 도시를 돌아다녔습니다……. 그래서 온 겁니다……. 일 년 전까지는 학교에 다녔습니다…….”

“어느 학교를 다녔나요?”

“시리아나에 다녔습니다!”

“한 잔 더 해요.” 나는 이렇게 말하고 그를 흥미로운 눈으로
바라보았다. 그는 빈 컵을 만지작거리며 바닥을 바라보았다.
얘기를 계속하고 싶지만 어떻게 해야 할지 모르는 것 같았다.
나는 그에게 주전자를 건넸다. 그가 자신의 컵에 차를 따랐다.
그의 얼굴이 이제 기억 속에서 희미하게 모습을 드러냈다.

“미안하지만 내가 잘…….”

“오래전 일입니다. 제 이름은 카레가입니다. 그러나 선생님
이 저를 바로 기억하실 거라고는 기대하지 않았습니다. 제가
조금 크기도 했고요. 저는 선생님 아버지의 밭에서 제충국을
따곤 했습니다.”

그가 잠시 말을 멈췄다. 그러나 그는 내가 아직도 자기를 제
대로 기억하지 못한다는 것을 알았다. 그의 말이 이어졌다.

“제 어머니 이름은 마리아무였습니다. 우리는 1955년에 새
비상 마을로 옮겨 가기 전에 선생님 아버지의 농장에 살았습
니다. 소작농으로 살았죠…….”

“마리아무.” 내가 말했다. “자네가 마리아무의 아들이라
고?”

“네.”

“생각이 안 나는데……. 그러나 자네 형 웅딩구리는 알지.
나의 놀이 친구였으니까. 우리는 내 아버지의 숲에 있는 가
시덤불 속에서 영양을 사냥하기도 했어. 하나도 잡지 못했지

만……. 그러나 그것은 1952년보다 훨씬 이전 일인데."

"저는 형을 몰라요……. 희미한 인상밖에 기억나는 게 없어요……. 그런데 최근에 형에 관해서 들은 적이 있어요. 그래서 몇 가지 사실을 더 알게 되었죠……. 그러나 상상일 뿐입니다."

"그런 일이 있었다는 게 참 유감이네……."

"기툰구리에서 교수형을 당한 일 말인가요? 그 일은 집단을 위한 제물이었죠. 우리의 자유를 위해 몇몇은 죽어야 했으니까요……. 그러나 이상한 일이네요……. 선생님이 형을 알고 지냈다고 하시니……. 저는 저한테 죽은 형이 있다는 것도 몰랐거든요……. 무카미가 얘기해 주기 전까지는요."

"무카미라고!"

"네, 죽기 전에 저한테 얘기해 줬어요."

"무카미…… 내 동생…… 자네는…… 어떻게 그 아이가……?"

"선생님의 아버지께서 말씀해 주신 것 같아요."

나는 이 모든 상황을 이해하려고 애썼다. 이 낯선 친구가 내 아버지와 무카미, 그리고 수년 전에 있었던 웅덩구리의 죽음과 무슨 관련이 있는가 싶었다. 나는 더 알고 싶었다. 카레가 어디에서 왔고 어떻게 이 모든 것과 관련이 있는지 더 알고 싶었다. 그러나 어떻게 낯선 아이한테 내 가족과 관련된 일에 대해 묻는단 말인가?

대화의 주제를 바꾼 사람은 그였다. 그는 그러한 이야기들이 자기가 찾아온 것과 관련이 없다는 듯 말했다.

"하지만 제가 온 것은 그런 일 때문이 아닙니다……."

"알겠네."

"제가 온 것은 선생님이 망구오에서 저를 가르치셨기 때문입니다. 기억 안 나세요?"

그의 질문에 절박함이 묻어 있었다. 그러나 무슨 수로 기억한단 말인가? 아버지의 농장에 거주하며 소작농으로 살던 사람들은 너무나 많았다. 내가 가르쳤던 학교들을 거쳐 간 학생들도 너무 많았다. 어쩌면 그중 몇은 기억이 날지도 모른다. 그러나 내 앞에 있는 이 젊은이는 기억이 나지 않았다. 가르친 학생들을 어떻게 일일이 다 기억한단 말인가? 나는 기억 속에서 그의 모습을 떠올려 보려고 그의 얼굴을 바라보았다. 그는 젊고 진지하고 걱정스러운 표정을 하고 있었다. 그런데 갑자기 안개 속에서 칠 년이나 구 년 전, 그의 모습이 떠올랐다. 망구오에 있을 때 가르치던 아이였다. 시리아나에 처음 입학한 학생 중 하나였다. 그것은 학교나 지역에 대단히 명예로운 일이었다. 그는 내가 교장이 아니라는 것을 알면서도, 학생의 품행을 증명하는 서류에 서명을 해 달라며 나를 찾아왔었다. 내가 어떻게 사람들의 품행에 점수를 매길 수 있었겠는가. 그러나 그에게 그것은 동지애를 표시하는 방법이 틀림없었다. 그보다 먼저 그곳에 갔던 사람이 나이니, 더 높은 곳으로 가는 자신에게 증인이 되어 달라고 했던 셈이다. 나는 서류에 서명을 하고, 만약 그들이 기록을 확인하게 되면 내 이름이 그에게 불리하게 작용할지도 모른다는 생각에 어깨를 으쓱했다. 그리고 수년이 흐른 지금, 그가 내 앞에 돌아와 어쩌면 전보다 더 큰 곳으로 가는 출발점에 대해 얘기하려 하는 건지도 몰랐다. 사실, 이것은 교직 생활에서 매우 보람 있는 일이었다. 이따금 상상이나 소망 이상의 것을 성취한 제자가 돌아와서 고맙다고 하면 더할 나위 없이 기뻤다. 갑자기 나는 가벼운 행복감을 느꼈다. 피곤함도 잊고 완자도 잊었다. 무카미와 내 아버지와 다른 모든 것에 대한 생각도 옆으로 젖혀 놓았다. 그가 더 맘에 드는 것 같았다. 사실, 대학생이 나를 찾아왔다는 사실에 기분이 우쭐하기도 했다.

"시리아나를 성공적으로 통과한 건가? 마케레레나 나이로비에 간 건가? 대학 생활은 어떤가? 자네는 자신이 얼마나 운이 좋은지 모르겠지. 독립이 되면서 우리 흑인들에게는 예전보다 기회가 많아졌네. 지금 대학이 몇 개나 되나? 세 개라고. 우리 때는 고등학교가 그 정도였지. 그런데 어느 대학에 다니나? 나는 대학에 가면, 법학이나 의학을 공부하고 싶네. 다른 건 말고 법학과 의학을 전공해서 변호사나 의사가 되고 싶네. 그런 직업을 갖게 되면 돈을 많이 벌 수 있지. 그런데 교사는 어떤가? 우리는 하느님을 위해 일할 따름이라네. 내 생각에 자네는 일자리를 찾아 대도시를 배회했을 것 같군. 푼돈을 벌려고 말일세……. 나는 그게 어떤 것인지 아네. 시리아나에 다닐때, 내 아버지는 나한테 2실링을 주시곤 했네. 전공은 뭔가?"

그의 성공에 너무 열광하는 바람에 나는 그가 머뭇거리는 것을 겸손으로 해석했다. 그는 컵을 만지작거리다 벤치에 내려놓았다.

"사실을 말씀드리면 저…… 저는 대학에 가지 않았습니다. 거리의 대학을 제외하면 말이죠. 시리아나에서는 쫓겨났습니다."

"쫓겨났다고?"

"네."

"시리아나 학교에서?"

"네."

"왜?"

그는 말이 없었다. 뛰어오를 힘을 찾으려 애쓰는 것 같았다.

"말씀드리자면 깁니다. 파업에 대해 들은 적 있으세요?"

"파업이라고? 어떤 파업 말인가? 어디에서 있었던 파업 말인가?"

"지난해 연말이었어요. 모든 신문에 그에 관한 사설이 실렸는데요."

나는 열심히 신문을 읽거나 라디오를 듣는 사람이 아니었다. 나는 신문을 사면 제목만 훑어보고, 사설이나 특집기사나 뉴스는 읽지 않았다. 특히 정치적인 기사는 읽지 않고, 광고나 법원에 관한 기사만 읽었다. 특히 살인 사건에 관한 기사를 읽었다. 가끔은 열심히 반복해서 읽기까지 했다. 그의 말을 듣고 보니, 시리아나에서 있었던 파업에 대해 들은 적이 있는 것 같았다. 그러나 그것은 내 마음속에서 과거의 다른 것들과 섞여 곧 잊혔고, 나는 그 문제가 어떻게 됐는지 관심이 없었다. 나는 그에게 말했다.

"나는 신문을 거의 안 읽네. 나만의 세계에 사느라 말이지. 물론 음식이나 다른 것에 관한 파업에 대해서는 들은 적이 있네만."

그가 다소 씁스레한 목소리로 말했다.

"사람들은 늘 학생들의 불만을 음식에 관한 것으로 돌리죠. 신문들은 그 사건에 대해 전혀 보도하지 않은 채 우리를 비난하는 사설들만 썼어요. 늘 그렇듯이 훈계만 했죠. 국민의 혈세를 낭비하고 어쩌고 한다는 훈계 말이죠. 그들의 관심은 자기들의 욕심밖에 없어요! 무지에 만족하는 거죠. 그런데 프로드샴에 관한 기사는 읽으셨겠죠?"

"프로드샴이라면 케임브리지 프로드샴 말인가?"

"네. 그분이 떠났다는 건 아시죠?"

떠났다고! 케임브리지 프로드샴이 떠났다고! 어떻게? 나는 믿을 수 없었다. 프로드샴이 시리아나였고, 시리아나가 프로드샴이었다. 신문에 관심을 두지 않았던 나 자신이 원망스러웠다. 그가 살해라도 당했다는 걸까? 그러나 프로드샴이 어찌! 내가 그걸 몰랐다는 사실이 카레가에게는 집에 들어오는 손님에게 찬물을 끼얹은 것처럼 느껴졌던 모양이다. 나의 호기심과 흥분에 반비례하여, 그의 열기는 식어 버렸다. 프로드샴과 관련된 또 다른 파업이 있었고, 그가 결국 패배하여 떠났다는 것이다!

나는 그날 밤 이후로 그 사람이 떠난 것에 대한 카레가 자신의 믿을 수 없는 반응을 마음에 새겼다. 그의 말에는 시와 아름다움과 슬픔과 순간적인 승리감이 깃들어 있었다.

나는 그것을 믿을 수 없어요. 나는
전에 시도해 보지 않은 우리의 단결된 힘이
어제의 기도가 실패한 곳에서 산들을

움직일 수 있다는 것을 믿을 수 없어요.

그래도 그는 거기에 없었어요.

그는 나팔을 불고 깃발이, 우리의 깃발이 올라갈 때

더 이상 거기에 없었어요. 세 가지 색상으로 이뤄진

우리의 깃발. 시인의 말대로 녹색은 우리의 땅이고,

흑색은 흑인들이고,

적색은 우리의 피지요.

그러나 그 순간, 집이 드리운 우중충한 어둠 속에 앉아 있던 나는 이상한 느낌을 받았다. 나는 그가 말해 주는 것들에 불같은 호기심을 느꼈지만, 질문을 할 수가 없었다. 이제, 질문에 질문을 거듭하는 것은 카레가였다. 그는 답변을 하거나 반응하기 위해 숨을 쉴 틈조차 주지 않았다. 그는 내게 시리아나에 몇 년도에 있었는지 물었다. 나는 그에게 말해 줬다. 그는 내게 케임브리지 프로드샴을 실제로 알았는지 물었다. 나는 약간 알았다고 말했다. 그는 내게 그렇다면 추이나 셰익스피어나 조 루이스도 틀림없이 알았겠다고 말했다. 나는 나도 모르게 자리에서 벌떡 일어났다. 뭐? 추이라고? 전혀 준비되어 있지 않은 내 앞에, 갑자기 죽은 과거가 나타난 듯 섬뜩했다. 동시에 내가 돌이킬 수 없이 카레가를 실망시켰다는 사실을 깨달았다. 심문하는 듯한 그의 눈에는 내가 협잡꾼이나 사기꾼으로 보일 게 틀림없다는 사실도 알았다. 그도 이제 서 있었다. 나는 그러려고 했지만, 그를 다시 자리에 앉힐 수 없었다. 어쩔 수 없이 나는 문가에 서서 그가 가는 모습을 바라보았다.

지는 해가 풀과 수풀의 그림자를 땅에 길게 드리우고 있었다. 그것 말고 그는 뭘 더 알고자 했을까?

나는 내가 아직도 그 일에 깊은 관심을 갖고 있다는 사실에 다시 한 번 놀랐다. 프로드샴, 추이, 시리아나, 파업, 정치 등 모든 것으로부터 나는 오래전에 손을 털지 않았던가? 괴팍한 교장 밑에서 시리아나가 국가 시험에서 엄청나게 두각을 드러내고 있다는 소식은 이따금 들었다. 그러나 나는 나를 쫓아낸 학교의 영광에는 신경을 쓰고 싶지 않았다. 어째서 그것이 일모로그까지 나를 따라오게 해야 한단 말인가. 학교와 압둘라의 가게가 일모로그 삶의 전부였던 그때가, 그리 오래전이 아닌 그때가 갑자기 그리웠다.

나는 축하 파티를 하기 위해 압둘라의 가게로 가기 전에 차 한 잔을 더 만들어 마셔야겠다고 생각했다. 핼로스 아이언몽거 신부는 차가 좋은 자극제라고 말하곤 했다. 그 신부는 늘, 천국을 차와 소시지가 무한정으로 있는 곳으로 생각했다. 나는 똑같은 과거로 다시 흘러가고 있었다. 그것은 완자와 더불어 시작되었다. 그리고 지난달, 나는 과거의 학창 시절, 압둘라의 가게 뒤뜰, 완자의 집 난로 사이에 있는 기억의 부서진 컵들 속에서 살았다.

아니다, 나는 현재를 잃어서는 안 된다. 예를 들어, 루와이니에 다녀온 일이 그랬다. 음지고가 일모로그에 올까? 나는 그가 오든 말든 별로 개의치 않았다. 그런데 최근에는 그가 갑자기 나타나 학생들이 없거나 수가 적은 것을 보거나 한 학급이 한나절밖에 운영되지 않는 걸 보고, 니를 진에 있던 학교로 전출시켜 내가 새로 만든 왕국인 일모로그 벽지에서 국가 건설에 참여하지 못하게 할까 봐 두려웠다.

아무리 노력해도, 나는 이전에 나의 학생이었던 사람의 별로 중요하지 않은 방문을 마음속에서 몰아낼 수 없었다. 그 방문은 너무 많은 질문들을 미해결 상태로 남겼다. 그가 나를 찾아온 진짜 목적은 무엇이었을까? 시리아나 파업의 배후에는 무엇이 있을까? 프로드샴이 떠나고 추이가 갑자기 돌아온 배후에는 무엇이 있을까? 카레가의 방문이 남긴 서늘한 두려움이 내 배에 불편하게 자리 잡았다. 그러나 내가 두려워하는 것은 무엇일까? 나는 뒤에 두고 온 뭔가를 영원히 응대해야 하는 걸까? 혹은 다른 사람의 삶과 내면의 몸부림 속으로 끌려들어가 다른 사람이 하느님과 씨름하는 것을 목격하는 게 두려운 걸까? ……야곱은 혼자 남았고, 한 남자가 날이 밝을 때까지 그와 씨름을 했다. 그 남자는 자기가 야곱보다 우세하지 않다는 것을 알고 야곱의 엉덩이 뼈를 쳤다. 야곱은 씨름을 하다가 엉덩이 뼈가 나갔다. 그러자 그는 나를 축복해 주지 않으면 놓아주지 않겠다고 말했다……. 나는 속으로 소리쳤다. 나를 놓아주시오, 나를 놓아주시오. 왜 과거의 목소리들을 깨우는 건가요?

나는 문을 닫고 밖으로 나갔다. 이제 압둘라의 집으로 갈 참이었다. 내 마음을 읽은 것처럼, 압둘라의 당나귀가 울었다. 어쩐 일인지 나는 그 소리에 깜짝 놀랐다. 걸음을 멈췄다. 이 시간에 카레가가 어디에서 버스를 타랴 싶었다. 나는 즉흥적으로 집으로 돌아갔다. 그리고 벽에 기대져 있는 자전거를 집어타고 그의 뒤를 쫓았다. 오늘 밤은 여기에서 묵는 게 좋을 것 같았다. 나는 그에 관해 더 알고 싶었다. 시리아나, 무카미, 모든 것에 대해 더 알고 싶었다. 그러나 나는 완자를 처음 만났을 때 느꼈던 감정을 느끼고 있었다. 이것이 이곳에서 누리는 평화에 대한 또 다른 위협이 되리라는 걸.

4. 완자도 그랬다. 그녀는 십이 년 후, 일모로그 병원에서 몸을 회복하며 이 시기를 회상하려고 했다. 그녀가 처음으로 자기 얘기를 했던 날 밤과 그다음 날의 불안한 밤샘이 그녀의 혼란스러운 마음에 불쑥 모습을 드러냈다.

조지프가 학교에 다니게 된 것을 축하하는 파티를 하자는 생각, 추수의 시작, 그녀의 기대감 등 모든 것이 그녀 자신이 만든 드라마였다. 이제 그녀는 병원에 누워 오래전 그날을 세세히 떠올렸다.

그녀는 일찍 잠에서 깨어 할머니를 따라 밭에 갔다. 날씨가 너무 더워지기 전 아침에 콩을 뽑는 일은 늘 좋았다. 너무 더디게 익는 것처럼 보이는 옥수수나무들이 그늘까지 드리워 줘서 좋았다. 작황이 좋지 않아 콩을 털고 추려 내는 일까지 아침에 끝났다. 콩은 삼 자루 하나도 다 채우지 못했다.

"별스러운 수확도 다 있다!" 응야키뉴아가 소리쳤다. "땅도 피곤한가 보다. 해갈되기에는 비가 부족했지. 오래전에는 이만한 땅에서 이 자루로 여덟 개에서 열 개까지 나왔는데."

"옥수수는 더 나올지도 몰라요." 완자가 말을 거들었다.

"이 모양으로?" 응야키뉴아는 그렇지 않을 거라는 듯 말했지만, 말은 더 이상 하지 않았다.

그들은 수확한 것을 집으로 가져갔다. 웅야키뉴아는 이웃들의 수확은 어떤지 보러 다른 집 밭으로 갔다.

완자는 압둘라의 가게로 갔다. 오후였다. 아직은 손님이 없겠지만 그녀는 일모로그에서 여급 일을 시작하고 싶었고, 동시에 달이 뜨기 전 자정에 있을 축하 파티를 기다리며 시간을 보내고 싶었다.

오후 내내, 완자는 선반 위의 물건들과 꾸러미들을 정리하고 또 정리했다. 그들 세 사람, 즉 압둘라와 조지프와 완자는 뭔가 할 일을 찾아 하면서 바쁜 오후를 보냈다. 조지프는 아직 학교 생활을 시작하지 않은 상태였다. 무니라가 루와이니에 가는 바람에 그날은 수업이 없었기 때문이다. 그들은 대청소를 했다. 완자는 압둘라에게 선반 몇 개를 고치라고 했다. 그리고 주점으로 사용하는 가게 뒷방의 탁자도 고치라고 했다. 압둘라는 곧 고쳐 놓겠다고 했다. 완자와 조지프는 술집 바닥을 쓸고 물을 뿌려 먼지를 없앴다. 그녀는 건물 밖에 안내판을 세웠다. "재고 조사로 인해 금일 오후 가게와 주점을 닫습니다." 그러나 재고 조사를 할 게 거의 없었고, 오후에는 손님들도 거의 없었다. 그럼에도 압둘라는 완자의 기발한 발상이 마음에 들었다. 특히 그녀가 자신의 일을 진지하게 대하는 것이 마음에 들었다. 그녀는 상황을 장악하고 있었다. 이곳저곳의 먼지를 털고 연습장에 뭔가를 열심히 써넣느라 그녀는 아침에 콩을 거둬들이면서 느꼈던 피로감도 잊고 있었다. 압둘라는 자신의 가게와 주점이 현실화된다는 사실이 경이롭기만 했다.

오후가 끝나 갈 무렵, 그녀가 표지판을 떼고 다른 것을 세웠다. "이제 영업합니다." 그들은 카운터 뒤에서 손님들을 기다렸다. 그러나 아무도 오지 않았다. 그녀는 다시 일어나서 다른 표지판을 세웠다. "상시 폐업 세일." 그러고는 즉흥적으로, 사람들이 가게를 향해 달려오는 그림을 그려 넣었다.

몇몇 아이들이 사탕을 사러 왔다. 아이들은 웃으면서 그림 속에 있는 사람들의 모습에 대해 얘기했다. 그들은 표지판에 있는 말들 속에서 '폐업'과 '세일'이라는 단어를 알아보고 부모한테 달려가, 압둘라의 가게가 문을 닫으려고 모든 것을 싸게 판다고 전했다. 몇 시간이 지나자 가게는 손님들로 가득 찼다. 손님들은 아이들이 착각했다는 것을 금세 알아차렸다. 그러나 그들은 가게의 새로운 모습을 좋아했다. 몇몇은 남아서 잡담을 하며 맥주를 마셨다. 완자는 그들을 위해 의자를 내다 줬다. 그들이 베란다에 앉아 한가롭게 술을 마시고 추수에 관한 얘기를 나눌 수 있도록 배려한 것이다.

그러나 나중에는 그 사람들마저 가 버렸다. 완자는 카운터 뒤에 앉아 새로운 손님들이 오기를 기다렸다. 그녀의 마음이 떠돌기 시작했다. 오늘 밤은 엄청나게 큰 달이 뜰 것이다. 오늘은 그녀가 일모로그에 온 후로 기다려 온 날이었다. 잘못되는 일이 없었으면 싶었다. 조지프가 학교에 가게 된 것을 축하하는 파티는 그녀의 계획 중 일부일 뿐이었다. 정말 기쁜 일이긴 했지만, 어쨌든 그것은 우연일 뿐이었다. 무니라가 오지 않으면 어쩌지. 아니, 그는 올 것이고 와야만 했다. 그녀는 자신이 남자들에 대해 갖고 있는 힘을 확신했다. 그녀는 그들이 자신의 몸 앞에서 한없이 약해진다는 것을 알았다. 때때로 그 힘이 무섭기까지 했다. 이따금은 술집이라는 왕국으로부터 달아나고도 싶었다. 그러나 다른 일은 그녀와 잘 맞지 않았다. 게다가 그녀는 자신이 미소나 눈길, 심지어 눈썹을 치켜뜨거나 무심코 손님과 몸을 스치는 것 같은 속임수로 남자를 포로로 만들고 한숨 짓게 만들면서 그것을 즐긴다는 사실을 알았다. 그러면서도 자기를 돌아보는 순간에는 내면의 평화와 조화로움을 원했다. 순간적으로 느끼는 승리감과 영광이 지나고 나면 종종 허탈감과 공허가 남았다. 그것은 순간적인 정복이라는 완화제가 있어야만 채워질 수 있는 허탈감이자 공허였다. 그녀는 그러한 허탈감과 공허 속에서 몸부림을 치다가, 결국 승자가 되고 그녀의 몸을 밟는 것은 돈을 가진 남자들이라는 것을 문득 깨달았다. 투자에 대비해 보험을 들고 꺼림칙한 미소를 짓거나 과장된 질투심을 보여 주는 남자들이 결국 승자였다. 그녀는 이따금 자신의 마음을 줄 수 있는 누군가를 찾았다. 자신이 사랑하고 당당하게 그의 아이를 가질 수 있는 누군가를 찾았다. 그것이 그녀가 직접적인 거래를 피하는 이유였다. 그리고 바로 그것이 그녀가 자신을 시장에 바로 내놓으려고 했던 사촌 언니에게서 도망친 이유였다. 아니, 그녀는 아무리 일시적이라 해도 우정을 선호했다. 그녀는 구애를 받고 자기를 위한 쟁탈전이 벌어지고, 자기가 거래의 일부로 원하지 않아도 자기에게 옷이나 다른 것을 사 주는 환상을 좋아하고 즐겼다. 그녀는 카운터에 있을 때를 가장 즐겼다. 그녀는 왁자지껄한 장소에서 떨어진 높은 의자에 앉아 사람들의 얼굴을 유심히 살폈다. 그래서 남자들의 얼굴을 제대로 볼 줄 알게 되었다. 그녀는 호의적인 사람과 감각적인 사람, 거친 사람, 잔인한 사람, 지적인 사람을 구분할 수 있었다. 그들의 대화나 말은 그녀에게 특별한 즐거움을 주었다. 그러나 그녀는 대부분의 얼굴 뒤에는 깊은 외로움과 불확실함과 불안이 있다는 것을 알게 되었다. 이것이 이따금 그녀를 슬프게 하거나 울고 싶게 하기도 했다. 그런 것 말고는 많은 생각을 하지 않았다. 그녀는 자신이 하는 일을 너무 좋아해서 고용주들이 많이 찾는 대상이 되었다. 그녀는 춤을 추고 음반을 틀고 최근에 나온 음반의 가사를 외우는 것을 좋아했다. 한두 번인가는 작곡을 해 보려고도 했지만 곡을 만들지는 못했다. 그녀는 늘 뭔가를 하고 싶어 했다. 그것이 무엇인지는 알지 못했지만, 자신에게 그것을 할 힘이 있음을 느꼈다. 기타나 플롯 같은 악기로 음악이 연주될 때면 자기 안에 있는 그 힘을, 뭔가를 할 힘을 느낄 수 있었다. 그런데 그것이 뭔지는 알지 못했다. 음악은 종종 색채의 형태로 다가왔다. 움직이는 색채라고나 할까. 그녀는 그것들을 섞어 사람들의 눈과 얼굴을 가진 다른 모습으로 만들었다. 그러나 그것은 음악이 지속될 때만 가능했다. 그녀는 '그것'을 찾아, 혹은 '그것'을 그녀에게 보여 줄 남자를 찾아 이곳저곳을 헤맸다. 그리고 그녀는 알게 되었다. 아이였다. 그렇다. 아이였다. 그것이 그녀의 몸이 정말로 갈구하는 것이었다. 그녀는 첫 경험 때문에 예방책을 마련해야 한다는 것을 알았다. 그러나 지금은 피임도 하지 않고 기다렸다. 그녀는 일 년 남짓 시도했다. 징후가 없을수록 더 간절했다. 결국 그녀는 그 고통을 참지 못하고 할머니의 조언을 구하러 온 것이었다. 응야키뉴아는 그녀를 음와시 와 무고한테 데려갔다. 그 밤을, 새로운 달을 암시한 것은 그였다. 아니, 그의 목소리였다. 그러나 그녀는 첫 번째 임신에 대해서는 아무 말도 하지 않았다.

그날 저녁, 다른 손님들은 오지 않았다. 그녀는 초조해지기 시작했다. 무니라조차 오지 않을 모양이었다. 약속을 했는데도 말이다. 그녀는 괴로웠다. 오늘, 뭔가 문제가 있었다. 문제가 있었다. 어쩌면 달도 뜨지 않을지 몰랐다. 어쩌면…… 음와시가 대체 누구란 말인가? 목소리였다! 벽 뒤에서 들리는 목소리일 뿐이었다. 이게 무슨 미신이란 말인가!

"압둘라, 이제 집에 가야겠어요." 그녀가 술을 마시다가 갑자기 압둘라에게 말했다.

"무니라가 오지 않은 이유를 모르겠네요. 루와이니에 갔다가 늦어지나? 그러나 아직 이른 시각이니 올지도 몰라요……."

"그래도 마찬가지예요. 나는 가야 돼요." 그녀가 말했다. 압둘라는 그녀의 기분이 너무 자주 바뀐다는 사실에 놀랐지만 그녀의 일솜씨와 가게의 모습에 만족했다.

"내가 조금만 데려다줄게요."

"끝까지 데려다줘요." 그녀가 갑자기 웃으며 말했다. "축하 파티는 무슨! 조지프는 오늘 학교에 가지도 않았고, 콩 수확은 미미했고, 무니라는 오지도 않았어요. 그리고 나는 맥주를 별로 팔지도 못했고요." 그녀가 생각에 잠긴 목소리로 덧붙였다. "오늘 달이 뜰까요?"

카레가의 아버지와 그의 두 아내는 1920년대에 리무루를 떠나 리프트 계곡으로 이주했다. 그들은 여러 곳의 유럽인 농장에 얹혀살았다. 정착민들의 땅에서 방목권과 경작권을 확보하는 대신 노동력을 무상으로 제공하는 조건이었다. 수풀 속에 있는 한 자락의 땅이 주어졌고 그들은 그것을 개간했다. 그리고 일 년이 지나면 쫓겨나 다른 유럽인 지주를 위해 다른 땅을 개간했다. 그렇게 해서 그들은 엘버곤에 정착할 때까지 이 지주에서 저 지주에게로 옮겨 다녔다. 이때쯤 그들의 가축은 모두 사라졌다. 죽거나 벌금 때문이었다. 아니면 진드기와 다른 전염병이 번지는 것을 막기 위해 어쩔 수 없이 처분해 버린 결과였다. 그렇게 해서 그들은 정착민들의 농장에서 급료를 받고 풀타임으로 일하게 되었다.

그의 아버지와 어머니가 싸운 것은 엘버곤에서였다. 어머니는 자기가 세 가지 의무를 동시에 해야 한다고 불평했다. 하나는 자식인 응딩구리를 위한 의무였고, 다른 하나는 남편을 위한 의무였고, 다른 하나는 유럽인 지주를 위한 의무였다. 그녀는 유럽인 농장에서도 일을 해야 했고, 자기 땅에서도 일을 해야 했으며, 집 안도 깨끗하고 화목하게 유지해야 했다. 그러면서도 자기가 키운 것에 대해 단 한 푼도 받지 못했다. 보통의 경우, 남편이 그것을 가져다가 그들의 지주인 유럽인 농부에게 팔았다. 지주는 자기 마음대로 값을 매겼다. 남편은 그녀에게 소금을 살 정도의 돈만 주었다. 그녀는 반항했다. 아무것도 안 받고는 정착민 농장에서 일하지 않겠다고 했고, 자기가 키운 농작물을 팔면 자기 몫을 달라고 했다.

남편은 좌절감을 느끼고 그녀를 때렸다. 그녀는 응덩구리를 데리고 다시 리무루로 가서 무니라의 아버지에게 경작권을 달라고 했다. 이지키엘 형제는 처음에는 거절했다. 그러나 그녀의 눈을 보고는 욕심이 생겨 그녀가 오두막 짓는 걸 허락했다. 그는 자기가 다른 사람의 눈에 띄지 않고 그녀를 찾아갈 수 있는 곳에다 오두막을 지으라고 했다. 그러나 그녀는 거절했다. 그 후로 그는 요구하고 그녀는 거절하는 일이 반복되었고, 그것은 그들 사이에 존재하는 일종의 유대감이자 함께 공유하는 비밀이 되었다. 그는 그녀가 자신의 실체를 세상에 폭로할까 봐 두려워했다.

그러나 그녀는 그런 일엔 관심이 없었다. 그녀에게는 돌봐야 할 아들 응덩구리가 있었다. 응덩구리는 자기 확신이 강하고 키가 큰 젊은이였다. 그 무엇도 그의 평정을 무너뜨릴 수 없었다. 그는 2차 세계 대전 중의 어려움과 카사바 기근을 겪으면서도 자신을 향한 어머니의 걱정과 근심을 가볍게 웃어넘겼다. 사실, 그녀에게 남편과의 화해를 제안한 것은 그였다. 그녀는 아들에게서 그 말을 듣자 부끄러웠다. 그래서 엘버곤에 있는 남편에게 곧 돌아갔다. 남편은 기존의 아내들에다 난디족 신부까지 데려다 살고 있었다. 그러나 화해는 한 달 정도만 유효했고, 같은 양상의 싸움이 계속되었다. 그녀는 다시 달아났다. 카레가는 잠깐 동안의 재결합에서 태어났다.

무니라와 카레가는 완자와 압둘라가 나가자마자 가게에 들어섰다. 그들은 이해할 수 없는 과거를 놓고 서로 다른 생각에 몰두해 있었다. 조지프가 시중을 들려고 일어났다.

"그래, 조지프. 터스커 두 병만 갖고 와라." 무니라가 말했다.

"저는 술 안 마셔요." 카레가가 말했다. "환타로 주세요."

"환타(Fanta)가 무슨 말인지 아나? '어리석은(foolish) 아프리카인들은 결코 술을 마시지 않는다.'라는 뜻이라네. 나는 광고를 열심히 보거든. 이따금 광고 문구를 만들어 보기도 하지."

"광고 문구나 진정한 기반이 없는 말의 문제는 아무 데나 쓰일 수 있다는 거죠. 예를 들어, 민주주의나 자유세계 같은 말들은 완전히 반대되는 의미로 쓰이기도 하죠. 물론 그것을 누가 어디에서, 언제, 누구에게 하느냐에 달렸지요. 환타라는 광고 문구도 마찬가지예요. 그것은 '건강한(fit) 아프리카인들은 결코 술을 마시지 않는다.'라는 의미가 될 수도 있어요. 양쪽 다 맞아요. 그러나 양쪽 다 틀리기도 해요. 환타는 일모로그에서 팔리는 미국산 소다수일 뿐이니까요."

무니라는 웃으며 생각했다. 이 친구, 지나치게 진지하군. 벌써부터 나한테 훈계를 하다니. 책에서 배웠을지도 모르는 것을 갖고 말이지.

그는 혼자만 술을 마시며 혼자만의 생각에 빠졌다. 그는 카레가를 따라잡아 오늘 밤은 여기서 자고 가라고 설득하는 데 가까스로 성공했다. 그러나 그들이 전에 했던 대화를 어떻게 이어 가야 할지는 알지 못했다. 카레가가 그것에 대한 언급을 자제하고 있는 건 분명했다. 시리아나, 아이언몽거, 프로드샵,

추이, 웅덩구리, 무카미의 모습이 떠올랐다. 무카미의 모습이 가장 생생했다. 그 아이에게는 잔잔한 아름다움이 있었다. 그러나 눈에는 장난기가 가득했다. 특히 웃을 때가 그랬다. 그 아이는 장난 치는 것을 좋아했다. 한번은 그 아이가 의자에 압정을 놓아둔 적이 있었다. 그가 그 위에 앉았다가 벌떡 일어나는 것을 보고 모든 사람이 웃음을 터뜨렸다. 그는 화가 많이 났다. 나중에 무카미는 아버지를 골려 주려고 그랬다고 해명했다. 진지하기만 한 아버지의 얼굴이 어떻게 변하는지 보고 싶었다고. 그 말을 듣고 무니라는 웃었다. 그런데 카레가가 어떻게, 어디에서 이 그림에 끼어든단 말인가? 이런 것을 두고 역사가 반복된다고 하는 건가 하는 생각이 들었다. 그 순간, 그 상투적인 표현이 새로운 의미를 획득하는 것 같았다. 그는 터스커 맥주를 또 하나 따서 잔에 부었다. 거품이 가라앉으며 잔의 윗부분에 엷고 흰 고리를 만들었다. 그는 공기 방울이 위로 올라오는 모습을 바라보았다. 1952년 이전까지는 아프리카인들에게 이러한 술이 허용되지 않았다. 무니라는 어렸을 때, 그 거품이 달 것이라고 생각했다. 그는 두 번째 병을 다 마실 수 없었다. 맥주를 아무리 마셔도 씻어 낼 수 없는 우울함이 그의 뱃속에 산(酸)처럼 자리했다. 완자하고 보내려 했던 저녁은 이미 망친 상태였다. 그는 그녀를 집에 데려다줄 수 없을 터였다. 그녀는 이미 집에 가 있을 테니. 그러나 그에게는 그런 느낌을 없애 줄 인간의 목소리가 아직도 필요했다. 그는 터스커 맥주 여섯 병을 샀다.

"완자의 집으로 가세." 그가 카레가에게 말했다.

완자의 집으로 가는 동안, 그들은 두 마디도 나누지 않았다. 그가 문을 두드렸다. 다행히도 문의 이음매가 삐걱거리며 소리를 냈다. 분노에 찬 카레가의 침묵을 응대할 다른 사람이 있다는 의미였다.

"어서 오세요." 완자가 소리쳤다. "아, 동행이 있네요. 우리 집을 따뜻하게 하는 방법을 아시는군요."

"이 친구 이름은 카레가예요. 집에 갔더니 기다리고 있더라고요. 그래서 얘기를 좀 하다 왔어요."

"서 있지 말고 앉아요."

"어서 와요." 압둘라가 말했다. "카레가를 데리고 축하 파티를 하러 오지 그랬어요. 오늘 밤엔 당신이 완자를 데려다줄 차례였잖아요."

"압둘라, 무슨 소리예요. 여자를 집에 데려다주니 좋지 않던가요?" 완자는 화를 내는 척하며 말했다.

"내일은 내 차례라는 것을 확인하고 싶었을 뿐이에요." 압둘라가 웃으며 말했다.

오두막은 압력 램프 덕분에 아주 밝았다. 램프는 침대 머리맡 가까이에 있는 작은 탁자 위에 놓여 있었다. 압둘라는 완자가 침대를 거실에서 안 보이게 하려고 쳐 놓은 주름진 커튼의 그림자 때문에 약간 가려져 있었다. 그러나 그의 얼굴은 발그레하고 눈은 강렬하게 빛났다. 무니라는 완자에게 자기가 가져온 터스커 맥주 여섯 병을 건네고 작은 탁자 옆에 있는 푹신푹신한 팔걸이의자에 앉았다. 카레가는 무니라 옆에 앉았다. 그의 그림자가 무니라의 얼굴에 드리워졌다. 완자는 작은 찬장에서 병따개를 찾기 시작했다.

"괜찮아요." 압둘라가 말했다.

"이로 따게요?" 그녀가 물었다.

"맥주를 가져오기나 해요."

그는 왼손으로 맥주병을 들어 무릎에 놓고 오른손으로 다른 맥주병을 잡았다. 그리고 뚜껑의 홈을 서로 엉키게 해서 펑 소리가 나게 첫 번째 병을 땄다. 그는 매료된 관중 앞에 선 배우처럼 태연하게 그 동작을 두 번 되풀이했다.

"어떻게 하는 거예요?" 완자가 물었다. "술집에서 그렇게 하는 것을 본 적이 있지만, 어떻게 하는지 모르겠더라고요." 압둘라가 시범을 보이는 동안, 그녀는 그들의 잔에 맥주를 채웠다.

"저는 술 안 마셔요."

"우유 한 잔 줄까요?"

"술을 안 마시는 젊은이가 있다니 별일이네." 압둘라가 말했다. "계속 그래야 해요. 그러나 몇 주 있으면 와인과 여자들에 흠뻑 취해 있을지도 몰라요."

"그러지 않았으면 좋겠네요."

"어떤 것에 말이죠? 와인 말인가요, 여자들 말인가요?" 압둘라가 물고 늘어졌다.

"압둘라, 어떻게 와인과 여자를 동격으로 놓을 수 있죠? 이 사람은 여자를 택하고 와인은 당신들 둘한테 남겨 놓을 것 같은데요. 우유 줄까요?"

"아뇨. 물이요. 물 한 잔 주세요."

그녀는 그에게 물을 가져다주고 무니라와 압둘라 사이에 있는 침대에 앉았다.

"당신은 병마개 따는 일을 직업으로 삼아야 할 것 같아요." 그녀가 압둘라에게 말했다.

"광고를 하지 그래요." 무니라가 끼어들었다. "병따개 전문가가 높은 급료의 일자리를 구한다고 말이죠."

"무니라, 카레가한테 우리가 당신 학교에 학생이 한 사람 늘어나는 것을 축하하는 거라고 얘기해 줬어요?"

"아뇨. 그러나 저 친구는 방금 조지프를 만나고 왔어요. 어이, 압둘라의 동생인 조지프가 월요일부터 학교에 다닌다네."

카레가는 어리둥절한 표정을 지었다.

"축하할 일은 아니죠." 압둘라가 설명했다. "그 아이가 학교로 돌아가는 건 사실이지만, 당연히 그래야 하는 일이죠. 우리는 일모로그의 새 삶과 오랫동안 기다려 온 수확기의 시작을 축하하고 있는 거랍니다."

"수확은 어땠어요? 많이 거뒀어요?" 무니라가 물었다.

"별로예요." 완자가 말했다. "콩을 두 자루 정도 수확한 사람은 그래도 운이 좋은 거예요."

"하지만 옥수수는……."

"그것도 별로일 것 같아요. 우리 집 당나귀는 옥수숫대를 먹으면 좋아하겠지만요." 압둘라가 대답했다. "완자, 당신 생각은 어때요? 당신은 여급이면서 농부잖아요."

그러나 완자는 그 찬사를 듣고 있지 않았다. 그녀는 아직도 심각한 표정을 하고 있는 카레가의 얼굴을 바라보고 있었다.

"카레가……." 그녀가 큰 소리로 말했다. "너무 우스운 이름이네요!"

"리트와 니 음부키오." 카레가가 속담을 인용했다. "옛날에 어떤 사람이 이름에 뭐가 들어 있느냐고 물었더니, 장미는 다른 이름을 붙여도 여전히 장미라고 답하더래요."

무니라는 다시 한 번 그가 책에서 나오는 것처럼 말한다고 생각했다. 완자가 반박했다.

"아니에요, 그러면 장미가 아니라 그 이름이 될 거라고 생각하지 않아요? 장미는 장미예요."

"이름이란 게 참 웃겨요. 나의 진짜 이름은 압둘라가 아니라 무리라예요. 그러나 내가 압둘라라는 세례명을 택했죠. 그래서 모두가 나를 압둘라라고 부르죠."

"압둘라가 기독교식 이름이라고 생각했다는 건가요?" 완자가 물었다.

"맞아요, 맞아."

모두가 웃었다. 카레가까지 웃었다. 압둘라가 맥주를 또 한 병 따려고 했다. 무니라가 말했다.

"내가 한번 해 볼게요. 나도 병따개 보조가 될지 모르는 일이잖아요."

"아, 선생님." 그녀가 좋아서 소리쳤다. 그녀는 아주 기분이 좋아 보였다. 어제나 오늘 초저녁까지 그녀의 목소리와 얼굴에 깃들어 있던 불안감은 사라지고 없었다. "압둘라는 내게 말도 안 되는 얘기를 하고 있었어요. 당신은 그가 실제로 숲에서 전투를 했다는 걸 아세요? 몇 날 며칠씩 음식과 물 없이 살기도 했대요. 거의 아무것도 안 먹고 버티는 데 몸이 단련돼 있었대요. 나라면 죽었을 거예요. 압둘라, 나한테 데단 키마시에 관한 얘기를 하려고 했잖아요."

무니라는 그 말에 몸이 굳었다. 그는 전쟁에 관한 얘기만 나오면 두려움을 느꼈다. 죄의식도 느꼈다. 마치 했어야 하는 일을 하지 못한 느낌이었다. 가담하지 못한 것에 대한 죄의식이었다. 다른 젊은이들은 가담했다. 그들은 노선을 택했다. 그렇게 함으로써 시험에 합격하거나 실패한 사람들로 분류되었다. 그러나 그는 최종 시험에 응하지 않았다. 시리아나에서 그랬던 것처럼 말이다. 그는 오늘 자신에게 다른 과거의 기억을 환기시켰던 카레가를 바라보았다. 그는 아직도 병 두 개를 들고 있었다. 카레가가 자세를 꼿꼿이 했다. 그의 몸은 호기심으로 긴장해 있었다. 그는 압둘라를 바라보았다. 그는 다시 한번, 직접 경험을 해 본 사람에게서 과거에 대한 이야기를 들을 준비가 되어 있었다. 완자는 압둘라를 바라보았다. 그녀는 그가 다리를 절게 된 이유를 말해 줄 것이라고 생각했다. 압둘라가 헛기침을 했다. 갑자기 그들에게는 보이지 않고 그만이 이해할 수 있는 곳으로 가 버린 듯 그의 안색이 변했다. 그가 길고 느리게 그르렁거리는 소리로 헛기침을 했다. 갑자기 무니라의 손에서 병마개가 날아갔다. 완자와 카레가는 각자 팔로 얼굴을 가렸다. 그러면서 누군가 램프가 놓인 탁자를 친 게 틀림없었다. 유리 깨지는 소리와 함께 램프가 바닥으로 떨어졌다. 불이 꺼지고 어둠이 그들을 휘감았다. 접힌 커튼에 작은 불씨가 붙었다. 그것을 처음 본 사람은 압둘라였다. "불이야!"

완자가 두려움에 질려 소리쳤다. 그러나 압둘라가 벌떡 일어나서 불씨를 꺼 버렸다. 모든 것이 순식간에 일어난 일이었다. 무니라가 성냥불을 켰다. 완자가 말했다. "카레가, 당신 뒤에 응이티라가 있어요." 카레가는 응이티라를 무니라에게 주었다. 무니라가 거기에 불을 붙였다. 그러나 압축 램프를 대신하기에는 역부족이었다. 불빛이 너무 희미했다. 그들의 얼굴과 벽에 비친 그림자가 크고 기괴해 보였다. 완자는 유리와 압축 램프를 모아 한쪽으로 치우고 무니라에게 말했다.

"아무것도 아니에요. 다른 걸로 가져다주면 돼요. 심지도 한 상자 가져다주고요. 압둘라…… 당신 가게에 있는 재고를 우리가 어떻게 처리해야 되겠어요."

그녀의 목소리가 떨렸다. 그녀가 말을 멈췄다. 오두막 안에 차가운 침묵이 깃들었다. 벽에 비친 그림자들이 응이티라의 희미한 불길에 너울너울 움직이면서 기괴한 모습으로 계속 움직였다. 완자는 술을 더 따랐다. 무니라는 그들이 술을 다시 마시면서 가벼운 얘기를 할 수 있도록 술에 관한 광고 문구에 대해 얘기할까 하다가 생각을 바꿨다. 아무도 술을 입에 대지 않았다. 카레가는 압둘라가 데단 키마시에 대해 이야기해 주기를 기다렸다. 그러나 압둘라가 갑자기 일어나서 집에 갈 시간이라며 양해를 구했다. 그는 조지프가 하이에나한테 다리를 물렸을지 모른다며 가 버렸다. 카레가는 실망했다. 압둘라가 가 버리자 그는 그들한테 흥미를 잃은 듯 바닥을 쳐다보았다. 완자가 그를 쳐다보았다. 그녀의 얼굴에 당황스러운 표정이 희미하게 나타났다가 사라졌다. 그녀가 일어서서 머리에

두르고 있던 숄을 어깨 위로 내리더니 다시 한 번 카레가를 쳐다보았다. 그녀의 눈에 웃음이 스치고 지나갔다. 카레가는 갑자기 피가 빨리 흐르는 느낌을 받았다. 그러나 그녀의 목소리는 진지하고 아주 부드러웠다. "카레가 씨, 잠깐만 집 좀 봐줘요." 그녀가 무니라를 향해 초조함이 묻은 목소리로 말했다. "선생님, 나가요. 나하고 조금만 걸어요. 내 고민을 해결해 줄 사람은 당신뿐인 것 같아요!"

그들은 마을을 지나 밭 사이로 난 길을 말없이 걸었다. 어머니들이 아이들에게 소리치는 소리가 들렸다. "왜 그렇게 많이 먹는 거냐? 어서 먹고 치워라. 아니면 하이에나한테 잡혀 먹을 거다." 개들이 짖어 대는 소리를 제외하면, 산등성이는 고요했다. 무니라의 마음속엔 여러 가지 생각이 가득했다. 압둘라는 누구지? 카레가는 누구지? 완자는 누구지? 그녀가 지금 원하는 건 뭘까? 그는 자신의 어설픈 행동이 모든 사람의 기분을 망쳐 버린 것 같아 죄의식을 느꼈다. 그러나 일모로그 언덕 위의 풀밭에 앉자 가슴이 뛰기 시작했다. 유쾌하지 않은 생각들이 사라졌다. 그녀의 숨결이 가까이에서 느껴지자, 온기가 몸을 감싸기 시작했다. 그가 생각하는 것 중에서 말이 되어 나온 것은 너무나 세속적이고 어둠 속에서는 이상하게까지 들렸다.

"장립종 쌀을 4파운드 샀는데 깜빡하고 안 가져왔네요."

"괜찮아요." 그녀가 조용하고 멀게 느껴지는 목소리로 말했다. "내일 갖다 주면 되죠. 그런데 그 손님은 누구예요?"

"참 이상한 일도 다 있어요. 몇 주 전에 당신한테 시리아나 얘기를 했잖아요. 추이 얘기도 했고요. 그런데 내가 리무루에서 가르친 적이 있는 그 학생이 찾아와서 시리아나와 파업 얘기를 하고 추이 얘기를 하는 거예요. 나의 과거를 되풀이하는 것처럼 말이죠. 그런데 불행하게도 그는 얘기를 다 끝내지 못했어요."

그는 그녀에게 카레가를 만났던 일에 대해 얘기했다. 그러나 웅덩구리와 무카미에 대한 얘기는 하지 않았다. 카레가는 무니라의 과거에 대해 알고 있었다. 카레가가 찾아오면서 갖게 된 두려움을 어떻게 완자에게 얘기한단 말인가? "그가 나와 똑같은 학교를 다녔고 비슷한 운명에 처했다는 것이 너무 이상했어요." 무니라가 말을 마치고 완자의 반응을 기다렸다.

그러나 그녀는 그의 말을 건성으로 들었다. 그녀는 두 손으로 무릎을 모아서 꼭 잡고 턱을 거기에 기대고 아래에 펼쳐진 일모로그의 평원을 바라보았다. 그녀는 자신이 거쳤던 장소와 광경들을 떠올렸다. 스스로에게 감추려고 했지만, 이러한 광경들이 가장 깊은 기억 속에 아로새겨져 있음을 그녀는 알았다. 고통과 상실, 승리와 패배, 일시적인 승리와 굴욕, 결국 허망한 것에 지나지 않았지만 새 출발을 하겠다고 다짐했던 일들. 그녀가 조용히 입을 열었다. 자기 자신한테 하는 말 같았다. 여러 개의 자아 중 하나와 대화를 하는 것 같았다.

"당신은 과거가 당신을 찾아왔다고 했죠⋯⋯. 그런데 나한테는 늘 떠오르는 장면이 있어요. 내가 어디를 가서 무슨 일을 하든⋯⋯ 나를 따라다니는 장면이 있어요. 오래전 일이에요.

1954년이나 1955년이었을 거예요. 그때, 우리는 마을로 들어가고 다른 사람들은 '줄' 속으로 들어갔죠. 당신도 알겠지만, 카베테에 살던 사람들 중 일부는 정확하게 마을로 들어간 게 아니라 길의 양쪽에 다닥다닥 집을 짓고 살았어요. 그래도 우리는 그것을 마을이라고 불렀어요. 사촌 언니에 관한 얘기를 먼저 할게요. 언니는 결혼한 뒤로 계속 맞고 살았어요. 제대로할 수 있는 게 아무것도 없었어요. 언니의 남편은 늘 뭔가 핑계를 대며 언니를 때렸어요. 그는 언니가 남자들과 어울려 다닌다고 트집을 잡았어요. 또 언니가 밭에서 열심히 일해서 돈을 벌면, 빼앗아 술을 마시고는 집에 와서 또 때렸어요. 그래서 언니는 어느 날 옷가지를 챙겨 도시로 도망갔어요. 나중에보니 언니의 남편은 백인의 주구가 되어 있었어요. 방위군 말이에요. 그는 잔인하기로 악명이 높았어요. 사람들을 마우마우 단원이라고 몰아세운 다음, 그들이 아끼는 염소나 양이나닭을 잡아먹었죠……. 그런데 사촌 언니가 도시에서 마을로오곤 했어요. 언니는 새 옷을 입고 귀고리를 하고 요란하게 치장을 하고 있었어요. 남자들이 음흉한 눈으로 언니를 바라봤어요. 들리는 말에 따르면, 언니의 남편은 울면서 용서를 빌었대요. 언니는 코웃음을 치면서 그가 접근해 오는 것을 막았대요. 우리 아이들은 언니를 좋아했어요. 쌀과 설탕과 과자를 갖다 줬으니까요. 그 시절엔 모두가 힘겹게 살았잖아요, 어느 토요일이었어요. 언니가 늘 그랬던 것처럼 선물을 갖고 왔어요. 이모는 당시, 시장에서 장사를 하고 있었어요. 그날따라 이모가 늦었어요. 그래서 사촌 언니가 우리 집으로 온 거죠. 우리는 언니의 옷과 흰 하이힐이 부러웠어요. 거리에 나가면 우리는 언니를 졸졸 따라다니곤 했어요. 모든 게 부러웠어요. 언니는 우리가 책에서 본 유럽 여자 같았어요. 걸음걸이와 턱을 올리고 말을 하는 모습도 멋져 보였어요. 날이 어두워졌어요. 언니가 일어서더니 화장실에 가야겠다고 했어요. 자기 어머니가 시장에서 돌아왔는지도 확인해야 되겠다고 했어요. 이상하게 말이 없던 나의 어머니는 언니가 걸어가는 모습을 못마땅한 눈으로 바라보았어요. 그런데 갑자기 비명 소리가 들렸어요. 그 소리를 어떻게 설명할까요. 사람의 입에서 나오는 소리 같지가 않았어요. 아버지와 어머니와 우리 아이들은 밖으로 달려 나갔어요. 몇 미터 떨어지지 않은 곳에서 모습을 본 어머니가 비명을 질렀어요. 그러나 나는 비명을 지르지도 울지도 못했어요. 그냥 오줌만 지렸어요. 어머니는 불에 타는 이모를 향해 달려가면서 소리쳤어요. '내 언니, 하나뿐인 내 언니.' 그녀는 불이 붙은 오두막 밖에서 불이 붙은 채 아무 소리도 내지 못하고 동물처럼 서 있었어요. 그제야 사람들이 비명을 지르고 달려오고 소란스러워졌어요…… '불을 꺼……. 불을 꺼.' 이게 이모의 마지막 말이었어요."

무니라는 약간 불안해져서 주변을 둘러보았다. 그런 일이 일모로그에서 지금 일어나고 있는 것만 같았다. 그는 완자의 목소리에서 두려움을 느꼈다. 그 얘기를 하는 그녀의 심드렁한 목소리에는 절망감이 숨겨져 있었다.

"나중에 사람들은, 이모가 기름이 샌 옹이티라에 불을 붙이다가 불길이 옷에 붙어 불이 난 것 같다고 했어요. 그러나 그건 사촌 언니의 남편이 한 짓이 틀림없었어요. 그는 자기를 버리고 도시에 사는 아내가 오두막 안에 있다고 생각했을 거예요."

"끔찍한 죽음이로군요……. 고통과…… 어떻게 할 수 없는 두려움."

"나이가 들어서 죽는 게 아니라면 고통 없는 죽음은 없겠죠. 무슨 이유에선지 나는 그 짓을 한 게 사촌 언니의 남편이라는 것을 믿고 싶지 않았어요. 정말 유치하게도 나는 불교도들이 그러는 것처럼 이모가 자기 몸에 스스로 불을 붙였다고 생각하고 싶었어요. 그렇게 되면 태초의 물과 불이 생각나고, 지구를 정화시키고 인간의 잔혹성과 외로움이 그득한 우리 지구를 순수하게 만들어 줄 제2의 물과 불이 생각나죠. 선생님, 솔직히 말하면, 나도 내 몸에 불을 붙일 수 있을 것 같은 느낌을 받았던 때가 있어요. 자주는 아니지만 몇 번 그랬던 기억이 나요. 그럴 때면 모든 사람이 내가 뼛속까지 깨끗해지는 것을 볼 수 있도록 산꼭대기로 달려가고 싶었어요."

"완자…… 그런 말 하지 마요……. 지금 무슨 얘기를 하는 거예요?"

"하지만 내 이모는 깨끗한 분이셨어요." 완자의 말이 이어졌다. "이모는 우리 아이들에게도 아주 좋은 분이셨어요. 이모부는 강경파 마우마우 단원이었고요. 나는 이모가 밀가루가 가득 담긴 바구니에 총과 실탄을 숨겨 숲으로 운반하곤 했다는 얘기를 나중에 듣고, 이모를 훨씬 더 자랑스럽게 생각했어요. 이모는 기독교도가 아니었어요. 그래서 우리 어머니가 예수를 믿는 걸 비웃었어요. 그러나 어머니와 이모는 서로를 사랑했어요. 어떤 면에서 어머니는 이모를 존경했어요. 이모의 죽음은 어머니에게 큰 충격을 주었어요. 내 아버지가 언젠가 이모의 죽음을 두고 '어쩌면 테러리스트들을 도운 것 때문에 하느님께 벌을 받은 건지도 모르겠다.'고 말한 적이 있는데, 그때부터 두 분의 관계가 틀어졌어요. 그리고 나중에는 내가 그 불화의 희생양이 되었고요."

그녀가 말을 멈추고 잠시 생각에 잠겼다.

"아니에요." 그녀는 자신의 여러 자아 중 하나와 대화를 계속하듯 말했다. "나는 내가 내 몸에 불을 붙일 수 있다고는 생각하지 않아요. 내 말에 놀라셨어요? 말하다 보니 그런 말이 나온 것뿐이에요. 나는 불이 무서워요. 그래서 오두막에서 불이 났을 때 그렇게 놀랐던 거예요. 내가 원하는 건 일자리를 얻는 거예요."

"완자…… 당신의 아이는 어떻게 됐죠?"

그는 그녀의 몸이 떨리는 것을 느꼈다. 하지 말았어야 할 질문을 했다는 생각이 들었다. 그는 그녀의 소리 없는 흐느낌 앞에서 어떻게 해야 할지 몰랐다.

"완자, 무슨 일이에요? 그가 걱정스럽게 물었다.

"모르겠어요. 열이 좀 나는 것 같아요. 오늘 밤은 달이 뜰 거라고 생각했는데 산을 쳐다보면서 헛수고만 했네요! 집에 데려다줘요."

그들은 올 때 그랬던 것처럼 말없이 돌아갔다. 불은 꺼지고 카레가는 가고 없었다. 그는 성냥불을 켜서 응이티라에 불

을 붙였다. 완자가 말했다. "불 꺼요." 그들은 문에 서서 밖을
내다보았다. 카레가한테는 열쇠가 없으니 집에 갔을 리 만무
했다. 무니라는 얼굴에 식은땀이 나는 걸 느꼈다. 앞서 느꼈던
두려움이 다시 몰려왔다. 카레가는 나타났던 것처럼 불가사
의하게 사라졌다. 그는 그 불가사의함을 꿰뚫어보고 속으로
느끼는 두려움이 없어지기를 바라며 어둠 속을 응시했다.

십이 년 후, 무니라는 완자의 교활함과 악마성을 보여 주는
또 다른 예로 이날 밤을 꼽았다.

"일모로그 언덕에서 보낸 그날 밤을 뒤돌아보면," 그는 이
렇게 썼다. "카레가, 완자, 압둘라, 그리고 나 사이의 운명적인
만남에서 느꼈던 마법과 경이로움과 당혹감에 악마가 개입했
던 것처럼 보인다. 그 만남은 우리와 같이 그곳에 있지 않았던
사람들, 이제는 과거의 목소리에 지나지 않는 사람들에 의해
지배당하고 있었다. 그러나 동시에 당시의 나에게, 그 밤은 변
화하는 무지개 빛깔들이었다. 그녀에게 작별 인사를 하고 집
으로 향하기도 전에, 나는 검고 희끗희끗한 구름에 반쯤 가려
진 커다란 오렌지색 달이 먼 지평선 위로 떠오르는 것을 보았
다. 우리는 달이 떠오르는 것을 지켜보았다. 그것은 점점 더
커지더니 지평선을 가득 채웠다. 나의 가슴은 부풀었다. 나는
그 상황에 맞는 표현을 생각해 내려 애썼다. '희끄무레한 빗방
울 속의 달.' 이와 비슷한 표현이었던 것 같다. 몇 분 전까지민
해도 울고 있던 완자가 이제는 빗방울이 떨어지는 것을 보고
아이처럼 흥분했다. 그녀는 매우 좋아하며 소리를 질렀다. 달
이 떴어요…… 오렌지색 달이 떴어요. 선생님…… 오늘 밤 여

기 있어요……. 나의 달을 깨 주세요." 생각에 잠겨 있던 무니라는 그녀의 간청하는 목소리를 듣고 놀랐다. 그도 그 밤을 그녀와 같이 보내고 싶었다. 그러고 싶었다. 즐거운 떨림이 그의 몸을 훑고 지나갔다. 아, 나의 수확. 카레가와 어제의 불쾌한 기억들은 지옥에나 가라지. 그는 완자를 따라 오두막 안으로 들어가면서 그렇게 생각했다.

4

1. 실제로 음와시 와 무고가 지시한 대로, 완자가 인내심을 갖고 일모로그 능선 위로 새 달이 떠오르기를 기다렸더라면, 그녀와 무니라는 이 세상에서 가장 화려하고 즐거운 광경을 목격했을 것이다. 능선과 들은 반짝이는 달빛 안개로 덮여 평화와 고요가 어우러진 곳으로 바뀌었을 테니까. 그러한 모습과 분위기를 보고도 순간적으로 마음이 숙연해지고 가라앉지 않는다면, 인간의 영혼은 희망과 구원의 가능성 없이 불안과 분노 속에 갇혀야 할 것이다.

달빛이 없더라도 일모로그 능선은 일모로그 강이 흐르는 들로 내려가면서, 이 세상에서 가장 위대한 자연의 아름다움을 만들어 낸다. 지금은 물줄기에 지나지 않지만, 강이 훨씬 더 컸던 때가 있었다. 지질학적인 추측에 따르면, 오래전에 묻힌 지하의 물줄기들이 키쿠유의 온디리 늪과 리무루의 망구오까지 뻗어 있었다고 한다. 일모로그에서 발견된 최근의 고고학적 증거는 케냐인들의 기원과 이동 경로에 대한 오고트, 무리우키, 웨레, 오치엥의 학설을 뒷받침해 준다. 그들도 이 강이 우리에게 고대 힌두와 이집트 종교 서적에 언급된 강 중 하나이며, 능선을 이루는 벽들이 프톨레마이오스의 『달의 산맥』이나 베다에 언급된 찬드라바타에 나오는 것일 수 있다고 말한다.

우리의 역사에는 해결되지 않은 의문점들이 많다. 우리의 역사학자들은 현재, 제국주의를 옹호하는 사람들이 만든 엇비슷한 학설들을 이어받아 우리가 여기에 온 건 불과 얼마 전 일이라고 주장한다. 바스코 다 가마가 이곳으로 와서 폭약을 갖고 피와 공포와 불안의 시대를 만들고, 그것이 결국에는 케냐 전역에 걸친 제국주의 통치로 정점을 이룬 시대가 되기 훨씬 전에, 중국과 인도와 아라비아와 무역을 했던 케냐인들은 다 어디로 갔단 말인가? 그러나 그때에도 포르투갈 상인들은 '예수 성채'를 세울 수밖에 없었다. 그것은 케냐인들이 외국의 통치나 착취에 늘 저항할 대비가 되어 있었음을 보여 준다. 이러한 영웅적 저항에 관해서는 누가 노래를 만들어 읊을 것인가? 땅과 재산과 삶을 지키고자 했던 그들의 투쟁을 누가 얘기할 것인가? 아니, 그보다 앞서 해마다 고대 중국과 인도로부터 손님들을 끌어들인 그들의 성취는 어떻게 될 것인가?

지금 우리는 기찬디, 리통구, 웅야티티의 시인들과 극작가들에 의해서 세대에서 세대로 전해진 전설에 의존할 뿐이다. 최근의 고고학적, 언어학적 연구가 그것을 보완해 주고, 지난 수세기에 걸친 식민주의 모험가들, 특히 19세기 모험가들이 남긴 기록의 행간에서 조금씩 그것을 찾아낼 뿐이다.

일모로그의 평원 자체가 케냐를 스핑크스의 땅과 팔레스타인의 요르단 강의 전설적인 물로 이어 주는 자연의 도로인 그레이트 리프트의 일부이다. 수세기 동안, 그리고 오늘날까지도, 아프리카의 신과 다른 대륙의 신들은 인간의 영혼을 지배하기 위해, 그리고 인간의 신성한 땀의 결과를 통제하기 위해 싸웠다. 천둥이 치는 소리는 그들이 분노해서 지르는 소리이고 번개가 치는 것은 그들의 칼이 부딪치며 나오는 불이며, 리프트 밸리는 아프리카의 신이 남긴 발자국이라는 말도 있다.

만지리 세대보다 훨씬 이전인 아구 아구 시절부터, 북쪽과 북서쪽 지방에서 온 모험가들은 이 도로를 수없이 거쳐 갔다. 몰약과 유향을 찾으려 했던 솔로몬의 구혼자들, 나일 강의 태양신의 자리를 차지하려 했던 제우스의 자식들, 칭기즈 칸의 척후병과 밀사들, 아랍 지리학자들과 노예와 상아 사냥꾼들, 갈리아와 비스마르크 시대에 독일에서 온 금 상인들, 빅토리아와 에드워드 시대에 영국에서 온 토지 강탈자와 인간 사냥꾼들. 그들 모두가 이곳을 지나 풍요의 왕국으로 나아갔다. 때로는 성스러운 열정에 끌리고 때로는 지식에 대한 순수한 욕구와 최초 인간의 탯줄이 묻혀 있는 곳을 찾고자 하는 열정 때문이었지만, 돈에 대한 탐욕과 자기들과 약간 다른 피부색을 가진 사람들을 제멋대로 파괴하는 것이 좋아서 그런 적이 더 많았다. 그들은 저마다 다른 가면을 쓰고 서로 다른 옷을 입고 있었다. 하느님의 자식들은 투쟁을 통해 살육을 견뎌 내고 대지와 사람의 목을 틀어쥐는 제국을 견뎌 냈다. 그리고 자연과의 싸움을, 그들의 신들과 상호적인 자아들과 싸움을 계속했다.

여러 가지 기억은 다른 땅으로 극적으로 빠져나가기 전에 일모로그와 평원들에 흔적을 남긴 몇몇 개인들의 기억으로 남아 있었다.

처음은 백인 식민주의자인 프리즈 킬비 경과 그의 멋진 아내였다. 어쩌면 그는 자유로운 귀족 중 하나였을지 모르지만, 자기가 '뉴프런티어'라고 생각했던 곳에서 자신만의 뭔가를 만들고 싶어 했던 몰락한 귀족이었다. 일모로그의 황무지를 문명화된 형태로 바꿔, 조금만 씨를 뿌리고 약간의 비용만 투자해서 어마어마한 수확과 돈을 거머쥐겠다고 생각한 것은 창조적인 신의 행위였다. 이것을 위해 그는 다른 사람들의 땀을 필요로 했다. 그는 정부의 힘과 증서, 총의 힘을 이용하여 노동력을 징발했다. 그는 왕의 군대에 의해 기독교도적인 평정이라는 명목으로 행해진 대학살에서 살아남은 사람들과 목자들이 얼굴을 찌푸려도 무시하고, 밀을 갖고 실험을 했다. 그는 어깨에 늘 걸치고 다니는 총을 다시 믿었다. 목자들과 농부들은 자기들이 주인이었고 자기들이 통치했던 땅에서 신분증을 갖고 다니는 노동자로 전락했다. 그들은 바람에 춤을 추는 밀을 바라보며 때를 기다렸다. 그들은 라이키피아 평원의 마사이족한테 어떤 일이 있었는지를 너무나 잘 알았다. 그들의 지도자들은 밤에 산마루에 모여 회의를 하고 결론을 내렸다. 그들은 밭 전체에 불을 지르고 평원 저쪽으로 달아나 무서운 반격을 기다렸다. 킬비 경은 움직이려 하지 않았다. 그러나 그의 아내가 그를 버렸다. 전사들이 돌아와서 밤 늦은 시각에 그의 단층집 주변에서 이상한 소리를 냈다. 그때, 혼자였던 모험가는 초기 식민주의자들의 흐느낌 소리를 틀림없이 들었을 것이다. 하느님의 아들의 소리를 들었을 수도 있다. 그는 더 행복하고 더 건강한 올 칼로 계곡으로 후다닥 물러났다. 그의 멋진 아내는 그곳에서 다른 남자의 품에 안겨 있었다. 그는 두 사람을 총으로 쏴서 죽였다. 일모로그 주민들은 나무로 지어진 집을 태우고 주변을 돌며 춤을 추고 노래를 했다. 금세기 초에 있었던 일모로그의 전투는 케냐에서 있었던 정복과 저항 전쟁 중 가장 격렬했던 전투에 속했다.

그리고 두 개의 유럽 전쟁 사이에 람지 람라군 다라마샤가 어딘가에서 나타나더니 집을 짓는 걸 허락해 달라고 했다. 집과 가게로 사용하겠다는 것이었다. 그는 철제 지붕과 벽으로 된 집을 짓더니 장사를 시작했다. 그는 소금, 설탕, 카레, 옷감을 팔았다. 또한 수확기에 농부들한테서 싸게 구입해 둔 콩과 감자와 옥수수도 그들에게 되팔았다. 그는 늘 카운터 뒤의 똑같은 자리에 녹색 이파리를 씹으며 앉아 있었다. 이따금 그는 가게 문을 닫고 도시로 갔다. 그리고 똑같은 들을 따라서 갔다가 더 많은 물건들을 갖고 돌아왔다. 아프리카인 일꾼들이 그것을 지고 왔다. 때로는 소들이 끄는 마차에 실어서 가져오기도 했다. 한번은 가게 문을 닫고 한 달 동안 떨어져 있다가 여자 하나를 데리고 돌아왔다. 수줍음을 타고 깔깔거리기 좋아하는 여자였다. 사람들은 그녀가 아이들을 낳기 시작할 때까지는 그의 딸이겠거니 생각했다. 그는 가게 일과 집안일을 거들어 주는 사람도 두고 있었다. 일모로그에 사는 응조구의 딸로 꽤 쓸모가 있었다. 특히 다라마샤의 아내가 인도나 다른 곳에 가 있을 때 그랬다. 그녀도 배가 불러 왔다. 들리는 말로는 다라마샤가 그녀에게 많은 돈을 주고 자신이 은밀히 찾아갈 수 있는 도시로 보냈다고 한다. 그는 흑인 여자가 낳은 유일한 아들을 적당히 인정했다. 그런데 2차 세계 대전이 끝나자, 그가 일모로그로 왔다. 키가 크고 피부가 갈색인 아이였다. 그는 조부모와 같이 살았다. 그가 아버지를 찾아간 건 딱 한 번뿐이었다. 그 후로 그의 아버지는 아들에 관한 문제로 아내와 다퉜다. 얼마간의 시간이 흐르자, 일모로그 사람들은 다라마샤의 가게에 모든 것을 의존하게 되었다. 가게가 번창하면서 그들의 경제와 필수품이 거기에 묶여 버렸다. 그들은 그들의 곡물과 우유와 필수품을 가게에 저당잡혔다. 그들은 결국 그들의 목과 목숨과 다른 것들을 가게에 묶어 버리는, 보이지 않는 사슬에 대해 불평하기 시작했다. 1953년 어느 날, 아름답게 차려입었지만 초췌해 보이는 흑인 여자가 갑자기 일모로그에 오더니 다라마샤를 보러 갔다. 그녀는 곧 울면서 자신의 늙은 부모한테 돌아갔다. 다라마샤는 1965년에 올레 마사이에서 온편지 한 통을 받았다. 보낸 사람의 주소는 '응얀다루라 숲'이라고 되어 있었다. 그는 그 편지를 읽으며 부들부들 떨었다. 녹색 잎을 씹던 입도 동작을 멈췄다. 그는 바로 가게를 닫았다. 그는 그에게 열 명 이상의 아이 ─ 그들은 모두 교육과 결혼을 위해 인도로 보내 놓은 상태였다. ─ 를 낳아 준 부인과 함께 일모로그를 떠나 다시는 돌아오지 않았다. 마을 사람들은 가게를 부수고 들어가 가게와 선반에 있던 음식과 옷감을 가져가며 숲에서 싸우는 사람들을 축복했다.

주여, 올레 마사이와 그의 용감한 전사들을 축복하소서.

그들은 고통을 겪어야 했다. 이제 그들은 소금처럼 아주 사소한 물건을 사기 위해서 루와이니까지 먼 길을 가야 했다. 그러자 몇몇이 람지 람라군 다라마샤가 하던 대로 그들에게 필요한 것 이상의 것을 사서 다른 사람들에게 이익을 남기고 팔기 시작했다. 그러나 그런 장사는 땅과 날씨와의 힘겨운 씨름에 부차적인 것이었다. 아무도, 심지어 응주구나조차도 전문적인 거간이 될 수 있다고 믿을 정도로 머리가 돌지는 않았다. 독립이 되고 나서 그 건물을 나방과 거미와 쥐로부터 구한 것은 또 다른 이방인 압둘라였다. 압둘라는 다소간에 똑같은 것들을 팔았다. 그도 카운터 뒤의 똑같은 곳에 앉아 있었다. 그러나 다라마샤가 소를 이용해 수레를 끌고 잎들을 씹으며 부인과 자식들에게 소리를 쳤다면, 그는 당나귀에게 수레를 끌게 하고 조지프한테 욕을 했다.

그런데 갑자기 그들은 압둘라가 더 이상 욕을 하지 않는다는 사실을 알게 되었다. 찌푸린 표정도 사라졌다. 욕을 하면서 조지프를 공포로 몰아넣는 대신, 그를 학교에 보냈다. 그리고 웃을 때는 뱃속에서 우러나오는 웃음을 웃었다. 가게의 분위기는 한결 좋아졌다. 차, 소금과 설탕 봉지들, 카레 가루가 담긴 캔이 신반 위에 말끔히 정리되었다. 그는 술집에 있던 부서진 탁자를 수리해 놓고 의자를 몇 개 더 추가해 햇볕으로 들고 나갈 수 있게 했다. 더 많은 사람들이 압둘라의 가게에서 저녁 시간을 보냈다.

"완자 때문이래요." 응주구나가 무투리, 응조구, 루오로에게 속삭였다. "그 여자 때문이래요. 그런데 그 여자가 음와시를 찾아간다는 말은 대체 뭐죠?"

"그녀가 응야키뉴아를 돕는 걸 보면 감동스러울 정도요. 도시 여자인데 말이오." 응조구가 말했다. 무투리는 음와시에 대한 얘기가 나올 때마다 거의 그랬던 것처럼, 조용히 있었다.

2. 일모로그가 경이로운 곳이 되는 것은 달빛이 휘황하게 비칠 때만은 아니었다. 해가 지고 어둠이 찾아오는 시간 사이에, 일모로그 능선에는 부드럽고 차분하고 아름다운 것이 깃들었다. 설명할 길은 없지만, 낮게 굽이치는 도뇨 언덕이 일어나서 하늘에 닿는 것 같았다. 능선 위에 서 있으면, 풀밭이 끝나는 먼 언덕의 끝에 태양이 살짝 걸쳐 있는 모습을 볼 수 있었다. 그러다가 갑자기 해가 언덕 너머로 사라지고 황동색 빛줄기가 사방으로 퍼졌다. 곧 어둠과 신비가 평원과 언덕에 내려앉았다. 능선은 달이 뜨지 않으면 갑자기, 두려운 그림자의 일부가 되었다. 무니라는 황혼을 두려운 그림자에 대한 서곡으로 여기고 좋아했다. 그는 자기도 모르게 어둠 속으로 끌려들어가기를 기다렸다. 그러고 나면 그는 모든 것의 일부가 되었다. 식물, 동물, 사람, 오두막 등, 그것들 사이의 연결 고리를 의식적으로 생각할 필요도 없이 그것의 일부가 되었다. 선택한다는 것은 노력과 결정과 특정한 것에 대한 선호를 필요로 했다. 그것은 고통스러운 일일 수 있었다. 그는 선택하지 않기

를 택했다. 그는 자신의 집과 압둘라의 가게, 그리고 당연히 완자의 오두막 사이를 날마다 자유롭게 오가는 것을 즐겼다.

그러나 그는 자신이 의도하지 않았거나 통제할 수 없는 소용돌이에 끌려 들어가는 것에 죄의식을 느꼈다. 그의 삶엔 늘 잘못을 저질렀다는 죄의식이 그늘을 드리웠다.

무니라는 어떤 것들에 관해서는 아예 얘기를 하지 않는, 집으로부터 도망쳐 나온 사람이었다. 그에겐 가정이 있었지만, 장로교적인 예의범절이나 태도의 시각에서 보면 깨진 것이나 다름없었다. 그는 외도를 했다. 그것을 부인할 수는 없었다. 사람의 아들은 살아야 한다. 그러나 그는 현재의 비상 마을이 있기 훨씬 전, 옛 카미리소에 있던 집에서의 첫 순간을 늘 치욕스럽게 떠올렸다. 그 집은 스와힐리 마젱고 스타일로 지어진 여러 개의 집 중 하나였다. 부식된 양철 지붕이 길게 뻗은 구석의 집이었다. 그런 집들은 유명했다. 특히 보노스라 불렸던 이탈리아 전쟁 포로들이 나쿠루 도로에 깔 흙을 인근에서 가져오고, 그런 집들을 들락거렸기 때문이다. 그녀의 이름은 아미나였다. 그는 그녀에게 저축한 돈의 전부인 2실링을 주었다. 하지만 그녀는 그에게 모욕감을 주었다. "아이구, 어린 애네." 문간에 서서 재미있다는 듯이 그를 위아래로 훑어보며 그녀가 말했다. 마치 그 집 안에 있는 다른 사람한테 놀라움을 표시하는 것처럼 그렇게 말했다. 그는 잠시, 결혼해서 사는 그녀의 남편이 큰 칼을 들고 나오지 않을까 겁이 났다. "나는 할례를 안 받은 남자들하고는 안 자요. 내 규칙이에요. 그래도 이리 와요." 그녀는 그를 집으로 들이고는 침대에 앉았다. 두려움과 치욕감이 밀려왔다. 그는 울고 싶었고, 물건은 쭈그러들었다. "자, 볼까…… 두려워하지 마요……. 당신은 남자예요. 나를 임신시킬 수도 있겠어요." 그러나 그녀는 친절했고, 어머니처럼 부드러웠다. 그의 물건이 갑자기 빳빳하게 섰다. 이제는 안 하면…… 죽을 것 같았다. 그녀가 그의 물건을 잡아 자신의 포동포동한 허벅지 사이에 넣었다. 그녀는 달래는 듯한 목소리로 말하면서 다리를 살짝 꼬았다. 맙소사, 모든 게 끝나 버렸다. 그는 자신이 안으로 들어갔는지 어쨌는지도 알지 못했다. 소용없는 일이었지만, 그가 불 옆에서 떨쳐 내려고 했던 것은 이런 기억이었다. 그 장면을 생각하면 늘 기분이 찜찜했다. 시리아나에서 쫓겨난 뒤 젊은 교사가 되어 카만두라에 가는 길에 그 집을 지나칠 때는 특히 그랬다. 그럼에도 그는 다른 사람이 아무리 육체적인 것에 노골적으로 나와도 다시는 충격을 받지 않으리라 다짐했다.

그러나 완자하고 있을 때조차, 그는 자신이 아직도 가정 교육과 시리아나 미션 스쿨의 포로라는 것을 알았다. 그가 그 경험을 즐기지 않았다는 말은 결코 아니다. 반대였다. 가정 교육에도 불구하고 그는 여자의 몸에 들어가기 전에 느끼는 짧은 순간의 기대감만큼 즐겁고 엄청난 것은 없다는 것을 알았다. 창문에서 흘러드는 달빛으로 보이는 완자의 고통스러운 얼굴, 실제로 다치기라도 한 것 같은 희미한 고통의 신음 소리, 벌집이나 사탕수수를 먹는 것 같은 희미한 쾌락의 신음 소리, 그녀의 몸이 부드럽게 요동치는 모습. 이런 것들은 낙원의 뱀이 지식의 고통으로부터 마지막으로 해방되기 전에 느끼는 황홀한 기대감만큼이나 그를 충만하게 했다. 그녀의 어머니나 자매들에게 도와달라고 소리치는 것처럼 들리는 비명은 그에게 훨씬 더 큰 힘을 느끼게 했다. 그리고 그는 선택이냐 선택하지 않느냐 하는 것이 더 이상 문제가 되지 않는 공허와 어둠과 두려운 그림자 속으로 가라앉았다. 그러나 어쩐지 자신이 끌려들었다는 느낌을 받으며 잠에서 깼다. 그는 아무런 승리감도 느끼지 못했다. 그녀에게 닿지도 못했다. 아이러니하게도 이것이 그녀를 더 갈망하게 만들고 그녀와 수없이 죄를 저지르고 싶게 만들었다.

그는 그녀를 향해 팔을 뻗었다. 그녀가 움츠리고 물러나는 게 느껴졌다. 그도 당황하며 물러났다. 그러다 그녀가 다시 왔고 갑자기, 승차하려 하는 그를 야간열차에 태우고 쾌락의 왕국으로 데려가, 결국에는 그가 더 헐떡거리고 갈망하고 원하게 만들게 했다.

그녀의 기분은 자주 바뀌었다. 맞추기 어려울 정도였다. 그것은 그를 헐떡이게 만들었다. 그녀에게 그것은 때때로 사람들에 대한 관심의 형태로 나타났다. 그럴 때면 그녀는 슬픔에 잠기고 생각이 많아졌다. 그리고 순진해서 잔인하게 들리는 질문들을 그에게 했다. 그녀는 특히 압둘라에 대해 많이 생각했다.

"선생님은 그가 이곳에 왜 왔는지 아세요?"

"누구 말이죠?"

"압둘라지 누구겠어요?"

"모르겠어요. 내가 여기 왔을 때 이미 있었어요. 당신이 오기 전까지 그와 나는 별로 얘기를 안 했어요. 내가 아는 누구보다 당신이 그의 입을 더 열게 했어요."

"가끔 그의 얼굴을 쳐다보면 고통이 가득해요. 그런데 그는 그것을 숨기려고 해요. 망가진 다리가 아니라 가슴속에 많은 고통을 끌고 다니는 것 같아요. 우리 모두가 똑같겠죠."

"무슨 말인지 모르겠네요."

"알잖아요." 그녀가 목소리를 약간 높이며 말했다. "내 말은 어쩌면 우리 모두가 불구가 된 영혼을 갖고 있고 치유되기를 바란다는 뜻이에요. 어쩌면 한 가지밖에 없겠죠!"

말보다는 어조가 그의 살을 섬뜩하게 파고들었다.

"나는…… 잘 모르겠어요." 그는 두려움을 느끼며 머뭇머뭇 말했다.

"당신은 늘 모른다고만 하는군요. 아는 게 뭐예요? 당신도 도망치고 있잖아요. 뭣 때문에 이런 곳으로 도망쳤죠? 솔직하게 말해 봐요. 뭘 피해서 달아난 거죠?"

그는 움찔했다. 식은땀이 났다. 그는 당황했지만 목소리를 침착하게 하려고 애썼다.

"기후도 바꿔 보고…… 장소도 바꿔 보려고…… 그냥 전근을 온 거예요. 한 곳에 너무 오래 있으면 이가 끓는다는 말도 있잖아요. 그러나 독립 후에…… 나는 괜찮았어요. 우리 모두가 뭔가를 했던 때잖아요. 하람비…… 자립…… 국가 건설…… 귀향……. 나는 나 나름의 방식으로 일반적인 요구에 부응했어요. 나는 종종, 자립이 자구(自救)라는 말이 괜찮은 국가 구호라고 생각했어요."

"그것 보세요!" 그녀가 갑자기 의기양양하게 말했다. "석 달 전에 여기에 처음 왔을 때 나는 당신이 한 말을 믿지 않았 어요. …… 그때 당신은 아무 전망도 없다고 했어요."

마을의 삶에 깊이 관여하고 있는 그녀를 바라보며, 그는 자 신의 말 뒤에 숨은 거짓말을 느끼지 않을 수 없었다. 그녀의 갑작스러운 신뢰의 말에 죄의식을 느끼지 않을 수 없었다.

그녀는 이 주에 걸쳐 옥수수 수확을 열심히 거들었다. 응야 키뉴아를 돕고 다른 여자들도 도왔다. 수확은 형편없었다. 농 부들은 서로를 바라보며 고개를 저었다.

동시에 그녀는 가게 일을 도와 물건들을 정리했다. 한번은 압둘라를 대신하여 조지프를 데리고 당나귀가 끄는 수레로 루 와이니까지 가서 물건을 사 갖고 왔다. 무니라는 그녀가 일에 빠져 있는 모습을 지켜보았다. 일이 자신의 경쟁자처럼 느껴 졌다. 그녀는 오전에는 가게를 정리하고 재고 조사를 했다. 그 리고 오후에는 여자들을 따라 평원으로 가서 물을 길어 왔다.

완자는 그들이 하는 모든 이야기를 즐겼다. 그들이 남자들 을 위해 빨아야 하는 더러운 옷에서부터 그들의 남자들이 사 랑을 하는 습관에 이르기까지 다 즐겼다. 왐부이가 말했다. "한번은 남편이 루와이니던가 어딘가를 갔다 오더니 내가 밭 에 있는 것을 보고, 거기에서 하자는 거예요. 음와리키 숲 그 늘 밑에 있는 마른 옥수숫대 위에서 말이에요. 저녁끼지 기다 릴 수 없다며, 거기에서 힘을 빼려고 하지 뭐예요. 내가 소리 를 지르겠다고 했지만, 막무가내였어요. 우리 집 개구쟁이 무 리우키를 거기에서 임신했잖아요……. 백주에 옥수숫대 위에서 말이에요." 다른 사람이 그 말에 이렇게 대꾸했다. "어차피 뜨거운 태양 밑에서는 목이 타는 법이니, 당신도 별로 싫지는 않았겠구먼 뭘 그래요." 모두가 깔깔 웃었다. 그들은 종종 완자에게 도시 남자들은 어떠냐고 물었다. 고무를 끼운다는 말이 있던데, 그게 사실이냐고 물었다. 완자는 웃기만 했다. 그러나 그들은 그녀가 할머니를 도와주러 온 것에 대해서는 칭찬을 많이 했다. 남자가 그녀를 찾으러 오면 그들이 볼 수 있도록 여기에 눌러살라고 말했다.

그 일이 끝나면 그녀는 압둘라의 가게로 돌아가 술집 일을 했다. 이번에는 맥주를 마시며 남자들이 하는 얘기를 들었다. 그들은 이런저런 얘기를 하고 일모로그의 광활한 평원에 떠돌던 등이 굽고 뿔이 긴 소들에 대한 노래까지 불렀다. 응고치, 음부루, 응기기 세대가 생겨나기 한참 전에는 가뭄이 들면 하느님에게 비가 오게 해 달라고 뿔과 등을 제물로 바쳤다고 한다. 완자는 그곳의 삶이었고 이제는 그들이 그곳을 찾는 주된 이유였다. 그들이 얘기를 하는 것은 그녀의 귀를 사로잡고 그녀의 웃음을 유발하거나 그녀가 고개를 끄덕여 주기를 바라서인 것 같았다.

무니라는 그녀의 활달한 얼굴, 얘기하는 사람을 향해 살짝 기울어진 목, 인간의 손길과 온기를 원하는 손을 바라보았다. 그는 속으로 설명할 수 없는 육체적 고통을 느꼈다. 그녀는 무니라가 존재하지 않는 것처럼 다른 사람에게 완전히 열중해 있었다.

옥수수의 작황이 좋지 않은 데다 몇 달간 비까지 오지 않았다. 밭에서 할 일이 없어지자, 사람들은 먼지와 이글거리는 태양 때문인지, 아무것도 아닌 일로도 자주 싸웠다. 그해에는 한 계절밖에 없다는 것을 알면서도 그들은 그 사실을 받아들이려 하지 않았다. 흉작에 대해 미리 경고라도 받은 듯, 마을로 와서 곡식을 구매해 도시로 가져가던 상인들도 이번에는 나타나지 않았다.

완자는 점점 더 일모로그에서 눈을 돌렸다.

때때로 그녀는 자신의 불안감을 마을에 대고 쏟아 냈다. 그녀는 마을과 마을의 상태에 대해 무자비한 농담을 하고 조롱했다.

"왜 사람이 이처럼 누추한 곳에서 끝나야 하죠? 땅을 파는 여자들을 보세요. 한번 보라고요. 그 대가로 그들이 얻는 게 뭐죠? 수확이랍시고 얻은 게 뭐죠? 옥수수 알갱이 몇 개밖에 없잖아요."

"날씨가 안 좋았어요. 응주구나, 무투리…… 모든 사람들이 수확이 안 좋았다고 얘기하고 있어요. 비가 늦어졌기 때문이에요."

"날씨가 안 좋았다 이거죠. 그런데 그들은 해마다 같은 말을 해요. 그렇게 말함으로써 다음번 수확은 더 좋아지기를 바라는 거죠. 그러나 그들에게 돌아오는 건 이렇듯 쏟아지는 먼지뿐이에요. 오지도 않을 비가 와서 이 무정한 해로부터 벗어나기를 기다리는 메마른 땅뿐이라고요."

12월이 되자, 그녀는 점점 더 불안해했다. 뭔가가 그녀를 야금야금 먹어 치우는 것 같았다. 일모로그에 대한 그녀의 불평은 더 날카롭고 신랄해졌다. 어느 날, 그녀는 욕을 하고 불평을 늘어놓더니, 갑자기 카운터에서 내려가 연습장을 들고 재빨리 노파들의 모습을 여러 장 스케치했다. 노파들은 그들을 쫓아오는 탐욕스러운 젊은 남자를 피해 두상이 작고 다리는 허약하게 생긴 호리호리한 노인을 향해 달려가고 있었다. 젊은 남자는 태양이고, 노인은 비였다.

"그들은 흙과 하나지요……. 평화…… 우후루 나 카지…… 노동이 존엄하다고 생각하지 않아요?" 무니라가 농부들에 대해 얘기하고 있었다.

"먼지와 함께 사는 사람 말인가요?" 그녀가 자신이 스케치한 것을 바라보다가 그것을 압둘라에게 던졌다. "콧물로 범벅이 된 코에 파리들이 달라붙는 걸 보지 못했나요? 소가죽이나 풀을 침대로 삼는 건 어떻고요? 이엉이 무너지는 오두막은 어떠냐고요?"

이제 그녀는 웃고 있었다. 뱃속 깊은 곳에서 나오는 웃음이 아니라 목에서 나오는 신랄하고 빈정대는 웃음이었다.

무슨 이유에서인지, 무니라는 그것을 보자 화가 났다. 결국 그는 상황을 받아들였다. 그것이 그의 보호막이었다. 그런데 지금 그녀가 그것을 비웃고 있었다.

"당신이 말한 해변과 도시와 나이로비, 나카루, 엘도레트, 키수무를 떠나 왜 여기로 온 거죠? 돌아가지 그래요?"

"맞아요." 그녀가 갑자기 화가 나서 말했다. 그러나 무니라는 그녀가 뭔가 다른 것 때문에 불안해하고 싸움을 거는 듯한 느낌을 받았다. "나는 일모로그가 싫어요. 나는 시골이 싫어요. 너무 따분해요! 깨끗한 수돗물이 있었으면 좋겠어요. 전기도 있고 돈도 좀 있었으면 좋겠어요."

그녀는 마음이 이곳저곳을 오가는 듯 빠르게 말했다. 거기에 있으면서 동시에 다른 곳에 있는 것 같았다. 그녀는 압둘라에게 거칠게 말한 적이 없었다. 그런데 지금, 그녀는 그를 향해 돌아서서 종이를 짝짝 찢으며 말했다.

"압둘라, 나한테 뭐라고 했죠? 돈을 잘 주겠다고 했잖아요. 언제 그럴 건가요? 압둘라, 고용주들은 다 똑같다는 거 아세요? 나는 여러 술집에서 일해 봤어요. 여급들이 부르는 노래는 딱 하나예요.「슬픔」이라는 노래죠. 그들은 한 달에 75실링을 준다고 하고는 스물네 시간 일해 주기를 바라죠. 낮에는 손님에게 술과 미소를 팔고 저녁에는 잠자리에서 몸과 한숨을 팔죠. 술집과 숙박을 겸하는 거예요. 주인은 두 사람이 보노 침대와 찢어진 시트를 십 분 동안 사용하는 데 20실링을 받죠. 압둘라, 당신은 스프링 침대, 담요, 시트 두 장을 사서 이곳에 '일모로그 술집 겸 식당'이라고 써 붙이고 영업을 하면 많은 돈을 벌 수 있다는 걸 아세요? 물론 시트를 빨아 줄 다른 여급을 고용하는 조건으로 말이죠!"

그들은 그녀가 울거나 다른 뭔가를 할 것이라고 생각하고 쳐다보았다. 그러나 그녀는 생각을 바꿨는지 생각에 잠겨 맥주를 마시다가 꿈을 꾸듯 말을 이었다.

"잠깐만요. 우리는 이곳을 교회로 만들어야 해요. 도시에 염증을 느낀 사람들이 이곳으로 올 수 있도록 말이죠. 그들이 맥주와 춤으로 마음의 고통을 씻어 내도록 말이에요. 아니면

요양소도 괜찮겠어요. 큰 걸로요. 마누라와 아이들을 피해 주말에 이곳으로 피신해 염소 고기를 구워 먹고 맥주를 마시고 춤을 춘 다음 치유되어, 그들을 기다리는 마누라한테 돌아가도록 말이죠. 그게 아니라면 선생님, 이곳을 어떻게 해야 할까요? 일모로그를 어떻게 할까요? 선생님은 마을의 진정한 빛이 아니던가요? 불을 붙여 깡통 속에 숨겨 둘래요? 압둘라, 심각하게 하는 말이에요. 창가아나 무라티나를 주조하세요. 빨리 죽여 주는 걸로요. 정말로 그런 술은 사람들을 죽여 주죠. 그럼에도 사람들은 어렵게 번 돈을 마지막 한 푼까지 거기에 쓰고 죽음을 재촉해요. 좀 더 일찍 죽을 권리를 사는 거죠. 그런데 이 시골 마을에서는 사람들이 햇볕 속에서 죽어 갈 거예요. 그렇다고 돈을 주지는 않을 거예요. 그러니 압둘라, 창가아를 주조하세요. 가난한 사람들의 궁핍을 이용해 부자가 되세요."

그 말을 하며 그녀는 교활하고 사악해 보이는 미소를 지었고 그 언저리에는 조롱과 비웃음이 묻어 있었다. 무니라는 그녀가 집을 피해 이곳으로 달아난 자신에 대해 얘기하는 것 같은 느낌을 받았다. 그녀가 자꾸만 멀게 느껴졌다. 마치 자신이 그녀의 몸에 손을 댄 적이 없는 것만 같았다. 그녀의 조롱에는 처녀의 유혹적인 교태와 똑같은 흡인력이 있었다. 그는 힘으로 그녀를 꺾고 핏속에서 피어남으로써만 그녀에게 손을 댈 수 있었다. 처녀와 창녀. 차라리 등짝에 광고 문구를 붙이고 다니지그래. 'VW—처녀(V) 창녀(W)—를 타 보세요. 혹은 VIP—대단히(V) 흥미로운(I) 창녀(P)—를 타 보세요.' 이렇게 말이다. 그는 그녀를 향해 이렇게 모욕적인 말을 할까도 생각해 보았다. 그러나 그의 악의적이고 신랄한 생각의 흐름은 완자의 익살맞은 행동으로 인해 방해를 받았다. 그녀가 일어서서 문으로 가더니 하품을 했다. 왜 모두가 이 구멍에 있는 거죠? 그러더니 갑자기 빙글 돌아 카운터를 뛰어넘어 마루로 내려오더니, 남자들을 딱딱하고 굳은 표정으로 쳐다보았다. 그녀는 비명에 가깝게 소리를 질렀다.

"압둘라 사장님, 음악 좀 틀어요. 음악 좀 틀어요. 이 몸은 춤하고나 어울려요. 젠장! 여기에는 라디오도 없군요! 노래합시다. 선생님, 기타를 치고 피리를 부세요. 나는 춤을 추고 싶어요."

그녀는 사람들의 반응도 기다리지 않고, 엉덩이를 흔들며 춤을 추기 시작했다. 처음에는 천천히 추다가 머릿속의 음악에 맞춰 춤을 추었다. 리듬이 점점 더 빨라졌다. 그녀의 표정은 황홀경과 고통 사이를 오갔다. 그녀는 엉덩이와 가슴과 배를 흔들었다. 온몸이 관능과 힘의 물결처럼 움직였다. 곧 음악이 끝났다. 그녀는 녹초가 되어 앉았다. 그러고는 이제 천천히, 침착하게 얘기했다. 안에 있는 뭔가를 밖으로 배출한 듯보였다. 느긋해진 그녀는 이제 그들이 알던 완자로 돌아와 있었다.

"이런 식으로 우리는 남자들을 유혹했어요. 우리에게는 유일한 영킹의 순산이었지요. 여자 두 명이 마루에서 같이 춤을 수 있었지요. 남자들은 눈과 손으로 애걸하다가 결국에는 술과 돈으로 애걸했죠. 나는 정말 사악한 인간이에요. 돈으로 나

를 살 수 있다고 생각하는 남자가 싫어요. 한번은 남자가 수
입 사이다를 내게 사 주느라 200실링을 쓰게 만든 적도 있어
요. 그리고 그를 두고 나가 버렸죠. 기분이 좋더군요. 다음 날
아침, 그가 칼을 들고서 나를 기다리더라고요. 돈을 돌려달라
면서요. 나는 무슨 돈을 말하느냐고 물었죠. 사이다, 사이다.
그는 이렇게 외쳤어요. 나는 아주 순진한 표정을 지으며 간드
러지는 목소리로 말했어요. 지난밤에 나를 원했던 거예요? 왜
그렇다고 말하지 않았죠? 사이다에는 말을 하는 입이 없잖아
요. 솔직히 나는 상처를 받았어요. 나는 진짜 친구를 찾았다고
내내 생각하고 있었단 말이에요…… 결국 당신도 다른 사람
들과 똑같군요! 이렇게 말하고는 화난 표정으로 그를 바라보
았죠. 그가 창피해하더군요. 그러더니 나에게 사이다를 더 사
줬어요. 그리고 다시는 나를 괴롭히지 않았어요. 압둘라, 나는
정말로 이 빌어먹을 구멍이 지겨워요."

이제 무니라는 그녀의 교태에 빠져 있었다. 그녀가 앉아 있
는 모습을 보니 너무 갖고 싶었다. VW를 타고 쾌락의 세계로
가고 싶었다. 이제, 그는 그녀 쪽으로 손을 뻗어 자기한테 묶
고 싶었다. 그런데 압둘라가 그녀와 문 너머로, 수확이 끝나고
갈아 놓은 밭의 가장자리를 쳐다보았다. 마치 기억과 거리와
교감을 하고 있는 것 같았다. 그는 속으로 중얼거렸다. 이곳은
너무 외롭다. 그는 몸을 돌려 완자를 바라보았다. 강한 동정심
을 머금은 그의 눈길은 친절하고 따뜻했다.

"완자, 당신도 내 말 들어요. 여기에 있는 선생님이 내가 지
금부터 하는 말의 증인이에요. 나는 생생한 상처가 있다는 게

어떤 건지 알아요. 나의 이 잘린 다리를 두고 하는 말이 아니에요. 일모로그에 머물러요. 당신이 구멍이라고 하는 것을 함께 상대합시다. 당신에게 급료로 지분을 줄게요. 당신과 나는 이 사업의 파트너가 되는 거요. 줄 것은 많지 않지만, 진심으로 제안하는 거요. 그러니 가지 마요."

완자는 어렵게 눈물을 참았다. 그녀는 그가 한 말을 이해했다. 그의 제안 뒤에 있는 진심을 더 잘 이해했다. 그러나 그녀는 받아들일 수 없었다. 그녀의 마음은 이제 떠나야 한다고 말하고 있었다. 그녀는 자신의 방문이 소득이 없었다는 걸 알았다. 그리고 설령…… 어떻게 그녀가 일모로그에 머물 수 있겠는가?

"압둘라, 당신은 따뜻한 사람이군요. 당신 말을 들으니 울고 싶네요. 나는 사악한 여자예요. 당신은 내가 왜 일모로그에 왔는지 알아요? 당신은 왜 왔죠? 무니라는 왜 왔죠? 압둘라, 나의 이야기는 길고도 짧아요. 어쩌면 돌아올지도 모르겠지만 내겐 바깥세상에 나가서 처리해야 할 빚이 있는 것 같아요."

그녀는 말을 멈추고 갑자기 일어나더니 마른 들을 천천히 가로질러 자신의 오두막으로 갔다.

다음 날 아침 일찍, 웅야키뉴아는 압둘라의 가게에 갔다. 그녀는 앉으라고 해도 앉지 않고, 주지프를 보내 무니라를 불러오게 했다. 압둘라는 두려움으로 배가 꼬였다.

"완자는 떠났어요." 그녀는 무니라가 온 후에 말했다. "그러나 물건을 챙겨 가지 않았으니 돌아올지도 몰라요." 그녀는 미심쩍은 어조로 이렇게 덧붙였다.

무니라와 압둘라는 아무 말도 하지 않았다.

"아, 이놈의 해." 응야키뉴아는 갈 것 같았지만 실제로 그러지는 않았다. "이놈의 해!" 그녀가 그 말을 반복했다.

그때까지도 무니라와 압둘라는 아무 말도 하지 않았다.

5

1. 완자가 일모로그에서 떠난 다음 해는 나라 전체에도 중요한 시기였다. 그해는 백주에 일어난 불가사의한 정치적 암살 사건과 함께 시작되었다. 범인들은 잡히지 않았다. 암살당한 정치인은 아시아 출신의 국민이었는데, 일찍이 독립 투쟁에 관여했고 독립 후에는 여하한 형식이든 제국주의와의 결탁을 지속적으로 반대한 것으로 유명세를 얻은 인물이었다. 그는 가난한 사람을 착취해 돈을 번 부자들의 무자비한 적이었으며, 의회 안에서든 밖에서든 농업 혁명을 부르짖은 사람이었다. 한 해 동안 나라에 소문이 무성했다. 사람들은 삼삼오오 모여서 최근에 떠도는 소문에 대해 얘기했다. 그가 어떤 정치인과 결탁하고 있었다는데 그게 사실일까? 뭔가 구린 쿠데타를 모의하고 있었던 건 아닐까? 그런데 어떻게……? 공산주의라는 게 뭘까? 경제가 외국에 놀아나는 것을 반대하는 걸

까? 농업 혁명을 주장하는 걸까? 가난을 끝내자는 주장일까? 아시아인이었기 때문일까? 그런데 그는 독립 투쟁을 하던 시기에 영국인들한테 잡혀 수감 생활을 하지 않았던가? 답변이 없는 수많은 질문들과 밀려오는 두려움의 해류가 새로운 국가의 핏줄을 타고 흘렀다.

일모로그에는 그해에도 비가 부족했다. 그다음 해는 수확을 한 번밖에 하지 못했다. 상황은 전보다 더 비참했다.

암살 사건이 있었던 해가 끝나 가고 아직도 비가 올 기미가 없자, 일모로그 사람들은 찌푸린 얼굴로 걱정스럽게 하늘을 올려다보았다. 그러나 태양은 미심쩍어하는 그들의 얼굴을 조롱하는 것 같았다.

태양은 사람들의 눈을 멀게 할 것처럼 휘황한 열파를 쏟아 냈다. 바람은 태양신에 공물을 바치기라도 하듯, 먼지와 쓰레기를 갑자기 공중으로 들어 올렸다. 그 공물이 불만족스러웠던지 갑자기 먼지구름이 잦아들면서 쓰레기가 우르르 땅으로 쏟아졌다. 그렇지 않아도 메마른 피부에 쏟아지는 열기로 골치 아팠던 일모로그 농부들은 먼지와 쓰레기가 미친 듯이 회오리 치는 모습을 보고 오두막의 처마로 물러날 수밖에 없었다. 들에는 그늘과 휴식처를 제공하는 음와리키의 널찍한 잎들이 더 이상 보이지 않았다. 그래도 그들은 밭에 갔다. 풀을 뽑고 흙을 일구기 위해서가 아니라 나방이 불에 끌리듯 밭에 끌렸던 것이다. 그들로서도 어쩔 수 없는 일이었다. 이제, 그들은 오두막 처마에 앉아 잡담을 하고 옛날이야기를 하고 짓궂은 농담을 했지만, 그 이면에는 올해도 가뭄이 들지 모른다는 불안감이 깔려 있었다.

웅조구, 무투리, 루오로, 웅주구나는 압둘라의 가게 밖에 앉아 있었다. 보통 때 같으면, 소와 염소를 끌고 평원으로 갔을 터였다. 그러나 해가 끝나고 새로운 해가 시작되는 시기였다. 학교는 방학에 들어갔고, 이제는 아이들의 차례였다. 지난 이 년 동안, 9월에 수확을 단 한 차례밖에 하지 못했다는 사실에 그들의 마음은 걱정으로 가득찼다. 그 후로 비가 오지 않았다. 이따금 조금씩 내린 것을 제외하면 말이다. 아무리 게으른 사람도 쉽게 피할 수 있는 비였다. 지난 이 년간 그랬던 것처럼, 만약 정초에 내리는 웅자히 비가 늦어진다면, 바로 가뭄이 시작될 상황이었다. 그들은 압둘라의 가게 밖에 앉아 이런저런 얘기를 나누었지만, 결국은 언제나 비 얘기로 돌아갔다.

"그래도 비가 올지 모르죠……. 비가 연초나 그보다 조금 늦게 오기도 한다니까요."

"이유를 모르겠지만, 점점 더 날씨를 예측하기가 어려워요. 날씨의 머리가 어떻게 됐나 봐요." 웅주구나가 말했다. "음와시 와 무고도 비는 주무르지 못하는 모양이에요." 그는 무투리 쪽을 쳐다보지 않고 비꼬는 미소를 지으며 마지막 말을 덧붙였다.

"미국인들과 러시아인들이 하늘에 쏘아 올리는 것들 때문일 수도 있어요."

"그럴 수도 있죠. 그들이 달나라로 여행객을 보낼지 모른다는 얘기가 있던데, 그게 가능할까요?"

"인간이 자전거를 타고 다닌다는 게 가능하지 않게 여겨지던 때도 있었어요." 응조구는 무니라가 자건를 타고 그들 쪽으로 오는 것을 보면서 말했다. "무노루가 탈 때까지는 말이죠."

"백인이 처음 왔을 때를 생각해 보세요. 그 사람이 신발을 벗었을 때, 우리는 그의 다리가 없다고 생각했잖아요. 사람들은 그가 마술을 부린다고 생각하며 달아났었죠."

그들은 그 말에 웃으며 술을 더 시켰다. 무니라는 벽에 자전거를 기대고 앉아서 맥주를 시켰다.

"머지않아 마실 건 맥주밖에 없겠네요." 그가 말했다.

"선생님…… 학교는 언제 개학하죠?" 응주구나가 물었다. "이제 여기에 오신 지도 이 년 됐네요. 우리 아이들한테는 좋은 일이었어요."

"모르겠습니다." 그가 말했다. "지금은 1월 중순이잖아요. 그런데 선생을 더 구하지 못하면, 운영할 수가 없을 것 같아요. 첫해에는 두 학급이었다가 다음 해에는 세 학급이었는데, 이제는 네 학급이 될 거예요."

"어디서 선생을 구하죠? 어떤 VIP가 이곳에 와서 뙤약볕에 있으려 하겠어요?"

"루와이니에 가 보려고 해요. 가서 음지고한테 교사를 한 명 이상 보충해 주지 않으면 학교를 닫는 게 좋겠다고 말하려고요."

그들은 그의 말에 입을 다물고, 잠시 생각에 빠졌다. 그렇다면 이 선생도 우리를 떠날 준비를 하고 있는 걸까? 이 년은 그에게 너무 긴 세월이었는지도 모른다.

무니라는 완자가 떠난 뒤 자신이 이전의 리듬과 초연함을 회복하기를 바랐다. 그러나 그는 곧 그것이 잡을 수 없는 꿈이라는 것을 깨달았다. 그녀가 떠나고 한 달 동안, 무니라는 먼지구름을 일으키며 일모로그 전역을 질주했다. "해 때문이야." 몇몇은 이렇게 말했다. 그는 네댓 달 동안 그녀가 돌아오기를 헛되이 기다린 후, 시장이 서는 날이면 루와이니에 갔다. 뭔가를 사러 가는 척했지만 아무것도 사지 않았다. 그는 루와이니에서 자고 올 이유를 다시 찾아내고 거의 모든 술집에 들러 술을 마셨다. 결국 그는 푸라하 술집까지 가게 되었다. 거기에서 그녀는 어떤 여자가 주크박스에 있는 것을 보았다. 등을 돌린 그녀를 보며, 그의 심장은 빠르게 뛰었다. 그는 모른 척할 수 없었다. 그는 완자를 찾고 있었던 것이다. 그는 카운터에 있는 높은 의자에 앉아 그녀가 자기를 알아보기를 기다렸다. 처음에는 기타 소리가 들리더니 사람들의 합창 소리가 높아지면서 분위기를 압도했다. 찬송가였다. 여자가 몸을 돌렸다. 그러나 완자는 아니었다. 그때 그녀가 눈을 감고 합창소리에 맞춰 노래를 부르기 시작했다. 마치 자신이 주크박스에서 흘러나오는 합창단의 일부라도 되는 것처럼. 노래가 끝나자, 그녀는 카운터에 와서 술을 달라고 했다. 무니라의 흥미를 끈 것은 그녀가 거의 모든 케냐 말을 알고 있다는 점이었다. 키쿠유어로 얘기할 때는 키쿠유족 같았고, 루오어로 얘기할 때는 루오족 같았다. 스와힐리어, 캄바어, 루야어도 마찬가지였다. 그는 곧 그녀에게 흥미를 잃었다. 그러나 찬송가는 좋았다. 그는 주크박스로 가서 1실링을 넣고 단추를 눌렀다. 오

파파 제리코 합창단이 부르는 감동적인 찬송가가 흘러 나왔
다. 여자가 다시 주크박스로 갔다. 그는 그녀가 찬송가에 완전
히 빠져 있는 모습에 매혹되어, 완자를 찾지 못한 실망감을 잊
었다. 그는 그녀에게 술을 사고 잠자리를 같이하자고 할까도
생각했다. 그러나 찬송가는 유년 시절의 탈선과 그것을 나중
에 불로 정화시키려고 했던 기억을 떠올리게 했다. 그러자 여
자의 몸에 대한 관심이 사라졌다.

그는 그렇게 꿈을 찾다가 소득 없이 일모로그로 돌아왔다.
그리고 이후로는 가르치는 일에 매달리면서, 완자와 오두막
에서의 사랑에 대한 기억을 떨쳐 내려 애썼다. 그러나 상황은
전과 같지 않았다. 적어도 압둘라의 가게는 달랐다. 압둘라는
그에게 두 마디 이상 하지 않았다. 그는 압둘라의 가게에서 어
르신들을 보면 늘 기분이 좋았다.

"선생님, 그 사람들이 달에 가려고 한다는 게 사실인가요?"
무투리가 선생이 그들을 버리고 떠날지도 모른다는 생각을
떨쳐 내려고 물었다.

"네."

"이상한 사람들이로군요. 하느님에 대한 두려움도 없나 봐
요. 성스러운 것에 대한 존경심도 없고, 지구에 있는 것들을
망치려고 해요. 이제는 하느님의 영역까지 침범하려고 하네
요. 하느님이 노하셔서 비를 내려 주시지 않는 것도 놀랄 일은
아니군요."

"맞아요. 우리를 보세요. 우리는 늘 하느님을 두려워했어
요. 하느님이 하시는 일을 자세히 들여다보려고 하지 않았어

요. 그래서 하느님께서 우리를 완전히 파멸시키지 않으신 거예요. 하느님께서 일모로그 전투 이후에 식민주의자들의 눈을 딴 곳으로 돌리신 것도 그래서예요. 당신도 인정하겠지만, 웅야키뉴아의 남편이 미친 짓을 했는데도 일모로그 사람들은 독립 전쟁에서 그렇게 많은 아들들을 잃지 않았어요."

"웅야키뉴아의 남편 웅잠바 네네는 용감한 사람이었어요." 웅주구나가 말했다.

"그렇게 늙은 사람이 백인을 향해 총을 겨눴다고요!"

"그는 일모로그를 피로 구한 사람이에요." 웅조구가 대꾸했다.

"당신 손자도 그랬어요. 올레 마사이한테는 일모로그의 피가 흐른다는 것을 잊지 마세요."

갑자기 그들은 압둘라가 조지프를 향해 욕을 퍼붓는 것에 놀랐다. 이상한 일이었다. 완자가 온 후로 일 년 동안 그들은 그가 욕하는 것을 들은 적이 없었다. 그들은 웅야키뉴아의 남편과 이름으로만 알고 있는 올레 마사이에 대한 묵념을 하는 양, 다시 침묵에 빠졌다.

"나는 당신 말에 동의할 수 없어요." 무투리가 다시 한 번 화제를 바꾸려고 말했다. "우리는 아들들을 도시에 빼앗기고 있어요."

"맞아요." 루오로가 맞장구를 치며 헛기침을 했다. "나는 요즘 젊은이들을 모르겠어요. 우리 때는 외국인 압제자들을 위해 강제로 일을 했어요. 그때도 우리는 세금이나 벌금을 낼 정도로 돈을 벌면, 밭으로 돌아가곤 했어요. 그런데 내 아들들을 보세요……. 나는 그들이 어디에 있는지도 몰라요. 하나는 나이로비에서, 다른 하나는 키수무에서, 다른 하나는 몸바사에서 일해요. 돌아오는 일은 거의 없어요. 하나만 마누라를 보러 이따금 돌아오는데, 하루도 채 머물지 않아요.”

“내 아들도 그래요.” 웅주구나가 말했다. “하나는 정착민 지역에서 요리사로 일하다가 구금을 당했어요. 그런데 구금을 당한 후에도 새로운 아프리카 정착민들을 위한 요리사로 들어갔지 뭡니까. 자기 손을 쓸 수 있는 성인 남자가 다른 사람들을 위해 요리를 하는 모습을 상상해 보세요. 다른 아들 셋은 나이로비에 있어요.”

“사실, 우리가 그들을 비난해서는 안 될 것 같아요.” 무투리가 다시 끼어들었다. “첫 번째 대규모 전쟁이 있을 후로는 땅이 더 이상 없었어요. 그리고 낯선 곳에 대한 유혹을 떨쳐 내지 못하는 사람들은 늘 있어요. 내 아버지는 나한테 백인들이 오기 전에도 상아를 갖고 수로를 타고 나갔던 사람들이 있었다고 하셨어요. 돌아오지 않는 사람들도 종종 있었대요.”

“새로운 것들을 동경하는 무노루처럼 말이죠.” 루오로가 말했다. 그들은 다시 잠깐 말이 없었다. 다들 아들들의 움직임과 이 땅에 닥친 재앙에 대해 생각하는 것 같았다. 웅주구나가 기침을 하며 허공을 응시했다.

“땅이 부족하다는 말은 맞아요. 내 막내아들이 도시로 떠나기 전에 했던 말이 있어요. 지난 이 년 동안과 비슷한 흉작이 있은 직후였죠. 아들은 이렇게 말했어요. ‘일 년 동안 땅에서 열심히 일했어요. 손톱이 부러질 정도로요. 그런데 수확한 걸 보세요. 이 팔의 힘을 비웃고 있어요. 아버지, 세금 징수원이 오면 그에게 뭘 줄 건지 말씀해 보세요. 루와이니에 가면 좋은 옷이 있어요. 그것을 살 돈은 어디에서 구하죠? 저는 대도시로 가서 제 미래를 시험해 보겠어요. 형들처럼요.' 내가 그 아이에게 무슨 말을 할 수 있었겠어요?"

"이 땅에서는 수확이 많이 나곤 했어요. 비는 어김없이 왔고요. 그런데 무슨 일이 있었던 거죠?" 루오로가 물었다.

대답을 한 사람은 무투리였다.

"여러분은 그 당시에는 땅을 사고팔지 않았다는 것을 잊고 있어요. 땅은 쓰라고 있는 것이었어요. 그리고 땅은 많았어요. 한 곳에서 여러 번 경작할 필요도 없었어요. 땅에는 숲이 가득했어요. 나무들이 비를 불렀어요. 땅에 그늘을 드리웠고요. 그러나 숲이 철도에 먹혔어요. 당신들은 그들이 기차 연료를 위해 여기까지 나무를 가지러 왔던 일을 기억하잖아요. 그들이 아는 건 어떻게 먹어 치우고 어떻게 모든 것을 가져갈까 하는 것뿐이었어요. 그들은 외국인들이었어요. 백인들이었다고요. 그러나 이제 흑인 정권이 들어섰으니, 힘을 쓸 사람들을 돌려주겠죠……"

"우리 아들들을 돌려준다고요?" 응주구나가 말했다. 그는 의미심장한 헛기침을 하고 압둘라에게 말했다. "당신 당나귀 얘긴데, 날씨도 가문데 풀을 너무 많이 먹는 거 아니오?"

무니라가 일어섰다. 그는 당나귀에 관해 말씨름을 하는 그들을 두고 자리를 떴다. 그에게 완자가 없는 일모로그는 가뭄의 땅이었다. 그러나 그들의 말이 이상하게 가슴에 와 닿았다.

그는 이 년 전에 카레가와 했던 이상한 대화를 떠올렸다. 그리고 울퉁불퉁하게 갈아 놓은 정원에 갑자기 생각이 미쳤다.

그들은 매일, 비가 오거나 해가 바뀌기를 기다렸다. 그들 모두는 무슨 일인가가 일어나기를 기다렸다. 그러나 매일 아침 눈을 뜨면 바람과 먼지와 눈부신 해가 그들을 기다렸다.

날이 가도 눈에 띄는 변화가 없었다. 압둘라의 당나귀가 점점 더 화제의 중심에 자리했다. 원로들이 만나서 그것에 관해 뭘 할 수 있을지 토론했다.

어느 날 아침 일찍, 옹주구나, 루오로, 옹조구, 무투리가 다시 한 번 압둘라를 찾아왔다. 그들은 앉지 않겠다고 했다. 마시는 것도 거절했다. 그들은 압둘라의 눈을 똑바로 쳐다보려 하지 않았다. 압둘라는 그들의 엄숙한 얼굴에 어린 불안한 표정을 보았다.

"마음에 무슨 짐이 있으신가요?" 압둘라가 말했다. "제가 도와드릴 일이라도 있나요?"

"당신은 해가 어떻게 가물거리는지 알죠? 쳐다보면 눈이 거의 멀 정도요." 옹주구나가 햇볕에 탄 땅을 어정쩡하게 가리키며 말했다.

"비는 올 거예요." 압둘라는 아무 확신도 없이 말했다.

"비가 오지 않을 거라는 말은 아니오." 루오로가 말했다. "아직은 기후 변화에 대해 얘기할 때가 아니오."

"당신 눈에는 이 먼지와 바람이 안 보이는 거요?" 루오로가 덧붙였다.

"원하시는 게 뭐죠?"

"우리는 마을에서 보내서 왔을 뿐이오." 응주구나가 말했다.

"좋은 마음으로 왔어요."

"그런데 저한테 뭘 원하시는 거죠?" 그때, 당나귀 우는 소리가 일모로그에 울렸다. 원로들은 서로를 바라보았다. 응주구나는 그의 표현대로 하면 우호적인 호소이자 요구를 그에게 전달했다.

압둘라는 그들이 가는 모습을 바라보았다. 아무것도 쓰지 않은 그들의 머리에 햇볕이 가물거렸다. 그는 탁자 위에 손을 놓고 얼굴을 가리며 생각했다. 악마의 사자들이네. 한쪽 다리도 없이 어떻게 하라는 거야?

"그러니 내가 가진 당나귀 한 마리냐, 아니면 그들의 소와 염소냐, 하는 문제라 이건가? 안 돼, 당나귀를 죽이거나 멀리 보내 버리는 일은 절대 없어. 차라리 마을을 떠나겠어. 그래, 그들은 나를 일모로그에서 몰아내려는 거야."

조지프가 그를 바라보았다. 그는 그것이 두 번째 해에는 학교에 가지 못한다는 의미가 아닌가 하여 두려웠다. 울고 싶었다. 그는 완자가 했던 행동을 슬프지만 고맙게 떠올리며 그녀가 떠나지 않았다면 얼마나 좋았을까 생각했다.

2. 마침내 학교가 다시 개학했다. 무니라는 자기 혼자 네 학급을 다 가르칠 수 없다는 것을 깨달았다. 지난 이 년을 돌아보니, 그가 그렇게 오랫동안 학교를 운영한 것 자체가 기적이있다. 선생이 한 명만 더 있으면 꾸려 갈 수 있을 것 같았다. 1학

년과 3학년은 오전에 가르치고, 2학년과 4학년은 오후에 가르치면 될 터였다.

그는 자전거를 타고 루와이니로 가서 음지고한테 따지기로 했다. 태양과 먼지에 관해 끝없이 이야기가 이어지는 곳으로부터 잠시 떨어지는 것도 좋을 것 같았다. 음지고가 교사를 보충해 주지 않으면, 무니라는 학교를 포기해야 할 판이었다.

그러나 음지고를 만나 학교 문제를 상의하기 위해서 루와이니로 떠나기 직전, 일모로그에서는 무니라가 나중에 기억하게 될 두 가지 사건이 일어났다. 그러나 당시에는, 그가 아는 일모로그의 나른한 성격과는 어울리지 않은 것처럼 보이는 사건들이었을 뿐이다. 첫 번째 사건은 총으로 무장한 병사 둘을 대동한 채 관용차인 랜드로버를 타고 세금 징수원이 왔다는 것이었다. 세금 징수원이 랜드로버에서 내리기도 전에, 그가 왔다는 소식이 퍼졌다. 남자들은 모두 평원으로 자취를 감췄다. 세금 징수원은 집집마다 문을 두드렸지만, 남아 있는 건 여자들과 아이들뿐이었다. 여자들은 이렇게 불평했다. "남자들은 모두 당신네 도시에 갔어요. 이 해와 먼지를 봐요. 당신들이라면 여기에 있을 수 있는지." 결국 세금 징수원은 압둘라의 가게로 가서 맥주를 한 잔 마시면서 일모로그에 관한 얘기를 끊임없이 늘어놓았다. "점점 인구가 줄어드는 것 같군요. 매년 이곳에 올 때마다 남자들이 더 없어지는 것 같아요. 그러나 이번이 최고네요." 압둘라는 아무 말도 덧붙이지 않고 가만히 그의 말에 동의했다. "여하튼 여자들은 다 당신 차지군요." 세금 징수원은 압둘라에게 세금 영수증을 써 주면서 이렇게 말했다. 그리고 가 버렸다. 저녁이 되자, 남자들이 기적적으로 다시 나타나서 아무 일도 없었던 것처럼 얘기를 나눴다.

그러나 이 일이 있은 직후, 두 명의 남자가 '저 멀리'에서 왔다. 응데리 와 리에라가 보내서 온 사람들이라고 했다. 일모로그 사람들은 학교에 모여 그들이 전해 주는 이야기를 참을성 있게 들었다. 응데리 와 리에라가 그 지역에 수도를 놓아 주겠다는 옛 약속을 떠올렸는지도 모르는 일이었다. 한 친구는 반짝이는 대머리의 소유자로 계속 머리를 만져 댔다. 사람들은 그에게 뚱뚱이라는 별명을 붙였다. 다른 한 사람은 키가 크고 말랐는데, 호주머니에 계속 손을 넣고 한마디도 하지 않았다. 그들은 그에게 벌레라는 별명을 붙였다. 벌레는 그들에게 키아마 캄웨네 문화 조직에 대해 얘기했다. 부자들과 가난한 사람들의 단결을 도모하고 모든 지역에 문화적 화합을 가져다줄 것이라고 했다. 뚱뚱이는 일모로그 사람들이 가툰다에 가서 노래를 하고 차를 마실 준비를 해야 한다고 말했다. 그는 중부 지역의 모든 사람들이 노래를 하고 차를 마시러 갈 거라고 설명했다. 1952년에 그랬던 것처럼, 그의 이야기는 모호했지만 그 목소리에는 새로운 문화 운동에 대한 암시가 담겨 있었다. 귀가 있는 사람은 들어 보세요. 그는 그들이 어렵게 쟁취한 재산과 땀의 축적이 어떻게 다른 부족한테 위협을 받고 있는지 설명했다.

루오로가 일어나서 말했다. 가툰두는 어디에 있습니까? 왜 일모로그 사람들이 가서 차를 마시기 원하는 겁니까? 어떻게 '멀리서 온' 그들이 다른 부족들한테 위협을 받는단 말입니까? 그들이 다른 부족의 질투를 살 정도로 많은 재산을 모았다는 겁니까? 이곳 사람들은 물이 없고 도로가 없고 병원이 없어서 위협받고 있습니다. 솔직히 우리한테서 뭘 원하는 겁니까?

뚱뚱이는 다소 불안하게 웃었다. 그러나 그의 목소리는 그가 굉장한 인내심을 발휘하고 있는 듯한 인상을 주었다. 그는 그들에게 차편은 공짜로 제공되겠지만, 각자 12실링 50센트씩 가지고 가야 된다고 했다.

이 말을 듣고 응야키뉴아를 선두로 여자들이 소란을 피우기 시작했다. 그들은 노래를 하고 차를 마시려고 그 돈을 지불해야 하는 거냐고 물었다.

"귀가 있는 사람은 들어 보세요." 뚱뚱이가 경고와 협박이 섞인 목소리로 앞에서 한 말을 되풀이했다. 이제는 응야키뉴아가 냉정을 되찾은 것 같았다. "당신도 귀가 있으면 들어요. 당신은 세금 징수원보다 더 나쁜 사람이오. 12실링 50센트라고! 우리가 어느 구멍에서 그 돈을 파낸단 말이오? 어째서 우리가 노래를 하려고 돈을 내야 한단 말이오? 가서 그들에게 전하시오. 우리가 여기에서 필요로 하는 건 노래가 아니라 물이고 음식이라고요. 우리의 아들들이 돌아와 이 땅을 가꾸는 거라고 하시오."

뚱뚱이는 약간 땀을 흘리고 있었다. 이제 그의 목소리에는 불안감이 실려 있었다. 그러면서도 그는 이 사람들 앞에서 자신의 두려움을 내보이고 싶지 않았다. 그는 부족의 재산이 최근에 이 땅에서 제거된 인도 공산주의자한테 속은 호수 사람들과 다른 사람들한테 위협받고 있다고 말하려고 애썼다.

"그 말은 우리가 땅을 파는 동안, 당신들 몇몇은 벌써 재산을 충분히 모았다는 말 아닌가요?"

"그들이 당신들에게서 훔치려고 하는 게 그 재산인가요?"

"우리처럼 가난하다면, 그들이 잘하는 거네요."

"맞아요, 맞아. 그들이 우리에게서 뭘 훔칠 수 있다는 거요?"

"한 해의 수확인가 보지."

"우리의 가뭄과 먼지인가 보지."

"누구든 이 먼지와 가뭄을 훔쳐가 주기만 한다면, 그것은 축복이겠죠."

"우리는 여기에서 우리의 이웃들과 목자들과 같이 살아요. 당신들은 밖에서 어떤 싸움을 하는 거요?"

여자들이 주도권을 행사했다. 그들은 그것을 즐기는 것 같았다. 일부는 위협적으로 큰 소리를 내기도 했다. 가벼운 소요가 일었다.

"저들의 자지를 꺼내서 진짜 남자인지 봅시다." 한 여자가 소리쳤다.

뚱뚱이와 그의 동료인 벌레가 위엄을 유지하려고 약간 뒷걸음질을 했다. 그러나 여자들의 말을 듣고 그들은 학교 운동장을 가로질러 그들의 랜드로버를 향해 달려가기 시작했다. 여자들의 위협적인 목소리가 그들을 뒤쫓았다.

무니라는 같은 달이지만 그보다 나중에, 선생을 더 보내 달라고 싸우려고 루와이니로 자전거를 타고 가다가 두 사건을 잠시 떠올렸다. 어떤 광기가 여자들을 사로잡았던 걸까? 수동적인 시골 여자들을 갑자기 폭력적으로 변하게 한 것은 무엇이었을까? 그는 태양과 먼지 때문이었을지도 모른다고 생각하며, 모든 일을 머리에서 몰아내고자 했다. 뚱뚱이와 벌레는 부정한 방법으로 돈을 벌려고 했던 협잡꾼이자 도둑들이었을지도 몰랐다.

그는 음지고와 대면할 일을 미리 생각해 보기 시작했다. 자전거를 타고 매달 루와이니로 가는 것도 이젠 지긋지긋했다. 붉은 타일로 된 식민지풍 주택들, 골프장, 길을 따라 심긴 부겐빌레아와 자칸다 나무들이 있는 루와이니도 지긋지긋했다.

치리 지방의 수도인 루와이니가 유명한 것은 그곳이 원래 가죽 무역과 와틀 껍질 무역의 중심지였기 때문이다.

1920년대에 와틀 껍질 무역과 타닌 추출 무역을 장악하기 위해 치열한 경쟁을 벌였던 바우만 앤 코이, 포레스탈스, 프림찬드 라이찬드 앤 코이가 이곳에 사무실과 공장을 두었었다. 인근 숲을 몽땅 고갈시킨 것은 숯과 나무를 연료로 사용하는 몸바사 ― 키수무 ― 캄팔라 기차 엔진과 더불어, 이러한 외국계 및 지역의 거대 자본들이었다. 와틀 추출물이 합성 타닌 물질로 대체되고 숯을 연료로 하는 기계들이 디젤 기름으로 움직이는 것들로 대체되기 전까지, 루와이니는 잘나가는 도시였다.

타닌 추출물은 키암부 지역에 있는 리무로로 운송되곤 했다. 그곳에는 2차 세계 대전 직전에 세워진 체코와 캐나다 합작의 국제 제화 공장이 있었다. 루와이니는 매일 서는 장과 골프장으로 널리 알려져 있었지만, 이제는 행정의 중심지 이상은 아니었다.

음지고의 사무실은 전과 똑같이 얼룩 한 점 없이 산뜻했다. 그는 늘 그랬던 것처럼 똑같은 장소에 똑같은 자세로 앉아 있었다.

"아아, 무니라 선생, 거듭 만나게 되어 반갑습니다. 학교는 어떻습니까? 앉으세요. 아직 당신 학교에 가 보지 못해 미안합니다. 곧 가겠습니다. 괜찮은 길은 생겼습니까? 이 빌어먹을 차에 대해 당신에게 얘기할 필요는 없겠지요. 무슨 소식이라도 있나요? 여하튼, 축하합니다. 지금까지는 교장 임무 대행이었지만, 이제는 허락이 떨어졌습니다. 당신은 이제 일모로그 초등학교의 새로운 교장 선생님입니다. 다시 한 번 축하드립니다."

"그런 영광을 주시다니 감사합니다." 무니라는 사실, 속으로 짜릿했다.

"별말씀을." 음지고가 말했다. "선생이 헌신한 결과죠!"

"그런데 교사가 몇 명 더 있으면 좋겠습니다. 적어도 한 명이라도……."

"교사라고요? 무니라 선생, 필요한 조수를 채용할 수 있다고 이 년쯤 전에 말했잖아요."

"그게 좀 어렵습니다……. 그곳이 말입니다……. 오지라서요. 조금 가물기도 하고. 그쪽으로는 사람들이 거의 오지 않습니다."

"남자들한테 버림을 받은 곳이라고 들었습니다. 무니라 선생, 그게 사실인가요? 여자들만 산다는 게 말이오. 무니라 선생, 당신은 운이 좋군요. 내가 곧 가서 당신을 도와드리겠습니다…… . 나쁜 일은 아니죠? 그사이, 교사를 한두 명쯤 끌어들여 보세요. 그들에게 여자들이 많다고 얘기하세요. 무니라 선생, 노력해 보세요. 무니라 선생, 내가 학교에 다닐 때, 교장 선생은 우리에게 노력을 거듭하라고 말했어요. 종교 과목을 담당하는 뚱뚱한 스코틀랜드인이었는데 스코틀랜드 왕에 관한 이야기를 우리에게 해 줬어요. 그 왕은 왕국에서 쫓겨났는데, 어느 날 거미가 성공할 때까지 벽을 오르고 또 오르는 모습을 봤대요. 그걸 보고 그도 다시 돌아가서 왕국을 되찾았답니다. 무니라 선생도 일모로그의 왕국이 선생들로 붐비게 해 보세요."

음지고가 그를 불러 세웠을 때, 무니라는 밖으로 나가려던 참이었다.

"여기 일모로그 교장 선생 앞으로 온 편지가 있네요."

무니라는 편지 봉투를 받아 열었다. 믿을 수 없는 일이었다. 그는 여러 번 다시 읽었다. 캄웨네 문화 재단(KCO)의 일모로그 지부에서 일모로그 학교의 교장 선생과 모든 직원들을 초대한다는 초대장이었다. 응데리 와 리에라와 함께 대표단에 합류하여 가툰두에서 열리는 티 파티에 참석해 달라는 것이었다……. 그는 몸을 떨었다…….

"고맙습니다." 그가 말했다.

"그건 내가 아니라……."

무니라는 자부심으로 가슴이 벅찼다. 결국 자신이 뭔가를 이뤄 낸 것이었다. 교장이 되고, 이제는 티 파티 초대까지. 가툰두에서 열리는 티 파티라니! 분명히 그 편지는 손으로 쓴 것이고 지부 사무실에서 온 것이었다. 선생들과 부인들을 데리고 오라는 편지였다. 그는 KCO의 일모로그 지부에 대해서는 들어 본 적이 없었다. 그러나 그것은 기념할 만한 사건이었다. 교장. 티 파티 초대. 그는 음지고에게 돌아가서 차와 소시지와 바닐라 아이스크림과 관련하여 천국에 대해 얘기하곤 하던 아이언몽거 선생 이야기를 해 줄까 생각해 보았다. 그러나 서둘러 집으로 가서 아내에게 소식을 전해야 했다. 교장 선생! 티파티 초대! 일모로그는 그에게 거창한 것을 선사했다. 야호!

해가 지기 전에 그는 리무루로 건너갔다. 설령 그 땅의 형상과 모양 ─ 깊은 계곡으로 낮아졌다가 다시 다른 능선과 계곡으로 높아지는 능선들 ─ 에 대해 알지 못했다 해도, 그는 갑자기 자신에게 부딪쳐 오면서 몸과 마음을 기민하게 만들고, 자신한테 덤벼들려고 하는 서늘하고 상쾌한 공기 때문에 그것을 알아보았을 것이다. 거의 일 년 내내 푸르른 땅, 능선, 계곡들. 이것들이 리무루를 하느님의 총애를 받는 나라의 후예로 만들었다. 3월에서 4월을 거쳐 5월에 이르는 우기, 안개가 많이 끼는 6월과 7월에 내리는 독하고 쌀쌀한 비, 8월과 9월에 연두색 완두콩과 콩에 비치는 거친 햇살, 10월과 11월의 수확기에 내리쬐는 눈부신 태양, 12월과 1월과 2월의 맑고 푸른 하늘 밑에서 익어 가는 붉은 자두와 감미로운 배들. 가뭄에 찌든 일모로그와는 달라도 너무 달랐다.

그러나 그는 그곳에 들어서면 늘 긴장감을 느꼈다. 그것은 리무루에서 느끼는 활력과 에너지와, 길고도 비현실적인 밤 같은 그의 과거 사이의 긴장감이자, 살아 있는 역사 속의 삶과 참여를 요구하는 현실과 재산과 장로교회에 뿌리를 둔 도덕성과 함께 가족 속으로 피신하는 것 사이의 긴장감이었다. 또한 사람들에 대한 설명할 수 없는 두려움과 아버지에 대한 설명할 수 없는 두려움 사이의 긴장감이자, 적극적으로 뭘 만들어 내고 싶은 욕망과 주어진 운명을 수동적으로 수용하는 것 사이의 긴장감이었다. 아버지의 얼굴이 그의 마음속에 크게 떠오르고 있었다…….

그의 아버지는 일찌감치 기독교로 개종한 사람이었다. 우리는 토착민과 낯선 사람의 운명적인 만남을 상상해 볼 수 있다. 선교사는 바다와 숲을 건너서 왔다. 그는 그의 신앙과 빛인 이익을 위한 욕망과 그의 보호 수단인 총으로 무장하고 있었다. 그는 성경을 들고 다녔고, 군인은 총을 들고 다녔으며, 행정가와 정착민은 돈을 들고 다녔다. 기독교, 상업, 문명. 성경, 돈, 총. 이것이 그들의 삼위일체였다. 토착민은 마술과 노동을 통해 집단적인 의지와 의도에 자연의 법칙들을 서서히 굴복시키며, 가축에게 풀을 뜯기고 전사의 꿈을 꾸며 열심히 땅에서 일해 수확을 많이 거두는 꿈을 꾸고 있었다. 저녁에는 무퉁구치, 웅두모, 뭄보로 같은 축제의 춤을 추거나 자연을 달래기 위해 기도를 하거나 제물을 바쳤다. 그렇다. 원주민은 아직도 자연을 두려워하고 있었다. 그러나 그는 자연을 숭배하는 것만큼 인간의 삶을 숭배했다. 인간의 삶은 조상에서부터 아이에 이르기까지, 심지어 태어나지 않은 세대에 이르기까지 밝혀져 있어야 하는 하느님의 신성한 불이었다.

그런데 와웨루와 그의 아버지는 무랑가에 있는 그들의 토지로부터 쫓겨났다. 더 강력한 마술과 다른 보호 세력을 살 수 있는 훨씬 더 힘이 센 음바리 지주들과 부자들한테 쫓겨난 것이었다. 이곳 키암부에서 그들은 다시 시작해야 했다. 그의 할아버지는 다른 강력한 가문의 땅에서 식객으로 시작하여 몇 마리의 염소를 갖고 자립할 때까지 일을 해야 했다. 와웨루는 이 모든 것을 보면서도, 자기도 크면 훨씬 더 강력한 마술을 확보하고 훨씬 더 막강한 가문을 일으키겠다고 생각했다.

원주민. 선교사. 늘 이해할 수 없는 힘에 쫓기는 그들. 무대는 세워졌다.

와웨루의 아버지가 깨어난다. 그 순간, 마라는 그의 죽어 가는 어머니를 숲에 버렸다고 한다. 그는 와웨루에게 말한다. 아들아, 이 염소들과 소들을 이케니아 숲 근처의 풀밭으로 데려가라. 나는 원로들과 만나 지나가는 현자 무고 와 키비로가 오래전에 예언한 이 문제에 대해 상의하려고 한다. 그가 우리에게 피부색이 붉은 외국인에 대해 얘기했을 때, 우리와 우리의 아버지들은 믿지 않았다. 그런데 지금 그 일이 실제로 일어났다. 그 외국인이 티고니와 다른 곳에 있는 우리의 땅을 가져가기 시작했다. 너는 우리가 이 땅을 얻기 위해 얼마나 몸부림쳤는지 안다. 이 부를 얻기 위해서는 더 열심히 일해야 했다. 그가 우리 땅을 가져가면, 우리는 어디에 미리요를 심는단 말이냐? 어디에서 가축에게 풀을 뜯긴단 말이냐? 그래서 모든 가

문과 음바리와 크고 작은 모든 집들은 이제 일치단결하여 우리 사이에 있는 이방인과 싸워야 한다. 우유가 든 칼라바시를 잊으면 안 된다. 창과 방패도 잊지 마라. 다가오는 싸움에서 그것들이 필요할 것이다. 허리를 당당히 펴고 선하고 아름다운 모든 것은 땅에서 나온다는 사실을 늘 기억하라. 일부 부족장들과 음바리 지주들과 큰 가문의 가장들은 사람들을 배반하고 이 외국인들과 결탁하고 있다. 그러나 나라를 아랍 상인 줌베한테 넘겼던 사람들의 운명을 기억하라. 사람들의 목소리가 그들을 괴롭혀 죽게 만들었다. 와웨루는 소와 염소들을 데리고 서서, 그의 아버지가 물러가는 모습을 바라보며 땅에 침을 뱉는다. 큰 집, 큰 가족. 내 손보다 더 강력한 것이 마술을 갖는 것이다. 큰 집들이 우리를 무랑가의 땅에서 몰아내 우리를 처음부터 다시 시작하게 하지 않았던가……? 이 새로운 건물을 늘 지나치며 종이 울리는 소리를 들으면 와웨루는 두려움과 호기심을 느꼈다. 마술과 더불어 대나무 막대기*에서 나는 소리는 큰 집들과 큰 음바리와 부족들을 두렵게 한다. 그들은 그것에 저항하거나 그것과 우호적인 관계가 된다. 적어도 그것은 집들과 가문, 심지어 능선까지도 갈라놓고 있다. 카리기의 주술조차 이 마술보다 강력하지는 않았다. 와웨루는 안으로 피신했던 젊은 남자들을 한두 명 알고 있다. 그들에게는 설탕 덩어리와 흰 옥양목 한 조각이 주어졌다. 이제 아침이고 춥다. 그들은 그에게 어서 오라고 손짓을 한다. 그는 이미 결심이 섰다.

---

* 백인들의 총을 가리킨다.

아버지는 혼자 저항하게 놔두자. 나, 와웨루는 카메니와 카하티와 같은 대열에 합류할 것이다. 따뜻한 쇠똥과 오줌과 추운 이슬보다 설탕으로 달콤해진 백인의 향내가 더 낫다. 줄이 하나만 있는 완딘디와 음와리키 피리 소리보다 더 낯선 교회 종소리와 음악이 낫고, 화약과 짤랑대는 동전의 보호를 받고, 소와 염소와 양의 삶보다 더 길고 강한 삶을 향유하는 백인의 향내가 더 낫다. 이것은 새로운 마술을 가진 새로운 세계였다. 그의 아버지는 분노로 몸을 떨며 방탕한 아들을 집으로 데려가려고 온다. 그는 아무 말도 하지 못하고 지팡이로 무기력하게 와웨루를 가리킨다. 와웨루는 약간의 죄의식을 느낀다. 결국 그는 몸을 떠는 저 노인의 피와 정강이를 물려받지 않았는가. 그러나 그는 의심의 목소리 너머로 그를 더 높은 영광으로 부르는 다른 목소리를 듣는다. 나를 위하여 아버지, 어머니를 버리는 사람은…… 진리의 증거이기도 한 예언이 성취되는 것을 보게 된다. 이제 에스겔 ― 기독교로 개종한 자의 귀에는 이 얼마나 달콤하게 들리는 이름인가. ― 이 된 와웨루는 새 아버지와 어머니의 명령에 따라 이교도 시절의 옷을 모두 벗는다.

주여, 저를 씻어 주소서. 저는 눈보다 더 희어질 것입니다. 무니라가 나중에 시리아나에서 그랬던 것처럼, 그들은 그렇게 노래했다.

보상이 있었다. 하느님이 고개를 끄덕여 주는 것이 보상이었다. 그는 딸랑거리는 동전과 펜과 법을 이용하여, 쇠락해 가는 음바리 지주들과 부족들, 그리고 새로 온 카이사르에게 바칠 돈이 필요한 개인들로부터 땅을 사들였다. 그들은 유럽인 정착민들의 땅에서 노동자로 전락하기를 원치 않았다. 그래서 그것이 카이사르가 요구하는 돈을 구하는 유일한 수단이었다. 그들은 그리스도에게 더 많은 사람들을 데려감으로써 돈을 구할 수 있었던 와웨루 같은 사람들에게 자신들의 땅을 조금씩 팔았다. 그들의 땅과 재산을 팔아 버림으로써 결국 그들은 자신들이 피하고자 했던 일꾼들의 대열에 합류하게 되었다. 카이사르가 점점 더 많은 요구를 했기 때문이다. 카군다 같은 다른 가문도 있었다. 그의 아들들은 술만 마시려고 했지 물려받은 재산을 돌볼 생각은 하지 않았다. 그래서 카군다의 큰아들인 칸조히는 가문의 모든 땅을 와웨루한테 팔고 자기는 리프트 밸리로 들어갔다. 와웨루는 모든 기회를 활용하여 옛 식민지 정권 치하에서 아주 강력한 지주이자 교인이 되었다. 와웨루는 제충국을 환금 작물로 재배해서 백인 생산자들에게 팔도록 허가를 받은 첫 아프리카인들 중 하나였다. 이것으로 그는 이교적인 이웃들보다 한 발 앞설 수 있었다. 이웃들 중 일부는 영원한 잠에 빠지거나, 도시의 노예 노동 캠프나 프레더릭 루가드, 마이너츠하겐, 그로건, 프랜시스 홀, 신앙의 수호자이자 하느님의 선민인 여왕 폐하의 다른 고용인들의 농장에 평정을 당했다. 그들은 대학살극이 끝날 때마다 여왕 폐하를 지켜 달라고 노래하고 축복과 정화를 받기 위해 교회에 갔다. 역사에 군림하는 모든 신을 달래기 위해 인간의 희생을 정하는 일은 늘 성직자에게 맡겨졌다.

무니라의 기억 속에는 아버지의 사진 한 장이 늘 강렬하게 남아 있다. 전쟁 중에 찍은 사진이었다.

와웨루는 앉아서 짖고 있는 개의 그림이 그려진 HMV 전축 옆에 서 있다. 그는 재킷과 승마 바지를 입고 구두를 신고 조끼 앞으로 체인을 걸친 채 햇빛 가리개 헬멧을 쓰고 성경을 손에 들고 있다.

무니라는 이 사진을 보면 늘 마음 한구석이 불편했다. 그러나 무엇이 마음에 들지 않는지는 실제로 알 수 없었다. 마찬가지로 그가 이교도 집안의 여자와 결혼한 것은 어쩌면 아버지가 대변하는 것에 대한 반발 때문이었는지 몰랐다. 그러나 여자는 그보다 순종적인 여동생들의 복사판으로 드러났다. 그녀는 자신이 유명한 기독교 집안으로 시집왔다는 생각을 떨쳐 내지 못했다. 그리하여 이상적인 며느리가 되려고 노력했다. 그렇게 능동적으로 바뀌려고 노력함으로써 그녀는 시부모가 자신에게 처음에 보였던 저항감을 와해시켰다. 줄리아는 곧 어머니의 특별한 창조물이 되었고, 어머니는 그런 그녀를 좋아했다. 무니라는 사랑을 나누기 전과 후에 하는 침묵 속의 기도 말고는 그녀의 모든 것을 용서할 수 있었다. 그러나 그것을 제지하려고는 손가락 하나 까딱하지 않았다.

그에게 삶은 늘 긴장의 연속이었다. 아버지는 그를 패배자라고 생각했다. 무니라는 해방되고 싶었지만 늘 망설였다. 그는 자신이 무엇으로부터 달아나는지, 그리고 뭘 향해 달려가는지 모르는 것 같았다.

그러나 지금 호주머니에 교장 임명장과 티 파티 초대장을 갖고 집으로 다가서면서, 무니라는 행복감을 느꼈다. 독립 직전과 독립 이후에 잠시 동안 이 나라를 사로잡았던 일반적인 이상주의의 영향으로 시작된 그의 첫 행보가 아무리 작은 것일망정 결실을 맺은 것이다. 초대와 승진. 그는 자전거를 타고 상쾌한 공기를 가르며 집으로 달려가면서, 이제는 자신의 상상 속에서 늘 크게만 느껴지는 아버지의 모습에 맞설 수도 있겠다고 생각했다.

알고 보니 교사와 부인 대부분이 가툰두에서 열리는 티 파티에 초대를 받은 것으로 밝혀졌다. 그들도 12실링 50센트를 갖고 자립 프로젝트에 동참하라는 요청을 받았다. 무니라의 아내도 기독교인다운 품위를 지키기 위해 속마음을 감추려고 노력했지만 흥분하고 있었다. 무니라에게 토요일은 기념비적인 날이 될 것이었다. 그는 그것을 그의 아이들에게 생생하게 전해 주게 될 터였다. 그가 거의 한 세기 동안 나라의 의식을 지배했던 살아 있는 전설과 차를 마시러 가고 있었다! 다시 한 번, 무니라는 자신이 보통 사람보다 조금은 위에 있다고 느꼈다.

그들을 태울 버스가 6시쯤에 루와이니 우체국에 도착했다. 모두가 걱정스러워했다. 누군가가 그 여행을 취소해야 하는 것 아니냐고 말했지만, 사람들은 그를 무시했다. 가지 않는 것보다 늦는 게 나았다. 그런 곳에서 차를 마시는 것은 야간의 향연이 있을 거라는 의미였다. 엄숙해 보이는 정부 관리가 모든 것이 잘되고 있다며 그들을 안심시켰다.

그런데 예상치 않은 반전이 있었다. 그것은 무니라가 시리아나 사건 이후로 경험했던 것 중 가장 고통스러운 것이었다. 그들은 바나나 농장을 지나 가툰두로 갔다. 그런데 다른 사람들이 무리를 지어 엄숙하게 뭔가를 기다리고 있었다. 무니라는 궁금했다. 장례식 차 모임일까? 모든 것이 섬뜩할 정도로 음침해서 아무 말도 할 수가 없었다. 주변을 둘러보았다. 정부 관리는 사라지고 없었다. 그들에게는 줄을 서라는 명령이 떨어졌다. 하나는 남자들을 위한 줄이었고, 다른 하나는 여자들을 위한 줄이었다. 한 선생이 큰 소리로 물었다. 이것이 우리한테 참석하라고 했던 그 티 파티요? 그런데 어딘가에서 남자 하나가 나타나 칼등으로 그를 치더니 갑자기 사라졌다. 음지고와 정부 관리는 어떻게 이 모든 일에 관여하게 되었을까? 어두웠다. 사람들이 열 명쯤 떼를 지어 사라진 오두막에서 희미한 빛이 새어 나왔다. 이게 무슨 일이지? 무니라는 심장이 뛰었다. 이제 그의 차례였다!

자정쯤 돌아오는 길에 무니라는 줄리아가 소리 없이 울고 있다는 걸 알았다. 그는 그녀가 자기 안으로 침잠해 있다는 것을 느꼈다. 그녀는 배신을 당한 것 때문에 그를 비난하고 있었다. 그러나 자신도 실상을 제대로 알지 못했다는 것을 그녀에게 어떻게 얘기할 수 있겠는가. 그는 배가 고프고 목이 말랐다. 버스 안에는 침묵이 감돌았다. 그들은 자신들이 속았으며, 시간과 장소와 사람과 독립 이후의 기대감들과 도저히 맞지 않는 의식에 자기들이 동참했다는 사실을 의식하고 있었다. 그들이 어떻게 교사로서 학생들을 대하고 그들에게 케냐가 하나라고 얘기할 수 있을까?

나중에 무니라는 이 일의 배후에 응데리처럼 아주 중요한 정부 인사나 다른 정부 인사들의 암묵적인 이해와 승인이 있었다는 것을 알았다. 그러나 그것을 알았다고 해도 그는 그 행위를 용납할 수 없었다.

집에 가자 줄리아가 그를 바라보며 말했다. "어떻게 남자가 돼서 아내한테 솔직히 말해 주지도 못하는지 모르겠군요."

무니라는 생전 처음으로 남자 대 남자로서 아버지와 얘기를 나눠야겠다고 생각했다. 그는 이제 자신의 아버지를 새롭고 더 긍정적인 시각으로 바라보았다. 아버지는 1890년대에는 할아버지한테 맞서 선교 단체에 합류했다. 1952년에는 운동을 거부하고 교회에 집착했다. 운동에 반대하는 설교를 하기도 했다. 그 결과, 그의 가축 우리가 뚫리고 소들이 탈취당했다. 경고의 의미로 왼쪽 귀도 잘렸다. 그가 운동에 반대하는 설교를 그만둔 것은 사실이었다. 그러나 적어도 그는 자신이 택한 믿음과 편을 저버리지 않았다. 그는 아버지와 남자 대 남자로서 얼굴을 맞대고 얘기를 나눠 성공의 진짜 비밀이 무엇인지 알고 싶었다.

그는 다음 날 일찍 아버지의 집으로 갔다. 아버지는 기도를 하고 있었다. 다리가 후들거렸다. 무니라는 마루에 무릎을 꿇고 진실한 마음으로 신 앞에 머리를 조아렸다. 구원을 받는 것이 도움이 된다면, 구원을 받아야지 싶었다. 신 앞에 가슴을 때리고 쥐어뜯고 열어 보임으로써 정말로 옳은 길을 단번에 선택할 수만 있다면, 두려움과 의심과 우유부단함에서 벗어나기 위해 분명히 그렇게 해야겠다 싶었다. 그는 이제, 부와 신앙에 있어서 이렇게 편안하고 확실하고 안정적인 아버지가 무척 자랑스러웠다.

이제키엘 와웨루는 아직도 그 지역에서 가장 막강한 지주 중 하나였다. 그는 떠나는 식민주의자들에게서 사들인 새로운 차 농장을 기존에 갖고 있던 제충국 농장에 추가했다. 새로운 차 농장이 티고니에 있다는 것은 역사의 아이러니거나 하느님의 섭리였다. 와웨루의 아버지가 당대의 크고 작은 집들을 무장 투쟁에 합류하게 만든 식민주의자들의 강탈 행위가 있었다고 했던 곳이 바로 그곳이었다. 무카미와 무니라를 제외한 그의 자식들은 잘살고 있었다.

일요일 아침 일찍 무니라가 자기를 찾아온 것을 보고 놀랐거나 그의 뉘우치는 얼굴과 갑자기 기도를 하는 모습을 보고 당황했을 수도 있지만, 그의 아버지는 얼굴에 감정을 드러내지 않았다. 그는 무니라를 향해 느끼는 경멸감을 억제하며, 어쩌면 하느님이 그를 결국 집으로 데려온 건지도 모른다고 생각했다.

어제의 경험에 대한 무니라의 두려움과 당혹스러운 분노는 시간이 지날수록 점점 커지는 것 같았다. 그러나 그는 아버지한테 충격을 주고 싶지 않았다. 이제는 자기가 아버지의 평가에서 밑바닥까지 떨어졌다고 생각했다. 그는 침착하고 부드럽게 접근했다. 모든 사람 중에서 명색이 선생인 자신이 속임수에 넘어갔다는 것이 분했지만, 모든 것을 실토하기로 했다. 아버지는 생각에 잠겨 그의 말을 들었다. 무니라에게는 그것이 힘이 되었다.

"제가 이해할 수 없었던 것은…… 제가 결코 잊지 못할 것은…… 옷도 너무 형편없이 입고…… 신발도 신지 않은…… 어떤 남자예요. 우리 모두가 떨고 있을 때 그가 이렇게 말하더군요. '저는 밀크 스트림 차 회사의 차 재배 단지에 일하던 일꾼입니다. 저는 1952년 이전부터 그곳에서 일했습니다. 운동 중에는 염탐을 하고 총을 받아서 우리 전사들에게 갖다 주는 일을 담당했습니다. 나중에는 잡혔습니다. 지금은 같은 회사가 소유하는 같은 농장에서 일하고 있습니다. 지금에야 우리 중 일부가 거기에 합류하게 되었답니다. 우리 중 일부가 먹고 있는 것은 좋은 일입니다. 그러나 나는 첫 번째 약속이 이행되기 전까지는 다른 맹세는 하지 않을 겁니다.' 그들은 우리가 보는 앞에서 그를 때렸어요. 그들은 그의 목을 밟고 바닥으로 눌렀어요. 그에게서 동물 같은 소리가 나고서야 멈추더군요. 결국 그는 맹세를 했어요. 물론 속으로는 그러지 않았겠죠. 저는 그가 지르던 비명 소리를 절대 잊지 못할 것 같아요."

여태까지 무니라는 아버지를 그렇게 가깝게 느낀 적이 한 번도 없었다. 와웨루가 자신의 실패에 대해 훈계를 시작할 때조차, 그는 그것을 정당한 질책으로 받아들였다. 적어도 원칙을 지켜 온 아버지에게 대꾸할 수는 없는 일이었다.

"네가 나를 늘 실망시켰다는 얘기는 다시 할 필요도 없겠지. 너는 나의 큰아들이다. 너는 그것이 무슨 의미인지 알 거다. 나는 너를 시리아나에 보냈다. 그런데 너는 나쁜 무리와 어울렸고 집으로 쫓겨 왔다. 너와 같이 학교를 다녔던 사람들이 어디에 있는지는 너도 알 거다. 다들 정부 요직에서 일하거나 대기업에 들어가 있다. 네가 성인으로서 처음 한 일은 여자를 임신시킨 것이었다. 우리는 줄리아가 착한 여자라는 사실에 하느님께 감사한다. 그러나 너는 아내와 같이 있지 않고, 내가 이름조차 말할 수 없는 곳으로 달아났다. 늘 기회로부터 도망쳤다. 너는 너를 남자로 만들어 줄 모든 기회를 피해 늘 도망쳤다. 나에게는 큰 재산이 있다. 나는 늙어 가고 있다. 네가 적어도 이 재산을 돌볼 수는 있잖니. 너의 동생들을 보아라…… 불과 얼마 전만 해도 작은 아이들이었다. 네 동생들에게서 배워라. 은행에 다니는 동생은 나이로비 곳곳에 집을 사 놓았다. 나이로비에 가게들도 많이 갖고 있다. 그 아이가 너한테 하나 마련해 줄 수 있을 게다. 너한테 대출을 해 줄 수도 있고 말이다. 석유 회사에 다니는 동생을 봐라. 아무 주유소에나 가 봐라. 네 동생이 지분을 갖고 있다. 네 여동생들도 마찬가지다…… 듣자 하니 너는 술도 마신다더구나. 그래서는 끝이 안 좋을 것이다. 네 여동생처럼…….”

“무카미 말씀이세요?” 무니라가 반사적으로 물었다. 그는 이 모든 꾸지람을 들어 마땅했다. 아니, 그 이상도 들어야 했다. 오늘 이후로 그는 새로운 삶을 살 생각이었다. “아버지…… 무카미한테 무슨 일이 있었는지 말씀해 주세요. 무카미가 왜 그랬습니까?”

“나쁜 부류들 때문이었다…… 나쁜 부류들…… 마리아무…… 나쁜 여자…… 그 여자의 아들들이 나를 망쳤다.”

아버지의 목소리가 그 기억을 떠올리며 갈라졌다. 침묵이 흘렀다. 그는 평정을 되찾으려 애썼다. 무니라는 그 질문을 해서 고통스러운 기억을 떠올리게 한 것이 미안했다. 아버지가 갑자기 일어나 외투를 들고 무니라에게 따라오라고 손짓을 했다.

그들은 거대한 토지가 내려다보이는 산마루의 정상으로 걸어갔다. 와웨루는 늘 이 토지를 자랑스럽게 생각했다. 2차 세계 대전 이전, 그가 부를 축적하기 시작할 때 얻은 재산이었기 때문이다.

"이 모든 게 보이느냐?"

"네."

"꽃, 과실수, 차…… 소…… 모든 것이 보이느냐?"

"네."

"이것은 나의 힘으로만 일군 게 아니다. 이것은 하느님의 뜻이다. 아기쿠유 땅이 하느님의 축복을 받은 것은 사실이다. 독립 이후로 재산이 몇 배로 불었다. 아들아, 하느님을 믿으면 잘못된 길을 가지 않을 것이다. 하느님은 씨를 뿌릴 때와 거둘 때를 선택하신다. 하느님은 자신의 원대한 계획을 위해 쓸 그릇을 택하신다. 아들아, 내 말 들어라. 그분은 진짜 하느님의 그릇이니라. 그는 고통을 당했다. 그러나 그가 왔을 때, 그가 지팡이를 들고 적을 때렸느냐? 아니다! 그는 이렇게 말씀하셨다. '아버지여, 저들을 용서하소서. 저들은 자기들이 뭘 하는지 모르옵니다.' 이제 모든 재산과 어렵게 얻은 자유가 다른 부족들의 질투와 시샘을 유발하는 사탄에게 위협을 받고 있다. 그것이 이 맹세가 필요한 이유이다. 평화와 화합을 위해서다. 그것은 하느님의 영원한 계획과도 부합된다. 내 말 잘 들어라. 나도 그곳에 갔다 왔다. 나는 성경을 이용했다. 나는 네 어머니도 가기를 바란다. 그런데 거절하고 있구나. 그리스도께서 곧 네 어머니에게도 빛을 보여 주실 것이다. 교육을 아주 많이 받은 사람들도 자발적으로 그곳에 가고 있다. 내 아들아, 하느님에 대한 두려움이 지혜의 시작이다. KCO는 나쁜 단체가 아니다……. 교회 지부도 생길 것이다. 우리 사이에, 부자와 가난뱅이 사이에, 화합과 조화를 가져다주고 질투와 시샘을 끝내 줄 문화 조직이다. 하느님은 스스로 돕는 자를 도우신다. 하느님께서는 다시는 공짜로 만나를 주지 않겠다고 하셨다……."

무니라는 자기가 아버지의 말을 제대로 들은 건지 확신하지 못했다. 그는 아버지와 없어진 귀를 바라보았다. 아버지가 예전에 맹세를 거부했던 일을 떠올렸다. 그렇다면 이 변화는 뭘까? 같은 것일까? 그는 다시 한 번 혼란스러웠다.

"아버지 말씀은 아버지가……."

"그래, 그렇다." 그가 거의 참을 수 없다는 듯 재빨리 말했다. 무니라는 처음으로 아버지와 논쟁을 시도했다.

"그러나 하느님 앞에선 부족이 존재하지 않습니다. 우리는 하느님 앞에서 모두가 평등합니다."

"내 아들아." 그는 잠시 아들의 말을 생각해 본 후에 말했다. "돌아가서 가르치거라. 술을 마시지 마라. 가르치는 일에 싫증이 나거든 이곳으로 돌아와라. 너한테 줄 일이 있다. 내게는 땅이 많다. 그리고 늙어 가고 있다. 그렇지 않으면 KCO에 합류해라. 은행에서 대출을 받아 사업을 시작해라."

"저는 어렸을 때부터 우리 농장에서 수많은 노동자들을 보았습니다. 루오, 구시이, 엠부, 캄바, 소말리, 루야, 키쿠유 같은 노동자들 말입니다. 그들은 늘 함께 일했습니다. 저는 그들이 서로 간에 아무런 악감정 없이 하느님을 찬양하는 걸 보았습니다."

"네가 온 이유를 모르겠구나. 네가 이 아비한테 설교를 하려고 온 줄은 몰랐다. 그러나 다시 한 번 말하마. 돌아가서 가르쳐라. 이런 것들은 네가 생각하는 것보다 깊은 것들이다."

그리고 그는 자리를 떠났다.

무니라는 그가 넓은 농장을 내려가는 모습을 지켜보았다. 그는 그의 아버지를 제대로 안 적이 없었다. 아버지를 이해할 수도 없을 것이다. 도대체 이게 뭘까? 교회와 KCO 사이의 새로운 연대는 무슨 의미일까? 자신의 관심사가 아닌 것에는 빠져드는 것보다는 안 빠지는 것이 더 나을 터였다. 그는 일종의 안도감을 느꼈다. 벼랑에서 구원을 받은 느낌이었다. 그는 결정을 연기했다. 그러나 그를 위해 결정은 이미 내려진 것 같았다. 그가 아버지의 집 벽에 세워져 있던 자전거를 타고 향한 곳은 그의 집 방향이 아니었기 때문이다. 그는 자전거를 타고 카미리소로 향했다. 술을 마시기 위해서였다. 그러나 그는 그날이나 그날 밤에 자신이 구하려고 했던 교사도 없이, 물도 없고 비도 오지 않는 은신처인 일모로그로 돌아갈 것이라는 것임을 알았다.

그가 찾아간 카미리소는 많이 변해 있었다. 말하자면, 그곳은 얼마 전까지만 해도 큼직한 마을에 지나지 않았다. 그런데 이제는 빠르게 성장하는 쇼핑센터로 변해 있었다. 쇼핑센터에는 술집과 찻집들도 상당수 있었다. 밖에서는 자영업을 하거나 약간 더 부유한 사람들이 고용한 장인들이 골함석을 두드려 큼지막한 알루미늄 물탱크, 화로, 숯으로 연료를 쓰는 물 히터, 철제 닭 모이통 등, 다양한 물건을 만들고 있었다. 버려진 트럭과 버스에서 나온 쇠와 고철 무더기 두 개가 점점 더 높이 쌓이고 있었다. 일자리가 없는 자동차 기술자들은 풀밭에 누워 지나가는 차들을 바라보면서, 차에 기계적인 문제나 다른 문제가 생기기를 바라고 있었다.

그는 주유소 밖에 서서 가게들 너머를 바라보았다. 전에는 트럭들이 그곳으로 흙을 실으러 가곤 했다. 아미나와 다른 사람들이 스와힐리 마젱고식 집들을 지었던 곳이었다. 그는 과거에 그곳에서 있었던 부끄러운 기억을 떠올렸다. 정말 오래전 일이었다.

그는 몸을 돌렸다. 트럭이 여러 대 지나갔다. 옆에 '카누 전용'이라고 쓰여 있었다. 그는 그 트럭들이 어디에서 오는지 알았다. 지난밤의 두려움이 몰려왔다. 그는 근처에 있는 사파리 술집에 들어가 몸을 숨겼다.

이른 시각이었지만 그는 술을 주문했다. 그리고 첫 병을 빠르게 마시고 한 병을 더 주문했다. 밖에 신경을 쓰지 않으려고 그는 벽에 있는 벽화들을 바라보기 시작했다. 그리고 곧 예술가의 환상 세계에 완전히 빠져들었다.

거의 가리지 않은 허리에 시미 칼을 차고 으르렁거리는 사자의 입에 정확하게 창을 꽂는 마사이 전사, 오스트레일리아의 웨루 야생지에 있는 아카시아 숲 옆에서 한가롭게 발을 뻗은 채로, 배 주머니에 새끼를 넣고 있는 캥거루에게 바나나를 주는 모자 쓴 남자, 사막에 있는 의자에 앉아 터스커 맥주와 필스너 맥주를 마시는 도시 남녀들, 사람처럼 흥겨운 눈으로 가지에서 가지로 뛰어다니는 원숭이들. 벽화는 이질적인 것들을 모아 놓았음에도 조화로워 보였다. 그런데 다른 벽에는 갓난아이에게 젖을 물리고 있는 인어들이 물속에서 떠오르는 넓고 푸른 바다로 통하는 길을 따라 달리는 555번 버스가 그려져 있었다. 터스커 맥주를 한 병 더 주문하는 그의 마음속으로 초현실적인 이미지들이 스쳐 지나갔다. 동시에, 그는 압둘라의 가게와, 당나귀와 관련된 압둘라의 두려움을 떠올렸다⋯⋯. 깨끗한 현대식 사무실에서 교장 임명장을 받았다가, 나중에는 어두운 바나나 숲에서 몇몇 사람의 재산을 지켜 주기 위해 단합의 차를 마실 수 있고⋯⋯ 아름다운 여자들이 갑자기 나타나 한두 달을 행복하게 만들다가 갑자기 사라지는⋯⋯ 초현실적인 세계. 그는 카운터 뒤에 있는 선반에 붙은 술 이름을 읽기 시작했다. 터스커, 필스너, 무라티나, 배트 69, 조니 워커, 1820년에 태어나 아직도 일요일 아침이면 카미리소에서 걷고 있는 조니워커⋯⋯ 누군가가 주크박스에서 노래를 틀고 있었다⋯⋯. 그는 고개를 돌렸다⋯⋯. 녹색 드레스를 입은 여자가 천천히 몸을 흔드는 모습이 보였다. 그는 자신의 눈을 믿을 수 없었다⋯⋯. "완자! 완자!" 그가 소리쳤다. "여기서 뭐 하는 거요?"

3. 맥주 고마워요……. 오늘 아침, 당신이 여기에서 나를 만나다니, 아니 내가 당신을 여기에서 만나다니 이상한 일도 다 있네요. 나는 일모로그로 돌아갈 참이었거든요. 당신은 내 말을 안 믿을지도 모르겠지만, 오늘 아침에 결정했어요. 아니, 나를 위해 결정이 내려졌다고 해야 맞겠네요. 얘기해 줄게요……. 어디에서 시작할까요? 여기 이전에…… 내가 일한 곳은…… 너무 오래전 일처럼 들리네요. 안 그래요? 지난밤 얘기를 하는 중이에요. 그런데 몇 년 전 일 같아요……. 여하튼 오늘 아침 이전에는 볼리보 골프 클럽 근처에 있는 헤븐리 바에서 일했어요. 아주 흥미로운 곳이었어요. 볼리보 골프 클럽에 출입하는 모든 거물들이 염소구이를 먹고 오 분간의 사랑을 사기 위해 들르는 곳이죠. 그들은 메르세데스 벤츠, 다임러, 재규어, 알파, 도요타, 푸조, 볼보, 포드, 폭스바겐, 레인지로버, 마쯔다, 닷선, 벤틀리를 타고 왔어요. 세계에서 만들어진 모든 차들을 위한 전시장 같았어요. 케냐 전역에서 온 거물들의 차였죠. 그들은 사업 얘기를 하고 학교 얘기를 했어요. 많은 얘기들을 했어요. 여하튼 좋은 곳이었어요. 그러나 그것은 내가 일모로그로 처음 떠나기 전의 일이었어요. 일모로그에 그냥 있었더라면 좋았을걸 그랬어요. 일모로그 이후로, 그러니까 내가 당신과 압둘라를 두고 떠난 후로, 나는 같은 곳으로 돌아갔어요. 변했더군요. 서로 다른 지역의 거물들이 함께 모여서 자기들의 모국어로 얘기를 하더군요. 때로는 영어로 얘기했고 때로는 스와힐리어로 얘기했어요. 우리 여급들은 신경도 쓰지 않았어요. 그래서 나는 한두 가지 얘기를 엿들을

수 있었죠. 모든 집단은 다른 집단들의 위험에 관해 얘기했어요. 그들이 너무 많이 먹는다, 모든 것을 움켜쥐고 있다, 혹은 게으르다…… 음나지 맥주만 마신다…… 양복을 입거나 새고기를 먹는다…… 그들은 매끈한 고지대를 다 차지하고 있다, 이런 식의 얘기였죠. 그런데 한 달 전이었어요. 다른 지역의 그룹들이 갑자기 그곳에 오지 않지 뭐예요. 그래서 차들이 적어졌어요. 그러자 화제가 조금 변했어요. 우리는 싸울 것이다, 전에도 싸웠고…… 다른 지역들이 씨를 뿌리지도 않았으면서 열매를 따려고 한다…… 케냐에서는 공짜가 없다, 그런 식의 얘기들이 오갔어요. 그래서 우리는 무슨 일이 일어나고 있다는 것을 알았어요. 그런데 카누 전용 트럭들이 보이기 시작했어요. 가장 먼저 끌려간 건 여급들이었어요. 나는 가까스로 올가미를 빠져나왔어요. 여급들이 티 파티에 갔던 날 밤, 나는 아팠거나 무슨 일이 있었어요. 돌아온 그들은 화가 나 있었어요. 어떤 사람들은 비웃었어요. 누가 메르세데스 벤츠를 몰든, 그것이 우리와 무슨 상관이냐는 것이었어요. 그들은 모두한 부족이었어요. 해안에서 왔든 키수무에서 왔든, 그들은 메르세데스 가족이었어요. 한 가족이었던 거죠. 우리는 다른 부족, 다른 가족이었어요. 나의 단골을 예로 들어 보죠. 그는 키가 큰 소말리아 사람으로 장거리 운전사였어요. 그는 케나트코에서 일해서 잠비아, 수단, 에티오피아, 말라위 같은 곳들을 많이 알았어요. 그런 곳들에 대한 이야기도 많이 알았죠. 여하튼 나는 그를 좋아했어요. 그가 생생하게 전해 주는 이야기를 좋아했어요. 그는 정말로 재미있는 사람이었어요. 여행객한테는 너무 무겁다며 속옷을 안 입는 사람이었어요. 그러나 매우 너그러운 사람이었죠. 그가 어제 늘 그랬던 것처럼 트럭을 세웠어요. 어제는 내가 근무하는 날이 아니었어요. 그래서 택시를 타고 우리는 이곳저곳에 가서 술을 마셨어요. 정말로 많이 마셨어요. 나는 위스키, 사이다, 터스커, 베이비참, 보드카들을 섞어 마셨어요. 그런데 취하지가 않았어요. 전에는 그런 적이 없거든요. 일모로그에서 있었던 일이 나한테 영향을 미친 거예요. 지난밤에 나는 그 일에 관해 생각해 보았어요. 아니면 사람들이 우리를 쳐다보는 태도 때문이었는지도 몰라요. 어쩌면 다른 것 때문이었을 수도 있고요……. 가끔은 아주 우울해지거든요. 그런데 그것 때문도 아니었던 것 같아요. 여하튼 나는 기분이 안 좋았어요. 그는 무차타에 있는 방을 빌리고 싶어 했어요. 그러나 나는 내 방으로 가자고 했어요. 그를 내 방으로 데리고 간 적이 없었기 때문에 그는 놀랐어요. 남자를 내 방에 데리고 가지 않는 건 나의 원칙이었으니까요. 그래야 그 사람과의 관계가 끝나도 나를 찾아와서 귀찮게 하지 않을 테니까요. 그는 다른 택시를 불렀어요. 장거리 운전사들은 돈이 많거든요. 우리는 말없이 돌아왔어요. 술 때문이었는지, 아니면 이곳저곳으로 옮겨 다녀서 그랬는지, 아니면 전반적인 분위기 때문이었는지 내 방으로 오는 길에 우리는 아무 말도 하지 않았어요. 무슨 일이 일어나려고 하면, 당신은 배나 머리나 다른 신체 부위에 무슨 느낌이 오나요? 내 방 창문에서 연기가 나오고 있었어요. 나는 문으로 달려갔죠. 불이 났지만 아직 문에는 안 붙었더군요. 나는 소리를 지르려고 했지만 아무 소리도 나오지 않았어요. 눈물도 안 났어요. 나는 안에 있는 누군가를 깨우려는 듯이 문을 두드렸어요……. 그러다가 내 핸드백에 열쇠가 있다는 것을 문득 깨달았어요. 문을 열고 들어가려고 했지만, 나무가 타면서 나는 독한 냄새 때문에 뒤로 물러났어요. 등유나 경유를 부은 것 같았어요. 누가 한 짓이든, 우리 두 사람이 방에 갇히기를 바란 게 틀림없었어요. 나는 그 자리에 붙박여 서 있는 친구한테 달려가 경찰서에 데려다달라고 말했어요……. 그가 소변 좀 누고 올 테니 기다리라고 했어요……. 나는 다시 건물로 달려갔어요. 그것은 뒤에 방이 하나밖에 없는 석조 건물이었어요. 다른 방들은 아직 마무리가 안 된 상태였어요. 그래서 창문과 문만 탔던 거예요. 그때까지도 몸이 떨렸어요. 몇 분 후, 큰 트럭이 돌과 타르를 세게 밟으며 지나가는 소리가 들렸어요……. 그 친구가 달아난 거죠. 내가 어떻게 그를 비난할 수 있겠어요? 나는 다른 건물에 있는 다른 여자의 방으로 갔어요. 그녀는 나한테 내가 오만하고, 반역자와 붙어 다니며, 티 파티에 가기를 거부했다는 얘기가 있다고 말해 주더군요. 그러나 그것을 심각하게 받아들이지는 않았대요. 여하튼 누가 그 짓을 했는지, 그 짓을 하라고 시켰는지 알아내기는 어려웠어요. 그게 누구든 나는 알고 싶지 않았어요……. 모르는 게 나으니까요……. 오늘 아침에 보니까 침구와 옷들이 다 타 버렸더군요. 방에 기름을 끼얹은 것 같았어요. 그 사건으로 나는 생각을 해 보았어요. 일모로그를 떠난 후로, 그 일은 나한테 일어난 두 번째 심각한 사건이었어요. 이제는 돌아가고 싶어요……. 일모로그로 돌아

가야 해요. 그래서 버스를 타고 여기로 왔어요. 지금은 일모로
그로 돌아가기 전에 음악을 들으며 조금이나마 잊으려고 하
던 참이었어요.

4. 그 우연은 무니라한테 깊은 인상을 남긴 게 분명했다. 신
의 섭리가 아닌가 싶기도 했다. 왜냐하면 몇 년 후, 그는 진술
서에서 두 사람이 불과 두려움의 밤을 거친 어느 일요일에 그
렇게 예기치 않게 만난 것에 대해 자세하게 기술하게 되었기
때문이다.

나는 무슨 말로 그녀의 이야기에 응수해야 할지 알지 못했
다.(그는 몇 년 후에 이렇게 썼다.) 키루루와 창가를 마시던 사람
이 뒤쪽에 있는 방에서 우리가 앉아 있는 곳으로 비틀거리며
오더니 나한테 터스커 맥주를 사 달라고 했다. 나는 기계적으
로 그에게 5실링짜리 지폐를 주었다. 그는 여러 번 고개를 숙
여 인사를 하더니 손에 침을 뱉고 하늘을 향해 나를 축복해 주
고 악에서 구원해 달라고 기도했다. 나는 그가 빨리 가 줬으면
싶었다. 나는 맞은편 벽에 있는 벽화를 바라보았다. 으르렁거
리는 사자를 창으로 찌르는 마사이 전사, 캥거루, 젖가슴을 물
위로 드러내고 물속에 꼬리를 담고 바다에서 솟구치는 인어
들. 완자가 그곳에 앉아 고른 목소리로 힘없이 얘기를 하고 있
다는 사실보다 이러한 장면들이 훨씬 더 현실적으로 보였다.
그것들이 더 땅에 뿌리를 내린 일상적인 일 같았다. 나는 가슴
이 뛰고 배가 꼬였다. 혐오감과 끌림의 감정이 교차했다. 짙은
바나나 숲 속에 있는 오두막에서 있었던 시련과 전에 카누 전

용이라고 쓰인 트럭들을 본 것을 떠올리자, 마음이 조금 누그러졌다. 어쩌면 우리는 초현실적인 세계에 갇혀 있는 것인지도 모른다는 생각이 들었다. 나는 모든 기억과 생각, 이해하려고 했던 모든 노력들을 맥주를 마시면서 잊고 싶었다. 나는 말했다. 다른 술집에 가요. 몽땅 마시고 내일 일모로그로 가요. 나는 사파리 술집 근처에 있는 주유소에 자전거를 놔뒀다. 우리는 종일토록 마셨다. 이제는 내 아버지나 아내가 그런 나의 모습을 보더라도 어쩔 수 없다 싶었다.

우리는 메리 바, 젊은 농부들, 케냐 산, 무초루이, 하일랜드, 마사레 같은 술집을 돌면서 이야기는 거의 하지 않고 한자리에서 맥주 한 병씩을 마셨다. 완자는 잃어버린 것이나 기억나는 비밀이라도 찾는 사람처럼 구석구석을 쳐다보고 사람들의 얼굴을 살폈다. 그녀는 혼자만의 생각 속에 빠져 있었다. 최근에 만났던 것에 비춰 모든 사람의 얼굴과 모든 일을 속으로 가늠해 보는 것 같았다. 대부분의 술집들은 만원이었다. 인근에 있는 공장의 노동자들이 2주 치 급료를 받는 날이었다. 연기를 내뿜는 거대한 기계, 가죽, 피혁 단지와 오염된 공기가 우리의 삶을 지배하면서 돈이 지배하는 궤도 안으로 벽지 마을들을 끌어들였다. 이곳저곳에서, 특히 캄비 술집에서, 사람들이 나를 알아보았다. 그들은 어쩌면 그들이 절제된 습관과 초연한 것으로 알고 있는 선생이며 유명한 기독교인이자 지주의 아들인 내가 어떻게 그런 동반자와 함께 공개적으로 술을 마실 수 있는지 궁금해할 터였다. 밤이 깊어졌을 때, 나는 제대로 된 리무루 시에 가자고 했다. 우리는 젊은 농부들이란 술집 밖에서 승합차를 타고 키무냐 구석을 돌아 리무루까지 갔다. 우리는 대부분의 술집들을 찾아갔다. 뉴 알래스카 바, 패러다이스, 모던, 코너에 들러 이번에는 좀 더 오래 머물렀다. 우리가 나이트클럽 겸 레스토랑인 프렌들리에 도착했을 때, 나는 비틀거리면서 아무 얘기나 지껄이고 있었다.

나는 완자에게 리무루에 관해 사실과 허구를 섞어 이야기하기 시작했다. 내가 그곳에 관해 그렇게 많이 알고 있다는 사실이 스스로도 놀라웠다. 나는 리무루 사람들한테 유럽인들이 강탈당했다가 나중에는 케냐 역사에서 태풍의 눈이 된 티고니 땅에서부터, 나중에 라리 대학살로 알려진 사건에 이르기까지 많은 것을 알고 있었다. 공장의 모습이 다시금 기억 속에 떠올랐다. 전쟁이 끝난 직후, 파업이 있었다. 나는 카키색 제복을 입고 껌을 씹고 있는 두 명의 백인 간부들이 이끄는 헬멧을 쓴 흑인 경찰들한테 얻어맞아 피투성이가 되어 비명을 지르는 노동자들의 모습을 잊지 않았다. 나는 그녀와 내가 최근에 겪은 시련을 떠올리며, 이제는 흑인 대 흑인의 대결이라고 생각했다. 나는 술에 취해 있었다. 터스커 맥주를 더 주문했다. 기분이 좋았다. 나 자신과 내가 하는 이야기와 약간의 철학적인 생각들이 조금은 마음에 들었다. 그러나 완자는 별로 관심이 없어 보였다. 그녀의 관심을 끈 것은 사람들이었다. 젊은 남자들이 주크박스 앞에서 몸을 흔들고 있었다. 어떤 젊은이들은 꼭 끼는 미국 청바지를 입고 번쩍거리는 금속 별이 박힌 큼지막한 벨트를 차고 있었다. 그들은 주크박스나 높은 의자 옆에 있는 카운터 옆의 벽에 몸을 기대고, 언젠가 미국 서부 영화에서 본 적이 있는 카우보이들처럼 심드렁한 얼굴로 껌을 씹거나 성냥개비로 이를 쑤시고 있었다. 젊은 남자들과 술집 여급들이 최근에 유행하는 스텝으로 춤을 추고 있었다. 가수들과 댄서들은 신경 안 써. 완자와 그녀의 이야기들은 신경 안 써. 압둘라, 응야키뉴아, 내 가족을 비롯한 모두에게 신경 안 써. 우리는 모두, 우리가 태어난 땅에…… 이방인들이야. 기도는 더 이상 필요 없어. 나를 위한 기도는 필요 없어. 주크박스에서 흘러나오는 음악이 시리아나에서 지내던 시절에 들었던 오르간 소리와 이상하게 섞였다. 나는 머릿속에서 아직도 항의하고 있었다……. 내게는 더 이상 노래가 필요치 않아. 내가 노예가…… 노예가…… 되기 전에는…… 염병할 …… 머릿속에서 빙글빙글 도는 것들…… 시리아나…… 학교…… 얼굴…… 파업…… 퇴학…… 아버지의 일그러진 얼굴. 너는 네 가족을 치욕스럽게 만들었다. 너는 네 아버지를 공개적으로 욕보였다. 네가 백인보다 영리하다고 생각하느냐? K-40을 계속 외치면서 백인에게 결투를 하자고 신청하는 깡패에 합류하고 싶으냐? 어머니의 눈물…… 나의 치욕…… 망구오…… 일모로그…… 완자! 그녀를 향해 느꼈던 온기가 이제는 불로, 불의 혀를 가진 욕망으로 변했다. 나는 그녀와 그 자리에서, 프렌들리의 마루에서 사랑을 나누고 싶었다. 그녀가 낮게 지르는 비명 소리와 외마디 소리를 듣고 싶었다. 힘. 나는 세상에 관심이 없었다. 아무 관심도…….

갑자기 내 마음속의 침침한 곳에서 갑자기 그녀가 바라보는 낯익은 대상이 보였다. 좀 더 집중해서 바라보았다. 그가 보였다. 그는 빈 터스커 병을 흔들고 있었다. 그의 술 취한 목소리가 사람들의 목소리 사이로 또렷하게 들려왔다. 그들은 카마루와 DK의 장단점에 대해 얘기하고 있었다. 그는 큰 소리로 떠들었다. 카마루는 우리의 과거를 청송하죠. 그는 우리의 과거를 바라본다고요. 그는 우리가 선조들의 지혜에 눈 뜨기를 바라고 있어요. 그것이 지금의 혼란에 무슨 도움이 됩니까? 다른 사람이 말했다. 그의 음악은 깨진 심벌즈가 내는 소리지만, DK는 진짜예요. 그는 우리와 젊은이들과 이 현재를 이야기하고 있어요. 도시의 혼란 속에 잃어버린 세대를 얘기하고 있다고요. 다른 사람이 끼어들었다. 우리는 잃어버린 세대가 아니에요. 알겠어요? 자기 할 일을 하는 사람들을 술집에서 모욕하지 마세요. 짐 리브스와 짐 브라운에 맞춰 춤이나 추면서 와일드 번치에서 보았던 카우보이들처럼 금고나 한두 개 부숴야겠어요. 다른 사람이 대화에 끼어들었다. 그는 있는 힘껏 독설과 경멸을 퍼부었다. 우리 학자를 보시오. 시험도 통과하지 못하고 쫓겨났잖아요. 그럼에도 여기로 와서 우리한테 죽은 과거에 관해 강의를 하고 있군요.

나는 폭력이 싫다. 지금도 그렇고 그때도 그랬다. 그러나 그때까지 조용히 생각에 잠겨 있던 완자는 의자에 가만히 있을 수가 없었던 모양이었다. 나는 그녀가 흥분한 것을 눈으로 보았다기보다 느꼈다. 나는 내 눈을 믿을 수 없었다.

"카레가! 카레가!" 그녀가 소리쳤다. 위로 올라간 병이 그 자리에 멈췄다. 그는 주크박스와 그의 적으로부터 고개를 돌렸다. 그가 우리가 있는 쪽을 바라보았다. 그가 우리가 있는 테이블로 걸어왔다. 그는 제대로 걷지도 못했다. 그는 완자의 맞은편에 털썩 앉으며 특별히 누구에게랄 것도 없이 말했다. "고마워요. 저놈 대가리를 박살 낼 수도 있었거든요. 그런데 뭘 위해서 그래야 하죠?" 그는 테이블에 팔꿈치를 괴고 손으로 머리를 감쌌다. 그가 머리를 들자, 침이 시멘트 바닥으로 주르르 쏟아졌다. 그리고 그는 다시 몸을 숙였다.

누군가가 주크박스에 1실링을 넣자 음악 소리가 다시 크게 터져 나왔다. 가수의 강력한 목소리가 비애와 회한의 감정을 실내에 불어넣고 충고하기도 하고 경고하기도 하면서 점차 술집을 사로잡았다. 나는 가사를 알아들으려고 노력하며 귀를 기울였다.

> 와투마니이르워, 웅유콰 니 무르와루
>> 당신은 어머니가 아프다는 소식을 들었지
> 우이 우가코키아, 쿠우 웅디키냐가
>> 나는 집에 안 가, 당신은 말했지
> 나니이 웅가퀴라 우그와티 웅두리 웅잠바
>> 당신에게 얘기하지만, 위험에는 용감해도 소용없네
> 닝기 웅가퀴라, 무티노 니 무히우
>> 다시 말하지만, 사고에는 손이 빨라도 소용없네
> 닝구이구아 우루이, 우키루마 아시아리 아쿠
>> 나는 당신이 부모를 욕하면 기분이 안 좋아
> 웅다리리카나 아티 니 마구레리레
>> 그들이 당신을 키운 것을 생각하면 그래

와쿠아구오 나 웅고이 우기타이타그오

　그들은 당신을 업고 다녔어

우이 우키라그오, 음와나 키라!

　아가야 울지 마라! 이렇게 어르면서.

나는 그 순간, 완자를 우연히 바라보았다. 그녀의 얼굴엔 고통이 담겨 있었다. 내가 자신을 쳐다보는 걸 알고, 그녀는 자기 얼굴에 깃든 괴상한 표정을 미소로 얼버무리려 했지만 성공하지 못했다. 그녀가 말했다.

"내가 당신에게 어떻게 집을 떠났는지 얘기했던 날 밤 기억해요?"

"그럼요."

"어머니가 나한테 밭에 거름을 주라고 했다는 얘기 했죠?"

"맞아요."

"당신한테 얘기하지 않은 게 있어요. 어머니가 나한테 도와달라고 했던 것은 몸이 많이 아팠기 때문이었어요. 나중에 어머니는 병원에 실려 가 맹장을 떼어 냈어요. 거의 죽을 뻔했어요. 나는 술집에서 춤을 추다가 그것을 알게 됐어요. 내가 그걸 듣고 어떻게 했는지 알아요? 웃었어요!"

다른 사람들이 주크박스를 바라보며 엉덩이를 다시 흔들기 시작했다. 마치 주크박스 안에 숨어 있는 여자와 간음이라도 하는 듯한 모습이었다. 노랫말 속에 있는 무엇이 젊은 사람들을 그렇게 흔들어 놓는 것일까? 나는 아버지와 어머니에 대해 부드러운 기억이 없었다. 오직 두려움뿐이었다. 어떻게 해야 극복할지 알 수 없었던 모호한 두려움뿐이었다. 카레가는 노래가 흘러나오는 동안 코를 골았다. 완자는 언젠가 압둘라를 향해 지었던 표정을 짓고는 그를 골똘히 바라보았다. 두 사람이 고통과 희망의 배반을 공유하기라도 하는 듯한 표정이었다. 나는 배가 조금 뒤틀렸다. 사적인 행위에 끼어든 것처럼 불편한 느낌이 들었다. 나는 완자에게 다소 무뚝뚝하게 말했다. 이 친구를 여기에 둘 수는 없어요. 나는 비틀거리며 밖으로 나가 택시를 잡았다. 우리는 그를 끌어와 택시에 태웠다. 그는 바로 잠이 들었다. 완자는 조용했다. 내 배는 아직도 긴장 상태였다. 내가 앞서 두 사람을 위한 방을 예약해 두었던 카미리소는 리무루 시에서 겨우 1마일 반밖에 떨어져 있지 않았다. 그러나 나는 밤새도록 차를 타고 가는 느낌이었다. 나는 운전사에게 3실링을 줬다. 나는 카레가를 위해 다른 방을 잡으려고 했다. 그러나 방이 없었다. 그가 술에서 깰 때까지 내가 이미 잡아 놓은 방을 같이 쓰는 것 외에는 대안이 없었다. 완자와 나는 그를 부축해 계단을 올라 방으로 들어가, 그를 침대에 앉혔다. 그가 다시 한 번 고꾸라져 자기 시작했다. 나는 침대 가장자리에 앉아 일모로그를 떠난 후, 지난 사흘 동안 있었던 일들과 내가 해야 할 일들을 희미하게 돌아보았다. 어쩌다 이런 일들에 얽혀 든 거지? 나는 잠에 취한 것처럼 사는 것에 만족했었다. 완자는 다른 침대에 앉아 침대 안으로 들어가려고 하지 않았다. 나는 욕망이 일어나는 것을 느끼며, 완자가 있는 곳으로 가야겠다고 생각했다. 나는 담요를 끌어당겨 카레가의 얼굴과 발을 비롯한 몸 전체를 덮었다. 내가 완자가 있

는 것으로 가려고 할 때, 카레가가 갑자기 잠에서 깨더니 일어
나 앉아 불안하게 주위를 둘러보았다. 아무것도 알아보지 못
하는 것 같았다. 나는 방에 있는 유일한 의자에 앉았다. 어느
새 마음이 차분해졌다. 어쩌면 위기 상황 때문에 차분해졌던
건지도 모른다. 조금 슬프기도 하고 죄책감도 들었다. 술에 취
한 이 인간이 아주 오래전 일처럼 느껴지지만 겨우 십팔 개월
전에 일모로그의 내 은신처에 있다가 가 버린 것을 어떻게 잊
을 수 있겠는가? 젊고 똑똑하고 희망에 차 있던 친구가 어쩌
다 이렇게 변해 버린 것일까? 그 정열과 꿈을 술병과 주크박
스와 시멘트 바닥 위의 구역질보다 더 높은 목적에 사용할 방
법은 없었던 걸까?

"여기가 어디죠? 여기가 어디예요?" 그가 묻고 있었다.

"괜찮아. 나야. 나, 모르겠어?"

"아, 선생님이세요? 아이쿠…… 정말 면목 없습니다!"

"카레가, 무슨 일이 있었던 거지?" 내가 그에게 물었다. 그
는 아직도 돌아가는 상황을 이해하지 못한 채 당혹스러운 표
정으로 주변을 둘러보았다. 그리고 고개를 숙이고 대부분 바
닥을 내려다보며 얘기했다.

"아무것도 이해하지 못하겠어요. 처음에는 정말 분명했는
데…… 아니면 환영이었을까요? 결말이 너무 모호해서 시작
과 시작 뒤에 있는 생각이 괴로움과 비난과 잔인하고 맹목적
인 복수의 안개에 묻혀 버렸어요. 희망과 꿈과 아름다움이 학
살당한 거죠. 찬란한 시작에…… 괴로운 끝이네요. 한동안은
해내야겠다고 결심했어요. 나한테는 결국 좋은 졸업장이 있

었으니까요. 추이와 학교는 나를 쫓아냈지만…… 나라가 있다고 생각했어요. 투쟁이 승리한 지점에 우리 모두를 위한 공간이 있다고 생각했어요. 우후루의 열매 말이죠. 선생님은 선생님 일을 하고…… 저는 제 일을 하고…… 그렇게 되면 산을 움직이는 거죠……. 왜 그게 안 되는 거죠? 대도시에 갔어요. 그리고 이 사무실, 저 사무실을 찾아갔어요. 어디를 가나 똑같더군요. 빈자리가 없었어요. 간혹 누가 보냈느냐고 묻는 사람도 있더군요. 나의 얼굴은 수위들에게 친숙한 얼굴이 되었어요. 그들은 나한테 높은 사람 중에 아는 사람 없느냐고 묻더군요. 뒤를 받쳐 줄 배경이 없느냐는 말이었죠……. 자리가 없었어요……. 어떤 곳에서는 '내일은 빈자리가 있을지 모릅니다.'라는 재치 있는 답변을 주더군요. 이따금 시리아나로 돌아가 추이의 집이나 다른 곳에 불을 질러 버릴까도 생각했어요. 이런 생각이 들었어요. 잘못한 사람은 그자인데, 어째서 그는 편안한 잠을 잔단 말인가? 다른 사람이 한 잘못 때문에 내가 왜 고통을 당해야 하지? 제가 결국 뭘 했는지 아세요? 거리에서 양가죽과 과일과 버섯을 팔기 시작했어요. 선생님은 거리의 아이들이라고 불리는 우리의 모습을 보셔야 해요. 우리는 차가 멈출 때마다 달려가죠. 제 것을 사세요. 더 좋아요. 더 반짝거리고요. 아니, 제 것을 사세요. 제 것을 사세요. 때때로 그들은 동전을 공중에 던지고 우리가 그것을 잡으려고 드잡이하는 모습을 지켜보며 웃죠. 우리는 약고 빨라서, 모욕적인 것은 보거나 듣지도 않은 척해요. 우리는 관광객들을…… 좋아해요. 우리는 그들이 은화와 지폐를 갖고 오기를 기도하고 나중에는 그들에게 욕을 하죠. 이것을 사세요…… 좋은 거예요…… 배가 고파요, 아저씨…… 등록금 때문이에요, 아저씨……. 그들은 우리가 애원과 구걸을 하는 걸 보며 웃지요."

"사는 게 참 힘들었어요." 그가 마루를 쳐다보며 말을 이었다. "선생님, 힘들었어요……. 저는 어머니를 실망시켰어요. 완전히 말이죠. 제 어머니 모르세요? 사람들은 제 어머니를 마리아무 어르신이라고 불렀어요. 선생님도 기억하실 거예요. 선생님 아버지의 땅에 얹혀살았잖아요. 나이가 가장 많고 신앙심이 깊은 분이었어요. 어머니는 아들을 교육시키려고 땅을 파고 또 팠어요. 모든 것이 잘되기를 빌었어요. 모든 것이 잘될 것이고, 당신이 나이가 들면 아들이 당신을 보살필 것이라고 생각하셨겠죠. 아들이 있으면 입에 풀칠은 할 수 있을 거라고요. 어머니는 차와 커피 농장에 가장 먼저 가서 상가리 풀을 뽑으면서도, 늙으면 좋은 시절이 올 거라고 말씀하셨죠. 언젠간 제게 이렇게 말씀하셨어요. '카레가, 네가 학교를 가고 싶어 하는 건 좋은 일이다. 코이낭게의 자식들을 보아라. 이제키엘리 와웨루 장로님의 자식들을 보아라. 모두가 교육을 받았다.' 그래서 저는 어머니의 말씀을 새기며 학교에 갔어요. 망구오, 카만두라, 시리아나…… 영광스러웠냐고요? 그분의 아들인 저를 보세요……. 싸움이나 하고…… 주크박스에서 마지막 한 방울까지 수스나 짜내고 있잖아요. 저는 어머니를 뵐 면목이 없어요. 어머니는 한 번도 제게 심한 말을 하지 않으셨어요. 이렇게 말씀하시는 게 다였죠. '너는 한 번도 내말을 거역한 적이 없었다. 그런 네가 어떻게 선생님들한테 반

기를 들 수 있느냐?'

양가죽을 팔고 관광객들에게 구걸을 할 때도 저는 어머니를 마음속에 그렸어요. 그러나 얼마 후에는 동정을 받는 것도 지겨웠어요. 동정…… 동정…… 우리는 동정을 믿는 나라예요. 그리고 저는 동정에 넌더리가 났고요. 제가 왜 동정의 대상이 되어야 하죠? 어째서 제가 우리 땅에서 외국인들에게 동정을 받아야 하죠? 그때 선생님이 떠올랐어요. 선생님은 비슷한 경험을 하신 분이잖아요. 그래서 조언을 구하려고 일모로그에 갔던 거예요. 저는…… 제가 유치하다고 생각했어요……. 선생님이 저를 비웃으실 것만 같았어요……. 그런데 정말 선생님이 바로 그렇게 하시는 것 같더군요. 저 자신에게는 삶과 죽음의 문제인데, 선생님은 모르는 척하고 놀라는 척하신다고 생각했어요. 저는 선생님이 저를 아이 다루듯 하시는 이유가 궁금했어요. 그 여자분의 방에 희미한 빛이 보였어요. 저는 외로워서 어둠 속으로 나갔어요. 그때 달이 떴어요……. 차가운 달이었죠……. 그 빛을 길잡이 삼아 저는 양가죽과 과일과 관광객들한테 돌아갔어요. 어느 날 저는 다른 사람들처럼 술을 마셔야겠다고 생각했어요. 선생님, 제가 한심해 보이세요? 그러세요? 하하하. 제 양가죽 하나 안 사실래요? 번들번들하고 푹신푹신한 깔개는 어떠세요? 오렌지와 배는 어떠세요? 오늘은 오렌지가 싸답니다……. 미리 돈을 주시면 됩니다……. 저는 약속을 잘 지킵니다. 신에게 맹세하죠. 그렇다면 제가…… 감사의 표시로…… 술 한잔 사드릴 수 있습니다……. 보시다시피 저는 어디에 있든 양가죽과 오렌지

를 팔려고 한답니다. 하느님, 관광객들을 축복하소서. 우리의
뼈와 살갗을 지탱하게 해 주는 건 관광객들이랍니다."

　어떻게 이런 하루가! 어떻게 이런 밤이! 와웨루의 아들, 마
리아무의 아들, 응야키뉴아의 손녀딸이 지금 같은 궁지에 몰
려 있었다! 이제 새벽이었다! 그는 고개를 숙인 채 조용하고
침착하게 말을 시작했지만, 결국에 가서는 보이지 않는 존재
를 향해 소리치고 있었다. 그는 고개를 들고 마른 입술 가장
자리에 신랄하고 빈정거리는 미소를 머금고는 나를 바라보았
다. 그리고 고개를 돌렸다. 그의 반쯤 열린 입술에 묻어 있던
미소가 갑자기 굳어 버렸다. 그녀의 큰 눈이 자신을 쳐다보고
있다는 것을 깨달은 게 틀림없었다. 그녀를 처음으로 알아본
것 같았다. "당신…… 당신……." 그는 얼굴이 익은 과거의 유
령이라도 바라보듯 나직이 말했다. 그들은 말없이 서로를 쳐
다보았다.

　그 순간, 꼬이던 배가 더 꼬였다. 나는 알아차렸다. 그러나
내가 뭘 알아차린 걸까? 이상한 일. 얼얼한 배 속. 톡 쏘는 쐐
기풀 같은 독설. 쏟아진 분노. 물. 나는 혼자였다. 구경꾼.

　"일모로그로 가요." 그녀가 부드럽지만 권위 있게 말했다.

　"네!" 카레가는 최면에 걸린 듯 대답했다.

6

1. 그들은 일모로그로 돌아왔다. 이번에는 이상주의도 아니고 개인적인 치료를 위해서도 아니라, 탈출에 대한 절박한 필요를 느껴서였다. 그들은 무니라의 자전거를 이용했다. 때로는 한 사람이 자전거를 끌고 모두가 걷고 때로는 자전거를 함께 탔다. 무니라가 안장에 앉아 페달을 밟고 카레가는 앞에 앉고 완자는 뒤에 앉았다. 그러나 대부분은 돌아가며 자전거를 탔다. 카레가가 걸으면 무니라는 완자를 1마일 정도 태우고 가다가 내려 줬다. 그리고 카레가한테 돌아가서 그를 태우고 완자를 지나쳐 1마일 정도 태우고 가다가 내렸다. 그리고 이번에는 무니라가 걸었다. 카레가가 자전거를 타고 완자를 데리러 갔다. 곧 그들은 희고 푸른 거대한 하늘에 둘러싸인, 그들이 밟고 있는 흙처럼 보였다.

무니라는 걸음을 옮기면서, 거듭 현재의 상황이 야릇하다고 생각했다. 사흘이 아니라 삼 년을 떠나 있었던 것만 같았다. 그는 많은 것들을 이해하지 못했다. 아버지의 행동과 태도…… 무카미의 불가사의한 죽음…… 마리아무에 대한 아버지의 아리송한 언급…… 무슨 관련이 있는 걸까? 지금, 그는 술집에서 선생으로 채용한 마리아무의 아들, 그리고 완자와 같이 있었다. 그들은 일모로그에 정착하려고 가는 중이었다. 그는 그것이 세상 돌아가는 방식이라고 생각하기로 마음먹고, 일모로그에 도착하기를 기다렸다. 그는 영웅이 귀환할 때처럼 환영을 받게 될 것이라고 확신했다. 적어도 압둘라와 응야키뉴아는 고마워하는 얼굴로 이것저것 물어볼 것이라 생각했다.

그러다 랜드로버를 타고 왔던 두 남자와 그들의 어렴풋한 암시와 위협적인 표정, 12실링 50센트와 KCO를 비롯한 것들과 관련한 그들의 말이 떠올랐다. 갑자기 그는 두 남자가 찾아왔던 일과 그가 겪은 시련, 소수의 사람들이 이따금 외국인과 결탁하여 모든 사람들을 상대하여 벌이는 거대한 사기극이 모두 연관되어 있다는 것을 깨달았다. 그는 다시 한 번 다른 종류의 죄의식에 사로잡혔다. 자신도 국가적인 배신의 서약에 능동적으로 참여했다는 죄의식이었다. 그는 일모로그 여자들이나 시위를 하는 노동자, 혹은 자신의 생명을 무릅쓰고 모든 것을 공개적으로 비판하는 이 나라의 님녀들이 보여 준 용기를 보여 주지 못했다. 자신이 뭘 할 수 있겠는가 하는 생각이 들었다. 이렇게 생각함으로써 그는 삶에 눈을 뜨도록 해 줬을지도 모를 내면의 의심을 다독거렸다. 그는 완자를 향해 돌아섰다. 그는 자신의 경험에 대해 그녀에게 얘기할까 생각하고 걸음을 멈췄다.

완자는 일모로그에서 완전히 새롭게 시작하겠다고 다짐했다. 그녀는 일모로그를 떠난 후로 모욕적이고 수치스러운 경험을 두 번이나 했다. 그녀는 이제 그러한 과거와 결별하고 일모로그에서 뭔가를 하기로 마음먹었다. 자신의 영혼이 깨끗해졌다는 증거로, 다시는 육체의 힘을 행사하여 남자들을 휘두르지 않기로 결심했다. 그녀는 과거를 극복하고 자아가 새로 태어날 때까지 어떤 관계도 맺지 않겠다고 결심했다.

카레가는 자신이 그곳과 그곳 사람들에게서 뭘 기대하는지 확신하지 못했다. 그는 자신의 운명을 받아들이듯, 완자의 요청에 응답했을 뿐이었다. 그는 그것을 운명과의 계약이라고 생각했다. 미래는 그들 위에 있는 하늘처럼, 균열도 없고 틈도 없는 거대한 공백 같았다. 그러나 완자를 보고 잠자는 피를 요동치게 하는 것은 무엇일까? 하나의 기억에 지나지 않는 존재를 보고 왜 이렇게 갑자기 고통을 느끼는 걸까? 그는 무카미를 떠올리며, 다시 한 번 운명이라고 결론지었다. 그는 슬픔과 희미한 고통에 사로잡혔다. 그러나 자신을 교사로 채용하겠다고 한 무니라에게 고마움을 느꼈다. 리무루에서 양가죽을 팔던 사람에서 일모로그에서 학생들을 가르치는 선생으로 바뀌는 것은 여하튼 하나의 시작이었다.

무니라는 그에게 일모로그 학교에 왜 선생들이 없는지 설명했다. 식민지 시대에는 아프리카인 선생들은 아프리카 학교에서만 가르칠 수 있었다. 아프리카 학교들은 모두가 같은 수준이었다. 시설도 빈약하고 건물도 빈약하고 지원도 제한적이었다. 그러나 적어도 그들은 최고의 아프리카인 교사들을 채용할 수 있었다.

그러나 자치 정부가 수립된 후로 입학과 교사 배정에 있어 인종의 장벽이 사라졌다. 그 결과, 이전의 아프리카 학교들은 여전히 시설이 빈약한 데다 이제는 최고의 아프리카인 선생들마저 잃게 되었다. 교사들은 이전에 아시아계 내지 유럽계였던 학교로 빠져나갔다. 더 좋은 건물과 시설과 지원을 갖추고 수업료가 비싼 학교로 빠져나갔다. 일모로그처럼 벽지에 있는 학교들은 거의 버려지고 방치되었다.

카레가는 기분이 좋았다. 그의 교사 경력이 의미가 있을 것 같았다. 케임브리지 프로드샴은 그들에게 교직은 소명이고 천직이어서 영혼을 만족스럽게 한다고 말하곤 했다. 카레가는 일모로그의 학생들에게 자신이 가진 모든 것을 내주겠다고 다짐했다.

그러나 그들이 지금 가는 일모로그는 태양과 먼지와 모래의 땅이었다. 완자와 카레가는 일모로그의 풍경이 너무나 변한 것에 놀라고 있었다.

"전에는 그렇게도 푸르고," 그녀가 말했다. "그렇게도 푸르고 희망찼던 곳이…… 이제는 이렇게 됐네요."

"가뭄이 들었다고…… 이렇게 빨리…… 이렇게 빨리!" 카레가가 과거의 화려한 꽃들을 떠올리며 말했다.

"그게 세상 돌아가는 방식이지." 무니라가 말했다. 그들은 살갗이 푸석푸석해지고 목과 코로 들어간 먼지 때문에 기침을 하고 콧물을 흘리며 자전거 옆에 서서, 마른 옥수숫대 부스러기들이 소용돌이를 치며 공중으로 올라가는 모습을 바라보았다.

응야키뉴아와 압둘라와 조지프가 가게 밖에 서 있었다.

그들은 그들을 보고도 놀라거나 흥미를 보이지 않았다. 무니라는 약간 기분이 가라앉는 것을 느꼈다. 아무것도 묻지 않다니!

"우리는 압둘라의 당나귀에 관해 얘기하고 있었다네." 응야키뉴아가 환영의 말을 대신하여 이렇게 말했다.

"무슨 일이 있었던 거예요?" 완자가 압둘라의 무거운 얼굴을 보고 재빨리 물었다. 이곳이 과연 자신이 새로운 삶을 시작하려고 했던 곳인가 싶었다.

"원로들이 죽이려 하고 있어." 응아키뉴아가 말을 이었다. "두들겨 패서 평원으로 내쫓는 게 좋겠다고 생각하는 사람들도 있지. 이 역병을 갖고 멀리 가도록 말이지."

"당나귀한테요? 저는 염소만 그런 의식에 사용하는 줄 알았는데요." 카레가가 말했다.

"이 친구는 누구지?" 응야키뉴아가 물었다.

"카레가예요." 완자가 설명했다. "압둘라가 살던 리무루에서 왔어요. 학교 일을 도울 거예요."

"새로 온 선생입니다." 무니라가 덧붙였다.

"이 가뭄에? 하느님의 축복이 있기를 빌겠네!" 그녀가 말했다.

그들은 압둘라의 가게 밖에 앉았다. 무니라가 목에 들어간 먼지를 씻어 내려고 맥주를 한 병 달라고 했다.

"당나귀는 저의 한쪽 다리나 마찬가지예요." 압둘라가 한탄하듯 말했다. "그들은 나더러 그걸 잘라 버리라고 하는 거예요. 두 번째 희생으로 말이죠."

"그러나 당나귀는 날씨와 아무 상관이 없잖아요." 카레가가 말했다. 그도 맥주를 달라고 했다.

"조지프, 새로 오신 선생님에게 맥주를 갖다 드려라." 압둘라가 말했다. "나는 당신이 술을 안 마시는 줄 알았는데요."

"변하기도 하죠." 카레가가 완자의 오두막에서 육 개월 전에 만났던 일을 떠올리고 생각에 잠겨 말했다. "시대가 바뀌었다고 해야 되겠네요."

"가뭄 때문이라네……." 응야키뉴아가 설명했다. "풀은 없지, 조만간 줄기만 몇 개 남을 거야. 문제는 그것을 당나귀한테 주느냐, 염소한테 주느냐지."

"하나는 어머니의 배 속에 있고, 다른 하나는 어머니의 등에 업혀 있는 격인데, 어떻게 둘 중 하나를 택할 수 있죠? 모두가 우리 아이들 아닌가요?" 압둘라가 되받았다.

무니라는 생각했다. 귀향이 왜 이 모양이지? 두 번째 귀향을 했는데 가뭄에 관해 입씨름만 하고 있잖아. 그들이 뒤에 두고 온 사건에 대해서는 아무도 묻지 않고 말이야.

"가뭄은 지나갈 겁니다. 이제 겨우 3월이잖아요." 무니라가 말했다. "이런 식으로 얘기를 하면 비가 오다가도 도망가겠어요."

"맞아요. 3월에는 비가 와서 풀이 자랄 거예요." 완자가 희망을 섞어 말했다. 비가 내려야 했다. 그렇지 않으면 그들은 망할 판이었다. 마을 전체가 망할 판이었다. 그녀가 큰 소리로 말했다. "압둘라, 여급이 돌아온 게 기쁘지 않아요?"

모두가 웃었다. 다들 기분이 조금 풀어졌다.

"가서 먼지 좀 씻어 내요. 그렇지 않으면 손님들이 달아나겠어요. 다들 당신을 가뭄의 딸이라고 생각하겠어요."

2. 카레가는 일모로그 초등학교의 신임 교장 고드프리 무니라 밑에서 비정규 교사로 일했다. 무니라는 그를 데리고 본부로 갔다. 음지고는 일상적인 질문을 하고 그 지역에 찾아오겠다는 약속을 한 후에 그를 채용하기로 했다. 무니라가 그를 강력히 추천하고 인성과 품행을 보증했다. 음지고가 말했다. "무니라 선생은 아주 높은 기준을 세우고 있소. 고귀한 직업에 대한 그의 헌신을 본보기로 삼아 잘해 보시오."

이제 학교는 1학년에서 4학년까지 네 반으로 나뉘었다. 두 개 반은 오전에, 다른 두 개 반은 오후에 수업을 했다. 몸집이 크고 똑똑한 사내아이들로 구성된 4학년을 위해서, 카레가는 5시 이후에 보충 수업을 해서 잃어버린 시간을 보완해 주려 했다. 그들은 오래 머무른 적이 없는 선생들한테 띄엄띄엄 배운 학생들이었다.

교실에서 그러한 아이들 앞에 서자 카레가의 내부에 있던 뭔가가 밖으로 나왔다. 마치 시리아나에서 스스로와 나누기 시작했던 대화를 계속하는 것 같았다. 그 대화는 쫓겨난 뒤 일 년 동안 관광객들의 노예로 살면서 중단되었다. 그는 아이들이 일모로그 밖의 세상을 알지 못한다는 것이 염려스러웠다.

그들은 케냐를 일모로그 외부의 어딘가에 있는 도시나 큰 마을로 생각했다. 그는 그들이 자신들과 일모로그와 케냐를 아프리카인들과 그들의 투쟁의 역사를 포함하는 더 넓고 더 큰 영토의 일부로 볼 수 있도록, 어떻게 하면 의식의 지평을 넓혀 줄 수 있을까 고민했다. 그는 아프리카인들이 언젠가 걸어 다니면서 시대를 초월하여 경탄의 대상이 되는 유적들과 자취들을 남긴 풍경들, 흑인들의 땀과 백인 식민주의의 운명적인 만남조차도 인간들의 기억과 기록된 행위로부터 지워 버릴 수 없었던 풍경들을 마음속에 그려 보았다. 이집트, 에티오피아, 모노모타파, 짐바브웨, 팀북투, 아이티, 말린디, 가나, 말리, 송가이. 이런 이름들이 감미롭게 들렸다. 아이들은 열광적이고 경이로운 표정으로 귀를 기울였다. 이러한 열광과 놀라움은 그들의 불신이 얼마나 뿌리 깊은 것인지를 말해 줬다. 그는 그들에게 노래를 부르게 했다. "나는 치리 지역에 있는 일모로그에 산다. 치리는 케냐 공화국에 있고, 케냐는 동아프리카의 일부이다. 동아프리카는 아프리카의 일부이다. 아프리카는 아프리카인들의 땅이고, 아프리카인들은 세계 곳곳에 흩어져 산다." 그들은 그렇게 노래했지만 아무래도 너무 추상적인 것 같았다. 그는 그들이 애써 자기를 믿으려 한다는 사실이 불안했다. 그는 그들의 몸부림과 열광이 뭔가 문제를 제기한다는 걸 깨달았다. 그것은 그의 내부에 있는 의심과 관련이 있었다. 그것은 시리아나에 있을 때도 그를 따라다녔던 질문이었다. 아프리카인의 경험은 늘 그에게 분명하지 않았다. 그는 시리아나에서 받은 교육이 불충분하다는 것을 알았다. 이제 그는 자신과 같은 부류인 작은 아이들과 대면하고 있었다. 그들은 알고 싶어 했다. 그는 일 년 동안 관광객들에게 양가죽과 과일을 팔았던 일을 되돌아보았다. 그 일이 지금 직면하고 있는 시련보다 덜 힘들고 덜 좌절스러웠다는 생각이 들었다. 일모로그의 가난, 가뭄에 시달리고 인구마저 줄어든 황무지, 내일이면 그가 그 잔인함을 경험했던 도시로 달아나 신기루에 불과한 미래에 직면하게 될 아이들의 기대에 찬 눈을 바라보는 것은 더 심오하고 고통스러운 방식으로 그 자신과 대면하는 것이었다. 제기된 문제와 질문들이 단순히 개인적인 안전과 구원에 국한되는 것이 아니었기 때문이다. 가뭄과 작은 얼굴들, 미개발 지역, 그리고 그들 모두가 처한 집단적인 운명을 바라보며, 그는 근대 과학의 혜택은 모두 어디로 갔을까 하는 생각을 했다.

절망적이었다. 거대한 사기극이었다. 그와 무니라는 머리를 교실이라는 모래에 파묻고 밖에서 으르렁거리는 바람과 태양을 외면하고 있었다. 이것은 그들이 시리아나에서 추이를 비난했던 범죄와 똑같은 것 아닐까? 비록 초등학교이긴 하지만, 어떻게 선생으로서 가뭄이라는 현실과 그들 앞에 있는 멍한 얼굴들을 외면할 수 있을까? 교육, 역사, 지리, 자연, 수학이 이 가뭄에 대해서 말해 줄 수 있는 게 뭘까?

3월 어느 날이었다. 그가 오후 늦게, 교실을 떠나 압둘라의 가게로 가니 사람들이 모여 있었다.

"지난밤에 루오로의 염소가 죽었다네." 웅야키뉴아가 설명했다. "그런데 그걸 보고 울었다지 뭔가. 우리는 서로를 멀뚱 멀뚱 쳐다보았지. 남자의 눈물은 불길한 징조니까 말일세. 그러나 우리는 그도 어쩔 수 없었다는 걸 알았지. 우리는 밤새 그와 같이 있었다네."

3. 4월 말인데, 아직도 비가 오지 않았다. 소와 염소와 양들은 피골이 상접했다. 그래도 대부분의 목자들은 더 좋은 날씨를 찾아 평원을 가로질렀다. 그들은 5월에는 비가 오기를 바랐다. 그러나 마지막 희망인 5월 중순이 되어도 비가 오지 않자, 기어이 암소 두 마리가 죽고 말았다. 독수리와 매들이 하늘 높이 맴을 돌다가 떼를 지어 내려앉았다. 그들이 떠난 자리에는 자라지 못한 마른 코끼리 풀 위로 하얀 뼈들이 흩어져 있었다.

완자는 학교 밖에서 카레가와 무니라를 기다렸다.

"결정이 났어요. 원로들이 음와시 와 무고한테 갔다 왔어요. 그가 당나귀를 평원 저쪽으로 끌고 가야 한다고 했대요. 그러나 여전히 양 한 마리를 제물로 바쳐야 한대요. 우리가 압둘라를 도와줘야 해요. 당나귀가 죽으면 그도 죽을 거예요."

"언제래요?" 무니라가 물었다.

"곧 만나서 날짜를 결정할 거래요."

"평원 저 너머로 끌고 가라고 했다고요?"

"아뇨……. 모든 마을이 나서서, 남자들과 여자들, 아이들까지 나서서…… 채찍질을 하자는 얘기가 돌고 있어요."

"우리가 뭘 할 수 있죠?" 무니라가 물었다. 아무도 그 질문에 대답하지 않았다.

4. 잊히지 않는 과거의 기억. 메뚜기 떼의 습격. 거염벌레 떼의 습격, 카사바 기근. 웅기기, 웅궁가, 웅가라루 야 음왕가 할례 집단에는 아직도 그런 고통을 환기시키는 이름이 있다. 그것은 통제할 길 없는 자연이 늘 인간의 노력을 위협해 왔음을 말해 주는 증거였다. 물론 다른 교훈도 있었다. 메뚜기 떼의 습격이 있고 나서 불과 육 년 후인 1900년, 기근이 너무 심해서 그해에는 모든 할례 의식이 중단되었다. 지금은 어떤 집단도 영국의 기근을 기념하는 이름을 갖고 있지 않다. 그것이 사람들의 땅과 땀을 유럽인들이 착취한 것에 대한 저항을 약화시켰기 때문이다. 카사바 기근 자체도 북아프리카, 중동, 버마, 인도에서 독일인들과 일본인들에 저항하여 싸우다가 목숨을 잃은 그들의 아들에 대한 쓰라린 만가였다. 젊은이들은 이렇게 노래했다.

내가 일본에서 돌아올 때
나는 알지 못했네
내가 사산아를
카사바 가루를
낳게 되리라는 사실을.

그렇게 해서 역사와 전설은 일모로그가 자연의 예기치 않은 변덕과 인간의 통제되지 않은 행동이라는 이중적인 학대로 인해 고통을 받아 왔다는 것을 말해 주었다.

이러한 생각들이 과거의 영광, 말린디에서 트리폴리까지

확산된 위대한 문화에 열광하는 카레가를 비웃는 것 같았다. 그는 지구상에 있는 모든 인간의 조상이 케냐의 투라카나 호수에서 태어났다고 말했다. 그는 뒤로 물러나 학생들이 못 믿겠다는 표정을 짓거나 질문하기를 기다렸다.

"그래, 무리우키." 그는 손을 든 것처럼 보이는 아이를 가리키며 말했다.

그런데 책들이 넘어지는 요란한 소리, 의자에서 나는 소리, 아이들이 의자에서 기어오르는 소리가 났다. 무리우키가 넘어진 것이었다.

"비켜라, 비켜." 카레가가 아이들을 옆으로 밀치며 말했다. 무리우키가 넘어져 있었다. "배가 고파서 그런 거예요." 한 아이가 말했다. "배가 고프다고 했어요." 카레가는 그 말을 알아듣고 집으로 그를 데려가서 달걀과 우유를 섞어 뭔가를 만들어 먹였다.

카레가는 생각했다. 바로 이 순간, 도시와 다른 지역의 사람들은 모든 것이 넘쳐서 먹고 마시고 웃고 사랑을 하고 있는데, 이곳 사람들은 굶주림과 영양실조로 기절하고 있구나.

그는 무니라에게 얘기했다. 무니라도 같은 질문을 했다.

"내가 뭘 할 수 있겠나? 이건 내 잘못이 아니야. 누구의 잘못도 아니지, 우리가 할 수 있는 것은 더 나아질 때까지 학교를 닫는 것뿐일세."

"패배를 인정하신다는 말씀인가요?"

"어쩔 수 없잖나. 하느님이 하시는 일인데."

"하느님이 하시는 일이라고요? 왜 사람들은 하느님이 하시는 일을 아무 저항 없이 받아들여야 하죠? 하느님은 스스로 돕는 자를 돕는다는 말도 있잖아요."

"어떻게 말인가?"

"도시로 갈 수 있잖아요!" 이미 그것에 대해 생각해 두었던 것처럼 그가 말했다. 그러나 사실 그것은 방금 입 밖으로 나온 말이었다.

"도시로?"

"네, 가서 도움을 청해야죠."

"안 돼, 카레가. 나는 그런 곳들을 떠났어. 돌아가고 싶지 않아." 그는 자신이 느꼈던 공포를 떠올리며 갑자기 말했다.

"왜요?" 무니라가 자신의 말을 일언지하에 거절하는 데 놀라며 카레가가 물었다.

"자네는 티 파티에 가지 않은 것처럼 얘기를 하는군."

"갔다 오셨어요?" 카레가가 물었다.

"그래. 너무 부끄러웠네. 속아서 갔어. 아내까지 데리고 갔지. 내 아내는 내가 몰랐다는 것을 믿지 않더군." 그가 나직하게 말했다……. "그리고 속아서 가지 않았다 하더라도, 나한테 그것에 저항할 용기와 기백이 있는지는 모르겠네. 그래서 더 두려워."

카레가는 잠시 생각에 잠겼다. 그의 목소리는 다소 경직되어 있었다.

"저는 가지 않았어요. 그렇다고 제가 그것을 부끄럽게 생각하지 않았다는 말은 아닙니다. 저는 관광객들에게 양가죽을 팔면서 항상 궁금했어요. 지역 사회 전체가 어떻게 사람들의 피로 산 것을 그들의 몫 이상으로 퍼먹은 소수의 탐욕스러운 인간들한테 속을 수 있는지 궁금했어요. 그들은 원래의 아름다운 목적에서 하나의 상징만을 취해서…… 그것이 편협한 이기적인 목적에 봉사하게 만들 수 있다고 생각하고 있어요! 가난과 도둑맞은 부가 영원한 화해와 우정의 악수를 하게 한다는 거죠! 배가 고프고 직장이 없고, 수업료를 못 내는 사람들은 어떻게 할 거죠? 그들에게 서약의 잔을 마시게 하고 단결을 외치게 할까요? 참 쉽군요……. 그렇게 되면 일모로그는, 아니 케냐 안에 있는 다른 벽지들도 문제가 없게 되겠군요."

"자네가 무슨 말을 하는지 알겠네." 무니라가 말했다. "완자와 압둘라한테 가서 얘기해 보는 게 낫겠네. 그래." 그가 갑자기 흥분해서 덧붙였다. "응데리 와 리에라한테 가서 우리모두가 KCO 회원이라고 말할 수도 있겠지."

사실, 무니라는 카레가가 화를 내며 모든 것을 조롱하는 것을 보자 기분이 좋아지면서 마음이 차분해졌다. 그 덕분에 자신의 마음속에 있는 생각을 말로 표현할 수 있었기 때문이다.

무니라에게 얘기하는 과정에서 떠오른 것을 생각하면 할수록, 카레가는 그것이 꼭 해야만 할 일처럼 생각되었다. 그는 그 계획을 실현하고 싶어서 마음이 들떴다. 이처럼 들뜬 마음은 늘 그를 몰아쳐 때로는 곤란하게 만들기도 했다. 그러나 내면에서 들리는 불만의 목소리는 그도 어쩔 수 없었다. 그는 가뭄을 도전이자 시험으로 대해야 했다. 그러나 어떤 결정이 나든, 이론이 현실을 비웃는 것처럼 보이는 이러한 조건에서는 가르칠 수가 없었다.

그는 그 계획을 무니라, 완자, 압둘라에게 얘기했다.

"우리는 각기 다른 이유로 일모로그에 온 것 같아요. 하지만 어쨌든 지금 우리는 이곳에 있어요. 지역 사회에 위기가 닥쳤어요. 우리가 뭘 해야 하는 거죠? 원로들은 자기들이 아는 한도 내에서 행동하고 있어요. 그들은 제물을 바치고 우리의 모든 죄를 압둘라의 당나귀에 실어서 자연에 영향을 미칠 수 있다고 생각해요. 웅주구나가 하는 말을 들은 적이 있는데, 하느님한테 제물을 바치고 뇌물을 쓰면 미국인들이 하느님의 은밀한 곳에서 걸어 다니려고 하는 것도 봐줄 거라고 하더군요. 제 생각에는 우리가 당나귀도 구하고 지역 사회도 구할 수 있을 것 같아요."

당나귀를 구할 수 있다면 압둘라로선 무엇이든 환영이었다. 그가 진지하게 그 방법에 대해 물었다.

"이곳을 대표하는 국회의원이 있어요. 우리, 아니 사람들이, 그를 선출해 선거구를 대변하라고 국회에 보냈어요. 남자, 여자, 아이들로 구성된 대표단을 도시로 보내요. 수도로 보내자고요. 이 지역 국회의원을 만나면 되죠. 정부는 우리한테 구호품을 보내 주게 되어 있어요. 우리가 구호품을 갖고 올 수도 있고요. 안 그러면 가뭄이 우리 모두를 삼켜 버릴지도 몰라요."

"당나귀는 어떻게 되고?" 압둘라가 물었다.

"당나귀를 끌고 가는 거예요. 수레도 고치고요. 음식과 물건을 실어 가져올 수 있게요."

치욕스러운 일을 당했던 도시로 돌아간다고 생각하니 완자는 마음이 괴로웠다. 두 번에 걸친 폭력을 떠올리자 까무러칠 것 같았다.

"한 사람만 보내면 안 될까요? 가령, 선생 혼자서 가면 안 될까요? 무니라 선생의 자전거를 타고 가면 되잖아요." 그녀가 거칠게 말했다.

"저 혼자서요? 그는 한 사람의 말은 듣지 않을 거예요. 속임수라고 생각할 테니까요. 그러나 사람들의 대표단은 무시하지 못할 겁니다."

압둘라는 그 생각에 흔쾌히 동의했다. 완자는 생각에 잠겼다. 지난번에는 나 혼자 잘살려고 도시에 갔는데, 이번에는 사람들을 위하여 간다. 어쩌면 도시가 우리를 친절하게 맞아 줄지도 몰라.

무니라는 국회의원이 그들을 위해 뭘 해 줄지 알 수 없었다. 그는 생각했다. 나는 뭘 해결할 수 있는 사람이 아닌가 보다. 나는 늘 다른 사람들이 하자는 대로 하고 있다. 나 자신의 행동과 결정을 내 의지로 할 수 없는 것일까? 그러나 완자와 압둘라가 동의했기 때문에 그도 동의했다. 동시에 그는 그것이 가툰두에서 있었던 한밤중의 티 파티 이후로 이따금 느꼈던 죄의식을 드디어 잠재울 기회라고 생각했다. 또한 단결과 화합을 강조하는 KCO를 시험해 볼 절호의 기회라고 생각했다.

다음 문제는 원로들이었다. 그들은 다음 날 모임을 갖고 압둘라의 당나귀를 어떻게 할 것인지 논의하고 양을 제물로 바칠 날짜를 정할 예정이었다. 완자는 그날 밤, 응야키뉴아한테 얘기를 해서 결정적인 모임이 있기 전에 몇몇 원로들과 상의를 하게 하려고 했다.

모임에는 많은 사람이 참석했다. 응주구나는 사람들에게 음와시와 무고의 말을 전했다.

"우리는 이 당나귀를 멀리 보내 버리고 양을 제물로 바쳐야 합니다. 아무도 음와시의 말을 거역할 수 없습니다. 여러분도 알다시피, 그는 하느님이 우리 땅을 지키기 위해 사용하는 지팡이이자 그늘입니다. 여러분도 알다시피, 오래전에 있었던 전투 이후로 일모로그에는 역병이 거의 없었습니다. 아무도 그를 비난할 수 없습니다. 우리는 그에게 방법을 묻지 않았습니다! 그는 우리에게 방법을 얘기해 주지 않았습니다. 그는 우리가 어린애가 아니라는 것을 압니다. 만약 그 짐승이 염소라면, 두들겨 패서 멀리 보내 역병이 다른 사람들에게로 가게 했을 겁니다. 그런데 이 동물은 염소가 아닙니다. 그러나 우리는 똑같은 역병에 이 짐승을 활용하려 합니다. 내 생각에 이 짐승을 죽을 만큼 두들겨 팬 다음 들판으로 쫓아서 이 역병을 물러가게 하는 게 좋겠습니다." 몇몇 원로들이 발언을 하고 당나귀가 정말로 낯선 존재라는 생각에 동의했다.

"그러나 우리 아이들의 선생님들은 이상한 질병을 현대적으로 치료하는 방법을 알고 있을지도 모릅니다." 다른 원로가 말했다.

카레가의 몸이 약간 떨렸다. 학교에서는 얘기도 하고 논쟁도 했지만, 원로들이 모여 있는 곳에서는 발언을 해 본 적이 없었다. 요점을 확실히 전달하기 위해 활용할 만한 속담이나 수수께끼나 이야기도 떠오르지 않았다. 그래서 그는 평범하게 얘기를 시작했다.

"당나귀는 날씨와 아무 상관이 없습니다. 동물이나 사람은 자연의 법칙을 바꿀 수 없습니다. 그러나 사람들은 자연의 법칙을 활용할 수 있습니다. 우리가 손에 넣으려고 하는 마법은, 비가 오지 않을 때를 대비해서 곡식을 비축할 수 있도록, 비가 올 때 이 땅에서 수확이 많이 나게 해 줄 마법입니다. 우리는 소들한테서 우리가 마시고 나머지는 여기에서 기를 수 없는 것들과 바꿀 수 있도록 우유가 많이 나오게 해 줄 마법을 원합니다. 그 마법이 우리의 손에 있습니다. 내일 비가 오면, 우리는 땅한테 물어야 합니다. 어떤 음식과 어떤 제물을 드려야 많은 수확이 나올지 물어야 합니다. 우리가 압둘라의 당나귀를 죽이면, 가물 때 우리의 한쪽 다리를 자르는 것이 될 것입니다. 저는 리무루에서 왔는데, 그곳에서는 당나귀를 기름을 마시지 않는 자동차로 여깁니다. 여러분의 창고에 곡식이 다 떨어지면, 멀리 걸어가서 음식과 물을 등에 지고 가져올 수 있겠습니까? 우리 자신을 둘러보고 우리가 가뭄에서 구할 수 있는 것이 무엇인지 확인하는 게 좋겠습니다. 마술과 부는 우리 손으로 일궈야 우리의 세계를 바꾸고 우리 땅의 가뭄을 끝내게 될 것입니다."

그는 국회의원의 덕목과 의무에 대해서 약간은 지나치게 열변을 토하며, 대표단을 파견하는 것에 대해 설명했다. "우리가 그에게 표를 주는 것은 그가 우리의 문제를 해결하라고 주는 겁니다. 그러나 그에게 우리의 문제점을 얘기해서 그가 정부에 전달하도록 하지 않으면, 우리가 그를 비난할 수 있겠습니까?"

그들은 자기들끼리 얘기하고 속삭이기 시작했다……. 그
래, 맞는 말이야……. 권력을 가진 사람들한테 알려야 해. 그
들이 알게 되면…… 맞아, 맞아. 그들이 우리가 어떤 어려움에
처했는지 알게 되면 세금을 거둬들이거나, 전혀 알지 못하는
단체에 돈을 내라고 사람을 보내지는 않을 거야……. 이 젊은
선생…… 여기 온 지 두 달도 안 됐는데…… 어떻게 그런 생각
을 했을까?

웅주구나가 일어나서 도시에 간다는 생각에 반대했다.

"지역 사회 전체를 보내 애걸하다니 참 이상한 말이네요.
모든 사람이 땅과 재산을 버리고 낯선 도로에서 애걸한다는
얘기를 들어 본 적이 있습니까? 이 젊은이는 혈기가 넘치니,
그를 도시로 보내 국회의원이 우리한테 오게 합시다. 맞아요,
우리 대표단과 아이들을 보내는 대신, 국회의원이 우리한테
오게 해야 합니다." 그가 카레가를 쳐다보며 마지막 말을 덧
붙였다.

웅주구나의 생각은 단순하고 명확해 보였다. 일모로그의
품위에도 맞았다. 다시 논쟁이 벌어졌다. 웅야키뉴아가 일어
섰다.

"나는 우리가 가야 한다고 생각합니다. 우리가 나설 차례입
니다. 우리 일모로그 사람들이 원하는 방식으로 일이 되어 가
던 때가 있었습니다. 우리는 결정을 하고 그것에 맞춰 노래를
하고 춤을 췄습니다. 그러나 그런 힘이 우리한테서 없어진 때
가 왔습니다. 우리가 춤을 춘 것은 맞지만, 다른 사람이 말을

하고 노래를 했습니다. 처음에는 백인이었습니다. 그들은 먼 곳에서 여기로 기차를 보내 우리의 숲을 먹어 치웠습니다. 그들이 우리한테 대가로 준 건 무엇입니까? 우리의 젊은이들을 데려갔습니다. 그들은 우리의 젊은이들을 먹어 치우기 시작했습니다. 우리는 도시가 우리 젊은이들을 데려가도 가만히 있었습니다. 백인과의 전쟁에서 우리는 나름대로 피를 흘렸습니다. 희생을 했습니다. 왜 그랬습니까? 온전한 몸과 마음으로 우리의 노래를 하고 우리의 말에 맞춰 춤을 추기 위해서였습니다. 그런데 무슨 일이 벌어졌습니까? 그들은 계속 우리의 젊은이들을 유인해 데려갔습니다. 여기에 있는 두 선생을 제외하고, 다른 사람들은 왔다가 가 버렸습니다. 그러더니 그들은 우리에게 심부름꾼을 보내 어디에 쓰는지 모를 12실링 50센트를 요구했습니다. 그들은 이상한 물건을 들려 다른 사람들을 보냈습니다. 그들은 큰 도로를 내기 위해 측량을 한다고 말했습니다. 길이 어디 있습니까? 그래 놓고도 그들은 가끔씩 사람을 보내 세금을 거둬 갑니다. 다른 사람들은 가뭄과 기근이 있을 때를 제외하고 우리가 기른 곡식을 사 갑니다. 국회의원이라는 사람도 언젠가 한번 오더니 수돗물을 놓아준다고 가구당 2실링씩 거둬 갔습니다. 그 이후로 그를 본 적이 있습니까? 없습니다! 그러니 이번에는 일모로그 전체가 그곳으로 가서, 가져가기만 하고 주는 법은 없는 괴물을 만나야 합니다. 도시를 에워싸고 우리의 몫을 돌려달라고 요구해야 합니다. 우리 자신의 가락에 맞춰 노래를 하고 춤을 춰야 합니다. 그쪽 사람들도 이번에는 기분 전환 삼아 땀과 인내의 고통을 느끼는 우리의 행동과 말에 따라 춤을 출 수 있을지 모르지요…… 그러나 우리는 한목소리를 내야 합니다."

그녀가 자리에 앉았다. 사람들은 말없이 생각에 잠겼다. 그녀의 말은 사람들의 마음을 움직였다. 그들 모두가 느끼는 감정을 건드렸던 것이다. 그렇다. 사람들의 필요에 따라 춤을 춰야 하는 것은 '그쪽'에 있는 '그들'이었다. 그러나 지금은 권력을 비롯한 모든 것이 일모로그 밖에…… 그곳에…… 대도시에 있는 것 같았다. 그들이 가서 그들의 창고가 비어 버린 이유와 그들의 힘을 소진시키고 그들을 약하게 만든 것과 부딪쳐야 했다. 그녀의 말이 있고 나서는 별 논쟁이 없었다. 그들은 모두 도시로 가는 것에 대해 얘기했다. 옛날에 그들의 가축과 염소 들을 적국이 가져갔을 때는, 전사들이 그들을 따라가 강탈당한 부를 찾을 때까지 돌아오지 않았다. 지금 일모로그의 심장은 도둑을 맞은 상태였다. 그들이 가서 찾아와야 했다. 새로운 형태의 전쟁이었지만…… 어쨌든 전쟁은 전쟁이었다.

무투리가 일어나서 일을 마무리했다. 그는 이것이 음와시의 뜻일 수도 있다고 말했다. 그는 음와시가 우리한테 당나귀를 쫓아 버리라고만 했지, 어디로 어떻게 쫓아야 하는지는 말하지 않았고, 당나귀가 돌아오면 안 된다는 말도 하지 않았다고 했다.

결국 몇몇 원로들이 남아 염소를 잡아 제물을 바치기로 결정했다. 다른 원로들은 대표단을 결성하기로 했다. 압둘라가 맨 처음 자원했다. 그다음에 응야키뉴아가 자원했고 무니라, 무리우키, 조지프, 응주구나, 루오로, 응조구와 다른 사람들이 뒤를 이었다. 무투리와 다른 사람들은 남아서 다른 의식을 거행하기로 했다.

그 순간부터, 그들은 공동체 정신을 갖게 되었다. 처음에는 약했지만 여행을 준비하면서 계속 강해졌다. 여자들은 여행에 필요한 음식을 준비하고 일부는 그들의 마지막 남은 곡식까지 가져왔다. 다른 사람들은 아껴 두었던 돈을 내놓았다. 무니라, 카레가, 루오로는 마을에서 도시까지 먼 길을 가는 데 필요한 수레를 고쳤다.

특히 압둘라는 힘과 활기가 넘치는 것 같았다. 그는 더 이상 얼굴을 찌푸리고 끊임없이 조지프를 향해 욕설을 퍼붓던 절름발이가 아니라 웃으면서 이야기를 하는 사람으로 변했다. 완자와 처음 만났을 때부터 시작된 변화가 이제 완전해진 것이었다. 사람들은 진심으로 그를 받아들이는 것 같았다. 그러한 변화는 아이들한테서도 찾아볼 수 있었다. 아이들은 그를 둘러싸고 그가 해 주는 얘기에 귀를 기울였다.

"옛날 옛적에 개미와 이가 말씨름을 했단다. 둘은 상대보다 자기가 오리 춤을 더 잘 출 수 있다고 뻐겼지. 그래서 시합을 하기로 하고 날짜를 정했어. 동물들은 춤 시합이 있다는 얘기를 하면서 아무도 그걸 놓치지 않으려 했단다. 그날이 오자, 개미와 이는 아침 일찍 강으로 가서 목욕을 하고 기름을 발랐단다. 그리고 붉고 흰 흙을 몸에 칠하기 시작했지. 먼지 옷을 입은 것은 개미었어. 개미는 여자들의 마음을 사로잡고 싶어 자기만의 특별한 칼을 허리에 차고 있었어. 그런데 칼을 너무 꽉 묶는 바람에 허리가 둘로 쪼개졌지 뭐니. 이는 그걸 보고 너무 웃어서 코가 둘로 쪼개졌지. 그래서 개미한테는 허리가 없고, 이한테는 코가 없는 거란다. 둘은 경연장에 가지도 못했고, 오리 춤을 즐긴 것은 다른 동물들이었단다."

그는 그들에게 카멜레온이 토끼를 경주에서 어떻게 이겼는지, 하이에나가 왜 절뚝거리는지, 죽음이 어떻게 세상에 왔는지 얘기해 줬다. 꼬임에 빠져 악독한 귀신과 결혼한 여자에 관한 이야기도 해 줬다. 아이들은 끊임없이 이야기를 해 달라고 졸랐다.

또한 그는 그들에게 팽이와 종이 풍차와 부채 같은 작은 물건들을 만들어 줬다. 그러나 그들이 가장 좋아한 것은 Y자 모양의 가지와 고무줄로 만든 새총이었다. 사내아이들은 신이 나서 그것으로 하늘을 나는 새들을 떨어뜨리려고 했지만 별로 성공하지는 못했다.

"갈 때 갖고 가렴." 그는 아이들에게 말했다. "가면서 시험해 보는 거야."

그들은 여행 중에 있을 모험에 대한 기대로 마음이 부풀었다. 루와이니보다 백배는 더 크고, 건물이 하늘 높이 뻗어 있고, 사람들이 사탕과 케이크만 먹으며 산다는 도시로 간다고 하니 더더욱 그랬다.

준비를 하면서 사람들은, 그중에서도 노인들이 특히, 그 여행과 그런 제안을 한 젊은이에 대해 이야기했다. 하느님은 때때로 아이의 입에 지혜를 물리신다니까. 지혜는 돈으로도 살 수 없는 거니까.

그리고 갑자기 출발일이 다가왔다. 그들이 그러한 것을 시도한 것은 처음 있는 일이었다. 그들이 하려고 하는 엄청난 일에 모두가 놀라고 있었다.

무니라는 후에 이렇게 썼다. 그 여행이었다. 거의 십 년에 걸친 느릿한 내면의 여행을 시작한 이래, 인간의 재산이라는 게 근본적으로 썩은 것이라는 걸 볼 수 있는 위치에 이르도록 나를 움직인 것은 평원을 거쳐 거대하고 거대한 도시로 가는 대이동이었다.

그 사건 이후로 정말로 많은 세월이 흘렀음에도 나는 지금까지 그때 느꼈던 느낌을 기억한다. 메마른 피부, 이글거리는 태양, 죽어 가며 우리에게 고기를 제공했던 동물들, 죽은 영양과 혹멧돼지와 일런드 고기에 질려서 시간과 태양이 그들에게 인간의 살갗과 피를 제공해 주기를 기다리는 하늘 위의 매와 독수리들.

그 여행. 지식의 왕국을 향한 대이동…….

2부
베들레헴을 향하여

그러나 나는 한밤중의 거리에서 듣는다
어떻게 젊은 창녀의 저주가
갓 태어난 아이의 눈물을 날려 버리고
결혼의 영구차를 역병으로 황폐화시키는지를.
— 윌리엄 블레이크

우리가 누군가를 가난하게 만들지 않으면
동정은 더 이상 존재하지 않을 것이다.
— 윌리엄 블레이크

여행

1. 이런 드라마가 펼쳐지는 일모로그가 언제나, 떠돌아다니는 목자들이 어쩌다 찾아오고, 노인들과 아이들만 사는 진흙 오두막 몇 채만 있는 곳이었던 것은 아니다. 나름대로 화려한 시절도 있었다. 그 시절에는 마을마다 건장한 농부들이 엄청나게 많았다. 그들은 숲을 개간하고 손으로 흙을 부수고 아들딸을 먹이려고 온갖 종류의 곡식을 키웠다. 그들은 힘을 모아 황무지를 개간하고 파종을 했다. 가뭄이나 역병이 들면 비가 내리고 역병이 물러가게 해 달라고 열심히 기도도 했다. 수확기에는 나이별로 그룹을 지어 각 마을을 다니며 춤을 추고 일모로그 평원에 나가 조상들을 찬양했다. 그 시절에는 일하다가 죽은 사람들의 시신을 기다리며 하늘에서 떠도는 독수리도 없었고, 일하는 사람들한테 몰래 붙어서 기름과 피를 빨아먹고 사는 파리도 없었다. 노래와 춤을 보면, 쇠약한 노인들

이나 어린아이들만이 집단 노동에서 열외였다고 한다. 그들은 여하튼 지혜와 순수의 표상이었다. 앞마당에 있는 가족의 나무 둘레에 앉아서 노인들은 꿀맥주를 홀짝거리며 아이들에게 자부심과 향수를 담은 목소리로 조상에 대해 얘기해 주곤 했다.

그는 평원을 떠돌아다니며 변화무쌍한 자연에 그저 순응하며 사는 것에 지치고, 또한 긴 뿔을 가진 소와 우유가 많이 나는 소한테만 찬사의 휘파람을 부는 것에도 지쳐서, 다른 사람들과 다른 길을 택한 목자였다. 사람들은 처음에 그를 만류하려고 했다. 평원과 산을 가로질러 먼 길을 끌고 다니는 소들의 젖통과 똥과 오줌에서 벗어난 삶에 대해 듣지 않은 사람이 어디 있느냐. 다른 소들을 소금 못과 물로 안내하는, 목에 방울이 달린 소에게서 벗어난 삶에 대해서 듣지 않은 사람이 어디 있느냐. 또한 사람들은 그가 목소리만으로 가축과 사람들의 발걸음이 오르락내리락하게 만드는 최고의 언어 마술사가 아니냐며 만류하려고 했다. 그러나 사람들은 설득하지 못했다. 그래서 그들은 그를 비웃고, 사악한 귀신이 사는 높은 땅과 숲을 개간하겠다는 그의 생각을 조롱했다. 인간의 아들이 어찌 신들과 겨룰 수 있느냐면서.

응데미는 연장을 만들어 그것으로 나무들을 베고 덤불을 걷어 냈다. 구부러진 혀를 가진 짐승들은 그를 향해 독을 뿜어 냈지만, 그는 나무의 뿌리와 껍질로 만든 약과 약초를 알고 있었다. 그는 다양한 작물들을 실험했다. 그 소식이 널리 퍼졌다. 이제 목자들은 일모로그를 지나칠 때면 반드시 그를 찾았다. 처음에는 하느님과 씨름한 결과를 알기 위해서 들렀지만,

나중에는 이런저런 약초에 대한 조언을 구하거나 집에서 기른 꿀과 사탕수수 맛을 보려고 들렀다. 그들은 그에게 감사의 표시로 양을 한두 마리 주고 떠나, 그의 명성을 사방팔방으로 퍼뜨렸다. 그는 손가락의 감촉과 머리의 지혜로 땅에서 곡식이 더 나게 만들었고, 이제는 여러 가지 곡물에 소와 염소까지 갖춘 부자가 되었다.

그의 용기는 목자들이 어디를 가나 얘기를 하는, 윗니가 벌어진 것으로 유명한 응양겐도와 검은 잇몸과 젖가슴으로 유명한 응야구시를 매혹시켰다. 당신의 신들은 이제 우리의 신들이 될 것이고, 우리는 당신 자식들의 어머니가 되겠다. 불안정한 삶에 싫증이 난 다른 여자들은 막대기와 양치식물과 진흙과 풀로 움막을 짓고 평화롭게 아이들에게 젖을 물리며 태양을 따라 소들을 몰고 다니는 자기 남자들이 돌아오기를 기다렸다. 일모로그 숲은 그래서 밭이 되었고 길들인 소와 염소들을 키우는 곳이 되었다. 그들은 응데미를 이렇게 칭송했다.

숲을 길들인 분
사악한 귀신을 길들인 분
하느님과 씨름을 한 분.

일모로그는 수많은 아들딸과 손자들을 거느린 응네미기 비밀의 땅으로 떠난 후에도 계속 번창했다. 그곳은 무역의 거대한 중심지가 되었다. 일모로그의 장날은 굴루에서 우캄바니까지, 칼렌진 사람들이 사는 땅과 그 너머까지 유명했다. 사람들은 각자의 물건을 갖고 이곳저곳에서 와서 물물교환을 했다. 곧 금속, 도예, 석공 기술을 가진 사람들이 정착하여 농사를 짓는 사람들과 나란히 살았다. 금속에 대한 그들의 지식은 해안에 있는 아랍과 포르투갈 비적들의 귀에도 들어갈 만큼 전설적이었다.

최초의 유럽인이 이곳에 천막을 치고 평원을 가로지르는 데 필요한 물품을 구했다. 우리의 장날이 바다 건너에서 어떤 사람들을 불러왔을지 상상해 보라. 그들은 그 외국인에게 옥수수와 콩, 고구마와 얌을 주고, 옥양목과 반짝이는 구슬을 받았다. 나중에는 목깃을 차고 성경을 든 다른 외국인이 왔다. 그도 보급품과 안내자를 필요로 했다. 그는 위대한 우간다 왕의 궁정에 가고자 했다. 그들은 그에게 길을 알려 줬다. 그러나 그들은 회의를 소집했다. 악마가 우리 땅을 가로지르는 것을 보고만 있을 것인가? 유럽인으로 위장한 무테사 궁정의 첩자가 아닐까? 지금까지 살갗이 없는 인간을 보거나 그에 대해 들은 적이 있던가? 원로들은 너무 성급하게 행동하지 말라고 했다. 그러나 젊은 전사들은 그에 만족하지 않고 쑥덕거리다가 결국 싸우는 쪽을 택했다. 외국인들은 다시는 모습을 드러내지 않았다. 그런데 몇 년 동안 늦은 밤이면, 백인의 유령이 나타나 울부짖으며 자기 동족에게 피와 복수를 호소했다. 다른 유럽인들이 와서 천막을 치고 이번에는 조금 더 오래 머물면서 그들이 가져온 옷을 옥수수와 콩과 일모로그의 금속과 교환했다. 그들은 금과 상아에 대한 얘기를 다급하게 묻고 목깃을 달고 왔던 백인에 대해서 슬그머니 물었다.

그들이 두려워하던 날이 마침내 왔다. 평화롭던 장사꾼들이 갑자기 시장을 에워쌌다. 그들이 들고 있는 대나무 막대기에서는 불과 독이 뿜어져 나왔다. 그들은 유럽인의 죽음에 책임이 있는 사람들은 앞으로 나오라고 말했다. 아무도 나가지 않았다. 전사들은 창과 방패를 들려고 했다. 그러나 이미 소용없었다. 그들은 여자들과 남자들과 아이들을 향해 총을 쏘고, 나중에는 그들의 국가를 불렀다. 전사들은 그들이 아는 방식으로 맞서 싸웠다. 죽음의 휘파람을 불어 대는 유럽인들한테 그들이 뭘 할 수 있을까? 그러나 언젠가…… 언젠가……. 살아남은 사람들은 그들의 창을 갈면서 복수를 다짐했다.

외국인들은 나중에는 사악한 힘을 가진 이상한 금속을 소개했다. 실제로 그것은 땅 위에서 걸어다녔다.

들리는 얘기로는 치리에서 금속 말을 탄 최초의 흑인은 일모로그 사람이었다고 한다.

무노루는 당시에는 잘사는 농부였다. 그러나 걸어다니는 금속이 그의 혼을 빼 놓았다. 그의 손은 괭이와 칼을 보고 마비되었다. 그는 새로운 금속을 타고 걸어 다니며 사람들의 환호를 받고 싶었다. 한동안 그는 그 기계를 다루는 솜씨를 자랑하면서 살았다. 특히 여자들이 그를 경이로운 눈으로 바라보았다. 그들은 그를 영웅으로 생각하고 그의 움직임을 황홀한 표정으로 바라보았다. 비슷한 금속이 후에 마을에 들어왔다. 젊은 남자들은 그것을 타고 조종할 수 있었다. 사람들은 게으름과 우상 숭배에 돈을 바치는 데 지쳐 있었다. 그러나 무노루는 그의 손을 더럽게 하는 일로 더 이상 돌아갈 수가 없었다.

그는 잃어버린 영광을 되찾게 해 줄 백인의 물건들을 갈구할 뿐이었다.

그는 다시 한 번, 전쟁을 하고 있는 유럽인들에게 총과 음식을 운반하는 일을 스스로 하겠다고 나선 소수의 사람들 중 최초가 되었다. 일모로그는 징병 본부였다. 대부분의 젊은 남자들은 총의 개머리판에 밀려 전쟁에 나갔다. 그들은 일모로그 평원을 가로질러 길을 개척하며, 독일군을 물리치기 위해 탕가니카 국경으로 나아갔다. 정말로 놀라운 일은 백인들이 실제로 서로를 죽이고 있다는 사실이었다. 원주민들은 도저히 이해할 수 없었다. 땅과 노동력을 분할하는 문제가 전쟁의 목적이라는 것을 그들이 어떻게 이해할 수 있었겠는가. 무노루는 비참한 몰골로 돌아왔다. 그는 보이, 다라살라마, 모잠비카, 모로고로, 와루샤, 모시, 그리고 달콤하게 들리는 먼 곳들에 대해 얘기했다. 그러나 그는 과거의 기억에 의지해 사는 시체였다. 다른 사람들도 돌아오고 난 후에는 조상들이 그랬던 것과 달리 어떻게 하면 곡식을 더 나게 할 것인지에 관심을 두지 않았다. 다리로 걸어 다니는 것보다 더 치명적인 쇠가 그들을 물어뜯은 것이었다. 그들은 세금을 내고 외국인들이 가져온 쓸모없는 것들을 사려고, 케냐 사람들에게서 강탈한 농장에 가서 일을 하고 농장을 수도와 바다로 연결시키는 도로 공사를 했다.

손에서 나는 땀으로 먹고사는 것을 두려워하지 않았던 사람들의 공동체인 일모로그는 쇠락의 길로 접어들었고 인구도 줄었다. 무테사의 궁정으로 가는 철도는 일모로그를 우회해

갔다. 두 번째 유럽인들의 전쟁이 일어나자 더 많은 젊은이들이 일모로그에서 돈을 벌 수 있는 도시들로 빠져나갔고, 농촌 공동체는 평범한 마을이 되었고, 과거의 창백한 그림자가 되었다…….

이렇게 응야키뉴아는 과거에 관한 이야기를 해 주며 그들의 흥을 돋웠다. 그들은 큰 모닥불을 피우고 빙 둘러앉았다. 도시로 간다는 생각은 많은 사람들을 희망과 약속의 물결로 끌어들였다. 그것은 그들에게 위기라는 것이 공동으로 대응할 필요가 있는 공동체의 문제임을 일깨워 주었다. 응야키뉴아는 그들을 선도하고 뭉치게 하는 지주였다. 얘기를 하는 모습을 보면 그녀는 모든 곳에 가 본 것 같았다. 마치 독일인들과의 전쟁에도 실제로 참여한 것 같았다. 일모로그의 역사적 흥망의 리듬이 그녀의 혈관에 흐르는 것 같았다. 그녀는 검은 옷을 입고 있었다. 얼굴에는 깊은 주름이 있었다. 그리고 그 나이에도 아름다웠다. 그녀가 갑자기 이야기를 멈추고 그들 앞에 있는 불을 응시했다. 여행은 여러 날 이어질 수도 있었다. 그녀는 아이들이, 그녀의 아이들이 걱정되었다.

"그들이 뭘 보았는지 얘기해 주세요." 카레가가 나머지 이야기를 듣고 싶어 물었다.

"얘기할 게 없다네……. 아무것도." 응야키뉴아가 아직도 불길을 바라보며 말했다. 그녀의 눈은 생생하고 강렬했다. 그녀의 집중한 눈빛은 머리 위에 있는 달빛보다 더 강렬했다. 응야키뉴아는 이곳 사람들의 어머니였다. 그녀의 목소리에는 슬픔과 즐거움이 섞여 있었다. 그녀는 득과 실, 승과 패, 특히 투쟁할 때의 고통과 지식에 대한 무지갯빛 기억을 돌이켜 보고 있었다.

"더 이상 얘기할 게 없네." 그녀가 다소 멀게 들리는 목소리로 같은 말을 반복했다. 그녀는 다른 곳에 가 있는 것 같았다. 카레가는 혼란스러웠다. 그는 과거를 들여다보고 싶었다. 무엇이 역사를 움직이게 만들었는지 알고 싶었다. 그녀가 무슨 말을 억제하고 있는지 알고 싶었다. 아이들이 떠드는 소리가 요란한 가운데, 그녀가 갑자기 침묵을 지키고 우울해하는 이유가 무엇인지 알고 싶었다. 완자와 압둘라와 카레가는 그녀를 바라보며 기다렸다.

"오늘은 힘든 하루였소." 응주구나가 모두에게 말했다. "내일을 위해 잠을 좀 자 둬야 해요. 일찍 출발해야 하니까. 도시까지는 먼 거리요."

카레가는 잠을 이룰 수 없었다. 그는 응야키뉴아의 이야기를 생각하며 평원에서 산책을 했다. 그는 그녀의 이야기를 생생하게 느꼈다. 숲에서 나무를 쓰러뜨리고 초기의 산업을 일으킨 응데미⋯⋯. 그러나 그의 마음은 광활한 공간에 도전을 하는 듯, 응데미를 넘고 일모로그를 넘었다. 그것은 그가 알 수 없지만, 알 것 같은 느낌이 드는 과거를 향하고 있었다. 백년? 삼백 년? 아니 그 이상이었을까? 그가 아이들에게 가르치려고 했고, 시리아나에서 시도해 보려고 했던 것은 일련의 논리적인 확인과 반박, 지적인 확신이었다. 그러나 그가 확인하려고 했던 과거는 이제, 마을과 공동체를 살리기 위해 떠나는 이 여행에서는, 노인의 입속에 담긴 생생하고 선명한 분위기인 것 같았다. 그는 그것을 생각해 보았다……. 이런저런 모습이 겹쳐졌다……. 그는 한동안 생각에 빠졌다. 금속과 돌에 대한 지식…… 사물을 조심스럽게 꿰맞추는 일…… 저녁에 들었던 이야기와 노래와 논쟁…… 금속과 돌의 힘을 장악하려고 했던 곳 너머에는 땅을 갖고 똑같은 짓을 하려고 했던 자들의 정착지가 있었다. 그리고 군함이 오고 대나무 잎에서 연기가 나오고, 권력의 균형추가 바뀌었다. 이제 정착 농업으로부터 달아나고 금속과 돌의 신과의 씨름으로부터 달아나 깊은 숲 속에서 안전을 찾아야 하는 것은 아프리카인이었다. 카레가는 새로운 기후에서 새로운 집을 지으려고 숲 속으로 더 깊이 들어간 사람들이 느끼는 괴로움과 두려움이 어떤 것인지 알 것 같았다……. 마을은 불길에 휩싸였다. 붉은 먼지와 검은 상아에 대한 탐욕의 불이 수년에 걸쳐 축적된 지혜를 태워 버렸다……. 그리고 달아나지 못한 사람들은 쇠사슬에 묶여 바다로 끌려가고 바다 너머로 가서 새로운 세계와 겨뤄야 했다. 그래, 그는 이제 그것을 볼 수 있었다. 그는 이전에 가졌던 의심에 반박할 수 없는 답변이라고 생각되는 것으로 맞섰다. 이런 목소리가 들렸다. 만약 그렇고 그런 것들이 사실이라면, 자연이 인간을 실질적으로 지배하는 것을 어떻게 설명할 수 있겠는가? 못 들었느냐? 응야키뉴아가 하는 이야기를 못 들었느냐? 겨우 육십 년 만에 근면과 지식의 흔적이 아무것도 남지 않을 만큼 응데미의 일이 파괴되었다면, 사백 년에 걸친 노예 제도와 학살, 독의 색깔만을 바꾼 흡혈 뱀은 얼마나 더 파괴할 수 있겠는가?

그는 갑자기 걸음을 멈추고 끊임없이 떠도는 생각들을 멈췄다. 저 멀리에, 평원의 한복판에 원뿔형 언덕이 보였다. 확고하지만 혼자만 있는 탓에 취약해 보였다. 그는 누군가의 숨소리에 깜짝 놀라며 뒤를 돌아봤다.

"나예요." 완자가 말했다. "놀랐어요?"

"아뇨, 꼭 그런 건 아니에요. 뱀을 무서워해요. 메마른 들에는 늘 독사가 있다고 생각해서요."

"쉿! 밤에는 그들의 이름을 부르면 안 돼요. 응야무 시아 시라고 불러요. 나도 무서워요."

"아, 나는 그런 미신을 믿지 않아요. 표범을 점이 박힌 놈이나 수줍음 타는 놈이라고 부르잖아요. 왜 그래야 되죠? 혼령이 듣는 게 사실이라면, 동물이나 뱀이나 다른 이름으로 불러도 들을 텐데요."

"언젠가 우리 집에 있을 때, 당신이 이름을 믿지 않는다는 말을 한 것 같은데요. 꽃은 꽃일 뿐이라고 말했던 것 같아요. 리트와 니 음부키오."

그녀가 살짝 웃었다. 그는 마음이 약간 불편해 설명을 하려고 했다.

"그건 내가 이름을 믿지 않는다는 말이 아니에요. 아프리카 형제자매들을 자랑스럽다는 듯 제임스 필립슨, 리스파, 호텐샤, 론 로저슨, 리처드 글루코스, 채리티, 허니문 스노, 이제키엘, 쉬프라, 윈더바텀슨이라고 부르는 것보다 우스꽝스러운 일이 어디 있겠어요? 서양에서 가져온 이름이든 뭐든 다 집합시켜서 말이죠. 아프리카 이름으로 부르지 않게 하려고 가족과 친구들을 위해 티 파티를 여는 것보다 더 명백한 자기혐오의 증거가 있겠어요? 나는 이름 그 자체보다는 그렇게 불리는 것의 실체를 믿는 편입니다."

"그런 생각을 하고 있었던 거예요? 나는 당신을 꽤 오래 따라왔는데, 따라오는 것을 눈치채지 못하더군요. 아니면 도시로 가는 일 때문에 걱정을 하고 있었나요?"

"그건 아니에요. 응야키뉴아의 이야기를 생각하는 중이었어요."

"응데미 얘기요?"

"네."

"왜요? 그걸 믿어요?"

"사실일 거예요. 왜 아니겠어요? 세부적인 것은 몰라도, 적어도 생각은 사실일 거예요."

"무슨 생각?"

"과거에 대한 생각이죠. 위대한 과거 말이에요. 일모로그, 아니 아프리카 전체가 자기 땅을 통제했던 과거 말이에요."

"재미있는 젊은이군요." 그녀는 이렇게 말하고 약간 웃었다. 그녀는 카레가가 오두막에서 달아났던 밤을 떠올리며 약간의 죄의식을 느꼈다

"왜요?"

"당신의 행동과 말이 그래요. 하루는 술을 안 마신다며 우유나 물을 마시더니, 다른 날은 술집에서 술에 취해 싸움을 벌이질 않나."

그는 이 말에 약간 당황해서 안절부절못했다. 그는 멀리 있는 언덕을 바라보았다.

"내가 어떻게 그것에 굴복했는지는 모르겠어요. 정신을 놓고 싶었던 것 같아요. 너무 많은 것들이 사방에서 치고 들어오니까, 잊고 싶었던 것 같아요."

"잊는다고요? 그렇다면 이 여행에 대해 생각해 봐요. 당신은 도시에서 고통을 당했다고 했어요. 나는 당신이 무슨 말을 하는지 알아요. 도시는 잔인한 곳일 수 있지요. 그런데 뭣 때문에 이제는 도시가 다를 거라고 생각하죠? 당신이 걱정돼요. 지난 며칠 동안, 나는 몹시 괴로웠어요. 아이들을 포함한 너무 많은 사람들이 우리에게 합류하려고 해서 말이죠. 나는 우리가 부르는 희망의 노래에 훨씬 더 감명을 받았어요. 그런데 말이에요, 당신한테 그랬던 것처럼 도시가 그들의 뺨을 때리면 그들이 당신한테 악감정을 품을 거라고는 생각하지 않아요?"

"솔직히 그 생각은 못해 봤어요. 우리는 시도해 볼 뿐이에요. 그런데 왜 우리가 실패해야 하죠? 우리는 지금 공동체로서 가는 거예요. 사람들의 목소리는 하느님의 목소리입니다. 국회의원이 뭡니까? 국회에서 사람들의 목소리를 대변하는 게 그의 일 아닙니까? 그는 우리를 무시할 수 없습니다. 그는 우리를 만나지 않겠다고 할 수 없습니다."

"사람들에 대한 당신의 믿음은 감동적이네요. 좋은 걸지도 모르죠. 그러나 내 생각에…… 내 생각에……."

그들은 말을 멈추고 잠시 각자의 생각에 잠겼다. 달빛이 그들을 비추었다. 달빛은 평원도 비추었다. 완자는 언젠가 나이로비 변호사한테서 들었던 말을 되새기고 있었다. 카레가는 홀로 서 있는 언덕을 바라보았다. 그러나 그의 마음은 여행과 완자가 제기한 의심에 가 있었다.

"여기 앉으면 어떨까요." 갑자기 피곤함을 느끼며 그가 제안했다. "다른 것은 다 무너졌는데, 언덕은 그대로 있다는 게 이상하지 않아요?"

"저것 말인가요! 할례를 안 받은 사내아이들의 언덕이라 불리죠. 주변을 한 바퀴 돌면 남자는 여자가 되고, 여자는 남자가 된다는 얘기가 있어요. 그것도 믿어요?"

"아뇨, 안 믿어요. 실제로 그렇게 된 사례가 있어야 믿죠."

"나는 그게 사실이었으면 싶어요!" 그녀가 다소 격렬하고 거의 비통하게 말했다.

완자는 일모로그에서 새롭게 출발하기로 다짐했었다. 그러한 결심에 대한 증거로, 뭔가를 이룰 때까지는 남자와 잠자리를 갖지 않겠다고 다짐했다. 사랑을 하는 것은 그녀의 승리와 성공을 축하하는 의미에서만 가능했다. 자신이 뭘 성취하려고 하는지는 그녀도 확실히 알지 못했다. 목마름과 굶주림과 가뭄에 위협받고 있는 일모로그를 보면 누구라도 기가 꺾일 터였다. 그런 일모로그의 어디에서 시작해야 하나 싶었다. 압둘라의 술집과 가게에서? 저 언덕을 돌아 카레가처럼 남자가 되면 어떨까 싶었다. 그녀는 자신의 맹세에 대해 생각했다.

카레가는 다른 평원에 있는 다른 언덕에 대해 생각했다. 망구오 늪이 그의 뇌리를 스치고 지나갔다. 그는 그것을 떠올리며 즐거움과 괴로움을 동시에 느꼈다. 승리와 패배, 성공과 비참한 실패…… 어느 것이 어느 것이었을까? 그는 자신의 삶을 너무 많이 지배했던 무카미에 대해 생각하지 않으려고 애썼다. 그러나 그렇게 애쓰는 과정에서 그녀가 그를 절대적으로 움켜쥐고 있다는 것을, 죽은 후에도 그의 온 존재를 움켜쥐고 있다는 것을 인정할 수밖에 없었다. 그는 책과 문학과 역사와 철학에 매달리면서 필사적으로 역사의 아이러니, 겉모습과 실재, 기대와 실질적인 성취의 아이러니가 교차되는 지점에 관련된 수수께끼의 의미를 찾아보고자 했다. 그는 이런저런 명분에 자신의 몸을 던지고 이런저런 일을 하면서 그가 완전히 정의할 수 없는 어떤 것이 다시 탄생하기를 바랐다. 그것이 정의였는지, 아니면 희망이었는지는 알 수 없었다. 때때로 그는 그녀가 그리웠다. 그녀에 대한 기억이 소중했다. 그는 처음에 느꼈던 순수와 희망의 감정을 떠올렸다. 그러나 그 기억은 언덕 꼭대기에 서서 망구오 늪을 내려다보면서 가슴이 철렁 내려앉는 우울한 감정으로 바뀌었다. 시리아나에서 그런 기분이 들었을 때, 그는 글을 쓰기 위해 앉았다. 그러나 그가 포착한 것은 자신이 느끼는 괴로움이 아니라, 무카미의 자살을 떠올리며 느끼는 이상하고 불안한 초조함, 밑바닥에 깔린 염세주의였을 뿐이다.

마음이 무겁다. 배에서는 괴로운 통증이 느껴진다. 귀뚜라미 우는 소리나 메뚜기가 몸에 닿는 느낌처럼 작은 것들이 나를 깜짝 놀라게 하고 주변을 돌아보게 만드는데, 어찌 된 일일까? 어째서 나는 나의 진실의 화신인 그녀를 보고 내일을 두려워하는 걸까? 어째서, 어째서, 어째서 나는 망구오 늪에 있는 하마 언덕 위에서 서로를 미워하기를 거부하며 가슴을 맞대고 있던 사실을 알면서도 마음이 안정되지 않는 걸까?

그가 시리아나를 떠나기 직전의 일이었다. 지금 달빛을 받고 있는 외딴 언덕을 바라보며 그러한 것처럼, 나중에 생각해 보았을 때, 그것은 글을 쓸 당시에는 전조에 지나지 않던 것의 비참한 결말이었다. 추이가 학교에 왔다. 나머지는 아는 그대로였다.

완자가 그에게 물었다.

"카레가, 당신은 늘 과거에 대해 생각하나요?"

그 질문을 받고 그는 깜짝 놀랐다. 그는 그녀를 빤히 바라보았다. 그녀는 그의 마음을 읽고 있는 걸까? 어떤 면에서 완자는 그녀에게 무카미에 관한 많은 것을 상기시켰다. 그는 대답을 하려고 몸을 움직였다.

"현재를 이해하기 위해서는…… 과거를 이해해야 하죠. 자신이 어디 있는지를 알기 위해서는 자신이 어디에서 왔는지 알아야 하니까요. 그렇게 생각하지 않으세요?"

"왜요? 나는 그런 식으로 생각해요. 가뭄과 목마름과 굶주림이 일모로그 위에 떠돌고 있어요! 응데미의 이야기가 무슨 소용이 있죠? 내가 물에 빠지고 있다면, 내가 굴러넬어진 헤변을 돌아봐야 무슨 소용이 있죠?"

"그들이 뭔가를 하고 빠져 죽기를 거부한다는 사실이 우리에게 희망과 자부심을 주지 않나요?"

"아뇨. 나한테 밧줄을 던져 주면 기분이 더 좋을 거예요. 뭔가 잡을 수 있는 것으로……." 그녀는 잠시 아무 말이 없었다. 그리고 달라진 목소리로 말했다. "과거에는 아무런 위대함이 없을 때도 있어요. 때때로 사람은 자신에게조차 과거를 숨기고 싶어 하죠."

카레가는 갑자기 그녀가 추상적인 과거에 대해 얘기하는 게 아니라는 것을 깨달았다.

"무슨 말이죠?"

바로 대답이 들려오지는 않았다. 그녀가 약간 몸을 움직이는 것 같더니 그에게 가까이 왔다. 그의 허파에 그녀의 온기가 닿는 것 같았다. 그의 옆구리가 따뜻해졌다. 예기치 않게 활기가 솟았다. 그녀가 코를 훌쩍였다. 그는 그녀가 울고 있다는 것을 깨달았다.

"왜 울어요?" 그가 당황하여 물었다.

"모르겠어요……. 모르겠어요……. 신경 쓰지 마요." 그녀는 눈물 사이로 미소를 지으려 했지만 뜻대로 되지 않았다. "내 과거는 악으로 가득해요. 지금 돌아보니까, 잃어버린 세월밖에 안 보여요……."

"그렇게 힘들었나요?" 그는 염려가 되어 물었지만, 동시에 그 질문이 무척이나 진부하다고 느꼈다. 그가 그녀에 대해 뭘 안단 말인가? 눈앞에서 계속 다른 모습으로 변하는 여자에 대해 뭘 알 수 있단 말인가? 처음 오두막에서 만났을 때, 그녀는 주변에 있는 남자들의 주인이었다. 그녀는 자신의 움직임과 눈길에 대해 확신을 갖고 있는 것 같았다. 한두 번인가는 압둘라와 무니라의 머리 너머로 그의 눈을 찾기도 했다. 그러나 그는 본능적으로 그녀의 눈에 깃든 빛으로부터 몸을 움츠렸다. 다음에 그들이 리무루에서 만났을 때, 허위적이었던 사람은 그 자신이었다. 그는 자신으로 벗어나려고 했었다. 그리고 그녀가 그에게 생명줄을 던져 주었다. 깊숙한 곳에서 나오는 그녀의 목소리는 진실해 보였다. 상대를 걱정하는 마음과 동정심으로 부드러워진 목소리였다. 지난 몇 주 동안, 그는 그녀에게서 이전의 계산된 부드러움과 습관적인 눈빛이 점차 사라지고, 깨지고 여윈 아름다움이 서서히 드러나는 것을 목격했다. 그런 그녀가 지금 여기에서 울고 있다! 그러나 그는 이러한 생각들을 하면서도 그의 질문에 그녀가 약간 머뭇거리는 것에 주목했다. 그녀는 그 질문에 어떻게 대답해야 하는지, 어떻게 접근해야 알지 못하는 것 같았다.

어느 것이 사실일까?

그녀는 뭔가를 얘기하려 하다가, 자신의 삶을 망친 키메리아와 어떻게 얽히게 되었는지 도저히 얘기할 수 없다는 것을 갑자기 깨달았다.

그러나 그녀는 독립 이후로 이곳저곳에 생겨난 많은 술집들에서 일했던 일을 간략하게 얘기했다.

"우리 여급들은 한 곳에만 머무는 법이 없어요. 때로는 주인과의 잠자리를 거부했다는 이유로 쫓겨나고 한 곳에서 얼굴이 너무 많이 알려지는 게 문제가 되기도 해요. 그럼 할 수 없이 다른 곳으로 가는 거죠. 새로운 곳에 가면 우습게도 남자들이 처녀로 취급해 주거든요. 그들은 경쟁적으로 술을 사려고 해요. 자기가 첫 번째 남자가 되려고 하는 거죠. 그러니까 술집이 있는 곳이면 케냐 어디를 가도 여급들이 있어요. 일모로그에도 있잖아요."

그녀는 웃었다. 누군가가 그들 뒤에서 기침을 했다. 그들은 그가 무니라인 것을 보고 안도했다.

"여기로 와서 숨어 있었군요. 우리는 두 사람이 들짐승한테 잡아먹힌 줄 알았어요." 그가 약간 과장되게 즐거운 목소리로 말했다.

"넓은 황야에서 일찍 잠을 자는 것이 어려워서요." 카레가가 말했다.

"완자가 자네에게 황야의 술집에서 일하던 경험에 대해 얘기해 주고 있었나?" 그가 두 사람 사이에 앉으며 말했다.

"막 시작했어요." 카레가가 말했다.

카레가는 거리에서 양가죽과 버섯을 팔 때, 이 세계를 언뜻 본 적이 있었다. 상당수의 사내아이들이 하루 종일 열심히 일해서 번 돈을 여급의 무릎에 갖다 바쳤다. 어쩌면 여급은 두세 명의 아이들을 키우느라 그 일을 하고 있을지도 몰랐다.

"그리 아름다운 황야는 아니에요." 완자가 말했다. "그래도 썩 나쁘진 않아요. 많은 남자들의 눈이 자기를 쳐다보고, 그들의 가슴을 안정시키는 것이 자신의 몸이라고 생각하면 기분이 좋아지죠. 거기에서 나가고 싶기도 하지만, 동시에 그냥 있고 싶기도 해요. 계속 내일…… 내일 하는 거죠. 실제로 그렇게 하려고 했던 사람도 몇 명 있어요. 한 사람은 가정부가 되어 집안일을 했어요. 새벽 5시에 일어나고…… 소젖 짜는 일을 거들었어요. 그리고 아침 식사를 준비하고 집을 청소하고, 가게나 밭에 가서 먹을거리를 가져와 점심을 준비하고, 아이들을 돌보고, 오후에 마실 차를 준비하고, 저녁을 차리고, 아이들을 씻기고…… 그리고 부인이 없을 때는 자기와 잠자리를 같이해 주기를 원하는 남자의 바람을 들어주고……. 그 모든 일을 하면서 얼마를 벌었는지 아세요? 한 달에 70실링을 받았어요. 결국 그 친구는 달아났어요. 다른 친구는 새로운 아프리카 지주들을 위해 찻잎과 커피콩 따는 일을 했어요. 그러고도 받는 돈은 형편없었어요. 그러니 다들 친구들이 있고 규칙을 잘 아는 곳으로 돌아가게 되는 거죠. 무엇이 정직하고 정직하지 않은지, 무엇이 좋고 좋지 않은지 아는 세계로 말이죠. 예를 들어, 남자가 자기에게 돈을 쓰지 않도록 하는 것은 좋은 일도 아니고, 정직한 일도 아니에요. 어떤 여자가 이 문제를 소홀히 해서 한번 맞은 적이 있어요. 왜 다른 사람들에게 피해를 주느냐는 것이죠. 나도 빠져나오려고 해 봤어요. 한번은 집에 갔더니, 아버지가 '이 집에는 창녀가 필요 없다.'라고 하시더군요. 아버지한테 그 말을 들으니 상처가 되더라고요. 창녀가 되려고 여급이 된 건 아니에요. 우리는 일자리와 남자들을 찾는 여자들이에요. 나는 술집 생활로 돌아갔어요. 운이 좋았죠. 좋은 친구도 많았고요. 나는 사람들의 얼굴을 좋아해요. 새로운 곳도 좋아하고요. 숫자를 세고 일정한 형태로 사물을 배열하는 것도 좋더군요. 카운터 뒤에 앉아서 속으로 상상하곤 했죠. 저 얼굴을 저 사람의 어깨에 얹는다면…… 저 코를 저 사람 얼굴에 붙인다면…… 이런 상상을 하다 보면, 사람들과 그들이 있는 곳이 갑자기 재미있고 흥미롭게 생각돼요. 다른 애들은 나한테 무슨 생각을 늘 그렇게 하느냐고 묻곤 했죠. 그런데 설명하기가 어려웠어요. 그런데 동시에 나는 외로웠어요. 맞아요, 나는 사람들을 좋아했어요. 나는 시끄러운 소리와 음악과 싸움을 좋아했어요. 그래요, 싸움마저도 좋았어요. 그리고 예기치 않게 일어나는 일들도 좋았어요. 그러나 외로웠어요. 나는 이곳저곳에 가 보았어요. 뭔가를 찾고 있었던 거죠. 나는 일모로그에 왔어요. 그런데 내가 원하는 것을 찾을 수 없었어요. 몇 달이 지나자 떠나고 싶었어요. 어디로 가고 싶은지는 몰랐지만 여급으로 돌아가고 싶지는 않았어요. 나는 이렇게 생각했어요. 만인의 여급이 되는 것은 신물 난다. 똑같은 일을 하지는 않겠다. 일모로그는 좋은 곳이다. 돈을 후다닥 모아서 일모로그로 돌아가 집을 짓고 계속 살면 어떨까! 이렇게 생각했던 거죠. 나는 마을로 돌아가고 싶었어요. 그러나 부자가 되어서 가고 싶었죠. 내가 어떻게 그런 생각을 하게 됐는지는 모르겠어요. 이미 얘기했던 것처럼, 나는 우정에 더 기대어 살았어요. 나는 내일에 대해서는 별로 신경을 쓰지 않았어요. 살기 위해서…… 살기 위해서……. 나는 옷사는 것을 좋아했어요……. 색깔이 내 마음을 움직여요……. 나는 내가 사는 모든 드레스에 의미를 부여하는 걸 좋아해요. 그런데 이제는 더 이상 우정은 필요 없다고 생각했어요. 어쨌든 나는 결혼하지 않을 거니까요. 그렇다면 왜 부자가 되어야 할까요? 어떻게요? 답은 간단했어요. 나이로비였어요. 유럽인들이었어요. 이런 생각을 하는 걸 깨닫고 나는 깜짝 놀랐어요……. 나한테는 백인 남자와 나가는 것이 참 어려운 일이었어요. 한번은 인도인하고 나간 적이 있었어요. 경감이었는데 키쿠유 시에 있는 술집에서 늦게까지 맥주를 판다는 이유로 우리를 체포했어요. 사내애들의 몸을 뒤지더군요. 그런데 대마초가 나온 거예요. 나는 겁이 났어요. 그는 사내아이들을 감옥에 넣고는 나를 자기 집으로 데려갔어요. 나는 그런 식으로 빠진 거죠. 그리고 사내아이들은 오 년 동안 감옥에 있었어요. 그게 처음이자 마지막이었어요. 한 여자가 있었어요. 그 여자는 대단한 부자였어요. 정착지에 농장을 갖고 있었어요. 나이로비에 집도 여러 채 갖고 있었어요. 그런데 그 여자는 우정을 필요로 했어요. 내가 로워 카페티에 있을 때는 가끔 일하는 곳으로 찾아오곤 했어요. 나한테 유럽인 남자 친구를 구해 줄 수 있다고 했어요. 교사도 하고 비서도 했던 사람인데 근무가 끝난 후에 돈을 벌었어요. 그리고 나이가 아주 많은 유럽인과 결혼했어요……. 일흔 살도 넘은 사람하고요……. 사람들은 그 여자가 남자에게 유언장을 작성하게 한 후 계단 아래로 밀어 버렸다고 한대요. 그렇게 해서 그의 모든 재산을 물려받았다는 거죠. 그 여자가 나한테 그 얘기를 해 줬을 때, 나는 웃기만 했어요. 나는 그 여자에게 내가 유럽인에 대해 어떻게 생각하는지 말할 수가 없었어요. 나는 유럽인의 벗은 몸을 돼지의 살갗이나 오랫동안 땅속에 들어가 있던 개구리의 놈 같다고 생각했거든요……. 그런데 이제는 내가 달라져야 했어요. 그래, 이것은 장사다. 장사에서는 내가 손님을 결정하는 게 아니다. 여하튼 한두 달이면 된다. 유럽인만 받자. 이렇게 생각한 거죠. 그래서 나는 일모로그를 떠나 큰 호텔들을 기웃거렸어요. 힐튼. 앰배서더. 세레나. 노포크. 인터콘티넨털. 페어뷰. 식스 에이티. 메이 페어. 그로스베너, 팬아프리카. 이런 고급 호텔을 기웃거린 거죠. 나는 그렇게 많은 호텔들이 한 곳에 있을 수 있다고는 생각해 본 적이 없었어요. 몸이 덜덜 떨리더군요. 나는 아무것도 아는 게 없었어요. 그곳에 출입하는 여자들을 보니, 내가 입은 옷이 격에 안 맞더군요. 나는 입술을 빨갛게 칠하고 눈까풀을 연한 초록색으로 칠하고 가발을 쓸 수 없었어요. 유럽인들한테는 어떤 눈길을 해야 하는지도 몰랐어요. 술집에 있을 때는, 특히 카운터 뒤에 있을 때는, 입술도 움직이지 않고 술집 안에 있는 모든 남자들과 얘기할 수 있었는데 말이죠. 그런데 나는 나이로비에서…… 처음 이틀 동안, 아프리카인들만 상대했어요. 그런데 칼리지 인에서 엘도레트에 있는 술집에서 같이 일하던 여자를 만났지 뭐예요. 나한테 스타라이트와 핼리안 나이트 클럽에 대해 얘기해 준 건 그녀였어요. 운이 좋으면, 1000실링도 벌 수 있다더군요. 그래서 스타라이트로 갔죠. 파란색과 빨간색과 초록색이 현란하게 교차하는 통에 아무것도 제대로 볼 수가 없었어요. 가슴이 덜컥 내려앉더군요. 나는 음악에 맞춰 춤을 출 수도 없었어요. 당신들이 들으면 놀라겠지만, 여급 생활은 조금 다르거든요. 스타라이트는 유럽인들로 꽉 차 있었어요. 나는 구석에 앉았어요. 둘러싸인 대나무 벽을 뛰어넘어 볼리보까지 달아나고 싶다는 생각이 들더군요. 그런데 한 남자가 나한테 눈길을 보내왔어요. 나도 미소로 응답했지요. 키가 큰 사람이었는데 입에 파이프를 물고 있었어요. 주름이 많은 다른 사람들처럼 나이가 많아 보이지 않았어요. 스와힐리어를 잘하더군요. 그런데 좀 우스꽝스럽게 했어요. 이따금 영어 단어 한두 개를 섞어서 말이죠. 그는 독일인 관광객이었어요. 특별한 임무를 띠고 온 사람이었어요. 그는 카베티 출신의 어떤 여자를 찾고 있었어요. 그녀는 다른 독일인과 결혼 약속을 하고 독일로 갔나 봐요. 그런데 속았다는 것을 안 거예요. 그 독일인이 그녀를 갖고 장사를 하려고 했던 거죠. 그와 다른 사람들이 백인 노인과 아프리카 처녀가 같이 있는 사진에 '당신은 이 모든 것을 누릴 수 있습니다.'라는 문구가 곁들여진 광고를 내려고 했다는 거예요. 그걸 보고, 비행기 요금과 말린디의 호텔 비용을 댈 수 있는 관광객이라면 말린디 대신 독일로 여자를 데려오면 훨씬 더 기꺼이 비용을 지불할 거라고 생각했다는 거예요. 그는 나한테 그녀를 아느냐고 물었어요. 알 리가 없었죠. 나는 그에게 그녀가 독일에 있다면서, 왜 여기에서 찾는지 물었어요. 그는 그녀를 데려간 남자가 그녀를 때리고 심한 짓을 해서 독일과 아프리카 사이에 나쁜 감정이 생길 수 있기 때문이라고 했어요. 그녀가 아이를 뒤에 두고 케냐로 도망쳤다는 거예요. 그리고 남자가 아이 맡기를 거부하는 상황이라고 했어요. 그래서 흑인들과 독일과 아프리카 사이의 감정을 염려하는 단체에서 돈을 모아 그를 이곳으로 보냈다는 거예요. 그녀를 찾고 법정에서 남자에 대해 이용할 수 있는 증거를 수집하기 위해 말이죠. 그는 내게 그녀를 아느냐고 물었어요. 이 나라에 수많은 여자들이 있는데 어떻게 알겠느냐고 다시 말했어요. 그는 술집과 나이트클럽을 돌아다니며 그녀를 찾고 있다고 했어요. 그는 내게 그녀를 찾는 걸 도와줄 수 없겠느냐고 물었어요. 후하게 돈을 주겠다면서요. 그녀를 찾으면, 나를 독일로 데려가 증인으로 삼겠다고 하더군요. 이상한 이야기였어요. 처음에는 머리가 돈 사람인가 생각했어요. 그러나 그는 멀쩡해 보였고 말도 괜찮게 했어요. 나는 일부 유럽인들이 이탈리아나 독일에 팔려고 여자들을 납치하고 있다는 얘기를 들은 적이 있었어요. 내 머리는 이런저런 계산을 하며 바쁘게 돌아갔어요. 어제만 해도 압둘라의 가게에서 돈 한 푼 안 받고 여급을 했는데, 이게 무슨 일인가 싶었어요. 여자를 찾기만 하면 부자가 되어 있을 것 같았어요. 기타와 플루트를 사고 싶었어요. 당신들은 내 말을 안 믿을지도 모르지만, 나는 음악을 좋아해요. 음악을 들으면, 푸른 파도가 떠올라요. 때로는 오렌지색과 푸른색과 붉은색 구름을 타고 있는 것 같아요. 플루트 연주를 들으면 넓고 푸른 잔디밭 위에 있는 것 같아요. 새들이 지저귀는 소리를 들어도 우울한 기분이 사라져요. 때로는 머릿속에서 오렌지색 가락이 들리다가 여러 가지 색깔의 다른 소리들과 합해지기도 해요…… 여하튼 다소 유치하지만 나는 그것이 부끄럽지 않아요…… 얘기가 옆길로 샜군요. 그날 밤, 그가 나를 그의 집으로 데려갈 때, 나의 머리는 여러 가지 생각으로 분주했어요. 이제 나는 유럽인들을 더 이상 꺼리지 않게 됐어요.

전에는 한 번도 가 본 적이 없는 그런 집이었어요. 키가 큰 자카란다가 양쪽에 심긴 넓은 길은 온갖 꽃들이 있는 뜰로 이어졌어요. 그 사람은 나를 데리고 집을 한 바퀴 돌았어요…….

부드러운 사람이었어요. 방도 여러 개 보여 줬어요……. 실제로 유럽인들은 나쁘지 않구나, 전혀 나쁘지 않구나 생각했어요……. 그는 어떤 그림 앞에서 멈추더니 창문에 늘어진 포도와 넝쿨에 대해 무슨 얘긴가를 했어요. 그러더니 나를 다른 방으로 데리고 갔어요. 거기에서 나는 무서워 비명을 질렀어요. 이상한 갑옷을 입고 칼을 들고 싸우려고 하는 것 같은 두 남자의 형상이 있는 게 아니겠어요. 벽에는 다양한 길이와 모양의 칼들이 있었어요……. 그는 칼날 몇 개를 만져 보면서 자신의 취미에 관해 얘기했어요. 내가 이해할 수 있는 건 하나도 없었어요. 나는 칼과 갑옷을 입은 형상이 무서웠어요. 독일에서 막 왔다면서 이러한 집과 수집품을 어떻게 갖고 있는지 궁금하더군요. 그런데 내가 그에게 그걸 묻기도 전에 그가 나를 자기 방으로 안내했어요. 벽에는 거울이 붙어 있었어요. 거울이 너무 많아서 여러 사람이 여기저기에 끊임없이 흩어져 있는 것 같았어요. 무서워서 다시 가슴이 뛰기 시작하더군요. 여자 하나를 찾으러 온 것뿐인데, 그런 집을 세낼 수 있다면 정말 부자이겠다 싶었어요. 아무래도 한동안 여기에 있을 모양인 듯 보였어요. 그렇다면…… 나는 머릿속으로 다시 계산을 해 보기 시작했어요. 돈에 대해 생각하느라 정신이 없는데, 개한 마리가 큼지막한 녹색 눈으로 나를 노려보고 있지 뭐예요. 나는 숨이 콱 막혀 뒷걸음질을 했어요. 섭이 나 나리가 뒤청거렸어요. 주위를 둘러봤어요. 끝이 없는 공간에 수많은 개들이 비치고 있었어요. 나는 침대에 앉았어요. 아니, 여러 명의 내가 여러 개의 침대에 앉았어요. 그 남자가 왔어요. 아니, 여러 명의 남자가 왔어요. 그리고 여러 개의 침대에 여러 명의 남자가 앉았어요. 그, 아니 그들이 나, 아니 우리가 무서워하는 것을 즐기고 있는 것 같았어요. 그는 나한테 걱정하지 말라고 했어요……. 괜찮다면서요……. 개가 녹색 눈으로 응시하면서 약간 으르렁거리며 우리한테 다가왔어요. 나는 떨리는 것을 어렵게 참았어요. 개는 주인의 명령을 기다리듯 그 자리에 서 있었어요. 이제 주인은 내 옆에서 헐떡거리고 있었어요. 불쾌한 냄새를 풍기면서 말이죠. 나는 그의 손가락과 풀린 눈과 떨리는 아랫입술을 보고 그가 흥분했다는 것을 알았어요. 나는 공포에 휩싸였어요. 힘이 빠졌어요. 녹색으로 반짝이는 개의 눈이 나의 모든 힘을 무력화시키는 것 같았어요. 나는 허공에 뜬 기분이었어요……. 아무것도 없었어요……. 그러나 이러한 두려움 뒤로, 나의 신경을 불안하게 만들고 나를 완만한 죽음으로 몰아치는 이 설명할 수 없는 것 뒤로, 경계심이 발동했어요. 이제 남자는 나의 옷을 더듬고 있었어요. 개가 꼬리를 치며 으르렁거렸어요. 남자의 몸이 떨렸어요. 경계심이 점점 더 강해지면서, 나는 죽음과 실랑이를 벌였어요. 동물이 내 손가락을 핥으려고 할 때였어요. 내 입에서 말이 튀어나왔어요. '아, 핸드백을 차에 두고 온 것 같아요.' 내 목소리를 듣고서야 나는 죽음이 패하고 내가 삶으로 돌아오고 있다는 것을 알았어요. '걱정하지 마. 내가 가져다줄 테니까.' 나는 이렇게 말했어요. '여자의 핸드백에는 비밀스러운 것들이 들어 있어요. 차로 데려다줄래요?' 그것은 내 목소리가 분명했지만, 내가 알지 못하는 내 안의 어떤 존재가 명령하는 말이었어요……. 나는 일어났어요. 그는 나를 데리고 문까지 갔어요. 그 짐승이 뒤에서 따라왔어요. 나는 속으로 기도했어요. 힘을 더 주세요. 힘을 더 주세요. 그가 먼저 나갔어요. 나는 그 짐승이 못 나오도록 문을 후다닥 닫았어요. 지금도 어디에서 나한테 날개가 생겼는지 모르겠어요. 나는 날고 또 날았어요. 나무들과 덤불들 사이를 날았어요. 포장도로가 나온 뒤에야 뒤를 돌아다봤어요…….

차가 끽 하는 소리를 내며 내 옆에 멈췄어요. 그 남자일지도 몰라 옆으로 뛰었어요. 나의 친구들…… 다른 흑인을 보는 게 그렇게 고마운 적이 없었어요. 나는 이제 울고 있었어요. 흐느끼면서 내가 겪은 이야기를 조금씩 했던 게 틀림없어요. 그는 나를 나이로비 웨스트에 있는 집으로 데려갔어요. 나에게 커피를 타 주고 알약을 주며 내가 잘 방을 보여 줬어요. 나는 밤새도록, 그리고 다음 날까지 잤어요. 그리고 하룻밤을 더 자고 그에게 내 얘기를 했어요. 그는 나에게 몇 가지 질문을 했어요. 그는 내가 그 집을 아는지, 그를 알아볼 수 있는지 물었어요. 그러더니 한곳을 바라보며 소용없는 일이라고 했어요. 그것이 관광을 국교로 만들고 나라 전역에 사당을 세우게 되면 발생하는 일이라고 했어요. 나는 그의 말이 무슨 뜻인지 묻지 않았어요. 그러나 그가 화가 나 있다는 것은 알았어요. 다음 날, 그는 나를 마차코스 정류장으로 데려갔어요. 나는 고마운 마음에 울고 싶었어요. 그는 나한테 아무 짓도 하지 않았을 뿐만 아니라 나를 경멸하지도 않았어요. 그는 나한테 돈을 주며 말했어요. '부모님한테 돌아가는 게 어떨까요? 이 도시는 당신이 있을 곳이 아닙니다……. 하기야…… 우리 중 누구도 있을 곳이 아니죠……. 아직은!' 그는 나에게 자신이 어디에서 일하는지 말해 줬어요. 명함을 주면서, 지난밤에 있었던 일 같은 것 말고, 어려운 일이 생기면 망설이지 말고 찾아오라고 했어요. 그리고 내가 감사하다는 말을 마치기도 전에 차를 몰고 가 버렸어요.

나는 집으로 가야겠다고, 집으로 가야 한다고 생각했어요…….

그러나 내가 탄 버스가 집 근처에서 멈췄을 때, 나는 내리지 않았어요. 지난 몇 년 동안 아무 일도 하지 않은 것처럼, 그런 상태로 어떻게 집에 갈 수 있나 싶었어요. 그래서 볼리보로 돌아가 다시 여급 생활을 시작한 거예요…….”

2. 압둘라는 그 여행의 영웅이 되었다. 그가 가진 성격의 새롭고 풍부한 면이 계속해서 드러났다. 무엇보다도 먼저, 사람들은 이제 그의 당나귀한테 고마워했다. 그들은 당나귀가 끄는 수레와 식민지 정착민들이 소유하던 소달구지를 계속 비교해서 이야기했다. 그들도 도시를…… 정복하는 임무를 띠고 있었다.

다리가 불편한데도 압둘라는 수레에 타려 하지 않았다. 아이들이 돌아가면서 타게 하세요. 그는 이 말만 했다. 그의 금욕적인 인내심은 그 일에 힘과 결기를 불어넣었다. 태양이 무섭게 그들을 향해 내리쬐었다. 코끼리 풀의 뭉툭한 줄기가 그들의 맨발을 찔렀다. 압둘라는 아이들한테 아주 잘했다. 특히 달이 뜬 밤이면 그는 아이들에게 이야기를 들려줬다.

"달과 해는 원수지간이란다. 그래서 하나는 낮에 나오고, 다른 하나는 밤에 나오는 거지. 하지만 처음부터 원수지간이었던 것은 아니야. 그 사연은 이렇단다. 해와 달이 강으로 목욕을 하러 갔지. 해가 달에게 이렇게 말했어. 내 등을 문질러 주면, 나도 네 등을 문질러 줄게. 그래서 달은 태양의 등을 조심스럽게 문질러 반짝거리게 해 줬단다. 그런데 달 차례가 되자, 해는 흙에 침을 섞어 달의 등에 문질렀단다."

그는 낮에는 그들에게 다양한 관목과 풀의 이름들을 얘기해 줬다. 관목이 마르지만 않았다면, 각 부분이 어디에 사용되는지도 보여 줬을 것이다. 그는 아이들에게 칼을 갖고 묘기를 보여 줬다. 칼을 던져 얇은 막대기를 둘로 쪼갰다. 또 자기가 만들어 준 새총을 누가 가장 정확하게 쏘는지 시합할 때, 심판을 봐줬다. 아이들은 행복해하며, 누가 하늘을 나는 새를 떨어뜨릴 수 있는지 입씨름을 했다. 그들은 압둘라의 비축된 힘에서 용기를 얻는 것 같았다. 그들도 처음 이틀 동안은 수레에 타지 않겠다며 압둘라 옆에서 걸었다.

행렬 어딘가에서 누군가가 찬송가를 부르기 시작했다. 처음에는 가사를 더듬거렸지만, 몇 번 해 보고는 모두가 따라서 불렀다.

가뭄이 들었다고 말들 하지만
예수님의 빵을 먹지 않은 사람들한테는
가뭄이 들었다고

말하질 않네.

수많은 집들과 수많은 땅들과 재산들,
은행에 있는 돈과 많은 교육,
이런 것들은 예수님의 빵을 먹지 않으면
굶주린 가슴을 채워 주지 못하리.

부자와 가난뱅이와 아이들을 보라.
모두가 길에서 비틀거리고 있지 않느냐?
가슴에 있는 굶주림 때문이로다.
예수님의 빵을 먹지 않았기 때문이로다.

노랫말에 들어 있는 활기 없는 기독교적 메시지가 그들이
처한 곤경을 조롱하는 것 같았다. 그러나 일제히 찬송가를 부
르는 사람들의 목소리는 압둘라를 감동시켰다. 노래 뒤에 있
는 기백이 과거 속의 다른 목소리에 대한 기억을 일깨웠다.

압둘라는 평원을 가로질렀던 과거의 여행과 도피를 다시
한 번 체험하고 있었다. 그들도 전에 바투니 맹세를 할 때 했
던 약속들을 떠올리며 노래를 했었다.

흑인들의 조모는 그날 밤 체포되면서
우리에게 메시지와 임무를 남겼네.
내가 당나귀의 머리를 잡을 테니,
나의 백성인 여러분은 발길질을 견디겠소?

그럼요, 그럼요. 나는 이렇게 말하고 칼을 잡으려고 손을 뻗었네.

그리고 이 땅의 모든 사람들과 함께 손을 잡았네.

그리고 불 붙은 창에 혀를 대고 맹세했네,

결코 흑인들의 절규에 등을 돌리지 않겠다고,

결코 이 땅을 붉은 이방인들에게 넘기지 않겠다고,

결코 이 땅을 외국인들에게 팔아먹지 않겠다고.

그는 단합의 맹세를 하고 나중에 바투니 맹세를 했던 날에 그에게 처음 열린 미래를 생각하며, 목마름과 굶주림을 견디고 허물이 벗겨지는 살갗에 와 닿는 가시들을 견뎌 냈었다.

그는 당시, 자기 집 근처에 있는 구두 공장의 노동자였다. 더 높은 급료와 더 좋은 거주지를 요구하는 파업은 헬멧을 쓴 경찰관들에 의해 번번이 수포로 돌아갔다. 그는 생각에 생각을 거듭했다. 무거운 것을 단 한 번도 들어 본 적 없고, 무두질 공장이나 공단의 다른 곳에서 악취가 심한 물과 공기 속에 손을 더럽혀 본 적 없는 사장이 어떻게 큰 집에 살고 차를 소유하고 운전사를 고용하고 잔디 깎는 일에 네 사람이 넘게 고용할 수 있는 걸까?

시야가 열리고 새로운 생각과 새로운 욕망과 새로운 가능성들을 가슴에 품으면서 그는 얼마나 전율했던가! 땅을 되찾는다는 것. 그의 땀을 삼켜 버렸던 구두 공장 같은 산업들이 사람들의 것이 되도록, 그리고 그의 자식들이 비를 피할 수 있는 거처에서 먹고 입는 날이 오도록, 자식들이 자랑스럽게, 내가 살 수 있도록 내 아버지가 돌아가셨다는 말을 하도록 싸우는 것. 이것이 그를 사장 앞의 노예에서 인간으로 변모시켰다. 그날이 그가 진짜 할례를 받고 남자가 된 날이었다.

압둘라는 걸었다. 한쪽 다리로 절뚝거리며 걸었다. 그러나 사람들은 그의 눈이 반짝이고 턱이 높이 들리고 얼굴이 먼 산을 응시하는 모습을 보았다. 그들은 다시 한 번 놀랐다. 이 험난한 지역과 황야 속에서 길을 알고 안내하는 사람이 그였기 때문이다.

그러나 그의 마음속에서는 여러 가지 모습이 겹쳤다. 그는 속도를 조절하며 행렬의 앞에서 걷고 있었지만, 그들과 함께 있는 게 아니었다. 올레 마사이…… 일모로그에서 그것이 다시 일어나고 있다니 이상했다……. 다시 일어나고 있다니…… 환상일까? 콩알 하나가 땅에 떨어지면 우리는 그것을 나눠 먹었다……. 카레가가 일모로그에 온 것은 얼마나 좋은 일일까……. 하느님의 사자……. 무투리 어르신은 그렇게 말했지……. 하느님은 아이의 입에 지혜를 담으신다고……. 맞아…… 맞아……. 카레가가 온 후로 그의 가게에서 사람들이 나누는 대화 내용이 바뀌었다. 지난 오 개월 동안, 그들은 달콤하게 들리는 이름들을 이따금 입에 올렸다……. 차카…… 투생…… 사모에이…… 냇 터너…… 아랍 만예이…… 라이본 투루가트…… 데살리네스…… 몬달라니…… 오왈로…… 시오투니와 키암바…… 응크루마…… 가브랄……. 햇빛과 가뭄과 당나귀의 운명에 대한 걱정에도 불구하고, 그는 마우마우가 시대와 장소를 초월한 아프리카 사람들의 기나긴 투쟁에서 서로를 연결해 주는 유일한 고리라는 것을 느꼈다…….
아아! 새로운 지평선…… 다시 한 번…… 올레 마사이와 함
께……. 숲 속에서 보낸 그 시절처럼. 그들은 그를 무힌디라고
불렀다. 그는 이제는 그것을 마다하지 않았다. 그는 종종 그
들에게 자신도 싫고 어머니도 싫고 아버지도 싫고 분열된 자
기도 싫다고 말했다. 때로는 어디에도 속하지 않은 자기 자신
을 죽이고 싶다고 했다. 가난해서가 아니었다……. 그들은 잘
사는 이스틀리 지역에 살았다……. 그의 인도인 아버지가 종
종 찾아와서 돈을 놓고 갔다. 아버지는 그의 학비를 대 주고
약간의 재산을 물려주겠다고 했다……. 실제로 그의 이름으
로 은행 계좌도 만들어 주었다……. 그러나 그는 여전히 자신
을 증오했다. 그는 학교에서 달아났다. 집에서 거리로 달아났
다……. 카리오쿠…… 품와니…… 샤유리 모요……. 노름도
하고 약간의 도둑질도 하고…… 약간의 싸움도 하고……. 그
러나 그는 사람들이 하는 얘기를 듣고 사물을 깨쳤다……. 그
리고 약간의 독서도 했다……. 랄 비드야르디의 신문들, 특
히 《하바리 자 두니아》와 《콜로니얼 타임스》. 아프리카 노동
자들과 연대했다는 이유로 마르칸 싱이 체포되면서 그의 눈
에 끼었던 안개가 걷혔다……. 그는 이제 도시의 지하 세계
로 들어갈 방법을 찾았다. 그들은 그에게 잔인한 농담을 했
다……. 그리고 코차 사원의 구석에 서 있는 사람에게 꾸러미
를 갖다 주라고 심부름을 시켰다……. 그는 그들에게 리버 로
드에서 미끄러져 넘어졌다고 했다……. 꾸러미가 떨어지면
서 거기에 권총이 있는 것을 알았다고 했다……. 그는 흥분했

지만 두렵기도 했다……. 그는 그 남자한테 갈 때까지 권총을 잘 간수했다……. 그가 서툴게 싼 꾸러미를 그에게 건네려고 했을 때, 민간인 복장을 한 백인 경찰관 둘이 그 남자한테 손을 댔다……. 올레 마사이가 권총을 꺼내 경찰관들에게 겨눴다……. 그가 너무 흥분해서 소리를 지르는 바람에 사람들이 몰려와서…… 손을 든…… 경찰관이 총에 맞아 죽는 것을 보았다……. 그러나 그 남자가 그의 어깨를 끌어당겼고, 두 사람은 나이로비 군중 속으로 사라졌다……. 그는 그 순간을 결코 잊지 못했다. 그것은 그가 완전한 인간으로 다시 태어난 순간이었다. 그는 두 명의 유럽인 압제자들에게 굴욕감을 안기고 돌이킬 수 없이 민중의 편에 섰다. 그는 자신의 아버지가 대변하는 것을 거부했고, 부의 약속을 거절했으며, 숲의 전사이자 케냐인으로 다시 태어났다. 새로운 소명과 필요는 그의 의심을 잠재웠다. 그는 그들에게 나중에 자신이 어떻게 아버지한테 편지를 보내 아프리카 사람들의 재산에서 손을 떼라고 명령했는지를 말해 줬다……. 올레 마사이는 대단한 사람이었다. 압둘라는 한숨을 쉬었다. 그는 사실, 약간의 독서를 하게되었다. 그들이 다른 나라, 다른 사람들에 대해 얘기했기 때문이었다……. 중국…… 한국…… 러시아……. 그들은 노동자들과 농부들이 외국과 자국 지주들에게 어떻게 반기를 들고 일어났는지 들려주었다……. 그러다가 갑자기 올레 마사이가 살해당했다. 압둘라는 다리에 총을 맞았다. 결코 잊을 수 없는 날이었다……. 그들은 투쟁의 초기에 마이파샤에 위치한 마히와 키마시의 게릴라들이 그랬던 것처럼, 나쿠루 시 한복판에 있는 요새를 함락하고 인근에 있는 감옥에 수감된 죄수들을 석방시키려고 주도면밀하게 계획을 세웠다. 그들은 죄수들을 석방시켰다. 요새가 함락되기 직전, 올레 마사이가 총에 맞았다……. 운명은 사람들의 운명을 갖고 그처럼 장난을 칠 수 있었다……. 그가 총에 맞은 것은 그의 총이 고장났기 때문이었다……. 모든 곳이 아수라장이 되었다……. 사람들이 소리쳤다……. 잡아라…… 잡아라……. 잠시, 압둘라는 두 가지를 동시에 보는 듯한 환상에 빠졌다.

실제로 그의 주변에서 아이들이 소리치고 있었다. 잡아라, 잡아라, 고기다, 고기다……. 그제야 그도 그들이 무엇을 본 것인지 깨달았다. 영양들이 사람들의 행렬을 보고 놀라서 평원에서 펄쩍펄쩍 뛰고 있었다. 압둘라의 머리는 빠르게 돌아갔다.

"잠깐!" 그가 아이들을 향해 소리쳤다. 아이들은 그 목소리에 갑자기 깃든 권위에 복종했다. "새총을 가져와라. 빨리. 돌도 좀 가져오고."

그들은 그에게 그가 그날 일찍 만들어 준 새총과 돌을 건네고 옆으로 비켜섰다. 모두들 호기심 가득한 얼굴로 조용히 있었다. 그러나 그의 실력만큼은 의심하는 표정이었다. 그는 날카로운 돌을 새총에 넣고 나머지 돌은 호주머니에 넣고는 흙을 약간 집어서 공중에 날려 바람의 세기와 방향을 확인했다. 그런 뒤 지팡이의 위치를 조정하여 그의 오른쪽 겨드랑이에 끝을 밀착시켰다. 그러는 동안에도 그는 걸음을 멈추고 저 멀리 거리를 두고 선 영양들에게서 눈을 떼지 않았다. 그는 호주머니에서 돌을 꺼내 무리우키의 손바닥에 놓고 가만히 있으라고 했다. 그러고는 아랫입술을 손으로 잡고 무슨 소리를 냈다. 그러자 동물들이 갑자기 돌아서서 그들을 향해 움직이기 시작했다. 그러나 인간의 행렬을 보자, 어디로 가야 할지 결정하지 못하겠는 듯 돌아섰다. 그러면서 동물들의 몸과 목의 측면이 사람들 쪽으로 노출되었다. 압둘라는 팔을 안정시키고 한쪽 눈을 감고 고무줄을 휙 잡아당겼다가 놓았다. 모든 일이 순식간에 일어났다. 꿈속의 마술 같았다. 그들은 돌도 보지 못했고 그가 어떻게 돌을 발사하고 또 발사하는지도 보지 못했다. 공중에 돌이 휙휙 날아가는 소리만 들었을 따름이다. 영양 두 마리가 차례로 공중에 솟구쳤다가, 순간적으로 서 있다가 땅바닥으로 풀썩 쓰러졌다. 믿을 수 없는 광경이었다. 무니라, 카레가, 웅주구나, 그리고 아이들이 그곳으로 달려갔다. 두 마리의 짐승은 다리가 망가져 있었다. 나머지는 쉬운 일이었다.

압둘라는 똑같은 자세로 서 있었다. 그들의 눈에 그는 아주 비범한 존재로 변모해 있었다. 그들이 아는 사람이 아니었다. 평원의 신처럼 아무런 움직임 없이, 압둘라는 수년 동안 그에게 집이나 다름없었던 먼 언덕들을 아직도 바라보고 있었다. 그의 생각은 아직도, 올레 마사이와 그들의 필사적이고 치명적인 시도에 머물고 있었다. 그들은 키마시가 사로잡힌 후에 일시적으로 잃었던 주도권을 회복하기 위해 나쿠루에 있던 병사들의 요새를 함락시키려 했다. 적군의 신문들조차 그것이 주도면밀하게 계획되고 야심에 찬 시도였음을 인정했다. 그의 눈이 더 강렬하게 반짝였다. 그는 그것을 손등으로 떨쳐 내고, 새총을 바닥에 던졌다.

그날 밤, 그들은 잔치를 했다. 오랜 시간이 지난 후에도 그들은 그날 밤을 기억했고 그것이 도시로 가는 여행에서 최고였다고 생각했다. 아이들은 모닥불 주변에서 놀고, 나이 든 사람들은 모여서 옛날을 회상하고 얘기했다. 응주구나는 여자들이 제대로 돌보지 않은 염소들이 야생이 된 게 영양이라며 응야키뉴아를 놀렸다. 무니라는 누워서 별을 셌다. 어떤 것의 밖에 있다는 압도적인 느낌으로부터 잠시 자유로워진 기분이었다. 그의 머리에는 아직도 많은 의문점들이 남아 있었다. 가령, 카레가가 그랬다. 그가 늘 불편했다. 그러나 그는 그러한 자신의 태도가 무엇인지 알지 못했다. 여행을 하다가 얘기를 나눌 날이 올지도 몰랐다. 또한 그는 흉금을 터놓고 완자와 얘기를 나누고 싶었다. 자신과 완자가 예전에 남겨 뒀던 실타래를 다시 집어 들 것이라고 생각했다. 불과 공포에 의한 세례를 거의 똑같이 경험했기 때문에 특히 그럴 거라고 생각했다. 그들의 고통이 우연히 겹친 것은 일종의 운명이 아니었을까? 하지만 그는 그녀가 자신에게서 빠져나가는 것을 느꼈다. 그녀는 어디로 가고 있는 걸까? 그는 그녀의 움직임을 지켜보았다. 그녀가 아무와도 관계를 맺지 않는 것은 분명했다. 그녀의 기분과 변화무쌍한 성격은 늘 그를 놀라게 했다. 지난밤에 그녀의 이야기를 들으면서 가장 인상 깊었던 것은 그녀의 경험이 이야기의 형식을 갖추고 있다는 사실이었다. 그것은 들어줄 것을 요구하고 강요하고, 듣는 사람을 그녀의 삶과 운명에 더욱더 묶어 주는 것으로 끝나는 슬픔의 이야기였다. 그는 이제 압둘라와 응야키뉴아가 하는 얘기에 귀를 기울였다. 어떻게 전에는 압둘라의 이러한 면을 전혀 보지 못했을까? 다른 사람들처럼 무니라도 인간이 가진 놀라운 기술을 목격했고 그것이 그들 모두를 하나로 묶었다. 각자가 압둘라에게서 자신의 일부를 보기라도 한 것 같았다. 응야키뉴아와 압둘라 뒤에 앉아 있는 완자가 특히 좋아했다. 그녀는 늘 압둘라의 잘린 다리에 얽힌 역사가 있을 거라고 생각했다. 이제 그것은 더 이상 잘린 다리가 아니라 그의 몸에 각인된 용기의 상징이었다. 그녀는 압둘라가 나쿠루 요새를 함락시키려고 했던 올레 마사이와 그들의 숙명적인 시도에 관해 하는 얘기에 귀를 기울였다. 응조구의 가슴은 자부심으로 가득 찼다. 그는 자신의 딸이 인도인의 아이들을 낳았다는 사실을 늘 부끄럽게 생각했었다. 올레 마사이에 대해 들은 적은 있지만, 그와 같이 일했던 사람에게서 들은 건 처음이었다. 응조구는 그것에서 드러난 것은 흑인 쪽의 피였다고 느꼈다. 자신이 나중에 올레 마사이의 아버지가 한때 갖고 있던 땅 위의 가게 주인이 될 거라는 사실을 알지 못했던 압둘라에게조차, 그것은 의외의 것을 알게 해 준 놀라운 밤이었다. 그는 이제, 그가 처음 가게에 대해 물었을 때, 응조구가 했던 알쏭달쏭한 말을 이해했다. 완자는 아프리카 여자와, 그녀와의 사이에서 태어난 아들을 적어도 반쯤은 인정했던 이 인도인을 마음속에 그려 보려고 했다. 어쩌면 다른 시대와 다른 상황에서는 누가 누구와 결혼하고, 누가 누구와 자는지가 중요하지 않을지도 모른다는 생각이 들었다. 그러나 갑자기 도시에서 겪었던 시련이 떠오르면서 불안해지기 시작했다. 그녀의 관심은 이제 대화의 방향이 바뀐 것에 쏠려 있었다. 그녀만이 아니었다. 아이들도 놀이를 멈추고, 그들의 새로운 영웅이 키마시에 관한 카레가의 질문에 답변하는 것을 들으려고 바닥에 앉았다. 결국 그는 한때는 말하지 않으려 했던 이야기를 할 참이었다. 모두가 잠잠해져서 압둘라의 입을 쳐다보았다. 그는 오래 머뭇거리지 않았다. 목소리는 가라앉아 있었다. 감정이 거의 섞이지 않은, 단도직입적인 어조였다.

"사실, 우리 중 일부는 그의 이름으로 행동하고 있었지만, 데단을 본 적이 없었습니다. 우리는 리무루에서 키자베, 롱고노트, 나레 웅가레를 거쳐 일모로그에 이르기까지 이 평원 전체에 걸쳐 작전을 수행했습니다. 우리의 리무루 조직은 올레 마사이 조직과 손을 잡고 사 년 동안, 배고픔과 숲 속의 따분함을 견뎌 내며, 적의 총격 때문에 인원이 줄어들고 있었음에도 우리가 끌어모을 수 있는 모든 기술을 동원하여 싸웠습니다. 마을 둘레에 호가 파이고 거기에 대못이 설치되면서, 식료품 보급도 끊겼습니다. 여러분은 카미리소와 기시마와 다른 곳들에 대해 들은 적이 있을 겁니다. 이따금 노인이나 사내아이가 무지와 뇌물과 고문, 혹은 부와 개인적 안전의 약속 때문에 민방위 대원 — 외국인들을 위해 창을 맨 사람들 — 이 된 우리 형제들의 사악한 눈을 피해, 우리에게 음식을 가져다주고 사람들이 무슨 말을 하고 어떤 행동을 하는지 알려 줬습니다. 그런 접촉은 점차 드물어졌습니다. 솔직히 고백하면, 우리끼리 싸울 때도 있었고 의심할 때도 있었고 신념이 흔들릴 때도 있었습니다. 그러나 그처럼 용기 있는 행위나 그런 것들에 대한 기억이 우리에게 사람들이 우리를 잊지 않았다는 사실을 일깨워 줬습니다. 그들이 어떻게 우리를 잊겠습니까? 우리는 그들의 무장한 팔 자체였는데요. 실제로 우리가 민중이라는 것을 알게 되면서 우리는 계속할 수 있었습니다. 우리는 정착민들의 집을 습격하고 불태웠습니다. 그들의 동물들을 난도질하면서 울 뻔했습니다. 실제로 그것은 우리의 재산이었으니까요. 우리의 병력을 증원시키기 위한 신병 보충이 어려워졌습니다. 대부분의 젊은이들이 수용소로 끌려갔습니다. 조직이 스무 명 정도로 줄어든 적도 있습니다.

이 무렵, 케냐 산 숲에서 케냐 의회가 열린다는 소식이 들려왔습니다. 모든 전투 조직 또는 그들의 대표단이 참석할 예정이었습니다. 데단은 전쟁의 다음 단계를 위해 새로운 계획을 세우고 있었습니다. 그는 우리가 서로 다른 지역으로 개편되기를 원했습니다. 그리고 군사와 정치 교육 지휘부를 따로 선출하기를 바랐습니다. 권력을 잡고 통치할 준비를 하기 위해서였습니다. 또한 그는 우리가 우캄바니, 칼렌진, 루오, 루햐, 기리아마 지역들과 케네 전역에 걸쳐 있는, 영국의 점령 통치에 반대하는 다른 병력들과의 연대에 더 많은 노력을 기울이기를 바랐습니다. 그는 하일리 셀라시 궁정과 가말 아브델 나세르가 수에즈 운하를 장악하고 나중에는 영국과 프랑스 군대와 싸웠던 카이로까지 우리의 대의명분을 확산시키기를 바랐습니다. 여러분에게 얘기했다시피, 우리에게는 먹을 것이 없었습니다. 그래도 올카로, 응얀다르와 산맥을 거쳐, 응예리 평원을 넘어 케냐 산까지 가기로 했습니다. 나는 지금까지 흑인의 힘을 상징하는 목소리에 지나지 않았고, 그의 군사적 천재성을 적들까지 인정하던 그 사람을 보고 싶었습니다. 이런식으로 생각하면 이해가 될 겁니다. 그는 중장 어스킨 경, 하인드 대장, 래드베리 대장, 그리고 영국에서 파견된 그들의 군대와 싸워 이겼습니다. 그들의 군대는 버프스 연대, 랭커셔 퓨질리어스 연대, 데본스 연대, 영국 공군, KAR, 그리고 파나마 운하와 팔레스타인, 홍콩, 말라야 등, 영국이 지배한 적이 있는 곳이라면 어느 곳에서나 작전을 했던 군대로 구성되어 있었습니다. 우리는 그에 대해 존경심을 갖고 얘기했습니다. 그가 자주 갔던 곳들은 우리 삶의 중요한 성소가 되었습니다. 우리는 그를 아프리카 제국의 기사이자 수상이자, 음식이나 물 없이도 열나흘을 움직일 수 있는 사람이자, 포복을 해서 7마일 정도를 갈 수 있는 사람으로 알았습니다. 우리 모두는 그를 모방하려고 했습니다. 마센지, 카라리 와 옹자마, 킴보, 카고, 와루잉기, 키메니아 같은 사람들도 있었지만, 우리는 가끔 그들의 편지와 메시지만 읽었을 뿐, 본 적은 없었습니다. 우리를 단결하게 한 것은 우리의 명분이었습니다.

여러분, 그것은 대단한 여행이었습니다! 우리에겐 탄약이 부족했습니다. 실탄을 쪼개어 열고 그 속에 든 화약을 더 작은 탄피에 넣어 총알을 더 만들려고 했지만, 역부족이었습니다. 고기가 필요하면 덫을 놓아서 잡았습니다. 그런데 그것이 여행에서 무슨 소용이 있었겠습니까? 우리는 때때로 옥수수를 생으로 먹고 죽순을 먹었습니다. 아무것이나 먹었습니다. 한

번은 야생 기장을 발견하고는 손바닥으로 비벼서 가루를 만든 다음 사슴 가죽 자루에 넣어 갖고 다니기도 했습니다. 올레마사이는 옛 나이로비에 관한 이야기를 들려주며 우리의 활력을 돋우려고 했습니다. 그는 우리에게 수천 번이나 했던 이야기를 또 해 주려고 했습니다. 자신이 어떻게 유럽인 경찰을 향해 총을 뽑았는지, 이슬람교도들이 기도를 하는 동안, 코자 사원 벽에 기대어 얼마나 떨었는지에 우리에게 얘기해 주려고 했습니다. 그러나 행복했던 시절과 달리 그 이야기는 우리를 흥분시키지 못했습니다. 우리가 입은 동물 가죽 옷은 점차 너덜너덜해졌습니다. 그래도 우리는 계속 나아갔습니다. 빽빽한 덤불을 헤치고 다니느라, 살갗은 가시에 긁히고 찢어졌습니다. 독사를 피해 달아나야 할 때도 있었습니다. 때로는 우리끼리 짜증을 내기도 했습니다. 그래도 우리는 산을 향해 나아갔습니다. 그의 입에서 나오는 말을 듣기 위해서였습니다. 곧 우리는 거대한 산과 회합 장소에 도착했습니다. 여러분! 성경에 뭐라고 되어 있는지 아십니까? 모든 것에는 때가 있고 하늘의 모든 목적에는 때가 있다고 되어 있습니다……. 사랑할 때가 있고 미워할 때가 있다고 되어 있습니다. 우리에게 그것은 두 가지, 즉 미워하고 사랑하는 것을 다 할 때였습니다. 저는 모여 있는 사람들을 보았습니다. 1마일 동안 남자나 여자가 기대지 않은 나무나 관목이 하나도 없었습니다. 그들은 도전적인 어조로 노래를 불렀습니다. 하나가 된 그들의 목소리가 천둥이 치는 듯 울렸습니다.

민중의 배반자들이여,
이 땅의 용감한 자들이 모이면
어디로 달아날 것이냐?
케냐는 흑인의 나라다.

눈물이 나오려 했지만 눈은 마르고 가슴이 내려앉았습니다.
나는 가까운 숲으로 달려갔습니다. 설사가 주르르 쏟아졌습니
다. 사람들은 여전히 주변에서 노래를 부르고 있었습니다.

민중의 배반자들이여,
이 땅의 용감한 자들이 모이면
어디로 달아날 것이냐?
케냐는 흑인의 나라다.

데단은 우리 형제들한테 잡혀 적에게 넘겨졌습니다. 자기
들 배만 채우면 된다는 자들, 와카마티모 같은 자들한테 넘겨
진 것입니다. 그들의 이름이 유다의 이름처럼 영원히 저주를
받아 우리의 자손들에게 결코 있어서는 안 되는 것의 본보기
로 남기 바랍니다! 우리는 그들이 재판이라고 부르는 우롱의
결과를 기다렸습니다. 그를 구출하려는 계획과 시도는 실패
로 끝났습니다. 그가 입원했던 병원은 경비가 삼엄했습니다.
장갑차와 기마 부대, 군인들이 도보나 오토바이로 거리를 순
찰하고 제트기가 상공에서 맴을 돌았습니다. 그들은 아프리
카의 하느님이 위에서 개입하게 되지 않을까 두려웠던 것입

니다! 들리는 말에 따르면, 그 주에 모든 유럽인 정착민들의 집에서는 독립 투쟁에 대한 식민주의의 일시적인 승리를 축하하는 파티가 열렸다고 합니다. 그러나 우리는 산에 앉아 응예리로 파견된 첩자들이 돌아오기를 기다렸습니다. 우리는 촉각을 세우며 그들을 매 순간, 기다렸습니다.

나흘째 되는 날 아침 일찍, 그들이 마침내 돌아왔습니다. 그들의 말은 들을 필요도 없었습니다. 어떻게 해야 될까요? 중요한 사람이 죽으면 그냥 알게 됩니다. 덥기도 하고 안 덥기도 합니다. 춥기도 하고 안 춥기도 합니다. 새 한 마리가 하늘을 납니다. 그 새가 어디로 가는지는 모릅니다. 아무 데도 안 가니까요. 우리는 모두, 싸움과 투쟁을 계속하기로 하고 기지로 돌아왔습니다. 그러나 상황이 더 이상 예전 같지 않았습니다! 여러분…… 더 이상 예전 같지가 않았습니다."

3. 그들은 그것을 알지 못했지만, 그날 밤은 평원을 가로지르는 그 장엄한 여행의 정점이었다. 압둘라의 잔치라 불린 그 밤은 그들에게 새로운 삶과 결의를 갖게 해 주었다. 다음 날, 해는 전보다 일찍 떠서 더 맹렬하게 빛을 퍼부어 댔다. 마치 그들이 어디까지 견딜 수 있는지 시험하는 것 같았다. 아카시아 숲과 잿빛 털이 달린 렐레시와 숲과 가시 배들도 지독한 태양에 굴복한 듯 보였다. 그래도 그들은 활기차게 길을 걸었다. 그들 역시 태양의 은밀한 욕구가 무엇인지 알고 버텨 보기로 결심한 듯이. 압둘라의 이야기는 그들에게 자신들이 밟고 있는 땅과의 관계를 새로이 의식하게 해 주었다. 땅, 황토 풀, 아

가판사스, 선인장을 비롯한 평원의 모든 것이 케냐가 독립을 쟁취하도록 싸우다가 죽은 사람들의 발자국으로 신성해진 것 같았다. 그들 안에도 그런 사람들의 정신이 있는 게 아닐까 싶었다. 이제 일모로그에서 온 그들에게도 권력과 특혜의 집에서 그들을 대변하는 목소리가 있었다. 곧, 오늘 밤, 내일, 언젠가, 여행이 끝나면, 그들은 그를 대면할 터였다. 그들이 그에게 뭔가를 요구하는 것은 처음 있는 일일 것이다. 그들은 서로 다른 방식으로 자기들이 취한 행동의 신기함과 대담함에 놀라움을 느꼈다. 몇몇은 지난번 선거 유세를 할 때, 그가 그들에게 물과 더 좋은 길을 포함하여 많은 약속을 했던 사실을 의심스럽게 떠올렸다. 그는 그들에게 시간이 좀 걸릴 것이라고 경고했었다. 그들은 마음을 고쳐먹고, 어쩌면 그가 아직도 케냐타 정부와 적극적인 협상을 벌이고 있을지 모른다고 생각했다. 과거와 어제에 있었던 압둘라의 영웅적인 행동 — 압둘라와 완자와 무니라와 카레가를 하느님께서 그들에게 보내주시다니 얼마나 기쁘고 다행스러운 일인가. — 을 떠올리며 그들은 자기들을 위해서가 아니라면 적어도 자식들을 위해, 일모로그에 다른 삶이 있을 가능성을 머릿속에 그리면서 걸음을 옮겼다. 그들은 압둘라와 무니라와 완자와 카레가를 칭송하는 노래를 읊조리기까지 했다. 그것은 새로운 희망과 미래에 대한 노래이기도 했다.

그러나 이어지는 사흘 동안, 그들 사이엔 점점 말도, 열기도 사라졌다. 옹주구나를 비롯한 몇몇 사람이 어린애들의 충고를 듣고 성급하게 길을 나선 것을 두고 경멸과 조소가 담긴 말을 한두 번 내뱉기도 했다. 카레가는 며칠 전에 완자가 했던 경고를 떠올리고 그녀의 눈을 피했다. 이제는 먹을 것도 떨어지고 물도 없었다. 견딜 수 없을 정도로 목이 타서 앞으로 나아갈 의지마저도 꺾일 참이었다. 압둘라는 시내가 있던 곳으로 그들을 데리고 갔다. 그들은 돌을 파내고 바위를 들춰서, 태양의 열기를 식히려고 태양이 닿지 않은 부분에 혀를 갖다 댔다. 영양의 무리도 그들이 있는 곳으로 오지 않았다. 최근에 죽은 일런드의 시체 하나가 있을 뿐이었다. 아이들은 수레 위로 다시 기어올랐다. 그들은 당나귀를 데려와서 아이들이 뜨거운 모래와 날카로운 풀 줄기를 밟으며 걸을 필요가 없는 게 그나마 다행이라고 생각했다. 매와 독수리들이 위에서 나는 가운데 그들은 여행을 계속했다. 어쩌면 희망을 품고……. 응야키뉴아는 그들을 격려했다. "벌써 여행이 반이나 지났으니 낙담하지 맙시다. 무랑가에서 아이가 하루 종일 용감하게 배고픔을 견디다가, 어머니가 이리오를 만들려고 마지막 숟갈을 넣을 때, 포기를 해 버렸다는 얘기가 있어요."

그런데 어느 날 아침 갑자기, 그들이 언덕과 급경사가 진 계곡의 바닥에 이르렀을 때, 점점이 박힌 수풀과 나무들의 녹지대가 나타났다.

녹초가 된 그들은 나무 밑에서 쉬었다. 거대한 평원을 지나기 위해서 걸어온 수많은 거리를 생각하니 일말의 자부심도 느껴졌다. 잠시 쉬고 난 뒤에 응야키뉴아가 그들을 격려했다. 한 번 힘을 쓰고, 다시 한 번 힘을 쓰면, 바위는 움직이는 법이라오. 그녀는 조금만 비탈을 오르면 물과 야생 과일이 있을 것이라고 말했다. 압둘라처럼 수레에 타기를 거부한 이 노부인의 힘은 대체 어디에서 나오는 것일까 감탄스러웠다.

측량반원들이 비탈 옆에 있는 덤불과 나무들 사이로 구불구불한, 일종의 도로를 만들어 놓은 것 같았다. 길 양쪽에는 산불이 무분별하게 번지는 것을 막기 위해 산림부가 나무가 없는 넓은 지대를 만들어 놓은 상태였다. 그들은 희망과 믿음을 다시 갖고 이 길을 따라 여행을 계속했다. 1마일쯤 가자 계곡이 나왔다. 압둘라는 아래쪽에 물이 있을 것이라고 말했다. 얕은 계곡을 내려가니 정말로 물이 있었다. 모두가 무릎을 꿇고 물을 마셨다. 다른 사람들은 옷을 벗고 목욕을 했다. 특히 아이들이 그랬다. 나이가 많은 사람들은 좀 더 으슥한 곳으로 갔다. 그들도 구즈베리, 구아바를 비롯한 다른 열매들을 찾았다.

카레가는 당나귀에게 실컷 물을 마시고 풀을 뜯게 했다. 완자는 아이들과 함께 앉아 있었다. 완자는 이따금 아이들의 목소리를 들으면, 안에 있는 상처 때문에 가슴이 저려 왔다. 눈물을 애써 참아야 했다. 그녀는 그들을 향해 고통스러운 사랑을 느꼈다. 그 순간, 그녀는 이 세상의 모든 아이들에게 젖을 물리고 싶었다. 하느님, 우리의 죄를 용서해 주소서. 우리의 죄를 용서해 주시고 아이들이 저한테 오게 하소서. 그녀는 가슴속에서 울리는 기도의 목소리를 물리치고, 조지프를 자세히 바라보았다. 조지프는 유일하게 목욕을 하지 않았던 것이다.

그는 고개를 숙이고 힘겹게 숨을 쉬고 있었다. 그녀에게 고통을 숨기려고 하는 게 분명했다. 그녀는 일어나서 조지프의 가슴에 손을 대 보았다. 너무 뜨거웠다.

"얘가 아픈 지 얼마나 되니?" 그녀가 아이들에게 물었다. 몇몇이 고개를 돌렸다. 그녀가 다시 물었다.

"어제부터 밤새 아팠어요." 한 아이가 말했다. "아무에게도 얘기하지 말라고 했어요. 짐이 되고 싶지 않다면서요."

그 순진함 — 자기 욕심을 모르는 인내심 — 에 그녀는 감동했다. 그녀는 무니라, 카레가, 압둘라가 얘기를 나누는 곳으로 달려갔다.

"조지프가 아파요." 그녀가 불쑥 말했다.

그들은 조지프가 있는 곳으로 달려왔다. 응주구나와 응야키뉴아도 달려왔고 결국 모든 사람이 그 일에 대해 알게 되었다. 압둘라와 응주구나가 숲으로 들어가더니 나무 뿌리와 푸른 잎을 가지고 돌아와, 조지프에게 주면서 씹으라고 했다. 그러나 압둘라의 말에 따르면, 지금 당장 필요한 것은 잎과 뿌리를 삶은 단지를 아이 옆에 놓고 담요로 덮어 아이 몸의 열과 관절 통증이 땀으로 빠져나가게 하는 일이었다. 그러기 위해선 가까운 농가에 가서 약을 얻거나, 그들이 조지프를 직접 치료할 수 있도록 장소를 내어달라고 부탁해야 했다.

그들은 당나귀를 다시 길로 끌고 나와 수레를 채웠다. 도로는 비탈을 따라 나 있었지만, 아직도 경사가 가팔랐다. 당나귀의 발이 자꾸 미끄러졌다. 무니라, 카레가, 완자가 수레를 밀었다. 이렇게 숨을 헐떡거리고 땀을 흘리면서 정상에 이르자 포장도로가 나왔다.

조지프가 아프지 않았다면, 그들은 그 광경을 보고 환호했을 것이다. 그들 아래로 도시가 펼쳐져 있었다. 완자는 도시의 중심을 차지하고 있는 힐튼 호텔과 케냐타 회담 센터를 알아보았다.

그들은 서둘러 길을 내려갔다. 날이 거의 어둑해져서야 그들은 첫 농가에 도착했다. 카레가와 무니라가 철문을 열려고 하는데, 유럽 여자가 다가오더니 일자리가 없다며 아무 설명도 듣지 않고 그곳에서 당장 나가라고 명령했다. 카레가와 무니라는 길을 내려가면서 웃지 않을 수 없었다. 카레가는 궁금했다. "어째서 저 여자는 우리가 이 저녁에 일자리를 구한다고 생각했을까?" 그는 백인들에 대해 한마디 하려다가, 도시에서 겪었던 일을 떠올리고 입을 다물었다.

다음 철문이 나왔을 때, 그들은 조심스럽게 푯말부터 읽었다. 희망과 머뭇거림이 교차하면서 그들의 가슴이 두근거렸다. 제로드 브라운 신부. 카레가가 다시 읽었다. 아프리카인이라면 좋겠지만, 하느님을 섬기는 자라면 피부색과 상관없이 선과 자비와 친절을 베풀지 않을까 싶었다. 그들은 카레가와 무니라와 압둘라를 보냈다. 압둘라의 성치 않은 다리를 보면 그들이 좋은 의도로 왔다는 것을 알 것이었다.

집으로 통하는 차도 양쪽에는 말끔하게 손질된 삼나무 울타리가 있었다. 울타리 너머로도 말끔하게 깎인 잔디가 펼쳐져 있었다. 잔디밭 곳곳에 삼나무들이 하나씩 심겨 있었다. 그 나무들의 잎과 가지도 말끔하게 손질되어 마치 하늘을 향해 계속 기원을 하는 것 같은 원뿔 모양을 하고 있었다. 여러 해를 들여 손질했겠구나. 땀과 기술과 숙련된 기능에 수많은 에

너지와 머리가 들어갔겠구나. 카레가는 이렇게 생각했다. 집은 붉은색 타일이 깔리고 경사진 박공이 있는, 아주 위엄이 넘치는 커다란 단층집이었다.

갑자기 개 두 마리가 그들을 향해 달려왔다. 짖는 소리가 너무 컸다. 가던 걸음을 멈추고 방향을 돌려 도망가야 할 것 같았다. 그러나 소나무 뒤에서 남자 하나가 나타나더니 개들을 제지시켰다. 그들은 푸른색 제복과 흰 모자를 쓴 그를 경비원이라고 생각했다. 모자에는 시큐리코 가드라고 쓰여 있었다. 녹색 칸주를 입고 머리에는 적색 터키 모자를 쓰고 그에 맞는 적색 끈을 허리에 두른 다른 남자가 커다란 집에서 나오더니 셰퍼드 두 마리의 목걸이를 잡고 있던 시큐리코 경비원한테 다가왔다.

"당신들은 누구요? 원하는 게 뭐요?" 붉은 띠를 맨 사람이 말했다. 주인집 요리사가 분명했다. 시큐리코 경비원은 숨을 헐떡거리는 살찐 짐승들을 살짝 두드리면서, 동시에 눈을 치켜떴다. 개들이 부랑자들을 공격하도록 풀어 주고 싶은 모양이었다.

"우리는 멀리서 왔습니다. 집주인을 뵙고 싶습니다. 우리에게 곤란한 일이 좀 생겼답니다."

"이보시오." 시큐리코 경비원이 말했다. "용건을 빨리 말하지 않으면 더 큰 곤란을 겪을 거요."

"원하는 게 뭐요?" 붉은 띠를 두른 남자가 말했다. "보시다시피 브라운 신부님은 기도 중이시오. 기도를 끝내시면, 보통 서재로 가서서 설교를 준비하세요. 아주 바쁜 분이죠. 방해받는 것을 싫어하십니다."

"우리는 어려운 상황에 처해 있습니다." 무니라가 앞에 한 말을 반복했다. "대문 앞에 일행이 더 있습니다. 아이가 아픕니다. 신부님께서 기도를 마칠 때까지 기다리겠습니다."

"베란다로 와서 기다리시오." 그가 다시 한 번 그들을 이리저리 살피며 말했다. 카레가는 그들의 모습이 틀림없이 엉망일 거라고 생각했다. 오랫동안 제대로 씻지도 못하고 옷도 갈아입지 못했으니 그럴 만도 했다.

그들은 베란다에 서 있었다. 카레가는 흙벽과 풀 이엉으로 된 일꾼들의 집이 두 줄로 늘어서 있는 모습을 바라보았다. 압둘라도 생각에 잠겨 있었다. 우리 몸에서 붉은 터키 모자와 붉은 띠를 떼어 내려고 싸웠는데 이게 뭔가 싶었다. 무니라는 기도에 열중하는 자신의 아버지를 그려 보았다.

곧 신부가 문밖으로 나왔다. 제로드 브라운 신부는 흑인이었다. 무니라는 심장이 멎는 것 같았다. 그는 그 남자를 알아보았다. 아버지의 집에서 한두 번 본 적이 있었으며, 고향에서는 카마우 신부로 알려진 사람이었다. 제로드 브라운은 그의 기독교식 이름이었다. 그는 성공회에서 가장 존경받는 사람 중 하나로 주교 후보로도 거론되었다.

"안녕하시오." 그가 귀에 거슬리는 목소리로 말했다.

"네, 안녕하세요." 그들은 기대에 찬 목소리로 일제히 대답했다.

"저희가 어려운 상황에 처해 있습니다." 무니라가 말했다.

"우리는 먼 길을 왔습니다." 카레가가 덧붙였다.

"목도 마르고 배도 고픕니다. 그리고 아픈 아이가 대문에 있습니다." 압둘라가 덧붙였다.

"어디서 왔습니까?"

"일모로그요." 그들이 다시 일제히 말했다.

"일모로그! 일모로그!" 그가 천천히 말하면서 그들을 아래위로 하나하나 훑어보았다. 일자리를 달라고 했다면 이해하겠지만, 체격도 좋고 몸도 건강해 보이는 사람들이 음식을 구걸하다니 이해가 안 된다는 표정이었다. 그는 분노보다는 동정심이 담긴 한숨을 내쉬었다.

"안으로 들어오세요!"

그의 목소리에는 동정심과 이해심이 가득했다. 그는 기독교도로서 자신의 의무가 어디에 있는지 알았다. 무니라는 너무 행복해서 자신이 누구인지 말할까 생각해 보았다.

거실은 대단히 넓었다. 무니라는 자신의 어머니와 흡사한 엄청난 몸집의 부인이 불 옆 소파에 앉아서 뜨개질을 하고 있는 모습을 눈여겨보았다. 그녀는 그들을 재빨리 훑어보더니 인사를 하고는 하던 일을 계속했다. 그녀 가까이에 있는 벽에는 유리가 끼워진 책장이 있었고, 그 안에는 금박 글씨로 된 유아용 백과사전 전집과 다양한 크기와 색상의 성경들이 가득했다. 벽난로 위에는 유리 덮개가 있는 나무 액자가 걸려 있었다. 액자에는 "그리스도는 이 집의 주인이십니다. 그분은 식사할 때마다 우리의 모든 대화를 조용히 들으시는 분입니다."라는 표어가 적혀 있었다. 다른 벽에는 발가벗고 털이 북슬북슬하고 동물처럼 네발로 기는 네브카드네자르 왕의 모습이 그려진 액자가 걸려 있었고 그 아래에는 경고의 말이 쓰여 있었다. 다른 벽들에는 신부가 다양한 고위 성직자들과 함께 찍은 단체 사진들이 걸려 있었다.

무니라는 자신을 소개하려고 헛기침을 했다. 그런데 선반에서 성경을 가져온 신부가 그들에게 기도를 하자고 했다. 그는 마음이 가난한 자들, 마음이 절름발이인 자들, 직장이 없이 떠도는 사람들, 빵을 먹지 못하고 예수의 우물에서 물을 마시지 못해 목마르고 배고픈 사람들을 위해 기도했다. 그는 태양 아래에 있는 모든 것과 모든 사람을 위해 기도했다. 그의 목소리는 그들의 가슴속에 있는 부드러운 것을 건드렸다.

그가 기도를 마쳤다.

무니라가 헛기침을 하고 자신이 누구인지 말하려고 하는데, 신부가 어느새 성경을 펴고 읽기 시작했다.

어느 날 베드로와 요한은 오후 세 시 기도하는 시간에 성전으로 올라가는데, 모태에서부터 불구자였던 사람 하나가 들려왔다. '아름다운 문'이라는 성전 문 곁에는 태어날 때부터 앉은뱅이가 된 사람이 하나 있었다. 날마다 사람들이 거기에 들어다 놓으면 그는 앉아서 성전으로 들어가는 사람들에게 구걸을 했다. 그는 성전으로 들어가려는 베드로와 요한을 보고 구걸을 했다. 베드로는 요한과 함께 그를 눈여겨보며 "우리를 좀 보시오."하고 말했다. 그 앉은뱅이는 무엇을 주려니 하고 두 사도를 쳐다보았다. 그러자 베드로는 "나는 돈이 없습니다. 그러나 내가 줄 수 있는 것은 이것입니다. 나자렛 예수 그리스도의 이름으로 걸어가시오."라고 말하며 그의 손을 잡아 일으켰다.*

그들은 성경을 읽고 설교가 이어지는 동안 묵묵히 앉아 있었다. 다소 길긴 하지만 필요한 과정이라고 생각했다. 신부한 테서 달리 뭘 기대할 수 있겠는가 싶었다.

"성경에서 말하고 있는 것은 육체의 병이라기보다 영혼의 상태입니다. 성경에 나오는 그 남자가 영혼의 병이 나을 때까지 성전 안으로 들어가지 못했다는 사실을 눈여겨보십시오. 그는 다시는 구걸하지 않았습니다. 성경은 게으름과 구걸에 대해 분명히 반대하고 있습니다. 이 나라의 문제는 바로 이것입니다. 우리는 대부분, 근면한 노동과 땀의 삶보다 떠돌이와 구걸의 삶을 선호하는 것 같습니다. 인간이 하느님의 명령과 소망을 완전히 무시하고 거역하며 선악과의 열매를 따먹은 순간부터, 하느님은 인간에게 앞으로는 일을 하고 땀을 흘리며 먹고살고, 다시는 그가 주시는 만나를 공짜로 맛볼 수 없게 될 거라고 말씀하셨습니다. 나는 나이로비의 레나나에 있는 기숙학교인 케냐 고등학교와 리무루 여자학교에 다니는 내 자식들에게도 일을 시킵니다. 풀을 깎고 울타리의 가지를 치고 닭 모이를 주고 용돈을 벌게 합니다. 아픈 아이는 왜 데리고 오지 않았습니까? 나는 아픈 그 아이를 위해 이미 기도를 드렸습니다. 자, 이제 주님 안에서 평화와 믿음을 갖고 가십시오."

"그런데 신부님⋯⋯." 카레가가 무슨 말인가를 하려고 했

---

* 「사도행전」 3장 1~7절.

지만, 그럴 수가 없었다.

"우리가 필요한 건…… 단지……." 압둘라도 말하려고 했지만 뭔가가 그의 목을 가로막았다.

무니라는 놀라서 말을 할 수 없었다. 자신이 누구인지 제로드 신부에게 말하지 않은 것을 정말 다행이라 생각했다. 그들은 나가려고 일어섰다. 그러나 카레가가 어쩔 수 없었는지 문가에서 돌아서서 그가 알고 있는 대목을 인용했다.

저녁 때가 되자 제자들이 예수께 와서 "여기는 외딴 곳이고 시간도 이미 늦었습니다. 그러니 군중들을 헤쳐 제각기 음식을 사먹도록 농가나 근처 마을로 보내는 것이 좋겠습니다." 하고 말하였다. 예수께서 "너희가 먹을 것을 주어라." 하고 이르셨다……. 예수께서는 빵 다섯 개와 물고기 두 마리를 손에 드시고 하늘을 우러러 감사의 기도를 드리신 다음 빵을 떼어 제자들에게 주시며 군중들에게 나누어 주라고 하셨다. 모두가 배불리 먹고 만족하였다.*

"바로 그것이오." 신부가 엄숙하게 말했다. "예수님의 빵과 물고기."

세 사람은 불만이 가득한 얼굴로 아무것도 얻지 못한 채, 대문에서 기다리고 있는 사람들에게로 돌아갔다. 그 소식을 어떻게 전해야 할지 난감했다. 그러나 그들의 얼굴과 침묵만으

---

* 「마르코 복음서」 6장 35~42절.

로도 모든 것이 설명되었다. 압둘라가 말했다. "다른 집에 가 봅시다. 이번에는 유럽인들과 신부들은 피합시다."

완자가 카레가한테 와서 무슨 일이 있었는지 물었다. 카레가가 갑자기 웃음을 터뜨렸다. "우리가 여행을 떠날 때 불렀던 찬송가 기억하세요?" 그는 "예수의 빵을 먹지 못한 사람들은 배가 고프고 목이 마르다."는 가사를 암송했다. "그런데 그 신부 개자식이 우리한테 영혼의 음식, 예수의 빵과 물고기밖에 줄 수 없다고 하지 뭡니까?"

그들은 어떤 집에 들어가야 할지 몰라 여러 집을 지나쳤다. 대부분, 아시아인과 유럽인 들의 명패가 붙은 집들이었다. 그곳이 도시에서 가장 인기 있는 전원 주거 단지 중 하나였기 때문이었다. 그 지역은 완자에게 도시에서의 불쾌한 경험을 상기시켰다. 그녀는 어느 집에도 들어가고 싶지 않았다. 무니라가 갑자기 걸음을 멈췄다. 그의 심장이 빠르게 뛰었다. 그는 카레가를 부르기 전에 다시 한 번 이름을 확인했다. "레이먼드 추이." 카레가가 명패를 읽더니 무니라를 쳐다보았다.

"나는 들어가지 않겠습니다." 카레가가 그에게 말했다. "다른 사람들과 같이 기다리겠습니다."

"알겠네, 알겠어." 무니라가 즐거운 목소리로 말했다. "자네 모르겠는가? 내 동급생이었고…… 뛰어난 선수였고…… 내 친구였다네……. 내가 자네한테 많이 얘기했잖은가……. 우리는 시리아나에서 함께 쫓겨났었네……. 투쟁의 동지였지……. 자네도 알잖아."

그는 혼자 들어갔다. 단지 내에는 차들이 많았다. 무니라는 창문을 통해서 긴 드레스를 입고 잔을 들고 높은 목소리로 열심히 얘기하는 여러 명의 여자들을 볼 수 있었다. 여럿이 전통적인 노래를 부르기 시작했다. 여자들의 목소리였다.

와루 와 웅기리가카
　붉은 감자.
우시가기르우코 쿠?
　어느 집에서 껍질을 벗기지?
우시가기르우코 콰 웅기나
　응기나의 집에서 벗기지.
트웨테레이레 오에 키힝구로
　우리는 그녀가 열쇠를 집기를 기다리네.
시아나 시투 시아가지 기숭구
　우리 아이들은 영어로 말하네.
하람비! 투오에 마다라카
　하람비! 우리는 높은 자리를 차지하네.

남자들이 이어받아 보통 할례식 때 부르는 노래 중에서 활기찬 대목을 불렀다.

응그위르워 니 우투쿠
　사람들은 어둡다고 말하네.
응그위르워 니 우투쿠

사람들은 어둡다고 말하네.

응기오나가 이리마

　　그러나 나는 아직도 볼 수 있네.

시아 투무투무

　　투무 투무 언덕들을.

호이, 와이나가

　　오 예스, 와이나가.

응주구마 응두쿠

　　큰 곤봉.

응주구마 응두쿠

　　큰 곤봉.

야 구쿠라 크루 카부쿠

　　보지를 벌리려고.

후이, 와이나가

　　오 예스, 와이나가.

크나 이고토

　　바나나 잎사귀가 달린 보지.

크나 이고토

　　바나나 잎사귀가 달린 보지.

기시 크니 운유아가 음바키

　　그래 보지야! 코담배를 피워 보렴.

후이, 와이나가

　　오 예스, 와이나가.

노래가 끝나자, 그들은 자기들의 대담무쌍한 목소리에 손뼉을 치며 웃었다. 스와힐리어와 영어 노래들도 있었다. 정말로, 문화적으로 통합된 파티였다. 무니라는 용기를 잃고 문가에 서서 망설였다. 갑자기 악취가 풍기는 몸, 빗지 않은 머리, 구겨지고 흙이 묻고 더러운 옷이 의식되었다. 동시에, 그는 다양한 공동체에 속한 많은 고위 대표단들의 모임에 대해 생각했다. 육 개월도 지나지 않은 평범한 노동자들에게 뭔가로부터 보호해 주겠다는 서약이 주어지지 않았던가? 무엇으로부터였던가? 노래를 부르는 목소리들로부터였던가?

안에서 문이 열렸다. 무니라를 향해 불빛이 쏟아졌다. 그 상태에서 그는 입술을 붉게 칠한 여자와 마주쳤다. 커다란 아프리카 가발을 쓰고 목과 손 전체에 팔찌와 장식을 하고 있는 여자였다. 나머지 사람들은 볼 시간이 없었다. 여자는 처음엔 유령을 본 것처럼 소스라치게 놀라더니 이내 비명을 질렀다. 크고 섬뜩한 비명이었다. 그리고 기절해서 마루에 쓰러졌다. 잠시 그는 그 자리에 붙박여 있었다. 몰려오는 발소리와 깨진 유리잔 소리가 들렸다. 추이와 그의 친구들이 여자를 구출하러 오고 있었다. 설명도 해 보기 전에 그들에게 당할 것 같았다. 용기가 완전히 사라졌다. 그는 결과가 어떻게 될지 감히 기다리지 못하고 그늘 속으로 들어가 최대한 빨리 달렸다. 그리고 바깥 울타리를 뛰어넘었다. 어디에서 그런 힘이 솟아났는지 설명이 되지 않았다. 그는 다른 사람들이 있는 곳으로 가서 어서 가자고 재촉했다. 그들 뒤로 총성이 들렸다. 무니라가 얘기하지 않아도, 그가 또 다른 재앙에 말려들었음을 모두가 알았다.

"시내로 바로 갑시다." 무니라가 말했다. "어느 집에 들어가도 소용없어요. 다 똑같아요." 압둘라도 생각이 같았다. "날도 저물고 있고요."

그러나 조지프의 열이 더 심해졌다. 모두가 그의 신음 소리와 한숨 소리를 들을 수 있었다. 그들은 조지프의 주변으로 몰려들었다. 조지프는 이제 과거에 있었던 일들을 떠올리며 혼잣말을 하고 있었다. 그 말을 이해하는 사람은 압둘라뿐인 듯했다. 그는 울고 웃고 소리치고 불평했다. "내 거예요…… 내 거라고요……. 그…… 그…… 뼈…… 배고파요……. 정말, 저는 지난밤에 아무것도 안 먹었어요……. 때리지 마세요……. 제발 때리지 마세요." 그는 여기에서 말을 멈췄다. 이어서 누군가의 질문에 대답을 하는 것 같았다. "오늘 밤은 응데베에서 잘게요……. 가끔은 버려진 폐차 안에서도 자는걸요……. 네, 네……. 수풀 속에서도 자고요." 그는 숨을 헐떡였다. 한두 번은 어머니를 부르기도 했다. 그러나 그의 어머니는 그곳에 없었다. 완자는 견딜 수 없었다. 그의 신음이 그녀의 충족되지 않은 모성애를 파고들었다. 그다음 집으로 들어가자고 한 것은 그녀였다. 응야키뉴아가 그녀를 따라 들어가겠다고 했다. 그러나 후다닥 나와야 되는 상황이 발생하면 어떻게 하느냐며 사람들이 말렸다. 카레가와 압둘라가 그녀와 같이 가겠다고 했다. 그러나 사람들은 압둘라가 조지프의 옆에 있는 게 좋겠다며, 응주구나에게 같이 가라고 했다. 그가 원로니까 그들이 나쁜 의도를 갖지 않고 있다는 증거가 될 것이라 여긴 것이다. 무니라는 세 번에 걸친 충격에서 완전히 회복하지 못한 상태라, 뒤에 남아 완자의 마지막 임무가 어떤 결과로 이어질지 기다리기로 했다.

그러나 그 임무는 그들이 첫 번째 건물 근처에 가 보기도 전에 불운과 만났다. 여러 명의 남자들이 소리도 없이 사방에서 에워싸더니 그들의 팔을 뒤로 묶어 버렸다. 카레가가 항의했지만, 그들을 체포한 남자들은 굳이 대꾸조차 하지 않았다. 남자들은 그들의 얼굴에 횃불을 비췄다. "여자도 하나 있네." 한 사람이 이렇게 말하고는 그들을 앞으로 밀쳤다. 그들은 큰 집에 있는 방으로 끌려가 컴컴한 어둠 속에 갇혔다. 모든 상황이 도무지 이해가 되지 않았다. 자기들이 외국에 와 있는 게 아닌가 하는 생각이 들 정도였다. 실제로 웅주구나는 그렇게 생각하고 있었다. 일모로그에서 나는 행복했어. 그가 큰 소리로 말했다. "이게 무슨 의미지? 어떻게 감히 아버지뻘 되는 늙은이를 체포하지? 우리 아이들한테도 이런 일이 있었다는 말일까? 그 아이들이 일모로그를 떠난 후로 이렇게 되었다는 말일까?"

카레가나 완자가 대답을 하거나 위로의 말을 하기도 전에 갑자기 불이 켜졌다. 빛 때문에 잠시 아무것도 보이지 않았다. 그러나 눈을 깜빡거린 후에 그들은 주변을 둘러보고 치욕을 당한 자신들의 얼굴 말고는 아무도 없다는 것을 알았다. 몇 분간의 침묵이 이어졌다. 누군가가 문의 손잡이를 돌리는 소리가 났다. 그들은 기대하는 눈으로 손잡이를 바라보았다. 문이 열리고 검은 양복을 입고 꽃무늬 넥타이를 맨 신사가 그들 앞에 섰다.

완자의 눈과 그의 눈이 마주쳤다. 그들은 잠시, 서로를 말없이 응시했다. 카레가와 응주구나는 그들 사이에 오가는 작은 드라마를 알아채지 못했다. 그 신사는 이제 응주구나와 카레가를 바라보고, 다시 이제는 앞을 응시하는 완자를 바라보았다. 그녀의 눈은 그 남자를 지나고, 문을 지나고, 먼먼 다른 곳을 응시하고 있는 것 같았다.

"이런 식으로 여러분을 내 집에 초대해야 했던 걸 미안하게 생각합니다." 그는 애써 예의를 차리며 말했다. "그러나 여러분도 이해하시겠지만, 이 지역에 강도와 폭력이 발생하는 빈도가 높아졌습니다. 그래서 필요한 예방 조치를 취해야 한답니다. 예방이 치료보다 나으니까요. 여러분은 마사이 모란조차도 이따금 '자기들'의 소를 가지러 왔다며 평화로운 시민들의 잠을 깨운다는 것을 알고들 있습니까? 모른다고요? 우리 모두 조심해야 합니다. 그래야 해가 없지요. 자, 어떻게 여러분을 도와드릴까요?"

"어떻게 감히 늙은이를 이런 식으로 취급하는 거요? 당신은 머리가 희끗희끗한 당신 아버지한테도 이렇게 하오?" 응주구나가 따지고 들었다.

"제 아버지가 살아 계셨다면, 이런 밤에 사람들의 평화를 깨는 행동은 안 하셨을 겁니다. 당신이 총에 맞지 않은 것은 그 흰머리와 이 여자 덕분이니 감사한 줄 아시오."

카레가는 최선을 다해 그들의 상황을 설명했다. 그는 도시에 온 목적을 설명하기까지 했다.

"일모로그 국회의원 말인가요? 응데리 와 리에라 의원님요? 내가 잘 알지요. 내 친구요. 어르신, 상황이 변했어요. 그러니 다른 사람에 대해 나쁜 얘기는 하지 마세요. 우리가 내일 어디서 만날지 모르는 일이잖아요. 이제 응데리 와 리에라 의원에 관한 얘기를 해 보죠. 우리는 의견의 차이가 좀 있었죠. 그는 소위 자유 투사였어요. 그러니까 당원이었고 감옥에 갔다 왔어요. 그런데 나는⋯⋯ 그러니까 우리가 직접 대면한 적은 없다고 말해야 할지도 모르겠네요. 여하튼 지금은 친구가 됐죠. 왜냐고요? 울타리의 이쪽 편이든 저쪽 편이든, 아니면 울타리 위에 걸터앉아 있든, 우리가 모두 같은 목적을 위해 싸우고 있다는 걸 깨달았기 때문이죠. 안 그렇습니까? 우리는 모두 자유 투사들이었어요. 여하튼 응데리 씨와 나는 아주 좋은 친구죠. 사업도 한두 개 같이 하고 있고요. 여러분은 티 파티에 다녀왔습니까? 한 가지 얘기해 드리죠. 여기에서도 그게 있었어요. 우리는 모두 KCO의 회원들이죠. 우리 중 몇은 이 티 파티에서 거둔 돈을 몇 천쯤 빌려 쓰기까지 했어요. 나는 KCO의 평생 회원이랍니다. 응데리도 그렇고요. 내가 여러분에게 이런 얘기를 하는 것은 응데리가 나한테 낯선 사람이 아니라는 것을 보여 주기 위해서예요. 그런데 그는 나한테 일모로그에 기근은 말할 것도 없고 가뭄이 들었다는 얘기도 하지 않았어요! 그는 그곳에서도 하람비를 조직했을 거요. 자조 말입니다, 그에겐 친구들이 많거든요. 모두가 뭔가 기여를 했겠죠. 자선은 고향에서 시작하는 거잖아요, 하! 하! 하!"

"당신이 자선을 보여 이 밧줄이나 풀어 줄 수 있겠소?" 응주구나가 그의 웃음을 막았다. 카레가는 그 남자가 얘기를 좋아하는 것을 보고 깜짝 놀랐다. 마치 그들에게 깊은 인상을 심어 주려고 애쓰는 것만 같았다. 그런데 왜 죄수로 잡혀 있는 그들 앞에서 으스대고 싶어 하는 것일까? 이유가 뭘까?

"기백이 있는 노인이시군. 다른 사람을 보내리다." 그리고 그는 더 이상 말하지 않고 방에서 나갔다.

카레가는 완자와 웅주구나를 바라보았다. 그들은 동상처럼 굳어 있었다. 그는 문까지 기어가서 발로 문을 건드려 보았다. 너무 이상해서 통속적인 영화나 소설, 추리 소설에 나오는 장면 같았다. 문은 잠겨 있었다. 그리고 그 경험은 특별히 오싹하지도 않았다.

몇 분 후, 그들을 가뒀던 남자가 들어왔다. 그의 얼굴은 한결 부드러워져 있었다. 그들에게 뭔가를 얘기하려다가 마음을 바꾼 듯 보였다. 그는 밧줄을 풀어 주고, 그 신사가 숙녀를 만나 보고 싶어 한다고 말했다. 카레가는 그녀와 함께 갈 것처럼 움직였다. 그러나 그 남자가 말했다. 숙녀만.

동상 같은 자세에서 깨어난 완자가 아랫입술을 깨물고 그를 따라 나갔다. 마음이 떨렸다. 뭔가 결심을 해야 할 것 같았다. 그들은 여러 개의 복도를 통과했다. 거대한 저택이었다. 그녀는 사무실처럼 보이는 남자의 방으로 안내되었다.

그는 입구에서 완자의 등 뒤로 문을 닫았다. 그가 앉으라고 했지만, 그녀는 거부했다.

"나는 앉아도 괜찮겠지? 드디어, 완자, 드디어." 그는 질문과 서술의 중간에 해당하는 어조로 말했다.

"우리한테, 노인한테, 정신 못 차리게 아픈 아이한테 왜 이러는 거죠?"

"내가 당신네 얘기를 믿을 거라고 생각해? 다른 사람들을 데려오라고 내가 부하 둘을 보냈어. 당신을 위해서 나는 모두를 도우려고 했지. 그런데 없더군."

"그건 사실이 아니에요. 당신은 거짓말을 하고 있어요. 그들은 거기에 있어요. 당나귀가 끄는 수레와 함께요."

"나는 당신이 거짓말하는 걸 원치 않아, 완자. 당신은 이 집이 다른 사람의 집이라고 생각한 모양이군. 친구를 찾아가려고 했는지도 모르고. 당신이 나를 보고 놀라는 것을 보고 안 거야. 자, 얘기해 봐. 왜 안 앉는 거지? 내가 물어뜯는 것도 아닌데 말이야. 해를 끼치지도 않을 거고. 왜 나한테서 달아났는지 말해 봐."

"다른 얘길 할 순 없나요? 당신은 내 인생을 망쳐 놓았어요. 그것으로 충분하지 않아요?"

"어떻게? 달아난 것은 당신이었어. 나는 당신이 임신을 했다고 해서 놀렸을 뿐이야. 나는 당신의 말이 진짜인지 시험해 보고 싶었을 뿐이라고. 아이는 어떻게 됐지? 어디에 있지? 아들이야, 딸이야? 당신도 알다시피, 나는 암토끼들만 줄줄이 낳는 여자와 결혼했어."

그녀는 그를 쳐다보았다. 그 눈에는 무자비함이 담겨 있었다. 그녀의 가슴에도 무자비함이 가득 찼다. 언젠가 너는 대가를 치를 것이다. 그녀는 속으로 말했다. 언젠가 너는 대가를 치를 것이다. 그녀는 큰 소리로 애원했다.

"나를, 우리를 그냥 놔주면 안 돼요? 우리가 당신에게 무슨 해를 끼쳤나요? 우리는 아이가 아파서 도움을 청하려고 했던 것뿐이에요."

그가 일어서서 그녀가 서 있는 곳으로 걸음을 옮겼다. 그녀는 한쪽으로 몸을 움직였다. 이 남자는 나이도 먹지 않는 모양이다. 완자는 그에 관해 그렇게까지 생각해 주는 자신이 너무 싫었다. 그가 그녀에게 더 가까이 다가갔다. 그녀는 다시 뒤로 움직였다. 그녀가 소파 위로 넘어졌다. 그가 단추를 누르자, 작은 소파가 침대로 변했다.

"키메리아! 가까이 오면 소리칠 거예요. 그러면 당신 부인이 들을 거고요." 그녀가 책상 위에 있는 칼처럼 생긴 것을 바라보며 그에게 경고했다.

그가 걸음을 멈췄다. 그녀가 일어나서 침대 끝으로 움직였다. 그도 일어나서 그녀를 응시했다. 그리고 갑자기 한쪽 무릎을 꿇고 그녀를 향해 조금씩 다가가며 말했다.

"내 마누라는 오늘 밤 여기에 없어. 그리고 그것은 중요하지 않아. 당신은 마녀야. 그거 알아? 내 마녀란 말이야. 나한테 돌아올래? 도시 중앙에 있는 작은 아파트를 좋은 걸로 하나 얻어 주지. 무인디 음빙구 거리에 있는 것으로 말이야. 아니면 하일리 셀라시 거리에 있는 것으로 얻어 줄 수도 있어. 어디든 당신은 선택만 하면 돼. 집세는 내가 낼게. 당신은 아무것도 할 필요 없어. 손톱이나 칠하고 있으면 돼. 아냐, 잠깐만. 전문 대학에 다닐 수도 있겠네. 도시에는 그런 게 아주 많거든. 타자기를 탁! 탁! 칠 줄만 알면 돼. 그러고 나면 내가 직장을 구해 줄게. 내가 사람들을 좀 알거든. 알다시피 케냐는 흑인의 나라야. 우습게 생긴 저 친구들과 뭘 하려는 거야? 일모로그에서는 뭘 하고 있는 거야? 완자, 나는 당신을 사랑해. 힘든 일을 겪었어도 미모는 여전하군."

그는 그녀 옆에 앉아 머뭇거리며 그녀의 몸에 팔을 둘렀다.

"그만해요, 키메리아." 그녀가 온 힘을 다해 그를 밀쳐 냈다. 그녀는 강렬한 미움과 동시에 마음이 약해지는 것을 느꼈다. "왜 나를 가만 내버려 두지 않는 거죠? 어떻게 당신이…… 그러나 당신은 늘 이런 식이었죠……. 감정도 없고…… 자기만 알고. 순간적인 정복욕만 있고."

갑자기 그녀가 일어나더니 칼을 잡았다. 그는 찡그린 얼굴에 악의를 띠고 그녀를 바라보았다. 그의 목소리는 이제 거칠고 딱딱하고 잔인했다.

"그렇게밖에 말하고 행동할 수 없나? 내가 당신에게 모든 것을 주겠다고 했는데도? 그렇다면 내 말 잘 들어. 당신들은 내 말 없이는 이곳을 떠나지 못해. 내가 저기 있는 전화를 들면 당신들 모두가 블루 힐스 침입죄로 체포당할 수도 있어. 육 개월 넘게 구금당할 수도 있다고. 우리는 당신들을 계속 법정에 세우고 증언을 하게 하면 돼. 우리는 법을 지키는 시민들이야. 어떤 여자도 나한테 당신처럼 한 적이 없어. 나한테서 도망치고 숨어? 내가 괴물이야? 그리고 감히 나를 향해 칼을 들어? 당신이 내 집에 오다니, 정말 운명적인 일이군. 당신이 저 침대에 누워 다리를 벌리기 전에는 당신들을 놔주지 않을 거야. 잘 생각해 봐. 선택은 자유야. 붙들고 있든 말든 그것은 내 자유고. 가."

그는 벨을 눌렀다. 그녀는 다른 사람들이 있는 곳으로 갔다.

그녀는 구석으로 가서 벽을 보고 앉았다. 말도 할 수 없었고 울 수도 없었다. 카레가와 웅주구나는 그녀에게 그 남자가 원하는 게 무엇인지 물었다. 그녀는 어깨만 으쓱했다.

문이 열리고 웅주구나가 밖으로 불려 나갔다. 웅주구나는 주인이라는 사람이 보내온 전갈을 들었다. 완자가 그 사람의 전처인데, 일모로그로 달아났고, 지금은 남자와의 잠자리를 거부하고 있다는 것이었다. 웅주구나는 완자를 비난하는 눈으로 바라보았다.

웅주구나는 최대한 솜씨를 발휘해 그들이 얼마나 힘든 상황에 있는지 설명했다.

"안 돼요!" 카레가는 그 남자가 요구하는 것이 무엇인지 알아차리고는 바로 소리를 질렀다.

"그런 이유 때문에…… 그런 이유로…… 아이가…… 조지프가 죽으란 말인가? 게다가 저 사람은…… 어느 면에서 보면 그 남자의 부인이 맞잖아." 웅주구나가 우겼다.

"그러나 저분은 저 남자를 모르잖아요! 우리처럼 오늘 밤에 처음 만난 거잖아요!" 카레가가 믿을 없다는 듯이 말했다.

"그렇다면 본인한테 직접 들어 보지." 웅주구나가 의기양양하게 말했다.

"사실인가요? 완자, 사실인가요?" 카레가가 물은 뒤 그녀의 답변을 기다렸다.

그러나 그녀는 질문을 못 들은 사람처럼 같은 자세로 앉아 있었다. 그녀를 고통스럽게 한 것은 그 남자의 거짓말도 아니고 카레가의 질문도 아니라, 조지프가 죽어 간다는 웅주구나

의 말이었다. 자기 피붙이도 아닌 다른 사람의 죽음에 책임을
지게 될지도 몰랐다. 그녀는 그 여행이 어떻게 시작되었는지
를 돌아보았다. 어쩌면 자기 탓이었을지도 모른다. 다른 사람
들이 그냥 가자고 할 때, 자기가 이 집에 들어가자고 우기지만
않았다면…… 젊었을 때 일탈을 하지 않았다면…… 만약……
만약…… 수많은 만약들이 그녀의 마음을 무겁게 했다. 어떻
게 해야 하나 싶었다. 스스로에게 다짐한 지 육 개월도 안 지
났는데 증오하는 남자한테 굴복해야 하나? 만약 자신이 굴복
하지 않고…… 조지프가 죽고…… 웅야키뉴아와 다른 사람들
이…… 추위에 떨고…… 굶주리고…… 목이 타고…… 일모로
그에 계속 가뭄이 들고…… 임무가 실패로 끝나고…… 구원
이 오지 않고…… 더 많은 사람들이 죽으면…… 나는 어떻게
할 것인가? 나는 어떻게 할 것인가? 또 다른 굴욕을 당해야 하
나? 그녀는 카레가에게 과거에 관한 모든 사실을 털어놓을걸
그랬다 싶었다……. 그랬다면 이 진퇴양난의 상황에서 그가
도움을 줬을지도 모를 일이었다……. 그녀는 고개를 들어 카
레가의 눈을 빤히 쳐다보았다.

"맞아요! 맞아!" 그녀는 이렇게 속삭이고 일어나서 문 쪽으
로 갔다.

잠시, 카레가는 아무런 움직임 없이 앉아 똑같은 곳을 응시
했다. 뭘 믿지? 지금 뭘 믿을 수 있지? 그가 몸을 움직였다. 그
는 일어나서 막 문을 열려고 하는 그녀의 손을 잡았다. 그녀는
전율이 이는 것을 느끼고 무력한 호소의 눈길로 그를 쳐다보
았다. 그리고 눈을 옆으로 돌리고 그의 판결을 기다렸다. 이처

럼 막다른 골목만 아니라면 무엇이든 좋을 것 같았다. 치욕스
러웠다.

"나는 아무것도 몰라요." 그가 방 안에 깃든 침묵에 다소 압
도당한 어조로 말했다. "그러나…… 그러나…… 당신이 꼭 가
야 하나요?" 그는 다소 처량하게 말을 맺었다.

그녀는 다시, 잠깐 그를 바라보고 그의 눈에 깃든 강렬함을
보았다. 그의 젊음과 순진함이 미웠다. 그는 그 짧은 순간, 그
들 사이에 놓인 지식과 경험의 도덕적 심연을 의식했다. 그녀
는 울지 않으려고 애썼다. 약간 조급하게 그녀가 손을 빼냈다.
그리고 문을 열고 등 뒤로 쾅 소리가 나게 닫았다. 그 소리가
방 안에 있는 사람들과 그녀의 마음에 진동을 남겼다. 그는 죽
어야 해. 마음속으로 큰 소리가 들렸다. 그는 죽어야 해. 간단
했다. 쓰고 달콤했다. 마음에 안정과 평화가 다시 찾아왔다.

뒤에 남은 카레가는 신음 소리를 냈다. 그는 갑자기 자신의
구석으로 물러나 누군가의 질문에 답하기라도 하듯 말했다.
그는 죽어야 해. 불이 있다면 이 집 전체에 불을 지를 거야. 웅
주구나는 예기치 않은 신음 소리와 그다음에 이어진 말에 놀
라 그를 바라보았다. 그는 그가 동상 같은 자세로 앉아 있는
것을 보고 벽을 바라보았다. 젊음, 젊음. 웅주구나가 이렇게
중얼거렸다. 섬뜩한 침묵과 불길한 그림자가 두 사람을 에워
쌌다.

4. 대표단은 마침내, 월요일 아침에 도시에 도착했다. 걱정
도 늘고 놀라운 일도 많았지만, 그들은 농담도 하고 웃기도 했

다. 포장도로, 높은 건물, 혼잡한 교통, 도시 사람들이 입는 다양한 옷들도 놀라웠다. 그들에게는 도로를 건너는 게 가장 큰 일이었다. 한두 번은 그들이 전속력으로 거리를 건너는 바람에 두세 대의 차가 끽 소리를 내며 멈춰 서기도 했다. 운전사들은 그들을 향해 욕을 퍼부었다. 저 마사이들은 누구야? 당나귀 수레를 끌고 다니는 미개한 새끼들은 도시에서 추방해야 한다니까! 그러나 그렇게 많은 고난을 겪은 후에 그들은 마침내 유명한 도시에 도착했다는 사실에 기뻐했다. 밤이 아무리 길어도 낮은 오는 법이었다.

일모로그와 남부 루와이니가 지역구인 응데리 와 리에라 의원의 사무실은 당시의 마켓 스트리트에 있던 이크발 이크루드 건물의 2층에 있었다. 카마이 레스토랑과 지반지 공원에서 걸어갈 수 있는 거리였다. 카레가와 무니라가 의원이 대표단을 접견할 수 있는지 확인하려고 사무실로 간 동안, 나머지 대표단은 공원에서 기다렸다.

입술을 짙게 칠하고 가발을 쓴 비서가 손톱에 매니큐어를 바르다가 두 사람을 위아래로 훑어보더니, 기대에 차 있던 두 사람의 심장을 얼어붙게 만들었다. 의원은 몸바사에 가서 사무실에 없고 곧 돌아올 예정이라고 했다. 그들의 얼굴이 갑자기 어두워지고 눈에 활기가 없어지는 것을 보자, 그녀는 불쌍한 생각이 들었다. 그리고 이튿날 다시 찾아오라고 말했다. 카레가와 무니라는 낙담한 얼굴로 다른 사람들이 있는 곳으로 돌아갔다. 오늘 밤은 어디에서 자야 하지? 왜 이런 일이 있을 수 있다는 걸 생각하지 못했을까? 그러나 알았다 한들 그들이 뭘 할 수 있었겠는가?

카레가와 무니라는 다른 사람들이 다른 위기에 처해 있다는 것을 알았다. 압둘라의 당나귀와 수레가 경찰에 압류당한 것이었다. 교통의 흐름을 방해하고 거리나 지반지 공원에서 똥을 싼다는 이유였다. 압둘라가 그들이 온 상황에 대해 설명했지만, 경찰은 그들이 떠날 때까지 당나귀를 압류하겠다고 했다.

카레가는 특별히 종교적인 사람은 아니었다. 그러나 그조차도 악마가 그들을 졸졸 따라다니는 듯한 느낌을 받았다. 그들은 굶주림과 목마름과 사람들의 잔인함을 견뎌 낸 사람들이었다. 이번에는 운명이 그렇지 않아도 넘어져 있는 그들에게 또 한 번 타격을 가하기로 한 모양이었다. 사람들은 그 여행을 시작하게 한 장본인인 그를 쳐다보며 이 난국을 해결해 주기를 바랐다. 그러나 그가 뭘 할 수 있을까. 그는 괴로웠다. 그들에게 너무나 명백한 사실을 얘기해 줄 수 없었다. 지반지 공원에서 밤을 나야 한다는 사실을.

다시 그들을 구해 준 것은 완자였다.

그녀는 다른 사람들로부터 떨어져 혼자 앉아 있었지만, 카레가의 고통스러운 얼굴을 보면서 뭔가를 떠올렸다. 그녀의 가슴속에 일고 있는 자기 분석적인 소용돌이나 혼란과 무관하지 않은 생각이었다.

"카레가, 내 말 들어요. 당신한테 이 도시에 사는 변호사에 대해 얘기한 적 있죠. 그는…… 그는…… 대부분의 사람들과 약간 달라요."

카레가는 아무것도 묻지 않고 고맙게 지푸라기를 잡았다.

　두 사람은 공원을 가로질러 코자 사원 근처에 있는 인도 식당에 갔다. 다른 때 같았으면 카레가는 건물을 쳐다보며 어느 지점에서 올레 마사이가 두 식민지 경찰관을 그렇게 극적으로 붙들고 있었을지 상상해 보려고 했을 것이다. 그러나 그들의 머릿속에는 똑같은 질문이 맴돌고 있었다. 변호사도 자리에 없으면 어떻게 하지? 완자가 전화를 걸었다. 그의 목소리를 듣자, 그녀는 두려움의 밤을 보낸 후 누군가가 자신에게 손을 내미는 것 같은 느낌을 받았다. 그녀는 울고 싶었다. 그녀는 그에게 상황을 설명하려고 했지만, 그가 그녀의 말을 끊고 사무실로 바로 오는 게 어떻겠느냐고 했다. 그는 그녀에게 방향을 알려 주며 버스를 타야 한다고 말했다.

　카레가는 변호사 사무실에 가 본 적이 없었다. 버스가 음보야 스트리트, 응갈라 스트리트, 리버 로드, 카리오코르, 품와니를 지나는 동안, 그는 계속해서 난폭한 권력과 특권의 분위기가 느껴지는 장엄한 복도들을 그려 보았다. 그러나 그들이 도착한 곳은 판지와 양철 지붕이 끝없이 늘어선 낙후된 지역이었다. 작은 사무실 밖에는 고객들이 길게 늘어서 있었다. 변호사는 그들을 친절하게 맞았다. 완자를 다시 보고도 놀라지 않았다.

　"아, 그 젊은 아가씨로군요." 이것이 그가 한 말의 전부였다. 그는 그들에게 벤치에 앉으라고 했다. 카레가는 테가 두꺼운 안경을 쓰고, 머리는 희끗희끗하고, 줄무늬 바지에 조끼를 입고 우산을 옆에 둔 노인을 볼 것이라고 예상했다. 그런데 그가 만난 사람은 뜻밖에도 사십 대로 보이는 남자였다. 그는 소매가 짧은 흰 셔츠를 입고 단순한 넥타이를 매고 있었다. 많은 사람들이 만나려고 기다리는 변호사라고 하기에는 너무 젊었다. 카레가는 그를 더 자세히 살폈다. 그의 얼굴은 지쳐 보였다. 눈빛은 불안했다. 너무 많은 것을 알고 있어서 그것에 짓눌린 듯한 내면의 빛, 내면의 생각 때문인 것 같았다.

"집에 안 갔군요." 이렇게 말했지만, 그의 목소리에는 비난의 기미도, 힐난의 기미도 없었다. 진심으로 알고 싶어 묻는 목소리였다.

"네…… 갈 수가 없었어요." 그녀가 작은 소리로 대답했다.

"여러분을 어떻게 도와드리면 될까요?" 그가 눈길로 카레가를 대화에 포함시키며 물었다. 그에겐 자신이 상대에게 관심을 갖고 있으며 이해력이 빠른 것처럼 보이게 하는 나름의 방식이 있었다. 그는 상대가 쉽게 입을 열 수 있도록 했다. 자신이 하는 말이 비난이나 조롱이나 상반되는 판단으로 그에게 불리하게 사용되지 않을 것 같은 믿음을 줬다. 그래서 카레가는 그에게 일모로그의 가뭄, 도시로 대표단을 보내기로 결정했던 일, 현재의 위기 상황에 처할 때까지의 여정에 대해 얘기했다. 하지만 실제로 겪었던 어려움에 대해서는 얘기하지 않았다. 그들이 지금 원하는 것은 의원을 만나는 걸 기다리는 동안, 밤에 묵을 수 있는 장소가 전부였다. 변호사의 얼굴이 약간 어두워졌다. 그는 손가락으로 탁자를 두 번 두드리면서 말했다.

"보시다시피, 저분들이 밖에서 기다리고 있습니다. 대부분

시골에서 왔고 조언을 필요로 하는 사람들이죠. 은행으로부터 위협을 받는 땅 문제에서부터 이러저런 형태의 매점을 확보하는 방법까지 문제가 다양합니다. 하일랜드에 있는 농장을 사 주겠다고 약속하고 거물들이 그들에게서 가져간 돈과 관련된 문제도 있죠……. 정말 다양합니다! 당신은 내가 사는 곳을 기억하나요?"

"네……. 어떤 버스를 타는지 알려 주시거나 도로를 알려 주시면……."

"사람들을 그곳으로 데려가세요. 집 뒤에 뜰이 있어요. 여하튼 집 뒤로는 아무 집도 없으니까요. 나중에 봅시다."

카레가는 엄청난 안도감을 느꼈다. 힐난의 눈초리를 받으며 밤새도록 앉아 있을 필요가 없게 된 것이었다. 그런데 참으로 이상한 사람도 다 있지 싶었다……. 이 나라에 아직도 저런 사람이 있단 말인가. 그는 완자에게 고마움을 느꼈다.

버스에서 그는 이런 생각을 완자에게 얘기할까 하다가 마음을 고쳐먹고 슬럼가와 좁은 도로에서 놀고 있는 벌거벗은 아이들을 바라보았다. 그는 궁금했다. 누가 나은 걸까? 오지 마을에 사는 농부일까? 그들이 거주지라고 부르는 쓰레기 더미에 내던져진 도시인일까?

완자는 그가 머뭇거린다는 것을 알았다. 그것이 그녀를 고통스럽게 했다. 그것이 그녀의 아물지 않은 상처를 건드렸다. 그러나 그녀는 이해하려고 노력했다. 그는 그 집에서 겪었던 시련과 관련하여 그녀를 늘 판단할 터였다. 운명이 그녀를 늘 달아나려 하던 과거와 맞닥뜨리게 할 줄 어찌 알았겠는가? 갑자기 증오심이 솟구쳤다. 그의 순진함이 미웠다. 그가 침묵할 때조차 그녀가 지게 되는 도덕적 짐이 미웠다. 그녀는 울지 않으려고 속으로 씨근거렸다. 그녀가 굴복했다면 어쩔 것인가? 그들을 위해 충분히 고통을 당하지 않았던가? 그녀는 처음에 이 여행에 참여하려고 하지도 않았었다!

나이로비 서부에 있는 변호사의 집은 전에는 인도인들만 살도록 지정된 지역 중 하나였다. 그 집에는 조약돌이 깔린 넓은 앞마당이 있었다. 돌담이 마당을 둘러싸고 있었다. 뒤에는 작은 정원이 있었는데 그것 역시 돌담으로 둘러싸여 있었다. 그들 중 일부는 앞마당에 앉았고, 다른 사람들은 정원에 앉았다. 다행히도 압둘라가 가져온 뿌리와 유칼립투스 잎들이 효과를 발휘했다. 조지프는 병이 땀으로 빠질 때까지 이불을 둘러썼다. 이제 그는 다른 아이들과 같이 놀고 있었다. 그들은 나이로비에 와 있는 것이 행복했다. 완자는 이곳에 대해 복잡한 감정을 느꼈다. 이곳은 구원과 치욕을 동시에 환기시켰다. 그녀는 불과 이틀 전, 자신이 약 십 분 후에 카레가와 웅주구나에게 돌아왔을 때 느꼈던 수치와 모욕의 순간을 떠올렸다. 카레가와 웅주구나와 완자는 말없이 대문까지 걸어갔다. 실망스럽게도 다른 사람들은 가고 없었다. 그러나 남자 하나가 어둠 속에서 갑자기 나타나더니 자기를 따라오라고 했다. 그제야 비밀이 풀렸다.

그 집의 주인이 완자와 카레가의 이야기가 맞는지 확인하라고 두 남자를 보낸 것은 사실이었다. 그런데 두 사람은 사람들의 비참한 이야기를 들은 후, 머리를 맞대고 의논을 했다.

그들은 호킨스 씨라고만 알고 있는 주인이 얼마나 잔인한 인간인지 알고 있었다. 언젠가 한번은 길을 물으러 들어왔던 사람을 물만 주고 일주일 동안 가둬 놓은 적도 있었다. 그들은 사람들이 있다는 얘기를 발설하지 않기로 하고, 그중 하나가 그들을 일꾼들의 숙소로 데려갔다. 다른 사람은 돌아가서 거짓말을 했다. 그렇게 해서 그들은 일요일 낮과 밤을 그곳에서 보내고 다음 날 아침 여행을 다시 시작할 수 있었다. 일요일 낮과 밤 동안, 카레가와 완자는 서로를 피했다. 응주구나까지 움츠러들고 슬퍼했다.

카레가도 이틀 전에 있었던 일과 완자의 과거에 얽힌 수수께끼에 대해 생각하고 있었다. 그녀와 호킨스 씨는 정말로 어떤 관계일까? 생각하고 싶지 않았다. 모든 사람에게는 나름의 비밀스러운 과거가 있는 법이다. 그는 앉아서 벽에 몸을 기댄 압둘라를 바라보았다. 그는 껍질 속으로, 완강해 보이는 어둠과 침묵의 세계 속으로 들어가 있었다. 그 모습을 보는 카레가는 마음이 괴로웠다. 신과 같은 평원의 사냥꾼, 총과 칼과 약초와 날씨에 정통한 대가, 영웅적인 과거에 대한 직접적인 지식을 확고하게 갖고 있는 사람이 노인처럼 쪼그라들어 있었다. 카레가는 당나귀가 경찰서에 억류되어 있다는 사실을 떠올리고 왜 그런지 이해하게 되었다. 그는 완자가 집을 빠져나가는 것을 보고 그녀의 뒤를 따라 거리로 나갔다. 그들이 그녀에게 얼마나 많은 빚을 지고 있는지는 그만이 알았다. 그는 그녀를 따라잡았다. 두 사람은 집 뒤쪽으로 난 좁은 길을 따라 말없이 걸었다.

"저리 가요. 나한테서 떨어져요." 그녀가 갑자기 거의 거칠게 외쳤다. 그러나 그는 그녀의 말을 따르지 않았다. 그들은 무호호 로드를 따라가다가 가디 애버뉴를 지나 랑가타 로드까지 갔다가 랑가타 지구로 갔다. 그녀는 울타리 옆에 서서 나이로비 공원의 평원을 바라보았다. 그도 그녀 옆에 서서 흐릿한 하늘을 배경으로 멀리 보이는 응공 언덕을 바라보았다. 그때 작은 비행기 한 대가 낮게, 아주 낮게 나는 모습이 보였다. "저게 떨어지려고 해요. 떨어지려고 해요." 완자가 말했다. 또다른 비행기가 보였다. 그리고 또 다른 비행기가 보였다. 카레가는 그들이 윌슨 공항 근처에 있다는 사실을 떠올렸다. 그곳은 관광객들이 야생 동물들을 보기 위해 내륙으로 갔다가 어둡기 전에 돌아가려고 개인 비행기를 빌리러 오는 곳이었다.

"당신이 했던 모든 것에 대해 고맙다는 말을 진짜 하고 싶었어요." 그는 그녀가 자신의 말뜻을 오해하지 않기를 바라며 당황해서 말했다.

"화내서 미안해요. 너무 수치스러워서……."

그는 잠시 생각에 잠겼다.

"아니에요." 그가 말했다. "당신 혼자만의 일이 아니에요……. 그것은 집단적인 굴욕이었어요……." 그는 어떻게 말해야 할지 알지 못했다. 그래서 그것을 일반화시키려고 했다. "우리 중 누가, 그것이 아주 작은 어린애라 하더라도, 모욕을 당하면 우리 모두가 모욕을 당한 거나 마찬가지죠. 인간과 관련이 있는 것이니까요."

6시가 지나자, 변호사가 옥수숫가루, 우유, 배추를 사서 돌아왔다. 그는 그들을 거실로 초대했다. 커다란 직사각형 거실이었다. 응야키뉴아가, 오두막이 통째로 안에 들어앉을 수 있겠다며 이건 보통 낭비가 아니라고 말해 모두가 웃었다. 몇몇 아이들은 아직도 밖에서 놀면서 비행기가 엠바카시 쪽으로 날아가는 모습을 지켜보았다. 그러나 몇몇은 어른들과 함께 앉아 있었다. 벽에는 사진들이 붙어 있었다. 그리스도 같은 머리 모양에 성스러운 눈빛을 한 체 게바라의 사진, 도전적인 모습으로 가만히 앉아 있는 데단 키마시의 사진이 붙어 있었다. 거리의 걸인을 그린 무갈룰라의 그림도 있었다. 한쪽 구석에는 완자우가 그린 자유 투사의 목각이 놓여 있었다. 압둘라는 키마시의 사진 앞에 서 있다가 갑자기 절뚝거리며 정원으로 나갔다. 다른 사람들이 조각품을 둘러싸고 투사의 머리, 웃음을 터뜨리고 있는 두툼한 입술과 혀, 허리에 찬 칼에 대해 한 마디씩 했다. 누군가가 남자한테 무슨 젖가슴이 있느냐고 물었다. 남자와 여자가 한 몸에 있는 것 같은 모습인데, 어떻게 그럴 수 있느냐고 물었다.

그들은 그에 관해 논쟁을 벌이기 시작했다. 응야키뉴아가 단순 명쾌한 논리로 그들의 입을 다물게 했다.

"남자는 여자 없이 아이를 가질 수 없잖소. 여자는 남자 없이 아이를 낳을 수 없잖소. 이 나라를 찾으려고 싸웠던 게 남자와 여자가 아니었소?"

"그러나 남자가 여자보다 더 중요하지요." 응주구나가 말했다. "잠을 자는 사람은 남자가 아니던가요? 흠! 흠! 어딘지 알아요?"

"이 집의 안주인은 어디 있죠?" 웅야키뉴아가 화제를 바꾸려고 변호사에게 물었다.

"산파 훈련을 받으려고 몇 달 동안 다른 나라에 가 있습니다. 하지만 편지로 빨리 돌아오는 게 좋겠다고 알려야 되겠습니다. 갑자기 다른 마누라와 아이들이 생겼다고요." 그는 완자가 우갈리와 야채로 국을 끓이고 있는 부엌을 아리송한 눈길로 바라보며 말했다.

모두가 웃었다. 일부다처제에 관한 얘기가 뒤를 이었다.

"누구나 한 사람 이상의 아내와 결혼할 수 있는 건 아니었어요. 염소를 바쳐야 했죠. 당시에는 염소가 재산이었으니까요. 큰 집들만 이따금 그럴 수 있었어요." 웅야키뉴아가 설명했다.

카레가는 사무실 밖에서 보니 변호사가 매우 달라 보인다고 생각했다. 피로한 기색은 사라진 것처럼 보였다. 카레가는 그에게 많은 것을 묻고 싶었으나 어떻게 말을 꺼내야 할지 알 수 없었다.

식사가 끝나자, 변호사는 카레가와 무니라를 서재로 데리고 갔다. 완자와 압둘라가 곧 합류했다. 책들이 겹겹이 쌓여 있었다. 그는 애정 어린 손길로 책을 만지작거렸다. 무니라는 거의 텅 빈 자신의 책꽂이가 생각나 부끄러웠다. 그들은 마루에 앉았다. 변호사가 갑자기 그들에게 일모로그의 역사, 그들의 지역구 의원, 현재 상황, 그리고 그들이 이번 방문으로 얻고자 하는 것에 관해서 아주 상세히 묻기 시작했다. 카레가가 설명하려고 했다. 그런데 그 과정에서 이 모든 모험 뒤에 있는 애매함을 예리하게 의식하게 되었다. 또한 변호사의 얼굴에 피곤한 표정이 돌아왔으며, 그의 목소리에 슬픔이 묻어 있다는 것도 의식하게 되었다.

"그가 당신들을 접견한다고 가정합시다. 불편한 양심을 무마시키기 위해 하람비 모임을 조직할지도 모르죠. 약간의 자선……"

"약간의 자선이라도 괜찮습니다." 무니라가 설명했다. "지금까지는 이 도시에서 그런 것을 만나지 못했지만 말입니다." 그는 신부의 집과 추이의 집에서 겪었던 일에 대해 설명했다. "제가 이해할 수 없었던 것은 그들이 경쟁을 하다시피 충격적인 말들을 한다는 사실이었습니다. 옛날에는 노래와 말을 비롯한 모든 것들에 격이 있었다고 들었습니다. 노래를 하는 사람들은 서로 얘기하고 때로는 욕도 했지만, 모든 것에는 위엄이 있었습니다. 어렸을 때, 저는 할례 축제에 참석하기 위해 몰래 집을 빠져나오곤 했습니다."

그는 말을 멈추고, 아버지가 집에서 찬송가를 부르며 앉아 있을 때, 다른 형제들 중 하나나 모두가 거기에 있었을지 모른다고 생각했다. 카레가와 완자는 그 집에서 겪었던 시련에 대해 생각했다. 변호사가 얘기를 시작했다. 마치 그가 자신의 내부에 있는 또 다른 자신과 얘기를 하고, 그들은 스스로의 의심과 두려움과 싸우는 모습을 바라보는 구경꾼에 지나지 않는 것 같았다. "주인의 목소리에 따라 주인의 춤을 열심히 흉내 내는 어리석은 흑인들을 보면 슬프고 가슴이 아프고 때로는 화도 납니다. 그들은 그것을 완벽에 가까울 때까지 해낼 겁니다. 그러나 그들이 그것에 싫증이 나거나, 우리가 그것에 싫증이 나면, 우리는 민중의 문화로 관심을 돌려 그것을 악용합니다……. 샴페인을 마시고 난 후 그저 재미를 맛보기 위해서죠……. 그러나 나는 우리가 뿌린 것이 어떤 결실을 맺기를 기대했던 것일까 자문해 보곤 하지요. 그래서 허비하고 놓쳐 버린 기회를 돌아보곤 합니다. 우리가 교차로에 서 있을 때, 방향을 잘못 잡았던 시간과 날짜와 시기를 돌아보는 것이죠. 아, 그때는 세계가 서로 다른 이유와 기대를 갖고 이렇게 말하면서 기다리고 있었습니다. 아프리카와 세계에 남자다움과 구원의 길을 보여 줬던 그들이 그 짐승을 어떻게 하려는 걸까? 이익과 착취에 혈안이 된 백인 식민주의자들의 피에 전사들의 창을 씻었던 사람들은 이제, 뭘 할까? 이런 질문을 하면서 말이죠. 민중이 뒤에 있었기에 그때 우리는 무엇이든 할 수 있었습니다. 그러나 우리 지도자들은 주조된 신과의 시시덕거림을 택했습니다. 우리를 수백 년 동안 괴롭혔던 눈이 안 보이고 귀가 안 들리는 괴물과 시시덕거린 것이죠. 우리는 판단했습니다. 잘못은 신에 봉사했던 사람들의 피부색이고, 우리가 직접 관심을 갖고 감독을 하면 우리는 괴물 신을 길들여 우리의 뜻대로 하게 할 수 있다고 판단했죠. 우리는 그것이 인간의 고통에 늘 귀를 막고 눈을 감고 있었다는 사실을 잊고 있었습니다. 그래서 계속 괴물을 만드는 거죠. 그래서 괴물은 커지고 더 많은 것을 기다립니다. 그 결과 이제는 우리 모두가 그것의 노예가 되었습니다. 그것의 사당 앞에서 우리는 무릎을 꿇고 기도하고 희망을 품습니다. 그 결과를 보십시오……. 블루 힐스에 사는 사람들, 눈이 먼 채 신의 사제를 자처하는 사람들…… 수천 에이커에 달하는 땅…… 신도들은 1에이커 때문에 신음을 하는데 사제의 두 손에는 100만 에이커가 있고…… 그들에게는 이런 말을 하고…… 이것은 여러분의 땀을 거두는 일일 따름입니다……. 괴물 신한테 정직한 노예가 됩시다. 그에게 우리의 영혼을 바칩시다……. 더불어 십일조도…… 사제들도 먹어야 하니까요……. 우리는 그것을 그의 가신인 은행에 가져갈 것입니다……. 그사이, 모두 기도합시다……. 신은 우리의 정직과 열정을 보실 수 있습니다. 그리고 우리는 부스러기를 얻게 될 겁니다. 그사이에, 신은 더 커지고 더 살이 찌고 더 밝게 빛나고, 사제들의 식욕을 돋웁니다. 괴물은 사제를 통해서 탐욕과 축적이라는 하나의 윤리적 강령만을 선포했습니다. 나는 이렇게 자문해 봅니다. 이게 공정한 것일까? 이것이 우리의 아이들을 위해 공정한 것일까?

나는 변호사입니다……. 이게 무슨 의미입니까? 나도 그 괴물에 봉사하면서 생활비를 법니다. 나는 괴물 신의 신성함과 그의 천사들과 모든 사제들을 보호하기 위해 만들어진 법을 전문적으로 다루는 사람입니다. 나는 법을 어기고 추방당할 위기에 처한 사람들을 변호할 따름입니다. 소수만이, 선택된 소수만이 이 위계질서 안에서 좋은 자리를 찾을 수 있다는 것을 기억하십시오. 이것이 고통스러운 지점이라는 것을 주목하십시오. 그들의 땀으로 교리 문답사, 교회 문지기, 부제, 성직자, 주교, 천사 등 모두를 먹이는 것입니다. 아직도 그들은 선고를 받고…… 저주를 받고 있습니다.

나는 사제이자 고해 신부입니다. 작은 창문을 통해서 내가 보는 것은 이 나라의 영혼입니다……. 흉터, 상처, 엉킨 피입니다……. 모든 것이 그들의 당황한 얼굴과 눈에 있습니다. 우리가 죄를 고백하기 전에 누가 이러한 법을 만들었는지 말해 주세요. 누구를 위한 겁니까? 누구를 돕기 위해서입니까? 나는 이런 질문에 답변할 수 없습니다……. 그러나 말했던 것처럼, 그들은 내가 세상을 보도록 창문을 엽니다.

　나는 이렇게 자문해 봅니다. 무슨 일이 있었던 걸까? 무슨 일이 있었던 걸까? 나는 책을 붙들고…… 읽어 봅니다. 지혜를 얻고 수많은 질문에 대한 열쇠를 찾기 위해서입니다. 우리의 민중은 말했습니다. 괴물의 노예가 되지 맙시다. 기도를 하고 우리 안에 있는 진짜 신과 씨름을 합시다. 우리는 이 모든 땅과 이 모든 산업을 관장해서 우리 안에 있는 하나의 신을 섬기기를 원합니다. 그들은 싸우고…… 피를 흘렸습니다. 그것은 소수가 블루 힐스에 살며 우리의 밖에 있는 신에 봉사하게 하기 위해서가 아니라, 많은 사람들이 자기가 살고 싶은 곳에서 온전하게 살 수 있게 하기 위해서였습니다. 백인 성직자들은 자기들이 패배한 것을 알고 이제는 돌아서서 새로운 사제들을 조롱하고 야유합니다. 이 파괴자들을 보라. 그래, 우리는 가지만 이 사람들이 모든 교회법을 분명히 파괴할 것이다……. 그리고 그들의 학교에서 교육을 받았던 우리는 가슴을 칩니다. 우리가 파괴자들이라고? 우리가 교회법을 파괴한다고? 우리는 당신들처럼 문명인이야. 괴물 신을 부수는 것은 우리가 아닐 거야. 두고 봐, 우리가 당신들에게 증명해 보일 테니까. 당신들이 우리에 관해 이런 의심을 품었던 것을 부끄럽게 생각할 때가 올 거야.

　이것은 오래된 이야기입니다. 당신은 추이와 함께 시리아나에 있었다고 했는데, 나도 그곳에 있었습니다. 물론 훨씬 뒤의 일이지만요. 우리는 추이에 대해 많은 얘기를 들었습니다…… 그러나 당시에는 그를 파괴자라고 불렀습니다. 내 꿈은 성직자가 되는 것이었습니다. 학식이 아주 많은 성직자 말입니다. 그래서 나는 추이를 싫어했습니다. 그의 이름 자체가 밤중에 정글을 어슬렁거리는 사람의 모습을 떠올리게 했으니까요. 그런데 피터 풀즈라는 사람이 자기 개들한테 돌을 던졌다고 아프리카인을 총으로 쏴 죽인 사건이 벌어졌습니다. 시리아나에서는 그 재판에 대해 관심이 많았습니다. 우리는 그가 사형 선고를 받았을 때, 모두 기뻐했습니다. 그런데 프로드샴이 전체 회의를 소집했다는 걸 아십니까? 그는 우리가 동물들한테 신중할 필요가 있다고 말했습니다. 문명의 척도는 사람들이 어느 정도까지 동물들을 보살피는가를 배우느냐에 달려 있다고 했습니다. 그는 우리에게 세계인들이 항의를 하는데도 불쌍한 라이카라는 개를 우주에서 죽게 만든 러시아인들처럼 무자비해지고 싶으냐고 물었습니다. 풀즈의 행동이 조금 지나쳤을지 모르지만, 그것은 무력한 존재를 보살피고 보호하려는 가장 고귀한 충동에서 나온 행동이었다는 것입니다. 그는 관용을 베풀어 달라고 총독에게 자기가 보낸 편지를 우리에게 읽어 줬습니다. 편지는 셰익스피어를 아주 감동적으로 인용하며 끝을 맺었습니다.

자비는 강제로 되는 것이 아닙니다.
그것은 부드러운 비가 하늘에서 아래로
내려오듯이 내려옵니다. 그것은 이중의 축복입니다
주는 자와 받는 자 모두가 축복을 받으니까요.

우리는 눈을 내리깔고 죄의식을 느끼며 회의장을 나왔습니다. 우리 중 몇은 울기까지 했습니다. 믿어지십니까? 우리는 프로드샴과 같이 울었습니다. 그러나 여전히 의문점은 남아 있었습니다. 나는 어떤 것도 이해할 수 없었습니다. 당연한 일 아니겠습니까? 우리가 받은 교육으로는 도저히 그것을 이해할 수 없었습니다. 그것은 인종주의와 다른 형태의 억압을 감추기 위한 것이었습니다. 우리가 열등하다는 것을 받아들이고 그들의 우월성과 통치를 받아들이도록 하기 위한 것이었습니다. 그래서 나는 미국으로 갔습니다. 역사책에서 그곳에 사는 사람들은 인간의 평등과 자유를 믿는다고 읽은 적이 있었습니다. 루이지애나의 배턴 루지에 있는 흑인 대학에 다닐 때, 나는 내 눈으로 직접, 흑인이 교회 밖 나무에 매달려 있는 광경을 본 적이 있습니다. 그의 죄가 뭐였는지 아십니까? 자기 여동생을 거칠게 다룬 백인 남자와 싸움을 벌였던 모양입니다. 그 도시에는 엄청난 긴장감이 감돌았습니다. 아, 자유로운 사람들과 용감한 사람들의 땅이라는 아메리카에 말이죠!"
그는 말을 멈췄다. 그의 눈은 먼 과거를 응시하고 있는 것 같았다. 그러더니 조시 화이트가 부른 블루스 노래를 흥얼거리기 시작했다.

이상한 열매들이 달린
남부의 나무들
이파리에도 피가 있고
뿌리에도 피가 있네
남부의 미풍에 흔들리는
흑인의 몸
포플러 나무에 걸려 있는
이상한 과일.

그가 다시 말을 멈췄다……. 그들은 노래에 깃든 암시들을
다 이해하지 못했지만, 그 뒤에 있는 감정은 이해했다. 그가
말을 이었다.

"바로 이것이 1896년 이후로 케냐에서 벌어진 일 아닐까
요? 그래서 나는 흑인은 집에서도 안전하지 않고 외국에서도
안전하지 않다고 생각했습니다. 그렇다면 이 모든 것의 의미
가 무엇일까 생각했습니다. 그런데 나는 미국의 도시에서 백
인들도 구걸을 하는 것을 보았습니다……. 몇 달러에 몸을 파
는 백인 여자들도 보았습니다. 미국에서는 물건이 악입니다.
나는 디트로이트에 있는 공장에서 백인과 흑인 노동자와 함
께 일했습니다. 우리는 초과 근무를 하면서도 가난하게 살았
습니다. 시카고나 다른 도시에서는 실직자도 많이 보았습니
다. 혼란스러웠습니다. 그래서 이제 흑인이 정권도 잡았으니

고향으로 돌아가자고 생각했습니다. 그런데 사람들이 미국에서처럼 똑같은 괴물 신을 섬기고 있다는 것을 금세 깨달았습니다……. 똑같은 신호, 똑같은 증상을 보았습니다. 병세까지 같았습니다……. 너무 놀랐습니다……. 나는 속으로 절규했습니다. 소수의 사람들이 사백 년 동안 대륙을 능욕해 온 괴물 신의 은행에 1000달러를 예치하기까지 얼마나 많은 키마시가 죽어야 하고, 얼마나 많은 아이들이 어머니를 잃고 울어야 하나, 우리 민중들은 얼마나 더 땀을 흘려야 하나 하고 생각했습니다. 이제 나는 식민 세계의 프로드샴들이 블루 힐스에서 외설적인 춤을 추는 흑인 얼간이들을 만드는 데 어떤 역할을 했는지 똑똑히 볼 수 있게 되었습니다. 우리 민중은 배고픔으로 죽어 가고, 제대로 된 집도 가질 수 없고 아이들을 위해서 제대로 된 학교도 가질 수 없는데 말입니다. 우리는 행복하답니다. 우리를 안정적이고 문명화되고 지적이라고 해 주니 행복하답니다!"

그는 고른 어조로 얘기하다가 마지막에 가서는 혐오감이 가득한 표정으로 안정, 문명, 지성이라는 말을 내뱉었다. 그들은 그의 말을 다 이해하지는 못했지만, 그 우화에 빠져들었다. 그러나 그들은 각기 다른 면에 주목했다. 압둘라는 피와 관련된 생각을 인상 깊게 받아들였다. 늘 그를 괴롭혔던 문제였기 때문이다. 티고니와 다른 곳들에 있는 땅을 바라볼 때면 언제나 그랬다. 민중의 집단적인 피로 산 것이 그들에게 돈과 은행 융자금이 있다는 이유만으로 소수의 사람들에게 가는 게 옳은 일일까? 은행과 돈이 그것을 위해서 싸웠다는 말인가? 그러나 그는 결코 답을 찾아내지 못했다. 흑인들이 그것을 소유하고 있는 것은 사실이었기 때문이다. 그리고 그 자신도 그런 농장 중 하나를 소유하고 싶었다. 하지만 완자에게 인상 깊었던 것은 백인 나라에 있는 백인 창녀들에 대한 생각이었다. 그게 정말로 사실일까? 무니라는 괴물의 이미지가 너무 진부하다고 생각했지만, 그 우연에 놀랐다. 변호사도 시리아나에 다녔다는 말일까? 카레가는 시리아나에 다닌 사람이었다. 그런데 두 사람이 지금 그의 집에 와 있었다! 이게 무슨 의미일까? 그게 뭘까? 카레가는 그 남자가 모든 이야기를 다 하지는 않은 것 같은 느낌을 받았다. 그러나 그 이야기를 듣는 동안 호기심과 흥분을 느꼈다. 마치 그의 마음이 포착하기 어려운 생각을 잡으려고 실랑이를 하고 있는 것 같았다. 논리 정연한 생각이 혼란스러운 우주와 자신의 경험과 역사의 혼돈 속에서 자리를 잡고 있는 것 같았다.

"카레가, 시리아나에서 무슨 일이 있었던 거야?" 무니라가 그들의 서로 다른 생각 속으로 불쑥 들어왔다. 그의 느닷없는 질문에 다들 깜짝 놀랐다.

"당신도 시리아나에서 공부했나요?" 변호사가 깜짝 놀라며 카레가를 향해 말했다.

"네." 카레가가 대답했다. 문득, 그는 자신이 무니라에게 공정하지 못했을지도 모른다는 생각을 했다. 세 사람은 서로 다른 시리아나와 서로 다른 프로드샵을 보았고, 어쩌면 세 사람은 같은 것에서 감동을 받지 않았을 수도 있다. 자신이 왜 무니라에게 시리아나에서 있었던 모든 사건을 알고 있기를 기대했었나 싶었다.

"언제였나요?"

"저는 그곳을 나왔습니다……. 퇴학당했지요……. 일 년 반 쯤 됩니다……. 이 년쯤 됐나요……. 아니, 삼 년이 거의 다 됐 네요. 시간 참 빠르군요."

"파업 때문이었나요? 거기에 참여했나요?" 변호사는 흥분 했다. 카레가는 그 파업에 관해 적어도 들은 적이 있는 사람이 보여 주는 동정적인 호기심에 심장 박동이 빨라지는 것을 느 꼈다.

"그렇게 말씀하실 수도 있겠습니다……."

"그것은…… 뭐라고 해야 할까요……. 그것은……." 변호 사가 그의 말을 끊고는 무슨 말인가를 하려고 했다. "미국에 서 돌아온 뒤 우리가 똑같은 괴물을 섬기고 있는 것을 보고, 나는 너무 우울했습니다. 어디에서 시작해야 할지 막막했습 니다. 그래서 나는 도시의 빈민가에서 일을 시작했습니다. 돈 은 조금만 받았습니다. 하지만 어쨌든 나도 그들 때문에 돈을 버는 것 아닙니까? 나의 실습과 직업, 그리고 내가 개업을 했 다는 사실 자체가 괴물에게 봉사하는 그런 법들을 위한 정당 화 아닙니까? 어떤 의미에서는 내가 혐오하는 체제에서 밥벌 이를 하는 것 아닌가요? 그때 시리아나에서 파업이 일어났습 니다. 나는 기사의 행간을 통해, 새로운 젊은이들이 출현하고 있다는 것을 알았어요. 과거의 수치와 치욕으로부터 자유롭 고, 앞 세대와 달리 정신적으로 상처가 없는 젊은이들이 말이 죠. 우리 때와는 정말 달랐습니다. 강한 아버지와 나이 많은 형제들이 백인 아이 앞에서 모자를 접어 뒤로 들고 있는 것을 보면서 자란 사람들과는 너무 달랐습니다. 나는 속으로 생각했습니다. 그래, 여기에 우리의 희망이 있다……. 이 아이들은 백인에게 뭘 증명할 필요가 없다……. 나이프와 포크를 사용해 음식을 먹을 수 있다는 것을 증명할 필요도 없고, 콧소리를 내며 영어를 발음할 수 있다는 것을 증명할 필요도 없고, 백인 신부들처럼 효과적으로 그 괴물에 봉사할 수 있다는 것을 증명할 필요도 없다. 따라서 집단적인 굴욕을 분명히 볼 수 있고 무기쿠유, 음마사이, 음자루오, 음기리아마, 음소말리, 음캄바, 칼렌진, 마사이, 루햐 등과 같은 우리 모두 안에 있는 흑인 신의 진정한 왕국을 개척할 준비가 되어 있다……. 이 아이들은 총체적인 힘과 민중의 정신을 갖고 집단을 위해 일할 수 있다……. 이렇게 생각했던 거죠. 내가 그 기사에서 너무 많은 것을 읽은 건지도 모르겠습니다. 여하튼 그 기사를 보고 나는 우울함에서 벗어났습니다. 밝아질 수 있는 희미한 빛을 본 거죠. 나는 속으로 이렇게 말했습니다. 프로드샴과 모든 흑인 프로드샴, 당신들은 이제 끝났어."

그들도 그가 느끼는 감정 하나하나를 느끼는 것 같았다. 카레가도 거기에 굴복했다.

"사실 두 종류의 파업이 있었습니다. 그러나 대부분의 사람들은 첫 번째 것만 알지요. 유럽인과 관련이 있기 때문일 겁니다. 두 번째 파업도 심각했습니다. 그것이 알려지지 않았다는 사실에 우리는 화가 났습니다. 그러나 두 가지는 하나였습니다. 양쪽 다 중심 인물은 케임브리지 프로드샴과 추이 리무이였으니까요." 그는 여기서 무니라를 쳐다보았다. "선생님과 추이가 관여했던 초기 파업에 관해 얘기하는 게 아닙니다."

"무니라 선생, 당신도 쫓겨났습니까?" 변호사가 물었다.

"그래요." 무니라가 말했다.

"참 이상하네요……. 언제요?"

"첫 번째 파업 때…… 추이 파업 때였어요."

"추이와 같이요? 그 남자는…… 전설이었습니다……. 우리는 그에 관해 많은 얘기를 했습니다……. 우리 모두가 미국에 가고 싶어 했던 것은 그가 미국에 갔기 때문이었습니다. 프로드샵은 미국을 좋아하지 않았습니다……. 그는 미국인들이 형편없는 영어를 한다고 말했습니다……. 그러나 추이가 미국을 선택했기 때문에…… 미국이란 곳은 좋아야 했습니다……." 변호사는 고개를 저으며 회상했다.

"그에게는 기대가 있었죠." 무니라가 동의하고 카레가를 바라보았다.

카레가가 헛기침을 한 다음 얘기를 시작했다.

"알다시피, 케임브리지 프로드샵에겐 나름 뛰어난 점이 있었습니다. 그 앞에선 아무리 침착하고 자신감에 찬 사람도 동요할 수밖에 없었습니다. 그가 교육부 사람들을 만나러 도시로 갈 때마다, 다른 선생들은 천천히 뜰을 거닐거나 다리를 꼬고 탁자에 앉아 담배를 피우면서 얘기를 나누거나 농담을 하며 우리 아이들과 같이 웃곤 했습니다. 그런데 멀리서 프로드샵이나 그의 폭스바겐 차라도 보면 긴장해서 담배를 후다닥

끄고 꽁초를 창밖으로 던지거나 바닥에 놓고 비비곤 했습니다. 백인들이 말입니다. 우리는 궁금했습니다. 프로드샴은 어떻게 저들의 바지에 오줌을 저리게 만드는 걸까? 어떻게 하느님처럼 그들을 두렵게 만드는 걸까? 우리는 기숙사의 보노 침대에 누워 이런 얘기를 했습니다. 우리는 아침에 마루를 닦으면서 왜 그런지 생각해 보려고 했습니다. 우리는 새벽 5시에 찬물로 샤워를 하면서 열띤 목소리로 백인의 기개에 대해 얘기했습니다. 우리 모두는 '프로드샴이 강하다'는 것을 인정했습니다. 어떤 아이들은 그가 교장보다 높은 총독직이나 다른 자리를 제안받았는데 그것을 거절했다며 아는 체를 했습니다. 그 말을 듣고 우리의 경외심은 더 커졌습니다. 우리가 그의 삶에 관해 하는 얘기를 여러분이 들었어야 합니다. 누가 어떻게 그것을 알게 되었느냐가 더 큰 수수께끼였지만, 우리는 그의 인생과 사랑에 관한 이야기와 전설을 지어냈습니다. 그러나 우리는 그가 케임브리지에서 가장 똑똑한 사람이었다는 것을 알았습니다. 다른 교수들이 틀리면 어떻게 바로잡아 줬는지도 알았습니다. 그는 가장 용감한 사람 중 하나였습니다. 터키, 팔레스타인, 버마에서 전투에 참여했고 독일군의 탱크를 혼자서 막았다고 합니다. 그 일로 왕한테서 메달까지 받았다지요. 버마에서는 총탄의 파편에 맞아 휴가를 받았다고 합니다. 우리는 그가 영웅이 되어 집으로 돌아가면서 무슨 생각을 했을까 궁금했습니다. 우리는 그가 지갑을 꺼내 믿을 수 없을 만큼 황홀한 표정으로 사하라 사막에서의 전투, 동양의 정글, 총알과 유탄과 폭탄과 로켓탄이 쏟아지는 상황을 버티게

해 준 여자의 사진을 바라보는 모습을 그려 보았습니다. 기차
가 소리를 내며 다가오는 소리가 들리자 가슴을 콩닥거리며
상상 속에서 그 여자의 품에 안기는 모습도 그려 보았습니다.
그런데 도착했을 때, 그는 앉아서 울기만 했다고 합니다. 교
회로 가서 응답의 목소리가 들릴 때까지 기도했다고 합니다.
그는 아프리카로 가서 하느님을 섬기다가 영적인 영광의 희
미한 자취를 거기에 남기고 죽기로 했다고 합니다. 그러나 그
는 전쟁에서 돌아온 다른 군인과 같이 달아난 여자를 결코 용
서할 수 없었다고 합니다. 그는 이제 여자라는 존재는 상대하
지 않기로 했다고 합니다. 그의 진짜 사랑은 개들에게 쏟아졌
습니다. 우리가 학교에 다닐 때 그는 리지라 불리는 작은 개를
길렀습니다. 개는 그를 따라서 교실에도 가고 교회에도 가고
나이로비에도 갔습니다. 보통, 그의 기분은 개에 의해 좌우되
었습니다. 개가 아프면 까다롭고 신경질적이 되거나 쓸쓸하
고 버림받은 것처럼 보였습니다. 우리는 리지, 폭스바겐, 프로
드샵을 삼총사라고 불렀습니다. 서로 떨어질 수 없는 사이처
럼 보였으니까요.

리지가 죽었습니다.

프로드샵 안에 있는 뭔가가 부러진 것 같았습니다. 그는 가
르치지도 못했고 설교를 하지도 못했습니다. 얼굴에 있는 주
름이 갑자기 깊어지고 눈은 흐릿해졌습니다. 얘기를 할 때나,
얘기를 하지 않을 때나 마음이 다른 곳에 가 있는 것 같았습
니다. 그가 너무 외로워 보여 우리는 그를 불쌍하게 생각했습
니다. 그러나 우리는 그 상황을 이해할 수 없었습니다. 개들은

우리 마을에서도 죽고, 길에서도 죽었습니다. 우리는 들과 테라스로 개들을 쫓아다니기도 했습니다. 개는 우리가 던진 돌에 맞으면 깽깽거렸습니다. 그것을 보며 우리는 배꼽이 아플 정도로 웃기도 했습니다. 좋은 개는 토끼나 영양 사냥을 돕는 개입니다. 용감한 개는 가축과 집을 하이에나의 습격과 도둑들로부터 지키는 개입니다. 그런데 리지는 어느 쪽도 아니었습니다. 그런 개가 어떻게 사람의 정신을 나가게 할 수 있을까 싶었습니다.

그는 전체 회의를 소집했습니다. 우리는 그가 소년단, 영국, 케임브리지, 켈트족의 시대부터 아프리카와 아시아의 신생국의 탄생에 이르는 세계 역사에 대해 강연을 할 것이라고 생각했습니다. 그러나 그가 한 말은 너무 우스웠습니다. 웃음을 참으려고 애쓰다 보니 옆구리가 아플 지경이었습니다. 그는 인간의 삶에서 애완동물의 위치에 대해 얘기했습니다. 모든 문명국에서는 애완동물들과 동물들을 보살피는 것을 배우면서 인간의 삶과 하느님의 사랑에 대한 이해를 풍요롭게 한다고요. 그 말을 듣고, 학생들 전체가 갑자기 큰 소리로 웃어젖혔습니다. 프로드샴은 노발대발하면서 아프리카 놈들은 감정이 없다고 말했습니다. 그러나 우리는 계속 웃었습니다. 우리가 그것을 어떻게 이해할 수 있었겠어요? 어떻게 우리의 귀를 믿을 수 있었겠어요? 개를 인간처럼 묻어 준다는 얘기를 누가 들어 봤겠어요?

그는 전체 급장에게 각 반에서 네 명씩 차출하라고 했습니다. 괭이를 갖고 구덩이를 파고 리지를 넣을 관을 만들기 위해서였습니다. 그는 관을 들 사람도 필요하다고 했습니다. 급장은 자진하여 이 일을 할 사람이 없는지 물었습니다. 또 한 번 웃음보가 터졌습니다. 우리는 차출당할까 봐 두려워 고개를 숙이고 웃었습니다. 자원자는 한 명도 없었습니다. 급장이 몇 명의 이름을 거론했습니다. 그들도 하지 않겠다고 했습니다. 우리 모두가 하지 않겠다고 했습니다. 프로드샴은 학생들이 반항을 한다는 것을 깨달았습니다.

그는 차출된 학생들을 퇴학시켰습니다.

우리는 파업에 들어갔습니다.

학교 전체가 믿을 수 없는 충격에 빠졌습니다. 학교 역사에는 파업이 한 차례 있었지만, 프로드샴이 이겼습니다. 이제 그는 노발대발하여 소리치고 위협을 했습니다. 그는 우리가 명령에 복종하지 않았다고 말했습니다. 문명화된 사회라면 어디에나 명령하는 사람들이 있고 복종하는 사람들이 있다면서요. 지도자들이 있고 그들을 따르는 사람들이 있다면서요. 복종하기를 거부하고 따르기를 거부한다면 어떻게 지도하고 복종을 요구할 수 있겠느냐는 것이었습니다. 하늘을 보라고 했습니다. 왕관을 쓴 하느님이 계시고 그 밑으로 다양한 역할을 하는 천사들이 있다고 했습니다. 그러나 모두가 조화롭다고 했습니다. 그러나 그가 우리의 눈을 뜨게 만들었습니다.

어제만 해도 그는 백인이고 크고 강한 존재였지만 더 이상 그렇지가 않았습니다. 어제만 해도 그는 백인이고 강하고 무적이고 움직일 수 없는 바위였지만 이제는 더 이상 그렇지가 않았습니다. 그리고 자주 수군거리긴 했지만 우리 의식의 일부가 된 적이 없던 모든 일과 모든 틈과 모든 모순이 전면에 드러났습니다. 그는 타협을 하려고 했습니다. 한 명만 퇴학을 시키겠다고 했습니다. 우리는 계속해서 수업을 거부했습니다. 그러자 간단한 벌만 내리겠다고 했습니다. 벌로 한 사람당 네 대씩 때리고 하루 동안 잔디를 깎게 하겠다고 했습니다. 우리는 그가 불안해하는 것을 알았습니다. 우리는 새로운 요구 사항을 내놓았습니다.

우리는 아프리카 문학, 아프리카 역사를 가르쳐 달라고 요구했습니다. 우리 자신을 더 잘 알고 싶어서였습니다. 어째서 우리 자신을 흰 눈이나 차가운 호수 옆에서 바람에 흔들리는 봄 꽃들에 견줘야 하나 싶었습니다. 누군가가 우리는 아프리카 교장과 아프리카 교사들을 원한다고 소리쳤습니다. 우리는 주인과 하인의 위계질서에 입각한 반장 제도를 거부했습니다. 그러자 난리가 났습니다. 상상해 보십시오. 신문들이 위기 상황을 보도하면서 우리를 규탄했습니다. 언제부터 학생들이 폭도처럼 선생들에게 어떤 것을 가르치라고 요구했느냐? 학생들이 그렇게 영리하고 자신들이 뭘 배워야 하며 누가 가르쳐야 하는지를 안다면, 굳이 학교에는 왜 다니느냐? 이처럼 훌륭한 학교에서 무슨 짓이냐? 이튼 같은 영국의 최고 학교도 자랑스럽게 모실 교장을 두고 무슨 말이냐! 그들의 논조는 이랬습니다. 그들은 학생들에게 들어가는 돈을 계산해 보고 그것을 가난한 농부들의 수입과 비교했습니다.

그러나 우리를 분열시켜 서로를 증오하게 만드는 획책에도 불구하고 우리는 완강했습니다. 추이, 추이. 누군가가 이렇게 소리쳤습니다. 추이는 전설로 남아 있었습니다. 우리는 그가 와서 학교를 이끌어 주기를 바랐습니다. 프로드샴을 몰아내자. 반장 제도를 없애자. 백인들을 몰아내자. 추이와 함께 그들을 떨쳐 내자……. 흑인들의 힘을 보여 주자!

결국…… 교육부 사람들이 왔습니다. 그중 한 사람은 이 학교를 오래전에 졸업한 동문이었습니다. 그들은 우리에게 교실로 돌아가라고 호소했습니다. 우리의 요구와 불만 사항을 검토하겠다고 했습니다. 네 명에게 간단한 벌만 내려, 하루 동안 잔디를 깎게 하고 삭발을 시키겠다고 했습니다.

우리는 교실로 돌아갔습니다. 상황이 변했습니다. 사건의 경위를 조사하고 모든 것이 바뀌었습니다. 우리도 알고 프로드샴도 그것을 알았습니다. 한 달쯤 후, 프로드샴이 사임을 했고 얼마 안 있어 리지의 뒤를 따라갔습니다. 우리는 자부심과 짜릿함을 느끼며 우리 자신을 새롭게 보았습니다. 우리는 아프리카인 교장이 오면 그에게 최대한 복종을 하고, 그와 우리 자신이 수치스럽지 않도록 더 열심히 공부하겠다고 다짐했습니다. 반장 제도는 없어졌습니다. 우리가 직접 지도자들을 선출했습니다. 우리는 스스로를 아프리카 대중주의자들이라고 일컬었습니다. 우리는 대중주의자인 교장을 원했습니다.

그 사람이 추이였습니다. 맞아요, 추이였습니다. 우리는 숨을 죽이고 그를 기다렸습니다. 우리 중 누구도 학교의 전설이나 이야기를 제외하고는 그에 대해 보거나 알지 못했습니다. 그러나 우리는 희망을 갖고 노래를 불렀습니다. 새로운 학교와 새로운 시작과 새로운 사람들에 관해 노래했습니다. 그러나 백인 선생들은 우울해하고 막막해했습니다. 한두 사람은 사직을 하기도 했습니다. 우리가 추이가 오기를 기다리는 동안, 걱정과 환희, 절망과 희망, 음울한 표정과 밝은 미소가 교차했습니다.

마침내 그가 왔습니다. 우리는 정문에서 사무실까지 길게 줄을 섰습니다. 그가 우리에게 손을 한 차례 흔들자, 우리는 목청껏 소리를 질렀습니다. 추우우우우우이!

"첫 회의가 있을 때…… 우리는 거의 한 시간 전에 강당으로 갔습니다. 우리는 손뼉을 치며 노래를 하고, 몇몇은 발언을 했습니다. 백인 선생들은 밖에 서서 불안한 모습으로 얘기를 나눴습니다.

추이가 왔습니다. 죽음 같고 무덤 같은 침묵이 흘렀습니다. 그가 계단을 뚜벅…… 뚜벅…… 올라 연단으로 갔습니다. 우리는 눈앞에 펼쳐진 광경에서 눈을 떼지 못했습니다. 그는 카키색 반바지에 셔츠를 입고 햇빛 가리개 헬멧을 쓰고 있었습니다. 프로드샴의 판박이였습니다. 우리는 의심과 두려움을 잠재워 줄 말을 기다렸습니다. 그는 말을 시작하더니 일련의 규칙들을 발표했습니다. 그는 높은 수준과 세계적인 명성을 갖게 된 것에 대해 선생들에게 고마움을 표시했습니다. 그러면서 모든 교사들이 그대로 있기를 바란다고 했습니다. 그것이 그가 원하는 것이라고요. 자신은 망치러 온 것이 아니라 이미 있는 것을 발전시키러 왔다고 했습니다. 그는 무모하게 속도를 내다가 많은 학교들이 망가진 게 현실이라며, 아프리카적인 프로그램을 만드는 걸 서두르지 않겠다고 했습니다. 그는 최근 기강이 해이해졌다며, 모든 것을 동원해 그것을 해결하겠다고 했습니다. 그는 반장 제도를 없애지 않고, 거기에 새로운 피를 수혈하겠다고 했습니다. 복종이 질서와 안정으로 가는 지름길이며 건전한 교육의 유일한 기초라고 했습니다. 학교는 몸과 같다고 했습니다. 머리와 팔과 다리를 비롯한 모든 것은 몸 전체를 위하여 아무런 불평 없이 주어진 일을 해야 한다고 했습니다. 그는 윌리엄 셰익스피어를 인용했습니다.

> 하늘도, 행성도, 중심인 지구도
> 위계, 우선권, 자리,
> 제도, 흐름, 균형, 계절, 형식,
> 직책, 그리고 관습을 질서 있게 지킵니다.
> 따라서 영광스러운 행성인 태양이
> 다른 것들 중에서 옥좌의 자리를 차지하고,
> 치유의 눈으로 사악한 행성들의
> 나쁜 면면을 교정하고, 왕의 명령처럼
> 좋고 나쁜 것을 가리지 않고 공표합니다.
> 그러나 행성들이 뒤죽박죽이 되어 떠돌면
> 얼마나 무서운 역병과 불길한 징조와 모반이 찾아오고
> 얼마나 무서운 파도가 미쳐 날뛰면서 지구를 흔들고
> 얼마나 요란스러운 바람이 불겠습니까!
> 두려움과 변화와 공포심이 국가의 통일과 평온함을
> 뒤흔들고 깨고 찢고 흔들게 됩니다!
> 높은 계획의 사다리인 위계가 흔들리면

모든 것은 병들고 맙니다! 위계가 없다면 어떻게 사회,
학교에서의 위계, 도시에서의 형제애,
바다에서의 평화로운 교역,
태생에 따른 장자 상속권,
연장자, 왕관, 홀, 월계관이 제자리에 있을 수 있겠습니까?
위계를 없애고 현의 음조를 맞추지 않으면,
얼마나 끔찍한 불협화음이 뒤따르는지 보십시오!

그는 그것이 위대한 작가의 말이라고 했습니다. 마일루와
해들리 체이스보다도 더 위대한 작가의 말이라고요. 그는 오
랜 세월 동안 지켜져 온 학교의 전통은 유지되어야 한다고 했
습니다. 따라서 아프리카 선생, 아프리카 역사, 아프리카 문학
에 관한 헛소리는 더 이상 듣고 싶지 않다고 했습니다. 아프리
카나 중국이나 그리스의 수학과 과학이 어찌 있을 수 있느냐
는 것이었습니다. 중요한 것은 좋은 선생과 건전한 내용이라
고 했습니다. 역사는 역사이고 문학은 문학이라고 했습니다.
그것은 피부색과 아무 상관이 없다고 했습니다. 학교는 유명
한 교육자가 세계에서 최고라고 했던 글과 생각을 향해 노력
해야 한다고 했습니다. 인종주의가 많은 학교와 많은 국가를
망친 원인이라고 했습니다. 시리아나는 평화와 인간의 형제
애를 믿는다고 했습니다. 그는 결코 반역자들과 깡패들이 학
교를 좌지우지하도록 두지 않을 것이며, 따라서 유럽 출신의
외국인들은 두려워할 게 없다고 했습니다.
우리는 침묵 속에서 그의 말을 들었습니다. 도저히 믿을 수

가 없었습니다. 그 사람이 이 학교에서 한때 파업을 주도했던 추이가 맞나 싶었습니다.

우리는 거의 한 학기 내내 그가 한 말에 대해 토론을 했습니다. 새로 임명된 반장들은 옛날보다 훨씬 더 방자했습니다. 새 교장은 아주 엄격한 위계를 통해 명령을 하달했습니다. 그의 명령은 전체 급장, 반장, 부반장을 거쳐 우리에게 내려왔습니다. 그리고 혜택도 학급의 연령에 따라 주어졌습니다. 예를 들어, 6학년은 바지와 재킷을 입고 넥타이를 맬 수 있고, 1학년은 종교 의식을 하는 날을 제외하고는 신발을 신을 수 없게 했습니다. 초서, 셰익스피어, 나폴레옹, 리빙스턴, 서구의 정복자들, 서구의 발명가들과 탐험가들이 훨씬 더 맹렬하게 우리의 머릿속에 주입되었습니다. 도대체 아프리카인의 꿈이라는 게 어디에 있는가 의문스러웠습니다.

그는 영어 작문과 말하기 수준이 내려가고 있다고 불평했습니다. 어떤 회의에서는 유럽인 선생들을 향해 이렇게 말하기도 했습니다.

'물론 트집을 잡으려는 건 아닙니다. 어떻게 가르쳐야 한다고 얘기하려는 것도 아닙니다. 에스키모인들한테 냉장고를 팔려고 간 미국의 열성적인 외판원이 되고자 하는 것도 아닙니다. 그러나 나는 교장입니다. 소리를 내는 것은 피리를 부는 사람입니다. 아이들에게 제대로 된 영어를 가르쳐 주세요.'

우리는 파업에 들어갔습니다. 그리고 분할 통치 방식을 다시 한 번 거부했습니다. 추이를 몰아내자. 아프리카인 대중주의를 실현하자. 국외 추방자들과 외국 자문가들을 몰아내자.

흑인의 힘을 실현하자.

나머지는 여러분이 아는 그대로입니다. 추이는 학교로 폭동 진압대를 불렀습니다. 놀랍게도 진압대는 유럽인 장교가 인솔하고 있었습니다. 우리는 흩어졌습니다. 몇몇은 뼈와 두개골이 부서졌습니다. 학교는 문을 닫았습니다. 학교가 다시 문을 열었을 때, 나는 재입학이 허용되지 않은 열 명 중 하나였습니다."

카레가의 말에는 절망과 믿을 수 없다는 감정의 중간 지점에 해당하는, 조금은 애처로운 분위기가 어려 있었다. 방 안에 우울한 분위기가 감돌았다. 그들은 그것에 저항하려고 애썼다. 무니라가 말문을 열고 변호사가 했던 말을 반복했다.

"나는…… 우리 때와 너무 달라…… 요구 사항을…… 이해하지 못하겠어. 독립 때문이었나? 내 말은 학생들이 진짜로 원한 게 무엇이었느냐는 거야."

"저도 잘 모르겠습니다……. 변호사님이 말씀하셨을 때…… 아주 조금은…… 이해가 가는 것 같다가도…… 아직도 잘 이해가 안 갑니다……. 제 말은…… 집단적인 투쟁이라는 생각…… 결국, 우리가 학교이지 않았습니까? 우리는 새로운 시야…… 새로운 시작…… 우리의 땀을 바탕으로 운영되는 학교…… 우리의 집단적인 머리, 우리의 꿈, 우리의 두려움, 우리의 희망…… 우리 스스로를 규정할 권리…… 새로운 자아의 이미지…… 이런 것들을 상상했습니다……. 그러나 분명치가 않았습니다……. 아프리카 대중주의라는 문구가 그 모든 것을 규합하고 있는 것처럼 보였을 뿐입니다."

5. 웅데리 와 리에라도 실제로 민중의 사람이었던 때가 있었다. 그는 크고 작은 곳에서 다트 판 위의 과녁을 맞추거나 장기를 두면서 이따금 가벼운 말이나 위협으로 상대를 허둥대게 만들었다. 오늘은 본때를 보여 주겠어……. 내가 만야니에 괜히 있었다고 생각하는 모양인데, 오산이야! 그가 마켓 스트리트에 사무실을 두기로 한 것도 당시에는 다트와 장기와 염소구이와 맥주로 유명한 카마이와 가깝기 때문이라는 얘기가 있었다. 실제로 와이구루, 파살리 같은 일급 아프리카 다트 선수들이 카마이에서 나왔다. 다트는 전에는 아시아인과 유럽인 들만 하던 놀이였다. 그들은 브릴리언트 나이트클럽에서 열린 짜릿한 결승전에 진출하면서, 나이로비 전역의 다트를 하는 사람들 사이에서 유명해졌다. 당시만 해도, 그는 국회 안팎에서 가장 크고 거리낌 없는 목소리를 내는 개혁 주창자였다. 그는 토지 소유에 제한을 두고, 주요 산업과 기업을 국유화하고, 문맹과 실업 퇴치, 범아프리카적 단결을 위한 동아프리카 연방과 같은 대중적인 운동을 옹호했다.

그런데 외국인 소유의 회사들로부터 이사 자리를 엄청나게 제안받기 시작했다. "리에라 의원님, 의원님은 아무것도 안 하셔도 됩니다. 의원님의 귀한 시간을 많이 뺏고 싶지 않습니다. 우리는 진정한 발전을 위해 흑백 간의 제휴가 필요하다고 믿을 뿐입니다." 그가 지역구에서 수도 사업을 위한 명분으로 거둬들인 돈은 수도관을 건설하기엔 충분치 않았지만, 회사의 주식을 사고 땅과 주택과 작은 사업에 투자할 때까지, 융자를 더 받기 위한 보증금으로서는 충분했다. 그는 작은 곳을 전

전하던 것을 갑자기 그만뒀다. 회원만 가능한 특수한 클럽이나 신문에서나 그를 볼 수 있었다. 그가 이런저런 칵테일파티에 참석하는 사진들이 신문에 실렸다. 그는 새로운 사회적 위치를 공고히 하려는 듯, 리프트 밸리에 거대한 농장을 구입했다. 그러나 가장 수지맞는 장사는 관광 산업이었다. 그는 몸바사, 말린디, 와타무에 많은 집과 대지를 소유했다. 그리고 해안을 따라 늘어선 여러 개의 관광 리조트에서 배당금을 받았다. 곧 그는 "사람들이 성장하고 현실을 직시할 필요"가 있으며 "아프리카가 진짜 발전하기 위해서 필요한 것은 사회주의적인 구호가 아니라 자본과 투자"라고 말하기 시작했다. 그래도 여전히 그는 아프리카 문화, 아프리카 개성, 흑인의 진정성을 강력하게 옹호하는 사람이었다. 말하자면 "가발을 써야 한다면, 자연스러운 아프리카 가발이나 검은 가발을 쓰는 게 어떻겠습니까?"라고 말하는 사람이었다. 그는 자신이 회장이나 이사로 있는 대부분의 회사들 이름에서 유럽식 이름을 빼고 우후루, 와나치, 타이파, 하람비, 아프로, 팬-아프리칸처럼 토착적인 분위기의 이름으로 바꿨다.

응데리 와 리에라는 대부분의 동료 의원들에게 부러움의 대상이었다. 그의 지역구는 도시에서 너무 멀리 떨어져 있어서, 지역구에서 올라오는 불평들을 끊임없이 들을 필요가 없었다. 그들은 그에게 말했다. 당신의 지역구 주민들은 행복하고 만족스러운가 보네요. 그러면 그는 그 찬사에 환한 미소로 답했다. 국회의원의 정치적인 자유! 일모로그 사람들이 그의 사무실을 찾았더라면, 거기에 있는 의자와 카펫에 먼지가 묻

었을 터였다. 대표단이 왔다는 것은 그의 동료 의원들 사이에
서 바로 뉴스가 되었다. 그들은 예상치 못했던 만남의 결과를
알아보려고 그가 밤에 자주 출입하는 곳에서 그를 간절히 기
다렸다.

그런데 그들은 화요일까지 기다려야 했다. 리에라는 몸바
사에 가 있었다. 사업을 점검하고, 외국 신문에 "늙어 가는 유
럽인조차 싸구려 영화표 한 장 값으로 열네 살에서 열다섯 살
사이의 진짜 아프리카 처녀를 살 수 있는 특별한 곳"으로 언
급된 두 관광 리조트를 실사하기 위해서였다. 그 기사가 나오
자 지역 신문들이 한두 가지 곤란한 문제를 제기했기 때문이
었다.

월요일 밤에 돌아온 그는 래빙턴 그린에 있는 자신의 집과
가족에게 빠르게 갔다가 최근 돌고 있는 이야기들을 확인하
기 위해 자주 가는 곳으로 갔다. 아담스 아케이드에 있는 툼보
에 갔더니 아는 사람이 없었다. 그래서 차가운 터스커 맥주를
벌컥 들이켠 후 차를 몰고 응공 로드를 따라 게이로드 인으로
갔다.

그곳에 있는 페어웰 바에 가자, 친구들이 그를 둘러싸고 대
표단에 대해 물었다. 잠시, 그는 그들이 자신에게 '진짜 처녀'
와 관련된 사건에 대해 묻고 있다고 생각했다. 그래서 웃어넘
기며 아무것도 아니라고 했다……. 유럽인들은 아프리카인들
의 나이를 모른다고 했다. 그들은 젖가슴만 처지지 않으면, 그
것이 솜이라 해도, 모두가 처녀라고 생각한다면서. 그들이 일
모로그를 들먹인 후에야 비로소 그는 그들을 다소 날카롭게

처다보았다. 마치 누군가가 그에게 유쾌하지 않은 농담이라도 건넨 듯한 표정이었다. 그것이 사실이라는 것을 확인해 주고 가뭄에 관해 얘기해 준 것은 그의 친구인 키메리아였다. 리에라는 별일 아니라는 듯 어깨를 으쓱하고 계속 술을 마셨다. 그러나 속으로는 조금 걱정이 되었다. 그들이 신문에 한 줄도 나지 않은 가뭄 때문에 정말로 그 먼 길을 왔을까? 누군가가 그의 자리를 빼앗으려고 그랬을 가능성이 더 컸다.

그는 8시에 사무실에 갔다. 비서가 일정을 보여 줬다. 그는 2시로 예정된 약속을 초조하게 기다렸다. 그는 싸울 준비가 되어 있었다. 나이도 있고 정치적인 농간에는 경험이 많았다. 그는 음모를 꾸미는 자들에게 자신이 아직도 리에라의 아들 웅데리라는 것을 보여 줄 참이었다. 자신이 다른 집에 가서 싸구려 음식을 얻어먹은 적이 없다는 것을 보여 줄 참이었다.

대표단은 약간 늦게 도착했다. 늦잠을 자는 바람에 죽을 끓여 먹느라 시간이 걸렸기 때문이었다. 그들은 변호사가 있는 걸 정말 다행이라 생각했다! 지반지 공원에 거의 다 왔을 때, 카레가는 그것을 행운의 표시라고 생각했다. 변호사와의 얘기는 밤늦게까지 계속되었다. 그것은 카레가에게 여러모로 생각할 방향을 제시해 줬다. 그는 일모로그가 나이로비 가까이에 있어서 그들이 날마다 얘기를 나눌 수 있으면 좋겠다고 생각했다. 변호사는 그들이 국회의원을 만나는 것을 만류하지 않으려고 애썼다. 그는 이렇게 말했다. "민주주의가 가진 자원과 절차를 최대한 활용해야 되겠지요. 그러나 일이 뜻대로 안 되면, 언제든 여기로 다시 오셔도 무방합니다. 여하튼 나도 방문의 결과를 알고 싶으니까요."

어제 그랬던 것처럼 대표단은 공원에 앉아 있었다. 그러나 이번에는 완자, 압둘라, 응주구나가 카레가와 무니라를 따라 이크발 이클루드 건물로 갔다. 구겨지고 때에 절고 더러운 옷을 입은 그들은 지금까지 사무실에서 국회의원을 만난 집단 중 가장 초라하고 이상한 집단이었다. 전에는 흠잡을 데 없는 양복을 입은 남녀만 사무실을 찾아왔던 것이다.

그러나 쓰리피스 회색 양복을 입은 응데리 와 리에라는 전혀 놀라는 기색 없이 일어서서 그들을 환영하고 그들 쪽으로 의자를 밀어 주기까지 했다. 카레가는 안도의 한숨을 쉬고 편하게 의자에 앉으면서 시작이 좋다고 생각했다. 리에라는 사람들의 수가 많으면 악의적으로 나올 수 있는데, 다섯밖에 안 되니 다행이라고 생각했다. 그의 친구들은 수가 많다고 했었다. 그러나 동시에 실망스럽기도 했다. 무릇 정치가란 군중이 있어야 사는 존재이거늘.

"안녕하세요." 그가 공손하게 말하며 한 사람 한 사람과 악수를 했다.

"안녕하세요." 그들이 합창하듯 대답했다.

국회의원은 의자에 깊숙이 앉아 눈을 떼지 않고 그들을 가늠해 보았다.

"멀리서 오셨습니까?" 응데리는 자기가 이미 그들에 대해 안다는 것을 내색하지 않고 물었다.

"일모로그에서 왔습니다." 무니라가 말했다. "어제 왔습니다. 비서님께서 말씀드리지 않으셨나요?"

"당연히 했죠." 그가 웃었다. "우리의 언어 습관이잖아요. 누군가가 땅을 파거나 나무를 자르는 것을 보면, 뭐 하냐고 묻는 것처럼 말이죠."

"맞아요, 맞아." 무니라가 말했다. 모두가 웃었다.

"그 먼 길을 오시다니 피곤하시겠군요. 버스 타고 오셨나요?" 그가 물으며 버튼을 눌렀다.

"아뇨." 완자가 말했다. "걸어왔어요."

"정말인가요?"

비서가 문으로 머리를 들이밀었다.

"이분들한테 커피 좀 타 줘요. 다섯 잔…… 정말인가요?" 그가 그들을 쳐다보며 다시 물었다. "내가 너무 많은 것을 묻고 있나 보네요. 아직 통성명도 하지 않았는데 말이죠. 내 이름은 응데리 와 리에라입니다."

"우리는 당신을 압니다." 그들이 한목소리로 말했다.

"전에는 데이비드 새뮤얼이라는 이름을 썼지요. 그런데 왜 외국 이름을 쓰고 우리 이름은 버려야 하나 의문이 들었어요. 하! 하! 하! 솥에 묻은 검댕처럼 새까만 친구가 있었는데, 그 친구 이름이 윈터바텀이었어요. 하! 하! 하!"

"유럽인들은 많은 미풍양속을 포기하게 만들었죠. 할례만 갖고 하는 얘기가 아니에요." 응주구나가 말했다. 그는 이 친구가 괜찮은 국회의원이라고 생각했다. "나는 일모로그에서 농사를 짓는 응주구나라고 합니다."

"죄송합니다. 제가 국회에서 할 일이 너무 많아 짬을 낼 수가 없었습니다. 그러지 않아도 일주일 정도 지역구를 돌아보고 사람들을 만나려고 계획하고 있었습니다. 농사와 관련된 문제들을 알고 싶었습니다. 케냐는 농업 국가입니다. 우리의 생존은 여러분 같은 농부들에게 달려 있죠."

비서가 쟁반을 갖고 들어왔다. 그들은 컵과 비스킷을 들기 시작했다.

"당신은요?" 그가 완자를 가리키며 물었다.

"일모로그에 일종의 객으로 머물고 있는 완자라고 해요."

"좋아요. 당신도 이 여행에 따라왔나요? 이틀은 손님 대접을 해 주다가 사흘째는 괭이를 주는 법이죠. 안 그래요?" 그가 이렇게 말하고 무니라를 향했다. "당신도 농부인가요?"

"아뇨, 나는 일모로그 초등학교의 교장입니다. 이름은 무니라요. 고드프리 무니라. 미안하지만, 아직 외국 이름을 버리지 못했네요. 그런데 결국 우리가 그들의 셔츠를 입고 그들의 집에서 산다면……. 하기야 이 문제는 전에도 얘기했었죠." 그가 카레가와 완자를 바라보며 말했다.

"당신은 국회에 들어왔어야 했네요. 무니라 선생, 만나게 되어 반갑습니다. 이름이야 어떻든 무슨 상관이겠어요? 중요한 것은 나라를 위해 어떤 일을 하느냐 하는 것이죠. 교사를 예로 들어 봅시다. 좋은 교사들이 없으면 나라가 존재할 수 없어요. 교사들이야말로 진정한 민중의 사람들입니다. 여기에 있는 우리들은 심부름꾼에 불과합니다. 선생은 일모로그 출신인가요?"

"꼭 그렇지는 않습니다. 리무루 출신입니다."

"장관이 그곳 출신이죠. 그를 아주 잘 압니다. 당신도 리무루 출신인가요?" 그가 카레가에게 물었다.

"네. 그렇지만 저는 무니라 선생님과 같은 학교에서 가르치고 있습니다."

"선생이라기에는 너무 젊어 보이네요." 그는 농담 삼아 말했지만 속으로는 조심해야 되겠다고 생각했다. 일모로그 사람은 왜 하나밖에 없나 싶었다. "요즘은 지각 있는 젊은이를 보는 게 좋아요. 대부분의 다른 젊은이들은 화이트칼라가 되고 싶어 하지만, 타이핑도 할 줄 모른답니다."

"저는 의원님과 생각이 달라요." 카레가는 이와 비슷한 사무실에서 겪었던 일을 떠올리며 대답했다. "상당수의 졸업생들은 봉급만 적당하면 어디든 취직을 하려 할 거예요."

국회의원은 카레가의 말 뒤에 있는 열정에 주목하며 조심해야 되겠다고 생각했다. 응데리는 정치가로서 주도면밀하게 계산된 것이 아니라면 소홀하거나 무시할 만큼 사소한 적수도 없고 중요하지 않은 사건도 없다는 것을 이미 배운 터였다.

"전적으로 당신 생각에 동감합니다. 이 나라에서 실업은 심각한 문제입니다. 그러나 그건 세계 어디서나 마찬가지입니다. 신문을 보면, 영국이나 미국에서도 수백만 명이 해고를 당하고 빵을 구걸하고 있다고 하더군요. 인구 폭발이 문제입니다. 가족 계획과 인구 조절만이 해결책입니다."

"이번에도 의원님 의견에 동의할 수 없을 것 같군요. 가족 계획이라는 것이 서구의 강대국들이 우리의 인구를 낮게 유지하려고 일부러 속임수를 쓰는 거라고는 생각하지 않으시나요? 왜 그들은 자기들의 인구 증가는 억제하지 않는 거죠? 결국 중국은 엄청난 수의 사람들을 먹이고 입힐 수 있지 않습니까."

의원은 생각했다. 내가 전에 했던 얘기를 저 친구가 그대로 하다니 이상한 일도 다 있군. 그는 이 진지한 젊은이에게서 자신의 일부를 보았다.

"그러나 중국은 그렇게 하기 위해서 어떤 대가를 치렀죠? 개인의 자유도 없고…… 언론의 자유도 없고…… 종교나 집회의 자유도 없고…… 모두가 우중충한 제복을 입고 있어요. 당신은 이 나라가 그렇게 되기를 원하나요? 나도 젊을 때는 구호를 외침으로써 세계의 문제를 해결할 수 있다고 생각했어요. 그러나 나이가 들면서 현실적이 되었습니다. 사실을 있는 그대로 보게 된 거지요. 우리 흑인들은 진실을 외면하고 달아나면 안 돼요. 그것이 우리가 소중하게 생각하던 이론들을 수정해야 한다는 것을 의미하더라도 말이죠. 인구 문제를 생각해 보세요……."

"여자들이 더 이상 아이를 낳지 말아야 한다는 말인가요?" 완자가 이상하게 고통스러운 목소리로 물었다.

"그건 아니오. 다만 입에 풀칠할 능력과 보조를 맞춰야 한다는 말이에요. 과감한 조치가 취해지지 않으면 우리도 곧 인도처럼 될 겁니다. 수많은 배고픈 사람들이 우리의 목을 틀어쥐려고 할 거예요. 내 말이 틀렸나요?" 그가 압둘라를 향해 말했다. "당신은 아직 이름을 얘기하지 않으셨군요. 카레가와 나는 세계의 문제들을 풀려하고 있답니다."

'그래서 민중이 이제는 적이란 말이군.' 카레가는 속으로 이렇게 생각했다.

압둘라는 바로 대답하지 않았다. 그는 기침을 약간 하고는 둔하고 생기 없는 목소리로 말했다.

"토끼와 영양이 구멍에 빠졌대요. 토끼가 말했어요. 내가 먼저 당신의 등을 타고 올라가 당신을 끌어 올릴게요. 그렇게 해서 토끼는 영양의 등에 올라타고 햇빛이 비치는 마른 땅으로 뛰어올랐어요. 그는 흙을 털고 걸어가기 시작했어요. 영양이 소리쳤어요. 너, 나를 잊은 거니? 토끼가 영양에게 훈계를 했어요. 어이, 친구, 내가 충고 하나 하지. 나는 실수로 너와 같은 구멍에 빠졌어. 너의 문제는 땅에 발을 딛고 어디를 가는지도 보지 않고 공중으로 펄쩍펄쩍 뛰기만 했다는 거야. 미안하지만, 모든 게 너 자신의 책임이야."

압둘라는 이렇게 말하더니 일어나서 걸어 나갔다. 방에는 어색함과 무거움이 감돌았다.

"저 사람은 누구죠?" 국회의원이 물었다.

"압둘라예요……. 사업가…… 일모로그의 가게 주인." 무니라가 설명했다.

"훌륭한 이야기꾼이기도 하네요. 하! 하! 그 지역에서 장사는 잘되나요?"

"그럭저럭…… 돼요." 무니라가 말을 이었다. 그는 압둘라가 갑자기 나가 버림으로써 생겼을지 모르는 손해를 만회하려고 노력했다.

"기백과 자립심이 좋네요. 당신들도 알다시피, 독립 이전에

는 모든 사업이 인도인의 수중에 있었어요. 지금 가게를 운영
하는 것은 아프리카인들이에요. 아주 잘하고 있죠. 인도인들
보다 훨씬 더 많은 이익을 내면서요. 이윤을 많이 남기는 것은
특정한 인종만 독점할 수 있는 일이 아니에요. 저 사람은 일모
로그 토박이인가요?"

"꼭 그렇지는 않아요. 저 친구도 그곳에 산 지 얼마 안 됐습
니다."

국회의원은 앉은 자세에서 의자에 등을 기댔다. 그의 두려
움은 이제 현실이 되었다. 그의 평판에 먹칠을 하려는 음모가
있는 게 틀림없었다. 그의 정적들이 낯선 사람들을 일모로그
에 보내 평화롭게 지내던 사람들의 마음을 동요시킨 게 분명
했다. 그는 아직도 티 파티를 주선하려고 일모로그에 보냈던
두 명한테 있었던 일을 잊지 않고 있었다. 그 자신은 티 파티
를 전반적으로 원만하게 진행시키기 위해서 아주 바빴다.
결국, 문화 운동은 그와 몇몇 친구들이 생각해 낸 것이었다.
그들은 그 생각을 아주 중요한 사람들에게 건넸다. 인도 공산
주의자가 살해된 후로 나라를 휩쓴 긴장감이 응데리와 몇몇
다른 사람들을 흔들어 놓았다. 대규모로 티 파티를 조직해 영
원한 충성을 맹세하게 하는 것이 이상적으로 보였다. 그런데
그의 지역구에서 그를 실망시킨 것이었다.

"여러분, 제가 어떻게 도와드릴까요? 당신이 어느 지역구
출신이든, 우리 모두는 여러분의 종입니다."

"의원님, 지반지 공원에서 다른 사람들이 기다리고 있습니
다. 우리는 의원님이 계신지 가 보라고 해서 왔을 뿐입니다."

"같이 오시지 그랬습니까?" 그가 아까보다 안도감을 느끼며 버튼을 누르자, 비서가 들어왔다. "지반지 공원에 가서 다른 분들을 사무실로 데려올 수 있겠어요? 여기가 그분들의 사무실이고 집이니 두려워해서는 안 되죠."

"잠깐만요…….. 이 사무실에 다 들어오기에는 너무 많습니다. 직접 그쪽으로 가셔서 얘기하시는 게 더 좋을 것 같습니다." 무니라가 설명했다.

"좋습니다. 내 비서가…… 여하튼 어제 내가 없었던 것이 정말 유감이군요. 몸바사에 갔었습니다. 정부 일이라는 게 할 게 너무 많답니다. 그러나 우리는 대중에 봉사하겠다고 맹세한 사람들입니다. 아무리 크고 무거워도 코끼리가 엄니를 안 갖고 다닐 수는 없는 것 아닙니까. 그러니 내가 다른 사람들을 만나기 전에 뭣 때문에 여기까지 왔는지 말해 주십시오."

그는 처음에는 바로 나가서 사람들을 만나려고 했지만, 갑자기 사전에 무슨 일인지 알고 마음의 준비를 하는 게 더 현명한 처사라는 데 생각이 미쳤다.

응주구나가 말했다. "우리는 당신이 우리의 아들이라는 것을 알기 때문에 여기로 온 거요. 아들이 있으면 입에 풀칠을 할 수 있게 되는 법이오. 그래서 머리를 맞대고, 우리한테는 정부의 귀에 입을 가까이 댈 수 있는 아들이 있다고 얘기했죠."

그의 말을 듣는 응데리의 표정이 점점 더 심각해졌다. 지역 국회의원으로 그는 이 일을 알았어야 했다. 만약 이 사실이 알려지면 적들은 그것을 정치적 무기로 삼을 것이다. 사실, 너무 늦은 건지도 몰랐다. 그의 적들이 이 가뭄에 대해 듣고 모든 일을 조직해 그가 어떻게 나올지 보고 있는 건지도 몰랐다. 분명히 그를 당혹스럽게 만들려고 하는 건지도 몰랐다.

"왜 좀 더 일찍 오지 않았죠?" 그는 심각한 얼굴을 하고 물었다. 그러면서 동시에 어떻게 하면 이 난관에서 극적으로 빠져나갈지 머리를 굴렸다.

"당신이 바쁜 사람이라는 걸 알았으니까요. 우리는 당신이 정부 일에 매여 있다는 것을 알았어요. 그렇지 않으면 우리를 보러 왔을 테니까. 결국 그런 일을 하라고 당신을 뽑은 거잖아요. 그러니 우리가 왜 불평을 하겠어요? 우리는 비가 올 거라고 생각했어요. 저 위에 계시는 하느님께서는 우갈리를 드시지 않는다는 말이 있잖아요. 하느님께서는 우리보다 이런 것들에 대해 더 잘 아는 이 여자와 선생들을 우리에게 보내 주셨어요. 이 사람들이 우리에게 당신이 우리를 보면 좋아할 거라고 했어요."

"그럼요, 당연하죠. 저분들의 말이 맞습니다. 너무 고맙습니다." 그는 이렇게 말하고 무니라와 카레가를 고맙다는 듯 쳐다보았다. 그러나 속임수라는 생각에 속이 부글부글 끓었다. 나의 적들은 교사들을 끌어들여서 일을 꾸미고는 자기들이 영리하다고 생각하겠지. 아니, 무니라라고 하는 자는 내 지역구 주민들의 환심을 사면서 무슨 야심을 품고 있을지도 몰라. 하! "당신이 일모로그에서 가르치기로 한 것은 좋은 일입니다. 이름이 생각나지 않는데, 루와이니의 교육 담당관이 누구죠?"

"음지고 씨입니다."

"당신은 얼마나 오래⋯⋯."

"우리는 그곳에서 이방인들입니다. 저는 이 년 넘게 있었고, 카레가 선생은 온 지 몇 달밖에 안 됩니다."

하! 음지고라는 놈. 뇌물을 먹었어. 나를 곤란하게 만들려고 불만을 조장하고 있군. 그의 공격적인 본능이 이제 완전히 살아났다.

"여러분은 길고도 어려운 길을 오셨습니다. 맞아요! 다른 사람들을 만나러 갑시다. 그러면 한꺼번에 답변을 해 줄 수도 있겠네요."

그들은 지반지 공원으로 갔다. 그들이 가까이 오자, 여자들은, 보통의 경우 사내아이가 태어나거나 승리를 하고 돌아오는 영웅을 위해 부르는 다섯 옹게미를 불렀다. 그러자 부근에 있던 실업자들과 식객들이 몰려들었다. 그들은 보통 배고픔을 참아 가며 공원에서 잠을 자고 종교적인 사건이든, 정치적인 사건이든, 범죄 사건이든, 배고픔을 잊게 만드는 것이면 어떤 것이라도 고마워하는 사람들이었다. 그런 대접을 받자 옹데리는 기분이 좋았지만, 그렇다고 두려움이 완전히 가신 것은 아니었다. 옹주구나가 그를 "도시에서 우리 몫을 가져다달라고 우리가 보냈던 돌아온 탕아"라고 소개하며, 가뭄에 시달리는 그들을 도와달라고 다시 한 번 호소했다. 카레가는 국회의원에 대한 그의 태도를 완전히 이해할 수는 없었지만 다른 사람들처럼 희망을 품었다. 그는 국회의원의 입을 쳐다보며 그의 움직임과 몸짓을 자세히 살폈다. 그들의 문제가 극적으로 해결되기를 기다렸다. 그런데 옹데리는 적절한 해결책을 아직 생각해 내지 못하고 있었다. 그러나 정치인은 정치인이었다. 그는 사람들이 불어나자 흥분했다. 랭커스터 의회 협의를 하던 짜릿한 시절, 런던 여행, 공항에서 기다리는 환영 인파, 늘 희망과 영광으로 가득한 우렁찬 함성이 뒤따랐던 카무쿤지에서의 연설이 떠올랐다.

"우후루!"

"우후루!"

"우후루 나 카누!"

"우후루 나 카누!"

"어렵게 얻은 자유의 적을 물리치자!"

"우리의 적을 물리치자!"

"유언비어 유포자들과 선동꾼들을 물리치자!"

"유언비어 유포자들과 선동꾼들을 물리치자!"

"하람비!"

"하람비!"

"여러분, 감사합니다. 일모로그 주민 여러분, 감사합니다. 오늘은 여러분이 저를 뽑아 주시고 의회에 가서 여러분의 종이 되어 싸우라는 명을 내리신 후로 제 일생에서 가장 행복한 날입니다."

그는 잠시 말을 멈추고 박수 소리가 잦아들기를 기다렸다.

"여러분이 일모로그에서 어떤 시련을 겪었는지 들었습니다. 그것은 누구의 잘못도 아닙니다……. 그러나 나는 여러분이 그 문제를 여러분의 종한테 가져왔다는 것이 기쁩니다. 단결이 힘입니다. 이것이 하람비의 의미입니다. 여러분은 우리가 실직과 다른 병폐들에 맞서 싸울 수도 있도록 함께 일하기를 바라십니까?"

"예!"

"옳소!" 실직자들이 소리쳤다.

"토보아! 토보아!" 다른 사람들이 덧붙였다.

그는 우레와 같은 박수 소리가 잦아들기를 기다렸다. 대중과 박수 소리에 영감을 받기라도 한 것처럼, 그는 어떻게 적들을 당황하게 하고 그들의 음모를 자기한테 유리한 것으로 돌릴지 분명히 보았다. 너무 간단하고 직접적인 것이어서 왜 더 일찍 생각해 내서 모든 것을 끝내지 못했을까 싶을 정도였다.

"여러분, 고맙습니다. 제가 몇 가지 제안을 하겠으니 잘 들어주십시오. 일모로그의 공동선과 영광을 위해 우리 모두가, 크든 작든, 교사든 학생이든 상관없이, 각자 희생해야 한다는 걸 의미하기 때문입니다."

여자들이 삼 분 정도 계속해서 노래를 불렀다. 더 많은 사람들이 그들이 일하던 곳에서 마켓 스트리트, 무인디 음빙구 스트리트, 가번먼트 로드를 따라 그곳으로 몰려들었다. 대학생들도 몇 명 몰려왔다.

"자, 저는 여러분이 일모로그로 돌아가 주시기를 바랍니다. 머리를 맞대세요. 돈을 기부하세요. 소와 염소를 죽게 놔두지 말고 일부를 팔 수도 있을 겁니다. 호주미니를 샅샅이 살피십시오. 사업가와 가게 주인들은 이야기만 하지 말고 넉넉하게 기부하셔야 합니다. 노래꾼과 춤꾼 모임을 만드세요. 기타로, 무수우, 웅두모, 뭄부로, 무숭구쿠, 뭄보코 같은 전통 가요를 아는 사람들로 말입니다. 우리 문화, 우리 아프리카 문화와 영적인 가치가 이 나라의 진정한 기초가 되어야 합니다. 우리는 가툰두로 강력한 대표단을 파견해야 합니다!"

그는 그것의 가능성에 너무 흥분한 나머지, 사람들이 조용해진 것을 자기 말에 동의하는 것으로 생각하고, 더 상상적인 차원으로 나아갔다.

"차를 더 마시란 말이냐!" 누군가가 소리쳤다.

"그렇지만……." 몇몇이 무슨 말인가를 하려고 했지만, 그는 이미 더욱 세세한 것들을 얘기하고 있었다.

"우리는 이 나라에 앞으로 닥칠 가뭄을 영원히 끝내기 위해서 하람비 정신으로 자조 프로그램에 역할을 하고 있다는 것을 보여 줘야 합니다."

"그렇지만…… 그렇지만…… 우리는 굶어 죽어 가고 있어요." 더 많은 사람들이 그의 말을 막으려고 했지만 허사였다.

"아주 중요합니다. 무니라, 카레가, 당신들은 맡은 바 역할을 해야 합니다. 아이들이 준비하게 하십시오. 합창대를 조직하십시오. 그들에게 애국적인 노래를 가르치십시오."

카레가는 사람들이 불안해하고 걱정하는 것을 느꼈다. 문득 저 사람이 미쳤다는 생각이 들었다.

"응데리 의원님." 그가 소리를 지르며 일어섰다. 그러나 응데리가 손짓으로 그의 말을 막았다.

"그리고 몇몇 어른들을 모십시오. 응주구나처럼 지각 있는 어른들을 말입니다. 그런 분들은 속담 한두 마디로도 연설을 다채롭게 만들 수 있습니다. 외부인이 아니라 일모로그 사람을 여러분의 대변인으로 삼으십시오. 내가 대표단을 이끌겠습니다. 내가 여러분의 기도와 청원을 제시하겠습니다. 우리는 이 나라의 지도에 일모로그의 이름을 새겨야 합니다. 우후후후루! 하람비이이이!"

그는 숨을 쉬고 박수를 받기 위해 잠시 말을 멈췄다. 누군가가 군중 속에서 소리쳤다. "이 사람들은 우리의 자유를 악용하는 사람들이오." 사람들이 그 말이 맞다며 웅성거렸다. 갑자기 돌멩이가 날아가더니 웅데리의 코에 맞았다. 그 뒤를 이어 오렌지 껍질과 돌멩이와 막대기 들이 우르르 날아갔다. 잠시 웅데리는 위엄을 유지하며, 주변으로 날아드는 잡다한 것들을 무시하려 했다. 그때 그의 입으로 흙이 날아들었다. 위엄 있게 그곳을 빠져나가기는 이미 그른 일이었다. 그는 갑자기 달아나기 시작했다. 그는 무엇이 잘못되었는지, 자신이 필사적인 정적들을 과소평가한 것은 아닌지 궁금했다. 그는 지반지 공원을 가로질러 센트럴 경찰서를 향해 달려갔다. 몇몇 사람들이 "음시케! 음시케! 후유!" 하고 소리치며 그의 뒤를 쫓았다. 그는 쳐다보는 행인들 위로 날아갔으면 싶었다.

"임무가 실패했구나!" 카레가가 나직한 소리로 비통하게 말했다. 뜨거운 눈물이 솟구쳤다. 그는 사람들의 눈을 피했다. 일모로그 대표단은 그들의 국회의원한테서 버림을 받고, 인근 도로로 빠르게 흩어진 도시 사람들한테서도 버림을 받은 채, 잔디에 앉아 있었다. 온 세상이 그들을 버린 것 같았다.

폭동 진압대와 사이렌을 울리는 경찰차가 나타났다. 그러나 지휘를 하는 경찰관은 노인들과 여자들과 아이들이 엄숙하면서도 당황한 모습으로 모여 있는 것을 보고 깜짝 놀랐다. 웅데리는 차 안의 경찰관 옆에 앉아 무니라, 압둘라, 카레가를 손가락으로 가리켰다.

"경찰서에 가셔서 몇 가지 질문에 답변하셔야겠습니다." 경찰관이 세 사람에게 이렇게 말하고 경찰차로 그들을 데리고 갔다.

웅야키뉴아는 그들이 사라지는 모습을 바라보았다. 그녀는 어안이 벙벙한 대표단을 향해 단호하게 말했다. "그들을 따라가서 풀어 달라고 요구합시다. 그들은 아무 잘못도 하지 않았습니다!"

6. 무니라, 카레가, 압둘라는 도시의 센트럴 경찰서에 억류되어 하룻밤을 보냈다. 다음 날 아침 그들은 법정으로 끌려가 소란을 피운 혐의에 대해 무죄라고 주장했다.

그들을 구해 준 사람은 그 변호사였다. 검사는 사건을 이 주 후로 연기하고, 수사를 하는 동안 세 사람을 구속시키기 원했지만, 변호사는 그다음 날 심리를 하도록 청원하는 데 성공했을 뿐만 아니라 그들이 보석으로 풀려나게 했다. 재판이 있던 날, 그들은 변호사의 다른 모습을 보았다. 그는 쾌활한 주인도 아니고 관심 있는 사회 분석가도 아니었고, 딱딱하고 격렬한 변호사였다. 검찰 측 증인들을 반대 심문할 때는, 특히 국회의원을 심문할 때는 무자비하고 경멸적인 태도를 취했다. 변호사는 질문을 하고 설명을 살짝 곁들여, 가뭄으로 위협받고 있는 사람들이 봉착한 어려움과 그 지역의 실상을 부각시키면서 논리적으로 앞뒤가 맞는 이야기를 구성해 냈다. 그는 '버림받은 농가', '잊힌 마을', '저개발의 섬'이라는 표현을 사용해가며 일모로그를 묘사했다. 그는 그곳이 물기가 다 빨린 후 그냥 서 있기만 하는 저개발의 섬이라고 묘사했다. 농촌의 삶이어떠하며 어떻게 될 수 있는지를 보여 주는 기괴하고 뒤틀린표상이라고 묘사했다. 그는 사람들을 대변할 책임이 있는 자들이 임무를 소홀히 한 것을 비난했다. 사람들을 대변해야 하는 자들이 의무를 다했다면, 그런 여행이 필요했겠습니까? 그는 그들의 영웅적인 여행을 대단히 상세히 묘사하여 법정에있는 사람들을, 재판관조차 감동하게 만들었다. 그러더니 그는 극적으로, 밖으로 나가서 당나귀와 수레를 보자고 법정에요구했다. 그는 그날 아침에, 당나귀와 수레의 억류를 해제해놓은 상태였다.

재판관은 그들을 풀어 주면서 세 사람을 착한 사마리아인으로 묘사하는 변호사의 의견에 동의했다. 이 일은 그들의 마음을 짜릿하고 훈훈하게 했다.

그들의 사진과 이름이 신문에 실린 것을 보는 것도 짜릿하긴 마찬가지였다. 어떤 신문의 기사에는 "세 명의 착한 사마리아인들 석방되다"라는 제목이 달려 있었다. 제목을 보고 그뒤에 뉴스거리가 있다는 것을 직감한 특집 기사 편집자는 그들을 따라다니며 여러 장의 사진을 찍고 끝없이 질문을 퍼부었다. 그다음 날, 그들에 관한 기사들이 "사막에서의 죽음", "일모로그의 굶주림", "구출 작업에 투입된 당나귀"라는 자극적인 제목을 달고 신문의 주요 면을 장식했다. 기사의 중심은 압둘라의 당나귀가 빈 수레를 끌고 있는 사진이었다. 사진 속의 그들은 두려움으로 약간 놀라는 표정을 지으며, 차들과 건물들과 거리에서 바삐 움직이는 사람들로 이뤄진 도시의 모습에 약간 넋이 나간 얼굴을 하고 있었다.

아이러니하게도 그들을 구해 준 것은 이 기사였다. 기부금이 도처에서 쏟아졌다. 신문 기사가 나가고 세 시간도 안 돼, 변호사 사무실에는 음식이 쏟아져 들어왔다. 당나귀 수레는 곧 음식으로 가득 찼다. 한 회사에서는 그들을 포함하여 당나귀와 수레, 선물을 포함한 모든 것을 공짜로 실어다 주겠다고 제안했다. 제로드 신부는 교회들이 연합하여 작업반을 파견해서 교회가 뭘 해 줄 수 있는지 살피자고 제안했다. 정부 대변인은 전문가들을 파견하여 일모로그가 정부의 장기적인 농촌 개발 계획에 해당되는지 확인하고, 일모로그와 그와 비슷한 지역들이 앞으로 가뭄의 피해를 스스로 막을 수 있도록 그 계획의 속도를 당길 수 있는지 확인하겠다고 했다.

마을 사람들이 목적을 달성하고 돌아오고 나서 한 달 내내 '그들'이 왔다. 교회 지도자들은 비를 내려 달라고 기도하고 그 지역에 교회를 세워 주겠다고 약속했다. 정부 관리들은 그곳에 와서 보고, 효과적인 행정을 위해서는 루와이니에서 너무 멀리 있기 때문에 그곳을 담당하는 지역 사무관이 필요하겠다고 말했다. 그들은 보고서를 작성하여 그 지역의 개발과 관련된 조사를 하는 고위급 위원회의 구성을 권고하겠다고 약속했다. 자선 단체들은 그 지역에서 기금 마련 행사의 일환으로 행운권 자리부 바라티를 더 팔겠다고 약속했다. 대학생

들은 가뭄과 균형이 맞지 않는 개발을 신식민주의와 연결시
키고 자본주의를 즉각 폐지할 것을 요구하는 논문을 쓰고, 신
식민주의에 반대하는 학생 위원회라고 서명했다.

일들이 이렇게 되어 가는 것을 즐겁게 생각하지 않는 사람
은 응데리 와 리에라뿐이었다. 그는 사교 클럽에 출입하며 술
과 위스키로 일시적인 패배를 달랬다. 그러나 그의 마음은 바
쁘게 돌아가고 있었다. 생각하면 할수록, 그의 정적들과 나라
의 번영과 안정의 적들이 이 모든 일을 계획했다는 확신이 더
욱 공고해졌다. 법정까지 가게 된 일련의 사건들이 일어난 데
에는 하나의 패턴이 있었다.

그는 자신이 보낸 밀사 둘이 굴욕을 당했던 일을 다시 떠올
렸다. 두려움 때문에 그 이야기를 속으로 삭여야 한다고 생각
하니 속이 쓰라렸다. 그것은 티 파티의 배후에 자리한 최고 두
뇌 중 하나인 자신이 지역구조차 통제하지 못했다는 두려움
이었다. 그의 적들은 그의 침묵을 심약함으로 오해할 게 틀림
없었다. 그는 그들이 틀렸다는 것을 증명해 보일 생각이었다.
다수 고위층과의 상업적 관계 때문에 응데리 와 리에라는 장
관보다도 맡은 역할이 막중했다. 그는 모든 관계를 이용해 적
을 물리칠 생각이었다. 그는 KCO를 이 나라에서 사람들이 가
장 두려워하는, 신별직이시만 위압적인 공포의 도구로 만들
기 위한 세부 계획도 세워 놓고 있었다.

KCO는 처음에는 그의 마음속에 희미한 형태로 존재하던
것으로, 분화적인 진정성에 대한 믿음에서 나온 것이었다. 그

는 외국인들이나 외국 회사들과의 사업 관계에서 그것을 활용해 긍정적인 결과를 얻었다. 그러자 문화를 종족적인 화합의 기초로 이용하면 어떨까 하는 생각이 들었다. 그는 서부 아프리카 국가들의 유명한 지도자들이 비밀 단체의 회원이라는 얘기를 어딘가에서 읽은 적이 있었다. 그들은 추종자들을 두려움과 복종에 묶어 두려고 마술과 식민지 이전의 사이비 종교와 회합들의 다른 잔재들을 이용한다고 했다. 맞아! 그거야! 그는 최근에 나이로비에 있는 프리메이슨에 가입하라는 은밀한 초대를 받았다. 그것은 유럽인 사업가들의 비밀 사교 클럽이었다. 아프리카를 기지로 하는 조직을 만들어, 농민들과 노동자들이 대단히 반항적인 것처럼 보이는 센트럴 프로빈스를 통제하는 것은 어떨까 싶었다. 그것은 위험한 일이었다. 그 사람들에겐 식민지 정권에 폭력적으로 저항했던 역사가 있었기 때문이다. 그들에게는 투쟁의 정신이 있었다. 이것은 진보와 경제 번영의 적들에 의해 오용될 수도 있었다. 나중에 그 생각이 다른 지역의 다른 지도자들에게 전파될 수도 있었다.

그는 그 문제를 회사의 고위 임원들, 대지주, 막강한 지위에 있는 사람들과 얘기해 보았다. 일부는 옛것을 답습한 그런 행위가 너무 원시적인 데다, 밑에서 올라오는 저항을 제압할 경찰과 군대와 법정은 늘 있을 것이라며 반대했다.

그런데 그의 주장은 예기치 않게 인도인 장관이 암살당하고 나중에 고위층 아프리카 정치인이 암살당하면서 설득력을 얻었다. 갑자기 그것에 반대했던 고위층조차 찬성으로 돌아섰다.

대규모 티 파티는 의회 내에 있는 소수의 잘못된 목소리, 교회, 대학생들이 강렬하게 항의한 것을 제외하면 거의 완벽하게 성공했다. 순진하게도 티 파티를 또 다른 마우마우 운동이라고 생각하는 외국 언론도 있었다. 당시의 분위기에서 서구 언론에 이 둘의 성격이 완전히 다르며, 발전적인 협력과 제국주의와의 민활한 경제적 동반 관계를 반대하는 것은 아니라고 설명하는 것은 대단히 어려운 일이었을 것이다. 옹데리 와리에라는 아프리카는 아프리카 나름의 록펠러, 휴즈, 포드, 크루프, 미쓰비시가 있어야 존경을 받을 수 있다고 확신했다. KCO는 그와 유사한 경제적 거물들을 만들기 위해 지역의 거부들과 그들의 외국인 협력자들의 이익에 봉사하게 될 조직이었다!

그러나 KCO는 대규모 티 파티에 대한 최근의 비난을 견뎌냈다. 그는 이 조직이 다른 수단을 이용해 성장할 수 있으리라 확신했다. 외국 언론이나 다른 지역의 지도자들도 이것이 실제로 어떠한 경제적, 사회적 이익을 대변하는지 깨닫고 나면 반대하지 않을 것이었다.

KCO를 생각하자, 그의 마음이 갑자기 평화롭고 차분해졌다. 그는 적들에게 어떻게 복수를 해야 할지 알고 있었다. 우선 그는 자신이 일모로그를 소홀히 했다는 것을 인정했다. 그리고 자신이 의장이자 사무총장이자 재무 이사를 맡고 있는 KCO의 일모로그 지부를 강화할 생각이었다. 때가 되면 그 지역 출신 중 믿을 만한 사람에게 직책 중 두 개를 넘겨줄 수도 있었다. 그리고 일모로그 KCO 홀딩 유한회사를 설립할 계획이었다. 자본은 언제든 사람들에게서 끌어올 수 있었다. 그들이 일모로그에 있든 밖에 있든, 일모로그 주민들의 자식들에게 주식을 팔 수 있을 것이다. 대규모 티 파티에서 거둬들인 거액의 돈에서 자기 몫에 해당하는 돈을 사용할 수도 있었다. 추가 자금은 은행에서 빌릴 수도 있었다. 일모로그 KCO 홀딩 유한회사는 다른 회사들의 통제를 통해서 일모로그의 잠재적인 관광 산업을 타진하고 개발하게 될 것이다⋯⋯. 그런데 도로는 어떻게 하지?

그때 그는 적들을 떠올렸다. 그들이 그의 동기를 폭로하지 않을까? 그들은 누구일까? 애송이 같은 카레가와 그 선생과 그 절름발이일까? 아니다, 그들은 앞에 나섰을 뿐이었다. 그들은 누군가 다른 사람을 위해 일하고 있었다. 그게 누구일까?

불현듯 깨달음이 왔다. 그래, 그 변호사였다. 내가 왜 그것을 알아보지 못했지? 왜 그랬지? 그 변호사가 모든 것의 배후였다. 변호사가 적이었다. KCO와 발전의 적이었다. 설령 십 년이 걸린다 해도, 웅데리는 그 변호사를 제거하기로 마음먹었다. 자신의 심복들에게 그 변호사의 '파일'을 마음속에 만들라고 지시할 생각이었다.

일모로그 만세. KCO 만세. 그는 속으로 쾌재를 불렀다. 그날 밤, 그는 자신의 새로운 행운을 시험해 보기 위해 카지노에 갔다.

다음 날, 그는 그 지역을 관광지로 개발할 가능성을 검토하겠다는 성명서를 발표했다. 일모로그 주민들이 그들의 밭을 개발하기 위해 필요한 대출이 가능한지도 검토하겠다고 했다. 그러나 천재지변을 이용해 돈을 벌려는 정적들이 보낸 외부인이 아니라 진짜 일모로그 주민들만 자격을 갖게 될 거라고 했다. 그는 그 지역을 신속하게 개발하기 위해 곧 거대한 사업 계획인 일모로그 KCO 투자 홀딩스 유한회사를 설립하겠다고 했다. 일모로그는 결코 예전 같지 않을 것이었다.

3부
태어나며

아침은 불처럼 붉게 얼굴을 붉혔다.
메리는 불륜의 침대에 있었다.
사랑을 찾으며
아래에서는 땅이 신음하고
위에서는 하늘이 몸을 떨었다.
— 윌리엄 블레이크

그대의 젖가슴은 한 쌍의 새끼 사슴,
나리꽃밭에서 풀을 뜯는
쌍둥이 노루 같아라.
—「아가서」

사랑하는 이의 소리!
산 너머 언덕 너머
노루같이, 날쌘 사슴같이
껑충껑충 뛰어오는 소리
—「아가서」

7

1. "그렇다. 일모로그는 그 여행 이후로 결코 예전 같지 않았다." 무니라는 수년 후 응데리의 말을 되돌아보며 이렇게 썼다. 자전적인 고백이 뒤섞인 일종의 감옥 일기에서 말이다.

그는 밤에는 차가운 시멘트 바닥을 거닐면서 쌀쌀한 감방의 텅 빈 벽과 황량한 어둠을 느끼며 혼자 중얼거렸다……. "모든 게 결코 예전 같지 않았지." 그는 벽 구석에 기대고 앉아 마루에 다리를 뻗고는 몸을 긁기 시작했다. 갈비뼈, 허리, 엉덩이 등 온몸이 가려웠다. 잠시, 그는 무거운 생각과 기억들로부터 잔인하게 주의를 분산시키는 가려움을 즐기기까지 했다. 머리에서 통통한 이를 흰 마리 잡아 양쪽 엄지손톱으로 눌러 죽였다. 차가운 어둠 속에서 날카롭게 들리는 미세한 죽음의 소리가 그를 놀라게 했다. 그는 바지 옆에 묻은 지저분한 것들을 털어 내며 중얼거렸다. "그 여행 이후로…… 그 여행

이후로…… 악마가 우리 사이에 들어왔고 모든 게 결코 예전 같지 않았어."

무니라는 지난 여드레 동안 뉴 일모로그 경찰서에 억류되어 있었다. 그는 고드프리 경감이 그에게 뭔가를 묻고 얘기하러 오기를 기다렸다. 매일 저녁, 그를 감시하는 경찰관 중에서 키가 작은 사람이나 큰 사람이 그가 그날 쓴 것을 가져갔다. 무니라는 마음의 준비를 했다. 기백이 충천해지고 지성이 타오르면서 그는 뭔가를 발명하거나 발견한 사람이 느끼는 자부심 같은 것을 느꼈다. 이것을 누군가에게 전달하고 싶었다. 자신이 사물, 사건, 사람, 장소, 시간 사이의 진정한 보편적 관계를 영원히 밝혀 줄 열쇠를 쥐고 있다는 느낌이 그 어느 때보다 강했다. 그런 일들이 일어난 원인은 무엇일까? 네온사인 한두 개가 반짝이는 뉴 일모로그. 술집, 여관, 식료품점, 끝없는 세일, 병에 담긴 셍게타. 파업, 공장 폐쇄, 살인, 살인 미수. 싸구려 나이트클럽에서 어슬렁거리는 창녀들. 경찰서, 경찰관의 급습, 감방. 멍해 보이는 아이들이 콧물을 줄줄 흘리며 미아리키 나무를 오르락내리락하던 일모로그가 어쩌다 이렇게 바뀌었을까? 왜 일들이 그때 그런 식으로 일어났을까? 수많은 자극과 수많은 동기에서 촉발된 지극히 작은 행동들이 어떻게 역사를 바꾸고, 영혼이 영원한 괴로움과 상실, 죄의식과 잔인함에 시달리도록 저주를 하고, 때로는 모든 이해력을 넘어서는 사랑을 하게 만드는 걸까? 아니, 무슨 계획이나 법칙이 있는 게 틀림없었다. 그가 고드프리 경감에게 하고 싶은 얘기도 바로 그것이었다.

그러나 아흐레째 되는 날까지 경감은 그를 찾아오지 않았다. 무니라는 약간 놀랐다. 반복되는 일상이 약간 지겨워지기 시작했다. 아침에 주는 죽, 책상, 우갈리와 삶은 수쿠마 위키로 된 점심, 책상, 벌레 먹은 콩과 옥수수로 된 저녁, 그리고 시멘트 바닥. 억제할 수 없는 불안감이 잠을 갉아먹고 아침이 되면 그를 불안하게 했다. 그는 마음을 안정시키려고 감옥 안 운동장을 걸었다. 그가 갑자기 고립의 효과를 느낀 것은 닷새째 되는 밤이었다. 시간은 시작도 중간도 끝도 없는 거대한 공백이었다. 똑딱 소리의 구분도 없고, 그림자가 길어지거나 짧아지는 것도 없고, 웃으면서 벌이는 언쟁도 없고, 시간의 흐름을 느끼게 만드는 이런저런 행동도 없었다. 가령…… 가령…… 그러니까…… 가령 그게 아니라면……! 그는 언쟁을 할 다른 사람의 목소리가 없는 상태로 어둠 속에 혼자 남아 있었다. 그는 자신의 확신이 달아나는 것을 느꼈다. 공포스러웠다. 그는 법칙을 향해 손을 뻗었지만, 그것이 적과 언쟁을 하거나 적을 설득하려고 할 때처럼 명백하지 않다는 것을 깨달았다. 고드프리 경감은 그를 갖고 놀며 비웃고 있었다. 풀려난 줄 알고 도망치는 쥐를 고양이가 마지막 순간에 덮치듯이. 아침이 되자 무니라는 경비를 서는 키가 큰 경찰관한테 가서 애원도 하고 요구도 했다.

　"최고 책임자와 만나고 싶어요. 뉴 일모로그 경찰서의 최고 책임자를 만나야겠어요. 경찰관님, 당신도 일이 우습게 돌아가고 있다는 건 알 거요. 성인이자 선생인 나를 감시하며 소설을 쓰게 하다니 이게 무슨 짓이오. 기억이라는 것이 허구가 아니고 뭐겠소? 과도한 상상력의 결과가 아니고 뭐냔 말이오? 내 말은 사람이 어떻게 과거에 일어났던 사건들의 순서를 보장하느냐는 거요. 내게도 나의 권리가 있어요. 나는 그들의 교활한 방법을 알아요. 그 경찰관은 무니라 씨, 우리가 원하는 것은 간단한 진술서입니다……. 어쩌고저쩌고 하면서 내 말을 들어줄 것처럼 하더니, 어째서 여드레 동안이나 여기에 가둬 놓는 거요? 오늘이 아흐레째요. 그들은 이렇게 말하죠. 무니라 씨, 펜과 종이를 드리겠습니다……. 내가 원하는 건 종이도 아니고 펜도 아니오. 경찰관님, 내 말 좀 들어주시오……. 그들이 원하는 건 진술서가 아니에요……. 그들이 원하는 건 자백과 비난이라고요. 그들에게 말해 주세요, 나는 아무도 비난하지 않는다고요. 비난하지 않는다고요, 경찰관님. 그건 사실이 아니니까요. 가서 누구한테라도 말해 주세요. 경찰관한테 말해도 좋아요. 젊은 경찰관 말입니다. 어떤 질문을 하든 답변할 준비가 되어 있다고 말해 줘요. 여기에서, 이 감방에서 꺼내 달라고만 하세요……."

키가 큰 경찰관은 그의 말을 따라갈 수 없자, 가만히 쳐다보기만 했다. 그러나 하느님의 목소리를 들었다고 하는 사람을 두려워하듯, 그는 아직도 무니라를 두려워했다. 할 수만 있다면, 다른 사람을 지키고 싶었다. 그는 애써 냉정을 되찾고는 정중하게 말했다.

"무니라 씨, 당신은 지금 감옥에 있는 게 아닙니다!" 무니라는 그의 입에서 자기 이름이 나오자 깜짝 놀랐다.

"그럼 이게 뭐요? 문을 열고 나가게 해 주시오."

경찰관은 정말로 놀랐다. 무슨 일이 생길지 몰라 두려웠다. 그는 어렸을 때부터, 예수의 재림을 늘 두려워했다. 그래서 늘 옳은 편에 서려고 애썼다. 그런데 이런 문제에 있어서만은 확신할 방법이 없었다. 그가 겁을 먹고 빠르게 말했다.

"무니라 씨, 진정하세요. 당신은 방 하나를 통째로 쓰고 있어요. 넓은 운동장도 있어요. 걸어 다녀도 되고, 잠을 자거나 글을 쓸 수도 있어요. 당신을 방해하는 사람은 아무도 없어요. 이 구역의 다른 쪽을 보세요. 최근에 체포된 사람들과 재구속된 사람들이 모두 저곳에 수감되어 있어요. 다들 감방을 같이 써요. 넷이나 다섯이나 열 명까지 한 방에 들어가요. 이 방처럼 크지도 않은 곳에 말이에요. 지난밤에 젊은 녀석 둘이 잡혀 왔어요. 깡패들이었어요. 그런 사람들이 들어왔다고요. 그런 사람들하고 같이 있고 싶으세요? 내 말은 당신이 체포되거나 구속되어서 감옥에 있는 게 아니란 말입니다. 다만…… 그러니까…… 추이, 키메리아, 음지고가 정말로 중요한 사람들이어서 그래요. VIP죠. 그런 사람들이 다시 나오려면 몇 년이 걸릴지 몰라요. 엄청난 부자들, 백만장자들이죠. 상상해 보세요. 아프리카의 델라미어예요. 방화 현장을 보셨나요? 물론 못 보셨겠죠. 끔찍했어요……. 정말 끔찍했어요……. 무니라 씨, 우리끼리 하는 얘기지만, 그것은 강도나 강도 미수 같은 사건이 아니었어요. 눈으로 보이는 것 이상의 뭔가가 있었어요. 경찰은 모든 것을 샅샅이 살펴야 해요. 고드프리 경감님은…… 그렇게 유명한 분이…… 좀 특이하긴 하죠……. 방법이 말이죠……. 지금처럼…… 사무실에서 나가지도 않고……

읽고…… 또 읽고 하시니까…….”

“내가 듣고 싶은 건 당신 생각이 아니오. 나는 고드프리 경
감과 얘기하고 싶소. 당신은 간수일 뿐이잖소. 당신과 나는 감
옥 안에 있어요. 그러고 보니, 모두가 감옥에 있군요…….”

“무니라 씨. 여기에 갇힌 것은 당신의 선택이었어요! 당신
은 진실에 대해 쓰고 싶어 하셨잖아요. 당신도 거물이에요. 교
사에다 하느님을 믿는 분이니까요. 동정심을 가지셔야 해요.
상상해 보세요. 그게 당신이었을 수도 있잖아요. 다음번에는
당신 차례일 수도 있어요. 무니라 씨, 예방이 치료보다 좋은
거예요.”

무니라가 웃었다. 불편한 웃음이었다.

“당신은 너무 말이 많군요. 보시오, 나한테는 갈아입을 옷
도 없어요. 아침에 나한테 와서 당신은 이렇게 말했죠. 무니라
씨, 별거 아닙니다. 의례적인 심문입니다. 우리는 당신한테 아무 감
정이 없습니다. 그런데 나한테 신문조차 안 주고 있잖소…….”

“무니라 씨, 신문 말입니까? 달라고 하지 않았잖아요. 고드
프리 경감께서는 당신이 필요로 하는 건 뭐든지 갖다 주라고
지시하셨어요. 얘기만 하면 그런 것은 얼마든지 가져다줄 수
있어요. 무니라 씨, 당장 가서 가져올게요. 하지만 이 문은 잠
가야 해요. 나쁘게 생각하지 마세요. 나는 간수가 아니에요.
당신의 시중을 들고 있을 뿐이에요.”

무니라는 그가 무거운 쇠문을 잠그는 것을 바라보았다. 그
와 얘기하는 동안 기분이 좋아지는 것을 느꼈지만, 지금은 지
난밤에 느꼈던 공포가 되살아났다. 하마터면 그를 다시 부를

뻔했다. 인간과의 마지막 접촉이 끊어진 것 같은 느낌 때문이었다. 그는 해결되지 않은 질문을 안고 혼자 남았다……. 만약…… 만약 이 법이 없다면……. 그는 문에서 멀어져 그의 뜰과 다른 뜰을 가르는 철조망 옆에 앉았다. 잠이 몰려왔다. 잠에 굴복하고 싶었다. 그런데 갑자기 다른 쪽에서 목소리가 들렸다. 즐거움으로 가슴이 조금 뛰었다. 처음에 그 목소리는 멀고 희미하게 들렸다. 그러나 잠시 후에는 대화를 알아들을 수 있을 만큼 또렷하게 들렸다. 소리가 나는 쪽을 바라보니 사람들이 그에게 등을 보이고 있었다. 그는 가만히 듣기만 했다.

그들은 자신들의 이야기를 제삼자에게 하고 있었다. 어쩌면 간수에게 하고 있는지도 몰랐다. 아니면, 간수든 다른 사람이든 그 얘기를 담벼락 밖으로 옮길 테면 옮기라지 하는 심정으로, 자신들의 경험을 돌이켜 보고 있는 건지도 몰랐다. 그들은 서로를 향해 웃었다. 일모로그 주재 치안 판사 앞에서 무죄를 주장한 일을 얘기하며 웃었다. 아프리카 경제은행의 일모로그 지점을 털려다 체포당한 사람들이었다. 두 사람은 다른 모험들과 법과의 숨바꼭질에 대해서 그랬던 것처럼, 이번 사건에 대해서도 자랑스럽게 생각하는 것 같았다.

어디선가 들은 적이 있는 목소리라는 생각이 들었지만 누구인지는 알 수 없었다. 그는 그들이 자기 쪽으로 얼굴을 돌리기를 바랐다. 그들은 계속 웃고 떠들었다. 세상에 신경을 쓰지 않는 것 같았다. 모든 것을 규칙과의 게임이라고 생각하는 것 같았다. 그들은 '배반자'를 제외하고는 누구에게도, 어떤 것에도 불만이 없어 보였다.

경찰관이 그에게 《선데이 마우스피스》를 가져다줬다. 무니
라는 가만히 그를 쳐다보았다. 그는 더 이상 읽는 것에 관심이
없었다. 읽든 말든, 뭐가 중요하겠는가? 그러나 그럼에도 신
문을 받아 들고는 한가롭게 넘겼다. 그는 자리에 앉아 4페이
지에 실린 주요 기사의 제목을 응시했다. "일모로그에서 발생
한 살인. 배신 혐의. 정치적인 동기?" 알고 보니 제목이 기사
보다 훨씬 자극적이었다. 무니라는 그 사건에 대한 소식은 일
간 신문에 실릴 만큼 실렸을 것이라고 생각했다. 특히 《데일
리 마우스피스》같이 자극적인 신문이라면 말할 나위도 없을
터였다. 기사는 증거가 없이 추측만 무성했다. 그리고 그것이
경찰관이 한 얘기의 근거였다. 그는 문에서 그를 바라보는 경
찰관을 빠르게 한 번 쳐다보고 신문을 다시 읽기 시작했다. 특
집 기사는 그나마 조금 흥미로웠다. 기자는 추이, 음지고, 키
메리아의 경력을 짧게 언급한 후, 그들이 아프리카인의 정치
적, 교육적, 특히 경제적 자유를 위해 싸운 저명한 국가주의자
들이라고 묘사했다. 기사는 그들이 소유하고 경영하던 셍게
타 양조 회사가 이 나라를 전 세계에 알렸을 뿐만 아니라 이
지역에 있는 모든 가정에 행복과 번영을 가져왔다며, 공동으
로 운영된 천재적인 기업의 좋은 예라고 치켜세웠다. 유럽의
산업혁명을 창시한 유명인들에 견줄 만한 좋은 예라고 했다.
그들이 우리의 크루프이고 록펠러이며 포드라고 했다. 기사
는 그들이 셍게타 공장과 유사한 공장들과 이 나라의 다른 지
역에 있는 자회사들을 아프리카인이 소유하고 통제하려는 투
쟁에 관여하면서, 잔인하게 살해당했다고 쓰고 있었다. 그들

이 외국인 소유로 남아 있는 주식들을 사려는 협상이 곧 시작될 예정이었다고 했다. 그러면서 이렇게 불시에 찾아온 그들의 죽음으로 누가 이익을 보겠느냐고 기사는 묻고 있었다. 진정한 국가주의자들이라면, 잠시 멈추고 생각을 해야 한다는 말이었다!

이 기사 밑에는 더 많은 찬사와 비난의 말이 실려 있었다.

그러나 무니라의 관심을 가장 끈 것은 '항의의 대표단을 선도하는 국회의원'이라는 제목이 붙은 기사였다. 그 기사의 내용은 이랬다.

"일모로그와 남부 루와이니를 지역구로 하는 웅데리 와 리에라 의원이 어제 기자 회견을 열고, 자신이 강력한 대표단을 이끌고 모든 장관들을 찾아가, 필요하다면 더 높은 지위에 있는 공직자들도 찾아가, 폭력의 유무에 상관없이 모든 절도 사건에 사형 선고를 내려 줄 것을 요구하겠다고 말했다. 또한 그는 정치적, 경제적 동기에서 비롯된 모든 범죄에 대해서도 사형 선고를 내려 줄 것을 요청하겠다고 했다. 의원은 다양한 범위의 주제에 대해 언급하면서, 파업을 전면적으로 영원히 금지해 줄 것을 요청했다. 파업은 불안과 주기적인 폭력으로 이어지는 긴장만을 조성하기 때문에, 고의적이고 반국가적인 경제적 태업으로 간주해야 한다는 것이었다.

그는 노조 지도자들에게 이기적으로 행동하지 말라며, 더 공정하게 배분하면 혜택을 받을 저소득층이나 실업자들에 대한 고려 없이 끝없이 임금 인상을 요구하는 행위를 억제해 줄 것을 요구했다. 그는 노조에게도 그들이 더 이상 나라를

볼모로 잡을 수 없다는 것을 확실하게 전달할 때가 되었다고
말했다.

　의원은 교사, 고용주, 교인, 선의를 가진 모든 사람들이 대
표단에 합류하여, 불안감을 조성함으로써 관광객들과 잠재적
인 투자자들을 쫓아내는 최근의 못된 행동들을 일사불란하게
규탄하는 데 동참해 줄 것을 요청했다. 그는 상황이 악화되도
록 방치하면, 지방 투자자들도 그들의 자본을 해외에 투자해
야 한다고 생각할지 모른다고 경고했다."

　무니라는 국회의원이라는 작자가 기자 회견과 대표단과 청
원에 의한 정치를 퍽이나 좋아한다고 생각했다. 그는 십 년 전
에 양복을 입고 넥타이를 맨 엄숙한 모습의 그가 거들먹거리
면서 지반지 공원으로 부리나케 갔다가, 도시의 실업자들이
뒤를 쫓자 위엄이고 뭐고 다 버리고 도망치던 모습을 떠올렸
다. 아마도 그는 그때 그 상황에서 기적이 일어나 자기를 구해
주기를 바랐을 것이다. 웃음이 터져 나왔다. 신문이 손에서 떨
어질 때까지 그는 웃고 또 웃었다. 그러다가 다른 쪽으로 눈을
돌렸다. 세 명의 젊은이도 웃으면서 그가 있는 쪽을 쳐다보았
다. 그들의 눈이 마주쳤다. 그는 웃음을 멈췄다. 그는 무리우
키를 알아보았다. 강도 짓을 하고 감옥에 가라고 그를 가르쳤
나 싶었다.

　그는 지난밤의 유혹을 반박하며 이렇게 썼다. "왜 갑자기
의심이 드는 걸까? 모든 것은 하느님이 정하신 일이다. 주님
의 의지에 완전히 굴복하지 않은 인간의 행동은 허영이다! 우
리는 가뭄으로부터 일모로그를 구하기 위해서 도시로 갔다.

우리는 도시에서 마음의 가뭄을 가지고 돌아왔다!"

도시로 가면서 생겼던 일들에 대한 무니라의 해석에는 진실의 요소가 있었다. 정부의 감독관을 위한 사무실과 경찰서가 그 지역에 제일 먼저 세워졌다. 그다음에는 교회가 세워졌다. 야만적인 오지를 복음화하기 위해 선교 연합 단체가 세운 것이었다. 오랜 세월이 흐르고 보니, 역사의 아이러니 자체가 하느님이 자신을 드러내는 방식이었다.

2. 모든 자선 단체와 개인 들이 짐을 싸서 도시로 돌아가고 한 달 후에 내린 비조차도 이후의 무니라에게는 하느님이, 천둥이 치고 불길이 이는 영광스러움 속에서 자기를 드러내는 방식이었다. 그것은 인간의 노력만으로는 아무것도 이룰 수 없으며 하느님의 의지에 영향을 미칠 수도 없음을 보여 주는 방식이었다. 완전한 항복만이……. 그러나 응야키뉴아, 응주구나, 응조구, 루오로, 그리고 음와시의 힘에 대해 아는 다른 사람들에게 비는 제물에 대한 하느님의 응답이었고, 가뭄의 해가 끝났음을 알리는 징조였다. 그들은 아프리카의 신이 다른 나라의 신들과 몸싸움을 벌이는 소리를 들었다. 그들은 신들이 내지르는 무서운 고함 소리와 하늘에서 불을 내뿜는 그들의 칼이 부딪는 소리를 경이롭게 들었다.

학생들이 모두 니와 긴질한 목소리로 노래를 부르며 하늘을 향해 기도했다.

음부라 우라   비야, 어서 와라

웅구신지레	송아지 한 마리
가테그와	또 한 마리
나 캉지	쿵
카리 이구쿠	쿵 쿵
구쿠 구쿠	잡아서 줄게

비가 그들의 말을 들은 것 같았다. 목말랐던 대지는 처음 몇 방울은 그냥 삼켜 버렸다. 그러더니 점차 딱딱함을 풀고 부드럽게 질퍽거렸다. 아이들은 웅덩이에 발을 첨벙거리고 비탈과 언덕에서 미끄럼을 탔다.

완자는 비의 혼령에 사로잡혀 흠뻑 젖은 채로 빗속을 걸어 다녔다. 그녀는 치마 가장자리를 허벅지에 동여매고 하늘에서 내려오는 빗물을 즐겼다. 때로는 툇마루에 앉거나 가만히 서서 지붕에서 떨어지는 빗방울을 바라보며 자신의 삶을 향해 의아스러운 눈길을 보냈다. 내 삶의 의미는 무엇일까? 목적의 연속성은 어디에 있을까? 왜 나는 미완의 여성으로 살아야 할까? 그녀는 울고 싶었다……. 무엇 때문인지는 알 수 없었다. 그녀와 응야키뉴아는 아주 가까웠다. 정말 가까웠다. 할머니와 손녀라기보다는 어머니와 딸에 가까웠다. 비가 잦아들자, 그들은 일모로그 주변을 거닐었다. 그들은 밭에 가서 흙 알갱이를 부수고 씨를 뿌렸다.

저녁이면 사람들이 압둘라의 가게로 몰려들어 고마운 비에 대해 얘기했다. 고난 다음에는 위안이 찾아오는 법이다. 압둘라는 정말로 그렇게 믿고 싶었다. 나이가 많은 어른들은 비와

해와 바람이 어떻게 달의 자매인 땅에게 구애를 했는지 얘기
했다. 이긴 것은 비였다. 비에 닿으면 땅의 배가 불러오는 것
도 그 때문이었다. 다른 사람들은 그게 아니라고 했다. 빗방울
은 하느님의 정자라고 했다. 인간도 처음에 비가 엄청나게 쏟
아지고 물결이 휩쓸고 간 직후에 어머니인 땅의 자궁에서 솟
아난 거라고 했다.

기다리는 땅. 그것의 신속함이 완자가 가진 기대와 수많은
욕망의 날개를 압도했다. 그녀는 들뜬 마음으로, 땅이 갈라지
고 생명의 싹들이 움틀 내일을 기다렸다.

그리고 햇빛이 나오고 비가 그쳤다. 땅에서는 김이 모락모
락 피어올랐다. 땅이 갈라지고 싹이 돋았다. 콩 꼬투리가 산들
바람에 움직였다. 옥수수 잎들은 하늘을 향해 고개를 들었다.
녹색 감자 잎들은 하늘을 향해 크게 손을 뻗었다.

카레가, 압둘라, 무니라는 종종 가게에서 만났다. 그들은 새
로운 작물 위로 비치는 석양빛을 받으며 밖에 앉아 있곤 했다.
배는 따스하고 터스커 맥주로 머리는 졸리고 몽롱한 상태에
서, 들에서 오는 완자의 모습을 보노라면 그들의 가슴은 다 같
이 빨리 뛰곤 했다.

그러나 그들의 평온한 삶에서 멀지 않은 안쪽에는 그 여행
과 비로 채워지고 햇살로 따뜻해진 평온을 깨뜨릴 수도 있는
덜 확실하고 더 혼란스러운 세계를 말해 주는 경험에 대한 자
의식이 있었다. 서로 이야기는 하지 않았지만, 그들은 모든 것
이 결코 예전 같지 않으리라는 것은 서로 다른 방식으로 알고
있었다. 그 여행은 그들 각자에게 쉽게 답할 수 없는 일련의

질문들을 제기했다. 그 여행은 그들이 직접 보고 경험한 것들 때문에 잊을 수도 없고 옆으로 밀쳐 놓을 수도 없는 도전을 던졌다. 그 여행은 그들의 마음 속 깊은 곳에 있는, 인간이 무엇이고, 살아 있고 자유로운 것이 무엇인지에 대한 각자의 생각 속에 자리한 깊은 것들을 건드렸다.

카레가는 압둘라에게 조지프가 잘될 거라고 말했다. 학교에서 너무너무 잘하고 있어서, 4학년으로 올릴 예정이라고 했다.

도시에서 몰려와 자선을 베풀고 약속을 남발하던 사람들은 올 때처럼 갑자기 사라졌다. 그들 뒤에는 여러 사람의 높은 목소리가 갑자기 멈출 때 느껴지는 불안한 침묵이 남았다. 그들이 사라지자 학교가 다시 문을 열었다. 카레가는 다시 한 번 가르치는 일에 정신을 쏟았다. 자신과 관련된 문제에 답하는 것을 회피하기 위해서였다. 그러나 똑같은 질문들이 전보다 더 불확실한 형태로 돌아왔다. 그는 스스로에게 물었다. 아프리카 민중의 단결은 어디에 있는 것일까?

그도 사물에 대해 확신하던 때가 있었다. 예를 들어, 사랑하는 사람과의 만남은 모든 것을 해결할 수 있고, 따라서 세계에 대한 열쇠라고 생각하던 때가 있었다. 그의 심장과 무카미의 심장이 박자를 맞춰 뛰던 그 시절 그가 보는 세상은 어려움도 없고 수수께끼도 없는 곳이었다. 세상은 그들의 순수함의 밀물과 빛에 흠씬 젖어 영원한 아름다움과 진실을 약속했다. 그러나 그는 충격적이게도 곧, 위선과 종교적인 위선의 방귀와 똥 냄새가 나는 더러운 숨결로 발전을 질식시키려고 그늘진 구석에서 기다리는 사람들이 있다는 것을 알게 되었다. 그러나 무카미가 그의 인생에서 사라지고 난 후에도, 그에겐 일말의 기대감이 있었다. 적어도 과거에 고통을 경험한 사람들과 억압적인 힘에 맞서 분연히 일어섰던 사람들의 품위는 믿어야 한다고 생각했다. 학교의 전설 속에서만 존재했지만, 추이와 같은 사람들의 존재는 영웅들의 행위에 대한 그의 믿음을 강화시켰다. 인간이 만든 질식할 듯 더러운 냄새가 배인 공기를 정화시킬 수 있는 영웅들에 대한 숭배가 사랑과 순진함의 보편적인 치유력에 대한 앞서의 믿음을 대신했다. 그러나 그는 시리아나에서 추이가 대중의 영웅에서, 자신의 힘이 하느님과 외국인에게서 왔다고 생각하는 독재자로 변한 것을 목격했다. 카레가는 다양한 경험을 두루 했다. 아무 소득도 없이 도시에서 일자리를 구하려고도 해 보았고, 관광객들에게 과일과 양가죽을 파는 훨씬 더 수치스러운 일도 해 보았다. 그렇다면 왜 그는 그런 경험에서 배우지 못했던 것일까? 어째서 그는 소득도 없이 치욕만 당하고 끝나는 여행을 하자고 지역 사회를 부추겼던 것일까? 그렇다, 응주구나가 옳았다. 그들은 거리에서 애걸을 하려고 갔었던 것이다!

무니라의 집에서 몇 야드 떨어진 방 한 칸짜리 집에서 그는 쉽게 잠을 이루지 못했다. 교실에 들어서도 도시로 가기 전에 느꼈던 열기가 느껴지지 않았다. 똑같은 생각이 머릿속을 맴돌았다. 개인으로서의 그만이 아니었다. 지역 사회 전체가 주는 것에만 종속되는 형벌을 받고 있었다! 도시와 게으른 계층에 대한 자선, 약화된 땅, 형편없는 연장, 게다가 가뭄을 통해 자원이 고갈되자, 그들에겐 돌아설 것도, 돌아설 곳도 없었다! 직접적인 생산자들의 공동체 전체가 자기 나라에서 구걸과 영양실조와 죽음의 상태에 빠졌다. 그는 여행 이전에 응야키뉴아가 했던 말을 떠올렸다. 그녀의 말도 옳았다. 완자의 말도 옳았다. 열정과 이상주의에 빠진 자기만 빼고 모두가 옳았다. 이제 흑인의 단결과 화합은 어디로 가 버렸는가?

이렇게 혼란스러운 생각 속에서 변호사의 모습이 갑자기 선명하게 떠올랐다. 헌신과 이해력을 가진 멋진 사람이었다.

어느 날, 그는 책상에 앉아 그에게 편지를 썼다. 책을 보내 달라고 호소했다. 배움의 높은 자리 어딘가에 있는 누군가는 알고 있을 것 같아서였다. 그는 이 주 동안 책을 기다렸다. 아니, 믿음을 되살려 줄 말을 기다렸다. 그러나 변호사는 아무 말도 없이, 책 몇 권과 유명한 대학 교수들이 쓴 다른 도서 목록만을 보내왔다. "이것으로 당신이 뭘 할 수 있는지 보세요." 변호사가 쓴 말은 이게 다였다. 카레가는 자신이 실제로 뭘 받기를 바랐는지 알지 못했다. 그러나 그는 희미하게나마 과거에 대한 비판적 의식에 뿌리를 둔 미래의 모습을 희망했다. 그래서 그는 역사책들부터 읽어 보았다. 역사가 현재와 관련된 열쇠를 제공할 것 같았다. 역사 공부가 우리에게 중요한 질문들에 대한 답을 줄 것 같았다. 우리는 지금 어디에 있는가? 우리는 어떻게 우리가 어디에 있는지를 알게 되었는가? 어떻게 해서 음식과 부를 생산한 사람들의 75퍼센트는 가난하고, 인구 중 생산에 가담하지 않는 소수 집단은 부자인가? 역사는 결국 행동과 노동으로 자연을 바꿔 놓은 사람들에 관한 것이어야 했다. 그러나 어떻게 해서 쓸모 있는 일을 전혀 하지 않는 이, 빈대, 진드기 같은 기생충들은 잘살고, 스물네 시간 동안 일을 하는 사람들은 굶주리고 입을 옷도 없단 말인가? 노동이란 노동은 다 동원해야 할 나라에 어떻게 실업자가 있을 수 있단 말인가? 그렇다면 식민주의 이전에는 사람들이 어떻게 부를 관리했는가? 그것으로부터 얻을 수 있는 교훈은 무엇인가?

그러나 교수들의 책은 이러한 질문에 답하고 그에게 정말로 필요한 열쇠를 주는 대신, 그를 식민지 이전 시대로 데리고 가서 이집트, 에티오피아, 수단에서 목적 없이 배회하게 했다. 결국 유럽인들이 오면서 그러한 배회가 끝났다는 것이었다. 거기에서 그는 갑자기 멈칫했다. 학식 있는 역사가들의 눈에 식민주의 이전의 케냐 역사는 방랑벽과 의미 없는 전쟁의 역사였다. 지식층들은 결코 식민주의와 제국주의의 의미를 직시하려 하지 않았다. 그것을 건드리는 것은 오직, 폭력적인 저항의 행동들을 섬뜩한 살인으로 묘사할 때뿐이었다. 어떤 사람은 심지어, 독립 투쟁 기간에 적들에게 나라를 팔아먹은 사람들을 복권시켜 주자고 했다. 어떤 사람은 케냐인의 야만성에 대해 미첼 총독이 했던 언급을 긍정적으로 인용하며, 이 야만성의 역사적 기원과 그가 미개한 문명이라고 일컫는 것을 보여 주려고 하기까지 했다. 그는 자연이 아프리카인에게 너무 친절했다고 결론지었다. 카레가는 자문해 보았다. 그렇다면 아프리카인은 우리의 문명 속으로 들어온 식민주의자들로부터 잔인한 대우를 받아도 싸단 말일까? 이 역사에는 자랑할 만한 게 없었다. 교수들은 민중의 노력과 과거의 투쟁을 능욕하고 모욕하는 걸 즐겼다.

그는 실망하여 돌아섰다. 어쩌면 그가 무지하고 대학 교육을 안 받아서 그런 걸 수도 있었다. 아프리카 민중의 저항은 어떻게 되는가? 흑인들의 세계를 횡단하던 모든 영웅들은 어떻게 되는가? 그것은 그의 상상 속에서만 존재하는가?

그는 정치학 서적을 읽어 보았다. 그러나 그 책들은 그를 훨씬 더 큰 미로로 이끌었다. 교수들은 썩어 가는 생각의 가느다란 줄을 거창하고 두루뭉술한 말로 얼버무리거나 권력의 평형에 관한 통계나 수학을 길게 논했다. 그들은 가난의 정치 대 정치의 불평등, 전통적인 근대화 대 근대화하는 전통에 대해 논하거나, 지방 정부와 중앙 관료 정치가 어떻게 작동하는지 열거하거나, 이 정치인이 말한 것과 다른 정치인이 말한 것을 대비시킬 따름이었다. 그들은 이 모든 것의 증거로 다양한 책과 논문을 인용하고 주석을 자세히 달았다. 카레가는 식민주의와 제국주의에 관한 것을 찾아보려 했지만 헛수고였다. 이따금 기회의 불평등이나 근대 정부의 인종 균형 정책이 추상적으로 언급되어 있을 뿐이었다.

문학도 별반 다르지 않았다. 작가들은 상황을 정확하게 묘사했다. 그들은 두려움, 억압, 박탈의 현 상황을 자세히 반영할 것처럼 보였다. 그러나 그들은 염세주의, 모호성과 신비주의의 길로 접어들었다. 냉소주의 말고는 탈출구가 없는 것일까? 민중은 무기력한 희생자일까?

그는 책들을 묶어 변호사에게 쪽지와 함께 돌려보냈다. 어째서 케냐 민중의 역사와 투쟁에 대해 언급도 하지 않는 책들을 보내셨습니까? 쪽지의 내용은 이랬다. 그런데 아이러니하게도 그는 변호사에게서 조금 긴 편지를 받았다.

"당신은 흑인 교수들이 쓴 책들을 보내 달라고 했습니다. 나는 당신이 스스로 판단하기를 바랐습니다. 교육자, 문인, 지식인의 목소리가 유일한 목소리입니다. 그런데 그것은 중립적이고 몸을 이탈한 목소리가 아니라, 사람들과 집단과 이해당사자들의 몸에 속하는 목소리입니다. 목소리가 하는 말들의 진실성을 찾는 당신은 목소리 뒤의 몸을 먼저 봅니다. 그러나 목소리는 그것의 소유주, 주인의 필요와 변덕을 합리화할 따름입니다. 따라서 그 지성이 어떤 주인을 섬기는지를 아는 게 더 좋을 겁니다. 그렇게 되면 당신은 그가 말하는 것의 중요성과 표현을 제대로 평가할 수 있을 겁니다. 투쟁하는 민중을 섬기거나, 아니면 민중을 강탈하는 자들을 섬기거나, 둘 중 하나입니다. 강도 짓을 하는 자들과 강도를 당하는 자들이 있는 상황에서, 바다의 노인이 신드바드 위에 앉아 있는 상황에서 중립적인 역사와 정치란 있을 수 없습니다. 배우고 싶다면 주변을 둘러보십시오. 그리고 당신의 편을 선택하십시오."

주변을 둘러보라는 말은 무슨 말일까? 당신의 편을 선택하라는 말은 무슨 말일까? 그는 더 이상 주인을 원하지 않았다. 진실을 알고 싶을 뿐이었다. 그러나 그가 알고 싶은 건 어떤 진실일까? 그들 모두가 백인에 대항하는 흑인의 편이 아닐까? 그들 모두가 그래야 하지 않을까?

그는 창밖을 바라보았다. 녹색 작물이 자라는 모습이 눈에 들어왔다. 작물에 꽃이 피고 나면 나중엔 수확을 하겠지. 그는 속으로 중얼거렸다. 그러나 그의 질문은 여전히 답을 얻지 못한 상태였다. 그와 다른 사람들이 파업을 했던 것은 그런 종류의 아프리카 연구에 관해서였을까?

무니라는 여행 후에 일이 돌아가는 새로운 방식, 마을의 새로운 분위기를 이해할 수 없었다. 완자와 능선에 사는 다른 여자들은 응데미 응야키뉴아 집단이라는 것을 결성하여 서로의 땅에서 돌아가면서 일했다. 그들은 그렇게 밭을 갈고 풀을 뽑고 작물을 심었다. 무니라와 카레가는 아이들을 가르치느라 바빴다. 그런데 어떤 날은 학교 전체가 집단으로 일에 참여했다. 처음에 의심을 하던 일부 사람들도 집단이 불과 몇 주 만에 얼마나 많은 일을 하는지 보고 함께 참여했다.

그들은 모두, 새로운 것이 태어나고 있음을 느꼈다. 두려움과 희망의 날개가 달린 미지의 힘이 솟는 것을 느꼈다. 이전에 느끼던 확실성은 이제 마을을 떠나고 없었다. 그들은 가뭄이 아닌 다른 힘들이 새롭게 그들을 위협하고 있음을 알았다. 그러나 아무도 그 새로운 두려움을 입 밖에 내지는 않았다.

그는 완자를, 그녀의 얼굴을 바라보았다. 그는 그녀가 실질적인 일을 열심히 하는 것을 보고 놀랐다. 그는 그녀의 갈라진 손을 바라보았다. 손톱은 깨져 있었다. 그는 그녀가 도시와, 그곳에서 떠돌며 보냈던 세월에 대해 했던 얘기를 거의 믿을 수 없었다. 그는 이제 그녀를 원했다. 그녀를 소유하고 싶었다. 그녀가 거리를 두는 게 고통스러웠다. 그러나 그녀는 누구에게나 똑같이 거리를 두는 것 같았다. 이것이 그나마 위안이 되었다. 그는 때를 기다리기로 했다. 그도 세상에 대해서 알고 싶은 새로운 욕망에 사로잡혔다. 책을 읽고 싶은 욕망이 차츰 돌아왔다. 그와 카레가는 급료를 받으러 루와이니에 갈 때마다 서점에 들러 책을 구입했다. 그는 세상의 이치를 알아 가려 하고 있었다. 기분이 좋았다. 고마운 마음까지 들었다.

가게에 혼자 남은 압둘라는 희망과 슬픔의 기억들을 떠올렸다. 기분이 예고도 없이 너무 자주 바뀌었다. 이제 어떤 기분을 신뢰할 수 있을지 의아스러웠다. 그러나 그는 조지프가 학교에 나가기 시작한 것이 기뻤다. 후회하는 마음이 들 때면 자신이 어떻게 조지프를 학교에 보내지 않을 수 있었는지 자문하고 또 자문했다. 그는 저녁이 되어 사람들이 기진맥진한 채로 들이나 학교에서 돌아오기를 기다렸다. 그들이 술을 마시고 하는 얘기에 묻혀 있을 때에야, 과거에 대한 기억 때문에 마음의 평온이 갑자기 산산조각 나지 않을 것임을 확신할 수 있었기 때문이다. 그는 완자의 완전한 변화를 바라보았다. 그녀는 이제 같은 목표를 지닌 사람이었다. 그는 비와 작물과 다가올 추수와 더불어 새로운 뭔가가 일어나고 있음을 느꼈다.

가축을 치는 사람들도 돌아왔다. 그들은 가뭄 때문에 잃어버린 가축에 대해 얘기했다. 그들은 평원을 가로질렀던 이야기를 했다. 다시는 가뭄이 오지 않았으면 좋겠다는 이야기도 했다. 그렇게 희생이 컸는데 다시는 오지 않았으면 좋겠다고. 세상은 곧 정상적인 리듬을 찾을 터였다.

계절의 흐름과 방식이 늦은 비 때문에 확실히 깨졌다. 예를 들어, 예전 같으면 중요한 웅자히 계절이 시작되는 시기여야 하는 12월부터 3월까지, 불규칙한 날씨가 이어졌다. 도시에 갔다 온 후의 첫 수확은 많지 않았지만, 뼈와 가죽을 유지할 수 있을 정도는 됐다.

그들은 새로운 경향에 적응했다. 그리고 추수가 끝난 후, 다시 한 번 땅을 일구고 준비를 했다. 비가 올 경우를 대비해서였다. 비가 언제 오든, 새로 파종을 하기 위해서였다.

그래서 일모로그 농부들은 다시 한 번 비가 오기를 기다렸다. 그들의 가슴은 두려움과 희망 사이를 오갔다. 일모로그에는 아무것도 변한 게 없는 것 같았다. 도시에 갔다 온 것이 아득한 과거의 일만 같았다.

그런데 갑자기 트럭 두 대가 거의 동시에 도착해 사람들을 내려놓았다. 그들은 교회 건물과 파출소를 세우기 시작했다. 이게 무슨 일인가, 이게 그들이 약속한 발전이란 말인가 싶었다. 파출소에는 소장이 근무를 할 거라고 했다.

건축 일을 하는 사람들은 텐트에 살면서 이따금 압둘라의 가게를 찾았다. 목소리와 존재만으로도 그들이 외부인이라는 게 쉽게 표시가 났다. 일모로그 사람들은 서로에게서 연대감과 친밀감을 느꼈다. 그것은 낯선 사람들을 거부하는 하나의 방식이었다. 도시에서 그들에게 굴욕을 주었던 세력이 사람들을 보내는 것만 같았다. 완자, 압둘라, 무니라, 카레가도 새로운 침입자들에 저항하는 일모로그의 편을 들었다.

그런데 갑자기 소란스러워지면서 교회와 초소를 짓는 일이 잊혔다.

6월은 비를 불러왔다.

비는 이 주 동안 밤낮으로 내렸다. 아무도 오두막 밖으로 나갈 수 없었다.

건물을 짓던 사람들은 텐트와 연장을 챙겨서 떠나 버렸다.

아이들은 문에 앉아 노래를 계속했다.

음부라 우라	비야, 어서 와라
옹구신지레	잡아서 줄게
가테그와	송아지 한 마리와
나 캉지	목에 짤랑짤랑 소리가 나는
카리 음부기	방울이 달린
카라, 카라	또 한 마리를

이 주가 지나자, 리듬이 바뀌었다. 이번에는 밤에만 비가 내리고 하루나 이틀 햇빛이 났다. 비, 햇빛. 이런 날씨는 언제나 풍작과 풍년을 예고했다. 이처럼 균형을 이룬 날씨는 온 대지가 현란한 녹색으로 뒤덮이고 다양한 색상의 꽃들이 필 때까지 계속되었다.

그래서 계절이 끝나 갈 무렵, 건물을 짓는 사람들이 돌아와서 초소와 교회의 쌍둥이 건물을 다시 짓기 시작했을 때조차, 일모로그의 두려움은 두 가지 큰 기대감에 묻혀 버렸다.

그들이 도시에서 돌아온 후로 두 번째 맞은 수확기에는 일모로그 역사상 최대의 풍작이 났다. 해도 과언이 아니었다. 3월에 시작된 웅자히 계절에 최내의 수확을 거뒀던 지난 몇 년간과는 정반대였다. 지금은 연말의 음웨레 계절이나 마찬가지였다. 풍년의 기미가 모든 곳에서 보였다. 무니라와 카레가는 학생들과 함께 추수를 거들겠다고 제안했다.

추수가 끝나면 할례 의식도 있을 예정이었다. 가축을 치는 사내아이들 중 몇이 성인식을 치를 터였다. 어렸을 때, 무니라는 그 의식에서 부르는 노래를 들으려고 집에서 살짝 나가곤 했었다. 시리아나 이후로 젊은 선생 시절에도 한두 번인가 살짝 의식을 보러 가곤 했다. 비상사태 동안 춤이 금지되기 이전의 일이었다. 그는 그 의식이 있을 때, 줄리아를 만났다. 당시그녀의 이름은 완지루였다. 목소리와 춤, 무언가에 열중해 있는 모습이 그를 매혹시켰다. 그는 마침내 자신의 삶을 채워 줄대상을 찾았다고 생각했다. 그러나 그녀는 줄리아가 되었고, 관능적인 것으로 탈출하려던 일시적인 꿈은 결혼과 함께 사라졌다.

어쩌면 그것은 꿈의 기억일 수도 있었다. 그러나 무니라는추수 중간이나 그 이후에 다시 한 번 완자를 소유하리라 생각했다. 생각만 해도 짜릿한 일이었다.

3. 옥수수든 콩이든 완두콩이든, 모든 수확물에는 사람에게서 늘 젊은 기운이 나오게 하는 무언가가 있다. 아이들은 흘리지 말고 조심하라는 여자들의, 저마다 다른 높은 목소리에맞춰 들판을 뛰어다녔다. 때때로 익은 작물 사이의 굴속에 있던 토끼나 영양이 아이들 때문에 화들짝 놀라서 달아났다. 그러면 아이들은 들고 있던 것을 후다닥 놓고 동물을 쫓아 일모

로그 곳곳을 누비며 소리쳤다. 카아우…… 카아아우……. 잡
아…… 잡아……. 고기 잡아. 남자 노인들조차 어린아이들처
럼 들로 눈길을 돌렸다. 그들이 다른 점은 타작하는 곳으로 콩
을 옮길 때, 흥분된 마음을 감추려고 애쓴다는 것이었다. 그러
나 그들도 앉아서 맥주를 마시거나 이런저런 얘기를 나눌 때,
아이들이 가느다란 막대기로 콩이나 완두콩 줄기를 경쟁적으
로 두드리는 모습을 볼 때, 콩이나 완두콩이 마른 깍지에서 튀
어 올랐다가 땅으로 굴러 떨어지는 소리를 들을 때면 똑같이
짜릿함을 느꼈다. 여자들이 콩을 바람에 까부르는 모습도 장
관이었다. 이따금 바람이 자면, 여자들은 욕을 하면서 버들가
지 체를 들었다. 바람이 돌아오면 잡기 위해서였다. 바람은 여
자들을 놀리는 것 같았다. 어두워지기 전에 검불을 털어 내고
하루의 일과를 마무리하려는 그들의 희망과 욕구와 기대감을
갖고 장난을 치는 것 같았다. 다음은 소들의 차례였다. 사람들
은 소들을 추수가 끝난 옥수수 밭에 풀어 놓았다. 소들은 꼬리
를 허공에 치고 뒷다리로 흙을 차며 돌아다니면서 서 있는 옥
수숫대를 향해 혀를 내밀었다. 이따금 수컷이 젊은 암컷의 뒤
를 따라다니면서 암컷이 쉬지도 못하고 먹지도 못하게 했다.
다른 종류의 수확을 기대하면서.

수확기가 마바지에 달한 어느 날 서녁이었다. 무니라와 압
둘라는 휴식 중에, 다가오는 할례 의식에 대해 얘기를 나누었
다. 카레가는 조지프에게 수학 문제를 가르쳐 주고 있었다. 무
니라는 압둘라에게 자신이 늘 불완전하다는 느낌을 받는다고

말했다. 병원에서 마취 주사를 맞고 할례를 받아서인지, 그와 같은 나이의 집단, 즉 기시나 방기에 속해 있다는 느낌을 받은 적이 없다고 했다. 갑자기 완자가 그들 사이로 뛰어들었다. 미세게, 풀, 마라마타가 그녀의 치마에 묻어 있었다. 압둘라는 그녀에게 맥주를 갖다 줬다. 무니라가 장난스럽게 말했다. 우리의 주인께서는 어디 갔다 오셨나요? 카레가는 계속 아이를 가르치고 있었다. 완자는 낮은 의자에 조용히 앉아 다리를 약간 벌리고 두 손으로 치마를 눌렀다. 그녀는 깊은 명상에 잠긴 듯 그들을 바라보았다. 들에서 온 소녀. 무니라는 이렇게 생각했다. 그러자 콩을 단으로 묶으면서 그들의 피부에 생긴 상처들이 떠올랐다. 그들은 햇볕 속에서 옥수수를 힘겹게 딴 후에 게으름을 피우며 편안한 시간을 보내고 있었다. 맥주 한 잔에 따뜻한 불만 있으면 바로 잠이 들 것 같았다. '다른 세계에서 온 여자 같네.' 무니라는 그만의 생각을 이어 갔다. 그녀가 무엇을 해야 덜 매력적으로 보일까 싶었다. 그녀의 눈에는 흥분의 열기가 있었다. 그것은 그녀가 무니라의 눈에 있는 남자의 마음을 웃어넘겼을 때도 그대로 있었다. 그녀는 거의 자신을 향해서 말하듯 말하기 시작했다. "알겠어요. 이제는 알겠어요. 내가 얘기하면 당신들은 안 믿을 거예요. 그래도 얘기는 해야겠어요. 우리가 마을을 살려야 하지 않을까요? 우리 앞에 살았던 사람들의 불안한 영혼을 매수해야 하지 않을까요? 때때로 기억은 고통스러운 거예요. 우리가 벽지 마을로 새로운 피를 끌어들여야 하지 않을까요? 셍게타는 노인들만이 얘기하는 식물이에요. 그들만이 그것에 대해 들었거나 알고 있어요. 그것은 평원에서 자라요. 목자들은 그것이 어디에서 자라는지 알지만 얘기해 주지 않아요. 할머니 말로는 유럽인들이 오기 전에는 그것으로 술을 담갔대요. 그리고 일이 끝났을 때만 마셨대요. 특히 할례나 결혼식이나 이트위카나 수확이 끝났을 때 마셨대요. 셍게타를 마시면서 시인들과 가수들은 기찬디 계절을 위한 노래를 만들고 예언자는 예언을 했대요. 그런데 식민주의자들이 그것을 불법으로 만들었대요. 이렇게 말하면서요. 이 사람들은 게으르다. 하루 종일 셍게타를 마신다. 그래서 철로 놓는 일을 하려 하지 않는다. 그래서 우리의 차와 커피와 사이잘 농장에서 일하려 하지 않는다. 그래서 노예가 되려 하지 않는다. 할머니 말로는 일모로그 전투 이후로, 그들은 이 전사들이 술에 취한 게 틀림없다고 했대요. 저항을 계속했던 다른 사람들에게 어떤 일이 있었는지 알면서도, 그들이 식민주의자들을 향해 혀를 내밀고 근육을 내보였으니까요. 그래서 도수가 약한 술, 무라티나만 허용된 거죠. 이조차도 유럽인 농장에서 일할 사람들을 확보해 줄 수 있는 족장들에게만 허가를 내줬어요. 사람들은 계속 달아났대요. 자기 땅을 떠나 낯선 사람들을 위해 일할 사람이 어디 있겠어요? 그래서 소수를 제외하고는 셍게타를 만드는 기술을 모르게 된 거예요. 그런데 그것은 가찬디 연주자의 술이에요. 다산 의식에 사용되기도 하고요."

그녀의 독백을 듣던 카레가가 아이를 가르치다 잠시 멈추고 물었다.

"일모로그 전투에 대해서 할머니가 뭐라고 하시던가요?"

"아! 할머니는 늘 애매하세요. 해 달라고 하지도 않았는데 얘기를 해 주고는, 흥미를 보이면 갑자기 그만두죠. 직접 물어 보는 게 좋을 거예요."

압둘라가 물었다. "그런데 셍게타를 어떻게 만드는지 알려 주시던가요?"

"어떻게 만드는지 보여 주시겠다고 했어요. 셍게타……. 우리의 손이 하는 일을 축복해 줄 술이겠죠."

"언제요?" 무니라가 물었다.

"곧 보여 주시겠대요. 할례식 날에는 준비가 되어 있어야 하니까요. 어른들이 응조히를 마실 때, 우리도 셍게타를 같이 마실 수 있을 거예요."

"반가운 일이군요. 축하하자고요! 가뭄의 계절과 작별하는 의미로!" 카레가가 소년처럼 흥분해서 말했다. "풍작을 축하하는 의미로!"

"우리 삶의 가뭄과 작별하는 의미로." 압둘라가 덧붙였다.

"대지를 풍요롭게 해 줄 하느님의 더 많은 정자들을 바라는 의미로." 무니라가 말했다.

"마을의 축제." 압둘라가 맞장구를 쳤다.

"그리고 파출소와 교회가 들어서기 전의 시간을 위해서요." 카레가가 덧붙였다.

그들은 장난스럽지만 종교적인 열정을 갖고 그 일을 추진했다. 응야키뉴아의 오두막이 행동의 중심지였다. 그녀는 기장을 가져와 물에 담갔다가 사이잘 자루에 넣었다. 매일 5시

무렵에 그들은 씨에서 싹이 트는지 확인하려고 오두막에 들렀다. 세 번째 날이었다. 응야키뉴아가 문간에 서서 빨리 오라고 손짓을 했다. 그녀는 어린애처럼 진지한 표정으로 싹이 났다고 말했다. 사실이었다. 자루에 난 여러 개의 구멍으로 누르스름한 녹색 싹들이 밖을 내다보고 있었다. 하느님, 저희를 굽어 살피소서. 완자는 씨들을 쟁반에 부었다. 그들은 힘을 합해 그것을 널었다. 무니라는 완자가 가까이 있으니 손이 떨렸다. 사흘간의 불안한 기다림이 이어졌다. 응야키뉴아가 빻는 일을 지휘했다. 그러나 실제로 기장을 빻은 사람은 완자였다. 젖가슴 바로 위를 천으로 묶고 어깨를 드러낸 그녀는 무릎을 꿇고 그 일을 했다. 이것만으로도 일종의 축제였다. 아이들, 그리고 심지어 남자들까지 주변에 앉아 돌과 절구로 기장 빻는 것을 지켜보았다. 그녀는 크고 단단하고 납작한 화강암 이노로에 씨를 조금씩 넣고, 작은 화강암인 시오를 사용해 기장을 빻았다. 구경꾼들은 앉거나 서서, 기장이 끈적끈적해질 때까지 그녀의 아름다운 몸이 앞뒤로 움직이는 모습을 눈으로 좇았다. 일이 끝났을 때, 그녀는 땀을 뻘뻘 흘리고 있었다. 그러나 눈만은 득의만만하게 빛나고 있었다.

이제 응야키뉴아가 일할 차례였다. 그녀는 먼저 으깨진 기장 씨앗을 볶은 옥수숫가루와 섞어 토기 항아리에 넣고 천천히 물을 부으며 저었다. 그러고는 구멍을 뚫은 다른 항아리 덮개로 주둥이를 덮었다. 이어서 대나무 관을 구멍에 고정하고 다른 쪽 끝을 봉해진 항아리에 넣었다. 그리고 그 위에 찬물을 담은 작은 대야를 올려놓았다. 열린 곳은 어디나 쇠똥으로 막았다. 일을 마치고 일어선 응야키뉴아가, 자신이 기술적이고 과학적으로 해 놓은 일을 바라보았다. 카레가가 소리쳤다. "이것은 화학이군요. 증류 방식이에요." 응야키뉴아는 이제 항아리를 난로 옆에 놓았다.

이제 남은 것은 발효를 기다리는 일뿐이었다. 응야키뉴아는 그들에게 오래 걸릴 것이라고 말했다. 그러나 그들의 마음은 의식에 대한 준비로 들떴다. 사람들은 벌써 모여서 의식 전야에 부를 춤과 노래를 연습하기 시작했다. 그것은 셍게타를 즐기며 축하하는 전야제이기도 할 것이었다.

카레가는 토요일을 손꼽아 기다렸다. 그는 늘 할례와 관련된 춤과 노래를 좋아했다. 두세 명이 시 낭독 대회를 하듯이 서로를 마주 보고 노래를 할 때가 특히 좋았다. 그런 노래를 들으면, 그의 마음은 사람들이 한 마음으로 묶여 살고 있는 멀고 먼 아름다운 나라로 실려 갔다.

주된 장소는 응조구의 집이었다. 그의 아들인 응젱가가 할례를 받을 예정이었기 때문이다. 무리우키와 다른 몇몇도 칼로 할례를 받기로 되어 있었다.

할례 전야의 춤은 가깝고 먼 산마루에 사는 사람들까지 끌어들였다. 건축을 하는 사람들까지 참여하러 왔다. 응조구의 오두막과 뜰은 사람들로 가득 찼다. 카레가는 품부로처럼 보다 일반적인 춤을 추는 데 참여했다. 그러나 그는 무니라처럼 싸우는 흉내를 어떻게 내는지는 알지 못했다. 누군가가 다른 사람을 정말로 불 속에 집어던질 것처럼 보일 때는 무서워서 배가 얼얼했다. 그래도 그는 곧 춤에 참여했다. 잠시 후, 그는 땀을 흘리고 있었다.

카레가가 웃고 뛰고 분위기에 완전히 빠져 있는 걸 보니, 완자도 기뻤다. 카레가는 보통, 너무 심각한 얼굴을 하고 있어서 완자는 가끔 겨드랑이를 간질여 웃게 만들어 주고 싶었었다.

무니라는 춤이 좋았다. 그러나 그 춤에 참여할 수 없다는 게 늘 슬펐다. 그는 가사도 알지 못했고 또 몸이 너무 뻣뻣했다. 그래서 누군가의 집 대문에 서 있는 이방인처럼 약간 외톨이가 된 느낌으로 조용히 바라보기만 했다.

오늘 밤, 그 집은 카레가와 압둘라와 응야키뉴아의 것이었다. 특히 응야키뉴아의 것이었다. 그녀는 노래를 잘했다. 야한 소리, 찬사, 혹은 직접적인 축하의 말을 편안하게 노래로 읊었다. 그녀는 가락이나 리듬을 깨지 않고도 어떤 사람이나 사건을 언급하는 말을 즉흥적으로 만들어 냈다. 대부분의 춤과 노래에는 후렴이 있어서 모두가 합창에 동참할 수 있었다. 그러나 사랑의 오페라에 극적인 긴장감을 불어넣는 것은 응주구나와 응야키뉴아였다. 남녀노소가 원을 이뤄 먼지를 조금씩 일으키며 빙글빙글 돌면서 박자에 맞춰 노래를 불렀다.

응주구나는 이제, 어떤 집 대문 앞에 서 있는 손님이다. 그는 그 집에 인사를 하면서 그 집의 주인이 누구인지 묻는다. 주인의 허락을 받고 땅에 몸을 던져 수코뿔소 새끼처럼 흙으로 목욕을 하기 위해서다. 응야기뉴아가 그를 환영한다며 편하게 있으라고 말한다.

응주구나 나에게 신부를 보여 주세요!

나에게 신부를 보여 주세요!

합창   나는 일모로그를 지나갈래요 —

응주구나   누구 때문에 우리 염소들이

백주에 울면서 왔을까요

합창   나는 일모로그를 지나갈래요 —

무투리와 젊은 용사들에게 인사를 하고.

완자가 원의 중심으로 끌려간다. 모두가 손가락으로 그녀를 가리킨다. 응야키뉴아는 이 사람이 신부라고 대답한다. "나를 욕먹게 한 다른 이웃집 신부가 아니고 이게 진짜 우리의 신부랍니다."

응주구나의 어조가 갑자기 변하더니 얼굴에 경멸의 표정을 담는다.

응주구나   이게 신부라고요?

이게 신부라고요?

합창   나는 일모로그를 지나갈래요 —

응주구나   이렇게도 검고, 이렇게도 아름다운데

찢어진 보지라니, 어인 일이오?

합창   나는 일모로그를 지나갈래요 —

무투리와 젊은 용사들에게 인사를 하고.

응야키뉴아가 우렁찬 목소리로 도전을 받아들이고 그를 욕하고 그의 가문까지 욕한다.

응주구나　하지만 당신은 그걸 할 수 있소?

하지만 당신은 그걸 할 수 있소?

합창　나는 일모로그를 지나갈래요 —

응주구나　고래고래 소리를 지르며 위협을 하고

아무것도 아닌 일로 신부를 깨어 있게 하는 건 당신

이오!

응주구나는 그 말에 당황하지 않고, 까다로운 연인의 권위를 내세우며 공격해 온다.

응주구나　나는 보지가 바나나 잎사귀로 싼 담배를 물고 있

는 것을 본 적이 있소

나는 보지가 바나나 잎사귀로 싼 담배를 물고 있

는 것을 본 적이 있소

합창　나는 일모로그를 지나갈래요 —

응주구나　당신이 그토록 쿵쿵대던

그 보지를 나는 모르오

합창　나는 일모로그를 지나갈래요 —

무투리와 젊은 용사들에게 인사를 하고.

다양한 의미와 상황을 암시하는 발과 몸짓과 어조로 색정적인 전면전이 벌어진다. 춤을 추는 사람들은 점점 더 흥분하면서 누가 먼저 상대의 욕과 암시의 무게에 무너지는지 보려고 기다린다. 응야키뉴아가 이번에는 위로 올라선다. 그녀는

유리한 고지에 서서 더욱 밀어붙인다.

응야키뉴아 나는 당신에게 그것을 줄 생각도 없었소
        나는 당신에게 그것을 줄 생각도 없었소
합창   나는 일모로그를 지나갈래요 —
응야키뉴아 나는 당신이 구멍에
        그 짓을 하는 걸 봤을 뿐이오
합창   나는 일모로그를 지나갈래요 —
        무투리와 젊은 용사들에게 인사를 하고.

응주구나가 굴복한다. 그가 묻는다. 문간에 적이 있는데 왜
같은 배에서 태어난 자식들이 서로 싸워야 하나요? 이제 그는
어머니에게 애원한다. 사실 그는 지쳐 있지만 전쟁에서 승리
하고 돌아오는 그녀의 전사이다.

어머니, 저를 위해 축가를 불러 주세요!
어머니, 저를 위해 축가를 불러 주세요!
아니면, 당신 아들의 귀향을 축하하는 노래를
이방인들과 외국인들에게 맡기시렵니까?

이제 여자들은 새로 태어나거나 민중의 적과 싸우고 돌아
오는 소년을 위해 '다섯 웅게미'를 부른다.
분위기에 휩쓸린 무니라가 그가 알고 있는 시를 갑자기 읊
었다. 응주구나와 응야키뉴아는 그것이 아주 쉽게 들리게 만

들었다. 그러나 중간쯤에서 그는 헛갈렸다. 응주구나와 응야
키뉴아는 이제 합동하여 그에 맞섰다.

> 당신은 이제 목소리의 조화를 깨고 있어.
> 당신은 이제 목소리의 조화를 깨고 있어.
> 성인식이 다가오면
> 틀림없이 당신은 그런 식으로 조화를 깨겠지.

압둘라가 그를 구하려고 나섰다.

> 나는 부드러운 목소리를 깬 게 아니오
> 나는 부드러운 목소리를 깬 게 아니오
> 나는 노래쟁이들과 춤꾼들의 옷을
> 반듯이 올려 주려고 잠시 멈췄을 뿐이오.

응야키뉴아의 목소리는 이제 타협적인 어조로 바뀌었다.
그런데 그것은 이 춤이 끝나 간다는 신호였다. 그녀는 노래로
물었다. 실이 끊어졌을 때, 그것을 누구한테 이어 달라고 했나
요? 응주구나가 카레가 쪽으로 몸을 돌리고 대답했다. 카레가
한테 던져 줬어요. 그는 훌륭한 전사 응잠바 네네이니까요.
모두가 카레가를 비라보며 그가 끊어신 실을 들기를 기다
렸다. 학생들은 도전을 받아들이지 못하는 그의 무능력뿐 아
니라 응잠바 네네에 대한 언급 때문에도 웃었다. 그를 도와준
사람은 압둘라였다. 그가 노래했다. 실이 끊어지면, 모든 사람

이 다른 가락으로 바꿔 새롭고 더 강한 실을 자을 때가 된 것이지요.

실을 바꾸라는 압둘라의 요구에 대한 응답으로, 그들은 이제 자리에 앉았다. 그들은 웅야키뉴아가 기티로를 노래하는 소리에 귀를 기울였다. 처음에 그 노래는 그 자리에 있는 사람들을 기분 좋고 가볍게 언급해서 사람들의 얼굴에 웃음꽃이 피게 했다.

그러나 갑자기 그들은 그녀의 목소리가 약간 떨리는 것을 느꼈다. 그녀는 그들의 최근 역사를 노래하고 있었다. 이 년에 걸친 가뭄, 딸과 선생들이 온 일, 도시 여행에 관해 노래했다. 그녀는 도시에 부만 있을 거라 상상했다고 노래했다. 그러나 가난도 있었고, 절름발이와 거지들도 있었다고 노래했다. 연기를 내뿜는 굴에서 토해져 나오는 남자들, 많은 남자들, 여자들의 아들들, 정말로 큰 집도 보았다고 노래했다. 두려웠다고 노래했다. 도대체 누가 이 나라의 모든 부를 집어삼켰느냐고 노래했다.

이제 그녀가 노래하는 것은 더 이상 일 년 전의 가뭄이 아니었다. 그것은 과거에 있었던 모든 가뭄이었고, 입이 두 개인 마리무스와 몸부림을 치는 인간들이 사는 신비한 땅에서 행해진 여행을 포함한 수많은 여행들이었다. 그녀는 다른 몸부림, 다른 전쟁, 식민주의의 도래, 새로 할례를 받은 젊은이들이 그것에 대항하여 벌인 극렬한 투쟁에 대해서도 노래했다. 그랬다. 사람들 사이에 자리 잡은 외국인들과 적들을 몰아내는 것은 언제나 젊은이의 의무였다. 모든 마리무스와 입이 두 개인 귀신들과 싸우는 것은 언제나 젊은이의 의무였다. 바로 그것이 할례에서 흘리는 피의 의미였다.

그녀는 극적인 호소와 도전에서 노래를 멈췄다. 그러자 여자들이 박수를 치며 네 번에 걸쳐 환호했다. 응야키뉴아는 그들의 역사를 되새기게 했다.

전야제는 그렇게 밤늦게까지 계속되었다. 정말로 아름다웠다. 그러나 저녁이 끝나 가자, 카레가는 많이 슬펐다. 갑자기 모습을 드러낸 아름다움의 잔재를 들고 있는 것만 같은 느낌이 들었다. 죽어 가는 세계로부터 잠깐 옆으로 비켜나 외롭고 아름다운 노래를 듣고 있는 것만 같은 느낌이 들었다.

일모로그 강에서의 의식이 끝나고 카레가와 무니라는 압둘라의 가게로 가서 완자와 응야키뉴아와 신비로운 식물을 기다렸다. 완자가 오후 늦게 왔다. 그들은 응야키뉴아의 집으로 갔다.

"이곳저곳 찾아보다가 마침내 많이 자라는 곳을 알아냈어요." 완자가 설명했다.

"의식에 참석하지 않았다는 말인가요?" 압둘라가 물었다.

"갔었죠. 모두가 용감하게 해냈어요. 겁쟁이가 아무도 없어서 때려 줄 기회가 없었어요."

네 개의 작고 붉은 잎이 날린 그 식물은 아주 작았다. 향내도 없었다.

셍게타. 술.

응야키뉴아는 증류 양조 장치를 해체했다. 항아리에는 깨끗하고 흰 술이 가득했다.

"이건 아직 아무것도 아니오." 응야키뉴아가 설명했다. "머리와 내장에 해를 끼칠 뿐이지. 셍게타를 짜서 넣어야 술이 되는 거요. 셍게타. 이것은 꿈이고 소망이라오. 사람들에게 시력을 주지. 하느님의 총애를 받는 사람들에게는 이것이 시간의 강을 거슬러 올라가 조상들과 얘기할 수 있게 해 주기도 한다오. 예언자들에게는 혓바닥을 주고, 시인들과 기찬디 연주자들에게는 말을 준다오. 아이를 못 낳는 여자들에게는 아이들을 준다오. 단, 믿음을 갖고 순수한 마음으로 마실 때만 그런다오."

그들은 주변으로 몰려들어, 그녀가 녹색 즙을 항아리에 짜서 넣는 모습을 지켜보았다. 작은 소리가 나면서, 전체가 깨끗하고 밝은 녹색으로 변했다.

"저녁 늦게 시음해 보자고. 이것은 아이들을 위한 것이 아니니, 완자는 어른들을 몇 분 오시게 해라."

그들은 저녁 늦게 다시 왔다. 할례식의 솔직한 분위기에 젖은 그들은 비밀을 공유하는 공동체 의식을 느꼈다. 그들은 나이순으로 둥글게 앉았다. 무니라는 응주구나 옆에 앉았고, 완자는 압둘라와 카레가 사이에 앉았다. 그들은 넥타이를 풀고 신발을 벗었다. 몸을 불편하게 하는 모든 것을 풀고 벗었다. 응야키뉴아는 그들에게 호주머니에 있는 돈을 모두 꺼내라고 했다. 그 쇠 벌레가 가정을 쪼개고 남자들을 도시로 몰고 간다면서. 그녀는 돈을 모두 거둬 원 밖에 있는 마루에 치우고는 자리에 앉았다.

"하느님의 힘, 기장이시여."

그녀는 마루에 술 몇 방울을 떨어뜨리고 노래를 불렀다. 우리보다 앞서 갔던 사람들과 우리 다음에 오는 사람들을 위하여 테네 나 테네, 테네 와 테네.

그녀는 작은 뿔에 술을 담고 그들의 눈에 시선을 고정한 채로 훈계를 이어 갔다.

"나의 자식들이여." 그녀는 작은 뿔을 손에 들고 읊조렸다. "여러분은 언제나 같은 잔으로 마셔야 합니다. 연장자부터 시작하여 늘 올바른 잔으로 마셔야 합니다. 그래야 소원을 빌고 꿈을 빌 수 있습니다. 누가 알겠습니까? 여러분이 운이 좋고 받을 준비가 잘돼 있다면, 주어질지도 모르는 일입니다. 나는 오늘 마시지 않겠습니다. 냄새만 약간 맡을까 합니다."

그녀는 그것을 코에 가져가 뭔가를 들이마시는 것 같았다. 그러다가 한두 방울, 맛을 보았다.

"아아아아. 나는 늙었어요. 더 이상 꿈이 없어요. 내 꿈이 뭐냐고요? 하나밖에 없어요. 다른 세상에 있는 내 남편한테 가는 거요. 여러분은 우리가 기장 밭에서 새들을 쫓으며 사랑을 나눴다는 걸 아나요? 내 남편은 약초에 대해 잘 아는 사람이었어요. 새들이 지저귀고 움직이는 소리에 깨어 일어났을 때, 남편은 나에게 이 신성한 물을 만드는 법을 가르쳐 줬어요. 우리는 매일 밤, 지켜보면서 냄새를 맡고 맛을 보았어요. 정말로 평화로웠죠. 기장의 손들이 우리의 몸을 어루만졌어요…… 응주구나, 이걸 받아 당신부터 마시기 시작하는 게 어떨까요?"

그녀의 목소리는 사람들의 가슴을 가라앉게 만들었다. 사람들은 차례를 기다리면서 이미 하나가 됐음을 느꼈다. 무니라는 자신의 차례가 되자 냄새를 맡아 보았다. 약간 시큼한 냄새가 코를 타고 머리로 올라왔다. 마시기도 해야 돼요. 누군가의 목소리가 들렸다. 목과 배 아래까지 타는 것 같았다. 조지프를 낮게 해 준 유칼립투스 잎 같았다. 잠시, 그는 배와 머리가 타는 것을 느꼈다. 그러다 화끈거림이 덜해지면서 몸과 마음이 이완되었다. 그리고 점점 더 따뜻해지고 희미해졌다. 황혼의 정적이 안에 깃든 느낌이었다. 눈이 약간 무겁고 졸렸다. 그러나 그는 아주 작은 것까지 세세히 볼 수 있었다. 아, 청명한 빛. 아, 주님, 당신의 빛이 발하는 색깔. 무지개 같은 꿈의 변화하는 색깔. 그는 이제 새였다. 그는 점점 공중으로 높이 날아올랐다. 동시에 하늘과 땅, 과거와 현재가 열리는 것을 보았다. 그 노인, 대지와 태양과 비로 만들어진 강한 근육은 과거와 현재와 미래를 묶어 주는 고리였다. 그는 축하의 검은 옷을 입은 그녀를 보고 그녀의 길을 보았다. 그는 그녀가 거대한 시간의 계속적인 흐름을 따라 먼 과거로 갔다가 미래로 가는 모습을 보았다. 그는 그녀가 숲의 나무를 베어 넘어뜨리고 자식들이 사용하도록 자연의 원리와 비밀을 이용하는 웅데미 옆에 있는 모습을 보았다. 그도 거기에 속하고 싶었다. 거기에서는 과거와 현재와 미래가 하나였다. 아이들은 국가의 목적에 맞춰 교육을 받고, 또 나무를 자르고, 처녀지를 개간하고, 인간과 인간의 창조적 재능의 영광을 위해 새로운 지평선을 개척했다. 멀리서 "우리에게 당신의 꿈과 소원을 얘기해 보세요."라고 말하는 소리가 들려왔다. 그는 날다가 머뭇거렸다.

그가 인생에서 원하는 것은 무엇일까? 그는 무엇을 원하는 걸까? 그의 부모는 늘 안전하게 살았다. 그리고 무니라, 그는 늘 물가에 서서 시냇물과 개울물이 조약돌과 바위를 넘어 흐르는 모습을 바라보았다. 그는 국외자였다. 언제나 국외자였고 삶과 역사의 구경꾼이었다. 그는 이렇게 말하고 싶었다. 완자! 큰 달이 뜨는 날, 오두막에서 당신과 함께 밤을 보내게 해 줘요. 당신을 통해서, 당신에 묻혀, 나는 역사 속으로 다시 태어날 거요. 이런 분리가 아니라 선수, 배우, 창조자가 될 거요. 그러나 이런 말을 하는 그의 목소리는 이상하게도 평온했다. 나는 내 꿈이 정말로 무엇인지 모른다. 나는 꿈이 거의 없다. 그러나 지금 내 눈에 보이는 이것은 무엇일까? 내 주변의 움직임은 무슨 의미일까? 웅야키뉴아의 어제와 내일을 보는 것 같다! 그녀가 웅데미 옆에 있는 것을 본다. 그는 이미 오래전에 살았던 사람인데 어찌 그럴 수 있지? 나는 전쟁을 하러 가는 이 사람들 옆에 있는 그녀의 모습도 본다. 웅야키뉴아, 우리에게 말해 줘요. 우리에게 말해 줘요. 우리가 도시로 갈 때, 그것을 시작하셨잖아요. 그들은 뭘 보았나요? 내 눈에는 갑자기 안 보이는 것 같은데 그들은 뭘 본 거죠?

내 자식들…… 당신은 너무 많은 질문을 하는군요. 더 이상 얘기할 게 없다고 했는데도 그러는군요. 당신은 학교에 다닌 사람이잖소. 당신과 이 직은 친구는 우리 아이들의 선생이오. 당신들은 아이들에게 뭘 얘기해 주나요? 우리가 늘 이랬고 앞으로 늘 이럴 것이라고 얘기하나요? 내 딸아, 너는 네가 감히 얘기할 수 있는 것 이상의 것을 보지 않았니? 압둘라는 어떤요? 잘린 다리에 어떤 비밀을 숨기고 있는 거요? 사라지는 세대…… 그러나 그들은 언젠가 자신들에 대한 깨달음을 갖고 돌아올 거요. 그리고 하느님의 왕국과 인간의 왕국이 그들의 것이 될 거요. 그의 자식들은 결코 이 땅을 버리지 않을 거요. 그들은 이 땅과 이 땅이 생산하는 모든 것을 피로 지킬 거요. 내가 모든 것을 이해한다는 말은 아니오. 우리에게 창이 있음에도, 우리의 숫자가 많음에도 왜 그들이 우리를 때리고 사방으로 흩어지게 만드는지 이해한다는 말이 아니오…… 내가 어떻게 풍작과 흉작, 가뭄과 비, 밤과 낮, 파괴와 창조, 태어남과 죽음이 교차하는 것을 이해할 수 있겠소? 모르오. 나도 이해하지 못하는 게 많다오.

내 남편도 있었소. 그는 백인들이 자기들끼리 벌이는 전쟁에서 그들에게 음식과 총을 나르는 팀의 일원이었소. 그는 무노루처럼 노예가 되기를 택한 게 아니었어요. 식민주의자를 위한 감시원으로 임명된 족장은 가구당 양 열 마리와 염소 기름을 요구했어요. 내 남편은 자부심이 강했소. 그는 침을 뱉으며 노예가 되기를 거부했소. 때문에 그는 가난해서 자기에게 할당된 기름을 만들 수 없는 가난한 사람들과 함께 명단에 올랐소. 남편은 부자였지만 자부심이 강했소. 백인들이 전쟁에 나가 있는 동안, 일부는 유럽인 농장으로 끌려가 일을 했소. 자기들의 땅은 손을 못 대서 황폐해지고 있는데, 백인의 땅을 살리려고 끌려가는 모습을 상상해 보시오! 여자 혼자서 농사일을 다 할 수는 없는 일이잖소. 어떻게 여자가 남자의 영역인 사탕수수, 얌, 고구마를 재배하겠소? 어떻게 새 땅을 팔겠소?

어떻게 여자가 대장간 일을 하고, 사슬을 만들고, 철사를 잡아 당기고, 벌통을 만들고, 버들가지로 헛간을 만들겠소? 어떻게 그런 일을 다 하고 자기가 하던 일까지 다 할 수 있었겠소? 다른 남자들은 머리에 짐을 지고 줄을 서서 숲에 길을 내거나 때로는 스와힐리와 아랍 침략자들이 예전에 닦아 놓은 길을 따라서 해안으로 갔소. 그들은 키브웨지에 도착하기 전, 이 땅의 짐승을 보았소. 아주 기다란 짐승이었소. 전에는 본 적이 없는 짐승이었소. 그것은 우리에게 그림자를 주는 바다의 응다마시아보다 더 무서운 모습을 하고 있었소. 눈은 빛을 뿜었고, 구부러진 혀는 엄청난 소리와 함께 불을 뿜었소. 남자들은 할례를 받은 자들이었지만 마녀를 본 것처럼 그 자리에 얼어붙었소. 그들에게 어떤 목소리가 들렸소. 배로 기어가는 저 낯선 피조물에 손을 대지 마라. 잘 살펴보고 하느님이 모든 자손들에게 주는 선물인 끝없는 세상에 대해 배워라. 그들은 피곤했소. 그들은 밤낮으로 잠과 싸우고, 더 영원한 잠에 대한 욕망과 싸우면서 먼 길을 걸어온 참이었소. 그런데 이제는 동물이 길을 가로막고 있었던 거요. 한 남자가 돌을 집어 동물을 맞혔소. 동물이 순간, 고개를 들더니 번개보다 열 배나 더 강렬한 불과 빛을 내뿜었소. 그리고 지축이 흔들릴 만큼 엄청나게 큰 소리를 내며 기어가기 시작했소. 어떤 사람들은 피에 굶주려 있었소. 그들은 그것을 향해 돌을 던지며 욕을 하고, 자기들이 너무나 쉽게 난국에서 벗어난 것을 보고 웃기도 했소! 여러분, 잘 듣고 주님의 길을 두려워하시오. 그 동물에 손을 댄 사람은 아무도 돌아오지 못했소. 어떤 사람들은 독일군의 포화에 쓰러지고, 또 어떤 사람들은 말라리아에 쓰러졌소. 또 다른 사람들은 엄청나게 토했소. 소수만이 전쟁에서 살아서 돌아왔소.

누군가가 남편은 어떻게 되었느냐고 물었다.

그는 돌아왔소. 잘 돌아왔소. 그러나 그는 더 이상 음바리키 기름과 땀으로 미끌미끌한 허벅지와 몸으로 나를 휘감던 예전과 같지 않았소.

그녀는 다시 조용해져서 항아리에 든 셍게타를 한 번 젓더니, 젓던 막대기에 살짝 손을 댔다. 그녀의 마음은 이제 다른 곳에 가 있었다. 평원에서 그들에게 얘기를 해 줬을 때처럼, 그녀는 기억과 불확실성의 어둠 속에 빠져들고 있었다. 손은 막대기에 대고 고개는 한쪽으로 기울이고 눈은 바닥을 향하고, 그들의 말 없는 얼굴에 깃든 질문에 아무런 대답을 하지 않은 채, 그녀는 그대로 있었다.

카레가는 그렇게 몸을 숙인 그녀의 모습을 바라보며 그녀가 한 말을 속으로 음미했다. "더 이상 예전 같지 않았소." 그는 마치 그것만이 그녀의 끝나지 않은 이야기, 그리고 그들의 끝나지 않은 이야기 속에 들어 있는 모든 괴로움과 숨겨진 의미들을 설명해 준다는 듯, 그 말을 몇 번이고 마음속에서 뒤집어 보았다. 무니라가 떠났을 때 그는 그런 느낌을 받았다. 시리아나를 떠날 때도 그런 느낌을 받았다. 최근의 여행 이후에도 그런 느낌을 받았다. 그는 지금, 시리아나에서, 그리고 일모로그 학교에서 붙잡고 씨름하려 했던 과거, 민중의 과거를 돌이켜 보아도 모든 것이 더 이상 예전과 같을 수는 없다고 생각했다. 우리가 얘기하는 것은 어떤 과거일까? 웅데미, 그리고 말린디에서 송하이에 이르는 창설자들, 희망봉에서 지중해에 이르는 과거일까? 변호사가 얘기했던 것처럼, 파괴된 문명, 발전의 지연, 끝없이 요구만 하는 이익의 신을 먹여 살리려고 지구상에 흩어진 흑인들에 관한 과거일까? 집과 작물이 태워지고 파괴되고, 질병이 대륙으로 쏟아져 들어온 과거일까? 혹은 루베르투어, 터너, 차카, 압둘라, 코이탈렐, 올레 마사이, 키마시, 마셍게의 과거일까? 다른 사람들을 팔아먹고, 백인에 대한 봉사를 정말 하느님에 대한 봉사로 착각하고 리빙스턴과 스탠리를 등에 업고 다닌 족장들의 과거일까? 키뉴안주이, 무미아, 레나나, 추이, 제로드, 웅데리 와 리에라의 과거일까? 결국 아프리카는 하나의 과거가 아니라 영원히 각축전을 벌이는 여러 개의 과거를 갖고 있었다. 이 모습에 저 모습이 겹쳐졌다. 그는 하나를 갖고 몸부림치며 그것을 고정시키고 연구해서, 지금까지 그를 피했던 비밀을 찾아내려고 했다. 그런데 갑자기, 과거가 그의 앞에 열리면서, 그는 형의 얼굴을 보았다! 아니, 보았다고 상상했다. 그러나 만난 적도 없는 형을 어떻게 보았다는 걸까? 그럼에도 얼굴이 거기에 있었다. 그것은 여러 해를 두고 거기에 있었던 것처럼 그대로 있었다. 그는 압둘라가 평원에서 그들에게 해 줬던 얘기를 떠올리며, 그것이 압둘라가 아는 사람의 얼굴이 아닐까 생각했다. 결국 압둘라는 리무루 출신이었다. 그는 무니라를 생각했다. 그는 그에 대해 잘 알았다. 그는 왜 자신이 그에게 응딩구리에 대해 더 물어보지 않았을까 생각했다. 그러나 학교 안에서 같은 공간을 쓰고 거의 이 년을 같이 살았음에도, 놀랍게도 그들은 서로의 삶에 대해 아는 게 거의 없었다. 무니라를 생각하자 무카미의 얼굴이 다시 떠올랐다. 셍게타 때문에 이런 생각을 하는 걸까? 그러나 무카미의 얼굴은 평생 그를 따라다녔다.

그는 여러 번에 걸쳐, 자신이 느끼는 감정을 말로 표현해 보려고 노력했다. 그렇게 되도록 손을 컵 모양으로 만들어 가슴으로 들어올리고 기도하기까지 했다. 그런데 셍게타의 힘으로 그 말들이 느껴지는 것 같았다. 그러나 갑자기, 그리고 지금 그 앞에 있는 생생한 얼굴에도 불구하고 ─ 그는 시간의 강을 건넌 것일까. ─ 그는 웃고 싶었다. 글은 종교와 흡사하다던 프로드샴의 말이 막 떠올랐다. "여러분, 그것은 숭고한 행위이고 정화 의식입니다." 그는 예수와 셰익스피어가 영어를 바꿔 놓았다고 말했다. 그들이 에세이를 쓰기 전에 그는 아주 심각하게 말했다. 여러분이 정말로 느끼는 것을 종이에 옮겨야 합니다. 그렇다고 그들이, 글쓰기가 뜨거운 열정과 고뇌의 고백이라던 그의 말을 믿은 것은 아니었다. 예를 들어, 카레가는 종종, 아주 단순한 주제임에도 믿기 어려운 영웅적 행위들을 꾸며내고 약간의 기독교적 메시지를 집어넣었다. 숙모의 집 방문에 관해 쓴 에세이만 해도 그랬다. 그것은 상상 속의 숙모였다. 어느 학교, 어느 반에 가든 그를 따라다니는 상상 속의 숙모였다. 그는 왜 희든 빨갛든 누렇든 피부색에 상관없이 선생들이 숙모, 마지막 휴가, 첫 도시 경험에 집착하는지 이해할 수 없었다. 고뇌와 열정이라니, 그게 무슨 헛소리냐 싶었다. 그가 정말로 느끼는 감정과 삶에서 그에게 정말로 일어났던 일은 글이 되지 않았다. 종이에 대고 얘기할 수 없는 것들이 있었다. 자신에게만 속하는 것들이 있었다. 그렇다면 무엇 때문에 1점이나 2점을 더 맞자고 다른 사람에게, 선생에게 속마음을 얘기한단 말인가? 그가 숙모 집이나 도시에 간적이 없다고 썼다면, 그리고 해가 질 때마다 그녀가 그쪽으로 오기를 바라며 망구오가 바라보이는 언덕을 걸어 올라갔다고 썼다면, 그들이 믿었을까? 그는 그리스도, 하느님, 주님, 높은 하늘에 있는 누군가가 그녀를 집에서 나와 들판을 거닐게 하거나, 산으로 오르거나 망구오로 가서 빨래를 하라고 명령해주기를 진심으로 기도했다.

"하느님의 힘, 기장이시여!" 그가 말하기 시작했다. 그들은 술이 담긴 뿔이 건네질 때도 숨을 죽이고 있었다. 그는 자신이 그것을 얘기하리라는 것을 알았다. 결국 그것은 그가 연습장이나 마음이나 생각 속에 수없이 쓰고 또 썼던 것 아니던가.

"내가 무엇을 하든, 어디를 가든, 그녀는 잠을 잘 때와 깨어날 때 사이에, 나의 꿈과 욕망의 가장자리에서 떠돌며, 언제나 내 안에 있었어요. 그녀를 전생에서 만났고, 내게 나중에 자기를 알아볼 무슨 표시를 남겼던 것만 같았어요.

그녀가 하무타부키라고 부르는 언덕의 망구오 채석장 가장자리에 앉아 있을 때, 우리는 처음 만났어요. 그곳은 웅진주와 웅두쿠의 집과 우리가 우마리와 주마라고 부르던 오마리 주마의 집 근처에 있었죠. 그녀는 채석장 가장자리에 앉아 손을 뒤로 짚고 아슬아슬한 허공에다 다리를 흔들고 있었어요. 언덕 아래로 포장도로가 보였어요. 이탈리아군 전쟁 포로들이 언덕을 깎아 만들었다는 도로지요. 나는 그 도로를 보면 언제나 자동차와 자전거와 사람들이 갑자기 어딘가에서 토해져 나오거나 갑자기 땅속으로 삼켜질 것 같은 느낌을 받았어요. 그 길은 우리가 키무냐의 굽이 길이라고 부르던 곳에서도 경사가 아주 심했어요. 망구오 학교가 있는 키에야 산마루를 마주 보는 곳이었죠. 나는 그녀의 무모한 자세를 보고 깜짝 놀랐어요. 낭떠러지 가장자리에 서 있는 상상만으로도 나는 현기증이 났으니까요. 그렇지만 나는 그녀를 향해 걸어갔어요. 그녀가 나를 올려다보더니 어서 와 앉으라고 하지 뭡니까. 나는 머뭇거렸어요. 그녀가 말했어요. 두려울 것 없으니 그냥 앉아. 나는 화를 내는 척하며 말했어요. 누가 두렵다고 했니? 그녀가 내게 도전을 해 온 데다 나 또한 그녀에게 두려워하는 모습을 보여 주기 싫어서 나는 계속 걸었어요. 하지만 나는 무서웠어요. 가슴이 쿵쿵 뛰고 다리에 힘이 풀리는 것 같았어요. 무서웠어요. 정말 무서웠어요. 동시에 그 공포감은 매력적이기도 하고 짜릿하기도 했어요. 이상했어요. 나는 삶과 죽음을 향해 걸어가고 있었어요. 다리가 휘청거렸어요. 그러나 고통과 기쁨 사이에 있는 어떤 것이 공포감으로 따뜻해진 핏속으로 흘러들었어요. 그 느낌이 강렬했어요. 나는 울고 싶었지만 계속 걸었어요. 전에 보았으나, 결코 의식한 적이 없던 그녀의 얼굴과 미소와 약간 벌어진 윗니가 자석처럼 나를 끌어당겼어요.

우리는 그곳에 앉아 얘기를 나누며 사비리. 새들이 태양과 함께 날아가는 모습을 지켜보았어요. 물론 나는 그녀를 알았어요. 어머니가 리무루 시와 정착지를 마주 보는 언덕 다른 쪽에 있는 그녀의 아버지 농장에서 살았으니까요.

그녀는 내게 왜 학교에 안 다니는지 물었어요. 나는 늘 가고 싶었다고 말했어요. 그러나 그것은 전적으로 사실이 아니었어요. 그녀는 카만두라에 있는 학교에 다닌다고 했어요. 나는 그때, 그 자리에서 학교에 가겠다고 맹세했어요.

그다음 주에 나는 날마다 그녀 아버지의 제충국 밭에서 노란 데이지를 땄어요.

나는 그 일을 아주 잘했지만, 이제는 나 자신을 위해 더 열심히 했어요. 어머니는 나한테 무슨 일이 생긴 건지 궁금해했어요. 나는 이렇게 말했어요. 학교에 가고 싶어요. 수업료를 내게 돈을 벌고 싶어요.

때때로 그녀가 나를 도와주러 왔어요. 그녀는 학교에 관해 더 이야기해 줬어요. 내게 붉게 익은 자두를 가져다주기도 하고, 나중에는 정말로 달콤한 배를 가져다주기도 했어요.

나는 한 학기 수업료로 충분한 돈을 벌었어요. 어머니는 내 결심을 보고 다른 것들은 자기가 도와주겠다고 했어요.

그녀는 자기가 아는 것을 내게 가르쳐 줬어요. 나는 배우는 속도가 빨랐어요. 선생들이 나를 월반시켜서 이 년도 안 돼서 나는 그녀에게 한 학년밖에 뒤지지 않게 됐어요.

어머니는 기회가 있을 때마다 기도로 하느님을 섬기는 분이었어요. 그러나 내게 기도를 하게 하거나 기도의 의미를 알게 하지는 못하셨어요.

내게 기도를 가르쳐 준 사람은 무카미였어요. 그녀는, 하느님은 무엇이든 원하면 들어주시는 분이라고 했어요. 나는 학교에 가다가 삼나무 밑에서 처음으로 기도를 했어요. 우리가 카무타라콰이니라고 부르는 곳이었죠.

그날 그녀는 나와 함께 있지 않았어요. 내 생각에 아팠던 것 같아요. 여하튼, 나는 전에는 경험하지 못했던 감정에 갑자기 휩싸였어요. 고개를 숙이고 눈을 감고 하느님에게 빌었어요. 그녀를 낫게 해 주세요. 그리고 하느님, 당신이 무엇이든 해 줄 수 있다는 게 사실이라면, 제가, 제가…… 아니 무카미가 제 것이 되게 해 주세요.

나는 주말과 방학이면, 그녀 아버지의 농장에서 일했어요. 그리고 그녀도 다시 와서 일을 거들어 줬어요.

우리는 이따금, 망구오 호수의 푸른 갈대 속을 거닐며 사비리 새들을 쫓고 알을 줍기도 했어요.

우리는 이따금, 제충국 밭이나 호수 옆에서 씨름을 하기도 했어요. 그녀가 땅에 넘어지면 나는 그녀를 타고 넘어졌어요. 그녀가 울면 나는 일어났어요. 그녀는 일어나서 치마에 묻은 먼지나 풀을 털며 나더러 겁쟁이라고 놀렸어요. 그러면 나는 그녀를 쫓아갔고 우리는 다시 씨름을 했어요. 그런데 갑자기 그녀가 힘이 빠졌어요. 나는 그녀를 땅에 넘어뜨렸어요. 나의 핏속에 이상한 노래가 흘렀어요. 그녀가 울면서 나한테 사악하다고 했어요. 내가 다시 물러나면, 그녀는 비웃었어요. 완전히 설명할 수 없었지만, 내 안에 있는 무언가 때문에 나는 그녀가 미웠어요.

그녀는 칸제루 고등학교에 들어갔어요. 나는 우리의 세계가 갈라졌다고 생각했어요. 일 년 후, 나는 시리아나 고등학교에 들어갔어요. 여러분도 알겠지만, 두 학교는 계곡 하나를 사이에 두고 가까이 있었어요. 우리는 토요일마다 만나 학교, 선생, 집, 우후루에 대해 얘기했어요. 모든 것이 좋았어요.

우리는 방학 때도 만났어요. 자주 만난 것은 아니고 교회에서 한두 번 만났어요.

그녀의 태도가 변한 것을 알아차린 건 그녀가 4학년, 내가 3학년 때였어요. 그녀가 전보다 예민하게 굴었어요. 나를 보면 화가 나는 듯 보였어요. 그런데 내가 자기와 만나는 걸 빼먹으면 더 많이 화를 냈어요. 내가 뭘 해도 못마땅한 것 같았어요. 나는 그것이 시험에 대한 걱정 때문이라고 생각했어요.

방학 중 어느 날이었어요. 그녀가 우리 집, 그러니까 카미리소 마을에 있는 우리 오두막을 지나가다 교회에 같이 가자고 말했어요. 우리는 초등학교에 다닐 때 다니던 흙길을 따라갔어요. 어렸을 때 친구들과 사건들이 떠올랐어요. 아이들이 매라고 놀려 울리곤 했던 키만 크고 홀쭉한 이고고라는 친구도 떠오르고, 모든 곳을 통틀어 가장 아름다운 여자 중 하나라는 소문이 있던 키무냐의 딸도 떠올랐어요. 우리는 교회에 들어갔어요. 당시, 젊은 사람들에게 가장 인기가 높던 조슈아 마텐즈와 신부가 설교단에 있어서 우리는 기뻤어요. 그녀는 아주 장난스러웠어요. 전에는 나나 다른 남자애들과 있다가 부모님한테 들키지 않을까 아주 조신했는데, 이번에는 전혀 신경을 쓰지 않는 것 같았어요. 예배가 끝난 후, 우리는 웅제니아를 거쳐 응구이루비까지 포장도로로 걸어갔어요. 우리는 풀밭에 누워 미래의 꿈에 대해 얘기했어요. 학교를 마치고, 대

학에 가고, 결혼하고, 아이들을 낳는 얘기까지 했어요. 아들이
먼저냐, 딸이 먼저냐를 놓고 말씨름도 했어요. 그녀는 아들을
원했고 나는 딸을 원했어요. 그렇게 시간 가는 줄 모르고 옥신
각신했어요. 우리는 달려서 기토고시를 지났어요. 그녀가 음
비라의 집 근처에서 갑자기, 우리가 어렸을 때 그랬던 것처럼
호수에서 사비리 알들을 꺼내 오자고 했어요. 노을이 지고 있
었기 때문에 미친 짓이긴 했지만, 나는 정말로 좋았어요. 우리
는 물속으로 걸어 들어갔어요. 새들이 하늘로 날아갔어요. 푸
른 갈대와 키 큰 풀들이 발에 엉켜 가운데로 들어가기가 힘들
었어요. 우리는 가면서 알을 주웠어요.

　망구오 호수 한가운데에는 아무리 비가 많이 와도 물에 잠
기지 않는 두 개의 혹이 있었어요. 그것은 늘 물 위에 떠 있는
것처럼 보였어요. 나는 나중에 그것이 당시 족장이었던 무코
마 와 응지리리가 성인식을 허락하는 조건으로 젊은 남자들
이 만든 댐의 측면이라는 것을 알게 됐어요. 그러나…… 우리
사내아이들 사이에 떠도는 전설에 의하면, 그것은 호수에 살
던 상어처럼 생긴 거대한 두 동물의 혹이고, 갈대밭은 그들의
음모라고 했어요. 우리는 그중 하나에 올라가 앉았어요. 고요
했어요. 정말 고요했어요. 우리는 사비리 새들이 태양을 따라
날아가는 모습을 바라보았어요. 우리는 알이 몇 개인지 세어
봤어요. 열 개였어요. 우리가 열 개를 주웠던 거죠. 갑자기 그
녀가 비명을 지르며 정적을 깼어요. 거머리가 그녀의 턱을 물
어뜯으며 피를 빨고 있었어요. 나는 얼른 잡아당겼어요. 피가
났어요. 나는 그 자리를 문지르며 그녀에게 걱정하지 말라고

했어요. 그녀는 자기는 아이가 아니라며 그만두라고 했어요. 나는 화가 났어요. 그녀도 화가 났어요. 나는 나를 다 큰 아이라고 부르는 것에 화가 나서 그녀를 때리고 싶었어요. 그러나 그녀가 내 손을 잡았어요. 우리는 씨름을 하기 시작했어요. 우리는 씨름을 했어요. 나는 정말로 화가 많이 났어요. 나는 그녀를 바닥에 쓰러뜨린 뒤 덮쳤어요. 그런데 내 몸 전체가 따뜻해졌어요. 피가 내 존재의 모든 정맥과 동맥을 타고 빠르게 흘렀어요. 세상이 고요했어요. 너무 고요하게 움직였어요.

나중에 정신을 차리고 보니, 밤이 되어 작은 달이 떠 있었어요.

무카미는 앉아 있었어요. 그녀가 알을 모두 깨뜨리는 바람에 껍질이 바닥에 흩어져 있었어요.

나는 물었어요. '무슨 짓을 한 거야? 왜 그런 거야?'

그제야 나는 그녀가 울고 있다는 것을 알았어요. 나는 그녀를 안고 걱정하지 말라고 했어요. 아무 일도 없을 것이고, 설령 무슨 일이 있더라도 내가 그녀와 결혼할 거라고 했어요.

그녀가 나를 올려다보는 것 같더니 말했어요.

'그게 아니야. 그게 아니야.'

'그럼 뭐가 문제야?' 나는 걱정이 되어 물었어요. 내가 여자의 마음을 이해하지 못하는 건가 해서 걱정이 됐어요.

그녀의 다음 질문은 너무 예상치 못한 것이어서 나를 송두리째 흔들어 놓았어요.

'너한테 죽은 형이 있지?'

나는 형에 대해 늘 막연한 느낌을 갖고 있었어요. 아주 어렸을 때, 내가 형이 떠나는 것을 보았을지 모른다는 막연한 느낌이 있었어요. 하지만 그럴 리가 없었어요. 그래도 무슨 일이 있었던 게 틀림없어요. 우리가 그녀의 아버지 농장에서 살다가 어떤 마을로 이사를 갔으니까요. 모든 게 내 머릿속에서 뒤죽박죽이 됐어요. 이웃들이 소곤거리는 소리를 듣고 어머니에게 한두 번 물어본 적도 있었거든요. 그런데 어머니는 내 질문을 물리치면서 형은 리프트 밸리에 사는 아버지한테 갔다고 했어요. 나도 아버지를 본 적이 없어서 더 이상 질문은 하지 못했어요.

나는 이렇게 대답했어요. '나는 몰라. 아마…… 아니야, 나는 그렇게 생각하지 않아. 내가 아는 형은 리프트 밸리에 갔어. 그런데 그걸 왜 물어?'

'아버지가 우리 관계를 알아챘어. 아버지는 네가 마리아무의 아들이라는 걸 알아……. 네 형이 마우마우 단원이었다고 하시던데. 무리를 이끌고 우리 집으로 들어와 백인들에게 협조하고 교회에서 마우마우에 반대하는 설교를 했다며 아버지의 오른쪽 귀를 자른 것도 그 사람이었대. 독립 투쟁 여부와 상관없이, 아버지는 그런 무례를 결코 용서하지 않으실 거야. 그리고 자기 딸이 그렇게 가난하고 그런 범죄력을 가진 집에 시집가는 것을 용납하지 않으실 거야. 아버지는 나한테 계속 너와의 관계를 끝내라고 말씀하고 계셔. 그리고 지금은 최종적으로 자기와 너 사이에서 선택을 하라고 하셔. 너를 단념하든가, 아니면 다른 아버지, 다른 집을 찾으라는 거야.'

우리는 차가운 물과 갈대밭, 달의 침묵과 어둠을 헤치고 돌아갔어요. 나는 그녀를 집 가까운 데까지 데려다주고 카미리소로 돌아왔어요. 그리고 어머니에게 형에 대해 물었어요.

'사실대로 말씀해 주세요.'

'이름이 웅덩구리였다. 그 아이는 투사들을 위해 실탄을 운반했단다. 그리고 교수형을 당했지. 더 이상은 묻지 마라. 나는 사람들의 행동을 심판하는 사람이 아니다. 우리는 모두 하느님의 손안에 있는 존재다.'

그 후로 다시는 무카미를 보지 못했어요.

나의 생명과도 같던 무카미는 우리가 처음 만났던 채석장에서 뛰어내렸고, 나이로비에 있는 아가 칸 병원으로 후송되던 중에 죽었어요."

4. 그 자리에 있던 사람들에게 이 놀라운 고백이 미친 파장은 엄청났다. 응야키뉴아는 계속해서 한곳만 응시했지만 기계적으로 셍게타 항아리를 젓던 손놀림은 조금씩 더 빨라졌다. 완자가 그에게 가까이 다가갔다. 무니라는 한숨을 쉬었다. 기침과 목이 메어 나오는 울음의 중간쯤 되는 한숨이었다. 그는 일어나서 밖으로 나갔다. 갑자기 그를 사로잡은 미움을 이해할 수 없었다. 무카미는 자신의 동생이었다. 유일하게 그의 편을 들어 준 사람이었다. 그는 지금, 자신의 아버지와 카레가 중 누구를 비난해야 할지 알 수 없었다. 그는 마음이 약간 진정될 때까지 밖에 있었다. 그런데 돌아와 보니 훨씬 더 기괴한 광경이 벌어지고 있었다.

압둘라가 카레가의 어깨를 붙잡고 심하게 흔들고 있었다.

그는 같은 질문을 반복하고 있었다. "자네가, 자네가 웅덩구리의 동생이라고?" 그의 목소리는 목이 졸리는 짐승이 내지르는 비명 같았다.

그들은 알 리 없었지만, 그의 머릿속에는 한 친구와 보낸 유년 시절의 기억이 떠오르고 있었다. 그들이 드나들던 피무루의 정육점과 찻집의 기억, 리무루의 무나바이 빵집 쓰레기장에 버려진 썩은 빵을 잡으려고 다투던 기억, 식민지 시대에는 결코 받을 수 없던 교육에 대한 씁쓸하고 달콤한 기억, 괜찮은 일이나 장사를 찾아 헤매던 기억, 구두 공장에서 힘들게 일하던 시절, 두툼한 수표와 기관총을 가진 백인 골리앗에 맞서 새총과 훔친 창만으로 이기겠다는 흑인 다윗을 꿈꾸던 자각의 세월, 흑인이 자기 땅, 자기 학교, 자기 문화에서 고개를 꼿꼿이 들고 안정된 삶을 살 수 있도록 완전한 해방을 꿈꾸던 기억. 이런 것들 말고도 수많은…… 그 이면에 있는…… 죽음…… 원한을 풀지 못한 죽음.

그러나 이런 이야기를 바로 꺼낼 수는 없었다. "자네가? 자네가? 웅덩구리의 동생이라고?" 그는 이렇게 물을 뿐이었다.

그들은 그가 다음에 어떤 행동을 할지 기다렸다. 그들은 설명을 기다렸다.

압둘라는 의자에 다시 앉더니 셍게타를 한두 모금 빠르게 마셨다. 사람들의 당황한 눈길은 이제 그에게 고정되었다. 그의 극적인 행동이 카레가의 이야기로부터 일시적으로 그들을 떼어 놓은 것이었다. 그는 셍게타의 효과를 음미하는 듯 보였다. 그는 그들 모두를 바라보며 오른쪽 귀 가까이에서 윙윙거리는 파리를 잡더니 카레가를 바라보았다. 사람들의 호기심 어린 침묵 속에서 그는 다소 슬프고 단조로운 목소리로 이야기를 시작했다.

"하느님의 힘, 기장이시여!"

"웅딩구리는 마리아무의 아들이었습니다. 웅딩구리는 나의 어릴 적 친구입니다. 웅딩구리는 가장 용감한 사람이었습니다. 누가 울어 주지도, 원한을 풀어 주지도 못한 그 사람은 공동묘지 어딘가에 누워 있습니다. 공동묘지에 말입니다. 알려지지도, 찬양받지도 못한 케냐의 자유 투사……."

그들은 모두 불편한 느낌을 받았다. 당혹스럽기까지 했다.

몸을 흔들던 그가 차분함을 되찾았다. 그의 목소리는 이제, 약간 피곤하고 중립적이고, 거의 감정을 싣고 있지 않았다.

"하느님의 힘, 기장이시여!" 그가 이 말을 반복했다.

"웅딩구리는 마리아무의 아들이었습니다. 그는 일찍 내 어머니의 오두막에 왔습니다. 우리는 내 어머니가 만든 기장 죽을 후루룩 마셨습니다. 하루 이틀 후에 그는 숲에 들어가기로 돼 있었습니다. 나는 아직 바투니 맹세를 하지 않은 상태였습니다. 그러나 그 의식을 성공적으로 치르는 대로 전사들에게 합류할 예정이었습니다. 우리는 죽을 먹은 후, 뜰로 나가서 벽에 기대어 아침 햇살을 쬐었습니다. 해가 뜨고 바람 한 점 없었지만, 날씨는 아직 쌀쌀했습니다. 우리는 1에이커쯤 되는 밭을 이렇다 할 목적 없이 한 바퀴 돌면서 완두콩과 콩 꽃들 사이에 난 잡초를 뽑았습니다. 우리는 밭 한가운데에 있는 배나무를 향해 돌을 던져 누가 먼저 배를 떨어뜨리는지 내기를 했습니다. 그러나 내기도 재미없고 배마저도 맛이 없었습니다. 10시쯤, 우리는 인도인이 운영하는 쇼핑센터로 걸어갔습니다. 우리는 키무추와 응둥구의 집을 지나쳤습니다. 그는 마우마우를 지원하는 부자였는데, 나중에 백인들의 총에 맞아 죽었습니다. 우리는 그 집 옆에 멈췄습니다. 새로 지은 석조 건물이었습니다. 그 일대에서 흑인이 주인인 석조 건물은 그 집 하나뿐이었습니다. 케냐인들 모두가 저렇게 근사한 집을 갖게 되는 날이 올까? 우리는 이렇게 질문해 보았습니다. 응딩구리가 말했습니다. 내가 키마시와 마셍게에 합류하려 하는 이유가 바로 그거야. 우리는 인도인 소유의 쇼핑센터에서 어떤 남자를 만날 예정이었습니다. 그는 식민 경찰과 모호한 관계에 있는 우리 편 사람이었습니다. 그의 말에 따르면 그는 그들로부터 총알을 받는 대신, 그들에게 사근사근한 여자들을 조달해 준다고 했습니다. 적어도 우리에게는 그런 식으로 얘기했습니다. 여하튼, 그의 여동생은 응딩구리의 여자 친구였습니다. 그들은 응게차 출신이었습니다. 아니, 카부쿠나 그 부근에 있는 다른 곳 출신이었는지도 모르겠습니다. 아마 왕기기일 것입니다. 맞아요. 왕기기였던 것 같습니다. 그런데 그는 종종 리무루에 모습을 드러냈습니다. 한두 번인가는 우리에게 총알도 팔았습니다. 우리는 우리가 했던 협조의 맹세에 따라 숲에 있는 우리 형제들에게 그 총알을 즉시 건넸습니다. 그날, 그는 우리에게 더 많은 총알과 어쩌면 총까지 건네기로 되어 있었습니다. 마리아무의 아들 응딩구리는 총을 만지게 된다는 사실 때문에 매우 흥분해 있었습니다. 숨기려고 했지만, 감정이 얼굴에 드러났습니다. 나는 그가 전사가 되는 것과 관련해 우스갯소리를 했습니다. '옛날에 한 용사가 적군 지역으로 싸우러 갔대. 그리고 집에 돌아와 아버지에게 그가 싸웠던 전투를 묘사하기 시작했대……. 한 놈이 저한테 오더니 갈비뼈를 한 대 치더라고요. 그래서 넘어졌지요. 다른 놈의 창이 간신히 제 목을 빗나갔어요. 다른 놈이 곤봉을 던져 제 코에 맞았지 뭐예요……. 그런데 그가 아무리 얘기를 해도, 아버지가 화낼 기미를 안 보이더래. 그의 아버지는 이렇게 말했대. 아들아, 나는 얻어맞고 패배를 즐기라고 너를 그곳에 보낸 게 아니었다. 그런 이야기는 말이다…… 네 어머니한테나 해 줘라.' 우리는 깔깔 웃었습니다. 그런데 그가 도로 한가운데에서 갑자기 걸음을 멈추더니 손가락을 권총 모양으로 만들어 나를 향해 찌르며 이렇게 말했습니다. '거기 서, 이 흡혈귀들아! 여기로 와! 엎드려. 바짝. 손들어. 네 이놈, 호주머니에서 손 빼……. 네놈들은 왜 흑인들을 억압하느냐? 왜 우리 땅을 가져가느냐? 왜 우리의 땀을 착취하고 우리 여자들을 망쳐 놓느냐? 이 백인종들아, 이 홍인종들아, 네놈들의 신에게 마지막 기도나 해라……. 답하지 않겠다고? 유죄…… 두두두두두 두 두두두두두…….' 이제, 그의 손가락 모습은 권총에서 기관총으로 변해 있었습니다. 그는 실제로 땀을 흘리고 있었습니다. 나는 그의 어깨를 흔들며 괜찮냐고 말했습니다. 그가 웃었습니다. 저도 불안하게 웃었습니다. 우리는 그와 내가 어느 날 밤, 염소들과 양들을 가둬 놓는 우리 할머니 오두막에서 한 여자에게 했던 짓을 떠올렸습니다. 오래전 일이었습니다. 나는 그녀를 벽에 세워 놓고 그 짓을 했습니다. 그녀는 치마를 올려 잡고 있었습니다. 염소들과 양들이 발을 구르며 소리를 질러 댔습니다. 그 여자는 우는 소리를 냈는데, 진짜 우는 건 아니었습니다. 한숨과 훌쩍임과 고통을 안으로 삼키는 소리를 냈던 겁니다. 좋았습니다. 그런데 웅덩구리의 차례가 되자, 여자가 약간 반항을 했습니다. 노 마 웅가이카이 인유이 무리 아가누이. 잠시 쉬게 해 달라는 것이었습니다. 웅덩구리는 그 말을 들어주지 않고 바로 그녀에게 덤볐습니다. 그는 선 자세에서 그녀의 몸 안에 넣으려고 했지만 쉽지 않았습니다. 여자가 그를 도와주려고 했습니다. 거기가 아니고 그 아래예요. 너무 내려갔어요. 그러다가 갑자기 두 사람이 바닥으로 넘어졌습니다. 바닥은 똥과 오줌으로 범벅이었습니다. 그래도 웅덩구리는 참지 않았습니다. 우리는 여자의 말을 떠올리며 웃었습니다. 모든 일이 끝나자, 여자가 일어나서 화를 내며 말했습니다. 당신이 내 치마와 옥양목을 망쳐 놓았어. 그러고는 밖으로 달려 나갔습니다. 이제는 결혼해 두 아이의 엄마가 되어 잘 사는 그 여자가 그날 밤을 기억할지 궁금했습니다. 우리의 화제는 웅덩구리의 현재 여자 친구에게로 넘어갔습니다. 여러분에게 얘기했듯이, 그녀는 우리 친구의 여동생이었습니다. 사실, 우리는 그녀를 통해 그를 만났습니다. 그녀가 우리에게 해 준 말에 따르면, 그는 처음에 그들이 사귀는 것을 좋아하지 않았다고 합니다. 그러나 웅덩구리와 나는 오빠가 보호 본능과 질투심에서 그런 거라고 생각하고 무시했습니다. 사실, 그는 나중에는 친절해졌습니다. 그는 언변이 좋은 친구였습니다.

우리에게 '옥수수 알'을 조달해 줄 수 있다고 아무렇지 않게
얘기한 것도 그였습니다. 옥수수 알은 우리가 무서운 것들을
지칭할 때 사용하는 말이었습니다. 나는 응딩구리에게 그 여
자와 결혼을 했어야 한다고 말했습니다. 그러나 그는 괜찮다
고 했습니다. 그 여자가 투쟁이 끝날 때까지 그를 기다리겠다
고 약속했다는 것입니다. 여하튼 그는 누군가를 위해서 싸우
고 싶어 했습니다. 우리는 곧, 고븐지-응군지라 불리는 인도
인이 주인으로 있는 가게 옆의 뒷골목에 도착했습니다. 그는
우리를 기다렸고 악수를 했습니다. 악수를 하면서 '알'이 건네
졌습니다. 너무 순조롭고 쉬웠습니다. 일 분도 걸리지 않아 그
는 가 버렸습니다. 나는 응딩구리한테 그가 우리에게 총을 주
는 것을 잊었다고 말했습니다. 그가 그의 뒤를 따라가려고 했
습니다. 그러나 우리는 저녁이나 다른 날까지 기다리는 게 좋
겠다고 생각했습니다. 그런데 어디선가 남자 둘이 불쑥 나타
나 우리의 어깨를 두드렸습니다. 내 배에 뭔가 차갑고 뜨거운
것이 느껴졌습니다. 나는 우리가 배반당했다는 것을 알았습
니다. 응딩구리도 알았을 겁니다. 쥐새끼 같은 자식. 응딩구리
가 이를 갈며 말했습니다. 그들이 갑자기 발로 차는 바람에 그
의 몸이 앞으로 홱 움직였습니다. 경찰차가 인도인 가게 근처
의 케이사과나무 울타리 가까이에 세워져 있었습니다. 민간
인 복장을 한 남자 둘이 웃고 농담을 하며 우리한테 야전 사
령관과 장관이라고 했습니다. 무능한 나 자신을 생각하니 괴
로웠습니다. 나는 그들의 농담을 아무 말 없이 받아들였습니
다. 한 사람이 내 몸을 수색했습니다. 갑자기 그가 동작을 멈

추더니 당황하는 것 같았습니다. 어디에 뒀지? 그가 나를 향해 소리를 질렀습니다. 나도 당황했습니다. 갑자기 웅덩구리의 몸을 수색하던 사람에게서 승리감이 깃든 목소리가 들렸습니다. 모두가 그쪽을 바라보았습니다. 그는 웅덩구리의 호주머니에 있던 물건을 높이 들어 보였습니다. 문득 내 몸을 뒤진 사람이 내가 총알을 넣은 상의 안쪽 주머니를 뒤지지 않은 게 생각났습니다. 순간의 일이었습니다. 나는 아무 생각도 하지 않았습니다. 그저 결정이 내려졌고, 나는 그것을 따랐을 뿐입니다. 나는 필사적으로 도망치기 시작했습니다. 그들은 처음에는 깜짝 놀라더니 방아쇠를 당겼습니다. 소리가 들렸습니다. 그런데 그것은 내가 아니었습니다. 내가 어떻게 그렇게 냉정할 수 있었는지 모르겠습니다. 나는 인도인 아이들 속으로 섞여 들었습니다. 경찰이 할 수 있는 일이라곤 공중을 향해 총을 쏘며 인도인들에게 큰 소리로 도와달라고 외치는 것뿐이었습니다. 그러나 장사꾼들은 총구에서 나오는 연기에 아연실색했을 겁니다. 아이들은 장난을 친다고 생각하는 것 같았습니다. 소리를 지르고 손뼉을 치고 어서 나오라고 소리를 질렀으니까요. 그러자 더 많은 아이들이 거리로 나왔습니다. 그 덕분에 문제가 더 복잡해져서 나는 어느 정도 위기를 벗어날 수 있었습니다. 나는 뒷골목을 통해 과카라부 근처의 들판으로 나갔다가 아프리카인 가게들이 있는 롱가이로 갔습니다. 그들이 나를 향해 총을 쏘았습니다. 나는 넘어졌다가 일어났습니다. 그들이 다시 총을 쏘았습니다. 나는 넘어졌다가 일어나 도랑과 작은 언덕을 넘고 풀밭을 지나, 롱가이 시장을 지나 철도를 건너 바타 공장의 근로자 숙소로 갔습니다. 이때쯤 바타까지 소식이 퍼졌습니다. 그들은 나를 숨겨 주고 내가 이 문, 저 문을 지나 비밀 통로를 거쳐서 차나무 숲으로 들어간 다음 결국은 친구들한테까지 가게 해 줬습니다.

숙모의 아들이었던 웅덩구리를 나는 다시는 보지 못했습니다. 일주일 후, 그들이 기툰구리에서 그를 교수형에 처했으니까요.

하느님의 힘, 기장이시여! 나는 기도했습니다. '아, 하느님, 제가 언젠가 저 버러지를 잡을 수 있도록 저를 살려 주십시오. 살려 주십시오.'

내가 나와서 뭘 했냐고요? 나, 압둘라는 하느님에게 했던 맹세를 잊었습니다……. 나는 돈을 버느라 정신이 없었습니다……. 그리고 숨으려고 일모로그에 오기까지 했습니다."

말을 마친 그의 목이 메었다. 그리고 잠시, 정신을 차리지 못했다. 카레가의 눈은 압둘라한테 고정되어 있었다. 웅야키 뉴아가 고개를 들고 모두를 차례로 바라보았다. 그녀만이 그들 뒤에 숨겨진 것들을 보는 것 같았다. 그녀만이 오두막 안에 깃든 불가사의한 음침함 속에서 무슨 징후를 읽는 것 같았다.

5. 무니라는 셍게타를 마시던 밤을 오랫동안 기억하게 될 터였다. 그는 나중에 긴슐시에서, 상상 순수한 형태의 셍게타를 처음으로 마셨던 날 밤, 완자가 고백과 기억과 모순적인 내적 갈등 밑에 도사린 질문으로 그들의 생각 속을 파고들었을 때, 그 장면과 당황한 얼굴들과 그녀의 불안한 목소리를 말로

표현하려 애썼다. 그녀는 화제를 바꿈으로써 그 상황을 어색하지 않게 하려고 했던 게 아닐까? 그는 궁금했다. 여하튼 그 질문은 적절하게도 이 어둠 속에서 그들에게 빛줄기를 보여 줄 수 있는 유일한 사람을 향했다.

"할머니, 말씀해 주세요. 할아버지가 뭘 보셨기에 변하셨나요? 무엇이 그분을 더 이상 예전 같지 않게 만들었나요? 그분이 자신이 본 것의 의미를 말씀해 주셨나요?"

"그 불빛 속에서 말이냐?" 그녀는 그 질문을 기다리며 준비를 하고 있었다는 듯이 말했다. "그는 그 불빛 속에서 본 것을 나한테 여러 번 얘기하려고 했다. 그러나 그가 얘기를 하려고 할 때마다, 뭔가가 그를, 그의 목을 막았다. 그래서 계속할 수 없었던 거다. 그러다가 두 번째 큰 전쟁이 터졌지. 다시 한 번 우리 자식들, 우리 아들들이 끌려갔어. 네 아버지도 그 가운데 있었다. 그들이 돌아왔을 때, 우리는 아비시니아, 바마, 인도, 보보이, 응지오바니, 응지리마니 같은 이상한 이름들을 들었다. 이번에는 우리 아들들이 실제로 총을 들고 인간의 생명을 살육하는 일을 마지못해 도왔다고 한다. 내 남편은 밤이면 이런 것들을 내게 속삭이곤 했다. 그러고 나선 열이 나 몸을 떨어서 내가 그를 붙들고 진정시켜야 했지. 어느 날 밤에 그는 나에게 이상하면서 의미를 알 수 없는 말로 그 얘기를 해 줬다. 그런데 그것도, 그 살육도 자기가 본 건 아니라고 했다. 나는 다시 그에게 얘기를 해 보라고 했지. 뭘 본 거죠? 이렇게 오랜 세월 동안 당신을 괴롭히는 게 뭐죠? 당신 아들인가요? 그러자 그는 다시 몸을 떨었다. 그의 눈에는 눈물이 고여 있었다. 나는 그를 안고 안심을 시켰지. 그는 나한테 이런 얘기를 했다. 여보…… 유명한 응다마시아가 기억하는 것보다 더 큰 동물이 불을 뿜었을 때, 나는 수세기에 걸친 흑인들의 아들들과 딸들이 하나가 되어 그 빛의 힘을 이용하려고 하는 것을 본 것 같았어. 우리하고 같이 있던 백인은 그 힘이 흑인 신들의 손에 들어가면, 무슨 일이 생길지 보고 놀라는 것 같았어. 그는 우리에게 간계를 썼지. 독이 묻은 혀를 우리에게 내밀었어. 당신도 우리가 매라고 불렀던 그 백인 기억하지? 그는 키쿠유인들한테 달려가서 이렇게 얘기했대. 마사이족이 여러분의 소와 딸 들을 훔치러 오고 있소. 그들은 단단히 무장을 하고 있소. 당신도 백인이 마지막 순간에 중재자로 왔을 때, 우리가 서로를 거의 죽일 뻔했던 일 기억하지? 그리고 그것이 마지막으로 결렬되었을 때, 백인이 흑인 아이들에게 총부리를 겨눴지. 보다 현명해진 흑인 아이들은 산과 숲으로 물러나 무너진 전열을 정비했지. 그들은 더 이상 벌벌 떠는 노예들이 아니라 칼과 창과 총과 믿음으로 무장한 이퉁가티 전사들이 되어 돌아왔어. 그래, 여보, 믿음은 다른 종류의 빛이었어. 그들 사이에는 반역자들이 몇 명 있었지. 그들은 문지기로 계속 있고 싶어 했어. 백인들이 권력과 그것이 작동하게 하는 인간 에너지를 지배하면서 생기는 부산물에 의지해 먹고살려고 말이지. 그러나 그들은 대부분, 끝이 있었지……. 피를 많이 흘리고 어머니 없는 아이들이 많이 생기고 집들이 많이 부서졌지. 이 모든 것이 탐욕에 눈이 먼 소수의 사람들이 모든 것을 갖고 싶어 했기 때문에 생긴 일이야. 그들은 거기에서 생기는 미덕들을 인간의 마음에 있는 진짜 미덕들이라고 생각하며 자선과 동정을 실천했지. 그들은 자신들 때문에 어머니를 잃고 거리로 쫓겨난 아이들을 위해 좋은 행동의 법과 규칙까지 만들었어. 여보, 우리가 동정해 주고 친절히 대해야 하는 가난한 사람들과 비참한 사람들이 없다면, 동정심과 자선과 너그러움과 친절이 우리에게 필요할까? 그들은 우리가 만드는 힘이 인간이 가진 힘과 무한한 지혜와 사랑으로 모두를 먹이고 입히는 데 충분할 때도, 우리가 계속 그들의 친절과 자선을 받게 될 거라고 생각했을까? 그래서 이러한 신음 소리가 들렸던 거야. 격렬한 투쟁을 하는 과정에서 나오는 신음 소리가 말이야. 여보, 그것은 끔찍한 모습이자 소리였어. 그것이 내가 수많은 밤을 못 자고 깨어 있던 이유였어. 그리고 당신에게 얘기하는 것도 무서웠고……."

압둘라가 실제로 신음 소리를 냈다. 그러자 남편으로부터 그녀에게 건네진 상상에 관한 이야기가 중단되었다. 그들은 그 상상의 의미를 이해한다고 생각했다. 그것은 이미 일어난 일이 아니었던가! 그러나 압둘라는 신음 소리를 내면서 그의 눈에만 보이는 얼굴들을 향해 욕설을 퍼부었다. 그들은 그의 마음을 그렇게 움직이게 만든 것이 그것에 관한 기억일지도 모른다고 생각했다. 완자는 그의 어깨에 손을 얹었다. 그러자 그가 고통으로 몸부림치며 신음하던 것을 멈추고 그녀의 눈을 올려다보았다. 그리고 낯설고 이해할 수 없는 표정을 짓더니 고개를 돌렸다. 그녀의 얼굴도 고통으로 약간 일그러져 있었다. 그녀는 눈물을 억제하려는 듯 아랫입술을 깨물었다.

응야키뉴아는 셍게타 항아리 옆에 있는 의자에서 일어나
그들 모두를 바라보았다. 무니라는 그녀의 야윈 얼굴에 치유
하고자 하는 무한한 동정심과 부드러움, 열망이 어려 있는 것
같은 느낌을 받았다. "집에 가서 자요, 여러분. 집에 가서 자
요. 여러분은 좋은 하느님의 책을 읽은 거요……. 복수는 내
몫이오. 하느님의 정의와 복수를 실현하는 것이 어찌 남자의
몫이겠소? 자요. 그냥 놔둬요. 그냥 놔둬. 우리 사이에는 아직
도 매들이 너무 많으니까요. 자요."

무니라는 이해하려고 무던히 애를 쓰며 글을 써 내려갔다.
나는 지나간 지금, 그녀가 그날 밤 우리에게 얘기하려고 했던
것이 무엇인지 계속 자문해 본다. 그것이 무엇이었든, 그것에
주의를 기울였더라면, 지금 일어난 일을 멈출 수 있었을까? 누
구에 의해? 그의 기억으로는 압둘라가 먼저 나갔고, 그 뒤를
완자와 카레가가 따랐다. 완자는 압둘라와 조금 걷다가 돌아
와서 서 있는 카레가와 함께했다. 지금 생각해 봐도 무니라는
다른 사람들을 묶어 주는 무언가로부터 자신이 배제되고 있다
는 느낌을 받았던 게 분명하다. 여하튼 그는 혼자서 생각을 하
고 싶었다. 그러나 완자의 행동을 보니 자신의 어정쩡한 태도
에 몹시 화가 났다. 그가 부르자 그녀가 다가왔다. 하지 말아야
한다고 생각했는데, 어느새 그의 입에서 말이 나와 버렸다. 그
녀가 몇 달 동안이나 그와 거리를 두고 자신의 감정과 기억과
기대를 갖고 장난을 치는 것이 괴롭고 힘들다는 말이.
"왜 일모로그에 온 거요? 당신이 오기 전이 훨씬 평화로웠

는데."

"아무 일도 일어나지 않는 평화로움 말인가요?" 그녀는 이렇게 응수했다. 무니라는 그녀가 무슨 말이든 더 하기를 기다렸지만, 그녀는 이미 카레가 옆으로 걸음을 옮기고 있었다.

나는 그들끼리 있게 두고 혼자서 집으로 걸어갔다. 나는 나 자신의 생각과 불안과 씨름하고 있었다. 셍게타…… 일모로그…… 카레가의 이야기. 카레가가 그 이야기를 하는 동안, 나의 과거가 현재의 검은 수렁 위를 스치고 지나갔다. 마치 내가 그날 밤 이전에는 내 가족과 내 과거를 전혀 알지 못했던 것처럼. 나는 최근에 아버지와 나누었던 대화와 그의 확실한 태도 변화를 떠올렸다. 한쪽 귀가 없는 아버지를 떠올렸다. 나는 내 아버지가 약간 무섭긴 했지만, 솔직히 아버지에게 크게 관심이 없었다. 나는 대부분, 부자와 결혼하거나 부자가 된 내 형제들에 대해 정말로 아는 게 별로 없었다. 다른 형제들은 간호사, 의사, 엔지니어 훈련을 받으러 영국까지 갔다 왔다. 나는 아웃사이더였고 먼 곳에 선 구경꾼이었다. 휙 던져진 암시나 내가 나타나면 갑자기 멈춰 버리는 진지한 대화를 통해서 무슨 일이 일어나는지, 어렴풋이 짐작만 할 뿐이었다. 내 아버지는 나 대신 내 가정의 일을 맡아서 했고, 내 아내는 지시와 허락을 받아야 할 일이 생기면 아버지를 찾았다. 어떻게 말해야 될지 모르겠지만, 나를 지금 고통스럽게 하는 것은 카레가가 나의 가족 일에 있어서도 나보다 더 인사이더 같다는 느낌이었다.

그는 이미 내 가족사의 향방에 영향을 미치지 않았던가? 여동생이자 제자였다는 사실 말고는 무카미에 대해 아는 게 없었지만, 그래도 그녀는 나의 핏줄이었다. 그는 내 얼굴에 그녀의 죽음을 던지려고 이 먼 길을 온 것일까? 이것이 그가 과거에 제자였다는 사실과 충고와 도움을 바라는 것 이면에 감춘 진짜 동기일까? 그의 이야기 언저리에 승리감이 묻어 있던 것은 아닐까?

나는 자문해 보았다. 내 아버지는 결국 내 아버지였다. 이상하고 불편하고 기괴한 느낌이 뱃속에 불쾌하게 자리를 잡는 것 같았다. 자신의 피붙이인 아버지를 흉하게 만들고 집안에 죽음을 가져온 자들과 함께 술을 마시고 식사를 한 아들로서 느끼는 감정이었다. 내가 지금 마음속에서 정당화할 수 없는 것은 바로 이것이었다. 나는 압둘라가 웅덩구리의 진짜 살인자와 대면하게 해 달라고 신에게 빌었다는 것을 떠올렸다. 나는 응야키뉴아가 얘기했던 지혜와 동정의 말들을 너무 빨리 잊고 있었다. 나는 속으로 절규했다. 주님, 저에게 힘을 주세요. 저에게 확고한 의지를 주세요. 주님, 우리 모두를 용서해 주세요. 나는 나의 강탈당한 역사, 강탈당한 유산을 나한테 돌리고 나를 내 역사와 다시 결합시켜 줄 과감한 조치가 필요하다고 느꼈다. 내가 아버지를 내 아버지라고 부를 수 있게 해 줄 뭔가가 필요했다. 그런데 카레가가 그 길에 불쑥 모습을 드러냈다.

솔직히 나는 내가 누구의 복수를 하고 싶어 하는지, 그것이 나 자신인지, 무카미인지, 나의 아버지인지 알지도 못했고,

확신하지도 못했다. 다만 소속감을 느끼기 위해 뭔가를 해
야 한다고 느꼈을 따름이다. 나는 구경꾼, 아웃사이더로 사
는 데 지쳐 있었다.

8

1. 카레가가 앞에서 어둠 속을 혼자 걸어갔다. 그림자 같은 동반자를 떠올리며 혼자 있는 걸 좋아하는 것 같았다. 완자는 말없이 그의 뒤를 따랐다. 카레가의 머릿속은 응야키뉴아의 오두막에서 있었던 일 때문에 활활 타고 있었다. 오늘 밤, 오늘 밤, 그는 그의 삶에서 어느 때보다 상반된 경험들을 했다. 오래전에 무카미를 잃었지만, 그 이야기를 하면서 그는 고통과 자책감이 세월과 함께 무뎌지지 않았음을 확인했다. 그는 유년의 기억 속에 깊이 묻혀 윤곽으로만 남아 있던 자신의 형을 찾았다. 자부심과 감사의 마음으로 형을 되찾았다. 그는 죽을 각오를 하고 총알을 만졌던 사람이었다. 그것은 민중의 해방이라는 대의명분에 대한 헌신을 말해 주는 궁극적인 척도였다. 동시에 그는 형과 압둘라에게 약간의 경외감을 느꼈다. 온 세상이 녹슨 칼과 수제 총으로 무장한 농민의 위협을 비웃

을 때, 어디에서 그런 용기와 확신을 얻었을까? 절대적인 확신에 가까운 정의에 대한 신념과 믿음은 어디에서 나왔을까? 압둘라는 이제 카레가의 눈에 공동체의 진수이자 케냐의 진정한 용기의 상징이 되었다. 그가 낭만적인 모험 정도로 가르쳐 왔던 역사, 단순한 가능성의 차원에서 상상으로 이해하려고 했던 흑인들의 투쟁의 본질이 오늘 밤 피와 살을 입었다.

그들 주변의 어둠에서 누군가가 가까이 있는 게 느껴졌다. 그는 그녀가 가까이 오기를 기다리듯 걸음을 멈췄다. 그러나 두 사람이 나란히 걷기에는 길이 너무 좁았다. 그는 계속 앞에서 걸었다. 그는 자기가 그녀에게 말하고 싶은 것이 무엇인지 알지 못했다. 그러나 말이 되어 나오지는 않아도, 그의 머리와 가슴에 모호하면서도 분명한 생각과 감정이 있다는 것을 느꼈다. 그들은 일모로그 언덕을 향해 걸었다. 완자는 이전의 경험이 이렇게 반복되는 것을 보며 속으로 놀라고 있었다. 그녀도 필연에 대한 모호한 느낌을 받고 있었다. 마치 과거에 있었던 수많은 사건들, 우연들, 변화들이 '이것'에 이르기 위해 존재했던 것만 같았다. 그런데 이것이 뭘까? 안에서 팔다리를 뻗으며 태어나려고 애쓰는 동물은 무엇일까? 그들은 나란히 서서 더 이상 분명히 보이지 않는 평원을 바라보았다. 카레가가 풀밭에 앉았다. 그녀도 따라 앉았다. 그녀도 많은 것들에 대해 얘기하고 묻고 싶었다. 그러나 아무 말도 나오지 않았다.

"당신 집안에는 반역의 피가 흐르는 게 틀림없군요." 그의 생각의 핵심을 건드렸다는 것을 알지 못한 채 그녀가 말했다.

"왜요?"

"우선 당신 형이 그렇잖아요. 형도 당신처럼 생겼었나요? 아, 당신은 모르겠군요. 당신도 그래요. 시리아나에서 두 번이나 파업을 주도했다면서요."

"무니라 선생님도 그랬어요." 그는 다소 무심하게 말했다. 그는 형과 압둘라를 떠올리며 숲에서 싸운다는 게 어떤 의미였을지 생각해 보았다.

"그래요. 그러나 무니라의 경우에는 달랐어요. 그는 자신이 어쩌다 혼란 속으로 떨어진 구경꾼이나 방관자에 불과하다고 말했어요."

"그걸 어떻게 아세요? 당신은 거기에 없었잖아요."

"그가 얘기해 줬어요."

그녀는 무니라가 언젠가 얘기했던 것처럼, 무니라와 추이에 관한 이야기를 했다.

"그는 그 사건에 대한 기억에 얼어붙어 있는 것처럼 이야기했어요. 그런데 당신은 거리에서 양가죽과 과일을 파는 사람들의 단체를 조직하려고 했어요. 그리고 일모로그에서는 도시로 가는 여행을 주도하여 결국 우리를 기근에서 구했어요. 대단한 일 아닌가요?"

그는 속삭이는 듯 울림이 있는 그녀의 목소리가 좋았다. 이따금 그녀의 손가락이 그의 손가락에 스칠 때면 손끝이 따뜻해졌다. 그러니 그의 마음은 사냥, 학교나 파업이나 거기에서 자신이 했던 역할이 아니라 압둘라와 웅야키뉴아와 무카미를 향하고 있었다. 자신과 관련된 것들은 케냐의 진실한 불멸의 정신을 만들어 낸 사건들이 있었던 큰 무대에 비하면 너무도 하찮고 시시해 보였다.

"그가 우리에게 모든 것을 얘기했다고 생각하세요?" 그가
물었다. 다시 한 번 그냥, 뭔가를 말하기 위해서였다.

"누가요?"

"압둘라요."

"응야키뉴아가 말씀하셨듯이, 잘린 다리에는 숨겨진 이야
기가 것이 더 많을 거예요. 그러나 숨길 것 없는 사람이 어디
있겠어요?"

"당신도 숨기고 싶은 것이 있나요?"

"그럼요." 그녀가 조용히 말했다.

"왜요? 당신은 나에게 모든 것을 얘기하지 않았나요?"

"나도 학교를 어떻게 떠나게 됐는지 얘기해야 할 것 같군
요."

그녀는 자신의 첫사랑에 대해 얘기했다. 복수를 하려고 했
던 것과 이후에 학교에서 있었던 유혹에 대해서도 얘기했다.

그는 듣고 있다가 물었다. "그가 우리가 도시로 가는 길에
만났던 사람과 같은 자인가요?"

"그래요. 그래요……. 그러나 너무 많이는 생각하지 않으려
고 해요. 아무 일도 아니니까요."

"아무 일도 아니라고요? 완자, 그게 아무 일도 아니라고요?
그렇지 않아요. 아무 일도 아닌 것은 없어요."

"하지만 내가 왜 과거의 포로가 되어야 하죠? 왜 늘 거기에
붙들려 있어야 하죠?"

그녀는 목소리를 약간 높이고 비난처럼 들리는 그의 말에

항의했다. 그는 그녀의 격렬한 반응에 깜짝 놀랐다. 스스로도 피해자인 그가 다른 희생자에 대해 어떻게 판단을 내린단 말인가?

"제 말은 그런 뜻이 아니에요. 전혀 아니에요. 결국 당신은 노력하고 싸웠어요." 그는 다짐을 하려는 것처럼 본능적으로 그녀의 손을 잡았다.

그녀는 그의 마음을 다독이고 그 목소리에 깃든 삶의 적을 물리치려고 그의 옆으로 더 바짝 다가섰다. 그녀의 온기가 점차 그의 폐와 갈비뼈에 스며들면서 그에게 삶이 돌아왔다. 그는 죽음과 삶이 교차하는 날카로운 고통을 느꼈다. 그가 왼손으로 그녀의 오른손 손가락을 꼭 잡았다. 그녀의 몸이 오래 떨리는 것이 짜릿하게 느껴졌다. 지금, 무카미를 떠올리며 울고 싶은 사람은 그였다. 이것이 완자가 과거에 겪은 고뇌에 대한 생각과 섞였다. 그리고 그것은 다시, 자신의 내적 소용돌이와 섞였다. 프로드샵이 얘기했던 말의 힘은 어디에 있을까? 말이 달아나고 없을 때, 그들을 하나로 묶어 주고 서로를 필요로 하게 해 준 것은 과거의 고통과 상실을 알고 의식하는 것뿐이었다. 카레가의 가슴은 절망적인 분노에 사로잡혔다. 그는 입술을 깨물었다. 침착함을 유지하기 위해서였다. 서로의 몸을 보고 싶은 충동을 억제하기 위해서였다. 그러나 분노와 충동은 그를 그녀에게 몰아치고, 그녀를 끌어당기게 했다. 그는 서서히 그녀를 풀밭에 눕히고 확실하게 차근차근, 옷을 벗겼다. 그녀의 손은 무기력한 저항의 몸짓을 했다. 아, 카레가, 이러지 마요. 그는 그 목소리에서 필요와 욕망이 교차하는 순수한 두려움의 소리를 들었다. 뜨거운 피가 몰려와 그의 몸을 휘감았다. 그의 몸이 그녀의 몸을 찾으며 땅바닥에서 서로 엉켰다. 피로 뜨거워진 그것의 끝이 그녀의 촉촉한 곳에 닿는 게 느껴졌다. 그는 순간적으로 육체적인 정지 상태에 빠졌다. 그가 그녀의 안으로 들어갈 때, 그녀가 아 — 하는 소리를 냈다. 이제 준비를 마친 그녀가 부드럽게 그를 맞아들이고 있었다. 그들은 서서히, 거의 불확실하게, 서로를 찾기 시작했다. 서서히, 잃어버린 왕국과 잃어버린 순수와 희망을 찾아 점점 더 깊이 들어갔다. 그의 온몸이 활활 타오르며, 고통스러운 욕망이나 친밀감으로 팽팽해졌다. 그녀가 그에게 달라붙었다. 그녀도 새로운 시작의 홍수에 기억들이 씻겨 가기를 바랐다. 그는 이제 그 안에 있는 힘을 느꼈다. 치유하는 힘, 죽음을 압도하는 힘, 힘, 힘을 느꼈다…… 갑자기 그녀가 그를 새로운 수평선과 가능성의 파도에 높이 태웠다. 눈부신 순간이었다. 아, 결합된 육체의 힘이여. 그리고 그들은 폭발하여 아무 말도 없이 어둠과 잠 속으로 황홀하게 떨어졌다.

그들은 아침에 잠에서 깨어났다. 이슬은 그들의 머리에도, 그들의 옷에도 묻어 있었다. 이슬은 풀에도 있었고 언덕과 평원에도 있었다. 대지는 해가 뜨기 전의 부드러운 호박색으로 빛나고 있었다.

"일어나요, 완자." 카레가가 그녀를 향해 소리쳤다.

그의 목소리가 들리고 한기를 느꼈지만, 그녀는 계속 눈을 감고 있었다.

"일어나서 일모로그에 새벽이 오는 모습을 봐요." 그가 말을 이었다. 그들은 언덕을 떠나 차가운 아침 햇살에 휩싸인 각자의 집으로 걸어갔다.

2. 일모로그의 새벽. 해피 뉴 이어. 침대에 혼자 있는 그녀. 그녀는 반듯하게 누워 있다. 엉덩이가 아주 편안하다. 정말 이상하다. 기진맥진한데 편안하다. 그녀는 전에 느껴 보지 못했던 마음의 평화와 가벼움을 즐기고 있다. 다른 연애 때는 늘 걱정과 괴로움, 임시방편에 대한 우선적인 필요, 일시적인 승리, 피와 복수와 이득을 위한 괴로운 욕망이 따라다녔다. 이번은 다르다. 평화롭다. 성스럽다. 눈까풀이 무겁고 활기가 없다. 그녀는 남자가 없는 잠 속으로 빠져들면서도 그의 얼굴과 눈을 붙들고 있다. 셍게타…… 술…… 하느님의 기장 힘…… 하느님의 기장 손가락. 수확기. 옥수숫대에 붙은 따끔거리는 털 때문에 느끼는 따끔거리는 아픔. 옥수숫대 다발. 풀잎. 치마에 붙은 메세게와 마라마타. 발에 묻은 흙덩이와 씨를 뿌리는 손. 여행. 지상 위로, 공중으로 날아가는 여행. 카리마 카 이히이. 리무루에서의 만남. 그녀의 오두막에서. 어머니의 오두막에서. 이상하다. 그녀가 보고 있는 것은 그의 얼굴이 아니다. 그녀에게 연필 한 자루와 가장자리가 닳은 지우개를 주면서 어색해하는 젊은이의 얼굴이다. 그녀는 화가 난다. 선물을 던져 버린다. 그녀는 편지를 빌고 싶다……. 그녀는 소리를 지른다……. 나를 사랑하면 내가 너무 좋다고 편지를 써……. 다른 사람의 품은 모른다고 말해……. 그는 연필과 지우개를 향해 달려간다. 그는 떨리는 손으로 그녀에게 편지를 쓴다…….

바닷가의 모래, 하늘에 떠다니는 별들과 구름처럼 셀 수 없고…… 주말에 입는 화려한 옷을 입은 그녀…… 그녀는 그에게서 편지를 받아 든다. 그녀는 방금 도시에서 온 그녀의 사촌 언니에게 그것을 읽어 주기 시작한다…… 이스틀리…… 그녀는 어깨 너머로 애원하는 눈길을 바라본다. 그녀는 코웃음을 치며 큰 소리로 읽기 시작한다…… 그러나 그녀의 사촌 언니는 거기에 없다…… 그녀는 아버지의 무릎에 앉아 무슨 말인가를 하려고 한다…… 카아아나 가카 니 카우 니 가 타 타 타타 에나 항기 마투…… 그녀는 두운이 맞는 말 몇 마디를 더듬거린다. 그녀는 당황한 얼굴로 아버지를 쳐다본다. 그러나 아버지는 군복을 입고 있다. 그는 거칠고 강한 목소리로 그녀에게 노래를 불러 준다…… 내가 왕을 위해 싸우는 건장한 소년 병사였을 때, 은빛 소년 은빛 소녀여, 나를 기억해 줘요…… 왕을 위해 싸우는 병사를.

"어디 갔다 왔어요?" 그녀는 머리 한쪽에 핀으로 접어 쓴 KAR 모자를 벗기려고 하며 그에게 묻는다.

"버마…… 인도…… 일본…… 먼 나라에 가서 왕을 위해서 싸웠지."

"누구하고 싸웠어요?"

"이탈리아인들, 독일인들, 일본인들하고."

"그들과 싸웠어요? 화가 났었나 봐요."

"아니야."

"그런데 왜 싸웠어요?"

"군인은 질문을 하지 않는 법이란다…… 명령에 복종하고 죽는 거란다. 왕을 위해 싸우다가 죽는 거란다."

"어떤 왕 말인가요? 그 왕도 싸우나요?"

"얘야, 그만 좀 해라. 너무 많은 것을 묻는구나. 뜰에 나가 놀이를…… 왕을 위해 싸우는 병사…… 놀이를 하자꾸나."

그들은 나가서 그의 작업장으로 간다. 크기와 길이가 다양한 쇠파이프가 많이 있다. 아버지는 몇 개를 불에 달군 뒤 그것들을 두드려서 다양한 모양으로 만든다. 그는 손재주가 아주 뛰어나고 영리해서 아무리 딱딱한 파이프도 마음대로 구부려 무엇이나 만들 수 있다.

"아버지, 이런 것은 어디에서 배우셨어요?"

"내 딸아…… 전쟁에서 배웠지……. 사람들의 목숨이 끔찍하게 허비되고…… 폭탄…… 비행기…… 내 딸아…… 이 백인 남자들이 만들어 낼 수 없는 것은 인간의 생명뿐이란다. 그러나 나는 왕을 위해 싸우는 병사였을 뿐이야."

그가 노래를 부르기 시작한다. 이번에는 찬송가다. 어머니도 같이 부른다. 어머니…… 하느님의 책을 읽고 다른 사람이 자신을 위해 편지를 써 주거나 읽어 주는 치욕을 피하기 위해 혼자서 읽고 쓰는 법을 배웠다고 늘 얘기하는…… 어머니. 노랫소리와 쇠와 쇠가 맞부딪는 소리가 교차한다. 아버지는 복잡한 배관 공사에 대해 설명한다. 완자는 웃고 있다. 기쁘기 때문이다. 이비지가 나이로비에서 사탕, 케이크 같은 물건을 사다 줬기 때문이다. 그러나 이제 아버지는 더 이상 군대에 있지 않다. 그는 더럽고 긴 웃옷을 입고 무거운 연장을 나른다. 그리고 언제나 자기가 번 돈을 세고 있다. 그는 자기한테 빚을

진 사람들의 이름에는 십자가 표시를, 빚을 갚은 사람들의 이름에는 꺾자 표시를 한다. 갑자기 장면이 바뀐다. 그녀가 약간 더 자랐다. 어머니와 아버지는 더 이상 같이 노래하지 않는다. 어쩌다 노래를 해도 심각한 소곤거림이나 싸움으로 변한다.

"카베테를 떠나 다른 곳으로 가요. 이 사악한 도시를 떠나자고요." 어머니가 애원한다.

"어디로 가고 싶은데?"

"일모로그로 가요……. 당신 어머니와 아버지가 계신 곳으로……. 우리 부모님께 가요. 당신은 전쟁에서 돌아온 후로 그분들을 한두 번밖에 뵙지 못했잖아요."

"무지와 퇴보로 돌아가자는 말이야?"

"당신은 아버지가 당신에게 한 말이 무서워요? 아버지가 빛 속에서 보았다는 것이 무서워요?"

"입 다물어."

그녀의 아버지가 떤다. 그리고 동시에 애원한다. 그는 어머니를 설득하려고 한다.

"잘 들어. 나는 전쟁에 다녀왔어. 나는 백인이 얼마나 강한지 알아. 아버지가 영국인에 대해 뭘 알지? 1914년에 총을 들었다는 것밖에 모르셔. 마지마지와 아프리카인들이 백인에 맞섰다는 것밖에 모르셔. 무슨 일이 일었지? 그들은 총알이 물 쪽으로 가기를 기다리다가 끝장이 났어. 나는 인도에 있었어. 인도인들은 우리보다 영리해. 그들은 영국인한테 사백 년 동안 지배를 당했어. 아버지가 폭탄을 본 적 있어? 나는 보았어. 백인이 가진 힘의 진짜 비밀이 무엇인지 얘기해 줄까? 그건 바로 돈이야. 돈이 세계를 움직여. 돈은 시간이야. 돈은 아름다움이야. 돈은 우아함이야. 돈은 힘이야. 돈이 있으면 영국의 공주도 살 수 있어. 최근에 여기에 왔던 그 공주도 살 수 있단 말이야. 돈은 자유야. 돈이 있으면 사람들을 위해 자유를 살 수 있어. 총과 흑인 단합의 맹세만으로 백인을 몰아내겠다는 자살 행위 같은 이야기 대신, 우리는 백인에게서 돈 버는 방법을 배워야 해. 돈이 있으면 어둠에 빛을 가져올 수 있어. 돈이 있으면 두려움과 미신을 없앨 수 있어. 돈만 있으면 우리에게 그림자를 주는 웅다마시에 관한 얘기도, 빛을 토해 내는 동물들에 대한 미신도 없어질 거야. 돈, 돈이 문제라고. 나한테 돈을 주면, 성스러움도 사고 친절도 사고 자선도 살 수 있어. 천국으로 가는 길도 살 수 있어. 신성한 문들이 내가 가면 열릴 거야. 이것이 우리가 원하는 힘이야."

"이 전쟁에서 반역 행위를 해서 무슨 돈을 벌겠다는 거죠?"

그녀의 어머니는 이제 울고 있다……. 아니, 그들은 교회에서 기도를 한다. 과거의 죄와, 자기들 손으로 법을 집행하고 모든 인간에 대한 하느님의 메시지를 거역했던 자들의 죄를 용서해 달라고 기도한다……. 아아멘……. 그러나 갈등은 계속해서 고조된다. 밤에 싸우는 빈도가 늘어난다. 그녀의 어머니가 이웃에 사는 언니 집에 가지 말라는 아버지의 말을 거부한 탓이다. 어머니의 언니는 작은 실과 큰 길을 따라 열을 지어 선 오두막들로 이뤄진 새로운 마을에 살며, 숲 속의 남자들과 관련이 있는 것으로 일러졌다.

"당신은 이 집에 하느님의 분노를 불러들일 거야."

"백인의 분노 말인가요?"

"당신 언니는 마우마우단을 돕고 있어. 언니에게 자기 남편이 사제 총을 갖고 다니다 걸려 어떻게 됐는지 돌아보게 하거나 얘기해 줄 수 없어?"

"적어도 형부는 배관 기술을 더 좋은 곳에 썼어요. 그는 겁쟁이가 아니었어요. 언니는 나처럼 겁쟁이가 아니에요. 나는 그 사실을 알면서도 직접 맞서지 못해요. 나는 불의를 보면서도 말을 하지 못해요. 나는 서약을 하지 못하지만, 그것이 잘못된 것이라고는 생각하지 않아요. 그래서 하느님의 교회로 피해 구원해 달라고 기도하는 거예요. 그러나 내가 구원의 도구가 되고 싶지는 않아요."

"성경을 기억해. 너희는 우상을 섬기지 마라. 너희는 살인하지 마라. 너희는……." 아버지가 어머니에게 경고한다.

"그러나 당신은 금화를 숭배하죠. 금화에 새겨져 있는 게 하느님의 모습인가요? 조지라는 이름의 백인 하느님 아닌가요? 당신은 살인을 했어요. 백인들을 위해 살인을 했어요." 어머니가 말한다.

"그건 다른 것이었어." 아버지가 말한다.

"다르다고요! 다르다고요! 살인은 살인 아닌가요? 당신은 백인을 위해 살인을 할 만큼 용감하고 강했어요. 당신한테는 약간의 용기도 없었나요? 사람들을 위해, 당신의 부족을 위해 손가락 하나 들 힘도 없었나요? 당신 아버지가 당신한테 뭐라고 하셨죠? 그의 가문에는 겁쟁이가 없었다고 하셨잖아요. 자신의 가문에는 사람들을 배반한 사람이 없었다고 하셨잖아요. 그 말을 듣고 당신은 놀랐죠. 당신이 돌아가지 않는 것은 그래서가 아닌가요? 당신은 자기가 전쟁 중에 충실하게 섬겼던 똑같은 백인에 의해 아버지가 개처럼 교수형을 당해도 가보지 않았잖아요?" 완자는 어머니의 이런 모습을 본 적이 없었다.

"이년이⋯⋯." 아버지가 소리를 치며 어머니를 한 차례, 두 차례 때리더니 이성을 잃는다. 그는 거품을 물고 차고 때리고 할퀸다⋯⋯. 어머니가 무기력하게 운다. 완자는 두려움에 질려 아무 말도 하지 못한다. 그녀의 어머니가 갑자기 날카로운 소리를 지른다⋯⋯. "사람 살려⋯⋯ 사람 살려⋯⋯ 불이야! 불이야! ⋯⋯집이 타요⋯⋯. 아, 아, 아, 아, 우리 언니⋯⋯ 하나밖에 없는 우리 언니⋯⋯."

아버지가 어머니를 노려보며 말한다.

"내가 말했지. 하느님이 내리신 벌이다."

그 말 때문에 아버지에 대한 두려움과 증오에 사로잡혀 이번에는 어머니가 말을 잃었다. 오두막은 아직도 불에 타고 있다. 완자는 그제야 말문이 트여, 시내에서 막 집에 도착한 사촌 언니와 함께 공포에 질린 목소리로 소리친다. "살려 줘요! 살려 줘요! 살려 줘요! 카레가! 카레가! 카레가! 살려 줘요!"

그녀는 불길에서 구해 달라고 카레가를 부르며 잠에서 깼다. 그녀는 두려워 주변을 둘러보았다. 꿈속에서 보았던 붉은 불길이 아직도 무서웠다.

"아가야, 무슨 일이냐? 무슨 일이냐?" 완자는 처음에 아무 말도 하지 못했다. 서서히 그녀는 언덕에서 있었던 황홀한 시간들을 떠올렸다. 그녀는 불안하게 웃었다.

"저한테 말해 주세요. 어째서 아버지는 이곳에 돌아오지 않았던 거죠? 할아버지한테 무슨 일이 있었던 거죠? 어떻게 돌아가셨나요? 알고 싶어요."

3. 하룻밤과 반나절 사이에 그렇게 많은 경험과 그렇게 많은 발견을 하다니. 과거라는 시간에 뿌려진 씨앗들을 거둘 시간. 몸이 기진맥진한데 가볍다. 기분도 좋다. 그는 이슬과 함께 일모로그에 깃든 거대한 새벽의 힘을 내부에서 느낀다. 한 여자와의 접촉이 그토록 그를 평화롭게 하고, 모든 것을 조화롭게 하고, 거대한 약속들과 수많은 가능성에 대한 느낌을 열어 주다니, 어찌 된 일일까? 그는 잠을 자려고 노력한다. 그의 몸은 이미 그럴 준비가 돼 있다. 그러나 마음이 줄달음질을 치면서 살과 살이 맞닿던 기억의 낮은 물결들을 빠르지만 부드럽게 타고 항해를 한다. 그는 자신이 거대하고 무한한 미지의 것, 알 수 없는 것의 첫 번째 층을 벗겼을 뿐이라는 것을 안다. 그러나 왠지 완자를 평생 알았던 것 같고, 전에 있었던 일도 살 속에서 느꼈던 솔직함으로 불가피하게 연결되는 논리와 리듬을 갖고 있는 것 같다. 그는 이러한 연결 고리, 이러한 내적 연속성의 실타래를 풀어 보려고 애쓴다. 그러나 그 실타래는 그의 유년 시절을 둘러싼 아득한 안개 속으로 사라지고 없다. 그러나 어떤 장면과 사건과 형상의 실루엣이 안개 속에서 만들어지기 시작하더니 서서히 하나의 모습이 되어 떠올라 없어지지 않는다. 어머니 옆에서 모래를 갖고 노는 어린 시

절의 자기 모습이다. 어머니가 소리친다. 요 못된 녀석, 엄마 얼굴에 모래를 뿌리다니. 칼과 가죽숫돌을 손에 든 여자들이 구내로 들어오며 말한다. 마리아무, 어서 가서 땔감을 해 옵시다. 그의 어머니 마리아무가 그에게 말한다. 내가 돌아올 때까지 응제리의 집에 가서 다른 아이들과 놀아라. 그는 화가 나서 울부짖는다. 배반당한 느낌에서 나오는 눈물이 그의 작은 눈에서 쏟아진다. 다른 여자들이 그를 보고 웃는다. 너 아기로구나. 그러다가 그를 사내라고 부르며 달랜다. 자, 사내답게 울음을 뚝 그치렴. 가서 계집아이들과 놀아라. 모두가 널 기다리잖아. 요 약아빠진 녀석. 여자깨나 홀리게 생겼어. 그는 쉽게 마음을 풀지 않는다. 그는 그들이 조금 떨어져서 걸어가게 둔다. 그는 그들의 뒤를 종종걸음으로 따라간다. 그들은 무쿠루이니 와 카미리소로 내려가다가 다른 언덕을 오르고 응제니아로 내려간다. 그런 다음 구불구불한 길에 이르더니 키네니 쪽으로 간다. 아마 그다음에는 수풀 속으로 들어갈 것이다. 이제 그의 눈에는 그들이 더 이상 보이지 않는다. 그는 수풀 속으로 들어가 이쪽저쪽으로 달린다. 그는 갑자기 무바게 수풀 속에 들어와 있는 자신을 발견한다. 공포가 밀려온다. 어머니의 이름을 부른다. 그러나 들려오는 건 숲 속 깊은 곳으로 희미해져 가는, 조롱하는 듯한 메아리 소리뿐이다. 그는 필사적이다. 벌레들과 새들이 내는 소리 때문에 더 조용해진 완전한 침묵이 무섭다. 혼자 있는 것이, 인간의 목소리가 들리지 않는 세계에 혼자 있는 것이 무섭다. 이 완전한 고립에 대한 저항의 표시로 그는 소리를 지른다. 그는 이렇게 말하는 것 같다. 죽을 것 같아요. 나는 죽었어요. 그는 살려 달라고 소리친다. 누군가의 손이 그를 구해 줬으면 싶다. 그래서 다른 아이들하고 한 번만 더 게임을 할 수 있게 해 줬으면 싶다. 어쩌면 그는 울다가 잠이 들었는지 모른다. 깨어나니 침대에 누워 있다. 어머니가 침대 옆에 앉아 있다. 어머니의 눈에 동정심과 부드러움이 깃들어 있다. 그러나 그녀가 침대 옆에 앉아 있는 걸까, 아니면 그의 기억이 그에게 장난을 치는 걸까? 다른 때의 다른 장면이다. 그녀는 앉아 있는 게 아니라 기도나 예배를 드리는 것처럼 제충국 꽃들 위에 몸을 숙이고 있다. 아무 움직임도 없다. 그는 오줌을 섞은 흙으로 공을 만드느라 바쁘다. 제충국 밭은 무카미 아버지의 소유다. 그는 공을 만드는 데 싫증이 나 고개를 들었다가 어머니가 전혀 움직이지 않는 것을 보고 흠칫 놀란다. 그는 공포와 절망에서 나오는 힘으로 그녀의 이름을 소리쳐 부른다. 그녀가 굽힌 등을 펴고 마른 입술에 미소를 짓는다. 그녀가 말한다. 어지러워서 그랬다…… 집에 가자……. 아무 일도 아니다. 그러나 그는 아이의 확실한 본능으로 그것이 아무 일도 아닌 게 아님을 안다……. 그녀는 이글거리는 햇볕 속에서 배도 고프고 피곤하기도 하다. 그들은 마을에 있는 오두막에 도착한다. 무카미의 아버지 땅에서 언제부터 살지 않게 되었던 걸까? 저녁에 여자들이 그녀를 찾아온다. 자라고 했지만, 그는 듣는다. 그들은 밤늦게까지 소곤거린다. 그는 잠이 든다. 깨어 보니 그들이 아직도 소곤거리고 있다. 그가 알아들을 수 있는 것은 기툰구리, 총알, 자유라는 말뿐이다. 여하튼 그들이 그를 이상한 눈으로, 눈물이 글썽

거리는 눈으로 바라본다. 마리아무가 그들에게 무릎을 꿇으라고 말한다. 그들은 기도를 하고 찬송가를 부른다. 쿠우 이구루 구티리 마시나. 그들은 다시 낮고 단조로운 목소리로 기도를 한다. 그 소리를 들으며 그는 다시 잠에 빠져든다……. 그는 점점 깊이 흐릿한 잠 속으로 빠져들어…… 좀 더 낯익은 얼굴들과 장면을 만난다. 기도를 하는 사람은 무카미다. 나중에 그와 그녀는 언덕에 서서 사비리 새들이 망구오 늪 위로 높게 솟구쳐 수천 개의 불빛을 뿜어내는 아름다운 석양빛을 받으며 날아가는 모습을 바라본다……. 그들은 망구오의 한가운데에 있는 하마 혹 위에 앉아 있다. 그는 그녀를 만지려고 손을 뻗는다……. 그러나 그녀가 그로부터 떠내려간다. 그는 놀란다. 어떻게 날개도 없이, 사람들이 후요 치아 웅구우라고 부르는 갈대밭 사이를 그렇게 편하게 떠내려갈 수 있을까? 그때, 그는 그녀가 사비리 새들과 함께 날아가고 있음을 깨닫는다. 너무 슬프다. 그녀를 만지려는 바로 그 순간, 어떻게 그녀를 잃을 수 있는 걸까? 아, 그 사람은 그녀가 아니다……. 완자다……. 그런데 그녀가 어디에서 갑자기 나타난 거지? 그녀는 그보다 소금을 더 먹었다. 그녀가 웅야키뉴아이고, 웅야키뉴아는 웅데미를 알았고, 웅데미는……. 그의 머리가 잘못된 걸까? 어떻게 학생들을 완자와 무카미와 웅야키뉴아로 착각할 수 있는 걸까? 그는 교실에 있나. 여러분, 오늘은 세 문장으로 블랙맨 씨의 역사에 대해 말해 주려고 합니다. 처음에 그는 땅과 마음과 영혼을 같이 갖고 있었어요. 둘째 날이 되자, 그들은 몸을 갖고 가서 은화와 바꿨어요. 셋째 날이 되자, 그들은 그가 아직도 맞서 싸우는 것을 보고 신부들과 교육자들을 보내 그의 마음과 영혼을 묶어 버렸어요. 이 외국인들이 그의 땅과 농산물을 더 쉽게 가져갈 수 있도록 하기 위해서였어요. 자, 이제 여러분에게 질문을 한 가지 할게요. 블랙맨 씨는 지상의 진짜 왕국을 얻기 위해서 무엇을 했나요? 그의 땅에 마음과 영혼과 몸을 같이 가져오기 위해 무엇을 했나요? 참으로 이상한 일이지만, 그들은 바나나 나무로 만든 뗏목을 타고 시간과 공간의 대양을 떠돌았어요. 그는 더 이상 선생이 아니라 외국인 침략자에 대항하여 부족장들을 이끌고 싸우는 차카다. 그는 편안함과 부를 버리고 집 노예의 잘못된 안정을 버리고, 인간의 땀을 마시고 인간의 살을 먹는 자들에 맞서는 민중의 투쟁을 준비하며 들판의 노예들 앞에 몸과 마음을 던지는 루베르투어다. 그가 소리쳐 말한다. 여러분, 다리에 족쇄가 없고, 마음에 족쇄가 없고, 영혼에 족쇄가 없는 새로운 아프리카인을 보세요. 세 대륙에 있는 자랑스러운 전사이자 생산자를 보세요. 그들은 새로운 모습의 그를 거듭 확인한다. 코이탈렐, 와이야키, 냇 터너, 싱크, 키마시, 카브랄, 응크루마, 나세르, 몬들레인, 마셍게이가 전했던 것과 똑같은 메시지, 똑같은 가능성, 수많은 아프리카인들에 관한 똑같은 절규와 희망을 전한다……. 여러분 보세요, 손에 세 발의 총알을 들고 뒤를 따르는 저 무명 용사는 누구일까요? 저기 보세요, 여러분…… 여러분은 내 형을 아나요……. 끝없이 노력하고 끝없이 일했던 그를…… 아나요? 응딩구리…… 응딩구리. 그는 여기에서 멈춘다.

"나 모르겠어요?" 카레가가 걱정스러운 표정으로 묻는다.

"알아……. 너를 모르면 내가 왜 여기에 있겠니?"

"이상한 일이네요. 우리가 온다는 것을 알았어요? 정말 우리의 여행에 대해서 알았어요?"

"그럼."

"그건 훨씬 더 이상한 일이네요."

"어째서?"

"생각해 봐요. 나는 전혀 생각해 본 적이 없거든요……"

"무슨 생각?"

"나를 알아볼 거라고는 생각하지 못했어요. 나는 아주 작았잖아요……. 틀림없이 그랬을 거예요……. 어쩌면 태어나지 않았을 수도 있어요!"

"그게 중요하니?"

"같은 배에서 나온 자식들이잖아요. 형제잖아요. 뭄비의 자식이잖아요. 중요하죠. 안 그래요?"

"너는 어째서 뗏목을 타고 떠다니는 거니?"

"형을 찾고 싶었어요……. 내가 이렇게 컸다는 것을 보여주고 싶었어요……. 그리고…… 그리고…… 내가 형의 비밀을 안다는 것을 보여 주고 싶었어요……. 나는 압둘라를 알아요."

"그런데 너는 누구지?"

"나와 우리의 여행에 대해 안다면서요."

"그래. 나는 너희의 여행에 대해 알아. 나의 형제자매들이 뭔가를 찾아 떠났던 여행에 대해 알아. 우리가 그 여행을 같이 하지 않았니? 자기가 태어난 땅에서조차 떠돌지 않은 흑인이

한 사람이라도 있거든 말해 봐라. 그런데 너는 어때? 나는 순간적으로 너를 안다고 생각했어. 잘 들어. 창조주이신 뭄비의 진짜 집은 한 손에는 괭이를 들고 다른 손에는 세 발의 총알을 들고, 수백 년에 걸친 떠돌이 생활에 저항하고, 귀향의 유일한 증인인 흑인 민중이야. 이것이 우리가 1952년에 서약을 한 이유였어."

"왜 그랬어요?"

"우리의 땅…… 우리의 땀…… 우리의 몸…… 우리의 마음…… 우리의 검은 영혼……." 그는 이렇게 말하고, 대륙의 다른 병사-노동자를 따라간다.

카레가가 그의 뒤에서 소리친다. "나도 따라가고 싶어요! 내 말 들려요? 같이 가요."

응딩구리가 멈춘다. 그는 이제 지치고 화가 난 얼굴이다.

"너는 어떤 선생이니? 학생들이 떠돌게 놔둔다고? 동생아, 투쟁은 네가 있는 곳에서 시작하는 거야."

그는 시간의 안개 속으로 사라진다. 카레가는 마지막 비난에 큰 충격을 받는다. 내가 참으로 어리석었구나……. 참으로 어리석었어……. "어리석은 아프리카인들은 결코 술을 마시지 않는다.(Foolish Africans Never Take Alcohol.)"…… 환타(FANTA.)…… "교원 노조에 따르면 카레가는 책임을 회피한다.(Teacher's Union Says Karega Evades Responsibility.)"……터스커(TUSKER)…… 얼마나 어리석은 대답인가. 그는 더 많은 아이들이 질문을 하려고 손을 들었다는 것을 안다.

"그래, 조지프."

"선생님은 우리한테 흑인의 역사에 대해 말씀해 주셨어요. 우리의 영웅들과 영광스러운 승리에 대해 말씀해 주셨어요. 그런데 대부분은 실패로 끝나는 것처럼 보여요. 그래서 여쭙는 건데요…… 선생님이 말씀하신 게 사실이라면, 어째서 소수의 유럽인들이 대륙을 정복하고 사백 년 동안이나 우리를 지배했나요? 그들의 머리가 더 좋아서가 아니라면, 그리고 우리가 기독교의 성경에서 말하는 것처럼 햄족의 자식들이라면, 어떻게 그런 일이 가능했던 거죠?"

갑자기 그는 분노로 씩씩거리기 시작한다. 선생이 화를 내서는 안 된다는 건 알지만, 그 질문을 받고 그는 자신이 패배했음을 깨닫는다. 그 여행은 정말 너무 길었는지도 모른다. 그들은 너무 많은 대륙을 너무 오랜 시간 동안 떠돌았다.

"조지프, 잘 들어라. 너는 미국 아이들이 읽는 백과사전과 성경을 읽은 거야. 그들은 아프리카인의 영혼과 마음을 훔치는 데 성경을 이용했다. 아프리카인이 모자를 접어 뒤에 들고 마냥 웃으면서 차관, 대부, 기아 구호라는 딱지가 붙은 작은 것들에 감사의 기도를 하는 동안, 큰 회사들은 금과 은과 다이아몬드를 수집하느라 바빴다. 그사이, 우리는 나는 쿠케인이다, 나는 루오인이다, 나는 루이아인이다, 나는 소말리아인이다……라며 싸우기만 했다……. 그런데 조지프, 승리가 패배이고 패배가 승리일 때가 있단다."

그는 그들을 이해시키지 못하는 자신의 무능력함에 몸이 떨리도록 화가 난다. 그는 웅데리를 향해 구드, 리빙스턴, 로즈, 고든, 마이너츠가헨, 헨더슨, 존슨, 닉슨의 추종자들과 그들을 위해 총을 들고 다니는 자들에게 몇 마디 욕설을 퍼붓는다. 그들에게 닿을 수만 있다면……. 그는 소리를 지르면서 갑자기 잠에서 깬다. 땀에 젖어 있다.

일어나 앉아 주변을 둘러본 그는 자신의 옆에 서 있는 사람이 무니라라는 것을 알고 안심했다.

"깨울 생각은 없었네……. 그런데 자네가 어제 하루 종일 자더니 밤까지 자지 뭔가. 지금은 10시쯤 됐네."

"제가 그랬나요? 정말인가요?" 그가 하품을 하며 물었다.

"그래, 문도 안 잠그고 자더군."

"아직은 도둑이 없잖아요. 그렇지 않으면 완성된 건물에 경찰관들과 교회 사람들이 이미 들어찼겠죠."

무니라는 방 안을 거닐다가 걸음을 멈췄다. 뭔가를 말하려고 하다가 참는 것처럼 보였다.

카레가는 무니라의 행동에 당황했다. 그는 그를 좀 더 자세히 바라보았다. 무니라는 방 안을 다시 걷기 시작했다. 손을 뒤에서 잡고 손가락을 풀고 조이기를 반복하면서. 잠을 너무 많이 자 피곤했음에도, 카레가는 무니라가 뭔가 걱정을 하고 있다는 걸 느낄 수 있었다. 걱정이 됐다.

"선생님, 무슨 일이신가요?" 그가 다시 하품을 하며 물었다. "잠을 너무 자서 그런지 하품이 자꾸 나네요. 이해해 주세요. 환상을 유발하는 셍게타를 마신 후유증인가 봐요. 좀 위험한 음료라고 생각하지 않으세요? 저는 머리도 맑고 몸도 맑아졌어요. 그런데 너무 끔찍한 악몽을 꿨어요."

"아무것도 아닐세. 아무것도. 나도 기분이 좋아. 힘도 나고 깨끗하고 말일세. 숙취조차 없네. 아니, 나는 위험하다고 생각하지 않네. 다만 자네가 악몽이라고 했던 꿈속에서 자꾸 사람들의 이름을 불러서 그러네. 어떤 이름은 알아듣기 힘들었지만, 어떤 이름은 또렷하게 들렸네."

"제가 비밀을 발설하지 않았으면 좋겠네요."

"아닐세, 아닐세, 아무 비밀도 없었네. 무카미, 완자의 이름을 자꾸 불렀네……. 그런 것이었네……."

무니라가 갑자기 신경질적으로 걷던 걸음을 멈추고 벽에 몸을 기댔다. 그러더니 책장에서 『케냐 산을 바라보며』라는 제목의 책을 뽑아서 몇 페이지를 넘겨 보다가 다시 꽂았다. 그리고 『아직은 해방이 되지 않았다』라는 책을 뽑아 몇 페이지를 넘겨 보다가 읽지 않고 다시 꽂았다. 그리고 마음을 추스르더니, 카레가를 쳐다보며 헛기침을 했다.

"카레가 선생!" 그가 다소 갑작스럽게 말했다. 카레가는 그의 어조에 다소 날카롭게 고개를 들었다. 무니라는 말을 계속하기 위해 용기를 불러오는 것 같았다. "카레가 선생, 이 말을 어떻게 해야 할지 모르겠네만, 자네는 여기에 이 년 정도 있었네. 도피처를 찾아서 왔고, 나는 최선을 다해 자네를 환영했네. 우리는 같은 학교 막사에서 살았네. 유쾌한 일도 있었고 유쾌하지 못한 일도 있었네……. 그런데…… 자네가 내 동생, 내 가족에 관한 고백을 한 이상…… 이제 때가 되었다고…… 그러니까 우리가 같은 곳에서 사는 것이 조금 어렵다고 생각하지 않나?"

"무니라 선생님, 선생님께서는 제가…… 저는 선생님이 무슨 생각을 하시는지 모르겠습니다……. 제게 이 일을 그만두라고 하시는 건가요?"

"조금 강하게 표현하는군. 그러나 자네도 인정하겠지만, 자네의 고백은 모든 것을 다소 어색하게 만들었네. 결국 우리는 서로 연결돼 있지만 각자의 개별적인 과거를 피할 수가 없네. 사람에게는 기억이라는 게 있네……. 책임도 있네. 그것이 비록 자존심에 대한 책임이라 해도 말이네. 말이 나온 김에 하는 말이지만, 자네가 무카미를 자살로 내몰았다고 할 수도 있어."

"무니라 선생님!"

"유감스럽게도 내 동생보다 소금을 더 많이 먹은 사람은 자넬세, 카레가 선생. 한 가지만 더 얘기하지. 아무리 악몽을 꾸던 중이라 해도, 내 소중한 동생을 창녀…… 아무리 중요한 창녀(VIP)라 해도 말이지, 같은 맥락에서 입에 올리고 비교하는 것은 나로서는 그리 유쾌한 일이 아닐세."

카레가는 침대에서 뛰어나가 무니라에게 달려들었다. 무니라가 옆으로 한 걸음 움직이는 바람에 카레가는 하마터면 벽을 칠 뻔했다. 갑자기 카레가의 손이 허공에서 축 늘어졌다. 그는 손을 옆으로 내렸다. 그러나 그의 눈은 강렬한 분노와 혐오로 이글거렸다. 그는 고통 때문에, 즉각적인 복수를 하지 못하는 자신의 무기력 때문에 힘이 빠졌다. 이 남자는 그의 스승이었다. 그보다 확실히 연장자였다. 그것만으로도 존중을 받아야 했다. 그리고 그는 그를 환영해 줬고 직장도 잡아 줬다. 게다가 그는 카레가의 존재 한복판에 있는 민감한 죄의식을 건드렸다. 그는 그 자리에 서서 자꾸만 눈에 고이는 뜨거운 눈물을 참으려고 애썼다.

"당신이 예전에…… 아니었다면…… 아니었다면…… 당신
이 예전에……."

그는 말을 마칠 수 없었다. 죄의식과 괴로움과 분노와 답답
함의 감정에 뒤섞여 그는 한동안 말없이 다시 침대에 앉아 있었
다. 그는 무너라 너머, 문 너머 학교 운동장과 그 너머를 응시했
다. 나태와 꿈과 기억의 이 비참한 구석이 아니라 삶이, 진짜 삶
이 살아지고 있는 그곳에서 답을 찾으려고 하는 것 같았다. 그
는 일모로그 밖에 있는 세계를 향해서인 듯 말하기 시작했다.

"이틀 전만 해도 우리는 셍게타를 같이 마시며 수확과 어려
웠던 한 해가 성공적으로 끝난 것을 축하했습니다. 수확도 좋
았습니다. 선생님도 인정하시겠지만 공동의 운명, 공동의 정
신을 느끼는 건 쉬운 일이 아닙니다. 어르신께서 그것을 평화
의 술이라고 부르신 것도 그 때문이겠지요. 그런데 지금 보니
그것은 싸움의 술이 되었네요. 저는 아직도 이해하지 못하지
만, 그래야 한다고 생각합니다. 선생님도 여기에 오실 때는 나
름의 이유가 있었을 것입니다. 저도 그랬습니다. 결국 과거는
피할 수 없다는 선생님의 말씀에 저도 동의합니다. 그러나 다
른 사람을 모욕할 필요까지는 없습니다. 우리는 모두 창녀입
니다. 착취의 세계에서는 그렇습니다. 불평등과 불의의 구조
위에 세워진 세계에서는 그렇습니다. 어떤 사람들은 힘들게
일만 하고 어떤 사람들은 배불리 먹기만 하는 세계에서는 그
렇습니다. 어떤 사람들은 자식을 학교에 보낼 수 있고 어떤 사
람들은 그럴 수 없는 세계에서는 그렇습니다. 왕자와 군주와

사업가는 셀 수 없이 많은 돈을 깔고 앉았는데, 민중은 굶어서 죽거나 교회 벽에 머리를 찧으며 하느님에게 굶주림으로부터 구해 달라고 빌기나 하는 세계에서는 그렇습니다. 이 땅에 발을 들여놓은 적도 없는 사람이 뉴욕이나 런던의 사무실에서, 세계의 가난한 사람들에게서 가져간 수억 달러의 돈더미 위에 앉아 있다는 이유만으로, 내가 뭘 먹고 뭘 읽고 뭘 생각하고 어떻게 행동할지를 결정하는 상황에서는 그렇습니다. 그런 세계에서는 우리 모두가 창녀입니다. 감옥에 갇힌 사람이 있는 한, 나도 감옥에 있습니다. 굶주리고 옷이 없는 사람이 있는 한, 나도 굶주리고 옷이 없습니다. 그런데 왜 희생자가 다른 희생자한테 모욕적인 말을 합니까? 우리는 한때 우리에게 소중했던 사람들, 자신이 속한 계급의 속물성을 단연히 거부했던 소수의 사람들, 믿음과 사랑과 진실과 아름다움을 갖고 있었고 구속받지 않고 자유로운 인간관계와 성장을 원했던 사람들의 기억에 대해 비열하고 야비한 말을 퍼부어서는 더더욱 안 됩니다."

무니라에게는 당혹스러운 침묵의 순간이 이어졌다. 다시 한 번, 자신이 심판대에 선 것 같은 느낌이었다. 도덕의 저울 위에 올려졌다가 부족하다는 것이 드러난 느낌.

"내 아버지는 교회 장로시네. 그러니 자네도 사람이 설교와 도덕적이고 진부한 소리에 다소 질릴 수 있다는 것을 상상할 수 있을 거네." 무니라는 이렇게 말했다. 그는 자신의 응수가 조금은 마음에 들었다.

"압니다……. 그분이…… 그리고 그 이상으로……." 카레가는 말했다. 그는 상대를 움찔하게 만드는 날카로운 시선으로 무니라를 바라보았다. "그러나 저는 설교를 하려고 했던 게 아닙니다. 자신이 선택한 명분 때문에 죽음을 택했던 사람들을 생각했을 뿐입니다. 그러나 저는 이 학교에서 사직하지 않겠습니다. 우리가 같이 일하기는 어렵겠지만, 저는 떠날 생각이 없습니다."

"두고 보세. 두고 보자고." 무니라가 불길하게 말했다.

"하지만 선생님이 한 가지는 맞았습니다." 카레가가 말했다. "저는 제가 뭔가로부터 숨으려고 하는 것 같은 느낌을 받습니다. 제가 왜 선생님을 찾아왔는지 아십니까? 선생님이 그 사람의 오빠였기 때문입니다. 선생님은 여동생을 가르쳤습니다. 선생님은 저를 가르쳤습니다. 도움이 필요한 것과는 별개로, 저는 정말로 선생님이 시리아나의 수수께끼를 풀어 주고 추이가 그렇게 행동하는 원인을 근본적으로 이해할 수 있게 해 줄 것이라고 생각했습니다. 그러나 여행을 하면서, 저는 추이 같은 사람들을 너무나 많이 보았습니다. 제가 아직도 그것을 이해하고 싶어 하는지는 모르겠습니다. 사람은 성장을 해야 합니다. 역사는 결국 저돌적인 영웅들을 모아 놓은 곳이 아니니까요. 그러나 저는 이곳에 머물면서 저를 돌아볼 생각입니다. 그리고 미래의 투쟁에서 제가 가야 할 노선을 결정하고 싶습니다." 그는 변호사의 편시를 떠올리며, 마지막 말을 덧붙였다.

"두고 보세." 무니라가 더 위협적인 어조로 말했다. "내가 자네라면, 다른 곳에서 일자리를 찾아보겠네. 사범 대학에 들어가면 더 좋고."

9

1. 새해가 밝았다. 풀은 충분히 자랐다. 떠돌아다니던 목동들이 다시 평원으로 돌아왔다. 비가 내릴 것이고, 더 많은 풀이 자랄 것이다. 더 많은 작물이 자랄 것이다. 우리는 배불리 먹고 지난해의 가뭄을 잊을 것이다. 그러나 우리는 무니라, 카레가, 압둘라, 완자, 그리고 당나귀, 압둘라의 당나귀는 잊지 않을 것이다. 그들은 우리를 구했다. 도시에 대한 그들의 지식, 도시에서의 접촉, 우리의 삶에 대한 그들의 헌신적인 노력. 이 모든 것이 우리를 구했다. 압둘라의 당나귀는 이곳저곳을 돌아다녔다. 여자들과 아이들은 앞을 다투어 당나귀한테 옥수수를 주며 먹으라고 했다. 이번에는 아무도, 웅주구나조차도, 당나귀가 먹는 것을 불평하지 않았다. 우리는 종종 당나귀를 빌려 물건과 음식과 상품을 싣고 루와이니에 있는 큰 시장을 오갔다. 당나귀를 사용하는 데 드는 비용은 대단히 미미

했다. 사람들은 압둘라가 착한 사람이라고 말했다. 하느님, 그를 축복하소서. 그가 조지프에게 한 일을 보라. 그는 조지프를 학교에 보냈다. 자유를 위해 싸운 무명의 영웅인 그는 한쪽 다리로 가게 일을 하면서도 불평하지 않았다. 가끔씩 그가 자기 속으로 움츠러들어도 우리는 그를 이해했다. 마음이 편하고 기분이 좋아지면 그는 우리에게 이야기를 들려줌으로써 그 시간을 만회했다. 그의 이야기는 일모로그의 민간 전승 일부가 되어 가고 있었다.

그렇다. 비는 내릴 것이다. 작물은 자랄 것이다. 우리는 우리 가운데 있던 영웅들을 언제나 기억할 것이다. 우리는 평원을 가로지르며 했던 여행에 대해 언제나 노래할 것이다. 하느님, 웅야키뉴아를 축복하소서. 그러나 가뭄은 곧 먼 곳에서 있었던 희미한 꿈이 될 것이다. 우리는 수천 년에 걸친 굶주림이 하루의 요리로 충족된다고 말한다. 나쁜 생각과 두려운 기억들이 가뭄과 함께 물러가게 하소서! 장엄한 여행. 우리는 그것만을 늘 기억할 것이다. 우리의 국회의원은 와서 설명조차 하지 않았다. 우리는 새해 들어 몇 달 동안 생각했다. 그냥 놔두지 뭐. 당시에 우리는 자신의 너그러움이 잊히는 것을 용납하려 하지 않는 하느님처럼, 그 여행이 일 년 안에 과거로부터 사자들을 보내 일모로그를 바꾸고 우리의 삶을 완전히 바꾸리라는 것을, 일모로그와 우리가 완전히 변하게 되리라는 것을 알지 못했다.

그것은 미래의 일이었다. 그러나 당시에, 기념비적인 시기의 초반부에 우리는 일주일 정도 초소로 와서 머물다가 가 버리는 경찰들과 소장에 대해 얘기하고 소곤거리고 잡담을 했다. 또한 우리는 텅 빈 의자를 향해 설교를 하려고 도시에서 먼 길을 오는 교회 사람들을 비웃었다. 일모로그에 사는 누구도 새로운 건물 안으로 들어가지 않으려 했기 때문이다.

2. 무니라는 오랫동안 자전거를 방치했다. 그런데 어느 날 정신없이 자전거를 타고 일모로그를 가로질렀다. 그의 셔츠 뒷자락이 밖으로 나와 뒤에서 빳빳하게 펄럭거렸다. 날개가 부러진 새의 날갯짓 같았다. 그는 대부분 혼자 지냈다. 압둘라의 가게에도 거의 나타나지 않았다.

최근에는 카레가와 완자가 같이 있는 모습이 자주 보였다. 그와 선생 사이에 무슨 일이 있었던 걸까? 우리는 무슨 문제인지 잘 알지 못한 채 이렇게 말했다. 이상한 일이네, 참 이상한 일이야.

그러나 우리는 곧 젊은이들의 사랑과 삶이 꽃피우는 모습에 흥미를 느끼고 매료되고 감동을 받았다. 우리는 하느님의 놀라운 선물을 보라고 소곤거렸다. 작물은 풍요롭게 싹을 틔우고 푸르를 것이고, 우리는 수확기가 되면 배불리 먹고 셍게 타를 마실 것이다.

3. 몇 년 후 일모로그 경찰서 안에서, 무니라는 완자와 카레가의 사랑에 완전히 지배당하던 당시의 일모로그 분위기를 재현하려고 노력했다. 그는 똑같은 말을 사용함으로써, 노인들조차 그들의 눈앞에서 펼쳐지는 드라마를 기다리고 지켜보

기만 하는 이유를 거의 찾았다. 그들은 렐레시와 숲이나 기장 가지 밑에서 사랑을 나누던 자기들의 젊은 시절을 떠올리고 있었던 것이다.

"그래, 나는 그를 구하려고 할 수도 있었다." 그는 그 사이의 시간과 사건들에 비춰 사실을 해석하려고 애쓰며 글을 써 내려갔다.

"어쩌면 내가 그를 구할 수 있었을지도 모른다. 나를 가장 고통스럽게 하는 것은 이러한 느낌이다. 나는 평화와 사물들 간의 진실한 관계를 찾으려 했던 그를 구할 수 있었을지도 모른다. 그러나 나는 과거의 위대한 사람들을 많이 파멸시킨 운명적인 포옹 속으로 그를 더 확실히 밀어 넣었다. 나는 알아야 한다. 나 역시 나중에 그와 똑같은 향기로운 포옹에 사로잡히지 않았던가?

나는 노력했다. 나는 빠져나오려고 몸부림쳤다. 그러나 그럴 수 없었다. 나는 카레가가 일모로그에 온 후로 그녀가 서서히 나에게서 중립적인 지대로 물러나, 우리의 구애와 애원의 눈길로부터 거리를 두고 오랫동안 서 있었다는 것을 안다. 그건 중요하지 않다고 나는 자신을 안심시켰다. 나는 그런 것들을 넘어서지 않았던가? 그것은 내게 결코 중요할 수 없었다. 나는 잠과 깨어남 사이의 어딘가에 있는 황혼의 어둠 속에서 하느님이 파수꾼이었다. 나는 서기에 머물러 있어야 하는 게 아닐까? 열정의 강요로 황혼의 고요를 혼란스럽게 만들어서는 안 되지 않을까? 처음에 나는 내가 그녀의 변화에 매혹되었을 뿐이라고 생각했다. 그녀는 더 이상 불안해하지 않았다.

더 이상 외면적인 부드러움 뒤에 쓰라린 감정을 숨기고 있는 듯한 크고 예리한 눈으로 사람들을 쳐다보지도 않았다. 땅과 접촉하고 도시로 가는 여행을 준비하는 짧은 기간 동안, 그녀의 눈에 과장은 덜어지고 차분함은 더해졌다. 거기에는 다른 종류의 부드러움이 자리했다. 그 눈은 더 이상 닿자마자 상대를 껴안는 눈이 아니었다. 그녀의 아름다움은 전보다 육감적이지 않았다. 그것은 농촌 여자에게서 흔히 볼 수 있는 둥글둥글한 아름다움 같은 것이었다. 한두 번인가 보름달이 떴을 때 내가 요구를 했지만, 그녀는 거부하거나 어떻게든 나를 밀어냈다. 나는 피로웠다. 그러나 당시, 나는 이해한다고 생각했다. 그녀가 나한테 자신의 과거와 최근에 도시에서 고통받았던 일을 얘기하지 않았던가? 나는 그녀에게도 회복할 시간이 필요할 거라며 스스로를 위로했다. 나는 도시로 가는 길에 기회가 있을 거라고 생각했다. 그리고 기다렸다……. 그러나 기다린 대가는 따귀였다. 셍게타를 마시던 날 밤은 충격이었다. 하루하고도 반나절 동안, 카레가 마약을 먹은 사람처럼 자기 집에서 잠을 잘 때, 나는 모든 일을 생각해 보았다. 결론은 내가 너무 소심하고 머뭇거렸다는 것이었다. 아무리 작은 것이라도 내가 주도권을 잡고 일 처리를 했어야 했다. 나는 서서히 분노를 느꼈다. 정말로 누군가가 무카미와 내 아버지한테 잘못을 저질렀다고 느꼈다. 그러나 내가 그것에 대해 뭘 할 수 있지? 과거를 되돌리고 나 자신을 거기에 연결시킬 수 있을까? 내가 뛰쳐나온 내 가족의 역사일 뿐인데, 나 자신을 그 역사의 줄기에 결합시킬 수 있을까? 그 줄기가 삶의 거대한 부활의 일부로서 나와 함께 가지를 뻗을 수 있을까? 그러나 나는 내가 완자의 배반으로 인해 심각한 영향을 받을 수 있다는 것을 인정하려 하지 않았다. 나는 그녀와 육체적인 결합 이상의 것을 바란 적이 없다고 생각했다. 자유롭고 속박받지 않는 느낌을 받기에는 내가 그녀의 과거에 대해 너무 많이 안다고 생각했다. 그럼에도 나는 그것을 카레가한테 퍼부으려고 했고, 나의 행동은 그녀를 더 멀어지게 했다.

나는 셍게타를 마신 밤 이후로, 카레가와 싸운 이후로, 그녀를 지켜보았다. 그녀가 또 다른 변화를 거치는 모습을 지켜보았다. 그것은 비가 온 후에 새롭고 젊고 생명으로 충만해지고 농후해진 성숙이었다.

농후해진 그 성숙이 내 손이 닿지 않는 곳에 있으며, 내가 그것을 먹을 수도 없고, 심지어 공유할 수도 없다는 사실이 괴로웠다.

그녀가 내게서 멀어질수록, 나는 그녀에게 더욱더 끌려갔다. 그녀는 몇 달에 걸쳐 내 영혼을 칭칭 감아 버렸다. 평생 황혼 속에서 잠을 자는 듯 살면서 느끼던 안정과 방어가 뿌리째 잘렸다. 나는 멍하게 살았던 세월에서 깨어나며, 심장의 정맥과 동맥을 통해 피가 새어 나오는 듯한 고통을 느꼈다.

어쩔 수 없었다. 나는 그들을 몰래 살폈다. 곁눈질로 그들을 지켜보았다. 그러면서 내가 그를 내 궤도에서 성급하게 쫓아낸 것을 더욱 후회했다.

어느 날 저녁, 나는 그들이 들에서 달리는 모습을 보았다. 그들은 미켕게리아 덩굴에 걸려 넘어지고, 황금색 꽃들과 키가 큰 상가리 풀을 넘고, 옷의 앞과 뒤와 옆에 가시가 묻은 모습으로 돌아왔다. 종종, 그들은 일모로그 산마루를 거닐었다. 석양의 황금빛을 받고 있는 두 사람의 모습이 어렴풋이 보였다. 그들은 언덕 뒤로 갔다가 컴컴해지거나 달이 뜰 때 돌아오곤 했다.

그들의 사랑은 그해의 새로운 작물들과 함께 자라는 것 같았다.

내가 설명할 수 없는 것이, 그리고 내 생각에 나는 결코 갖지 못했던 것이, 이제 뿌리를 내리고 싹을 틔우고 꽃을 피우기 시작했다.

그녀가 입은 치맛자락의 움직임은 나에게 날카로운 면도날이 되어 다가왔다. 그 면도날은 내가 그 치마를 보지 않을 때, 더 깊고 날카롭게 나를 베는 듯했다. 그러나 그것을 갑자기 보거나, 햇빛이나 서늘한 저녁 하늘을 배경으로 그것이 지나가는 모습을 보면, 그것은 더 이상 칼이 아니라 수천 개의 작은 바늘이 되어 배와 살을 찌르는 것 같았다. 나는 그녀의 그림자를 찾으려 했다. 모래에 남은 그녀의 발자국은 나를 괴롭혔다. 그녀를 보면, 이룰 수 없는 것을 이루고 싶은 희망으로 가슴이 쿵쿵 뛰었다.

그녀를 보는 것이 하나의 필요가 되었다. 그러나 그녀를 보면 바로 고통스러웠다. 나 자신을 통제할 수 없다는 것이 싫었다. 나는 그녀나 카레가와 얘기를 할 때면, 내가 아직도 평정을 유지할 수 없다는 사실을 스스로한테 납득시키려고 고른 어조를 사용하려 애썼다. 그녀는 왜 일모로그에 왔을까? 카레가는 왜 일모로그에 왔을까? 일모로그가 우리 세 사람을 감당할 수 있을까?

나는 선생들을 더 채용하기 위해 자전거를 타고 리무루로 갔다. 이번에는 운이 좋아 키뇨고리 하람비 학교에서 동아프리카 교사 자격증을 받은 두 사람과, 졸업장은 없지만 응제니아 고등학교에서 2급 자격증을 딴 한 사람을 채용했다. 한 번에 세 명의 신임 교사들을 채용한 것이다!

나는 염탐하는 일로 돌아갔다. 이제는 전처럼 혼자도 아니었다.

그들은 여전히 둘이서 일모로그를 돌아다녔다. 밭에도 가고, 산 정상에도 가고, 평원에도 갔다. 그들의 사랑은 바람 속에서 꽃을 피우는 것 같았다. 마치 과거에 실현하지 못한 것을 실현하고 있는 듯 보였다. 두 번째 기회. 그가 나를 잡을 두 번째 기회. 처음에는 무카미였고 지금은 완자였다.

나는 그의 가르치는 방식을 문제 삼기 시작했다. 수업 준비, 수업 내용, 어린아이들에게 소개하는 문학 작품의 내용에 대해 흠을 잡기 시작했다. 그러나 사실, 비판할 건 거의 없었다.

나는 그들의 부적절한 관계가 아이들에게 미치는 영향을 도덕적으로 문제 삼기 시작했다. 물론 속으로 말이다.

작물이 익고 새로운 수확기가 다가왔다.

어느 날 오후, 나는 선생들 모두에게 압둘라의 가게에 가서 술이나 한잔하자고 청했다. 3학기가 중반쯤 되었을 때였다.

나는 학교와 역사와 사회 과목에 관한 화제로 대화를 유도했다.

"여러분도 알다시피, 아이들은 감수성이 대단히 예민합니다. 그들은 따라 하는 것을 좋아하며 선생님의 생각을 신성한 진실로 받아들입니다. 이것이 우리가 조심해야 하는 이유입니다. 안 그렇습니까?" 나는 카레가를 바라보며 물었다. 그들은 모두 듣고 있었다. 나는 내가 편 논리의 힘을 느꼈다.

"뭘 조심하라는 건가요?" 카레가가 물었다. 무슨 말인지 모르겠다는 듯 시치미를 떼고 묻는 태도가 비위에 거슬렸다.

"가르치는 것에 관해서죠. 우리가 아이들에게 가르치는 것에 관해서 말이오. 예를 들어, 정치나 선전 같은 것들 말입니다. 물론 나도 거기에 더 흥미로운 점이 있고 준비가 별로 필요하지 않다는 건 알아요."

그는 대꾸하지 않았다. 나는 더 열을 내어 한층 더 권위와 자신감을 갖고 요점에 돌입했다.

"아이들이 알아야 하는 것은 사실입니다. 단순한 사실. 정보. 그들이 시험에 통과할 수 있도록 말이죠. 그래요, 해석이 아니라 정보입니다. 나중에 고등학교에 가면, 선생님들도 동의하시겠지만, 아이들은 더 복잡한 것을 배울 겁니다. 그때쯤 되면 어느 정도 생각하는 법도 배워 해석을 시작할 수 있을 겁니다. 그러니 그들에게 사실, 사실을 가르칩시다. 흑인성, 아프리카 민중에 관한 선전 말고요. 그런 것은 정치입니다. 그들은 자기들이 어떤 부족에 대해 속하는지 알아요. 그것이 사실입니다. 선전이 아니라요."

나는 편안히 앉아 스스로에게 만족을 느끼면서 맥주를 한 잔 마셨다. 물론 말한 내용 중 일부는 교육부에서 언어와 역사를 담당하고 자칭 언어, 역사, 철학 분야의 과학자라는 영국인 장학사가 모든 학교에 보낸 회람에 포함되어 있었다. 그러나 그것이 무슨 상관이랴 싶었다.

"저는 그런 접근 방식에 동의할 수 없습니다." 카레가가 말하기 시작했다. 나는 그가 어려움에 직면했다는 것을 알 수 있었다. "우리가 인간으로 발전하는 과정에서 소위 사실과 정보만이 필요한 단계가 있다는 사실에 저는 동의할 수 없습니다. 인간은 태어날 때부터 죽을 때까지 생각하는 존재입니다. 인간은 보고, 듣고, 만지고, 냄새를 맡고, 맛을 봅니다. 그리고 삶을 직접적으로 경험하면서 어떤 관점에 도달하기 위해 이러한 모든 인상들을 걸러 냅니다. 순수한 사실이라는 게 존재합니까? 제가 선생님을 바라볼 때 보는 것은 제가 서 있거나 앉아 있는 위치에 의해, 그리고 이 방에 있는 빛의 양에 의해 결정됩니다. 제 눈의 힘에 의해, 그리고 제가 다른 생각들을 하고 있는지 여부에 의해 결정됩니다. 우리는 코끼리를 본 적 없는 일곱 명의 장님에 관해 가르칩니다. 이야기는 대단히 교훈적입니다. 보고 만지는 것은 해석과 관련이 있습니다. 설령 순수한 사실들이 있다고 해도, 그것들을 선택하는 건 어떻습니까? 그것이 해석과 관련이 있지 않나요? 우리가 가르친다고 비난받는 선전이 무엇입니까? 선생님의 말씀을 들으며, 우습게도 저는 추이를 띠올렸습니다. 그러나 그것은 다른 이야기입니다. 자, 사실이 아닌 이 선전을 한번 생각해 봅시다. 흑인들이 억압받는 것은 사실입니다. 아프리카인들이 지구의 네 구식에 흩어진 것은 사실입니다. 미국, 캐나다, 남아메리카,

서인도제도, 유럽, 인도, 어디에나 흑인들이 있는 것은 사실입니다. 아프리카가 재생과 성장의 무한한 가능성을 가진 가장 풍요로운 대륙 중 하나라는 것은 사실입니다. 구리, 금, 다이아몬드, 코발트에서부터 우라늄에 이르기까지 아프리카에 없는 것이 있습니까? 없는 작물이 있습니까? 우리 민중이 아랍인 노예 상인들에 저항하여 싸운 것은 사실입니다. 아캄바 사람들이 그들과 상아를 거래하면서도 그들에 대해 만만찮은 방어를 구축한 것은 사실입니다. 우리 민중이 유럽의 침략에 맞서 싸운 것은 사실입니다. 우리는 조금씩, 산등성이 하나하나를 두고 싸웠습니다. 우리가 진 것은 그들의 무기가 우월했고 우리 중 일부가 배반을 했기 때문입니다. 케냐 민중이 전투와 저항의 역사를 갖고 있는 것은 따라서 사실입니다. 우리 아이들은 과거에 우리를 불구로 만들었고 지금도 우리를 불구로 만들고 있는 것들을 보아야 합니다. 또한 아이들은 우리를 과거에 만들었고 우리를 새로운 형태의 남자들과 여자들로 만들어 줄 것들을 보아야 합니다. 그래야 우리를 왜소하게 만드는 것들과 투쟁하는 일에 부끄러움 없이 가담하여 다른 나라 아이들과 손잡는 것을 두려워하지 않게 될 것입니다.

너무 어려서 해방을 생각하지 못하는 아이는 없습니다. 그것은 자신을 찾기 위해서 아이가 모으고, 깨고, 부수고, 모으고, 거부하고, 동화하고, 울면서, 정말로 스스로를 경험할 수 있는 단 하나의 길입니다. 우리는 우리 아이들에게 그들이 사랑하지 못하게 막는 모든 것들을 미워하고 그들이 자유롭게 사랑하는 것을 가능하게 하는 모든 것들을 사랑하도록 가르쳐야 합니다."

나는 그러한 것들에 대해 명확하게 생각해 본 적이 없었다. 다른 선생들은 벌써 그의 말 뒤에 있는 순수한 확신과 신기함에 매료된 듯했다. 나는 심기가 불편했다. 반격을 하려고 마음의 준비를 했지만 어디서부터 시작해야 할지 생각이 나지 않았다. 그 순간, 인기척이 나서 쳐다보니 완자가 문에 서 있었다.

그녀의 눈이 그의 눈을 찾았다. 나의 긴장된 몸은 그녀가 우리에게 인사를 하기 전에 그들의 눈빛이 일 초, 이 초 얽히는 것을 보았다. 아니 보았다기보다 느꼈다.

나는 고통을 참을 수 없었다.

나는 악마적인 생각에 저항할 수 없었다.

나는 자전거를 타고 본부로 달려갔다.

10

1. 또 다른 해의 끝이었다. 학교는 문을 닫았다. 무니라는 사무실에서 연례 보고서를 작성하고 다음 해를 위한 계획을 세우고 있었다. 지난 오 년간 자신이 여기에 있었다는 사실이 놀라웠다. 내년에는 여섯 학급이 하루 종일 수업을 할 예정이었다. 조지프는 가장 크게 향상된 학생이었다. 그의 머리는 분명히 평균 이상이었다. 비록 첫 번째 언어 능력 시험에서는 중학교에 보낼 사람을 하나도 배출하지 못했지만, 두 번째 시험에서는 조지프가 높은 점수를 받아 궁극적으로 일모로그 초등학교의 이름을 전국에 떨칠 게 확실했다.

그는 사무실을 닫고 밖에 서 있었다. 수확기가 끝난 후라 일모로그 들판은 아무것도 없이 깨끗했다. 가뭄에 시달리고 도시에 갔던 일이 전설 속의 사건처럼 아득했다. 약속은 아직 현실화되지 않은 상태였다. 일모로그는 공화국 안에서 아직도 무시당하는 일종의 변방이었다. 교회 관계자들과 소장과 경찰관들조차 몇 달에 한 번만 왔다. 그러나 음지고는 학교를 한두 번 찾아왔다. 그는 압둘라의 가게에서 후다닥 목을 축이고는 길에 대해 불평을 늘어놓고 사라졌다. 그러나 그러한 방문의 직접적인 결과는 몇 가지 개선으로 이어졌다. 특히 시설과 건물이 그랬다. 그가 교사를 한 명 더 채용해 줘 이제 교사는 다섯 명으로 늘어 있었다.

'티 파티' 또한 오래전, 다른 나라에서 있었던 일처럼 여겨졌다. 무니라는 집에 한번 가 볼까 생각했다. 그러나 무카미가 어떻게 죽었는지 알고 나니, 아버지의 얼굴을 대할 일이 막막했다. 그러나 쓸데없는 생각인 것 같기도 했다. 그의 아버지, 그의 과거, 그리고 그가 느끼는 좌절감은 무카미의 죽음과 아무 관련이 없었기 때문이다. 그는 자전거를 탔다. 압둘라의 가게에 가서 빨리 목을 축이고 싶었다.

즐겁게 휘파람을 불면서 가다가 좁은 길에서 응야키뉴아를 만났다. 오 년 전, 그녀가 그에게 다가와 우습지만 적대적인 질문을 했던 바로 그 지점이었다. "아, 안녕하세요, 만인의 어머니." 그가 자전거를 멈추며 기운차게 소리쳤다. 지금 그는 기분이 좋았다. 완자가 자신에게서 떠난 것을 제외하면, 아이들에게 새로운 선생들을 데려다준 영웅의 자리를 거의 되찾았기 때문이었다. 도시에서 놀아온 직후 카레가한테 잠시 빼앗겼던 그 자리를. 그러나 지금은…… 완자만 있으면 그의 행복이 완성될 참이었다. 응야키뉴아는 땅을 바라보고 있었지만, 목소리만은 또렷했다.

"새로 온 선생 셋이 몇 달간이나 여기에 있네요. 그렇죠?"

"네, 네." 그가 당황하여 대답했다.

"잘하고 있더군."

"네. 그런데 왜 그러세요? 아이들이 불평하던가요?"

"아니요. 잘하고 있다고 합디다. 그들보다 먼저 온 두 선생과 똑같이 말이오. 그들을 누가 보낸 거요?"

"정부죠. 어떻게 해야 우리가 정부에 보답을 할 수 있을까요?"

"선생님, 어째서, 그들은 어째서 우리한테 오른손을 주고 왼손은 가져간 거요? 그게 아이들에게 공정한 거요?"

"무슨 말씀이신지." 그가 말했다.

"알면서 그러네. 당신은 우리에게 얘기하는 것 이상을 알고 있잖소."

"저는 정말…… 무슨 말씀을 하시는지 모르겠습니다."

그는 이 말을 하면서 기침을 하고 고개를 돌렸다. 일모로그는 고요했다. 대단히 고요했다. 아이 둘이 두 개의 노란 미투라 사과를 갖고 '축구'를 하면서 누가 뒤로 멀리 차는지 경쟁을 하고 있었다. 그가 다시 땅을 쳐다보았을 때 응야키뉴아는 이미 사라지고 없었다. '꼭 그때 같네.' 그녀의 말을 되짚어 보면서 그는 깊은 생각에 잠겼다. 압둘라의 가게에 가고 싶은 생각이 갑자기 사라졌다. 더 얘기하고 싶은 기분이 아니었다. 그는 집 벽에 자전거를 기대 놓았다. 그는 문에 서서 다시 한 번 응야키뉴아가 있던 자리를 바라보았다. 그는 그녀가 약간 두려웠다. 지역 사회에서 많은 존경을 받고 있는 그녀에게 적개심을 사는 것은 치욕과 몰락을 의미할 수 있었다.

그는 놀라고 있었다. 과거의 방식이 반복된다는 것은 두려운 일이었다. 그가 늘 피하고자 했던 것은 과거의 횡포였다. 처음에 그것은 응야키뉴아였는데 지금은 완자였다. 처음에 느꼈던 두려움은 새롭게 발견한 자신의 힘에 대한 우쭐함으로 바뀌었다.

"당신은 예의를 배우지 못한 모양이로군요." 그녀가 과거에 했던 말을 되풀이했다. 그녀가 그를 빤히 바라보았다. 그는 자신을 향한 그녀의 태도를 이해할 수 없었다. "집에 들어오라고 하지도 않을 건가요?"

"들어와요, 들어와요." 그가 어색하지만 쾌활하게 말했다. 그러나 속으로는 좋고 따스한 느낌이 번지고 있었다.

벽에 기대 놓은 접이식 의자에 앉은 그녀는 꽃무늬가 있는 단순한 드레스에 맨발이었다. 장신구도 없었다. 그녀의 몸은 전보다 더 성숙해 보였다. 눈은 흔들리지 않고 깨끗했다. 더 이상 악마 같은 유혹의 기미도 없었다. 그러나 그 눈은 살아 있었다. 적대적이지는 않지만, 단도직입적인 그 눈길이 그는 조금 불편했다.

"차 한잔 할래요?"

"차는 필요 없지만, 물은 마실 수 있어요."

"요즘은 물이 풍족하죠." 그는 불을 가져다주면서 농담을 하려고 했다. 그는 알루미늄 탱크를 놓고 지붕에서 내려오는 빗물을 받아 쓰고 있었다. 그의 집도 몇 년에 걸쳐 더 좋아졌다. 소파를 포함하여 더 많은 의자들이 있고 살림살이도 늘고 책꽂이의 책들도 많았다. 그녀는 물을 약간 마시고, 조심스럽게, 너무 조심스럽게 바닥에 물잔을 놓았다.

"셍게타 마시던 날 밤 기억나세요?" 그녀가 갑자기 물었다.

"그럼요. 기억하죠. 왜요? 오래된 일인데. 벌써 일 년 전 일이네요."

"내게 일모로그에 온 진짜 이유가 뭐냐고 물었죠."

"그냥 궁금해서……. 사람들이 무슨 일을 할 땐 나름의 이유가 있잖아요. 다들 나름대로 비밀스러운 삶을 사니까요."

"그러나 그것은 두 번째였어요. 당신은 틀림없이 알고 있었어요……. 내가…… 불에 대해…… 티 파티에 대해…… 얘기했으니까요."

"왜 과거를 끄집어내는 거요?" 마음이 불편해지는 걸 느끼며 그가 물었다. 그리고 이렇게 덧붙였다. "내가 당신한테 나도 똑같은 티 파티에 갔다가 막 돌아왔다고 얘기했는지 모르겠군요."

"그런가요? 얘기하지 않았어요. 그러나 그것은 중요하지 않아요. 내가 여기에 온 이유를 왜 알고 싶어 했죠? 처음에 온 것을 두고 한 말이었겠죠."

"완자, 내 말 들어요. 하고 싶지 않은 얘기는 할 필요 없어요. 나는 셍게타를 마시고 취했던 거예요. 독한 술이라 우리 혀가 풀렸잖아요."

"아녜요. 나는 하고 싶어요." 그녀가 비꼬는 미소를 지으며 말했다. "그 얘기를 하려고 여기까지 왔으니 해야겠어요. 나는 당신에게 많은 걸 얘기했어요. 내가 누구이고 어떤 사람이었는지 숨기지 않았어요. 그런데 당신한테 얘기하지 않은 게 한 가지 있어요. 나는 내가 불임이라는 것이 두려웠어요. 아이를 가질 수 없다는 게 늘 두려웠어요. 그것을 알고 난 뒤로는 늘 마음이 무거웠어요. 너무 무거웠어요. 우리가 아무리 소홀히 해도 아이들은 많은 여급들을 인간으로 느끼게 해 줘요. 당신은 어머니이고, 아무도 그것을 당신한테서 빼앗아 갈 수 없다. 이런 느낌을 갖게 해 주죠. 나는 노력했어요. 시기오에 있는 바라나한테도 갔었어요. 여자들의 병이나 임신과 관련한 약초로 특히 유명한 사람이죠."

"잠깐만요." 무니라가 말을 끊었다. "당신에게 아이가 있었다고, 언젠가 임신한 적이 있다고 들은 것 같은데."

"그래요." 그녀는 오랫동안 바닥을 바라보더니 마음을 다 잡으려는 듯 아랫입술을 깨물었다.

"죽었어요." 그녀가 말을 이었다. "그러나 내가 나한테서 이런 필요를 발견한 것은 훨씬 나중 일이었어요. 나는 학교에 다닐 때도, 아이들을 보면 심장이 빨리 뛰고 일종의 고통스러운 즐거움을 느꼈어요. 나는 그들을 위해 뭔가를 하고 싶었어요. 그 필요가 더 커졌어요. 그래서 여기에 온 거예요. 내 할머니를 보려고요. 내 아버지가 어디에서 태어났는지를 제대로 알고 도움을 청하고 싶었어요. 할머니는 저를 음와시한테 데려가셨어요……."

"그는 일정한 나이에 이르지 않은 사람은 안 본다는 말이 있던데."

"맞아요. 나는 밖에 있었어요. 가시가 많은 쐐기풀과 마투라로 된 울타리로 둘러싸인 큰 마당이었어요. 내가 들어가자 그의 목소리만 들렸어요. 그는 몇 가지 질문을 했어요. 그 얘기는 하고 싶지 않아요. 그러나 그는 어느 날, 새 달이 뜰 때, 들에 있으라고 했어요. 나는 그의 지시를 따르지 않았어요. 달과 관련된 얘기는 별로 안 믿으니까요. 나머지는 당신이 아는 대로예요. 이게 내 삶이었어요. 이게 나의 불행이었어요. 인정해요."

"왜 그 얘기를 나한테 하는 거요?" 그가 약간 괴로워하며 물었다. 그렇다면 무당의 실험에 나를 이용했을 뿐이라는 건가?

"일모로그가 나한테 무슨 의미였고, 카레가가 나한테 무슨 의미인지 당신이 이해하기를 바라서예요. 내가 한 가지 목적을 갖고 대부분의 남자들한테 다가갔다고 말한다고 해서 상처받지는 마세요. 나는 우정도 좋아해요. 그러나 처음에는 옛날의 상처를 잊기 위해서였어요. 나중에는 대부분, 희망을 갖고 그랬어요. …… 때때로 나는 결혼해서 아이들이 있는 남자들만 친구로 삼았어요. 날 믿어 주세요. 외로웠어요. 당신하고도 희망을 가졌지만 잘되지 않았어요. 그런데 그하고는 달랐어요. 나는 정말로 그를 원해요. 그를 위해서예요. 처음으로 내가 필요하다는 것을 느껴요……. 인간으로…… 더 이상 모욕받지 않고…… 타락하지 않고…… 밟히지 않고……. 이해하겠어요? 이것은 많은 사람에게 주어지는 게 아니에요. 여자가 되고, 이런저런 제약 없이…… 수치심 없이…… 인간이 되는 것 말이에요. 그는 내 안에 억눌려 있던 여자, 소녀를 다시 깨웠어요. 내가 꽃필 것 같은 느낌이 들어요……."

그녀가 말을 멈추고 그를 찬찬히 바라보았다. 그녀의 눈이 춤을 추고 있었다. 벌거벗고 미치고 도전하는 그 눈길을 받으면서 그의 마음은 한층 더 불편해졌다. 그 안에는 일종의 무서운 아름다움이 있었다……. 암사자의 아름다움.

"무니라, 내가 이 얘기를 하는 것은 카레가의 몰락 뒤에 당신이 있다는 것을 알기 때문이에요. 그가 직장에서 쫓겨난 배후에 말이죠."

그는 미약하나마 무슨 말로라도 항의를 하여 음지고한테 책임을 돌리려고 했다. 그러나 그녀가 목소리를 높여 말을 이었다.

"나는 그가 학교로 돌아가기를 원해요. 나는 그가 돌아가기를 원하고, 우리 모두는 그가 우리 아이들을 위한 선생으로 돌아가기를 원해요. 당신이 뭘 하든, 그는 일모로그를 떠나서는 안 돼요. 양단간에…… 무니라…… 나는 냉정한 사람이에요……. 지금 아니면 나중에 누군가가 대가를 치러야 할 거예요. 당신이 그것을 이해했으면 좋겠어요. 그렇게 될 거예요……. 방법은 모르지만…… 그가 떠나면 당신이나 음지고, 아니면 둘 다……."

그녀는 그러한 노력과 말이 자신을 질식시키거나 다리를 후들거리게 할까 봐 두려운 듯, 자리에서 일어나더니 급히 방에서 나갔다. 그러나 고드프리 무니라에게는 그 말이 공중에서 불길하게 어른거렸다. 그는 오랫동안 그녀의 힘 있는 목소리, 아름다운 몸, 순수한 헌신, 화가 나서 달빛처럼 반짝이던 눈을 잊지 못했다. 이 모든 것이 그 순간, 최종적으로 그리

고 위험하게 그를 그녀에게 영원히 묶어 버렸다. "나는 끝났
다……. 우리 모두는 끝났다……. 그러나 그녀는 격렬한 눈빛
을 지닌 나의 암사자다……. 그래야 한다."

그는 그녀가 자신을 정복했다는 것을 알았다. 그러나 그는
카레가의 해고와 관련하여 자신이 할 수 있는 게 아무것도 없
다는 것을 알았다. 끝난 일은 끝난 일이었다……. 내 달빛 암
사자여, 당신을 위해서였어. 그는 이렇게 중얼거렸다.

2. 하느님, 그가 가지 않게 해 주소서. 완자는 이렇게 중얼거
렸다. 그녀는 평원 건너의 먼 언덕을 응시했다. 언덕 바로 위
에서 구름이 두 개의 형상을 만들었다. 입구가 울퉁불퉁한 두
개의 동굴 형상이었다. 동굴의 입에서 안개와 빛이 뿜어져 나
오는 것 같았다. 입구들이 조금씩 작아지다가 동굴은 결국 거
무튀튀하고 푸르스름한 양털로 바뀌었다. 그녀는 양털의 느
린 움직임을 따라가며 하느님의 지문이 어디에 있는지 찾아
보았다. 그렇게 함으로써 그들이 당면한 문제에서 자신의 마
음을 떼어 냈다. 그러나 생각을 떨칠 수가 없었다. 그가 일모
로그를 떠난다면…… 그가 일모로그를 떠난다면 자기도 떠날
것이다. 그녀는 진저리를 쳤다. 이 시골을 벗어나 세상에서 마
주할 일들이 정말 두려웠다. 그녀는 과거를 뒤로하고 떠나온
사람이었다. 그 과거를 일모로그의 벽 밖에 놔두고 싶었다. 그
러나 그가 없다면 자신이 일모로그에서 뭘 할 것인가? 그를
따라가서…… 그녀는 현재의 은둔처 너머에 있는 세상을 생
각하며 다시 한 번 몸을 떨었다. 나의 상처들아…… 밖에 있거

라……

"이 가게에서 일해도 돼." 압둘라가 다시 한 번 카레가에게
제안했다. "완전한 동업자가 되는 거지." 그가 느끼기에도 그
것은 부적절한 말이었다. 가게가 정말 그들 모두를 감당할 수
있을까? 그러나 그것이 그가 가진 전부였다.

완자는 압둘라를 바라보았다. 그녀는 오 년 전에 그가 자신
에게 비슷한 제안을 했던 일을 떠올렸다. 일모로그 언덕에 부
는 산들바람 때문에 가까스로 자신을 지탱하고 있던 그녀는
침묵이 감도는 엄숙한 상황에서도, 그 제안이 우스워 웃고 싶
었다. 그 제안은 이상하다 못해 시시하게까지 들렸지만, 그녀
는 그 뒤에 있는 감정들을 이해했다.

카레가 그 말의 의미를 이해하지 못했다. 자기가 일모로그
에서 할 일이 더 이상 아무것도 없다는 것은 자기도 알고 그들
도 알았다. 무니라와 교육 담당관이 그에게 했던 것에 대한 괴
로움과 원한이 아직도 주변의 모든 것에 대한 그의 반응을 지
배했다. 자신에게 삶과 의미를 주기 시작했던 것으로부터 자
기를 몰아내는 것의 배후에 어떤 동기가 있는지 이해할 수 없
었다. 그는 아이들을 가르치면서 그것이 천직이 될 수도 있겠
구나 생각했다. 그는 아이들과 그들의 미래와 삶의 기회를 정
하는 세계를 이해하려고 노력하면서, 자신의 내면에 있는 자
아와 날마다 대화를 했다. 민중의 완전한 해방 도구로서 형식
적인 교육이 갖는 가치를 이미 의심하기 시작했지만, 아직 떠
날 준비는 안 되어 있었다. 그는 아직 일모로그 학교 밖의 세
계에 나설 준비가 되어 있지 않았다. 그의 첫 모험은 결국 그

를 감옥에 가게 만들었다. 그러나 이제 뭘 하지? 거리로 돌아가서 관광객들에게 양가죽과 자두와 배를 팔아? 그의 삶은 이따금 일모로그 같은 곳으로의 우연한 탈출에 의해서만 끊어지는, 좌절된 욕망과 꿈 들의 기다란 자취에 불과한 것일까? 진실과 아름다움과 이해만을 찾고 원한다면서, 어떻게 다른 사람의 평화와 편안함에 개입하려 했단 말인가? 무니라가 어떻게 이런 짓을 할 수 있을까? 카레가는 무니라가 여동생의 죽음과 자기 아버지의 없어진 귀와 관련하여 이렇게 할 수 있으리라고는 생각하지 못했다. 그는 무니라가 완자에게 집착하고 있다는 것을 알지 못했다. 알았다 해도 이해하지 못했을 것이다. 그는 너무 젊었다. 순진했다. 그는 아직 의심에 대해 알지 못했다. 의심을 억누르기 위해 열정의 확인이 필요하다는 것을, 그리고 억누르지 않으면, 중년의 나이에도 자신이 정말로 실패한 것이 아니라는 확인이나 다짐의 행위로 살인을 저지를 수도 있다는 것을 알지 못했다. 프리즈 킬비 경은 원주민과 동물을 향해 쓰려고 했던 총과 화약을 갖고 자기 여자를 쫓지 않았던가? 그래서 카레가는 무니라의 복수에서 아무 동기도 없는 쩨쩨한 성격만을 보았다. 무니라와 관련된 것을 제대로 볼 수 없었다. 좋든 나쁘든, 옳든 그르든, 그는 여전히 당혹스러웠다. 그들의 영웅이었던 추이가 시리아나에 와서 프로드샴을 능가하려고 했을 때처럼 기대감이 무너지는 것을 느꼈다. 그래…… 배우들…… 영웅들…… 민중을 믿는다는 게 무슨 의미가 있는가? 그는 잘못된 영웅들을 우러러보고 있었다. 혹은 이 세상에서 찾을 수 없는 배우와 영웅을 찾고 있었다. 그는 민중에 대한 신뢰, 사람들이 날마다 빵과 물을 얻기 위해 몸부림치는 세상에 존재하는 진실과 아름다움과 이상의 가능성에 대한 신뢰를 그 절망의 순간에 잃어버리는 치명적인 실수에 아주 근접해 있었다. 그러나 완자와 압둘라의 목소리가 절망의 구렁텅이에서 그를 불러 세웠다. 그는 자신의 동업자 역할을 해 달라고 제안하는 압둘라의 목소리에 깃든 배려에 감동했다. 그는 압둘라를 향해 물었다.

"일모로그에는 왜 오셨어요?"

압둘라는 그 질문에 몸을 움찔했다. 그러나 예상치 못한 질문은 아니었다. 스스로도 여러 번 했던 질문이었다. 그는 멀리 보이는 도뇨 언덕 뒤로 해가 넘어가는 모습을 바라보았다. 그리고 귀 주변에서 윙윙거리는 파리 한 마리를 때려잡았다.

"체포된 후, 나는 마냐니 수용소로 끌려갔지. 풀려날 때도 제일 마지막에 풀려난 사람들 사이에 끼어 있었고. 독립 전야였지. 그러니 석방될 당시에 내가 온갖 감정과 기억과 희망으로 가득 차 있었을 거라는 건 자네도 상상할 수 있을 거야. 나는 생각했지. 웅딩구리와 올레 마사이와 모든 사람들이 살아 있다면 얼마나 좋을까! 믿음이 결실을 맺고…… 집단적인 투쟁과 인내에 대한 화려한 영광. 이제 모든 것이 변할 것 같았어. 우리의 노력을 비웃는 백인의 얼굴도 더 이상 볼 필요가 없을 것 같았어. '니미 씹이다.' 같은 무지무지한 욕을 퍼붓던 인도인 장사꾼도 사라질 것 같았어. 공장, 차와 커피 농장이 우리의 것이 될 것 같았어. 케냐 민중의 것이 될 것 같았어. 나는 우리의 투쟁을 날마다 방해했던 모든 사람들을 떠올렸지.

하느님은 복수는 자신의 몫이라고 말씀하시지만, 나는 개의치 않았어. 하느님의 복수를 조금 도와드려도 괜찮을 것 같았어. 적어도 기생충들과…… 부역자들은 솎아 내야 했어. 이번에는 정말 승리의 기대에 부풀어 노래를 부르지 않을 수 없었어.

> 검은 배반자들이여, 백인을 위해 창을 든 자들이여
> 너희들은 이 땅의 용감한 자들이
> 투쟁의 승리와 영광을 노래하며 돌아오면
> 어디로 달아날 것이냐?

> 우리는 비를 두려워하지 않았다
> 우리는 죽음을 두려워하지 않았다
> 우리는 무서운 사자를 두려워하지 않았다
> 우리는 매서운 추위와 바람을 두려워하지 않았다
> 우리는 제국주의자들을 두려워하지 않았다
> 케냐가 흑인의 나라라는 것을
> 알고 있었기 때문이다.

몇 주, 아니 몇 달 동안 나는 기대에 차서 계속 노래를 불렀어.
토지 개혁과 재분배를 기다렸어.
일자리를 기다렸어.
죽은 사람들을 기념하기 위한 키마시 동상이 세워지기를 기다렸어.
나는 기다렸어.

내가 가진 1에이커의 땅 중 절반을 팔자고 생각했어. 실제로 그렇게 했지. 나는 당나귀 한 마리와 수레를 사서 시장에서 사람들의 물건을 실어다 주는 사람이 되었어. 당나귀는 석유나 휘발유를 마시지 않으니까.

나는 계속 기다렸어.

그들이 사람들에게 돈을 빌려주면서 유럽인들의 농장을 사라고 한다는 얘기를 들었어. 내가 왜 사람들의 피로 이미 사들인 땅을 사야 하는지 모르겠더군. 그래도 나는 그곳에 갔어. 그들은 이렇게 말하더군. 이것은 새로운 케냐예요. 공짜는 없어요. 돈이 없으면 땅을 살 수 없어요. 땅과 재산이 없으면 사업을 시작하거나 땅을 사는 데 필요한 돈을 은행에서 빌릴 수 없어요. 말이 안 되는 얘기였어. 우리가 싸울 때, 재산이 있는 자들만 싸워야 한다고 요구했던가?

어쩌면, 어쩌면…… 더 큰 계획이 있을지 몰라…….

나는 기다렸어.

벙어리가 되겠다고 생각했어. 귀머거리가 되겠다고 생각했어. 일이 벌어지는 모습을 살폈어. 사건들을 말이지. 나는 흑인들 사이에서 긴장이 고조되는 것을 보았어. 이 집단과 저 집단 사이에서, 지역들 사이에서, 심지어 산등성이들 사이에서, 가정 사이에서, 긴장이 고조되고 있었어. 나는 우리의 투쟁, 우리의 싸움, 우리의 노래를 떠올렸어. 내 다리가 그러한 기억의 산증인 아니겠어? 우리 민중끼리 왜 이러나 싶었어. 백인이 그 모습을 보고 이야기 속의 이처럼 코가 두 조각으로 갈라질 때까지 웃고 또 웃는 건 아닌가 싶었어.

왜 죽은 자들에 대해서는 그토록 침묵을 지키는가 싶었어.
왜 독립운동에 대해서는 그토록 침묵을 지키는가 싶었어.

나는 사무실을 돌아다녀 보기로 했어. 전에 일했던 공장으
로 돌아가자고 생각했어. 내가 원한 것은 일자리였으니까.

나는 사무실을 찾아갔어.

그리고 일자리가 필요하다고 말했어.

그들은 절름발이가 일을 하겠다는 말이냐고 묻더군.

나는 절름발이는 먹으면 안 되냐고 물었지.

그들이 서로의 얼굴을 쳐다보더군.

그리고 말했어. 귀가 있으면 들어야 하고, 눈이 있으면 보아
야 하죠.

여기는 새로운 케냐요.

공짜는 없어요.

음코노 음투푸 하울람브위!

공짜를 원하면 탄자니아나 중국으로 가세요.

쓴웃음이 나오더군. 탄자니아나 중국에 가려고 해도, 버스
비는 있어야 할 거 아닙니까.

나는 당황하여 사무실 밖에 서 있었어. 검정 양복을 입은 남
자가 메르세데스 벤츠에서 나와 사무실에 들어가는데, 쓸개
즙을 한 잔 가득 마시는 기분이었어. 직원들이 바로 일어나더
니 환한 미소를 짓더군……."

압둘라는 말을 멈추고 생각에 잠겼다. 그는 다시 왼쪽 귀 주
변에서 윙윙거리는 파리를 잡으려고 했다. 그러다가 그것을
잊고 평원 너머의 허공을 응시하는 것 같았다.

"여보게…… 이제 나는 어떤 것에도 충격을 받지 않아. 무니라는 한때 당신의 스승이었어. 그도 시리아나에서 쫓겨났어. 자네처럼 말이지. 그런데 지금, 그는 사적인 감정 때문에 자네를 쫓겨나게 할 수 있어. 자네는 너무 당황해서 거의 절망에 빠진 상태고. 자네는 내가 그런 일로 놀랄 거라고 생각해? 여보게 친구들, 당신들도 언젠가는 나한테 등을 돌릴지 몰라. 나는 울지 않아. 조지프도 나한테 욕을 할지 몰라. 그래도 나는 울지 않아. 그날은 어땠을 것 같아? 무슨 말을 해야 할까? 아무 느낌도 없었다고 할까? 충격을 느끼게 하는 배 속의 물이 다 말라붙었다는 말 외에…… 그 말 외에는…… 내가 무슨 말을 할 수 있을까?

사무실에 온 남자는 나와 응딩구리를 배신한 자더군. 나중에 알아보니, 그 회사의 물건을 운반하는 계약을 맺었다는 거야. 그가 안으로 들어간 후, 직원들이 이렇게 말하대. 진짜 자유가 오긴 왔어요. 독립이 되기 전에는 노동자가 아니고는 아프리카인은 회사 물건에 손도 댈 수 없었는데 말이죠. 이제 키메리아 씨는 엄청난 돈을 주무르고 있어요!

나는 그 자리에 붙박여 서 있었어. 그러니까 키메리아 와 카미안자가 해방의 열매를 따먹고 있었던 거야!

나는 마을로 돌아가서 나머지 반 에이커의 땅을 팔았어. 그리고 담요 몇 개만 챙겨 당나귀와 함께 무작정 여행길에 올랐어. 나는 고통스러운 배반을 생각나게 하는 게 없는 깊숙한 시골로 들어가고 싶었어.

보기에 따라서는 그것을 도피라고 생각할지도 몰라.

나는 정신의 죽음을 경험했던 거야. 최근에서야 내 혈관에 피가 돌기 시작했어. 아, 요놈의 파리 새끼가!"

그가 갑자기 파리를 잡으려 했다. 그러다가 놓치고 자기 얼굴을 때리더니 알아들을 수 없는 말을 중얼거렸다. 그리고 카레가를 향해 말했다.

"이래서 내가 자네에게 떠나지 말라고 하는 거야. 어디로 갈 거야? 여기서 농사지으며 살아. 땅을 좀 얻어서 완자처럼 곡식을 심어. 아마 한두 개는 싹이 나서 열매를 맺을 거야!"

그들은 완자가 흐느끼는 소리를 듣고 고개를 돌렸다.

"왜 그래요? 무슨 일이에요?" 압둘라가 물었다. 문득, 그는 카레가가 떠난다는 사실을 떠올렸다. 어쩌면 그래서…….

"키메리아라고 했나요?"

"맞아요."

"그자가 당신을 배반한 사람이었어요?"

"맞아요."

"이마에 작은 상처가 있는 사람인가요?"

"맞아요."

"그렇다면 그자가 맞아요."

"누구 말인가요? 그게 무슨 얘기요?" 카레가가 물었다.

"나를 꼬여 집에서 나오게 만든 자예요. 자기를 호킨스 키메리아라고 불렀죠."

그들은 서로를 바라보았다. 뭔가가 카레가의 목을 틀어막았다.

"그자요!" 그는 자기 형도 그한테 배반당했다는 사실을 떠올리며 가까스로 말했다.

"그래요, 그래. 일꾼들은 그를 호킨스 씨라고 불렀어요." 완자는 도시로 가는 도중에 겪었던, 키메리아와의 마지막 시련을 떠올리며 말했다.

카레가는 다른 종류의 고통을 느꼈다. 그렇다면 자신이 형을 죽인 자의 여자와 잠자리를 같이했단 말인가?

압둘라는 그들의 반응에 약간 당황했다. 그때, 완자가 그에게 그녀와 응주구나와 카레가를 블루 힐스에서 억류했던 남자가 바로 키메리아였다고 말했다!

그러나 완자와 카레가가 깜짝 놀란 압둘라의 질문에 대답하기도 전에, 갑자기 하늘에서 우르릉거리는 소리가 들렸다. 그들은 천둥이라고 생각했다. 처음에는 멀리서 들리던 소리가 점점 더 커졌다. 비행기였다. 그것은 그들의 머리 위로 낮게 떠 하늘에서 잃어버린 뭔가를 찾는 듯이 선회했다. 그리고 그들 가까이로 왔다가 다시 평원의 끝으로 가서 하늘에서 또 다른 곡선을 그렸다. 그러다 소리가 갑자기 멈췄다. 그리고 다시 돌아왔다가 재빨리 멀어졌다. 비행기가 그들 쪽으로 오면서 소리가 점점 약해지더니 아무 소리도 나지 않았다. 비행기에 문제가 있는 것 같았다. 그들은 일어났다. 비행기는 어느새 그들 위에 떠 있었다. 그러더니 그들을 향해 날아오기 시작했다. 그들은 이제, 그것이 그들 위로 떨어질 것이라는 걸 깨달았다. 그들은 공포로 정신을 차릴 수 없었다. 완자는 카레가를 껴안고 신음 소리를 냈다. 하느님, 맙소사. 압둘라가 소리쳤다. 엎드려! 엎드려! 납작하게!

그들은 땅에 납작하게 엎드려 비행기가 그들의 몸을 간신히 피해 공기를 뚫고 요란스럽게 나아가는 소리를 들었다. 그것은 반 마일쯤 떨어진 곳에 불시착했다.

"아슬아슬했어요. 우리 머리가 날아갈 뻔했어요." 그들이 다시 일어나 비행기 쪽으로 움직일 때, 카레가가 말했다.

비행기는 안전하게 착륙했다. 카키색 셔츠와 바지를 입은 유럽인 하나와 똑같은 복장을 한 미국인 셋이 몇 야드 떨어진 곳에 서서 손을 허리춤에 대고 비행기와 자기들의 행운을 살펴보고 있었다.

"작은 비행기네요." 완자가 소리쳤다. "저번에 윌슨 공항에서 보았던 것들과 비슷해요."

그들은 비행기 주변을 돌았다. 몇 야드 떨어진 곳에서 압둘라가 고통을 이기지 못하고 소리를 냈다. "내 다리, 내 다리." 카레가와 완자는 그의 옆으로 갔다. 그들은 서로를 바라보았다. 그러나 아무도 할 말을 찾지 못했다.

한 시간도 안 되어, 비행기가 불시착했다는 소식이 인근 마을과 산등성이에 퍼졌다. 수백 명이 그곳으로 몰려들었다. 나중에 날이 어두워진 후에도 사람들은 램프 불과 횃불을 들고 비행기가 있는 곳으로 왔다.

그들은 비행기를 포로로 잡고 주변을 촘촘히 둘러싼 채 하나하나를 뜯어보며 무슨 얘긴가를 나누었다. 그들은 비행기를 추락시킨 것이 자기들의 힘인 것처럼 느꼈다.

그것은 호기심이 많은 어린 학생들에게는 하루, 아니 이틀, 아니 이 주간에 걸친 축제나 마찬가지였다. 그들은 트럭을 타고 비행기를 구경하러 왔다. 최근에 초소에 배치된 경찰관 두 명이 비행기를 지키러 왔다.

압둘라의 고통을 덜어 준 사람은 완자였다.

"내가 생각을 좀 해 봤는데요. 사실, 지난밤에 떠오른 생각이에요. 우리, 슬픔과 절망에 굴복하지 맙시다. 내 생각엔 이축제가 오랫동안 계속될 것 같아요. 몇 주 동안 이어질지도 몰라요. 이 사람들에게는 먹을 것이 필요할 거예요. 요리를 만들어 팔면 어떨까 싶어요. 음식도 잘 넘어가고…… 우리 각자의 슬픔도 넘어가도록…… 셍게타도 좀 팔고요."

그것은 간단하면서도 아름다운 아이디어였다. 그리고 아름다웠다. 압둘라는 새로운 생각과 그것이 갖는 암시에 놀랐다. 터스커가 되는데 더 싸고 만들기도 쉬운 셍게타는 안 될 게 뭐람? 이 나라에 있는 클럽들에서 창가아, 키루루, 부사아를 판다면, 일모로그에서 셍게타를 파는 게 안 될 게 뭐람?

아이디어는 말 그대로 대성공이었다. 한 주가 끝나 갈 무렵, 사람들은 비행기를 보기 위해서뿐 아니라 셍게타를 맛보기 위해서 그곳으로 찾아왔다. 셍게타가 불임 여성의 생식력을 회복시켜 준다는 소문부터 나이 든 남자한테는 정력을 회복시켜 준다는 소문에 이르기까지 다양한 효험이 있다는 소문이 곧 퍼졌다.

춤을 추는 무용단이 만들어졌다. 술꾼들이 몰려왔다. 일모로그는 하룻밤 사이에 유명해졌다. 일모로그는 더 이상 목자들과 나이 든 농부들만 돌아다니며 땅과 코끼리풀에 맞춰 노래를 하고 하늘만 쳐다보고 햇빛과 비를 바라던 능선과 평원이 아니었다.

일모로그는 다시 한 번 전국적인 뉴스를 탔다. 응데리 와 리에라는 항공기 사고의 원인을 조사하는 공무원들과 항공 전문가들로 구성된 위원회의 위원으로 임명되었다. 위원회의 보고서에 나오는 것 하나하나가 일간 신문에 보도되고 라디오로 방송되었다. 한 신문에는 비행기와 사람들의 모습이 담긴 사진과 함께 특집 기사가 실렸다.

"측량 기사들과 측광 기사들을 실은 4인승 비행기가 지난 주에 치리 지구에 위치한 작은 시골 마을 일모로그에 추락했다. 비행기는 현재, 정부의 진상 조사 위원회의 조사 대상일 뿐만 아니라 그 지구에서 이상한 숭배의 대상이기도 하다. 비행기는 곧 그 지역을 지나갈 예정인 아프리카 횡단 도로 계획과 관련하여 사진을 촬영하는 임무를 수행 중이었다. 이것은 이 지역 전체를 대상으로 하는 밀과 목장 발전 계획에 영향을 미칠 것으로 보인다.

이런 방식에 따른 발전의 가속화는 많은 사람들의 생명을 위협했던 가뭄과 기아의 여파로 이 년 전에 일모로그에 파견된 전문가 집단이 준비한 비밀 보고서의 주요 특징이었다. 또한 일모로그는 그곳을 지역구로 하는 역동적인 국회의원이자 아프리카적인 개성과 흑인적인 진정성의 주창자이며 KCO의 국가적 지도자 중 하나인 응데리 와 리에라 씨의 지치지 않는 노력 덕분에 관광지로서의 가능성을 높이 평가받고 있다.

그 위원회와 관련해서는 좋은 소식이 전해진다.

관광객들이 벌써 그 지역으로 몰려들기 시작했다고 한다.

인근 지역에서 온 사람들은 미국 달러는 없어도 10센트짜리는 갖고 다닌다. 모든 게 비행기 때문이다. 그런데 비행기가 없어진 후에도 전례가 없는 방문객들이 그곳을 찾을 것으로 보인다.

그것이 지금은 숭배의 대상이 되었기 때문이다. 숭배는 지구의 신화적인 동물과 관련이 있는데, 그 동물이 그 지역에 힘과 빛을 가져다줄 거라고 한다. 그들의 말에 따르면, 비행기를 실제로 떨어지게 한 것은 그 동물이었다고 한다.

칸예키이니 정비소에 있는 비행기 주변에서 군중이 춤을 춘다. 그들은 노래를 하고 셍게타라는 이름의 이상한 술을 마신다. 아이를 못 낳는 여자에게는 생식력을 회복시켜 주고 정력이 약한 남자에게는 정력을 준다는 소문이 있다고 한다. 셍게타가 정력에 좋다는 것이다! 어떤 사람들은 황홀경에 빠지고, 어떤 사람들은 불과 빛을 뿜는 이상한 동물에 비행기와 다른 물체들이 쫓기는 환상을 본다고 한다.”

그러나 완자, 압둘라, 루오로, 응주구나, 응야키뉴아, 그리고 일모로그 초등학교 학생들에게 가장 큰 화제는 비행기나 방문객이나 음식과 술 판매량의 갑작스러운 증가가 아니라, 추락 사고의 유일한 희생자인 압둘라의 당나귀가 죽었다는 사실과 카레가가 일모로그를 떠났다는 것이었다.

4부
투쟁은 계속된다

젊은이들의 시신,
교수대에 매달린 순교자들,
회색 탄알에 구멍이 난 심장들,
싸늘하고 움직임이 없는 것처럼 보여도
부서지지 않는 활력을 갖고 다른 곳에 산다오.

아, 왕들이여! 그들은 다른 젊은이들 속에서 산다오!
그들은 당신들에게 다시 도전할 준비를 하고 형제들 속에 산다오!
— 월트 휘트먼

우리가 형제라면 그것은 우리의 잘못이나 책임이 아니다.
우리가 동지라면 그것은 정치적인 연대다.
…… 형제이면서 동지인 것이 더 낫다.
—아밀카르 카브랄

11

1. 나이로비와 일모로그를 대륙의 많은 도시들과 연결해 주는 아프리카 횡단 도로는 과거와 현재를 통틀어 아프리카 땅에 존재하는 가장 유명한 도로 중 하나다. 그것은 문명이라는 이름으로 자행된 끔찍한 범죄와 배반과 탐욕을 목격하고, 갈라진 손과 부러진 손톱과 피가 흐르는 심장으로 저항하는 것을 목격하면서, 냉소와 의심과 미쳤다는 비난과 불멸과 폭군의 영원한 영광에 이르는 길을 찾는다는 비난 속에서도 미래에 대한 꿈을 이야기했던 사람들에게는, 비록 의도한 것은 아니었다 해도, 상징적인 찬사였다. 저항의 약점은 의지나 결단력이나 무기의 부족에 있었던 게 아니라 아프리카인들이 이전 주인의 요구에 따라 지역, 언어, 방언으로 나뉘는 것을 용납한 데 있었다. 그래서 그들은 아프리카가 단결해야 한다고 외쳤다.

놀리웨의 차카 만세. 투셍 루베르투어 만세. 독수리의 눈을 가진 콰메 만세. 와 치우리의 아들 키마시 만세.

물론 어떤 사람들은 급격한 변화를 두려워했다. 그래서 그들은 주인의 입에서 나온 말들을 앵무새처럼 반복함으로써만 안정감을 느꼈다. 우선적으로 도로, 가족계획, 현실적인 필요, 성취할 수 있는 목적, 무역. 나머지 것들은 셍게타 중독에서 나온 허황한 꿈이다. 그래서 도로는 대륙의 미래에 내용과 현실성을 부여하기 위해서가 아니라 외국에서 온 현실주의자의 조언에 대한 믿음과 준비성을 보여 주기 위해 건설되었다. 주인이자 분열의 창조자이자 대륙의 단결을 질투하는 하느님은 이제 박수를 치고 고개를 끄덕이며 전문 기술과 장비를 수입해 갔으니 그에 대한 비용을 지불하라며 돈을 빌려줬다. 그래서 도로는 아프리카 민중의 단일성과 집단 투쟁의 광경과는 거리가 멀어지고, 지구 표면의 통일만 가져오게 되었다. 대륙의 모든 구석은 이제 국제적인 자본가의 약탈과 착취가 쉽게 손을 뻗을 수 있는 거리에 있었다.

그것이 실질적인 통일이었다.

여하튼, 여하튼…… 우리는 모두 이제 그 길에 속하고, 그것이 있게 만든 상상의 부분적인 성취에서 기인한 아름다움의 일부이며, 도로로 표방되는 공허함과 지켜지지 않은 약속의 일부이다.

뉴 일모로그 거주자들은 종종 그 도로의 경사면에 앉아, 정유 회사가 후원하는 경주에서 차들이 경적을 울리며 중앙아프리카의 일곱 도시를 향해 달려가는 모습을 바라본다. 그들

은 생각한다. 어떻게 사람이 몇 푼의 은색 달러 때문에 기계
화된 자살조에 들어가 죽음을 갖고 장난을 하는 걸까! 그들은
육중한 유조 트럭들이 목마른 기계들과 자동차들의 수많은
혈관들을 채워 주기 위해 아스팔트를 찌그러뜨리며 평원을
가로질러 먼 길을 가는 모습을 바라본다. 그들은 나직하게 중
얼거린다. 이 길이 있기 전에는, 이 땅의 동물이 있기 전에는,
우리가 새로운 예루살렘에 살았던 걸까? 그들은 답을 알지만
마음에 간직하며 고개를 이쪽저쪽으로 젓는다. 기적이 일어
나지 않는다면, 그들 모두는 웅야키뉴아가 간 길을 가려고 기
다렸다.

어쩌면 괜찮았는지 모르지
그러나
아이들은 어쩌지.

사내아이들과 계집아이들은 어른들의 눈에 깃든 기억과 의
심, 곤혹과 절망에 동요되지 않고 경사면 주변을 뛰어다니며
유조 트럭 옆구리의 '위험'이라는 말 옆에 있는 론로, 셸, 에
소, 토털, 아지프라는 말들을 써 보려고 한다. 그들은 자기들
을 아프리카, 그들의 아프리카에 있는 모든 도시들로 데려가
다른 곳 아이들과 손을 잡게 해 줄 도로에 관해 날카로운 목소
리로 노래를 한다.

진흙 위로

콜타르 위로

공중으로

루안다에서 나이로비까지

음숨비지에서 카이로까지

다르에서 리비아까지

우리는 서로를 도와요

그래서 그들은 아프리카, 그들의 아프리카 도시들의 이름
만 바꿔 가며 계속 노래를 부른다.

그래도 아이들의 목소리는 아직도 어떤 꿈을 일깨운다. 그
들의 믿음을 아직도 간직하고 있는 몽상가들, 믿음을 가진 사
람들, 어떤 것을 추구하는 사람들의 꿈이다.

그러나 아이들은 어떻게 될까?

아, 그래, 아이들의 목소리. 우리 아이들!

오지 마을이었던 일모로그가 돌, 쇠, 콘크리트, 유리, 그리
고 한두 개의 네온사인까지 있는 널찍한 도시가 되기까지의
이야기는 이미 우리 시대의 전설이 되었다. 사실과 허구가 상
상 속에서 섞여 벌써 노래로도 만들어졌다. 여러분은 압둘라
가 술을 한두 잔 들이켰을 때 또는 오렌지를 팔 때 부르는 노
래를 들어 봐야 한다. 그는 비행기가 수리를 마치고 날아간
후, 일모로그가 어떻게 거의 마술처럼, 갑자기 카네키니 정비
소 위로 솟아오르게 됐는지 노래한다.

여러분에게 이 도시와

그것을 시작했던 완자에 대한 노래를 들려주겠어요.

그녀가 빈대가 들끓던 마을을 어떻게

셍게타 도시로 바꿨는지 노래해 주겠어요.

나는 그녀가 처음에 일모로그에 왔을 때를 기억해요.

나는 말했소. 내 가슴과 내 마을을 철렁하게 만드는

저 처녀는 누구지?

지금 여러분은 혀를 흔들며

주변을 둘러보고

그녀가 부지런히 일군 일들을 보고 있어요.

우리는 당신을 환영합니다, 완자 카히이.

우리는 당신을 열렬히 환영합니다.

사내아이가 있는 집에서만 숫염소의 머리를

잔치 때 구워먹는다고 누가 말했던가요?

당신의 아름다움이 비행기를 떨어지게 하지 않았나요?

당신의 입김이 도시를 태어나게 하지 않았나요?

　도시! 완자가 압둘라의 가게를 넓힌 것이 그 모든 것의 시작이 될 줄 우리가 어떻게 알았으랴! 우리는 사람들이 멀리서 차를 타고 셍게타를 곁들여 염소구이를 열심히 먹으러 오는 것을 보면서도, 비행기 때문에 생긴 마술의 일부라고 생각하고는 당분간 그러다 말겠지 생각했다.

　한 달도 못 되어 우리는 훨씬 더 놀라운 일들을 목격했다. 쩽그렁거리는 체인을 끌고 다니는 측량반원들이 오더니, 오래전에 왔던 사람들이 그랬던 것처럼, 붉은 말뚝들을 땅에 박았다. 그런데 이번에는 굴삭기와 다양한 국적의 쾌활한 노동자들이 곧 뒤따라왔다. 우리는 그들 주변에 모여 별 의미도 없는 그들의 노동가를 들었다.

> 내 아버지의 용감한 사람, 응잠바 야 아와
> 일도 배불러야 하지, 위라 니 응다
> 남자가 일한테 먹히면 되겠어, 와노라가 우우?
> 빈 배로 다니는 사람은 빼고 말이야.
> 나는 곡괭이로 땅을 파고
> 삽으로 땅을 파네!
> 예전에는 숲길이 우리의 유일한 길이었지
> 공중을 나는 새들이 그런 얘기를 하는 게 들리는가?
> 길
> 가 - 이 - 키아 응구
> 와 - 시이 - 쿠
> 길
> 가 - 이 - 키아 응구
> 와 - 시이 - 쿠
> 길
> 가 - 이 - 키아 응구
> 와 - 시이 - 쿠

압둘라의 집과 완자의 집은 이야기의 중심이 되었다. 도로 공사를 하는 인부들은 술을 마시고 불에 구운 고기와 우갈리를 먹고 잡담을 나누었다. 전에는 필요에 따라 서다 말다 했던 일모로그 시장은 이제 상설장이 되었다. 여자들은 그곳에서 양파, 고구마, 옥수수와 계란을 팔면서 낯선 남자들의 이야기를 들어주고 그들의 의미 있는 눈길을 받으며 술을 마셨다. 우리는 물었다. 도뇨 언덕 저 너머에는 뭐가 있어요? D4s, D8s 굴삭기들도 우리가 안 보이는 곳에서 무자비하게 땅을 먹나요? 도로가 자이레와 나이지리아에도 닿고 홍해를 건너 백인들의 땅에도 닿는다는 모우 사람들의 말이 사실인가요? 도로 공사 인부들은 땅을 먹는 기계들의 시끄러운 소리 위로 더욱 소리를 높여 노래를 했다.

아캄바 형제들은 이렇게 노래를 부른다오.
먼지가 지붕 위까지 풀풀 나게
오오 무투미아 와 키베티 이이이
힘을 내서 일합시다
무투미아 와 키베티 이이이
노인들이 집에서 기다리신다
무투미아 와 키베티 이이이
아이들이 우리가 도로 공사 하는 걸 보려고 기다리네
무투미아 와 키베티 이이이
그러나 더 열심히 일하세
무투미아 와 키베티 이이이
우리는 큰길을 내고 있네

좋은 것일까?
나쁜 것일까?
양쪽 다라네.
음와나 와 가심비리이

기계들은 앞으로 나아가고 진흙 속에서 낑낑거리고 우르릉
거리며, 수풀과 풀을 치우고 이따금, 무역과 진보의 길을 가로
막는 오두막들도 치워 버렸다.

우리는 기계들이 음와시가 사는 곳을 향해 으르렁거리며
가는 모습을 지켜보았다. 설마 그럴 리야 있겠어. 우리는 이렇
게 말했지만, 기계들은 계속해서 그곳을 향해 움직였다. 우리
는 말했다. 저것들은 음와시의 불로 파괴되고 말 거야. 기다려
봐. 기다려 봐. 그러나 그 기계는 울타리를 뽑더니 첫 오두막
을 내리쳤다. 그러자 오두막이 무너졌다. 우리는 모두 숨을 죽
이고 그것이 공중으로 날아가기를 기다렸다. 미국인들이 달
에 착륙하여 지구가 흔들리거나 무슨 일이 일어날 거라고 생
각했을 때도, 음와시의 집이 무너졌을 때만큼 무섭지는 않았
다. 오두막 두 채가 허물어져 버렸다. 그런데 음와시는 어디
에 있지? 음와시는 없었다. 우리는 그가 사라진 게 틀림없다
고 생각했다. 우리는 그의 복수를 기다렸다. 우리는 어쩌면 그
가 거기에 없었을지도 모른다고 말했다. 도움이 되었을지 모
르는 무투리 어르신은 신성한 것이 더럽혀지는 것을 보고 갑
자기 귀가 먹고 눈이 멀었다. 그러나 기계가 드러낸 것은 낯선
이들을 주춤하게 만들었다. 그들은 나이로비에 있는 사람들

을 불렀다. 책과 카메라와 다양한 종류의 측량 도구들을 갖고 사람들이 도착했다. 음와시는 수호신이었다. 그는 오랜 세월 축적되어 온 지식 위에 앉아 있었다. 고리, 금속 공예, 창, 제련 공예 등, 모든 것이 거기에 있었다. 그 둘레에 철조망이 쳐지더니 나중에는 "일모로그 유적지"라는 표지판이 세워졌다. 음와시의 힘이 결국 작동한 것이었다. 도로는 그곳을 우회했다. 그러나 누가 음와시일까? 우리는 계속 그 질문을 했다. 무투리는 그 후 오래 살지 못했다. 그는 일모로그의 수호신에 관한 비밀과 함께 죽었다. 그곳은 이제 중국과 인도와 무역을 하기 훨씬 이전 동아프리카의 과거에 대해 흥미를 가진 사람들을 위한 장소가 되었을 뿐이다.

도로 공사가 평원과 언덕 너머까지 진행되고 인부들이 그들의 기지를 옮기고 난 한참 뒤에도 압둘라의 가게는 계속해서 커지다가, 이제는 포장도로를 사용하는 큰 트럭들과 자동차들이 '경유'하는 장소가 되었다. 운전사들과 조수들이 보통 해시시와 마이룽기처럼 어질어질한 효과가 있는 셍게타를 마시며 그곳에서 하룻밤을 묵었다.

압둘라와 완자는 가게를 확장했다. 그래서 이제는 가게, 정육점, 술집, 댄스홀로도 활용되는 맥주홀, 숙박비를 내고 묵을 수 있는 다섯 개의 방까지 갖추게 되었다.

쇼핑. 정육점, 술집, 수박업소. 모든 것이 눈에 보이지는 않지만 미리 결정된 계획의 일환인 듯 생겨났다.

그때에도 우리는 그것들이 일시적이고 이질적인 것이어서 비행기가 우리의 삶 속으로 추락하기 전의 상태로 우리를 남겨 두고 곧 사라질 것이라고 생각했다.

그러나 도로. 그것은 우리의 도로였다.

우리는 자랑스럽지만 희미한 기대감을 갖고 일모로그 지역의 도로 개통식을 준비했다. 와우! 장관이 일모로그에 오기로 했다. 우리는 평생 장관을 본 적이 없었다. 우리는 모두, 압둘라의 가게를 정돈하는 일을 도왔다. 학교는 새로운 교사들과 더불어 합창단을 준비했다.

결과적으로 장관들은 아무도 오지 않았다. 그것은 개통식이 아니라 응데리 와 리에라가 그의 두 보좌관을 비롯한 정부 고위 관리들과 함께한 현장 점검이었다. 두 보좌관은 오래전에 우리 마을에 온 적이 있는 '뚱뚱이'와 '벌레'였다. 응데리는 우리를 불편하게 하고 우리의 기대를 저버린 것에 대해 사과했다. 그러나 그의 말은 장관을 못 본 것을 만회하고도 남았다. 사람들이 그의 말을 잘 들으면 KCO가 지역을 위해 무엇을 해 줄 수 있는지 얘기했던 것이다.

그는 국회의원은 얼마나 지역 발전에 기여했고 앞으로 기여할 수 있는지에 의해서만 평가를 받을 수 있다는 말로 이야기를 시작했다. 자신은 이미 도로가 일모로그를 통과하게 함으로써 지역 발전에 기여했다고 말했다. 이제 사람들은 과거에 그랬던 것처럼 당나귀 수레를 타고 건조하고 위험한 평원의 먼 길을 걸어 다닐 필요가 없게 되었다고 했다. 미니버스도 있고 버스도 있고 트럭도 있다고 했다. 도로로 인해 그 지역이 상업지가 되고 작은 쇼핑센터들이 길 양쪽에 세워지고 있다고 했다. 빈민가와 판잣집들이 들쑥날쑥 들어서지 못하게 하려고, 치리 카운티 평의회에 계획을 제대로 세워 하수도 시설을 갖춘 쇼핑센터를 일모로그에 세우라고 제안했다고 했다. 사실, 그 작업은 이미 진행 중이라고 했다. 물론 그 목적을 위해서 몇 에이커의 땅을 개인들에게서 수용하게 되겠지만, 평의회에서 적절한 보상을 해 줄 것이라고 했다. 그가 주민들을 대신하여 중앙 정부와 협상한 결과, 이곳 전체가 목장과 밀밭으로 개발되기로 결정됐다고 했다. 관광 안내소가 세워지고, 목자들이 들어오지 못하도록 울타리를 친 동물 보호 구역이 만들어질 것이라고 했다. 목자든, 평범한 농부든, 그들의 땅과 목장을 개발할 수 있도록 대출을 해 줄 것이라고 했다. 그러나 사람들은 우선, 그들의 땅을 등록하고, 은행에서 담보로 사용할 권리증을 받아야 한다고 했다. 그는 자신이 전에 일모로그를 개발하겠다고 약속을 했는데, 도로는 그 시작에 불과하다고 했다.

시대가 빠르게 변하고 있었다! 우리는 우리의 귀를 믿을 수 없었다. 아무도 그들이 들은 것을 제대로 이해할 수 없었다. 그러나 그는 우리의 국회의원이었다. 비행기들이 측량을 하러 왔다 갔다는 것은 이미 우리의 눈으로 확인한 바였다. 측량반원들이 측량 체인과 경위의를 갖고 측량을 하는 것을 우리 눈으로 보았다. 그리고 지금 새로운 도로가 들어서고 있었다. 그러니 그의 말을 믿지 못할 이유가 없었다.

그는 우리에게 선거가 다가오고 있다고 경고했다. 현명한 사람이라면 어떻게, 그리고 어디에 투표를 할 것인지 알 거라고 했다. 그들이 그에게, 시작한 일을 마무리할 기회를 주어야 한다고 했다.

응데리와 함께 나아갑시다! '뚱뚱이'가 소리쳤다. 우리는 그 말에 화답했다.

응데리와 함께 갑시다!
응데리와 함께 부자가 됩시다!
응데리와 함께 개발하고 높이 비상합시다!
응데리와 함께 새 도로에서 운전을 합시다!

그해는 변화와 발전의 해였다!
우리가 어떻게 그를 의심했겠는가?
응야키뉴아를 제외하고는 모두가 행복했다. 그녀는 뭔가 불편하다고 했다. 분명하지 않기 때문에 뭐라고 말할 수는 없다고 했다. 그녀는 이렇게 말했다. 어쩌면 길에서 노래를 부르는 사람들의 가사가 내 귀에 오래 남아 있어서 그런지도 모르겠소. 그러나 속이 개운치가 않소. 약간이긴 하지만 개운치가 않소.

발전! 그렇다. 일모로그에 개발 열기가 번졌다. 여러 농장의 부지 일부가 깎여 쇼핑센터가 세워졌다. 가게들이 들어서기로 했다. 건축 부지 신청서를 카운티 평의회에 보내라고 했다. 아프리카 경제은행의 밴이 일모로그에 와서 농부들과 목자들에게 어떻게 융자를 받을 수 있는지 설명했다. 사람들은 설명하는 남자 주변에 몰려들었다. 확성기에서 흘러나오는 둥글둥글한 목소리만큼이나 그의 목울대가 오르락내리락하는 모습에 그들은 정신을 팔았다. 경계선. 권리증. 융자. 땅에 설치할 울타리. 철조망. 1~2등급의 소. 죽이거나 팔거나 다른 종과 교배하기. 농부들의 판매 조합. 다른 지역의 성공적인 낙농 조합에 대해 들어 본 적이 있습니까? 아프리카 경제은행은 여기에서 그와 비슷한 일들을 할 것입니다. 우유. KCC. 부. 여러분은 이것으로 낮은 이자의 융자금을 갚게 될 것입니다. 한꺼번에 상환하라는 게 아닙니다. 오, 아닙니다. 몇 년에 걸쳐 상환하면 됩니다. 안정된 농부는 압박감을 느낄 필요가 전혀 없습니다. 조건은 단 하나, 규칙적으로 상환해야 한다는 것입니다. 쉬웠다. 희망찬 한 해였다. 음지고가 그 지역을 방문했다. 이제 접근이 용이해진 학교는 더 확장될 예정이었다. 새로운 건물들. 새로운 학급들. 새로운 교직원 숙소. 더 많은 직원들. 일모로그로서는 또 하나의 희망찬 해였다. 예외가 있다면 거의 파산에 이른 웅주구나였다. 그의 네 아들이 갑자기 돌아와서 10에이커에 달하는 농장에서 자기 몫을 달라고 요구했던 것이다. 남은 2에이커의 땅으로 그가 무엇을 할 수 있겠는가? 막내아들은 나이로비에서 매점을 차린다고 권리증을 담보로 융자를 받았다. 후일 그는 일모로그에 다시 돌아와 노인에게 매점을 차리라고 하더니 나중에는 가게를 차리라고 했다. 그러니 재산 분할을 하면서 아들들이 주먹다짐을 벌이자, 웅주구나는 서글펐다. 도로. 무역. 발전. 우리는 부지의 새 주인들이 돌과 콘크리트를 가져오는 것을 보았다. 도랑을 파는 모습을 지켜보았다. 우리는 적어도 우리 중 두 사람이, 그러니까 완자와 압둘라가 부지를 확보하고 외부인들에게 일모로 그에도 석조 건물을 지을 수 있는 사람들이 있다는 것을 보여 주는 것이 기뻤다. 우리 땅을 위한 꽃. 응데리 와 리에라 만세. 우리는 그에게 투표를 했다. 우리는 꽃들이 피어나기를 기다렸다.

2. 그들은 허리케인 램프에서 나오는 빛과 그림자 속에서 애기를 나눴다. ― 그 당시는 전기가 끊겨 있었다. ― 무니라는 떨어져 있던 오 년의 세월을 뛰어넘으려고 애쓰는 중이었다. 많은 일들이 있었다. 너무 많은 일들이 있었다. 일모로그와 모든 사람이 변했다. 그것도 완전히 변했다.

그가 돌아오리라고 누군들 생각이나 했을까? 응야키뉴아만이 믿음을 버리지 않았다. 쿠마그오 니 구코마코. 그녀는 그가 돌아올 것이라고 말했다. 그러나 그녀는 이제 여기에 없었다. 아마도 저세상에서 그를 보고 있을 것이다.

그는 의자에 깊숙이 앉아 그들 사이에 놓인 탁자에 손을 올려놓았다.

무니라는 생각했다. 오 년이다. 자신이 떠나면 옛 일모로그도 떠나리라는 걸 알았던 것처럼, 그가 뒤에 저주를 남기고 떠난 지 오 년이 흘렀다. 그의 얼굴은 창백했다. 탁자에 놓인 손가락은 신경질적인 조바심에 붙들린 듯 계속해서 움직였다. 그의 눈에는 빛과 불이 있었다. 그러나 그의 얼굴은 조용했다. 살가죽이 뼈에 달라붙어, 조용하지만 딱딱했다. 그는 더 많이 돌아다니고 더 많이 보고 더 많이 성장했다. 무니라는 그가 왜 돌아왔는지 알 수 없었다. 그에게는 겉치레 없이 질문을 하는 나름의 방식이 있었다. 세세한 것 하나하나가 중요해서 그것을 다른 것들과 비교해야 하는 것처럼 들어주는 나름의 방식이 있었다.

무니라가 얘기하는 것을 보면 일들이 시간과 공간의 말끔한 순서에 입각해 일어난 것 같은 느낌이 들었다. 그러나 무니라는 사건과 변화를 자신의 안과 밖에 있는 혼란으로 경험했다. 그는 행동을 제대로 하지 못하는 노인처럼 우스운 열정을 가진 우스운 구경꾼이었다. 그가 개인적인 현실을 찾는 것은 셍게타를 마실 때뿐이었다. 셍게타를 통해서야 그는 자기 삶의 타 버린 담배꽁초, 자신의 환상, 자신의 욕망을 볼 수 있었다. 그래서 뭔가를 찾으려고 떠도는 것처럼 보이는 손가락에도 불구하고 아주 조용히 앉아 있는 그에게 그것을 얘기하면서, 그는 자신이 역사를 왜곡하고 있다는 것을 알았다. 그러나 그가 어떻게 완자의 발 옆에 있는 오 년간의 감옥으로 내려가게 되었는지 얘기할 수 있을까?

그녀는 여하튼 그를 붙들고, 그를 소유하고, 그의 고개를 돌리고, 그의 심장이 수많은 고통과 더불어 뛰게 만들었다. 그녀는 복수를 요구하고 있었다. 그녀는 그의 파멸이었다. 그녀는 냉정하고 초연하게 그것을 바라보며 감독했다. 그러나 딱 닿을 수 있는 거리에서, 딱 닿을 수 있는 거리 밖에서 춤을 추는 그녀는 어찌 된 일인지 늘 위태로워 보였다. 그의 심장은 박동을 멈췄다. 위협적인 공허감이 찾아들었다. 그는 셍게타를 더 마시고 천국을 꿈꿨다.

카레가가 사라진 후, 그녀는 모든 정력과 시간을 일에 쏟았다. 그녀는 술을 담가 팔고 돈을 세고 압둘라와 상업적 동반 관계를 발전시키기 위해 더 많은 계획을 세우며 무섭게 일에 매달렸다. 시간이 지나면서, 그녀는 캄바, 키쿠유, 칼렌진이라는 여급 셋을 고용했다. 그들은 눈과 손가락과 움직임으로 똑같은 언어를 얘기하는 것처럼 보였다. 그녀는 케냐 전역에서 온 여자들로만 구성된 악단을 고용했다. 정말 천재적인 수완이었다. 그들을 보려고 손님들이 더 많이 몰려들었다. 완자는이 모든 것을 주관했다. 그녀에게는 돈이 있었다. 그녀는 막강했다. 남자들과 여자들이 그녀를 두려워했다. 그들은 그녀에 관한 이야기를 하고, 그녀에 관한 노래를 불렀다. 많은 손님들이 염소구이를 먹고 여자들의 가녀린 손가락에서 흘러나오는 음악을 듣고, 계산된 비명을 지르는 여급들의 젖가슴을 만지기 위해 차를 타고 그곳에 왔다. 명성이 자자한 여주인을 보러 오기도 했다. 그러나 그녀는 무관심하고 쌀쌀맞고 공손하고, 적극적이고 위엄 있게 일을 처리했다. 굶주린 눈들과 만지고 싶어 하는 손가락들과 뜨거운 욕망의 피가 뛰는 동맥들에게는 접근할 수 없는 존재였다.

도로 공사 인부들은 그녀와 압둘라가 기선을 제압할 수 있게 해 주었다. 그녀와 압둘라는 지역 주민으로서는 유일하게 뉴 일모로그에서 성공적으로 건물 부지를 낙찰받고 건물을 짓기 시작했다. 자기들의 통합 정리된 토지가 부지로 선정되거나 성공적으로 낙찰을 받은 나머지 사람들은 나중에, 건물 비용을 감당할 수 있는 외부인들에게 그것을 팔았다. 건축업자들, 목수들, 석공들, 소유주들, 도급업자들, 그들 모두가 그녀의 셍게타 사업이 번창하는 데 기여했다. 한두 사람이 그것을 모방하여 창가 키루루 가게를 냈지만, 그들의 술은 인기를 끌지 못했다. 그 무엇도 셍게타를 능가할 수 없었다.

무니라는 카레가 떠나면 자신과 완자 사이에 있던 감정이 다시 타오르리라 생각했다. 그는 재결합과 화해를 시도했지만, 돌아온 것은 환영하지 않는 눈길뿐이었다. 패배는 그의 노력을 배가시켰다. 그러나 돌아온 것은 실패뿐이었다. 그녀는 압둘라와 너무 가까워 보였다! 무니라는 자신이 무리에서 쫓겨났다가 다시 무리에 합류하고 싶어 주변을 얼쩡거리는 골목대장이 된 듯한 기분이 들었다. 그는 있으나 마나 한 존재였고, 같이 돈을 버는 일에서도 배척당했다. 그 때문에 그는 엄청난 외로움을 느꼈다. 언제나 그림자처럼 그를 따라다녔던 과거가 그를 괴롭혔다. 그는 아웃사이더였고 구경꾼이었다.

그는 셍게타를 더 마시고, 일시적으로 자신에게서 벗어나, 허황된 기대의 구름을 타고 떠다녔다. 높은 곳에서 바라보니, 그녀는 훨씬 더 갖고 싶은 존재다. 그는 신호, 손, 부드러운 미소, 손짓을 기다렸다. 그러나 돌아오는 아무것도 없었다. 그녀는 순수하고 무관심했다. 그녀의 사업은 번창했다. 뉴 일모로그에 있는 건물들이 올라가고 또 올라가고 또 올라갔다.

셍게타. 세속의 시름을 잊게 해 주는 占쳑한 열매. 변함없는 동반자. 술의 문제는 어제의 정상적인 상태로 돌아가고, 다른 잔을 잡고 있을 정도로 손이 떨리지 않게 하려면 조금 더 마셔야 할 것 같은 느낌을 준다는 사실이었다. 셍게타. 술. 되돌아온 사랑의 꿈.

그에게 뭔가 문제가 있었다. 음와시의 사당이 허물어지지
않았더라면, 그는 사랑의 묘약이나 사랑의 아픔을 치료할 약
을 구하러 그곳에 갔을 것이다.

그는 낡고 찢어진 잡지와 신문들에 실린 별자리표와 운세
도를 참조하기 시작했다. 그는 프랜시스 응곰베, 야햐 후세인,
오몰로의 예언을 추종했다. 그들에게 편지로 일모로그에 사
무실을 차리라고 제안할까 생각해 본 적도 있었다. 그는 자신
이 태어난 날이나 달을 알지 못했지만, 어떤 것을 읽을 때마다
자기한테 해당된다고 생각했다.

염소자리, 12월 22일~1월 20일. 당신은 유달리 특이한 사
람들한테 쉽게 빠진다.

그는 자신이 염소자리에 태어나거나 잉태된 게 틀림없다고
생각했다.

궁수자리, 11월 23일~12월 21일. 당신은 사랑 자체와 사
랑에 빠지는 경향이 있기 때문에 이따금 많은 상황과 사람들
의 실상을 제대로 보지 못하는 경향이 있다. 당신은 사랑에 관
한 한, 몽상가이기 때문에 대부분의 사랑과 성적인 경험을 환
상시하는 경향이 있다.

그는 자신이 염소자리에 태어났다고 확신했다.

쌍둥이자리, 5월 22일~6월 21일. 당신은 누군가에 대해 감
정적인 관심이 생기면, 완전히 받아들여지거나 완전히 거부
당할 때까지 쫓아다니는 경향이 있다.

쌍둥이자리가 그의 별자리인 게 확실했다.

그래서 그는 기분에 따라서, 자신이 다양한 별자리에 태어나거나 잉태되었다고 상상했다. 모든 예언과 조언이 자신에게 해당하는 것 같았다. 때때로 그는 서로 다른 별자리 운세를 따라 해 보면서 적어도 하나가 맞기를 희망하기도 했다. 그러나 아무 일도 일어나지 않았다. 이전의 일모로그에 있는 가게와 뉴 일모로그에서 올라가는 석조 건물 사이를 오가는 완자는 여전히 냉랭하고 쌀쌀맞았다.

그는 하나의 별자리만 고수하기로 했다. 그가 택한 것은 사자자리였다. 그는 그 주의 운세를 읽었다.

이번 주는 토성이 당신의 지성과 감성의 아홉 번째 태양계 집에 들어간다. 이 둘의 영향으로 당신은 천국의 도전과 약속이 될 행로를 택하게 된다. 계속 미소를 지어라. 당신에게 로맨스가 일어날 수 있다.

그는 계속 미소를 지었다. 그는 기다렸다. 로맨스와 사랑이 그에게 다가왔다.

사자자리, 릴리언, 나의 별자리!

그는 그녀가 자기를 향해 오는 것을 보았다. 그의 심장이 쿵쿵 뛰었다. 이게 사실일까? 그는 믿기 힘든 그녀의 이야기를 들었다. 누군가가 엘도렛에서 그녀를 태워 줬는데, 일모로그에 자기를 버렸다는 것이다. 무니라는 그녀를 향해 미소를 지었다. 그는 그녀를 알았다. 본 적이 있었다. 그는 그녀가 루와이니에서 부른 적이 있는 노래를 콧소리로 흥얼거렸다. 그녀도 미소를 지었다. 그들은 이야기를 나눴다. 그는 몇 년 전에 그녀가 루와이니에 있는 푸라하 술집에서 오파파 제리코 합창단이 부르는 찬송가를 연주하는 걸 본 적이 있다고 말했다. 그녀는 종교적인 노래를 부르거나 흥얼거리는 걸 아주 좋아했다. 특히 술이 한두 잔 들어가면 동공이 커지면서 허스키한 목소리로 노래를 불렀다. 그럴 때면 그녀의 눈과 목은 천국에 대한 기대로 위로 치켜졌다.

> 비록 나는 죄인이지만
> 주님 당신께 더 가까이 다가갑니다,
> 주님 제게 더 가까이 오소서,
> 더 가까이 오소서.

그녀에겐 별로 힘들이지 않고 적절한 말과 문구를 만들어내는 재주가 있었다. 그러나 말재주와 목소리를 타고났으면서도, 악단에 합류하거나 종교적이지 않은 노래는 부르려 하지 않았다. 이 찬송가에서 자기가 만든 다른 찬송가로 바꿀 뿐이었다. 그러나 모두가 아름답고 매혹적이었다.

> 오소서, 제게 오소서, 예수님,
> 나는 당신을 기다립니다.
> 구원자시여, 제게 빨리 오소서,
> 저를 당신의 성령으로 채워 주소서.

한동안 무니라는 그녀한테 관심을 쏟느라 완자 때문에 느끼는 고통을 거의 잊고 살았다. 릴리언은 그가 자기 몸에 들어

오면 비명을 지르고 그의 등을 할퀴고 그의 손을 물어뜯고 황홀경에 빠져 "오세요, 주여, 저한테 오세요!"라고 소리를 질러 놓고도, 자기가 처녀라고 주장하는 이상한 여자였다.

무니라는 릴리언과의 관계가 완자의 질투를 유발하기를 바랐다. 그러나 완자는 아무런 반응이 없었다. 그는 별자리표를 버렸다. '처녀' 릴리언은 완자를 대신할 만한 존재가 아니었다.

그는 이제, 아프리카 횡단 도로에 의해 둘로 쪼개진 일모로그 그 경사면을 혼자서 다시 산책하기 시작했다. 그는 차들이 언덕 너머로 멀어지는 모습을 바라보았다. 시간을 때우기 위해서 차들의 숫자를 세기도 했다. 그는 수업이 끝나면 종종 건축 공사장으로 걸어가, 더러운 물이 흐르는 도랑, 채석장에서 가져온 돌, 돌과 못과 나무를 두드리는 망치 소리, 석공들의 음담패설 사이에서 한동안 생각에 잠겼다. 한가롭던 일모로그에 무슨 일이 있어나고 있는 걸까? 세 아이가 부르는 자장가를 들으며 스르르 잠이 들던 땅에 무슨 일이 일어나고 있는 걸까? 그는 걸음을 멈추고 눈을 비볐다. 무리우키의 어머니 왐부이가 돌을 높이 실은 손수레의 손잡이를 잡고 비틀거리고 있었다.

땅에 경계를 정하고 울타리를 치면서 많은 농부들과 목자들은 그들이 지금까지 당연하게 생각했던 경작권과 사용권을 박탈당했다. 이제 그들은 자신들의 노동을 필요로 하는 사람이면 누구에게나 가서 일을 해야 했다. 왐부이가 일꾼이 되다니! 이제 그녀는 땀과 노동을 위해 일모로그 시장으로 끌려든 다른 사람들한테 합류한 것이었다. 그는 빠르게 그곳을 지나쳤다. 그리고 완자와 압둘라가 소유한 건물에 이르러서 걸음을 멈췄다. 곧 새로운 셍게타 센터가 될 장소였다. 그 생각을 하면서 그는 어떻게 하면 그녀에게 사랑을 얻을 수 있을지 머리를 굴렸다. 그곳은 곧 문을 열 예정이었다. 주류 허가를 받은 다른 술집들도 있을 수 있었다. 그는 그녀가 셍게타를 많이 팔게 하고 싶었다. 그녀를 위해 더 많은 손님들이 오게 하고 싶었다.

무니라는 예전부터 광고를 좋아했다. 그러나 이제는 훨씬 더 탐욕스럽게 광고를 읽기 시작했다. 해야 할 일이 생겼기 때문이다. 그는 광고를 연구했다. 어휘와 문구를 연구했다. 의도한 것과 보고 듣는 사람들에게 주는 효과의 차이를 연구했다. 그는 광고 몇 개를 수집했다.

당신의 물탱크에 호랑이를 넣으세요. 건강한 머리가 아름다운 머리입니다. 모든 시간은 티 타임입니다. 금발을 내 것으로 만드세요. 붉은색 머리를 내 것으로 만드세요. 100퍼센트 수입 수제 머리로 새로운 사람이 되세요. 새로운 아프리카인이 됩시다, 암비 사람들이 됩시다. 아름다운 사람들이 아직 태어나지 않았다고요? 농담하시는군요. 아름다운 은색 가발로 날마다 아름다운 사람들이 태어납니다. 남자들이 사족을 못 쓴답니다.

그는 광고를 몇 개 만들어 보려고 했다. 잘하면 뉴 일모로그에서 사업을 시작하려고 하는 사람에게 팔 수도 있을 것 같았다. 아름다운 광고와 광고 문구 판매업자, 무니라. 국회로 가고 싶습니까? 광고를 사십시오! 성공하십시오! 광고를 사십시오. 환자에게는 특별한 광고를, 그것도 공짜로 만들어 주고 싶었다. 셍게타를 보급하여 그녀를 셍게타 여왕으로 만들 수 있는 광고를 만들어 주고 싶었다. 그렇게 되면 그녀는 그를 인정할 수밖에 없을 것이다. 그녀에게 새로운 명성을 안겨 준 사람이니까.

필요한 것을 다 갖고 있습니까? 셍게타를 마시세요. 여러분의 정력을 증강시키세요. 셍게타를 마시세요. 아름다운 사람들, 아름다운 생각들, 아름다운 사랑. 셍게타를 마시세요. 우주 시대에 동참하세요. 셍게타를 마시세요. 암스트롱과 달에 가면서 셍게타를 마시세요. 세 개의 T를 마시세요. 셍가 (Thenga), 셍가(Thenga), 셍게타(Theng'eta).

그는 이제 준비를 마쳤다. 악단의 연주가 잠잠해졌을 때, 그는 손님들 사이에서 갑자기 일어나 외침으로써 마지막 광고를 시험해 보았다. 세 개의 문자를 마시고 여러분의 정력을 증강시키세요. 셍게타와 함께 셍가, 셍가. 그가 다시 소리치고 잔을 들어 입에 댔다. 사람들은 모두 그를 쳐다보았지만, 그가 취했다고 생각했다. 그들이 웃으며 술을 마셨다. 완자는 그를 바라보고 어깨를 으쓱했다. 그러나 그 광고 문구는 사람들의 입에서 입으로 전해졌다. 농담으로!

그날 밤, 그는 릴리언을 집으로 데려갔다. 그녀가 자기 의사에 반해 끌려가는 치녀인 척하자, 그는 그녀를 때렸다. 그 일로 두 사람의 관계는 틀어졌다. 릴리언은 일모로그를 떠났다. 그는 혼자 남았다. 셍게타.

그는 늘 그해를 노골적인 열정에 뻔뻔스럽게 속박당한 삼

년이 시작된 시점으로 기억했다. 뉴 일모로그 쇼핑센터의 완성과 개장은 지금까지 아이들의 존경받는 교사였던 무니라의 완전한 몰락과 공교롭게 겹쳐졌다. 그의 눈에도 보였다. 구경꾼이자 아웃사이더인 자신이 내리막길을 걷는 것이 그의 눈에도 보였다. 그도 어쩔 도리가 없었다. 아니면, 그는 다른 종류의 실패에 대해 자기를 벌하고 있었던 것일까?

부분적으로 그것의 원인이었던 그가 자신에게 완전히 얘기해 줄 수 없는 것은 바로 이것이었다.

그러나 카레가의 눈은 고집스러웠다. 그의 모든 존재가 그가 아직 묻지 않은 큰 질문에 대한 답을 기다리고 있는 것 같았다. 그것은 그들이 처음 만났을 때와 정말이지 매우 비슷했다. 당시, 무니라는 하이에나의 머리에 뿔이 나면 포장도로가 생길 거라고 장담했었다. 그는 그 말을 주워 담고 싶었을 것이다. 그들이 지금 만나는 변화된 상황 자체가 부분적으로 포장도로의 산물이었기 때문이다. 학교도 변했다. 이제는 돌로 지어져 있었다. 제대로 된 학급에 제대로 된 교사들이 있었다. 교장도 아주 현대적인 교장이었다. 음지고는 정기적으로 그곳을 찾았다. 부분적으로는 학교를 시찰하기 위해서였지만, 대부분은 뉴 일모로그에 있는 그의 가게를 돌아보기 위해서였다. 음지고, 응데리 와 리에라, 제로드 신부. 그들 모두가 일모로그에 쇼핑 건물을 갖고 있었다.

"조지프는 어떻게 됐나요?" 카레가가 물었다.

"통과했지. 세 과목 다 A를 맞고 시리아나에 갔어!"

"시리아나에요?"

"그래, 시리아나."

무니라의 말에 잠시 침묵이 이어졌다. 아마도 그와 카레가는 시리아나가 그들에게 전에 어떤 의미였는지를 떠올렸을 것이다. 무니라는 똑같은 곳을 바라보는 카레가를 아직도 걱정스러운 마음으로 바라보았다. 눈에는 골똘한 표정이 어리고 손은 아직도 움직이고 있었지만, 카레가의 얼굴은 웃는 얼굴이 아니었다. 무니라는 카레가가 조지프의 성공에 기뻐하는지 어쩐지를 알 수 없었다. 그러나 그를 압박하는 무슨 문제가 있는 것처럼 보였다. 그가 일모로그를 떠난 게 벌써 오 년 전 일이다.

"어르신은 어떻게 됐나요?" 카레가는 자신과의 대화를 끝내듯 이렇게 물었다.

무니라는 그것이 심각한 질문이 아님을 알고 눈에 보이게 안도했다. 그러나 그것 역시 답변하기 어려운 질문이었다. 모든 일이 너무 빨리 일어난 데다 술 취한 사람의 꿈에서처럼 혼란스러웠기 때문이다. 웅야키뉴아. 그 노인. 무니라는 그녀의 운명을 떠올리거나 생각하고 싶지 않았다. 웅야키뉴아와 그 자신에 대해 무슨 말을 해야 다시는 울지 않을 수 있을까?

그에게는 말하지 않았지만, 그는 과거의 일을 떠올리고 있었다. 그는 당시, 인기를 끌 만한 광고를 찾고 있었다. 단 하룻밤만이라도 안지기 자기를 좋아해 주기를 바랐기 때문이다. 그는 신문을 훑으며 뉴스가 아니라 광고를 읽었다. 물론 변호사와 그의 폭발적인 의회 연설, 그리고 그가 토지 소유 상한선과 다른 개혁을 요구했다는 기사도 읽었다. 그러나 그가 그 기사를 읽은 것은 그 이름과 관련된 기억들 때문이었다. 그의 주된 관심은 광고에 있었다. 모든 문구를 압도할…… 문구. 결국 완자의 마음을 얻게 해 줄 광고 문구 말이다.

응야키뉴아에 관한 공고를 읽던 저녁을 생각하면 마음이 늘 괴로웠다……. 당시 그는 술에 취해 있었다. 그러나 공고를 보는 순간 머리에 있던 셍게타가 어딘가로 증발해 버린 느낌이었다. 신문을 든 그의 손이 떨렸다. 그는 정신을 차리고 공고를 다시 읽었다. 그럴 리가 없었다. 그럴 수가 없었다.

감정사, 측량사, 경매인
토지, 사유지 및 관리 대리를 전문으로 하는
저희 카누아 카네네 회사는
윌슨, 샤, 무라기 앤 오몰로 법인이
매매의 권한을 갖고 있는 그들의 고객
아프리카 경제은행을 대신하여 의뢰한 바에 따라,
응야키뉴아 여사의 소유로 되어 있는……
뉴 일모로그에 위치한 모든 땅을……
경매로 처분할 것임을 공고한다.

그녀만이 아니었다. 유혹에 넘어가 대출을 받고 그들의 땅에 울타리를 치고 수입 비료를 샀다가 돈을 갚지 못한 일모로그의 농부들과 목자들이 모두 같은 신세가 되었다. 별로 일도 하지 않고, 기계도 없고, 옛날의 습관과 시각을 버리지도 않고, 별다른 조언도 없는 상태에서 그들이 필요한 식량을 조달

하고 융자금을 갚을 정도로 땅에서 수확이 많이 나게 할 방법
은 없었다. 어떤 사람들은 그 돈을 수업료를 내는 데 사용했
다. 쇠처럼 엄청난 힘을 가진 무자비한 법이 이제는 그들을 그
땅에서 몰아내고 있었다.

　무니라는 신문을 접어서 들고 그 소식을 전하기 위해 완자
의 가게로 갔다. 그녀와 응야키뉴아가 안쓰러웠다. 호의를 바
란 건 아니었다. 그녀에게 그 소식을 전하고 싶었을 뿐이다.
그리고 그것에 관해 더 알고 싶었을 뿐이다. 그녀는 가게에 없
었다. 압둘라는 그에게 그녀가 응야키뉴아의 오두막에 갔다
고 말했다. 그곳에는 다른 사람들도 와 있었다. 그들도 경매에
대해 들은 게 틀림없었다. 그들은 그녀와 비슷한 처지에 있는
다른 사람들을 위로하고 같이 울어 주기 위해 와 있었다. 모두
들 당황한 표정이었다. 어떻게 은행이 그들의 땅을 팔 수 있단
말인가 하는 얼굴이었다. 은행은 정부가 아니었다. 그렇다면
어디에서 그런 권한이 나올까? 누군가가 어쩌면 정부가, 보이
지 않는 정부가 하는 짓일지도 모른다고 말했다. 그들이 무니
라를 쳐다보았다. 그러나 그는 그들의 질문에 답할 수 없었다.
그는 그들이 서명을 해서 은행에 양도한 종이, 붉은 글씨로 된
권리 증서에 대해서만 얘기할 뿐, 그들의 목소리와 표정에 담
긴 고통스러운 의심에 답하지도, 그것을 잠재우지도 못했다.
수천 년에 걸친 삶을 송두리째 뽑아 버릴 수 있는 힘을 가진
이 은행은 어떤 괴물일까?

　그는 돌아가서 셍게타를 마시려고 했다. 그러나 맛이 없었
다. 끼니를 해결하려고 돌을 나르던 왐부이가 떠올랐다. 그는

그녀에게 무슨 일이 일어날지 궁금했다. 시장에서 일을 하고 땀을 흘리기엔 너무 나이가 많았다.

"응야키뉴아 노인 말인가?" 무니라가 카레가의 질문을 서서히 되풀이했다. "돌아가셨네! 돌아가셨어!" 그는 기억들로부터 깨어나듯이 재빨리, 그리고 거의 공격적으로 말했다.

카레가의 얼굴이 변하는 것 같았다.

응야키뉴아는 맞서 싸우려고 했다. 그녀는 이 집 저 집을 돌아다니면서 일모로그 농부들에게 모여서 싸우자고 했다. 그들은 그녀를 바라보며 고개를 저었다. 이제 누구와 싸웁니까? 정부하고요? 은행하고요? KCO하고요? 당하고요? 응데리하고요? 그러나 그녀는 그들 모두가 한통속이라며 싸워야 한다고 설득했다. 자기 땅에 낯선 사람들이 들어오는 걸 두고 보지만은 않겠다고 했다. 노인의 행동에는 거대하고 도전적인 뭔가가 있었다. 건강이 나빠지고 있음에도 그녀는 땅을 빼앗긴 일모로그 사람들을 규합하여 항의를 하고자 했다. 그러나 거기에는 서글픈 일면이 있었다. 아직 땅을 빼앗기지 않은 사람들은 냉랭하고 쌀쌀했다. 한두 사람은 노인의 머리가 정상이 아니라며 험담을 하기까지 했다. 루와이니나 대도시로 행진할 필요를 느끼지 못하는 다른 사람들은 그녀를 만류했다. 그녀가 그렇게 멀리까지 걸어가는 건 불가능하다면서. 그러나 그녀는 이렇게 말했다. "혼자라도 가겠소……. 내 남편은 백인과 싸웠소. 목숨으로 대가를 치렀소……. 나는 혼자서라도…… 혼자서라도…… 이 흑인 압제자들과 싸우겠소."

무니라는 그녀에게 무슨 일이 일어날지 걱정스러웠다.

그러나 걱정할 필요가 없었다.

응야키뉴아는 은행의 협박에 관한 소식이 있은 지 며칠 후에 자다가 평화롭게 죽었다. 소문에 따르면, 그녀는 완자에게 자신이 하게 될 여행에 대해 얘기했다고 한다. 죽어서 남편을 만나면 자기한테 뭐라고 하겠느냐며, 다른 사람의 땅에 묻히는 것은 생각할 수도 없는 일이라고 말했다고 한다. 사람들은 은행이 그녀의 땅을 처분하기를 기다렸다. 그러나 경매가 있던 날, 완자는 그 땅을 되찾고 옛 일모로그와 새 일모로그의 여걸이 되었다.

무니라는 나중에야 그 일을 알았다.

그러나 당시에는 압둘라만이 어떤 대가를 치렀는지 알았다. 완자는 그들이 공동으로 소유한 건물에 대한 권리 중 자신의 것을 압둘라에게 팔겠다고 제안했다. 하지만 압둘라에게는 돈이 없었다. 그래서 그는 건물 전체를 다른 사람에게 팔고 그 수입을 나누자고 제안했다.

결국 완자는 출발점으로 돌아갔다.

이 상업 건물의 자랑스러운 새 주인은 이제 음지고였다.

3. 최근에 입은 손실 때문에 완자도 예전 같지가 않았다. 당분간, 그녀는 옛 셍게타 술집의 당당한 주인 역할을 계속했다. 그녀의 가게는 여전히 고기구이의 중심이었다. 여전히 사람들이 홀에서 춤을 추면서 일으킨 먼지가 지붕까지 올라갔다. 특히 그들이 좋아하는 노래에 맞춰 몸을 움직일 때 그랬다.

내 사랑, 당신은 얼마나 아름다운지!

내 사랑, 당신의 둥근 눈은 얼마나 부드러운지!

삼나무 숲 그늘에 누운 당신의 모습은

얼마나 보기 좋은지!

그러나 당신은 다리 사이에

어떤 독을 갖고 다니나!

　그러나 완자의 마음은 그곳에 없었다. 그녀는 밭 아래쪽 끝에 커다란 목조 단층집을 짓기 시작했다. 그곳은 압둘라의 가게 주변, 숙박업소, 고기구이 집 주변으로 늘어나는 판잣집으로부터 상당히 떨어진 곳이었다. 그것은 더 우아한 뉴 일모로그를 자연스럽게 보완이라도 하는 듯 보였다. 사람들은 그녀가 할머니의 밭을 되찾고 남은 돈으로 건물에 투자하는 게 현명하다고 생각했다. 그래서 그런 집을 짓는 게 무슨 소용이냐고 했다. 그녀는 밭 위쪽에 오두막 한 채를 이미 갖고 있었다. 그것도 두툼한 자연의 울타리로 인해 뉴 일모로그의 소음과 호기심 어린 눈길이 닿지 않는 오두막이었다. 그녀는 아무에게도 자신의 속마음을 털어놓지 않고 자신의 일을 해 나갔다. 그런데 분명한 것은 그 집이 여러 개의 널찍한 방이 딸린 주택의 형태로 지어졌다는 것이었다. 나중에 그녀는 그 집으로 이사하여 집 주변에 꽃밭을 가꾸고 전등을 설치했다. 아름다운 집이었다. 사람들은 그녀가 두 가지를 잃은 직후에 용감하게 그 집을 지었다고 말했다.
　어느 날 밤, 악단이 그들이 처음에 왔을 때 만들었던 노래를 연주했다. 그들이 연주를 하는 동안, 곡조와 가사가 점점 참신해지는 것 같았다. 손님들이 박수를 치고 휘파람을 불고 잘한다고 소리를 쳤다. 악단이 즉흥적으로 노래를 추가했다. 그들의 목소리는 사악하고 태평스러운 악마에 사로잡힌 것 같았다.

> 밭에 사는 그 여자는
> 내 애인이었어요,
> 나를 사랑한다고 했어요,
> 나는 그녀를 위해 은행의 천장을 뚫었죠,
> 나는 그녀를 위해 감옥에 갔어요,
> 그러나 내가 돌아왔을 때
> 그녀는 배가 나온 부자 아빠 같은 사람 옆에 살고 있었어요,
> 그녀는 나한테 말했어요,
> 밭에 살던 그 여자가 나한테 말했어요,
> 젠장! 모르겠어요!
> 쿠데타!

그들이 멈추자 발로 마루를 구르는 소리와 함께 박수가 쏟아졌다. 완자가 갑자기 일어나더니 그들에게 다시 한 번 그 곡을 연주해 달라고 했다. 그녀는 그곳에서 혼자 음악에 맞춰 춤을 추기 시작했다. 사람들은 깜짝 놀라면서도 쾌락과 고통, 기억과 희망, 득과 실, 채워지지 않은 갈망과 욕망을 표현하는 그녀의 움직임을 지켜보았다. 악단은 많은 사람들의 두근거림에 부응하여, 그녀의 외로움과 고독한 몸부림을 향해 손을

뻗듯이 슬프고 강렬하게 음악을 연주했다. 그녀는 서서히, 그리고 의도적으로 무니라에게 춤을 추며 다가갔다. 그는 그녀가 카미리소에 있는 사파리 술집의 주크박스 음악에 맞춰 춤을 추던 때를 떠올렸다. 그녀가 춤을 시작했을 때처럼 갑자기 춤을 멈추더니 연주대가 있는 무대로 걸어갔다. 순간, 실내에 정적이 감돌았다. 손님들은 뭔가 큰일이 생겼음을 직감했다.

"손님 여러분, 옛 일모로그 술집과 고기구이 센터 그리고 일모로그 술집 선샤인 악단의 끝을 알려 드리게 되어 너무 죄송합니다. 치리 카운티 평의회에서 우리에게 문을 닫으라고 해서 어쩔 수 없이 그렇게 됐습니다."

그녀는 더 이상 아무 말도 하지 않았다. 이제 그들은 그녀가 먼지 많은 바닥을 지나 무니라가 앉아 있는 곳을 향하여 걸어가는 모습을 지켜보았다. 그녀가 걸음을 멈추고 돌아서더니 악단을 향해 소리를 쳤다. "연주하세요! 연주하세요! 계속하세요. 모두 춤을 춥시다, 춤을." 그리고 그녀는 무니라 옆에 앉았다.

"무니라, 내일 저녁에 우리 집 한번 둘러보지 않을래요?"

무니라는 자신을 거의 억제할 수 없었다. 결국 이루어졌구나, 그렇게 기다림의 세월이 끝났구나 싶었다. 그가 선생이던 옛 시절 같았다. 카레가와 도로와 변화의 바람이 일모로그에 와서 안개가 자욱하고 평화로운 리듬을 깨기 이전의 옛 시절 같았다.

다음 날, 그는 가르치는 데 집중할 수가 없었다. 말을 할 수도 없었다. 한곳에 가만히 앉아 있거나 서 있을 수도 없었다. 그는 시간이 되자 그녀의 집을 향해 걸어갔다. 손이 떨리고 가슴이 두근거렸다. 그는 새 집에 가 본 적이 없었다. 그녀가 많은 사람들 중에서 자신을 택한 것이 더없이 영광스러웠다.

그가 문을 두드렸다. 그녀는 안에 있었다. 푸른 불이 밝혀진 방의 한가운데에 서 있었다. 순간적으로 그는 잘못 찾아온 게 아닌가 하는 생각이 들었다.

그녀는 모든 것이 거의 드러나는 미니스커트를 입고 있었다. 그는 성욕이 일어나는 것을 느꼈다. 붉은 립스틱을 바르고, 눈썹은 연필과 밝은 푸른색으로 칠한 그녀는 머리에 빨간색 가발을 쓰고 있었다. 이게 어찌 된 일인가 싶었다. 그는 자신이 언젠가 수집했던 많은 광고 문구 중 하나를 떠올렸다. "금발을 내 것으로 만드세요. 100퍼센트 수입 수제 머리로 완전히 새로운 사람이 되세요." 정말이지 완자는 새로운 사람이 되어 있었다.

"선생님, 놀라시는 것 같네요. 나는 당신이 늘 나를 원했다고 생각했는데." 그녀가 유혹적인 목소리를 가장하여 말했다. 그리고 그가 알아볼 수 있는 약간 변화되고 더 자연스러운 목소리로 덧붙였다. "그래서 그 사람을 쫓아 버린 거 아닌가요? 그래서 그 사람이 해고되게 한 거 아닌가요? 그들은 이제 술을 빚을 나의 권리, 아니 우리의 권리까지 가져갔어요. 카운티 평의회에서는 우리의 인가서가 새 건물과 함께 팔렸다고 하더군요. 그리고 우리 건물이 비위생적이라고 하더군요. 관광 센터가 생기면, 그런 곳들 때문에 관광객들이 달아날 거라고 하더군요. 셍게타 양조장의 새 주인이 누구인지 아세요? 신경 쓰지 마세요!" 그녀가 갑자기 다시 한 번 목소리를 바꿨다. "그런데 뭘 기다리는 거죠?" 그녀가 뒷걸음질을 쳤다. 그는 그녀를 따라 다른 방으로 갔다. 더블베드가 있고 불빛이 붉었다. 그는 최면에 걸린 기분이었다. 그는 아무 말도 못하고 있는 자신한테 화가 났다. 그러나 그는 발기된 몸과 두근거리는 심장의 힘에 떠밀려 그녀에게 다가갔다. 그러나 마음 깊숙한 곳에서는 무기력한 자신에 대해 수치심과 혐오감을 느꼈다.

그는 모든 것을 차례로 벗고 침대로 뛰어들었다.

"어서 와요, 어서 와요, 자기!" 그녀가 시트 안에서 정답게 말했다.

그가 막 침대에 뛰어들어 그녀를 안으려고 할 때, 그녀가 갑자기 차갑고 냉랭하게 태도를 바꾸었다. 그녀의 목소리는 위협적이었다.

"선생님, 안 돼요. 케냐에서 공짜가 어디 있어요. 고급 대우를 원하거든, 탁자에 100실링을 놓으세요."

그는 그녀가 농담을 한다고 생각했다. 그러나 그가 몸에 손을 대려 할 때, 그녀가 더 차가운 어조로 말했다.

"여기는 새로운 케냐예요. 원하면 돈을 내야지요. 잠자리와 불빛과 내 시간과 내가 나중에 당신에게 줄 술과 내일 아침 식사에 돈을 내야죠. 100실링이에요. 당신이니까 옛날 생각해서 그렇게 해 주는 거예요. 다른 사람들한테는 더 비싸게 받을 거예요."

그는 깜짝 놀랐다. 그는 이 예기치 않은 모욕에 상처를 받았다. 그러나 이제는 돌아설 수도 없었다. 그녀의 허벅지가 그를 부르고 있었다.

그는 100실링을 꺼내 그녀에게 주었다. 그는 그녀가 돈을 세고 매트리스 밑에 넣는 모습을 지켜보았다. 그런데 공포가 밀려왔다. 어느새 그의 물건은 쪼그라들어 있었다. 그는 그 자리에 서서, 고통과 절정의 춤을 추고, 오두막 안으로 슬그머니 들어오는 달빛이 바라보는 가운데 울던 옛날의 완자를 떠올리려고 노력했다. 그녀는 냉랭하고 위협적으로 그를 지켜보았다. 그리고 갑자기 흐릿하고 유혹적인 목소리를 가장하여 말했다.

"들어와요, 자기. 내가 따뜻하게 해 줄게요. 당신은 오늘 밤, 선샤인 산장에 찾아온 손님이니까요."

그녀의 목소리에는 애처롭고 슬프고 고통스러운 무언가가 있었다. 그러나 무니라의 물건은 그녀의 목소리에 복종했다. 그는 서서히 옷을 벗고 침대로 들어갔다. 그의 몸에서 불과 갈증과 배고픔이 사그라진 다음에도 그녀의 목소리에 들어 있던 애처로운 느낌이 공중과 그의 마음과 방 안 곳곳에 어른거렸다.

뉴 케냐였다. 뉴 일모로그였다. 공짜는 아무것도 없었다. 그러나 오랫동안, 이후에 다가온 오랜 세월 동안, 그는 그때 느꼈던 충격과 모욕을 잊지 못했다. 오래전, 어렸을 때 느꼈던 것과 거의 비슷했다.

4. 실제로 일모로그에 변화가 몰려왔다. 옛것을 몰아내고

우리의 삶에 새로운 시대를 가져온 변화였다. 그 일이 있었다는 사실을 제외하고, 어떻게 그 일이 일어났는지 실제로 얘기할 수 있는 사람은 아무도 없었다. 뉴 일모로그 쇼핑센터가 완성되고 일 년이 안 되어, 밀밭과 목장들이 평원에 우후죽순으로 생겨났다. 목자들은 죽거나 더 메마른 지역으로 쫓겨났다. 소수는 그들이 한때 자유롭게 떠돌던 대지 위에 들어선 밀밭과 목장의 일꾼이 되었다. 은행 권력, 돈, 그리고 교활함의 하수인들인 새로운 주인들이 유행에 맞춰 랜드로버나 레인지로버를 타고 주말에 와서 감독에게 운영을 일임한 농장들을 둘러보았다. 일모로그 농민들도 변했다. 그 살육의 현장에서 살아남은 일부는 그들의 작은 농장에 한두 명의 일꾼을 고용해 쓸 수 있었다. 대부분의 다른 사람들은 노동자 집단에 합류하여 뉴 일모로그의 인구 증가에 한몫을 했다. 그러나 어떤 뉴 일모로그를 말하는 걸까?

일모로그는 여러 개였다. 하나는 주거 지역으로, 거기에는 농장 감독들, 카운티 평의회 관리들, 공무원들, 바클리스 은행과 스탠다드 은행과 아프리카 경제은행의 지배인들, 국가와 금전 권력의 다른 하수인들이 살았다. 그곳은 케이프타운이라 불렸다. 다른 곳에는 뉴 예루살렘이라고 불리는 판자촌이 있었다. 이주 노동자와 떠돌이 노동자, 일자리가 없는 사람들, 창녀들, 양철과 고철을 취급하는 소상인들이 그곳에 살았다. 뉴 예루살렘과 케이프타운 사이에 제로드 브라운 신부가 시무하는 올 세인츠 교회가 있었다. 음와시가 철공 일과 전통적인 약의 비밀을 지키며 살았던 곳으로부터 멀지 않은 곳이었다. 그리고 두 개의 지역 사이에, 교회만큼이나 유명한 완자의 선샤인 산장이 있었다.

쇼핑과 비즈니스 센터에는 두 가지 특징이 있었다. 센터 밖에는 참으로 적절하게도 일모로그 아프리카 다이아몬드 문화 교육 관광회사라 불리는 서독 회사가 웅데리 와 리에라와 공동으로 소유하는 관광 문화촌이 있었다. 많은 관광객들이 문화 축제를 보러 왔다. 히피들도 몇 명 왔다. 잎을 말려서 피우면 대마초와 똑같은 효과를 낸다고 알려진 셍게타 나무를 구하기 위해서였다. 다른 특징은 음지고가 소유한 건물에서 시작하여 이제는 많은 연구 과학자들과 화학 기술자들이 딸리고 600명의 직원들이 고용된 거대한 공장, 셍게타 양조장이었다. 공장은 다양한 형태의 셍게타 나무와 밀을 갖고 실험을 하는 평원의 농장도 소유하고 있었다. 그들은 수출하기 위한 순수한 진에서부터 노동자들과 실업자들을 위한 싸지만 강력한 술까지 다양한 셍게타 술을 만들었다. 또 1실링, 2실링, 5실링이 나가는 술을 다양한 작은 비닐봉지에 담아서 사람들이 그 안에 든 독을 호주머니에 쉽게 갖고 다닐 수 있게 했다. 비닐이든 유리병이든, 대부분의 용기에는 유명한 광고 문구가 붙어 있었다. 세일즈 트럭, 신문, 광고 전단을 통해서 이 나라의 대부분 지역에서 유명해진 광고였다. 정력(Potency) – 셍가(Theng'a) 셍가(Theng'a) 셍게타(Theng'eta). P = 3T.

양조장은 영국과 미국의 합작 회사가 소유하고 있었지만 이사들과 주주들은 당연히 아프리카인들이었다. 네 명의 주도적인 지역 인사 중 셋은 음지고, 추이, 키메리아였다.

뉴 일모로그 만세! 무역과 발전의 협력자 관계 만세!

5. "압둘라와…… 완자한테 무슨 일이…… 있었습니까?"
카레가가 그간에 있었던 변화를 길게 나열하는 무니라를 제
지하며 물었다.

마침내…… 마침내, 그가 두려워하던 질문이 나왔다. 이것
이 그가 오 년간을 아무 소식 없이 떠나 있다가 돌아온 이유
일까? 그는 아직도 과거에 대한 기억의 불꽃을 간직하고 있을
까? 그녀에 대한 기억을?

"그녀는 일모로그 전체에서 가장 강력한 여자일세. 이곳과
나이로비 사이에 집을 여러 채 갖고 있네. 미니버스도 여러 대
갖고 있지. 대형 화물 트럭도 여러 대 갖고 있고. 그 여자는 재
와 먼지 사이에서 주기적으로 태어나는 새라네."

갑자기 무니라의 기니피그 신세가 되었을 때의 충격과 모
욕감이 떠올랐다. 그러자 다시 씁쓸함이 밀려왔다. 왜 그가 그
에게 인정을 베풀어야 하지?

"자네…… 자네…… 그녀가 보고 싶은가?"

"지금 말입니까?"

"그래. 지금."

"늦지 않았나요?"

"글쎄……. 그녀에게는…… 아닐 거야……. 그러나 자네가
원한다면 전화를 해 볼 수는 있지."

그들은 네온등이 밝혀진 거리를 걸었다. 카레가에게는 모
든 것이 이상하게 낯익었다. 케냐의 어디에나 비슷한 도시들

이 있었다. 나이로비, 시카, 키수무, 나쿠루, 몸바사는 뉴 일모로그의 더 크고, 더 오래된 형태일 뿐이었다. 두 사람은 예전에 완자의 오두막을 찾아갔던 일을 떠올렸다. 아득한 옛날 같았다. 무니라는 이따금 침묵을 깨고 누가 무엇을 소유하는지 그에게 얘기해 줬다. 이제 이 나라에 있는 모든 유명한 사람이 일모로그를 조금씩 소유하고 있는 것 같았다. 큰 공장에서부터 판자촌까지. "맞아……." 무니라의 말이 이어졌다. "허물어져 가는 노동자들의 집까지…… 집세를 받으러 오는 걸 보면 자네도 놀랄 걸세……. 뻔뻔하게…… 메르세데스 벤츠를 타고서 말이야……. 가난한 사람들이 집에 못 들어가게 하기도 한다네. 이따금 도시 평의회에서 도시를 정비하면서 불필요한 것들을 소각하는 운동을 벌인다네……. 그런데 놀랍게도…… 무너지는 것은 실직자들과 가난한 시골 이주자들이 세운 판잣집이라네. 길 옆에 있는 매점들 보이지? 일 년 전에 저걸 둘러싸고 큰 스캔들이 있었네. 카운티 평의원들과 관리들이 저것들을…… 공짜로 할당받고…… 다른 사람들에게 5만 실링 이상을 받고 팔아넘겼다는 거야……. 그리고 그것이 다시 소규모 여자 상인들한테 임대되었네……. 이제는 뉴 예루살렘을 보여 주지." 무니라의 말이 계속 이어졌다.

그는 관광 안내원처럼 자신의 역할을 즐기는 것 같았다. 카레가는 아무 말 없이 옆에서 걸으며 그가 한 말들을 곰곰이 생각해 보았다. 잔인하게도 그가 귀로 들은 이야기는 눈으로 본 것에 의해 사실로 증명되었다. 그 이야기에는 낯익은 주제가 있었다. 그가 가 보았던 공화국 전역의 다른 곳들에서도 공통

되는 주제였다. 그렇다고 우울함이 덜어지는 건 아니었다. 무니라가 갑자기 큰 건물 옆에서 걸음을 멈췄다. 벽이 진흙으로 되고 문이 여러 개 달려 있어서 여러 개의 독립된 방으로 나뉘는 건물이었다.

"여기가…… 여기가 압둘라의 집이네." 그가 말했다. "보다시피 뉴 예루살렘의 중심이지. 완자의 집에 가기 전에 인사하고 갈 텐가?"

"네." 카레가가 말했다.

무니라가 문을 두드리며 큰 소리로 사람을 불렀다. 압둘라가 안에서 술에 취한 목소리로 대답했다. 빗장이 열리는 소리가 들리고 압둘라가 문을 열었다. 그러나 그들을 알아보고 환영하는 대신, 사람들이 자꾸 평화롭게 자는 시민들의 잠을 깨운다고 투덜댔다. 그러다가 그는 무니라를 보았다.

"오…… 당신이군요……. 내 친구…… 들어와요, 들어와요. 5실링짜리 셍게타가 몇 봉지 있어요. 셍가, 셍가, 셍게타. 하! 하! 하! 들어와요."

그는 침대에 앉아 무니라에게 하나밖에 없는 접이식 의자를 권했다.

"허리케인 램프 넘어뜨리지 마요." 압둘라가 그 말을 하면서 무니라가 혼자가 아니라는 것을 깨달았다.

"오! 오! 손님이 같이 왔군요. 손님은 의자에 앉고, 내 친구 무니라는 침대에 앉아요. 조심해요. 고무 끈이 스프링 역할을 하니까요. 얼마 전에는 너무 세게 앉았더니 끈이 끊어져 버리더군요. 내 몸이 위로 들렸다가 바닥으로 푹 꺼지지 뭐요.

저 사람은 누구요? 저분도 솅게타를 마시나요? 선생의 공식.
P=3T. 세 글자로 된 술을 마십시다."

"저 사람 못 알아보겠어요?" 모두가 자리에 앉았을 때, 무
니라가 물었다.

"누구 말이오? 말 없는 저 사람 말이오?"

"카레가……."

"카레가?"

"그래요."

"카레가! 카레가. 응딩구리 동생……. 그런데 어떻게……
자네 많이 변했군. 나처럼 노인이 됐네그려……. 흰머리만 조
금 나면 되겠어……. 그런데 어디 갔다 온 거야?"

카레가가 간단하게 설명했다. 그러나 그는 압둘라가 자기
말을 제대로 듣고 있지 않다는 것을 알았다. 그는 변해 있었
다. 움푹 들어간 눈은 피곤해 보였다. 그들은 이런저런 얘기를
해 보았지만, 어떤 얘기도 자유롭게 이어지지 않았다.

"어쨌든 이 홀아비의 집에 온 것을 환영하네." 압둘라가 앞
에 한 말을 반복했다. "옛날 집과는 조금 다르다네! 그들이 우
리에게 집을 허물라고 했다네. 그들이 우리를 어떤 곳으로 내
몰았는지 잘 보게나."

"그럼 이게 누구의 집이죠?" 카레가가 물었다.

"이것도 그렇고…… 다른 것들도 아주 중요한 사람의 것이
라네."

"그자 말인가요? 이곳이요?" 카레가가 물었다.

"그래. 이 방 하나에 100실링을 받는다네. 이 건물에서 한

달에 1000실링을 벌지. 그리고 이런 건물을 열 개쯤 갖고 있다네. 그러면 만 실링이 되지. 몇 개의 기둥을 세우고 진흙을 발라서 말일세. 그자는 레인지로버를 타고 와서 길 옆에 세우고는 운전사 겸 경호원을 보내 집세를 거둬 간다네."

"그자가 직접 온다는 말이군요……. 그는 맥밀란 설탕 회사에 설탕과 철물을 운반해 주며 하루에 6만 실링 이상을 벌어요. 공식적으로 정부에서 받는 월급에 이런 돈까지 벌고 있군요!"

"그렇다면 6만에 1만이 더해지니까, 7만 실링이 되는군." 압둘라가 말했다.

"세상이 그렇죠." 무니라가 덧붙였다. "아마 다른 도시에도 빈민굴을 갖고 있을 거요. 케냐에서는 어떤 걸로도 먹고살 수 있으니까요. 두려움을 갖고도 말이죠. 이 나라에서 경비 보안 팀을 운영하는 영국 회사를 보세요. 모든 집과 모든 공장에는 경비 보안 회사의 경비원이 있어요. 그들은 공포부(部)를 만들어야 해요."

"빈민굴 행정 및 빈민굴 수준 유지부가 더 낫겠소." 압둘라가 덧붙였다. 그는 카레가를 향해 말했다. "자네가 떠날 때, 나는 가게 주인이었지. 지금도 그렇다네. 밖에서 장사를 하거든. 나는 길에서 오렌지를 판다네."

"무니라 선생님한테서 조지프가 시리아나에 진학했다는 얘기 들었어요." 카레가가 대화의 분위기를 밝게 하려고 불쑥 조지프 얘기를 꺼냈다. "너무 잘됐어요. 뛰어난 학생이었는데. 무니라 선생님과 제가 갔던 길을 가지 않았으면 좋겠네요."

"어떤 길을 가든 우리 가난한 사람들에게는 똑같네." 압둘라가 말했다. "내가 자네한테 마실 것을 주는 걸 깜빡했군. 셍게타 어떤가? 한두 개는 있는데."

그는 침대 위로 몸을 기울여 셍게타 하나를 집었다. "카레가, 이것을 마셔 본 적 있나?"

"네. 몸바사에서 한번 마셔 봤어요. 이것을 팔고 있어서 놀랐어요……. 그런데 맛은 똑같지 않더군요. 이게 어떻게 상품이 되었는지 궁금했어요."

"그렇다면 다시 마셔 보게. 이것이 나를…… 아니, 우리를 거의 성공에 이르게 만들었다가 결국은 망쳐 놓았지."

"제 생각에 이 술은 사람들의 마음을 혼미하게 하려고 만들어진 것 같아요. 자신들의 비참한 상태에 대해 질문을 하거나 무슨 행동을 하지 못하도록 말이죠." 카레가가 그가 가 본 모든 곳과 그런 곳에서 빚어지는 강력한 술들을 떠올리며 말했다. 창가, 캉가리, 킬미쾩, 치부쿠. 이중 치부쿠는 런던 로디지아 회사의 아프리카인 이사가 시장에 막 내놓은 것이었다.

"내가 말한 대로일세." 압둘라가 말을 이었다. "가난한 사람들에게 열린 길은 모두 하나로 통하네. 일방통행이지. 더 심한 가난과 불행으로 이어지지. 가난은 죄네. 그런데 생각해 보게. 가난이라는 죄에 대해 책임을 지는 건 가난한 사람늘일세. 그래서 그들은 그것 때문에 처벌을 받고 지옥으로 보내지네. 하! 하! 이 지옥에서 내가 가진 유일한 빛은 조지프였네. 이것이 내가 희망이 있다고 생각하는 이유라네. 그런데 그 아이는 사실 내 동생이 아니라네." 압둘라가 갑자기 말했다. 그 말을 듣고 그들은 자리에서 벌떡 일어났다.

"동생이 아니라고요?" 카레가가 물었다.

"무슨 말이오?" 무니라가 동시에 물었다.

"맞아요. 내 동생이 아니오. 나에게는 아들 같은 아이지만, 내 아들이 아니오. 그러나 그게 그렇게 중요한 거요?" 압둘라가 물었다. 그의 목소리와 얼굴에 변화가 생겼다. 그는 더욱 깊은 생각에 잠겨 있었다. 이제 그의 목소리에는 놀리는 기색도, 비통해하는 기색도 없었다. 그들은 눈앞에 새롭게 모습을 드러내는 압둘라의 이야기에 귀를 기울였다.

"자네가 일모로그를 떠나기 전에, 내가 수용소에서 돌아왔다고 얘기한 적이 있지……. 그런데 말일세, 내가 모든 것을 다 얘기한 것은 아니야. 내 아버지는 리무루에 있는 옛 롱가이 시장에 가게를 갖고 계셨네. 아버지한테 라디오가 있었기 때문에 가게는 유명한 곳이었네. 비상사태 초기에는 사람들이 가게에 모여 응왕기 마테모가 읽는 뉴스를 듣곤 했지. 내 아버지는 KCA* 소속이었네. 아버지는 자주 자기들이 케냐타를 영국에 보내 식민 정부에 도전했고, 우리의 땅을 위해 선동을 하면서 케냐타가 편안하게 영국에 머물 수 있도록 돈을 걷었다고 얘기하셨네. 나는 제대로 뭘 해 보기도 전에 숲으로 피할 수밖에 없었지만, 아버지와 계속 연락을 했네. 자네도 키뇨

---

* KCA(Kikuyu Central Association). 키쿠유 중앙연합. 1921년 토지 소유권 확정과 노동 조건 개선을 위해 설립된 키쿠유 청년연합의 발전 형태. 훗날 케냐의 대통령이 되는 케냐타가 이 조직에서 사무총장으로 일했다.

고리 지역에 있던 우리 집을 알 거야. 우리 집은 우리의 은신처가 되어 준 차나무 숲이 있는 정착지 건너편에 있었네. 그러나 그들이 키힝고에 있는 새로운 집단 마을로 이주한 후로는 모든 연락이 끊겼네. 수용소에 있을 때 나는 정말 가족이 그리웠네. 돌아갈 날만 기다렸네. 가족과 재회할 날만 기다렸네. 그런데 그날은 끝내 오지 않았네. 아니, 오긴 왔지. 리무루의 땅과 키힝고 언덕, 망구오 계곡, 녹색의 땅을 보니 몸이 떨리더군. 나는 새 마을로 갔네. 정신없이 내 아버지, 어머니, 형제들에 대해 물었네. 그런데 사람들이 고개를 돌리더군. 궁금해서 너무 고통스럽고 심장이 두근거렸네. 그런데 아무도 나한테 가족 얘기를 하려 하지 않았네. 그러다가 마침내 한 여자가 무뚝뚝하게 이렇게 말했지. '자네는 남자야. 고통을 당했지만…… 자네는 견뎌 낼 수 있어!' '뭘 견디라는 건데요?' 나는 짐작을 하면서도 물었네. '참호를 팔 당시…… 어느 날 밤…… 모두가 죽었네……. 영국 군인들과 그들의 개들인 의용군이…….' 나는 현실을 어떻게 받아들여야 할지 몰랐네. 몇 날 몇 주를 속으로 똑같은 소리를 읊조리며 절뚝거리고 다녔네. 그들이 내 가족을 몰살시켜 나 혼자만 남았던 거네……. 아아 아아! 무슨 소용인가……. 무슨 소용인가……. 그때 나는 키미시도 형제들을 잃었고 그의 어머니는 미쳤으며, 나중에는 그도 죽음을 당했다는 것을 떠올렸네. 투쟁 때문에 이 모든 일이 일어난 거지……. 그러나 여전히…… 그 상처는…… 견디기 힘들었네. 우리가 싸우며 쟁취하려고 했던 모든 것이 곧 이루어질 거라는 생각만이…… 우리의 땅이 꿀과 포도주의 땅이 될 거라는 생각만이…… 나를 살아 있게 했네. 자네도 우리가 깃발을 올린 후에 무슨 일이 있었는지 알잖나. 그런데…… 여하튼 나는 당나귀를 한 마리 샀네……. 그걸로 여자들의 물건을 시장까지 실어다 주곤 했네. 그러던 어느 날, 큰 구두 회사가 공장 폐기물을 버리고, 인도인 상인들로부터 가게를 인수한 가게 주인들이 쓰레기를 버리는 곳에서, 그 아이를 발견한 걸세. 아이는 쓰레기더미에서 먹을 것을 찾고 있었네. 그 아이가 빵 한 조각을 찾자 다른 아이들이 달려들었네. 거기는 자기네 구역이라고 우기면서 말이야. 그는 그 아이들에게 애원했지만 그들은 그를 쫓아냈네. 아이는 제재소 쪽으로 달아나다가 하마터면 내 당나귀에 치일 뻔했네……. 내가 그 아이를 붙잡자 다른 아이들이 달아나더군. 아이가 싸운 이유를 얘기했을 때, 내가 물었네. '이름이 뭐냐?' 그러자 아이는 자기는 이름이 없다며 이름을 모른다고 했네. 그래서 '네 아버지와 어머니는 어떻게 됐니?' 하고 물었더니, '어디론가 가 버렸다.'라고 했네. 형제들에 대해 물었더니 '그들도 어딘가로 가 버리고 돌아오지 않았다.'라고 했네. 식구들이 돌아왔으면 좋겠다고 했네. 나는 생각했네. 아니야, 생각조차 하지 않았네. 거짓말이 너무 자연스럽게 나오더군. 너무 확실하고 부드럽게. 이름조차 그랬네. '조지프 응지라이니.' 나는 그의 어깨를 흔들면서 소리쳤네. '내 동생…… 내가 형이야. 없어졌던 형이야. 이제야 돌아왔단다…….' 나는 그를 집으로 데려갔네. 그는 저항하지 않았네. 아이가 내 말을 믿었는지 어쨌는지는 모르네. 몇 주 후에 의심이 가긴 했지만…… 한쪽 다리밖에 없는 나로서는 그가 쓸모가 있었으면…… 이런저런 심부름도 해 주면서 쓸모가 있었으면 싶었지. 더 이상 그 아이를 그런 식으로 바라보지 않도록 완자가 나를 구해 줄 때까지는 그랬지. 지금은 후회하지 않아……. 이런 상황에서도 후회하지 않아……"

그들은 완자의 집을 향해 움직였다. 누구도 압둘라가 들려준 놀라운 이야기를 다시 꺼내지 않았다.

완자의 목조 산장은 정말 훌륭했다. 압둘라의 누추한 집과는 너무도 대조적이었다. 전지된 소나무와 덩굴 식물과 부겐빌레아와 다른 꽃들로 된 울타리가 집을 둘러싸고 있었다. 뜰에는 향긋한 냄새가 감돌았으며, 아름답고 산뜻하게 깎인 잔디로 "사랑은 독이다."라는 글귀가 쓰여 있었다. 한 여자가 문을 열고 그들을 널찍한 거실로 안내했다. 그녀가 터스커, 필스너, 셍게타 진, 케냐 케인 등의 술을 손수레에 담아 그들에게 가져왔다. 무니라는 셍게타 진을 한 잔 마셨다. 광고 문구를 빼앗긴 일을 생각하면 그는 늘 괴로웠다. 그러면서도 신문이나 상표에서 그 문구를 볼 때면 작가로서 신비스러운 짜릿함을 느꼈다. 여자가 자리에 앉더니 '마마'가 곧 그들을 보러 오실 것이니, 그사이에 음악이라도 틀어 드리면 어떻겠느냐고 말했다. 짐 리브스…… 짐 브라운…… 쿵푸 음악…… 수쿠수스…… 알리 셔플…… 셍게타 트위스트 등, 없는 것이 없다고 했다. 그녀는 대답을 기다리지도 않고 엘리자 음부루가 작곡한 「후니 시아 기타」를 틀었다.

후니 시아 응기타	기타를 든 젊은 놈팽이들
응디가시엔다 링기	다시는 그들을 좋아하지 않으리.
응다시에티이레 파티	나는 그들을 파티에 초대했었지.
이키엔다 쿤다카리아	그들은 나를 화나게 했어.
이기쿠아 무히키	그들은 내 여자를 데려갔어.
와크와 응데수리이레	내가 골랐던 여자를
후니 시아 응기타	기타를 든 젊은 놈팽이들
응디가시엔다 링기	다시는 그들과 친구 삼지 않으리.

　벽에는 영국의 시골 풍경을 그린 오래된 그림들이 걸려 있었다……. "예수는 이 집의 주인이시니라."라는 문구도 걸려 있고…… 예수에게 향유를 바르는 마리아의 모습을 그린 그림도 있었다. 탁자 위에는 기린과 코뿔소의 모습을 새긴 아캄바 목각들이 있었다. 음악이 끝나고 나니, 여자가 사라지고 속이 거의 다 보이는 드레스를 입은 완자가 그들 앞에 나타났다. 전보다 세련된 색깔의 립스틱이 얼굴과 조화를 이뤘다. 그녀가 쓴 아프리카 가발은 그녀의 큰 몸집과 잘 어울렸다. 그녀는 몸집이 불어 있었다. 덕분에 존재감과 힘이 느껴졌다.

　잠시, 그녀와 카레가는 서로를 바라보았다. 그녀는 조용히, 아주 조용히 서 있었다. 그걸 제외하면, 놀란 표정이 전혀 드러나지 않았다. 카레가는 그렇게 낯선 사람을…… 이런 여자를 만날 것이라고는 생각하지 못한 얼굴이었다. 무니라가 전혀 얘기해 주지 않았던 것이다. 무니라는 그 상황을 즐기는 것 같았다……. 그는 두 사람이 당황한 표정을 숨기려 애쓴다는 것을 알았다. 그녀가 그들 쪽을 바라보며 소파에 앉았다. 그녀의 첫 마디는 무니라를 향했다.

"선생님은…… 적어도 나한테…… 언질을 줄 수도 있었잖아요."

"이 친구가 6시쯤에 왔어요."

"내 잘못입니다." 카레가가 설명했다. "나는…… 나는…… 그렇게 늦은 시간이 아니라고 생각했어요."

"물론 늦은 시간은 아니에요……. 어때요? 반갑고도 놀랍네요. 과거의 유령이라고나 할까요."

"나도 유령이라고 생각했어요……. 생김새나…… 나이를 먹은 모습이나…… 변한 모습이."

"그간 어디 갔다 왔어요? 배고프죠? 이 선생님이 뭘 좀 주던가요?"

그녀는 대답을 기다리지도 않고 몸을 뒤로 기대더니 벨을 눌렀다. 다른 여자가 갑자기 나타났다.

"루시……."

"네, 마마."

"음식 좀 준비해……. 빨리."

그것은 카레가가 어떻게 받아들여야 할지 알 수 없는 꿈의 세계요, 요정의 세계였다……. 그녀가 앞에서 한 질문을 반복했다.

"여러 곳에 갔었죠……. 이 나라 곳곳에……. 한동안…… 변호사와 같이 일도 했고요……." 그의 목소리는 거칠었다.

"이제 그분은 유명 정치인이잖아요……." 완자가 말했다.

"사실은 그래서 그분하고 같이 일하게 됐어요. 한동안은 이런저런 일을 하면서 도시를 떠돌았어요. 그러다가 그의 선거 운동에 합류하게 됐죠. 빈민가에 사는 사람들은 그가 가난한 사람들을 도왔던 일을 기억하고 있었어요. 오래전에 우리가 도시에 가서 어려움을 겪을 때 우리를 도왔던 일은 그를 직접 만나 보지 않은 사람들 사이에서도 그를 아주 유명하게 해 줬던 것 같아요. KCO가 떨어뜨리려고 별 짓을 다했지만 그가 이겼어요."

"가난한 사람들을 위한 투사……." 무니라가 덧붙였다. "그런데 그분도 조심해야 해요……. 토지 상한선에 관한 얘기도 그렇고…… 하람비 프로젝트에 대한 기부금 얘기도 그렇고…… 늘 모든 사람을 행복하게 하는 건 아니니까요."

"자선…… 자선……." 카레가는 다소 공격적으로 자신의 목소리를 들이밀었다. "나도 그에게 똑같은 얘기를 계속했습니다. 우리가 도시에 있을 때, 그런 말을 먼저 사용한 것은 그였으니까요. 우리는 의견이 많이 달랐어요. 그의 얘기를 들으면서, 나는 그가 모든 게 잘못되었다고 생각한다는 것을 알았어요. 그는 그 모든 것을 하나의 이미지로 포착했어요. 그에게는 말을 잘 하는 재능이 있었어요. 그가 의회에서 했던 연설을 읽어 보세요. 그의 눈에는 잘못된 것들이 너무나 잘, 너무나 분명히 보여서 다른 사람들이 그것을 보지 못한다는 사실에 괴로워했어요. 그러나 얼마 후…… 나는…… 그가 사람들이 잘못을 보고 뉘우치게 만드는 걸 너무 쉽게 생각한다는 걸 알았어요……. 아시겠지만, 그는 아주 성실한 사람이었어요……. 그러나 그는 그가 괴물이라 부르는 것에 의해 만들어진 성지를 너무 믿었어요. 그는 자신의 기여는…… 하나의 몸짓에 지나지 않는다고 주장했어요……. 나는 속으로 생각했어요. '틀림없이 다른 방법이 있을 것이다……. 틀림없이 괴물과 그것의 천사들에 대적할 수 있는 다른 힘들이 있을 것이다. 인간에 의해 만들어진 것은 인간에 의해 바뀔 수 있다……. 그러나 어떤 인간들일까?' 결국 나는 그를 떠났어요. 그는 나를 이해하지 못했고, 나는 그를 이해하지 못했던 거죠. 그러나 그는 내 눈을 뜨게 해 줬어요. 감사하게 생각해요……. 그리고 나는 몸바사로 갔어요……. 부두 노동자들한테로요……."

"몸바사요? 아직도 그런 배들이 들어오나요? 선원들도 있나요? 코코넛…… 모래가 깔린 해변들…… 포트 지저스……가 보고 싶은…… 너무 오래됐네요……." 완자가 반가워하며 말했다.

"우리는 배에 짐을 선적하고 하역하고…… 모든 부를 취급했어요……. 후덥지근한 햇빛 아래서 벌거벗고 땀을 흘리며……."

"그러나 돈은 잘 주잖아요……. 부두 노동자들은 임금이 가장 높아요……. 전통적으로 노조 지도자들이 착하고 책임감도 있고……."

"노조 지도자들이 책임감이 있다고요? 나는 모르겠던데요. 우리 노조의 문제는 경영진한테…… 고용주들한테 너무 자주 끌려다닌다는 거예요. 어떻게 고용주가 고용주들과 싸우는 노조를 이끌 수 있죠? 자본의 이익과 노동의 이익을 동시에

섬길 수는 없는 법이에요. 서로 반대되는 두 주인을 섬길 수는 없는 법이에요……. 한쪽은 지게 돼 있어요……. 이 경우에는 노동자…… 일…… 더위…… 탁자의 빵 부스러기…… 결국 나는 떠났어요……. 몸바사에서부터…… 도보로…… 농장 노동자들 사이에서 일도 했고……. 그러나 두 달 이상을 버틸 수 없었어요……. 노예…… 노예 제도…… 그들은 한 달에 100실링을 받아요……. 남편과 아내와 아이들이…… 사이잘초와 찻잎과 커피를 따는 희망 없는 일을 하면서…… 오두막에 살죠……. 나는 여러 번 생각을 해 봤어요. 우리 민중이…… 우리가 케냐를 세웠어요. 1895년 이전에 우리의 농업을 붕괴시킨 것은 아랍 노예 상인들이었어요. 1895년 이후에는 유럽 식민주의자들이었어요. 처음에는 우리의 땅을 훔쳤고 그다음에는 우리의 노동을 훔쳤어요. 그다음에는 소와 염소 같은 우리의 부를 훔쳤어요. 그다음에는 세금을 통해 우리의 자본을 훔쳤어요……. 우리는 케냐를 세웠어요. 그런데 우리가 땀으로 세운 케냐에서 우리가 받는 것은 무엇인가요?

괴물에 관한 변호사의 말은 옳았습니다. 그는 괴물이 점점 더 많은 땀을 요구하며, 돌려주는 건 자기가 요구한 것의 극히 일부에 지나지 않는다고 했습니다. 그들은 우리가 쫓겨난다고 가정해 보라고 말했습니다……. 나는…… 노동의 단결…… 땀의 단결…… 땀의 힘을…… 얘기했습니다……. 그 말이 아프리카인 농장주들의 귀에 들어갔습니다……. 나는 해고당했고 다시 내 길을 갔습니다……. 그렇게 나는 계속 이동했습니다. 여기서도 일하고 저기서도 일하고, 이 농장에서도 일하고 저 농장에서도 일하면서, 내 아버지가 밟았던 발자국을 따라갔습니다. 결국은 케냐 서부까지 가게 되었지요. 그러다가 운이 좋아 제당 공장에 취직하게 되었습니다. 창고 관리인으로 일했지요. 사환과 공급 담당 직원의 중간쯤 되는 자리였습니다.

　일은 간단했습니다. 정비공, 선반공, 용접공, 다른 기술자들에게 농장 기계에 필요한 여분의 부품들을 공급하는 일이었습니다. 펌프와 모터의 고장이 잦아 늘 고치고 보수해야 했습니다. 또한 그 창고는 유럽인들과 상류층 아프리카인들의 집에서 필요로 하는 화장지, 가스 같은 것들을 공급하고 있었습니다. 그런데 기계가 오랫동안 고장나지 않을 때가 있었습니다. 그래서 이것저것 둘러보고 생각할 시간이 있었습니다. 이 제당 공장은 영국 회사인 맥밀란 설탕 회사의 소유였습니다. 남아프리카…… 수단…… 나이지리아…… 가이아나까지 광범위하게 관심을 갖고 있는 회사였죠. 그 회사의 사탕수수 농장은 독립 직후에 시작되었습니다……. 그 지역을 개발하고…… 삶의 수준을 높인다는 명분으로요. 이 회사가 핵심 부지를 확보하는 과정에서 많은 농부들이 그들의 땅에서 쫓겨났습니다. 그들은 땅에서 쫓겨난 농부들에게 작물 대신 사탕수수를 기르라고 권했습니다. 그런데 회사는 자기들이 적절하다고 생각하는 가격에 사탕수수를 삽니다. 농부들은 조직이 없어 이의를 제기하지도 못하고 협상을 하지도 못합니다. 그래서 비참한 생활을 하는 겁니다. 자식들을 학교에 보내지 못하는 사람들도 있습니다…….

아, 맞아요……. 그 회사의 감독은 아프리카인으로…… 우오라 우오드 오무오니라는 사람이죠……. 사실, 몇몇 지역 인사들이 그 회사에 관여하고 있습니다. 예를 들어, 설탕이나 롤로 같은 회사의 물품을 운반하는 일은 요직에 있는 사람이 맡고 있었죠. 반은 마사이족이고 반은 칼렌진족이었습니다……. 이름이 아주 길었는데…… 미스터 이노센트 렝고쇼케 올레 룽가몰라크였던가……. 그러니까 아프리카인들이 광범위하게 참여하고 있었다는 말입니다. 중간 관리직은 아프리카인들이, 기술적인 쪽에서의 높은 자리는 유럽에서 온 전문가들이 모두 차지했습니다. 학생이나 다름없어 보이는 그들이 대학을 졸업한 아프리카인들에게 기술자 훈련을 시키고 있었습니다.

노동자들은 두 부류였습니다. 공장 안에서 일하는 사람들이 있고, 현장에서 일하는 사람들도 있었습니다. 그중에는 우간다 출신의 이주 노동자들도 있었는데 하는 일에 비해 급료는 형편없었지요. 유럽인 감독이나 아프리카인 감독한테 맞기까지 했습니다. 그들은 조직을 만들 수 없었습니다. 경영진에서 그들을 부족과 종교에 따라서 분리하고 때로는 일하는 장소에 따라서 분리했기 때문입니다. 공장 안에서 일하는 사람들은 자기들이 들에서 일하는 사람들보다 더 특권을 누린다고 생각했습니다. 그러나 공장 안에서 일하는 사람들은 조직이 더 잘돼 있는 것 같았습니다. 그들은 관리자들이 아프리카인지 아닌지, 자기 지역이나 부족 출신인지 아닌지에 신경을 쓰지 않는 것 같았습니다. 그들은 그것과 상관없이 항의를 하고 자신들의 권리를 위해서 일어섰습니다.

　여하튼 나는 모든 것을 지켜보았습니다. 특히 유럽인 전문가들이 어떻게 행동하는지 보았습니다. 독립이 된 케냐에서는 유럽인이나 어떤 상관도 나한테 무례하게 대할 수 없고 내가 가만히 입을 다물고 있는 일은 없을 거라고 생각했습니다. 어느 날 내가 아프리카인 직업 훈련생을 상대하고 있는데, 유럽인 전문가가 와서는 당장 두루마리 화장지를 하나 달라고 했습니다. 그래서 나는 차례를 기다리라고 했습니다. 그러자 그가 나한테 '야만인'이라고 하는 게 아니겠어요. 나는 베어링을 들어 그에게 던져 버렸습니다. 그것이 그의 얼굴에 정통으로 맞았습니다. 나는 아프리카인 매니저와 몇몇 백인 상관 앞에 불려 갔습니다. 기술자가 본 대로 증언을 해 줬습니다. 그러나 그 백인이 징계를 받은 게 아니라 내가 해고를 당했습니다……. 항의할 수도 없었습니다……. 그러자 일모로그로 가서 그곳에서는 무슨 일이 일어나는지 보고 싶은 생각이 들었습니다."

　"진짜 방랑자의 삶이네요……." 그들은 건성으로 말했다. 그러면서 현재를 피하고, 그들의 공통된 과거를 피하고, 질문과 답을 미루었다. 무니라와 완자는 카레가가 변했다는 것을 알 수 있었다. 그러나 어떻게 변한 건지는 알 수 없었다. 그들이 알 수 있는 것은 그가 그들과 다르다는 것이었다. 루시가 다른 쟁반에 고기를 담아서 가져왔다. 그들은 말없이 그것을 먹었다.

　"일모로그에서 뭘 하려는 거예요? 아니면 그냥 지나치는 거예요?" 완자가 물었다. 그가 케냐 서부에 있는 제당 공장에서 목격한 일은 최근 이곳에서 일어나는 일과 비슷한 구석이 있었다.

"노동자한테는 특별한 집이 없답니다……. 모든 곳에 속하고 아무 곳에도 속하지 않죠. 여기서 일자리를 잡으면 여기서 일하고…… 나는 어디를 가든 유일한 재산인 나의 노동력, 나의 손을 갖고 다니죠. 사려고 하는 사람이 있고…… 팔아야 하는 사람이 있고…… 그것이 이 제도 아래서의 삶이죠."

"그래……. 그게 삶이지." 무니라는 그 말의 중요성을 온전히 깨닫지 못한 채로 그의 말을 따라 했다.

그들은 말없이 음식을 먹었다. 카레가와 완자는 서로의 눈을 피했다. 그녀는 그들에게 한 잔씩 더 하라고 권하며 각자가 선택한 셍게타와 위스키를 따라 줬다. 카레가는 술을 마시고 난 후, 이제 가야 할 시간이라고 말했다. 무니라도 동의했다. 완자는 아무 말도 하지 않았다. 그녀는 카레가가 했던 이야기를 계속 생각하고 있었다. 그가 얘기했던 것의 일부가 일모로그에 일어났던 일의 일부이거나 전부인 것 같았다. 그들이 가려고 일어서자 완자도 그들을 배웅하기 위해 일어섰다. 그때 그녀의 눈과 카레가의 눈이 만났다. 흔들림이 있었다……. 꾸밈이 없는 인식의 순간이었다.

"앉아 봐요." 그녀가 그들에게 부탁했다. "부탁이에요……."
그들은 다시 앉았다. 그녀가 그들에게 술을 또 따라줬다. 자기도 진토닉을 한 잔 따랐다.

"나는 술을 안 마셔요." 그녀가 천천히 약간 머뭇거리며 말했다. "그래도 분위기는 맞춰야죠. 나한테도 같이 있을 사람이 필요하고요……. 당신을 보게 되어 정말 기뻐요……. 당신 생각을 많이 했어요. 당신이 죽은 게 틀림없다고 생각한 적도 있어요. 할머니는…… 늘 당신이 돌아올 거라고 하셨어요. 하지만 당신이 이런 상황에서 나를 찾을 거라고는 생각하지 않으셨을 거예요. 당신은 자신에 대해서…… 돌아다니며 겪은 일에 대해서 얘기했어요. 나도 얘기할게요. 부분적으로는 당신을 위한 고백이 되겠네요. 내가 보기에…… 당신은 다른 사람들을 위하는 마음을 버린 적이 없는 것 같아요. 당신의 눈에는 불이 있어요……. 불꽃이랄까…… 환영이랄까. 나를 비난해도 좋아요……. 나는 동정이나 용서를 구하는 게 아니에요. 이해해 달라고 하는 것도 아니고요. 이 세상은…… 이 케냐는…… 이 아프리카는 하나의 법밖에 몰라요. 당신이 누군가를 먹든지, 아니면 당신이 먹히든지 둘 중 하나죠. 당신이 누군가의 위에 앉아 있든지, 누군가가 당신 위에 앉아 있는 거예요. 당신처럼 나도 방황했어요. 내가 뭘 찾으려고 했는지는 모르겠어요. 허사였지만 두 가지를 찾으려 했던 것 같아요. 나는 필사적으로 아이를 찾으려 했어요……. 내 아이를요……. 여자가 아이를 갖지 못하는 것이 어떤 느낌인지 알아요? 나는 음와시가 여기에 있을 때, 그에게 갔어요. 칸막이 뒤에서 그가 말했어요……. 여자야, 너는 죄를 범했다. 고백해라! 나는 그에게 말할 수 없었어요. 내가 임신한 적이 있다고는 차마 말할 수 없었어요. 나한테 아이가 있었다고는 차마 말할 수 없었어요……. 갑자기 세상이 너무 거대하고 위협적이었다고는 말할 수 없었어요……. 학교를 막 그만두고 집에서 달아났으며…… 그래서…… 그래서…… 막 태어난 아이를…… 변소에 던져 버렸다고는 차마 말할 수 없었어요……. 그래요! 이제 얘기했네요……. 이건 누구한테도 한 적이 없는 얘기예요."

무니라와 카레가는 약간 놀랐다. 너무나 예상 밖의 이야기라 충격이 컸다. 어색한 침묵이 흘렀다. 그들은 그녀의 눈을 피했다. 그러나 그녀는 똑같은 목소리로 말을 이었다.

"그때 나는 어렸어요. 내가 옳았다고 말하는 게 아니에요. 그렇게밖에 할 수 없었다는 말을 하는 거예요. 나는 속으로 생각했어요. 내가 어떻게 아이를 돌보지? 아이에게 필요한 음식과 옷은 어디에서 구하지? 나중에 나는 죄의식에 시달렸어요. 밤마다…… 오늘 같은 날도…… 그 아이가 희미하게 우는 소리가 들려요……. 나는 속죄를 하려고 노력했어요……. 하느님께 한 번만 더 기회를 달라고 기도했어요……. 한 번만 더……. 그런데 가능하지가 않았어요……. 이 세상을 등지려고 한 적도 있어요……. 하느님은 내가 그런 생각을 한다는 것을 아시는가 봐요……. 그러려고 할 때마다 뭔가가 나의 마음을 단념시키곤 했어요.

나는 사랑도 찾아보려고 했어요……. 그것도 나에게서 달아났어요……. 단지…… 단지…… 그러니까…… 내가 뭘 구걸하거나 해 달라고 부탁한다고 생각하지 마세요……. 당신은 예외였어요. 이번에는 내가 다시 여자가 된 느낌이었어요……. 나를 있는 그대로 받아들여 주는 것 같았어요……. 처음으로 죄의식이나 뭘 찾으려는 부담감 없이 사랑을 할 수 있었어요……. 그런데 당신이 떠나 버렸어요……. 나는 혼자 살았어요……. 하느님에게 맹세코 진실을 얘기하는 거예요……. 나는 정직하게 살고 싶었어요. 정직하게 장사해서 최대한 정직한 이윤을 남기고 싶었어요. 셍게타와…… 관련된 기억도 있었으니까요…….

그런데 무슨 일인가가 일어났어요……. 할머니가 돌아가셨어요……. 나는 땅을 되찾아야 했어요……. 당연히 그래야 한다고 생각했어요……. 그래서 집을 팔았어요……. 그리고 계속 셍게타를 만들었어요……. 그러던 어느 날, 나는 그들이 관광 마을을 조성하는 곳에 간 적이 있어요. 거기 가.봤어요? 가봐야 해요. 여자들이 거기에서 백인 관광객들을 위해 노래를 하고 춤을 춰요……. 물론 돈을 받고요……. 그건…… 그건 다른 얘기네요……. 여하튼 거기에 갔다가 응데리 와 리에라를 봤어요……. 그리고 내가 나이로비에서 만났던 그 독일인을 봤어요. 그날 밤의 공포와 떨림이 다시 살아났어요……. 나는 소리를 지를 뻔했어요……. 다행히 그자가 나를 알아보지 못하더라고요. 그자는 이 관광 마을의 소유주 중 한 사람이에요. 유럽인들이 오기 전에 있었던 우리의 오두막들을 상상해서 조성한 관광 마을의 소유주라고요. 그들이 보기 위한…… 우리의 문화…… 박물관……. 나는 이 낯선 만남을 생각하며 돌아왔어요. 나는 나중에 음지고를 보러 갔어요. 모든 양조업자들은 면허가 있어야 한다는 조례가 선포되었기 때문이죠. 우리가 그에게 건물을 팔았으니 그가 나를 도와줄 거라고 생각했어요. 어차피 일모로그에는 두 개의 양조장이 있을 수 있으니까요. 그런데 그는 곤란해했어요……. 딴전을 피우는 것 같았어요. 그리고 서류를 주며 읽어 보라고 했어요……. 내 영어 실력은 그다지 안 좋지만…… 내용을 대충 파악했어요.

치리 카운티 평의회(이하 인가자로 칭함)와 국제 주류 제조 회사(케냐 유한 회사)(이하 면허 소유자) 사이에 첫날 체결된 계약의 내용은 이하와 같다…….

계약 조항에 포함된 사용료를 고려하여, 인가자는 면허 소유자에게 발명특허번호 ROB 10000에 입각해 셍게타를 제조할 독점적인 면허를 부여한다.

음지고, 추이, 키메리아가 케냐 지부의 중역들이었어요. 나는 이 운명의 장난을 받아들일 수 없었어요……. 이곳으로 어떻게 돌아왔는지도 모르겠어요……. 나는 생각하기 시작했어요……. 영국인들한테 죽은 마우마우 단원들의 시신을 운반하는 의용군으로 일하며 부자가 된 키메리아가 아직도 승승장구하고 있었어요……. 내 인생을 망치고 나중에는 우리가 도시로 갈 때 잠자리를 강요하면서 나에게 치욕을 안겨 준 키메리아가…… 그런 놈이 일모로그의 경제 발전으로부터 이득을 보고 있었어요. 왜? 왜? 나는 묻고 또 물었어요. 왜? 왜? 그놈은 나처럼 죄를 많이 지은 인간 아닌가? 어느 날 밤, 나는 이 법을 완전히 깨달았어요. 먹거나 먹히거나, 둘 중 하나다. 보지가 있는 사람들은, 이런 말 사용하는 것을 이해해 주세요, 어쨌든 그것을 갖고 태어난 사람들에게는 아담의 이브에게 내려진 저주가 내려진 것 같아요. 여하튼, 이 구멍을 갖고 태어나면, 그것이 자부심의 원천이 아니라 누군가와 결혼하거나 창녀가 되어야 하는 운명을 타고난 거예요. 먹거나 먹히거나, 둘 중 하나다. 나는 현실이 그렇다고 생각했어요. 나는 행동하기로 했어요. 그리고 이 집을 빨리 지었어요……. 그러곤 아무것도 공짜로 주지 않겠다고 생각했어요……. 이 집은 방도 많고 입구도 많고 뜰도 네 개나 돼요……. 나는 젊은 여자들을 고용했어요……. 어렵지 않았어요……. 그들에게 안전을 보장했어요……. 그들은 내가 그들의 몸을 갖고 거래를 하게 했어요……. 농장이나 공장에서 땀을 흘리나, 누워서 땀을 흘리나, 무슨 차이가 있나 싶었어요. 여기에는 다양한 유형의 남자들을 위한 다양한 유형의 여자들이 있어요. 키가 작은 여자를 원하는 남자도 있고, 키가 큰 여자를 원하는 남자도 있고, 어머니 같은 여자를 원하는 사람도 있고, 종교적인 여자를 원하는 사람도 있어요. 동정적인 여자를 원하는 남자도 있고, 무례한 여자를 원하는 남자도 있어요. 거친 여자를 원하는 남자도 있어요. 국적도 다양해요……. 그런 여자들이 모두 여기에 있어요……. 나는 어떨까요? 나도 포함돼요. 나 자신에게만 호의를 베풀 수는 없었죠……. 그것만이 유일하게 내가 추이, 음지고, 키메리아 위에 설 수 있는 방법이었어요……. 그래서 이제는 그들 모두와 같이하죠……. 그들이 서로 경쟁하게 만드는 거죠……. 약속에 의해서만 그들을 만나니까 그건 쉬운 일이에요……. 충돌이 생기면…… 여기에 있는 여자들은…… 그것을 처리하는 법을 알아요……. 이상한 것은……

그들은 그것에 돈을 내요……. 그들은 나를 차지하기 위해 경쟁하며 돈을 내요……. 나를 독차지하고 싶어 하니까요…….

나한테 그것은 게임이에요……. 돈의 게임이에요……. 먹거나 먹히는……. 지금, 나는 어디든 갈 수 있어요……. 그들이 출입하는 가장 비싼 클럽도 갈 수 있어요……. 그들은 나하고 같이 있는 것을 자랑스럽게 생각해요……. 하룻밤만이라도 말이죠……. 거기에 돈을 지불하면서요……. 나는 단단해져야 했어요……. 그게 유일한 방법이었어요…… 유일한 방법……. 압둘라를 보세요……. 과일을 파는 사람으로 전락했잖아요……. 오렌지…… 양가죽…… 나는 다시는 피해자의 집단으로 돌아가지 않을 거예요……. 다시는…… 다시는…….”

그녀는 고함을 지르다시피 하면서 말을 끝맺었다. 마치 자기 안에 있는 의심에 답을 하는 것 같았다. 카레가는 그것을 느끼고 그녀를 더 열심히 응시했다. 그녀의 얼굴에는 지금의 그로서는 뚫고 들어갈 수 없는 단단함이 있었다. 그는 먹거나 먹히거나 둘 중 하나라는 그녀의 말이 가진, 바늘처럼 날카롭고 무자비한 진실을 실감했다. 그것이 그가 학교에서 쫓겨난 후 목격한 진실 아니었던가? 몸바사와 나이로비에서, 차와 커피 농장에서 이러한 진실을 스스로 체험하지 않았던가? 밀밭과 사탕수수 농장과 제당 공장에서 그렇게 살지 않았던가? 이것이 그들이 만들고 있는 사회였다. 이것이 독립 이후 그들이 만들고 있는 사회였다. 소수의 흑인들이 유럽의 이익과 결탁하여 민중의 땀을 강탈하고, 햇빛과 공기 속에서 꽃을 피울 수 있는 민중의 권리를 박탈하는 식민주의적 행태를 계속하고 있었다.

갑자기, 그가 보고 있는 얼굴이 그녀의 얼굴이 아니라 이 나라 전역에 있는 수많은 사람들의 얼굴처럼 보였다. 먹거나 먹히거나. 다른 사람을 먹고 살찌거나 다른 사람이 자기를 먹고 살찌거나. 어째서? 어째서? 그의 마음속 깊은 곳에 있는 뭔가가 이것에 저항했다. 깊은 마음속에서는 그녀의 입장과 발언에 깃든 무자비한 논리를 받아들일 수 없었다. 이쪽. 저쪽. 이쪽. 저쪽. 약육강식이 지배하는 동물의 세계에서는 먹거나 먹히는 게 순리였다. 그러나 다른 사람을 먹을 이빨과 발톱을 끝내 소유하지 않을 사람들도 일부, 아니 많이 있었다. 그러나 그녀가 말한 진실에 대한 대안은 무엇일까?

"아니, 아니에요." 그가 말을 이었다. "다른 방법이 있어요. 틀림없이 다른 방법이 있을 거예요." 갑자기 그는 그 순간, 그가 가 본 모든 곳들을 순식간에 떠올리며, 그가 찾고 있던 힘이 무엇인지 깨달았다. 그것은 사물을 변화시키고 새로운 질서의 기초를 다질 힘이었다.

"이 세계에요?" 그녀가 조금은 비웃는 듯한 어조로 물었다.

"우리에겐 이런 세계밖에 없나요? 하나의 세계만 있나요? 그렇다면 우리는 다른 세계, 새로운 지구를 만들어 내야 해요." 그는 소리를 질렀다. 그는 킬린디니에서 중부 지구를 거쳐 서부 지구까지 돌아다니면서 보았고, 같이 일했던 수많은 사람들을 향해 말하고 있었다.

"흠! 다른 세계라고요!" 그녀가 중얼거렸다.

"그래요. 다른 세계요. 새로운 세계요." 그가 반복했다.

"가야 돼요!" 무니라가 일어나면서 갑자기 소리쳤다. 그는 문으로 가더니 악마한테 쫓기듯 밖으로 뛰쳐나갔다.

카레가는 일어서서 문까지 갔다가 머뭇거리며 완자를 돌아보았다.

그녀는 일어나지도, 고개를 들지도 않았다. 그녀는 앉은 자리에 그대로 있었다. 전깃불 밑에 있는 그녀의 모습은 정말로 그들 모두의 여왕다웠다. 그녀는 고개를 약간 숙이고 있었다. 푸르스름한 불빛 속에서 보니, 그녀가 모은 부가 그녀를 무겁게 내리누르는 것 같았다. 보석과 루비가 박힌 목걸이가 그녀와 그녀의 그림자를 바닥으로 누르는 것 같았다. 일어나서 작별 인사를 하지도 않고 문을 닫지도 못하는 것은 그래서인 듯했다.

카레가는 밖으로 나갔다. 무니라는 보이지 않았다. 그는 뉴일모로그의 중심인 타운 센터를 향해 다부지게 걸음을 옮겼다. 빛과 연기와 멀리서 들리는 기계 소리로 보아 야간 근무조 노동자들이, 공장이 일모로그에 거만을 떨고 힘을 행세하도록 계속 교대를 하고 있는 것 같았다.

무니라는 자기 집 침대에 벌렁 드러누워 똑같은 말을 반복했다. 다른 세계, 새로운 세계. 그것이 정말 사실일 수 있을까? 그게 가능할까?

12

1. "무니라 씨, 뭐랄까…… 음…… 이 시적인 표현은 무슨 의미죠?"

무니라는 경찰관이 뭘 가리키는지 보려고 탁자 위로 몸을 기울였다. 무니라가 끄적인 것들 중에서 그가 골라 놓은 것이었다. 거의 아흐레나 격리되어 있다가 그를 마주한 지금, 무니라는 안도감을 느꼈다.

"아, 새로운 지구, 다른 세계란 표현 말인가요?" 무니라는 딱딱한 의자에 앉으며, 무지의 막으로 덮인 경찰관의 얼굴을 측은한 눈길로 바라보았다. 굳은 듯한 경찰관의 얼굴은 무니라가 생각하기에 자신의 죄를 인정하고 은총을 통해 구원받을 필요와는 너무도 거리가 멀어 보였다.

"그래요." 경찰관이 무관심하면서도 너그러운 권태감이 깃든 눈길로 말했다. "그것이 그날 밤, 당신에게 무슨 의미였나요?"

무니라는 잠시 생각에 잠겼다. 순간적으로, 이 년 전, 카레가가 갑자기 돌아온 날 밤, 푸른 불빛이 밝혀진 완자의 거실에서 있었던 장면이 떠올랐다. 그녀는 그때 보석으로 치장하고 미니스커트를 입고 있었다. 그렇게 멀고 그렇게 외로워 보였건만, 지금은 그 몸이 그에게 악마적인 힘을 끌고 와서 고개를 들고는 그의 약점, 그의 허약한 방어선을 뚫어 버릴 것 같았다. 아, 주여, 접니다, 접니다. 그는 내면의 목소리가 부르는 소리를 들었다. 조금 더 안정된 마음으로 경찰관을 대할 수 있을 것 같았다. 유치장에 갇힌 지 이제 열흘째였다. 그가 두 번째 만남을 두려움 속에서 기다린 것은 사실이었다. 그러나 그는 때때로 그 만남을 간절히 기다렸다. 어서 풀려나고 싶어서였다. 두 번째 만날 시간이 됐을 때, 그는 놀랍게도 그 만남을 다른 날로 미루고 싶었다. 보통은 에나멜 칠이 된 주석 컵에 든 죽을 아침으로 먹고 나면, 감방 안에 다시 가두거나 운동장에 풀어 놓는 게 일상이었다. 그런데 아침을 먹고 나자, 경찰관은 그들이 사무실이라고 부르는, 텅 빈 책상과 벽이 있는 곳으로 그를 곧장 데려갔다. 무니라는 아직 글을 다 쓰지 않았다며 저항했지만, 그의 목소리에는 힘이 없었다. 모든 것에 싫증이 났기 때문이다. 고드프리 경감은 그의 항의를 무시하고, 그의 감옥 일기를 기계적으로 넘기며 곧장 질문으로 들어갔다.

"이…… 이…… 이 새로운 세상이라는 게…… 뭡니까? 당신은 계속 그 말을 하는데……."

무니라는 노력했다. 그것은 그가 다른 사람에게 전하려고 할 때를 제외하고는 늘 분명해 보였다. 그는 자기 앞에 놓인 일이 얼마나 어려운 일인지 깨닫고 점점 더 낙담에 빠졌다. 타락한 세상의 타락한 법을 집행하는 사람에게 순수하고 영원하고 완전하고 변하지 않는, 더 높은 법의 압도적인 필요성을 전하는 것이 가능하기는 할까? 어떻게 이 세상의 왕국에서는 가장 현명한 사람조차 어린아이도 볼 수 있는 것을 보지 못하는 걸까? 그의 삶과 시야를 바꾼 가락이 그의 영적인 존재의 중추 신경에서 울리고 있었다.

투키아차 담비, 음팔레 음웨마
하타 투키파, 투타왈라 테나
할렐루야, 할렐루야
하타 투키파, 투타왈라 테나.

그는 소리 높여 노래를 부르고 싶었지만, 자신이 새롭게 발견한 땅에 관해 차분히 입을 열었다.

"당신도 알겠지만, 그것은 갑작스러운 것이 아니었습니다. 향수 냄새가 진동하는 불결한 곳에서, 오 년에 걸친 유랑 생활을 마친 그의 입에서 나온 말들은 이상하게도 내 마음을 혼란스럽게 했습니다. 주님은 아이들의 입을 통해 말씀하십니다. 그의 말은 죄 많은 여자의 힘겨운 자기 고백 후에 나온 말이었습니다. 나는 이제, 하느님의 말씀은 우리가 선택하는 맥락에서 드러나는 게 아니라는 것을 믿습니다. 나는 똑같은 말을 아이언몽거, 내 어머니, 내 아내에게서 들었지만 그때는 전혀 울림이 없었습니다. 새로운 지구. 다른 세상. 나는 그 말들을 마음속에서 계속 되짚어 보았습니다. 나는 그 후로는 셍게타를 마음 편히 마실 수 없었습니다. 오 년에 걸친 습관 때문에 몸은 그것을 갈망했지만, 나의 마음은 거기에 없었습니다. 완자의 이야기와 경험의 밑바닥에는 이해할 수 없는 불의가 있었습니다. 나는 이제 그녀의 이야기를 알게 되었습니다. 그러나…… 그러나…… 가르치는 일이 전보다 훨씬 지루하게 생각됐습니다. 아이들한테 어떻게 내가 거부하기 시작한, 근본적으로 불합리하고 사악한 세계에 적응하라고 가르치겠습니까? 아이언몽거가 케임브리지 프로드샴으로 대체되고, 프로드샴이 추이로 대체되고, 추이가 일모로그에 있는 공장을 소유하고, 그가 완자의 애인 중 하나이고, 그가 내가 처음 만든 광고 문구를 사용해 맥주를 파는 것을 내가 어떻게 설명할 수 있겠습니까? 어떻게…… 어떻게…… 어떻게 키메리아로부터 달아났던 완자가 그의 품에 안길 수 있습니까? 그도 그녀의 애인이었습니다. 음지고…… 카레가…… 내가 아는 일모로그가 산산조각이 났습니다. 모든 게 말이 안 됐습니다. 압둘라는 독립을 위해 싸웠습니다……. 그런데 이제는 관광객들에게 오렌지와 양가죽을 팔고 가게가 강제로 헐린 것을 잊으려고 셍게타를 마셔 댔습니다. 교육. 일. 나의 삶. 사고들. 나는 사고였습니다. 나는 실수였습니다. 나는 높은 건물의 창문 밖에서 구경꾼 역할이나 할 운명이었습니다. 나는 교회에 나가기 시작했습니다. 뉴 일모로그 성공회 교회는 케냐의 기독교인들과 해외 교회들의 기부금으로 세워졌습니다. 당신도 알다시피, 그것은 지금은 고고학 박물관이 된, 한때는 당당했지만 이제는 잿더미가 된 음와시 와 무고의 가옥으로부터 몇 야드 떨어지지 않은 곳에 세워진 인상적인 건물입니다. 제로드 브라운 신부는 일모로그의 새로운 성공회 교구의 수반이자 영적인 목자였습니다. 세계 도처에서 온 다양한 차들이 밖에 세워져 있었습니다. 나는 그가 준비된 원고로 강론하는 것을 들었습니다. 그는 사람들에게 음주, 너무 많은 이혼, 과속, 헌금, 소극적인 죄, 적극적인 죄에 대해 얘기했습니다. '왕' 대신 '대통령'이 들어간 것을 제외하면 기도의 내용은 전혀 바뀐 게 없었습니다. 그에게 가서 이렇게 말하고 싶었던 적도 있습니다. '나는 누구누구의 아들인데 당신이 언젠가 나를 당신의 집에서 문전박대한 일이 있소. 내겐 세속적인 음식이 필요한 게 아니오. 지금 나는 지옥의 용광로에서 타고 있으니 도와주시오.' 그러나 블루 힐스에 있던 그의 집에서 당한 일을 생각하면, 그가 영적인 식사에도 똑같이 인색할지 모른다는 생각이 들었습니다. 나는 죄의식 때문에 힘들었습니다. 내가 완자의 타락과 세상의 악에 힘을 보탠 것만 같았습니다. 나는 용서받고 싶었습니다. 내 아내에게 편지를 쓴 적도 있습니다. 그녀가 사는 방식이 옳았다는 것을 깨닫기 시작했다고. 그러니 당신은 가던 길을 계속 가라고. 나는 이렇게 편지를 마무리했다가 돌연 찢어 버렸습니다. 나는 이따금 아프리카 횡단 도로를 지나가는 사람들과 관광객들에게 오렌지와 양가죽과 버섯을 파는 압둘라한테도 갔습니다. 완자는 언젠가 우리 모두가 압둘라처럼 불구자라고 한 적이 있습니다. 그러나 불구가 된 것은 우리의 수족이 아니라 우리의 영혼이었습니다.

이 무렵, 끔찍한 소식이 들려왔습니다. 변호사가 살해당했다는 소식이었습니다. 그를 큰 호텔에서 납치해 블루 힐스에서 1마일 정도 떨어진 곳으로 데리고 가 쏴 죽이고 하이에나의 먹이가 되도록 내버렸다는 것입니다. 나는 오랜만에 처음으로 카레가, 완자, 압둘라, 응주구나와 만났습니다. 계획했던 일은 아니었습니다. 우연히 우리는 지붕이 모두 양철로 된 응주구나의 집으로 걸어갔습니다. 그의 아내가 우리에게 우유를 줬지만 아무도 입에 대지 않았습니다. 우리는 변호사의 죽음에 관한 것 말고는 어떤 얘기도 하지 않았습니다. 응주구나만이 예외였습니다. 아마 자기도 모르게 그 말이 새어 나왔던 모양입니다. '우리가 도시로 갈 때 지나쳤던 바로 그 샛길에서 그랬군.'

아무도 그의 말에 대꾸하지 않았습니다. 나는 계속 스스로에게 물었습니다. 가난한 사람들에게 도움을 줬을 뿐인데 어떻게, 도대체 어떻게 죽일 수 있지? 그는 이 나라에서 일어나는 자립을 위한 모든 일에 기여한 사람이다. 그는 재산도 있지만 계급, 종교, 종족과 상관없이 그것을 나누려고 노력했다. 어떻게? 어째서? 우리는 각자의 집으로 흩어졌습니다. 내 머릿속에는 의문이 끊이질 않았습니다. 어떻게 이런 실수가 계속 일어나게 두고 문밖에 서 있을 수 있지? 내가 어떻게 선생일 수 있지? 나는 결심을 하려 하고 있었습니다. 나는 그 주 일요일에 교회에 가지 않았습니다. 갑자기 제로드의 목소리, 그의 강론, 기도가 싫어졌습니다. 나는 집에서 일모로그 능선을 향해 걸었습니다. 나는 사건을 다른 사건으로 마무리할 준비를 하고 있었습니다. 그 게임은 계속될 수 없었습니다. 그런데 갑자기 사람들이 모여 있는 광경이 보였습니다. 그들은 흰 칸주를 입고 북을 치고 있었습니다. 호기심 가득한 아이들과 몇몇 여자들과 남자들이 그들을 둘러싸고 있었습니다. 나는 걸음을 멈추고 귀를 기울였습니다. 그녀가 설교를 하고 있었습니다. 그녀의 목소리가 내 몸을 파고들었습니다. '우리는 모두 죄인입니다. 주님의 영광을 드러내기엔 너무도 부족한 사람들입니다.' 나는 내 눈을 믿을 수가 없었습니다. 릴리언이었습니다. 사람들을 기도와 설교로 이끌고 방언을 하는, 전혀 다른 모습의 릴리언이었습니다. 그녀는 하느님의 영원한 법을 받아들이고 가난한 사람들과 부자들이 평등해지고, 계급도 없고 부족도 없는 새로운 지구, 다른 세계에 대해 이야기했습니다. 그녀는 교회도 없고, 학식도 없고, 믿음 안에서 받아들이는 것만이 있는 세계, 그게 새로운 지구, 새로운 천국이라고 말했습니다. 나는 전율했습니다. 너무 단순했지만, 그것 외에 무엇이 사실이고 무엇이 이치에 맞겠습니까? 우리 모두는 죄를 지었고 하느님의 영광을 드러내기엔 크게 부족한 존재였습니다. 그녀는 과거의 많은 목소리, 미래의 많은 목소리, 그리고 미래 세계의 모든 힘을 갖고 말하고 있었습니다. '받아들이기만 하십시오. 받아들이기만 하십시오.' 나의 심장은 그녀의 목소리와 그 뒤에 있는 기쁨의 권능으로 뛰었습니다. 학식도 아니고 재산도 이니고 좋은 일도 아니고, 그냥 받아들이십시오. 법입니다. 영원한 법입니다. 그리스도와 함께 이 새로운 삶을 받아들이겠습니까? 그 질문은 나를 향하고 있는 것만 같았습니다. 그녀가 내 마음을 읽은 것 같았습니다. 하필 그날, 그 시간에 릴리언의 길과 나의 길이 겹쳤다는 것이 참으로 이상하게 생각됐습니다. 나는 그녀와 그녀의 눈과 그녀의 변화를 바라보고 속으로 생각했습니다. 얼마 전만 해도 똑같은 종교를 사랑 게임의 일부로 이용하던 그녀가 어디에서 저런 힘을 얻게 되었을까? 그 순간, 모든 것의 의미가 드러났습니다. 나는 정말로 새로운 지구를 보았습니다. 이제 그리스도가 나의 구원자였습니다. 그는 산과 계곡을 평지로 만들고 사탄과 씨름하여 그를 땅에 넘어뜨리고 이 세상이라는 악을 정복했습니다. 그리스도 안에서 그리스도와 함께하는 새로운 삶. 나는 그 법을 받아들였습니다. 무릎이 후들거렸습니다. 나는 바닥에 무릎을 꿇고 소리쳤습니다. '받아들이겠습니다. 받아들이겠습니다.' 나는 감사와 기쁨의 눈물이 솟구치는 것을 느꼈습니다. 괴로움과 의심과 세속적인 쾌락을 쫓던 세월이 끝난 것입니다⋯⋯."

무니라의 목소리에 담긴 조용하지만 강한 확신이 고드프리 경감의 마음을 움직였다. 그것은 무니라를 조사하면서 일반적으로 느끼던 지루한 감정을 잊고 그의 말에 귀를 기울이게 만들었다. 물론 그 지루함 뒤에는 의문을 품고 말을 가려내고 말과 표정과 몸짓을 마음속에 간직해 두고, 모든 것을 꿰맞추는 데 도움이 될 만한 문장이나 열쇠나 실타래나 연관성이나 이미지를 찾는 지극히 계산적인 마음이 있었다. 그는 한숨을 쉬며 의자에 앉았다. 지루함이 돌아왔다.

"흥미롭군요. 아주 흥미로워요. 그런데 무니라 씨, 당신은 늘 카레가나 완자나 압둘라하고 같이 있었어요……. 나는 당신이…… 나의 호기심을 이해해 주세요……. 그러니까 당신이 이 사악한 세계에 더 이상 속하지 않는다면…… 그런 친구들을…… 버리고…… 성스러운 사람들…… 가령 릴리언 같은 사람들과 같이 있는 게 더 맞지 않았을까 싶군요."

"당신은 몰라요. 우리는 다른 사람들이 빛을 보도록 해야 해요. 나는 그들 모두가 이 새로운 세계를 찾기를 바랐어요……."

"무니라 씨…… 그게 사실 아닌가요……. 내가 약간 혼동하고 있다면 다시 한 번 이해해 주세요……. 카레가도 노동자들에게 새로운 세계에 대해 얘기하지 않았나요?"

"맞아요." 무니라가 흥분해서 말했다. "이제 알아듣는군요. 이제 제대로 보기 시작하는군요. 나는 그를 구하고 싶었습니다……. 나는 그를 그것으로부터 구하고 싶었습니다!"

고드프리 경감이 갑자기 탁자의 양쪽을 잡고 다소 거칠게 말을 잘랐다.

"그것이라니…… 그것이…… 뭔가요?"

"그의 꿈…… 악마의 꿈과 환상 말입니다……. 용서할 수 없는 죄를 저지르는 것으로부터 그를 구하는……."

"어떤 죄 말이죠? 무니라 씨, 부탁인데 어렵게 얘기하지 마세요! 어떤 음모를 말하는 거죠? 어떤 죄 말입니까? 제발 얘기해 보세요……. 빨리요."

경찰관의 아랫입술이 떨리고 있었다. 그는 강렬한 냄새를 맡은 사냥개 같았다. 무니라는 충혈된 눈으로 그를 바라보며 말했다.

"자만심이죠. 그와 노동자들이 악을 바꾸고…… 이 세상을 바꿀 수 있다고 생각하는 것 말입니다."

경찰관이 숨을 내뱉더니 갑자기 허탈해했다. 냄새를 놓친 것이었다. 그는 저 광신자 선생 놈을 사무실 밖으로 던져 버리고 싶었다.

"그가 파업과 태업, 규칙에 입각한 노동 같은 공산주의자들의 짓거리 말고 어떻게 세상을 바꾸겠다고 했나요?"

"내가 얘기하는 것은 그의 자만심입니다. 그리스도를 통해 하느님의 도움을 받지 않고도 한 사람이 자신을 변화시키고 세상을 변화시키고 개선시킬 수 있다고 믿는 자만심 말입니다."

"이제야 당신이 말하는 '그것'을 이해하겠네요. 그러나 이것은 내 생각에 처음에만…… 당신은 다른 어떤 악으로부터 그를 구하려고 했나요?"

"그 여자요!"

"누구 말이죠?"

"완자."

"무슨 말이죠?"

"그는 그녀를 몰래 만나기 시작했어요. 확실해요."

"어떻게요?"

"그를 봤거든요."

"언제요?"

"불이 나기 일주일 전쯤에요. 그들은 그녀의 옛 오두막에서 만나고 있었어요. 그런데 압둘라가…….”

경찰관이 다시 일어섰다. 그의 입술이 떨리고 있었다. 그는 무니라를 응시했다.

“확실해요? 정말 확실해요?”

“네, 그들을 봤어요. 봤어요.” 의심이 스치는 듯 그는 조용히 말했다. 그는 생각했다. 만약…… 그는 무슨 얘긴가를 덧붙이려고 했다. 그때 갑자기 경찰관이 일어나서 문으로 달려갔다. 냄새를 맡은 그는 이번에는 놓치지 않겠다고 결심했다. 무니라가 그를 향해 소리쳤다.

“잠깐만요……. 기다려요……. 내 말 안 끝났어요.”

경찰관이 어깨 너머로 돌아보며, 달려갈 준비를 하고 기다렸다. 무니라가 다가갔다.

“당신은 그 친구한테 무슨 짓을 한 거죠? 카레가를 어떻게 한 거죠?”

“멍청한 자식.” 그가 씩씩거리며 명령했다. “저놈을 데려가라……. 나중에 다시 보겠다.” 그리고 다른 감방을 향하여 걸음을 서둘렀다.

2. 열흘 전, 체포되던 날 아침은 카레가에게 이중으로 씁쓸한 날이었다. 6시 뉴스를 통해 키메리아, 추이, 음지고의 살인 사건으로 인해 일모로그에 긴장이 조성되면서 계획했던 파업이 금지당한 것을 알았기 때문이었다. 그는 화가 나서 생각했다. 그들은 언제나 고용주들의 편을 든다. 그들은 방화를 구실로 파업을 금지하고 막 시작한 노동 운동에 또 다른 타격을 가

할 것이다.

그는 하루 종일 감방에 혼자 갇혀 있었다. 그들이 자신에게 어떤 혐의를 뒤집어씌울지 궁금했다. 무니라와 압둘라와 함께 '당나귀' 대표단을 끌고 도시로 갔을 때 말고는, 그는 한 번도 체포된 적이 없었다. 그때 그들을 구해 준 사람은 그 변호사였다. 정말 오래전 일이구나. 그는 생각했다. 변호사는 살해당했다. 그는 변호사를 완전히 이해할 수 없었지만 변호사는 진심으로 사람들을 사랑했다. 그는 다른 사람들이 하지 못하는 방법으로 무슨 일이 일어났는지 보고 분석까지 해내는 사람이었다. 그러나…… 동시에 그는 재산과 사회적 신분, 그리고 그것이 주는 권위에 매혹되어 있는 듯 보였다. 그는 언젠가 카레가에게 이렇게 설명했다. "당신도 보다시피, 그들은 교육이나 직업상의 자격 문제로 나를 헐뜯을 수 없어요. 그들은 투쟁에 관여했다고 나를 헐뜯을 수 없어요. 나는 어렸을 때 바투니 맹세를 했고 전투 부대를 위해 심부름을 했어요. 나는 방해를 안 받고 여러 곳에 가기 위해 보이스카우트 복장을 하고 다녔어요. 그들은 재산 문제로 나를 헐뜯을 수 없어요. 그들은 내가 카기아라고 할 수 없어요." 그는 자신의 유머에 웃었다. "내가 가난한 사람들과 땅과 재산 개혁을 위해 두려움 없이 얘기할 수 있는 것도 그 때문이오. 한 사람이 모을 수 있는 재산에 상한선을 두고…… 개인당 매점은 하나씩만 갖고…… 개인당 직업은 하나만 갖고…… 이런 얘기들을 할 수 있는 거요." 그의 잔인한 죽음은 나라 전체에 충격이었던 것만큼 카레가에게도 큰 충격을 주었다. 나름 단점도 있었지만…… 그는 훌륭한 사람이었다. 그는 백인들이 구슬과 옥양목을 뇌물로 주고 권력을 보장해 주겠다고 유혹했음에도 식민주의 침략자들의 편에 서지 않고 사람들과 같이 싸웠던 세기말의 음바리 지주들에서부터, 지식층에 재산까지 있음에도 영국인들로부터 받게 될 몇 가지 호의를 위해 사람들을 배반하기를 거절했던 30년대와 50년대의 사람들에 이르기까지, 케냐의 재산가들 사이에서 가장 용감하고 이기적이지 않았던 개인들의 계보에서 가장 훌륭하고 가장 용기 있는 사람들을 대변했다. 아, 정말 오래됐네. 그는 변호사가 중앙 경찰국과 법정에서 그들을 풀어 줬던 일을 회상하며 다시 한 번 이렇게 생각했다. 그 장면들이 이제는 멀리 보이는 다른 나라의 희미한 풍경처럼 보였다. 그는 자신에게서도, 한때는 아프리카의 과거 영광, 아프리카의 봉건 문화들에 대해 끝없이 얘기하던 몽상가를 찾아볼 수 없었다. 마치 그런 지식만으로도 하루의 배고픔을 치유하고 한 시간의 갈증을 풀고, 벌거벗은 아이에게 옷을 입히는 데 충분할 것처럼 떠들던 몽상가를. 결국 영국의 거상들과 선교사들은 중국을 식민화하고 굴욕을 안겼다. 그들은 중국인들에게 아편을 사서 피우게 하고 그들이 독약 수입을 거부하자 몽둥이로 때렸다. 영국 학자들이 중국의 봉건 문화를 찬양하고 금과 예술품과 양피지 속에 있는 증거들을 훔쳐서 런던으로 가져갈 때도 그랬다. 이집트도 그랬다. 인도도 그랬다. 시리아도 그랬고 이라크도 그랬고……. 하느님은 팔레스타인에서도 태어났다……. 그런데도 이 모든 지식은 유럽의 상인 군벌들을 단 한 번도 제지하지 못했다. 중국을 구한 것은 위대한 과거 문화에 대해 얘기한 가수와 시인 들이 아니라 더 좋은 날을 향해 창조적으로 투쟁한 노동자들이었다. 그랬다. 그것은 민중의 과거의 영광만이 아니라, 많은 사람들에게는 눈물을 흘리게 하고 소수의 사람들만 웃게 만드는 잘못된 것을 바로잡고자 하는 그들의 싸움과 투쟁의 영광이었다. 그는 응야키뉴아에게서 일모로그가 과거에 성취했던 것을 듣고 감격했었지만, 그 일모로그는 더 이상 그곳에 없었다. 그는 시간이 정말 빠르다고 생각했다. 불과 십 년 사이에 일모로그의 농부들은 자기 땅에서 쫓겨났다. 어떤 사람은 노동자 집단에 합류했고 다른 사람은 한 발은 땅에, 다른 발은 공장에 둔 반노동자가 되었다. 일부는 아프리카 횡단 도로를 따라 늘어선, 자기 소유도 아닌 오두막과 판잣집에서 장사를 했다. 일부는 범죄자나 창녀가 되어 훔친 총이나 닳고 닳은 성기를 갖고 노동자, 농부, 공장 주인, 흑인, 백인을 이용해 근근이 생활을 이어나갔다. 냄비, 그릇, 물통, 닭 모이통을 만들어 파는 사람도 있었다. 제화공이나 목수가 된 사람도 있었다. 그러나 똑같은 물건이 더 조직적이고 대규모로 만들어져 팔리는 상황에서 그들이 얼마나 더 버틸 수 있을까? 목자들의 운명도 같았다. 일부는 죽었고, 일부는 관광객을 위해 새롭게 조성된 놀이공원 때문에 더욱 메마른 지대로 쫓겨났다. 일부는 부자 농부들의 농장이나 밀밭에서 노동을 하는 일꾼이 되었다. 이 모든 것의 배후에는 아프리카 횡단 도로와 아프리카 경제은행의 이 층짜리 건물이 있었다. 그것이 변화의 기념비였다.

그는 응야키뉴아, 신비로운 음와시, 응주구나, 루오로의 일모로그를 알았기 때문에 돌아오고 나서 며칠이 안 되어 이러한 변화들을 보고 파악했다. 자신이 가 본 모든 곳들을 돌이켜 볼 때, 이곳에서도 똑같은 양상이 되풀이되고 있었다. 어떤 곳은 빠르고 다른 곳은 느렸지만, 그럼에도 똑같은 양상이 나타나고 있었다. 그가 향할 수 있는 곳은 더 이상 없었다. 교육을 더 받을까? 그는 그 기회를 잃어버렸다. 게다가 눈과 손으로 경험했던 것 말고 달리 뭘 배울 것인가? 땅? 땅은 없었다. 그는 땅이 없는 집에서 태어났다. 그러나 땅이 있는 사람들도 마찬가지였다. 아들들이 조금씩 나눠 가질 수 있도록 얼마나 오래 쪼개고 또 쪼갤 것인가? 어째서 개인들이 땅을, 결국 케냐 그 자체인 땅을 소유해야 하는 걸까? 케냐는 공동의 땅이었다. 공동의 것을 소수나 일부나 한 종족만이 사용하기 위해 물려받는 것은 옳은 일이 아니었다. 몇 명의 아들과 딸이 부모를 소유하고 독점하는 것이 옳지 않은 것과 마찬가지 이치였다. 그로서는 자신의 상황과 타협하는 것이 더 좋을 수도 있었다. 지금 가진 것은 두 손밖에 없으니, 그것을 사고자 하는 누구한테든 그 창조적인 힘을 팔고 다른 모든 손들과 힘을 합쳐, 그 무수한 손가락들이 생산하는 것의 정당한 몫을 확실히 받도록 하는 게 나을 것이다.

적어도 그는 완자의 논리에 내재된 고정적인 생각을 받아들일 생각도 없었고 그럴 수도 없었다. 그것은 너무 무자비했다. 그것은 절망과 자기 소멸 또는 상호 소멸로 이어질 뿐이었다. 자신의 민지와 똥과 오줌을 다른 사람들한테 닦아야 깨끗해질 수 있는 세계가 무슨 의미가 있을까? 다른 사람들에

게 자신의 문둥병을 갖고 다니게 해야 건강해질 수 있는 세계
가 무슨 의미가 있을까? 다른 사람들의 몸을 팔아야만 자기가
성스럽고 도덕적이고 올바를 수 있는 세계가 무슨 의미가 있
을까? 어째서 소수의 깨끗함과 건강과 성스러움과 부를 위해
희생된 사람들이 늘 그들의 운명을 받아들여야 하는 걸까? 역
사의 진정한 교훈은 이것이었다. 흔히 말하는 희생자들, 가난
한 사람들, 짓밟힌 사람들, 대중들은 압박과 착취를 끝내려고
창과 화살을 쥐고, 그들의 손과 용기와 희망의 노래를 갖고 늘
투쟁해 왔다. 그들은 인간의 왕국이 올 때까지 계속 투쟁할 것
이다. 그 세계에서 선과 아름다움과 힘과 용기는 사람이 얼마
나 교활할 수 있느냐가 아니라, 얼마나 다른 사람들을 핍박할
수 있는 힘을 갖고 있느냐가 아니라, 더욱 인간적인 세상을 만
드는 데 얼마나 기여했느냐에 의해 판가름 날 터였다. 그 세계
에서는 시대와 지역을 망라한 문화와 과학에서 물려받은 창
의적인 재능이 소수를 위해서가 아니라 모든 사람들을 위해
쓰이고, 서로 다른 색상의 꽃들이 열매와 씨를 맺을 터였다.
그리고 그 씨들은 땅에 뿌려지고 다시 움이 돋고 비와 햇빛을
받으며 꽃을 피울 터였다. 압둘라가 형제를 택할 수 있다면,
그들이 못할 이유는 무엇인가? 왜 땀을 흘리고 힘들게 노동하
고 투쟁하는 형제자매들을 택해 서로에게 의지하고 그 왕국
을 향해 노력할 수 없단 말인가?

   그의 이러한 생각들은 셍게타 양조장에서 계산원으로 육
개월 동안 일을 하는 사이 무르익었다. 그는 생산 라인에서 나
오는 병들을 점검했다. 또한 고객의 트럭에 싣는 상자의 수를

세는 일을 도왔다. 사람들은 그를 조용한 사람이라고 불렀다. 살피고 주를 달고 이따금 한두 사람과 얘기를 하는 것 말고는 그가 말없이 일만 했기 때문이었다. 술을 마시면 힘이 떨어지고 집중력이 떨어지기 때문에 그는 술도 끊었다. 그러나 술집에는 자주 가서 주크박스에 1실링이나 2실링을 넣고 최근에 인기를 끄는 가수와 시인 들이 누가 있는지 알아봤을 뿐만 아니라 자기가 좋아하는 노래들을 듣기도 했다. 주크박스는 악단들을 모두 몰아내 버렸다. 한두 곳에서는 이제 젊은이가 된 옛 제자들을 만나기도 했다. 그들은 그를 선생님이라고 불렀지만, 그는 그들에게 그렇게 부르지 말라고 했다. 그는 추이나 키메리아나 음지고가 찾는 술집에는 되도록 가지 않았다. 그들은 공장이 돌아가는 것을 조사한 후에 그런 술집들에 들렀다. 그는 한두 번인가는 관광 단지에도 가 보았다. 그는 옛날 노래와 춤을 좋아했다. 그러나 응데리 와 리에라와 독일과 그리스 경영주들은 그것들을 미라로 만들어 모든 감정과 의미를 박탈했다. 카메라를 들고 껌을 씹고 그들의 사파리 모자를 매만지는 관광객들은 아무 의미도 없는 그 곡예를 보면서 박수 치고 환호했다. 그는 그것이 너무 혐오스러워 다시는 가지 않겠다고 맹세했다. 그는 노동자들이 분열되어 있다는 사실에 주목했다. 그들은 같은 언어를 쓰는 문화권, 부족, 지역을 자랑스럽게 생각하고, 자기들과 같은 부족이나 언어 집단의 사람들에게 일자리가 돌아가는 데 도움이 되느냐, 방해가 되느냐에 따라 지도자를 신택하는 경향이 있었다. 남자들도 돈을 조금 더 받고 어떤 일에서는 자기들이 선호된다는 이유로,

스스로를 여자들보다 낮다고 생각하는 것 같았다. 그들은 여자들이 돈을 덜 받고 심한 일을 하는 것을 당연하다고 생각하는 것 같았다. 그들은 큰 소리로 웃고 떠들면서, 여자들이 진짜 할 일은 남자들이 쾌락의 왕국으로 들어가도록 누워서 다리나 벌리는 것이라고 얘기했다.

그는 이제 어떻게 공격하고 접근할 것인지 알았다. 그들이 자신들의 땀을 인정하고 그것에 합당한 몫을 달라고 요구하는 데 성공하기 위해서는 그러한 분열을 끝내야 했다. 어딘가에서 팸플릿이 등장하기 시작했다. 거기에 담긴 주제는 똑같았다. 노동자들은 기계와 새 도로의 아이들이다. 기계를 소유한 사람들은 착취를 하면서 노동자가 어디 출신인지는 상관하지 않는다. 그러나 기계와 새 도로는 노동자들의 아이들이다. 그들의 땀으로 도로와 공장이 지어졌기 때문이다. 모든 공장을 돌아가게 하는 것은 그들의 에너지와 소비이다. 그들이 기계의 아버지인 것처럼 기계 역시 그들의 아버지이다. 미래의 투쟁은 누가 기계와 생산품을 소유하고 통제하느냐에 관한 싸움일 것이다. 그것을 땀으로 만든 사람들이냐, 아니면 은행에 힘이 있어 자기들이 일구거나 심지도 않은 곳에 와서 수확을 거두려고 하는 사람들이냐. 모든 문제는 자본이 노동을 착취하는 데 있다. 자본 자체도 다른 노동자들한테서 훔친 것이다. 어째서 소수가 다수한테 삶과 죽음의 힘을 휘둘러야 하는가?

육 개월 후, 사람들은 공장 안에서 뭔가 일이 일어나고 있다는 사실을 갑자기 깨달았다. 노동자들은 둘씩 셋씩 무리를 지어 토론을 했다. 팸플릿이 나올 때마다, 열띤 토론이 전개되었다. 그것은 손에서 손으로 은밀하게 전해졌다. 핵심부의 소수를 제외하고는 아무도 팸플릿의 출처를 알지 못했다. 그러나 팸플릿에 나온 것은 사실이었다. 노동자들은 그것의 출처가 어디인지 신경 쓰지 않았다. 노동자들은 첫 단계로 노조를 결성하기로 했다. 감독들과 경영진은 깜짝 놀랐다. 불과 얼마 전만 해도 순하고 고분고분하고 셍게타를 마시는 데 월급을 쓰고 자기들끼리 싸우는 일에나 몰두하던 사람들이 이게 무슨 소란인가 싶었다.

첫 번째 싸움은 셍게타 양조장 노동조합의 인정과 등록에 관한 것이었다. 노동자들은 단결해서 파업에 돌입했다. 이사진들은 굴복했다. 결과적으로 보면 이 나라의 다른 노조들은 결국 고용주들한테 제압당한 상태였다. 그러나 그들은 희생양을 찾아야 했다. 카레가가 해고를 당했다. 그는 서류상으로는 위원회의 일원일 뿐이었다. 경영진이 그런 결정을 내린 것은 그의 과거 행적을 파헤친 결과였다. 그러나 해고를 당하면서 그는 유명해졌다. 그는 바로 노조의 유급 사무총장으로 선출되었다.

양조장 노조의 승리는 지금까지 고분고분했던 일모로그 노동자들에게 내딛힌 충격으로 다가왔다. 갑자기 여급들까지 자기들의 노조를 만들고 싶어 했다. 무희들도 관광 춤 노조를 결성하여 돈을 더 올려 달라고 요구했다. 농업 노동자들도 따라 했다. 뭔가 큰 일이 일모로그에서 벌어지고 있었다. 고용주들은 충격을 받고 걱정하기 시작했다.

그때, 카레가의 진짜 문제들이 시작되었다. 고용주들이 불화의 씨를 뿌렸다. 그들은 국가적이고 지역적인 쇼비니즘을 조장했다. 이것이 먹히지 않자 노동자들을 승진시켜 경영진에 포함시켰다. 특히 목소리가 큰 노동자들을 그렇게 처리했다. 법적으로 그들에게는 파업이 허용되지 않았기 때문이다. 다른 노동자들에게는 회사가 자기들의 것이라는 느낌을 갖게 하려고 한두 개의 주식을 사라고 권장했다. 그럼에도, 아니면 토론과 연구회와 팸플릿이 더 늘었기 때문에, 노조는 견고하게 유지되었다.

그러나 가장 큰 위협은 갑자기 생겨나 평등주의적인 용어를 사용하는, 카리스마를 가진 새로운 종교 운동에서 나왔다. 그것은 제도권 교회의 위선을 얘기했다. 그들에게는 가난한 사람과 부자, 고용주와 고용인 사이에 차이가 없었다……. 오직 중요한 것은 그리스도를 받아들이는 것이었다. 예수는 구원을 주신다. 그들이 복종해야 할 법은 오직 사랑뿐이다. 그들은 세속적인 싸움과 투쟁을 피해야 한다. 이 세상은 다른 세계의 왜곡된 모습이다. 사탄에 의해 왜곡되어 있다. 따라서 의미가 있는 투쟁은 사탄과의 영적인 투쟁뿐이다. 그들은 집회를 열었다. 여자들은 방언을 하고 예수와 소통하고 신앙으로 치유될 수 있다고 주장했다. 그들을 이끄는 사람이 릴리언이었다.

한동안, 많은 노동자들이 이 물결에 쓸려 갔다. 어떤 사람들은 하느님의 왕국이 가까이 왔다고 믿고 노조를 탈퇴하기까지 했다.

카레가는 그것과도 싸워야 한다는 것을 알았다. 그는 세속적인 투쟁과 종교적인 투쟁 사이에 차이가 있다는 것을 보여 주고, 한쪽이 다른 쪽을 배격할 필요가 없다는 것을 보여 주기 위해 "카이사의 것은 카이사에게 주라."라는 성경 구절을 자주 인용했다. 그러나 속으로는, 종교라는 것은 어떤 종교든 노동자들을 겨누는 무기임을 알았다.

특히 무니라가 그를 괴롭혔다. 그는 카레가를 가만두지 않고 기회가 있을 때마다 세속적인 투쟁의 길을 단념하고 사람들의 마음부터 바꾸라고 했다. 모든 고용주들이 개종하여 그리스도를 바라보면, 이기적인 행위는 끝날 거라는 얘기였다. 카레가는 인내심을 잃고 그에게 심한 말을 했다. 한두 번은 퉁명스럽게 자신을 가만 놔두라고 했다. 그러나 그는 들으려 하지 않고 더 끈질기게 달라붙었다. 급기야 카레가는 무니라가 돈을 받고 그를 따라다니는 것은 아닌지 의심하기 시작했다. 나중에 카레가는 모든 운동이 신도들에게 십일조를 내게 해서 많은 돈을 거둔 미국 교회들로부터 재정 지원을 받고 있다는 사실을 알았다. 이것의 일부가 나중에 하람비 교회 건설 운동에 대한 미국 교회의 기부의 일환으로 되갚아질 예정이었다. 신도들에게 읽으라고 권장된 책들을 보면 흥미로웠다. 웜브랜드의 『그리스도에 의한 고문』, 빌리 그레이엄의 『불타는 세계』, 공산主의를 아이라고 말하는 미국에서 출판된 소책자들. 그것들은 자유의 모든 적들을 근절하기 위해 그리스도가 곧 재림할 것이라고 경고했다.

어느 날 밤, 완자가 그를 불렀다. 메모에는 옛 오두막에서 만나자고만 되어 있었다. 꼭 와 달라고 했다. 그는 그녀가 왜 자기를 보자고 하는지 궁금했다. 지난 이 년 동안 그들은 별로 얘기를 한 적이 없었다……. 그런데 지금 그녀가 그를 부른 것이…….

운명의 사건이 있기 일주일 전이었다…….

감방에서 기다리는 사이 카레가는 그녀가 어떻게 됐는지 궁금했다. 그녀가 화상에서 회복됐는지 궁금했다.

체포되고 사흘이 지나자, 경찰관이 그를 심문하기 시작했다. 그는 상황을 잘 파악하고 있는 것 같았다. 그런데 카레가는 고드프리 경감이 무니라가 쓴 글을 이용하고 있다는 사실을 모르고 있었다. 경감은 방화와 자신을 엮고 싶어 하는 게 분명했다. 우선, 그는 카레가의 과거에 있었던 어떤 사건들에 특별히 관심을 갖고 있는 것 같았다. 예를 들어, 그가 형을 어떻게 잃었는지 물었다. 그는 그 상황에 대해서는 아는 게 없다고, 실제로 무슨 일이 있었는지 그에게 얘기해 준 사람은 압둘라였다고 대답했다.

"그 말을 듣고 원한을 갖게 되었나요?"

"너무 오래전 일입니다. 게다가 투쟁을 할 때는 어느 쪽이든 택해야 합니다. 울타리에 서 있을 수 있는 사람은 아무도 없죠. 투쟁은 전쟁의 한 형태입니다. 한쪽이 이기거나 지는 거죠. 그리고 이기는 쪽도 사람들을 잃어야 합니다."

"당신은 투쟁에 대한 지식이 상당히 많은 것 같군요."

"그건 상식입니다."

"왜 시리아나를 떠났는지 말해 보시오."

"나는…… 나는 쫓겨났습니다."

"왜죠?"

"일종의 파업에 연루되었거든요."

"그렇군요. 교장 선생이 누구였죠?"

"추이였습니다."

"고인이 되신 셍게타 양조장 이사님하고 같은 사람인가
요?"

"같은 사람입니다."

"그렇군요. 그 사건으로 원한을 갖게 되었나요?"

"이보세요. 나한테 왜 이런 질문들을 하는 겁니까?"

"카레가 씨, 앉으세요. 당신한테 숨기지는 않겠소. 이런 식
으로 한번 보시오. 세 명의 경영진이 당신을 다소 편애하는 것
으로 알려진 여자의 집에서 불에 타 죽었어요. 당신은 급료를
인상해 달라는 노조의······ 사무······ 총장이오. 그들은 당
신들이 요구하는 액수가 너무 높다고 결론 내렸어요. 당신들이
파업을 단행하면 그들은 당신네들을 모두 쫓아내고 새로운
노동자들을 고용할 참이었소. 그런데 같은 날 밤, 그 사람들이
모두 불에 타 죽었소. 나는 경찰관이오. 재판관과 다르게, 나
는 누구든 유죄일 수 있다는 가정에서 출발한단 말이오. 나 자
신도 예외가 아니오."

"그러나 얘기했다시피, 나는 밤을 새워 집행부 회의를 하며
파업 전략을 수립하고 있었어요."

"알아요. 알아. 뭘 어쨌다는 말은 아니오. 단언하는 것도 아
니오. 나는 그저 의사처럼 배제의 원칙에 입각해서 일할 뿐이
오. 다른 질문을 하겠소. 당신은 전에 이 학교의 선생이었죠?"

“맞습니다!”

“그런데 왜 갑자기 그만뒀죠?”

“나가라고 했으니까요.”

“누가요?”

“음지고가!”

“고인과 같은…….”

“알면서 왜 묻습니까?”

“우리가 똑같은 것에 얘기하는지 확실히 해 둬야 해서 그래
요. 완자와의 관계에 대해 얘기해 보세요.”

“알았던 사람입니다. 과거에.”

“당신이 다소 예기치 않게 돌아온 후에 두 사람은 다시 따
뜻한 관계를 회복했나요?”

“아뇨. 우리는 서로 다른 세계에 살았습니다.”

“만난 적은 없나요?”

카레가가 머뭇거렸다.

“없어요. 이 년 동안 만난 적 없습니다.”

“그렇군요. 그렇다면 당신한테 들려줄 게 있소.”

그는 벽까지 걸어가서 버튼을 눌렀다. 테이프나 레코드가
돌아가기 시작했다. 노조 집행부의 마지막 모임에서 자신이
했던 말이 카레가의 귀에 들려왔다. “우리는 새로운 세계의
초석을 놓을 수 있습니다.”

“어떻게…… 어떻게 감히…….” 그는 그것을 듣고 몸을 휘
청거렸다. 누가 배반자일지 궁금했다. 경찰관이 손을 저어 조
용히 하라고 했다. 그는 스위치를 껐다.

"카레가 씨, 우리도 나름으로 일하는 방식이 있어요." 갑자기 고드프리가 책상을 치고 최면을 걸듯 카레가를 응시했다. "키메리아, 음지고, 추이를 누가 죽였소? 누가 명령을 내렸소?"

　"당신들 나름으로 일하는 방식이 있다면서 왜 그래요." 카레가는 상대의 마음에 확신이 없음을 느끼며 신랄하게 답했다.

　이후 여드레 동안, 그들은 그러한 게임을 이어 갔다. 때때로 고드프리 경감은 이틀씩 모습을 드러내지 않다가 갑자기 나타나 질문을 던졌다. 그는 날카로운 말로 그를 압박했다. 때로는 카레가가 노동조합에 관여하는 것을 비웃기도 하고, 노골적으로 협박을 하기도 했다. 열흘째 되는 날, 그는 잔인하고 의기양양한 미소를 지으며 감방으로 들어왔다.

　"카레가 씨……."

　"이보세요. 나는 피곤해요. 내가 얼마나 오래 여기에 갇혀 있었는지 모르지만, 똑같이 우둔한 질문에 답변했습니다. 당신에게 말했듯이, 나는 그 방화 사건에 대해 아는 게 없습니다. 당신네 모두와 고용주들이 이 사건을 이용해 노조를 없앨 작정이라는 것 말고는 아는 게 없습니다. 화나거나 슬픈 척하지는 않겠습니다. 그러나 나는 그 일과 아무 상관이 없습니다. 나는 개인들을 제거해서 뭘 해결하겠다는 걸 믿지 않는 사람입니다. 이 나라에 키메리아나 추이 같은 사람들은 얼마든지 있습니다. 노동자들이 체제의 산물인 것처럼 그들도 체제의 산물입니다. 바꿔야 하는 것은 체제입니다……. 케냐의 노동자들과 농민들만이 그걸 할 수 있습니다."

"아, 카레가 씨, 좋은 생각이오. 그러나 그건 내가 당신하고 끝낼 때쯤 봅시다. 지금부터 당신한테 두세 가지 질문을 하겠소. 정직하게 답하면 당신을 가만 놔두지. 그건 약속하겠소. 당신은 지난 이 년 동안 완자를 만난 적이 없다고 했소."

"내가 돌아온 날 밤을 제외하면 그렇소."

"당신은…… 우리 사이에 이런 것을 숨길 필요가 없겠죠……. 당신은 그녀가 세 사람 모두와 관계를 가졌다는 걸 알았나요?"

"그것은 누구나 알았던 사실입니다."

"당신은 그녀를 다시 만난 적이 없나요?"

"그래요."

"비밀리에도?"

"그래요."

"변호사가 죽은 후…… 웅주구나의 집에서도 안 만났단 말이오?"

"그것은 사실, 만난 거라고 할 수 없죠."

"당신은 그 변호사를 알고 있었나요?"

"예."

"그와 같이 일한 적이 있나요?"

"예."

"당신은 약간…… 하기야 그건 중요하지 않아요. 카레가 씨, 당신의 기억을 환기시켜 주고 싶은데, 이 방화가 있기 일주일 전에 완자를 만나지 않았소?"

카레가가 머뭇거리다가 말했다.

"만났어요."

"아하, 왜 숨겼죠?"

"중요하지 않으니까요."

"어째서?"

"개인적인 일이니까요."

"카레가 씨, 그날 밤 무슨 얘기를 했죠?"

"얘기할 수 없어요. 개인적인 문제예요."

"또 몰래 만난 적 있나요?"

"아뇨."

"이제 당신을 어떻게 믿죠?"

"믿든 안 믿든, 알아서 하세요."

"알겠소. 카레가 씨, 압둘라도 이 사적인 만남에 관계가 있
나요?"

"한 번밖에 없었다고 얘기했잖아요. 압둘라는 거기 없었소."

"카레가, 너는 거짓말쟁이야." 그는 갑자기 화를 내며 카레
가의 뺨을 두 차례 때렸다. 그의 이 사이에서 피가 났다. 고드
프리가 경찰관을 향해 소리쳤다.

"아래로 데려가. 붉은 방으로 데리고 가서 약 좀 먹여 무슨
맛인지 보게 해. 너, 끈이 일곱 개 달린 유명한 채찍에 대해 들
어 본 적 있어? 노동자들의 지도자라고? 네놈이 입을 열고, 아
프리카 횡단 도로를 통해 일모로그 공장에 온 것을 후회할 때
까지, 내가 직접 쇠가죽 채찍으로 상대해 주겠다. 이 자식을
데리고 나가."

3. 압둘라는 구석에 웅크리고 앉아 있었다. 지난 아흐레 동안 취조를 받고 진술서를 여러 번 작성하고 이따금 거친 취급을 받았음에도 놀랍게도 마음이 가볍고 평온했다. 그는 현재의 위치에서 하느님의 손길을 느꼈다. 하느님이 갑자기 그에게서 오랜 세월에 걸친 짐을 들어내신 것 같았다. 누군가가 압둘라 자신의 소망과 환상과 의도를 행동으로 옮기고, 어떤 의미에서 한 가지 이상의 측면에서 그를 구원해 준 것 같았다. 그가 유일하게 걱정하는 것은 완자의 건강이었다. 그녀는 충격에서 완전히 회복했을까? 혼수상태에서 깨어나 퇴원했을까? 그런 걱정을 제외하면 그는 차분했다. 그는 과거와 현재에 대한 자신의 시야와 평가를 늘 흐릿하게 만들었던 괴로운 감정 없이 자신의 삶을 바라볼 수 있었다. 그가 그 투쟁에서 정말로 기대했던 것은 무엇일까? 그가 기대하는 것은 늘 아름다운 꿈, 흐릿하고 부드러운 약속, 더 높고 고귀하고 성스러운 어떤 것, 자신의 목숨을 거듭하여 바칠 수 있는 어떤 것에 대한 소명의 모습을 띠었다. 그것은 이제, 일모로그에서 종말을 향해 꺼져 가고 있었다. 그가 가졌던 꿈은 밝은 불길이 꺼진 채 재만 남았다. 그가 일모로그에서 그의 다른 쪽 다리인 당나귀와 함께 원했던 것은 회복하는 것뿐이었다. 악명 높은 부역자였던 라가에가 키암부 병원에서 총에 맞아 죽은 후, 그것에 대한 보복으로 상점들의 문이 닫히기 전에 아버지가 옛 리무루 롱가이 시장에 갖고 있던 가게와 비슷한 것이나마 되찾고 싶었다. 옛 일모로그에서는 잠시나마, 카레가가 사백 년에 걸쳐 유럽 지배에 맞서 싸웠던 아프리카 영웅들의 행동에 대

해 얘기하면서 재를 휘저었을 때, 완전히 꺼진 듯하던 재 속에서 작은 불길이 깜빡거리는 것처럼 생각되기도 했다. 이것마저도 카레가 갑자기 일모로그를 떠나면서 꺼져 버렸다. 회복하는 일을 다시 시작하려 하자, 당나귀가 그리웠다. 자식이라도 되는 듯 당나귀가 그리웠다. 그를 계속 즐겁게 하는 것 하나는 조지프가 공부를 잘한다는 사실이었다. 그 학교에서 처음으로 치른 국가 고사에서 조지프는 최고점을 맞았다. 그는 시리아나에 들어갔다! 이상한 우연이 겹치고 역사가 반복되는 것을 보며, 그는 케냐가 작은 곳이라는 생각을 하지 않을 수 없었다.

그는 괴로웠다. 그는 깨진 약속을 의식하고, 땅과 자유를 찾아 싸웠던 케냐 전사들의 집단적인 피가 더 폭넓게 배반당하는 것을 보면서 일종의 황무지에 살았다. 그런 그에게 또 다른 기쁨의 원천이 되어 준 것은 완자였다. 일모로그에 온 이후로 그녀는 늘 그를 조건 없이 받아들였다. 동정심이라는 것은 많은 사람들에게는 상대를 교묘하게 거부하는 표시였다. 그녀는 동정심 없이 그를 받아들였다. 그녀는 그의 삶을 더 편하게 만들고, 다음 날 새벽이 밝는 것을 기다리게 만들었다. 그녀와 함께 셍게타 사업을 시작하면서 그는 어쩌면 모든 것이 잘될 수도 있겠구나 생각했다……, 돈이 조금만 있으면…… 여기저기…… 기억이 상처가 되지는 않겠구나 생각했다. 돈이라는 것이, 떨어지는 사람에게는 부드러운 깃털로 속을 채운 쿠션이 되어 줄 수도 있겠구나 생각했다. 어쩌면…… 어쩌면……이것을 위해 그들 모두가 싸웠는지도 몰랐다……. 기

회…… 가능성…… 인간이 달리 뭘 바랄 수 있겠는가? 행운만
좀 따라 주면…… 나머지는 근면과 타고난 기지에 의해 결정
될 터였다. 그는 그렇게 합리화하며 열심히 일했다. 그는 완자
의 현실 감각과 청교도적인 통제력을 절대적으로 신뢰했다.
일모로그가 그녀의 확고한 안내에 따라 갑자기 뻗어 나가는
것 같았다. 새로운 도로, 노동자들의 유입, 은행, 전문가들, 무
희들, 수많은 영세 상인들과 공예품 등등. 그가 보기에 그러한
변화들은 완자의 마술을 통해 이루어진 것 같았다. 대단한 여
자였다! 천 명에 하나 나올까 말까 한 사람이었다! 그녀는 보
이지 않는 법에 따라 일하는 모든 행동의 진정한 중심처럼 보
였다. 그런데 성공과 승리가 손아귀에 거의 들어온 것처럼 보
였을 때, 다시 한 번 재앙이 그의 삶에 들이닥쳤다. 그는 가족
의 땅을 되찾으려는 그녀의 사심 없는 행동에 박수를 보냈다.
그러나 그는 이 일이 그녀에게 끼칠 영향이 두려웠다. 갑자기
그녀가 장악력을 잃고, 보이지 않는 법과의 조화를 잃은 것처
럼 보였기 때문이다. 그는 그 건물을 판 후 그들이 옛 건물에
서 돈을 더 벌어, 다른 건물을 사거나 지을 수 있으리라고 생
각했다. 그랬다! 그들은 아프리카 횡단 도로 위쪽으로 자리를
옮길 수도 있었다. 그는 늘 그 도로에 대해 개인적인 감정을
느꼈다. 그것이 이동 문제를 쉽게 해 줬을 뿐만 아니라 그의
당나귀가 도로가 들어서는 데 제물로 바쳐졌다는 느낌 때문이
었다. 도로 근처에 새로운 가게를 가질 수 있다면, 그곳을 집
으로 느낄 수 있을 것 같았다. 그러나 운명은 전혀 다른 방향
으로 흘렀다. 뉴 일모로그가 생기면서 옛 일모로그는 망해 버

렸다. 다시 한 번, 키메리아의 그림자가 그의 길과 엇갈렸다.

그들의 지저분한 가게를 닫으라는 고지를 받은 후 일주일 동안, 압둘라는 그의 가게와 다라마샤의 가게에 머물면서 골똘히 생각에 잠겼다. 그러나 확실하고 논리적으로 생각할 수가 없었다. 어쩌면 웅덩구리가 지하 세계에서 그의 죽음과 배반에 대해 복수를 하지 못했다고 그를 저주하고 있는 건지도 몰랐다. 만약 그 주와 그다음 주 사이에 키메리아가 일모로그에 왔다면, 압둘라는 그를 죽였을 것이다. 그것은 분명했다. 그러나 키메리아는 이미 거물이 되어 있었다. 사업 인수와 재산 거래를 위한 많은 협상들은 은행과 보험 회사와 부동산 중개업자들이 도맡아서 하고 있었다. 일주일 후, 압둘라는 완자의 집을 겸한 매음굴에 갔다. 그는 그녀가 변했다는 것을 알았다. 그녀가 몸을 파는 일에 전적으로 뛰어든 것 같아 개인적으로 굴욕감을 느꼈다. 마음이 아팠다. 그러나 그는 이해했다. 그는 문에 서 있다가 들어가서 앉자마자, 바로 용건을 꺼냈다. 약간 당황하여 더듬거렸지만 말을 계속했다. "잘 들어 봐요. 이런 일 그만둬요. 나한테 돈이 조금 있어요. 최근에 건물을 팔면서 생긴 내 몫의 돈이 아직 있어요. 나하고 결혼해요. 별로 보기 좋은 모습은 아니지만, 그건 운명이었어요." 그는 당황하여 마지막 말을 거의 삼키듯이 발음했다. 그녀가 일어나서 돌아서더니 안쪽 방으로 들어갔다가 다시 돌아왔다. 그녀는 차분했다. "내가 했던 맹세에 대해서는 아무 감정도 없어요. 당신도 내가 노력했다는 건 알잖아요. 셍게타 가게의 일부였던 이 여자애들을 내가 어디에 버리겠어요? 그들의 몸에서 이득을 보려고 하는 다른 사람들에게 버릴까요? 나는 그들을 위해서 이 일을 하는 게 아니에요. 지금부터는 언제나 그럴 거예요. 나, 완자가 먼저예요. 나는 당신과의 우정을 소중히 생각했어요. 누이나 친구로 있을 수 있으면 좋겠어요. 그러나 이것은 나의 잔이에요. 나는 이걸 마셔야 해요." 그럴 거라고 예상했지만, 그럼에도 그는 그것을 받아들이기가 쉽지 않았다.

그는 나름으로 여러 가지 일을 시도했다. 창가아와 셍게타를 불법으로 주조하려고도 해 보았다. 그러나 새로운 경찰서가 그 지역에 세워지면서, 그는 여러 번 체포를 당했고 돈다발을 주고서야 감옥행을 면했다. 뉴 일모로그에 있는 건물을 세내어 장사도 해 보았다. 완자와 동업하며 잘나가던 시절에 모았던 돈을 거기에 거의 다 쏟아부었다. 그러나 많은 노동자들이 외상으로 물건을 가져가고 돈을 제때 갚지 않는 바람에, 재고는 느는 대신 줄어들었다. 게다가 슈퍼마켓이 부근에 생기면서 그는 경쟁 상대가 될 수 없었다. 그는 가게를 닫고 거의 알거지가 되다시피 하여 다시 거리로 나왔다. 그는 새로운 셍게타 단지가 올라가는 것을 보았다. 운명이 그 자신과 같은 부류의 사람들을 조롱하는 것 같았다. 그에게 남은 돈이라곤 오렌지를 사서 지나가는 운전사들한테 팔 정도가 전부였다. 이따금 양가죽도 사서 팔았다. 꼬여 버린 운명이었다. 카레가가 자기를 비웃을 것만 같았다.

그는 술을 마시고 취하기 시작했다. 아무것도 알고 싶지 않았다. 뭘 떠올리고 싶지도 않았고, 주변에 무슨 일이 일어나든지 생각하거나 느끼고 싶지도 않았다. 그는 오렌지를 팔아 얻

은 수익으로 술을 사서 마셨다. 주말에는 뉴 일모로그 바 앤
레스토랑에 갔다. 키메리아와 그의 무리들이 이따금 일모로
그에 오면 술을 마시고 염소구이를 먹으러 그곳에 왔기 때문
이다. 행정부 관리를 지낸 술집 주인은 늘 사람들의 눈길을 잡
는 육감적인 여급들을 고용했다. 압둘라는 당장, 키메리아를
죽이거나 그에게 욕을 하고 싶진 않았다. 그토록 운명의 총애
를 받는 인간을 실컷 봐두고 싶을 뿐이었다. 그런 사람을 향해
어떤 태도를 취하든 그게 무슨 의미가 있으랴 싶었다. 키메리
아가 옳았다. 그의 선택은 현명했다. 압둘라는 다시 한 번 유
명해졌다. 그러나 이번에는 술주정뱅이이자 오렌지와 양가죽
을 파는 사람으로서 유명했다. 너무 유명해서 키메리아조차
도 그가 있는 곳을 향해 한두 번 고개를 끄덕이며 아는 체를
할 정도였다. 물론 그가 누구인지는 알지 못했다. 압둘라가 용
납하지 않는 것 하나는, 다른 사람이 자기한테 술을 사는 것이
었다. 그는 밤늦게 자신의 누추한 오두막에 돌아와서는 침대
에 누워 어둠 속에서 응딩구리를 조롱하고 비아냥거리고 경
멸했다. 그러니까 너는 내가 네 복수를 해 줄 것이라고 생각
했단 말이지. 하! 하! 하! 너는 나보다 훨씬 더 어리석었어. 너
는 무슨 권리로 죽었니? 죽어! 죽어! 계속 죽어. 혼자 죽어. 나
나 다른 사람이 묻어 주길 기대하지도 마. 나는 살 거야. 셍게
타와 함께 살 거야. 셍가 셍가 셍게타. 보라고. 우리가 거절했
던 무니라의 광고였는데, 이제는 나라 전체에 알려졌어. 무니
라는 바보지만 나쁜 친구는 아니야. 전혀 나쁘지 않아. 우리는
요즘 같이 술을 마시며 농담을 하지. 그는 내가 학교 운동장에

쌓인 똥 무더기 얘기를 해도 신경 쓰지 않아. 너, 웃니? 그래, 웃어라. 그런데 말이야, 나는 이제 다른 사람들의 머리 위에 똥을 싸며 사는 게 더 좋다는 걸 알아. 나는 자유의 열매를 즐길 거야. 셍게타, 창가아. 내가 찢어지고 더러운 옷을 입었다고? 내가 돈을 내고 술을 마실 수 있다면 그게 뭐가 중요하지? 키메리아와 음지고와 추이가 내 가게를 즐기라고 놔두지 뭐. 그들이 그것을 훔친 건 아니잖아. 그들은 현명했을 뿐이야. 적어도 키메리아는 현명했어. 현명하다는 이유로 그를 비난할 생각은 없어. 나, 압둘라는 그럴 생각 없어. 그도 자유의 열매와 자기 몫을 즐기라지 뭐. 완자를 포함해서 말이야. 완자아아아아! 너는 무덤 속에서라도 그녀가 그를 다시 받아 줄 것이라고 상상한 적 있니? 그가 자기한테 몹쓸 짓을 했다고 얘기해 놓고 말이야. 그녀도 현명하지. 돈 때문에…… 돈 때문에…… 응딩구리…… 나한테 돈을 줘. 그러면 네 복수를 수천 번이라도 해 줄게. 주머니에 돈이 없으면 행동도 못하는 거야. 이렇게 말하고 나서 그는 가슴을 두드렸다……. 아냐, 너무 나쁘게 생각하지 마. 나도 멍청해서 나랏일 때문에 한쪽 다리를 잃었잖아. 유럽인 정육업자들을 위해 더러운 심부름을 하는 게 더 현명했을 때, 어머니들은 무슨 권리로 자식들을 전쟁터로 보냈을까? 모두가 바보들이야. 완자한테 한 수 배우라고 해.

그가 그녀를 보는 일은 거의 없었다. 그러나 이따금 그녀와, 숙녀가 된 그녀와 마주칠 때가 있었다. 그녀는 그 앞에서는 절대 숙녀처럼 행동하지 않았다. 사실, 그녀는 늘 그에게 따뜻하게 인사했다. 한번은 그에게 옷을 사라고 돈을 준 적도 있었다. 길거리에서였다. 그는 한 다리로 꼿꼿이 서서 돈을 갈기갈기 찢어 버리고 절뚝거리며 걸어갔다. 키메리아가 주었을지도 모를 돈으로 옷을 사서 입느니 차라리 개가 되는 게 나을 것 같았다. 하지만 나중에 생각해 보니 자신의 행동이 부끄러웠다. 그는 조지프의 수업료를 내주는 사람이 그녀라는 것을 잘 알았다. 여하튼 그는 그녀를 비난하지 않았다. 그녀는 세상이 움직이는 방향으로 움직였을 뿐이었다.

언젠가 한번은 보기 드물게 공적인 자리에 나타난 그녀를 본 적이 있었다. 그는 그녀가 선택한 게임에서 그녀를 이길 수 있는 여자가 거의 없다는 사실을 인정해야 했다. 골프장 구내에서 열린 그 파티는 새로운 골프장이 완성된 것을 축하하고 동시에 셍게타 프로젝트에 투자했던 앵글로 아메리칸 진 회사의 사장 스왈로 블러드올 경을 환영하는 자리였다. 그것은 결과적으로 지역 업체와의 협력 관계에서 가장 성공적인 사례 중 하나였다. 유럽, 아시아, 아프리카의 고위 인사들이 대거 참석했다. 그중에는 국회의원인 웅데리 와 리에라와 그의 KCO 측근인 뚱뚱이와 벌레도 있었다. 일모로그 주민들은 두 줄의 밧줄로 된 일종의 울타리 밖에서 안을 엿볼 수 있었다. 머리에 커다란 아프리카 가발을 쓰고, 손가락에는 반지와 싸구려 보석들을 낀 완자는 기다란 야회복을 입고 있었다. 그녀에게는 모든 사람을 조바심치게 만드는 나름의 방식이 있었다. 그녀는 이 사람과 소곤거리다가 다른 사람과 살짝 몸을 스치고는 그 사람을 향해 미소 짓고, 다른 사람을 향해 그윽한 눈길을 보냈다. 스왈로 블러드올 경이 골프와 크리켓이 투자에 절대적으로 필요한 안정과 상호 친선의 분위기를 조성한다고 말했을 때, 모두가 박수를 쳤다. 그들은 박수를 치며 일어나서 건강을 기원하고 외국의 자본과 기술적인 노하우와 시장과 정치적인 상황에 대해 잘 아는 지역 사업가들 사이에 더 많은 협력 관계가 이루어질 미래를 위해 건배했다.

압둘라는 그 자리를 떠났다.

그즈음, 그의 가장 친한 벗은 무니라였다. 그들은 같이 술을 마셨다. 이따금 압둘라는 완자를 칭송하는 노래를 부르며 뉴 일모로그가 어떻게 생겨났는지 자세히 홍얼거렸다.

그때, 카레가가 돌아왔고 무니라는 광신도가 되었다. 압둘라는 이제 혼자였다. 무니라는 그를 따라다니며 그리스도와 함께하는 새로운 세계에 대해 얘기했다. 언젠가 마우마우 전쟁에 대해서 카레가와 논쟁을 한 적이 있었다. 그것의 목적이 백인들이 점유한 하일랜드의 땅을 흑인 주인들에게 돌려주고 큰 건물과 사업에서 인종 차별을 없애자는 것이었는지, 아니면 그 이상의 것이었는지에 관한 논쟁이었다. 카레가도 새로운 세계에 대해 얘기했다. 둘 다 바보였다. 다른 세계는 없었다. 이 세계만이 존재할 따름이었다. 그는 싸구려 셍게타를 마시며 하나밖에 없는 유일한 이 세계에서 노래를 계속할 터였다.

그는 이 모든 것을 정직하게 얘기하면서 자신이 복수에 관한 생각을 완전히 접었다는 걸 경찰관에게 보여 주려 했다. 그러나 모든 감정들이 다시 몰려와 저항할 수 없는 힘이 된 그 운명적인 날에 대해서는 이야기하지 않았다. 여하튼 그는 자신도 불과 일주일 전에야 자신의 세계, 새로운 세계를 발견했기 때문이다.

금요일에 편지를 한 통 받은 그는 주머니에 넣어 뒀다가 잠자리에 들기 전에 읽었다. 조지프가 보낸 편지였다. 동아프리카 모의시험 결과가 나왔는데, 그의 점수가 다른 사람들의 점수보다 6점 높게 나왔다고 했다. 압둘라는 모의시험이 뭔지, 6점이 무슨 의미인지 알지 못했지만, 조지프가 시리아나에서 상위권에 있다는 것은 알았다. 우울하게 살아가던 그는 갑자기 들려온 그 소식에 마음이 훈훈해지고 기분이 좋았다. 누군가와 이 소식을 나누고 싶었다. 완자가 떠올랐다. 그는 그녀의 돈을 찢어 버렸던 날을 떠올렸다. 그녀가 자기를 적시에 도와준 것에 고마워하고 있다는 걸 보여 줄 기회였다. 그는 목재로 지어진 그녀의 매음굴에 가다가 중간에 카레가를 만났다. 카레가는 인사를 하면서 완자가 오두막에 있다고 말해 줬다. 가서 보니 그녀는 울고 있었다. 그러나 그 소식을 듣더니, 갑자기 울음을 그치고 눈물 사이로 웃었다. 그들은 옛날처럼 밤늦게까지 얘기했다. 그가 그녀를 취했지만 그녀는 거부하지 않았다. 이번에는 그가 옛 세계가 사라지는 걸 느낄 차례였다.

그것이 운명적인 그 토요일에 그가 기분이 좋은 상태로, 대기에 기쁨이 넘실대는 것을 느끼며 잠에서 깬 이유였다. 그는 일주일 내내 그런 상태였다. 심지어 술도 마시지 않았다. 완자는 그에게 삶을 돌려주었다. 그것을 셍게타에 허비할 이유가 없었다. 게다가 그녀는 그에게 오늘 밤 다시 오라고 했다. 오두막으로 오라고 한 건 아니었다. 그러나 그는 그녀의 다른 집에 가는 것도 마다하지 않았다. 때가 되면 매춘업을 그만두라고 설득할 수 있을지도 몰랐다. 그녀는 이제 부자였다. 그녀는 집에 불을 질러 버리고 석조 건물을 지을 수도 있었다. 그는 휘파람을 불고 노래를 했다. 무니라가 다른 세계에 대해 얘기할 때, 왜 그를 조롱했나 싶었다. 이제 그에게는 여자만이 진정으로 다른 세계였다. 윤곽, 계곡, 강, 개울, 언덕, 능선, 산, 급격한 굽이길, 가파르고 완만한 오르막과 내리막, 특히 은밀한 생명 샘의 움직임. 남자들의 허풍이 세긴 하지만, 어떤 탐험가가 그 세계의 구석구석을 만지고 그녀의 안에 있는 모든 개울물을 마셔 봤다고 주장할 수 있을까? 다른 사람들은 윤곽도 없고 예기치 않은 굽이길도 없고 놀라움도 없이, 모든 것이 예견 가능한 밋밋하고 희끄무레한 세계에 있도록 놔두자. 여자는 하나의 세계였고 절대적인 세계였다. 그는 면도를 하고 다양한 옷을 입어 보았다. 어느 것이 덜 지저분하고 덜 찢어지고 덜 초라한지 보기 위해서였다. 두 번째 탐험 여행이 시작될 9시까지 뭘 해야 할지 생각이 나지 않았다. 정오에는 거리로 나가 걸어 다녔다. 뉴 일모로그 바 앤드 레스토랑으로 올라가 몇 개의 레코드판을 틀어 보기도 했다. 그런데 아래를 내려다보니, 키메리아의 메르세데스가 보였다. 운전사가 대기 중이었다. 음지고와 추이의 것인 다른 차들도 보였다. 그날은 셍게타 노조의 요구 사항에 대한 결정을 내리기 위해 이사회가 소집된 날이었다. 갑작스러운 열기처럼 어떤 생각이 그의 마음을 스치고 지나갔다. 키메리아가 오늘 밤 완자의 집에 갈지도 모른다는 생각이 들었다.

그는 머리가 어지러웠다. 빙글빙글 돌았다. 혼란과 불의의 세계가 주변에서 소용돌이쳤다. 아래로 떨어질 것만 같았다. 그는 발코니를 붙잡았다. 몇 초 동안, 여러 개의 이미지가 겹쳤다. 아무래도 통제력을 잃은 것 같았다. 아무것도 아닌 것 같았다. 껍질에 불과한 것 같았다. 아니, 그는 코가 젖고 침이 흐르는 혀를 길게 뺀 채 헐떡이는 개였다. 그는 지금 주인이 시키는 대로 짖고 있었다. 아니, 그는 개가 아니었다. 그는 닉슨이 포옹하고 있는 모부투였다. 원조를 요청하려고 가서 행복한 표정을 짓고 있는 모부투였다. 그사이, 닉슨은 인상을 쓰면서 미국의 사업가들과 낙하산 부대원들에게 기름과 금과 구리와 우라늄을 자이르에서 빨리 빼내라고 다그쳤다. 그는 오보테 정권을 무너뜨린 후 여왕의 영접을 받는 아민이었다. 아니, 그는 히호히호 소리를 지르며 주인을 위해 충성스럽게 짐을 나르는 당나귀였다. 그는 여러 가지 것이었고 여러 사람이었다. 자기가 아니었다. 동시에 그는 지독한 무력감을 느꼈다. 마지막 남자다움마저 잃고 있는 것 같았다. 그는 자신을 붙들고, 발코니를 붙들고, 이러한 모습들을 극복하고 통제하려고 열심히 싸웠다. 그것들이 너무 크고 위협적으로 모습을 드러내지 않도록 균형 있게 보려고 노력했다. 여급이 지나가다 그에게 물었다. 압둘라, 왜 그래요? 그는 대답하지 않았다. 대답할 수 없었다. 서서히 그의 한쪽 다리에 힘이 돌아왔다. 그의 뇌를 녹이던 열파가 물러났다. 그는 절뚝거리며 계단을 내려갔다. 그리고 기다리는 차들을 지나쳐 자기 집으로 갔다.

그는 상자 위에 앉아 지난 토요일 조지프에게서 받은 편지를
꺼내 다시 읽고는 집어넣었다. 눈물이, 한 방울의 눈물이 얼굴
위로 떨어졌다. 그는 다소 거칠게 눈물을 닦았다. 그러고는 컵
에 든 차가운 물을 한쪽 손에 부어 얼굴을 씻었다. 갑자기 마
음이 지극히 맑고 평온해졌다. 십육 년에 걸친 안개가 걷혔다.
그는 질투를 하는 게 아니었다. 그는 토요일, 오늘 밤 키메리
아가 죽게 될 것이라는 것을 알았다. 그제야 자기를 남자라고
부를 권리를 다시 찾게 될 것이었다.

　　그는 그것이 무엇인지 알지 못했다. 오늘 밤, 압둘라, 그가
키메리아를 죽일 것이고, 키메리아가 죽지 않는다면 완자나
카레가나 무니라나 조지프나 자신을 볼 면목이 없으리라는
것을 알 뿐이었다. 내일이 아니라…… 다음 날이 아니라……
오늘 밤이어야 했다. 그는 확신했다. 그것은 너무도 분명하고
간단하고 당연했다. 분노 때문에 몸을 떨지도 않았다. 행동
대신에 느끼던 도덕적 분노조차 느껴지지 않았다. 그것을 정
의나 공정함이라고 하든, 질투나 복수심이라고 하든 상관없
었다. 그는 결심했다. 시간과 날짜와 장소는 그가 정한 게 아
니지만, 행동은 그의 자유였다. 아직은 무엇을 어떻게 사용할
지 생각해 놓지 않았지만, 자신이 몇 야드 떨어진 곳에서도 심
장을 향해 칼을 던질 수 있다는 것을 알았다. 많은 적들을 죽
이고 동물들까지 죽인 그의 칼 솜씨는 유명했다. 아니면 집에
불을 지르고 모든 것을 깨끗이 정리할 수도 있었다. 그래, 그
렇게도 할 수 있었다. 방법은 중요하지 않았다. 그는 행동에
옮길 것이었다.

이제 힘과 목적의식을 되찾은 그는 거리로 다시 나갔다. 일모로그가 영화의 여러 장면처럼 그의 뇌리를 스치고 지나갔다. 십이 년 전, 당나귀 수레를 타고 도착하던 자신의 모습이 떠올랐다. 무니라의 모습도 떠오르고, 젊고 호기심 많고 순진하던 카레가의 모습도 떠올랐다. 완자, 응야키뉴아, 가뭄, 비행기, 새 도로, 뉴 일모로그의 모습 하나하나가 너무도 선명했다. 그는 이사진들이 어떤 결정을 내렸는지 들으려고 기다리는 노동자들 속으로 들어갔다. 급료가 오르지 않으면, 그들은 모두 여드레 동안 파업에 돌입할 예정이었다. 기자들이 경영진의 모습을 찍으려고 카메라를 들고 기다렸다. 그는 카레가한테 감탄했다. 그렇게도 침착하고 그렇게도 적극적으로 관여하고 있다니. 그는 응딩구리를 떠올리며 중얼거렸다. 피는 못 속여. 그러나 그는 거기에 서서 이상한 느낌을 받았다. 카레가와 다퉜던 일이 떠올랐다. 카레가가 이끄는 저 노동자들이 그와 완자에 저항해 거기에 모여 있을 수도 있겠다는 생각이 들었다. 그 자신도 불과 몇 년 전에는 작은 규모였지만 사람들을 고용하는 고용주였다는 사실이 놀라웠다. 카레가는 그들과도 사납게 싸웠을까? 그는 기다리는 데 지쳤다. 어쨌든 그들의 임금 인상은 그의 오렌지 판매에 큰 영향을 미치지는 않을 터였다. 그들은 오렌지를 사는 데 조금 더 돈을 쓸지 모르지만, 셍게타에 훨씬 더 많은 돈을 쓸 게 분명했다. 그는 급료를 인상하지 않으려 하는 경영진이 바보라고 생각했다. 노동자들과 고용주들 양쪽 모두에게 너그러운 기분이 들었다. 결국 노동자들은 그 돈을 공장에 돌려줄 것이다. 그는 일모로그 바 앤드 레스토랑을 향해 걷기 시작했다. 중심 도로를 따라 걷다가 시장 근처에 있는 고물 수집장을 지나쳤다. 쓰레기와 종이와 오렌지 찌꺼기와 썩은 음식 찌꺼기가 버려져 있었다. 그는 그 자리에 서서 배는 불룩하고 반쯤 벌거벗은 아이들이 썩은 쓰레기 사이에서 영역 다툼을 하는 모습을 바라보았다. 그는 고개를 저었다. 풍요 속에 자리 잡은, 영원하고 끝없는 결핍과 박탈의 악순환! 그는 선택된 운명을 향해 다시 걸음을 옮기기 시작했다.

7시 무렵, 모두가 그곳으로 왔다. 다들 다소 지나치게 의기양양한 모습이었다. 시계를 쳐다보며 맨 먼저 빠져나간 사람은 추이였다. 그리고 얼마 있다가 음지고가 빠져나갔다. 저항할 수 없는 악마가 압둘라를 사로잡았다. 그는 키메리아한테 말을 하고 싶었다. 자신에게 그러한 힘과 권위가 있는 것처럼 느껴졌다. 자신이 이미 그에게 사형 선고를 내렸기 때문이었다. 키메리아는 다른 지방 고위 인사들에게 둘러싸여 있었다. 압둘라는 카운터를 따라 한 걸음 옮기며 큰 소리로 외쳤다.

"키메리아 와 카미아 응자!"

술집 안이 즉시 잠잠해졌다. 키메리아는 깜짝 놀랐다. 그는 자기 아버지의 이름을 좋아하지 않아 다양한 장소에서 다양한 이름을 사용했다. 예를 들어, 블루 힐스에서는 호킨스 씨라는 이름만 사용했다. 일모로그에서 누가 그의 과거를 아는 걸까?

"키메리아, 나요. 안녕하시오."

"아, 압둘라…… 당신이군요……. 나는 괜찮아요." 그는 어정쩡하게 대답했다.

"나 기억해요?" 사람들은 몰락한 압둘라가 술에 취해 광대 짓을 한다고 생각하며 웃었다.

"물론이죠⋯⋯. 압둘라⋯⋯ 한잔해요. 웨이터! 내 친구 압둘라한테 술 한 잔 갖다주게."

"나는 당신 친구가 아니오. 당신 술은 필요 없소. 당신⋯⋯ 블루 힐스에서 당신이 억류했던 사람들 기억해요? 일모로그 사람들 말이오."

아! 키메리아는 안도의 한숨을 쉬었다. 거기서 본 친구로군⋯⋯. 그래서 아버지의 이름을 아는 모양이구나! 하지만 그는 어색하고 곤란한 사건이 폭로되는 것을 원치 않았다.

"그것 말이오? 그건 그저 장난이었소. 남자들 사이의 장난 말이오. 하! 하! 하!"

"하! 하!" 압둘라도 따라서 웃었다. 두 사람이 함께 웃었다. 술집 안에 있던 사람들도 유쾌하지 못할 일이 전혀 없었다는 것을 알고 안도하며, 같이 웃기 시작했다. 그러나 그들은 남자들 사이의 장난이라는 것이 무엇인지 알지 못했다. 압둘라가 말을 이었다.

"브와나 키메리아, 당신은 장난을 좋아하는 것 같군요. 남자들 사이의 장난 말이오. 당신 여동생의 애인이었던⋯⋯ 응 딩구리한테 장난을 하고⋯⋯ 그에게 총알을 팔았던 일 기억하오? 남자들 사이의 장난은 대가가 클 수도 있소."

키메리아는 속으로 떨고 있었다. 밖으로 뛰쳐나가고 싶었지만, 꼼짝 않고 의자에 앉아 있었다. 그는 허세를 부리며 손수건을 더듬어 찾았다. 그리고 권총과 함께 꺼냈다. 작은 권총이었다. 그리고 코를 푼 다음 두 가지를 모두 호주머니에 넣었다. 그는 술을 한 잔 더 시켰다. 모든 행동이 침착했다. 그러나 술집 안에 있는 사람 중 누구도 요점을 놓치지 않았다. 그들은 압둘라의 다음 행보를 기다렸으나 압둘라는 가만히 웃다가 물러갔다. 그 안에 있는 목소리가 말하고 있었다. 죽은 다음에도 기억할 수 있도록 나를 잘 봐 둬라.

그는 천천히 절뚝거리면서 걸어갔다. 술집이 다시 소란스러워졌다. 그러나 그는 사람들이 자기를 지켜보고 있다는 것을 알았다. 그는 침착하게 자기 집을 향해 걸음을 옮겼다. 아직도 다가올 승리를 확신했다. 그는 왜 결과를 두려워하지 않았을까? 키메리아는 완자의 집에 있을 터였다. 그는 다시 한 번 그것을 확신했다. 키메리아는 다른 사람이 호두를 몇 개 줍게 놔두기보다는 자기가 모든 것을 삼켜 버릴 인간이었다. 그는 칼과 성냥을 꺼냈다. 그리고 선택된 운명을 만나러 완자의 집으로 천천히 걸어갔다. 그는 걸음을 멈추고 이웃집 오두막에서 흘러나오는 뉴스에 귀를 기울였다. 9시였다. 노동자들의 급료는 인플레이션 때문에 별 차이가 없을 것이라고 했다. 산유국들이 모여 원유값 인상을 논의했다는 뉴스가 이어졌다. 정유 회사들의 수익이 더 많아졌다는 짤막한 뉴스도 이어졌다. 망할 놈의 세상! 그는 걸음을 옮겼다. 이제 완자의 집이 보였다. 메르세데스가 떠나고 있었다. 키메리아의 차일지도 몰랐다. 그러나 다시 한 번, 그는 걱정하지 않았다. 그것은 완자의 집에서는 정상적인 일이었다. 운전사들은 거물들을 실어다 주고는 어디론가 갔다가 정해진 시간에 돌아왔다. 어떤 경우든, 그는 걱정하지 않았다. 보이지 않는 운명의 손이 그를 조종하고 있었다. 그는 손에 칼을 들고 완자의 집에 들어갈 참이었다. 혹은 어쩌면 더 좋은 방법은…… 더 좋은 방법은…….

처음에 그는 자신의 눈을 믿을 수 없었다. 그의 상상일까? 더위를 먹어서 환상을 보고 있는 걸까? 붉은 불길이 완자의 집에서 솟구치고 있었다. 그는 그 자리에 얼어붙었다. 그러나 한순간뿐이었다. 갑자기 그 집에서 오싹한 비명 소리가 들렸다. 그는 달리지 못하는 자신을 저주하며 최대한 빨리 걸었다. 그러나 금세, 사람들이 각자의 집에서 나와 압둘라를 지나쳐 달려갔다. 그러나 그들은 우두커니 서서 어떻게 하는 것이 최선인지에 대해 얘기만 했다. 그러나 압둘라는 롱고놋과 케냐 산에서 절체절명의 순간에 결정을 내렸던 사람이다. 그는 거실로 통하는 유리창을 지팡이로 깼다. 그리고 손을 집어넣어 빗장을 따고 펄쩍 뛰어 방 안으로 떨어졌다. 손과 발로 더듬는데 문 옆에 있던 시체가 손에 닿았다. 그는 질식할 듯한 불길 속에 다시 더듬거리다가 문의 손잡이를 찾아서 열었다. 동시에 그는 불과 연기를 통해 시신을 잡아당기고 있었다. 그것이 누구의 몸인지 궁금해할 시간적 여유가 없었다. 키메리아일 수도 있었고 다른 여자들 중 하나일 수도 있었다. 아무래도 상관없었다. 그는 손으로 기면서 그것을 끌어당겼다. 그리고 간신히 불길을 빠져나와 밖에서 쓰러졌다. 그러나 불을 끄려고 물만 퍼붓던 군중이 두 사람의 몸을 보고 그들을 안전한 곳으로 끌어냈다.

체포된 지 열흘째 되는 날, 압둘라는 경찰관이 그의 감방으로 거칠게 들어오는 것을 보고, 그가 적의를 품고 있음을 알았다. 그러나 압둘라의 마음은 깨끗하게 정리되어 있었다. 어떤 결과가 닥쳐도 상관없을 것 같았다. 지금까지 그는 지극히 사적인 사건들 외에는 숨김없이 질문에 대답해 왔다. 경찰관은 격식을 차리지 않고 용건으로 들어갔다.

"압둘라 씨, 당신은 지금까지 아주 솔직하게 대답을 했어요. 자발적으로 정보를 제공하기까지 했어요. 키메리아를 증오했다는 것과 그를 죽이려 했다는 것도 숨기지 않았어요. 나한테 칼과 성냥갑까지 보여 줬고요. 나도 당신한테 솔직하게 말하겠어요. 나는 당신이 당신만이 아는 이유로 누군가 다른 사람을 보호하고 있다는 느낌이 들어요. 이제, 몇 가지 질문을 더 하죠."

"나는 아무것도 숨기는 게 없어요. 누구를 보호하는 것도 아니고요. 당신에게 모든 걸 얘기했어요."

"조금만 더 기억을 더듬어 보세요. 완자의 집에서 카레가와 은밀히 만난 적 있나요?"

"없어요. 거기서도 없고 다른 곳에서도 없어요. 카레가와 나는 늘 의견이 안 맞았어요. 그가 오 년 동안 떨어져 있다가 돌아온 후에는 특히 그랬어요."

"왜 그랬죠? 차이가 뭐였죠?"

"나는 그가 영세 농부들의 지원을 받는 노동자들의 단결을 지나치게 중시하고 있다고 생각했어요. 실업자들과 영세 상인들을 어떻게 보느냐의 차이였죠. 나는 그에게 땅은 모든 사람에게 열려야 하고, 융자는 영세 업자에게 쉽게 열려야 하며, 한 사람이 너무 많은 사업체를 가지면 안 된다고 얘기했어요. 한마디로, 기회의 공정한 분배에 대해 얘기한 거죠. 그러나 그는 늘 융자는 영세 상인을 망하게 하고 영세 농민들을 소외시키는 지름길이라고 주장했어요. 하나의 힘으로서 노동자들이 증가하고 있고 그 사람들이 미래의 사람들이고 또…….”

“흥미롭군요……. 그러나 그와 관련한 강의는 나중에 시간이 있을 때 듣기로 하죠. 방화 사건이 있기 일주일 전으로 돌아가 봅시다. 완자를 찾아간 적이 있나요, 없나요?”

“있어요.”

“매음굴로?”

“아니요.”

“오두막에 갔어요.”

“카레가도 거기에 갔었나요?”

“아뇨……. 모르겠어요……. 물어보지 않았어요.”

“무슨 뜻이죠?”

“나는 이유가 있어 완자를 만나고 싶었어요. 여하튼 그녀를 만나고 싶었어요. 그런데 그녀의 집으로 가는 길에 카레가를 만났어요. 우리는 인사를 했지요. 그는 나한테 밤에 어디 가느냐고 물었고, 그래서 얘기해 줬죠. 그랬더니 그녀가 오두막에 있다고 말하더군요. 그러나 그때는 그것을 어떻게 아느냐고 물어볼 생각을 못했어요.”

“그렇군요. 무슨 얘기를 했나요?”

“그것은…… 개인적인 거요.”

"흥미롭군요. 아주 흥미로워요. 그런데 전에는 어째서 이 이야기를 하지 않았던 거죠?"

"중요하다고 생각하지 않았기 때문이죠. 게다가 개인적인 것이라서요."

"개인적이라! 개인적이라! 개인적이라!" 그가 소리를 지르다시피 하면서 작은 감방 안을 걸어다녔다. 그러다 갑자기 걸음을 멈추고 압둘라를 응시했다.

"왜 카레가를 보호하려고 하는 거요?"

"그게 아니오…… 아무것도 보호해 줄 게 없어요."

"아무것도 보호해 줄 게 없다고? 두고 봅시다. 간수! 간수! 이 친구에게 약 좀 먹여……." 그가 붉은 방을 향해 걸어 나갔다.

4. 완자는 열흘째 되는 날에야 공포에 질리지 않은 눈으로 얘기할 수 있을 만큼 회복했다. 전에는 갑자기 불과 연기의 환영을 보며 소리를 질렀다. "불! 불! 불을 꺼……!" 충격과 손에 입은 화상과 수면 부족으로 인해 그녀는 많이 쇠약해져 있었다. 열이틀째가 되자, 경찰관에게 면회가 허용되었다. 그는 세 사람 사이의 어딘가에 답이 있다고 확신했고, 그것을 찾아낼 작정이었다. 그는 많은 것들을 찾아냈다. 예를 들어, 그는 완자가 음지고, 키메리아, 추이를 그날 밤 특별히 초대했으며, 그녀가 경비원과 여자들에게 하루 밤과 낮을 휴가로 줬고, 압둘라에게 와 달라고 했다는 것을 알아냈다. 그런데 어째서 자기 몸과 집을 태워 버리려고 했을까? 그는 물론이고 누구라도 그녀가 진짜 덜덜 떨고 있으며, 지금도 눈에 어른거리는 공포

가 가짜일 수 없다는 것을 알 수 있었다. 그는 그녀에게 부드럽게 말했다.

"곧 회복될 겁니다. 그 문제에 대해서는 너무 걱정하지 않아도 됩니다. 우리는 모든 걸 샅샅이 파헤칠 겁니다. 범인들을 반드시 잡고 말겠습니다. 현재로서는 경과가 그리 나쁘지 않습니다. 그런데 한두 가지 석연치 않은 구석이 있습니다. 당신이 우리를 도와줄 수도 있을 것 같군요."

"그날 밤 일에 대해서는 얘기하고 싶지 않아요. 그러나 꼭 해야 한다면 마음을 진정할 시간이 필요해요."

"옛 상처를 건드려서 정말 미안합니다. 그러나 당신도 이해하겠지만, 이것은 아주 심각한 문제입니다. 방화에 살인까지 겹쳤으니까요. 신문을 보면 알겠지만, 나라 전체가 긴장 상태입니다. 우리는 정치적인 동기를 의심하고 있습니다. 나도 그렇게 해 드리고 싶지만, 당신을 예외로 둘 수는 없습니다. 특히 이틀 밤에 관한 당신의 진술을 기록해야 합니다."

"그렇다면 하세요."

"첫째, 의심 가는 사람이라도 있습니까?"

"아뇨……. 아무도 없어요……. 늘 그랬으니까요"

"무슨 뜻이죠?"

"중요한 일은 아니에요. 그러나 화재는 우리 집안에서는 악몽 같은 것이에요. 나의 이모는 화재로 돌아가셨어요. 내가 볼리보 술집을 떠난 것도 셋방에 불이 났기 때문이었어요. 그러나 당신도 보다시피, 나는 하나의 불에서 더 큰 불로 달아난 셈이 됐네요."

"알겠습니다. 이 불이 있기 일주일 전, 카레가가 당신을 만나러 왔나요?"

"그래요. 내가 보자고 했어요."

"당신 집에서요?"

"내 오두막에서요."

"그리고 압둘라도 거기에 있었나요?"

"그렇기도 하고 아니기도 해요."

"무슨 뜻이죠?"

"카레가가 처음에 왔고 나중에 압둘라가 왔어요. 이상한 우연이었어요."

"자세히 설명해 주시죠. 카레가와 압둘라는 금요일 저녁에 관한 질문에 완강하게 답변을 거부했습니다. 개인적인 문제라고 하더군요. 그러나 방화와 살인에 관한 진실을 찾는 데 개인적인 것은 있을 수 없습니다. 이해해 주십시오."

"그들이 그랬다고요? 내 생각에…… 그것은 개인적인 일이었어요. 그러나 사실, 감출 건 없어요."

그녀는 그 금요일에 대해 설명하려고 하다가, 숨길 게 상당히 많다는 것을 알았다. 그래서 아주 사적이고 세부적인 것들은 빼고 주요 사실들에 대해서만 얘기하기로 했다. 그녀는 젊었을 때, 몇 명의 경찰관들과 함께 돌아다닌 적이 있었다. 그때의 경험으로 그들이 아주 사소한 것까지도 고정관념과 의심에 입각해 접근한다는 것을 알았다. 아무리 잘못된 것이라 하더라도 그들이 이미 이론을 세워 놓은 경우에는 특히 그랬다. 또한 그녀는 고집이 센 압둘라와 카레가가 아무것도 아닌

일로 문제를 키울 수도 있다는 것을 알았다. 그래서 그녀는 말을 하는 동안 이야기를 편집했다. 결국 이야기의 일관성은 어떤 것을 얘기하고 어떤 것을 빼먹는지 아느냐에 달려 있었다.

그러나 그녀는 자신에게조차, 왜 다른 날이 아니고 그날 밤 카레가를 불렀는지, 그리고 왜 하필이면 그 오두막을 택했는지 말할 수 없었다. 어쩌면 다정했던 과거의 기억 때문이었는지 몰랐다. 아니면 그가 그녀의 매음굴에 대해 느끼는 감정을 고려해서였는지도 몰랐다. 그녀는 립스틱을 지우고 가발도 쓰지 않고, 손에 구슬과 팔찌만 찼다. 그를 기다리는 동안 막연한 기대감으로 가슴이 뛰었다. 아직도 자신이 그런 기분을 느낀다는 사실이 놀라웠다. 그녀에게 익숙한 것은 돈이 수중으로 들어올 때의 두근거림이었다. 상황에 따른 재치, 펼쳐진 책처럼 남자의 얼굴을 읽고 그가 어떤 환상을 원하고 어떤 좌절감을 풀기 원하는지를 정확히 아는 능력, 그리고 그런 것들이 맞았을 때의 흥분감. 그녀는 이런 것들로 인한 짜릿함에 너무 익숙해져 있어서 그녀의 몸과 마음이 다른 가능성에는 무감각해져 있다고 상상했다.

그가 와서 문가에 섰을 때, 옛날에 느꼈던 모든 환상들이 되살아났다. 다만 지금은 그가 몸이 크고 단단해졌으며, 인근에서, 그리고 어쩌면 나라 전체에서 이름을 날리고 있다는 점이 달랐다. 그가 왔을 때 느꼈던 순수한 기쁨이 그녀를 괴롭혔다. 뭔가가 태어나 파편, 녹, 고물 수집장의 더러움에 저항하며 빛을 향해 손을 내밀려고 몸부림치고 있었다.

카레가도 과거로 돌아간 듯한 착각에 빠졌다. 침대와 시트,

램프와 가구가 옛날 그대로였다. 그녀는 그가 알던 것과 똑같이 그것들을 보존해 두었던 것이다. 과거의 한순간이 그처럼 얼어붙은 공간에 붙들려 있었다. 일모로그는 변했다. 사람들도 변했다. 새로운 힘이 태어나고 전선은 훨씬 더 명확했다. 그럼에도 그는 완자를 바라보면서 어떻게 그녀가 다른 시대와 장소와 상황에서 다른 사람이 될 수 있는지 놀라지 않을 수 없었다. 그는 그것이 그녀가 계속해서 성공하는 비결이라고 생각했다. 그녀는 서로 다른 시대의 서로 다른 사람들에게 매력적으로 다가갈 수 있었다. 마치 저마다 자신의 존재 조건이 그녀 안에 반영되어 있다고 느끼는 것 같았다. 그는 그런 재능이 허비되는 것을 보며 한숨 짓지 않을 수 없었다.

"할머니와 우리가 셍게타를 처음 마시던 날 밤이 생각나네요." 한때 좋아했던 접이식 의자에 앉으며 그가 말했다.

"그래요. 차 마실래요?"

"네, 좋아요."

그는 그녀가 무릎을 꿇고 웅크린 채로 스토브에 압력을 넣는 모습을 바라보았다. 그녀의 몸이 움직일 때마다 팔찌와 구슬에서 소리가 났다. 그녀는 자신의 행위에 완전히 몰두해 있었다. 정말 아름다웠다. 저런 여자가 어떻게 아이를, 생명을 화장실에 던질 수 있었을까? 저런 여자가 어떻게 다른 여자들의 몸을 갖고 장사를 할 수 있을까? 그녀를 판단하는 것은 그가 할 일이 아니었다. 그러나 불쾌한 생각들이 찾아들면서 그녀를 찬탄하는 마음이 깨져 버렸다.

"왜 아직도 오두막을 갖고 있어요?" 무슨 말이든 해야겠기에 그가 물었다.

"옛날의 일모로그를 잊고 싶지 않아서예요. 나는 아프리카 횡단 도로가 일모로그를 두 동강 내기 전에 우리가 어떻게 살았는지 끝까지 잊지 않을 거예요."

"그래 봐야 무슨 소용이죠?"

"당신 정말 많이 변했군요. 과거가 현재를 위해 중요하다고 얘기한 사람은 당신이잖아요."

"맞아요……. 그러나 현재에 대한 살아 있는 교훈으로서만 중요하죠. 내 말은 과거를 박물관으로 보존해서는 안 된다는 거예요. 오히려 그것을 환상 없이 비판적으로 보고, 미래와 현재의 전장에서 그것으로부터 어떤 교훈을 끌어낼 수 있는지를 생각해야 해요. 그러나 과거를 무턱대고 숭배하는 것은 안 돼요. 어쩌면 나도 과거에는 그랬는지 몰라요. 그러나 나는 포장도로도 없고 전기밥솥도 없던 과거의 사원들과 자연에 속수무책으로 당하는 세계를 계속 숭배하고 싶지는 않아요."

"당신은 너무…… 당신의 말은 신부의 말처럼 들려요. 너무 진지해요! 그러나 당신은 내 할머니와 나이가 더 많은 어르신들의 발치에 앉아 무슨 일이 있었는지 얘기해 달라고 계속 묻던 사람이었어요. 내 할머니의 목소리와 이야기에 흠뻑…… 빠져 있었죠……."

"그분은 위대한 분이셨어요. 나는 그들이 그분을 어떻게 죽음으로 몰아갔는지 듣고 정말로 가슴이 아팠어요. 먹느냐 먹히느냐에 따른 당신의 체제가 그렇죠."

그녀는 차를 컵에, 똑같은 컵에 따르고 앉았다.

"할머니는 늘 당신이 돌아올 거라고 말씀하셨어요……. 심지어 임종하실 때도 그러셨어요……. 이상한 일이죠……. 할머니가 저를 부르셨어요. 우리는 정말로 이틀 동안 얘기를 했어요. 아니, 할머니가 얘기를 하셨다는 편이 맞겠네요. 내가 어렸을 때의 기억을 새롭게 하시면서 말이죠. 많은 것들에 대해 말씀해 주셨어요. 한번은 내 머리에 손을 얹고 나를 바라보지도 않고 말씀하셨어요. 네 눈과 가슴에 슬픔과 비애가 너무 많구나……. 나는 네가 왜 슬퍼하는지 안다……. 그러나 그는 돌아올 것이다. 꼭 돌아올 것이다. 내가 걱정하는 것은 단지 네가 '거기에' 없어 그를 맞지 못하면 어떡하나 하는 것이다……. 나는 할머니에게 결코 일모로그를 떠나지 않겠다고 말씀드렸고, 할머니는 아무 말씀도 하지 않으셨어요. 나는 할머니가 더 말씀하시기를 기다렸는데 더 이상 아무 말도 하지 않으셨어요……. 그것 말고는 미래나 현재에 대해 말씀하지 않으셨어요. 그 대신, 할아버지 얘기만 계속하셨어요. 그래서 나는 언젠가 한 적이 있는 질문을 또 했어요. 할아버지가 어떻게 돌아가셨는지 얘기해 달라고요.

'네 할아버지는 남자였다. 이후로는 결코 없을 남자들의 세계에 속한 사람이었지. 나는 그걸 안다. 그는 키가 큰 기장 밭으로 나를 데리고 들어가 여자로 만들었어. 나는 그의 힘을 느꼈다. 우리는 셍게타를 같이 빚었지. 그것은 너와 압둘라가 만들어 사람들을 속이는 혼합주가 아니었다. 그런데 그는 과거의 기억과 미래에 대한 두려움으로 늘 혼란스러워했다. 어렸을 때, 그러니까 막 성인이 되려고 하던 젊은 시절에, 직접 보고 들은 것 때문이라고 하더구나. 일모로그 시장에서 있었던 일에 대해 들었다고 했다. 물론 다른 일들에 대해서도 들었지만, 그런 것들은 먼 곳에서 일어난 일들이었지. 당시는 이방인들에 맞서 싸움이 벌어지던 때였다. 너도 알다시피, 다고레티 쪽은 와아야키가 이끄는 이통가의 지배를 받았지. 와깅기를 지나 코이낭게 능선을 오른쪽으로 끼고 돌면 무니우 가문 기시가가 나오고. 네 어머니는 그곳 출신이었다. 그는 모든 얘기를 들었지만, 일모로그에는 그런 일이 절대 일어나지 않을 거라고 생각했어. 그런데 그런 일이 일어난 거다. 여자들과 아이들은 동굴과 숲에 숨었지. 일모로그의 젊은 남자들은 잠을 자다가 당하진 않겠다고 결심했어. 응데미의 저주에 복종하며 자기들의 염소와 땅을 지키겠다고 결심했던 거지. 네 할아버지는 헛간에 숨어 있었다는구나…… 여자들과 다른 아이들과 함께 도망가기를 거부하고서 말이야. 아직은 성인식을 치르지 않아 이 땅을 지키는 일에 참여할 수 없어서 울기만 했단다. 그는 적군을 향해 돌진하는 우리의 전사들이 들고 있는 수많은 창날이 오후의 햇살에 반짝이고 불이 난 집에서 뿜어져 나오는 화염처럼 붉게 빛나는 것을 보았단다. 수많은 용감한 전사들이 요란한 소리를 내는 총에 맞아 죽었다는구나…… 그럼에도 우리 전사들은 악을 쓰고 적한테 맞섰단다. 그러자 적들도 달아날 수밖에 없었단다. 그러나 땅에는 일모로그의 전사들이 쓰러져 있었단다…… 자신이 힘이 되어 주지 못한 것 때문에 네 할아버지는 울면서 맹세했다는구나…… 다음번에는…… 다음번에는…… 그러나 다음번이 왔을 때, 그는 이미 연장자가 되어 있었단다…… 겨우 짐꾼이 되어서 말이야……. 그런데 그 일을 하다가 어떻게 농부들이 러시아라는 땅에서 창을 들고 총을 빼앗고 적들을 물리쳤는지 들은 거야. 할아버지는 궁금했다는구나. 그들도 자기처럼 검을까? 그들이 몰아낸 건 유럽인일까? 한 수용소에서…… 그는 뭔가를 훔쳤단다……. 그는 맹세했다는구나. 다음번에는…… 그러나 다음번이 왔을 때, 잡혀간 것은 그의 아들들이었어. 그는 그 비밀을 숨겼어. 심지어 나한테도 말이야……. 그는 나이가 들어 가고 있었어……. 꿈들이 그의 마음을 산란하게 만들었단다……. 지구의 동물…… 그는 네 아버지가 큰 전쟁에 갔다 왔으니까 관심을 가질 거라고 생각했어……. 다른 젊은이들은 인도나 중국 같은 데서 벌어지는 또 다른 전쟁에 관해 얘기했어. 그런데 네 아버지는 달아나 버렸지……. 그는 상처를 받았다……. 더 이상은 다음번이라는 게 없는 것처럼 보였지. 그는 꿈 때문에 잠을 못 이루고 신음했어……. 그는 포기했어……. 나한테 비밀을 얘기했어……. 나는 그에게 어리석은 생각은 그만하라고 말했지. 나는 그가 그 일을 잊어버렸다고 생각했단다. 그런데 뚱뚱한 와이티나 음중구라는 놈이 이곳으로 왔지. 너도 알겠지만, 사람들에게 자기 무덤을 파라고 했던 놈이었다. 그자는 누가 올레 마사이가 이끄는 집단을 돕고 있는지 알고 싶어 했지……. 우리는 모두 바라자에 있었어. 그는 본때를 보여 주겠다면서 젊은이 둘을 뽑아서 죽이겠다고 했어. 그는 노인 둘에게 그들을 묻을 무덤을 파라고 했다. 누구든 자원하라고……. 그런데 네 할아버지가 자원을 한 거야. 우리는 그

가 미쳤다고 생각했지. 나는 너무 부끄러웠다. 너무 부끄러워
서 울었어. 결국 내 남자가 여자란 말인가? 젊은 사람들을 위
해 무덤을 파려고 괭이를 가져오겠다고? 결국 그가 얘기했던
꿈들은 그의 뼛속에 든 오줌과 똥이었던 말인가? 우리는 그가
오두막에 들어가고…… 헛간에 들어가고…… 어깨에 괭이를
메고 나오는 것을 보았어……. 여자들이 그를 향해 소리를 지
르고 난리였어……. 나도 그들이 그렇게 나올 줄 알았지. 나는
그가 그런 반역적인 일을 하지 못하게 막고 싶었어……. 그런
데…… 나는 그때를 결코 잊지 못할 것이다……. 그가 괭이를
놓고 옷 속에 있던 비밀스러운 것을 꺼내더니 와이티나를 겨
눴어……. 와이티나가 덜덜 떨더라. 우리는 백인이 덜덜 떠는
것을 보았어. 우리 모두는 탕 소리가 나기를 기다렸어……. 너
도 봤어야 하는데……. 그런데 발사가 되지 않았어……. 너무
오래된 것이었던 거지……. 그는 방아쇠를 당기고 또 당겼어.
그들은 그를 잡아 목매달아 죽였어……. 그러나 그는 미안하
다거나 용서해 달라는 말은 한마디도 하지 않았어……. 그는
남자였다, 내 남자…… 그는 남자였다!'

할머니는 그날 밤에 돌아가셨어요……. 나는 자부심과 기
쁨에 넘치던 할머니의 말들을 결코 잊지 않을 거예요…… '나
의 전사, 당신한테 갑니다…….' 할머니는 이렇게 말씀하시고
눈을 감았어요."

카레가는, 젊었던 지난 세기에 했던 약속을 지키려고 영웅
적인 죽음을 맞으러 가는 완자의 할아버지를 사람들 사이에
서 지켜보는 느낌이었다.

"그제야 나는 왜 내 아버지가 돌아오지 않았는지, 왜 아버지와 어머니가 늘 싸우고 우리 아이들의 어깨에 긴장의 짐을 떠넘겼는지 이해하게 됐어요……. 카레가, 내가 어떻게 이 땅이 아프리카 경제은행에 넘어가는 걸 보고만 있겠어요? 내 몸을 팔고 또 팔고 또 팔아서라도……." 그녀는 비통한 어조로 말을 맺었다.

그는 옛날에 느꼈던 불이 깜빡거리는 것을 느꼈다……. 그는 그녀의 몸을 향해 손을 뻗었다……. 그녀는 기다렸다……. 그러나 그는 손을 뻗다가 자신의 행동이 부질없다고 느끼고, 마치 적당한 말을 생각해 내려고 하는 것처럼 머리를 긁적였다.

"그것이 우리가 과거로부터 배울 수 있는 교훈이지요……. 행동의 지침인 것이죠……. 그리고 당신 할아버지의 독자적인 행동에서도 교훈을 얻어야 되겠지요……."

그들 사이에 있던 마법의 끈이 결국 끊어졌다.

그는 그 말을 다시 삼키고 싶었다. 그는 상투적인 교훈보다 목소리와 몸짓으로 그녀에게 더 상처를 줬다.

완자가 갑자기 그를 놓아 버렸다. 그녀도 여기서 끝이라는 걸 느끼고 알았다. 그가 돌아왔을 때, 그녀는 거기에 있지 않았다. 하지만 그것 때문에 울고 싶지는 않았다. 그가 노동자들과 대중한테 가서 맘껏 설교하게 놔두자 싶었다. 그녀가 소중하게 간직했던 꿈이 이제 막 사라진 것이다. 그녀는 사무적인 어조로 말했다.

"당신은 내가 당신을 왜 불렀는지 궁금해하는 것 같군요. 조심하라는 얘기를 하고 싶었어요. 그들은 당신을 죽이고…… 당신을 제거하겠다고 했어요……. 변호사님을 죽였던 것처럼 말이죠. KCO에 반대하는 사람들을 제거해야 한다는 거죠. 변호사님처럼 말이죠."

"누가요?"

"키메리아…… 추이…… 음지고…… 모두……. 나는 알아요. 어떻게 알았는지는 묻지 마요. 그것은 거대한 계획의 일부예요. 그들은 다양한 부족 단체를 만들라고 권장하고 있어요. 부족원들에게 목숨을 바쳐서라도 부족에 절대적인 충성을 하겠다고 맹세하게 함으로써 그들을 묶어 두려는 거죠. 그런 다음, 부족 지도자들이 KCO를 주축으로 국가 전선을 결성할 거예요. 불충스러운 구성원들을 제거하는 게 각 부족의 임무가 될 거예요. 부족과 부족의 문화와 재산을 다른 부족들한테 팔아넘긴다는 구실로 말이죠."

"어떤 사람이 지도자가 되죠?"

"재산이 기준이죠……. 그러나 아직 세부적인 것까지 다 계산해 둔 건 아닌 것 같아요. 그러나 KCO는 좋은 모델이에요. 재산이 있는 자들이 이끌고 있으니까요."

카레가는 한동안 말이 없었다. 그리고 혼잣말을 하듯이 말했다.

"그들은 실패하게 돼 있어요. 당신한테는 그게 안 보이나요? 우리 노동자들과 가난한 농부들과 평범한 사람들과 대중은 이제 눈을 떴고 더 이상 속지 않아요. 부족적인 충성심, 지역 모임, 영광스러운 과거 같은 것들에 속지 않는다고요. 우리가 굶어 죽어 가거나 일자리가 없거나 쥐꼬리만 한 돈을 받고 살 때, 그런 것들이 뭘 해 줬나요? 당신 생각에 우리가 외국 회사들, 은행들, 보험 회사들, 셍게타 회사를 가진 지역의 부자들, 엄청난 땅과 수많은 집들을 갖고 있는 새로운 흑인 지주들을 가만 놔둘 것 같아요? 그들이 결합하여 의회, 대학, 학교, 교회에 대변인을 두고 군대와 경찰력으로 그들의 이익을 지키도록 놔둘 것 같아요? 훔친 재산의 주인들이 우리를 영원히 지배하도록 놔둘 것 같아요? 아니…… 완자, 너무 늦었어요……. 우리는 그들이 땀 한 방울 흘리지 않고, 자기들이 뿌리지 않은 것을 거두고, 자기들이 갈지 않은 곳에서 수확을 해서 은행으로 가져가는 것을 더 이상 좌시하지 않을 거예요……. 그들에게 이렇게 전하세요. 키메리아 열 명당 카레가는 100만 명이라고요. 그들은 변호사를 죽일 수 있어요. 열 명도 죽일 수 있겠죠. 그러나 가난한 사람들과 빼앗긴 사람들과 수백만의 노동자들과 가난한 농부들은 그들 자신이 변호사예요. 그들은 총과 칼과 조직을 갖고 압박의 조건을 변화시킬 수 있고 그렇게 할 거예요. 그들은 자신들의 부를 되찾을 거예요. 그것이 모잠비크, 앙골라, 짐바브웨 등, 우리 주변에서 일어나고 있는 일들이에요. 당신은 방금, 내가 당신 할아버지 얘기에서 감동을 받지 않았다고 생각한 것 같은데, 나는 당신 할아버지가 간 길을 열 번이라도 택할 거예요……. 당신 아버지는 안돼요……. 결코 안 돼요! 케냐의 노동자들과 농부들은 깨어 있어요.”

그는 가려고 일어섰다. “하지만 경고해 줘서 고마워요. 정말이에요. 감동했어요……. 나는 그저 당신이 그들의 편이라는 게 유감스러울 따름이에요. KCO와 제국주의는 가난한 사람들이 아니라 부자들을 대변해요. 그들은 가난한 사람들을 착취하고 있어요. 그래서 가난한 사람이 조직을 결성하는 걸 싫어하는 거예요. 그런데 당신은 그들을 돕고 있어요."

그녀가 자리에서 일어나 그를 쳐다보았다. 눈에는 증오가, 목소리에는 노기가, 태도에는 당당함이 있었다.

"아니…… 그건 사실이 아니에요. 그건 사실이 아니에요. 나는 내가 유일하게 할 수 있는 방법으로 그들과 싸우려고 했어요. 당신은 어떤가요? 당신은 지금의 나를 만든 사람이에요. 당신은 가 버렸어요. 가 버렸다고요. 내가 눈물로 애원했어도 당신은 떠났어요. 그런데 지금은 감히 나를 비난하는군요."

그때, 갑자기 그녀의 목소리가 변했다. 그녀가 부드러운 어조로 말했다.

"나는 너무 외로웠어요……. 너무 외로웠어요. 이 재산이 내 머리에 너무 무겁게 느껴져요. 오늘 밤 같이 있어 줘요……. 오늘 밤만, 옛날처럼……."

그런데 다시 그녀의 목소리가 변했다. 그녀는 이번에는 카레가 너머로, 그 너머로 소리쳤다. 격렬한 항의의 소리였다.

"아, 그건 사실이 아니에요. 사실이 아니라고요. 나는 삶을 사랑했어요! 삶! 삶! 카레가, 나한테 삶을 줘요……. 나는 죽어 가고 있어요……. 죽어 가고 있어요……. 아이도 없이…… 아이도 없이!"

그는 그녀를 바라보지 않았다. 그는 차가웠다. 그렇게 할 수밖에 없었다. 그는 단단하고 확실했다!

"당신이 어떤 입장에 있든, 편을 선택한 거예요. 나는 당신을 미워하지 않아요. 당신을 재단하지도 않고요……. 그러나 나는 우리가 그들이 되어서…… 그들과 합류해서…… 키메리아들과 싸울 수 없다는 것을 알아요. 우리는 그런 게임에서 그들을 이길 수 없어요……. 아니, 우리는 키메리아도 없고 추이도 없는 세상, 우리의 땅이 모두의 것이 되고 우리의 삶에 지시를 내리는 기생충들이 없는 세상, 우리가 서로의 행복과 복지를 위한 노동자들이 되는 세상을 원해요. 우리는 그것을 향해 투쟁해야 해요."

그는 문가에 서 있는 그녀를 두고 떠났다. 나중에 압둘라가 찾아갔을 때도 그녀는 그 자리에 그대로 있었다.

이후 며칠 동안, 완자는 무슨 일이 있었는지 생각해 보았다. 모든 것이 불가피한 것처럼 보였다. 카레가와의 최종적인 결별과 압둘라와의 결합이 불가피해 보였다. 카레가로부터 비난의 말을 들은 직후, 압둘라가 조지프가 시리아나에서 잘하고 있다는 소식을 전해 주자, 그녀는 자부심도 생기고 약간의 희망도 갖게 되었다. 그녀가 한 일 중에서 유일하게 잘한 일 같았다. 적어도 그것은 그녀가 자신의 삶에 불리한 영향을 미치지 않고 시작한 일이었다. 무슨 삶이 이럴까! 그녀는 깨진 그릇에 꿈을 담고 있었던 셈이다. 지금 돌아보니, 사라진 꿈들과 기대감은 흔적조차 없었다. 그 그릇에 구멍을 낸 것은 키메리아였다. 사실이었다. 그러나 그렇게 하도록 놔둔 것은 그녀였다. 그녀는 선택을 했다. 그것 때문에 부모나 키메리아를 비난할 수는 없었다. 적어도 그녀는 다른 방식으로 싸우기를 선택할 수도 있었다. 그녀의 할아버지도 선택을 했다. 그의 아버지도 선택을 했다. 카레가도 선택을 했다. 모든 사람이 받아들이거나 받아들이지 않는 것을 선택했다. 그 선택은 사람을 전쟁터에서 전장의 이쪽이나 저쪽에 위치하게 만들었다. 그녀는 마치 패배 자체가 성취인 양, 집으로 돌아와 자신의 패배를 치욕이 아니라 자랑스럽게 얘기하는 이야기 속의 전사 같았다. 그녀는 자신의 아이를 죽이기를 택했다. 그렇게 함으로써 자신의 삶을 죽였다. 그리고 이제 그녀는 재산과 타락 속에 최종적으로 묻히는 것을 영광스러운 성취로 여겼다. 그녀는 그 사실을 냉정하게 바라보았다. 이번에는 책임을 다른 사람들에게 전가하지도 않았다.

그녀는 이제, 순수했던 예전으로 돌아갈 수 없었다. 그러나 현재 상황에 대해서는 뭔가를 할 수 있었다. 자신이 뭘 하려고 하는지는 알 수 없었다. 뭔가를 할 필요를 느낄 뿐이었다. 우선, 그녀는 키메리아와의 관계를 끝낼 수 있었다. 그래, 끝내야지. 그러나 이번에는 자기 식으로 끝낼 생각이었다. 그녀가 장소와 시간과 주변 상황을 택할 생각이었다. 그녀는 복수하고 싶었다. 생각하면 할수록 자신의 생각이 마음에 들었다. 그리고 그것은 곧 강박관념이 되었다. 끝내는 방식이 실제 행위보다 중요한 것 같았다. 그녀는 압둘라를 복수의 도구로 선택하는 데 아무런 모순도 느끼지 않았다. 그를 자신의 삶 속으로 받아들인 것이 지금은 너무 자연스럽게 생각되었다. 아이디어는 간단했다. 그녀는 음지고, 추이, 키메리아를 초대하여, 남루한 옷을 입은 압둘라를 자신이 선택한 남자라고 소개할 작정이었다. 그런 다음, 키메리아의 정체를 폭로할 생각이었다. 그녀는 계획을 세운 뒤 여자들을 모두 내보냈다. 경비원도 내보냈다. 정말로 지금의 생활 방식과 직업을 끝낼 작정이었다. 여자들은 훗날 다른 사업을 할 때 고용할 방법을 찾기로했다. 그러나 복수를 하는 날 밤에는 그들이 없어야 했다. 그녀는 압둘라가 올 때까지 음지고, 키메리아, 추이를 서로 다른방에 있게 할 작정이었다. 오랜 경험과 언변으로 그들을 따로두고도 동시에 즐겁게 할 자신이 있었다. 늘 짓밟히며, 끝없는치욕과 타락 속에 살아온 인생에는 굉장한 대단원이 될 것이었다.

마지막 날까지 모든 것이 계획대로 진행되었다. 추이가 맨먼저 도착했다. 그녀는 그를 방으로 안내하고 그와 잠깐 얘기를 나눈 뒤 저녁을 준비하겠다고 말하고는 주도면밀하게 문을 잠갔다. 그녀는 부엌으로 가서 고기를 잘라 네 사람이 먹을 만큼 냄비에 담았다. 음지고가 두 번째로 도착했다. 그녀는 그를 다른 방으로 안내하고 그와 잠깐 얘기를 하고 요리를하겠다며 부엌으로 갔다. 요리와 부엌은 그 드라마에서 가장중요한 고리였다. 그녀는 그것을 즐기기 시작했다. 그들이 요리는 다른 여자들에게 시키면 되지 않느냐고 물을 때마다 그녀는 같은 대답을 했다. 두 사람만의 특별한 저녁이니까 그래요. 그것 외에는 그들을 즐겁게 하는 건 어렵지 않았다. 추이는 남아프리카, 영국, 미국에 대해서 자기가 하는 얘기를 들어주는 것을 좋아했다. 또한 거물들의 이름을 슬쩍 흘리기를 좋아했다. "지난번에는 누구누구하고 얘기를 했는데…….""지난번에는 어디어디에서 염소 고기를 먹었는데……. 그런데 만약 그 상황에서 폭탄이 터졌다면, 케냐의 엘리트란 엘리트는 다 죽었을 거야." 그는 자신이 가 본 곳에 대해 그녀가 계속 놀랍다고 해 주는 걸 특히 좋아했다. 그와 잠자리를 한 영국 여자들을 그녀가 질투하는 척하면 특히 좋아했다. 음지고는 차에 대해 못마땅하다는 듯이 얘기하는 것을 좋아했다. 마치 차가, 특히 메르세데스가, 세상에서 가장 큰 악마라도 되는 듯이 얘기하는 것을 좋아했다. 그는 자기가 몰고 다니는 차에 맞춰 그 차를 칭찬해 주면 좋아했다. 키메리아는 그녀가 약간의 질투를 느끼는 걸 좋아했다. 그런 다음 선물을 주겠다고 약속함으로써 그녀의 환심을 다시 사는 걸 좋아했다. 그도 이따금, 거물들과 파티에 참석한 일에 대해 얘기했다. 그가 참석하는 모든 파티에서는 사람들이 샴페인이나 위스키를 몇 병씩 사서 돌린다고 했다. "큰 것은 한 병에 100실링 가까이 나간다니까." 그는 마치 크기를 보고 술을 사고, 파티를 가치 있게 만드는 것이 술값이라는 양 떠들었다. 그녀는 이제 조바심을 치며 키메리아가 오기를 기다렸다. 갑자기 심장이 빨리 뛰었다. 뭔가 잘못되는 건 아닌지 두려웠다. 그녀는 다시 한 번 자신의 삶을 돌아보며, 키메리아를 일찍 만나지 않았더라면 삶이 달라졌을지 생각해 보았다. 그녀는 아버지를 떠올렸다. 만약 그녀의 아버지가 그녀의 할아버지 같았다면 모든 게 달라졌을까? 그녀는 이런저런 생각을 했다. 키메리아가 문을 두드렸을 때, 그녀는 할아버지의 모습을 생각하고 있었다. 그녀가 문을 열자 그는 사랑받을 준비를 하며 안으로 슬며시 들어왔다. 그녀는 두툼한 채소를 자르는 데 사용하던 칼을 아직 들고 있었다……. 그는 그녀를 향해 미소를 지어 보였다……. 그녀는 그를 방으로 안내했다. 그리고 압둘라가 왔는지 확인하려고 하는데 갑자기 불길이 치솟고 연기가 났다. 그녀는 비명을 지르기 시작했다. 그러다가 기절해서 넘어졌다.

그것이 그녀가 고드프리 경감에게 얘기한 내용의 골격이었다. 그리고 그것은 사실이었다. 그녀가 그에게 얘기하지 않은 것은, 자신이 아직도 살아 있고 증거도 불에 타 없어졌으니 아무에게도 얘기하지 않을 것은, 키메리아를 자기가 죽였다는…… 들고 있던 칼로 그를 쳐서 죽였다는 사실이었다.

5. "말해 보시오, 무니라 씨…… 당신은 추이를 잘 알고 있었죠." 고드프리 경감이 말했다. 그는 아주 편해 보였다. 얼굴에 있던 무료함과 냉소는 사라지고 없었다. 눈에는 장난기까지 담겨 있었다. 진짜 알고 싶어 하는 눈빛이었다.

"이미 얘기했듯이, 그와 나는 같은 학교를 다녔어요. 같이 쫓겨났고요. 내 생각에 1946년이었던 것 같아요. 그해가 쿠기니 음바라키라 불리던 연령 집단의 해였으니까요."

"암시장 말인가요?"

"예. 전쟁 직후여서 물자가 엄청나게 부족했죠. 운전사인 카루고가 유명해진 것도 이 무렵이었어요. 그는 물건과 옥수수를 정착지에서 아프리카인 보호 구역까지 운반했죠. 경찰차도 그를 따라잡지 못했다고 하더군요."

"그래서 사람들이 투라 나 시아 카루고라고 하는 건가요?"

"맞습니다."

"아주 흥미롭군요."

"지금 같으면 마겐도라고 할 거요……. 그러나 지금은 상아와 루비와 옥수수와 석탄을 싣고 다니죠. 경찰이 범인들을 추격하지 않는다는 게 다를 뿐이죠."

"하! 하! 하! 무니라 씨, 당신은 문화에 대해 뭘 좀 아는 것 같네요. 그런데 부모님이 기독교인들이죠?"

"예."

"형제들은 잘살고요. 한 사람은 정유 회사의 요직에 있지 않나요?"

"맞습니다."

"아버지는 아직도 대지주죠?"

"그렇습니다."

"부모님과의 관계는 어땠나요? 따뜻한 편이었나요?"

"긴장 관계였죠."

"당신은 자신에 대해서 어떻게 생각합니까? 실패자라고 생각하나요? 다들 하얀데 나만 이상하게 검은 양이라고 생각하지는 않나요?"

"그리스도 안에서 새로 태어난 사람들에게는 실패라는 게 없습니다. 이 세상은 나의 집이 아닙니다."

"좋아요. 그런데 말이죠……. 시리아나에서 사건이 있은 후로 추이를 다시 본 적 있나요?"

"없어요……. 제대로 만난 적은 없어요."

무니라는 말을 멈추고 몇 분 동안 생각에 잠겼다. 그리고 갑자기 재미있는 게 생각났다는 듯이 웃었다.

"사실…… 일모로그에서 여러 번 그를 보았죠. 내가 누구인지 밝힐까 생각한 적도 있지만 그러지 않았어요. 아니, 그 결정을 계속 미뤘는지도 모르죠. 그런데 어느 날, 내가 누구인지 밝혔어요. 우스웠어요. 일모로그 골프 클럽이 개장하는 날이었어요. 우리 선생들도 초대를 받았거든요. 이번엔 내가 그에게 곧장 갔어요. 처음에는 나를 기억하지 못하더군요. 나는 그에게 축구 선수였던 추이 얘기를 했어요. 나는 그를 조 루이스 셰익스피어라고 불렀었죠. 그가 껄껄 웃더군요. 한 손으로는 큰 배를 잡고 다른 손으로는 샴페인 잔을 든 채로요. '어이, 친구, 잘 지냈는가? 하! 하! 아마 지금 같으면 사람들이 나를 무하마드 알리나 브루스 리나 펠레라고 불렀을 거네. 그래, 자네가 선생이 되었다고? 나처럼? 프로드샴…… 그 사람의 장례식에 참석했나?' 우리는 아이언몽거, 프로드샴, 그리고 우리가 다닐 때의 시리아나에 대해 조금 얘기를 했어요. '요즘 아이들은…… 전혀 우리 같지가 않아.' 그는 이렇게 말하더군요. 그는 나한테 뭘 마시는지 묻더니 셍가 셍가 셍게타를 왜 안 마시느냐고 하더군요. P = 3T라는 공식도 모르냐면서요. '새로운 수학이라네.' 그가 한 손으로 내 어깨를 치며 웃더군요. 그날, 나는 술을 마시고 싶지 않아 진저에일을 달라고 했어요. '이보게, 와인은 잘만 이용하면 좋고 친근한 거라네.' 그는 술을 권하면서 내 어깨를 세게 쳤어요. 그래도 나는 진저에일을 마시겠다고 고집하며 이런 말을 인용했어요. '오, 보이지 않는 술의 정령이여, 그대에게 알려진 이름이 없다면 그대를 악마라고 부르게 해 주시오.' '자네는 아직도 윌리엄 셰익스피어 씨를 기억하고 있군그래.' 그는 이렇게 말하고 다시 웃었어요. 우리는 논쟁을 했어요. 진저에일은 진짜 에일(ALE, 알코올은 모든 사람에게 활기를 준다.)일까, 아니면 환타(FANTA, 멍청난 선생들은 술을 안 마신다.)일까? 뭐, 이런 농담이었죠. 그는 누가 마시느냐에 따라 진저에일이 술을 마시는 것과 같은 효과를 가져올 수 있다고 했어요. 언젠가 블루 힐스에 있는 자기집 파티에서 숙녀 하나가 진저에일을 먹고 취한 적이 있다고 하더군요. 그녀가 문에 가더니 비명을 지르고 기절을 했고, 나중에는 유령을 보았다고 하더래요……."

"그렇군요. 아주 흥미롭네요. 키메리아는 어때요? 당신은 그 사람을 알았나요?"

"아뇨……. 잘 몰라요……. 그가 완자의 인생을 망쳤고 카레가의 형을 배반했다는 것 외에는요."

"카레가가 뭘 암시하는 듯한 발언을 하지는 않았나요?"

"무슨 말이죠?"

"원한 같은 것 말입니다. 혹은 어떻게 새로운 세상이 오게 할 것인가에 관한 얘기 같은 거요. 그 세상을 빨리 오게 하는 걸 생각했을 수도 있지 않나요?"

"나는 이미 당신에게 내가 어째서 그런 걸 믿지 않는지 얘기했습니다."

그가 말을 멈췄다. 경관이 이상한 모습으로 그를 바라보았다. 고드프리 경감의 어조가 갑자기 바뀌었다……. 그는 더 이상 생각에 잠긴 구경꾼이 아니었다.

"무니라 씨…… 방화 사건 후의 일요일 아침에 일모로그 언덕에서 뭘 하고 있었죠?"

무니라는 경찰관을 바라보았다. 그는 그의 눈에서 모든 것을 읽었다.

"그럼 당신은 알고 있었나요?" 그가 조용히 말했다.

"그래요, 무니라 씨…… 모든 세계의 지배자들한테는 그들의 법과 경찰관과 재판관들과…… 법의 집행인들이 있는 게 아닐까요? 무니라 씨, 미안하지만 나는 이 세상의 경찰관일 뿐입니다. 나는 이제 공식적으로 완자의 집에 불을 지르고 세 사람을 죽게 한 혐의로 당신을 고발하겠습니다. 경고하지만, 당신이 말하는 어떤 것도 법정에서 당신한테 불리하게 사용될 수 있습니다. 자, 왜 그랬던 거요?"

"나는…… 나는 카레가를 구하고 싶었소." 무니라가 말했다.

무니라는 이 세계가 틀리고 잘못되었음을 굳게 확신했다. 그는 자신의 모든 친구들이 그것을 보고 제때에 탈출하기를 바랐다. 그가 카레가를 그렇게 괴롭힌 이유도 그래서였다. 결국 이것이 강박관념이 되었다. 그는 완자를 따라다녔다. 그는 압둘라도 따라다녔다. 카레가도 따라다녔다. 그러나 그가 가장 관심을 둔 사람은 카레가였다. 마치 카레가가 개종해야만 지워질 수 있는 의심이 그의 마음속에 자리하는 것 같았다. 그러나 그 금요일, 그가 카레가의 그림자를 본 것은 전적으로 우연이었다. 그는 그를 따라다녔다. 그는 그가 완자의 오두막에 들어가는 것을 보았다. '비밀리에 만나고 있구나!' 불현듯 이런 생각이 들었다. 그는 어둠 속에서 기다리며 열심히 생각했다. 처음 일모로그에 왔을 때를 떠올렸다. 그는 자신이 주변에 만들어 놓은 세계를 완자가 어떻게 흩어 놓았는지를 떠올렸다. 그녀에게 빠지고 나중에 게으름과 술에 빠졌던 일을 떠올렸다. 옛 정원에 있던 과일처럼 너무 갖고 싶었던 그녀의 모습을 떠올렸다. 어딘가에서 목소리가 들렸다. 그 여자는 이세벨이다. 카레가는 그녀의 악마적인 포옹에서 벗어나지 못할 것이다. 어둠 속에서 들리는 그 메시지는 분명했다. 카레가를 그녀에게서 구해 내야 했다. 그렇지 않으면 무니라 자신이 밟았던 전철을 밟게 될 것이었다. 무니라는 카레가와 릴리언이 돌아온 후에야 그녀에게서 벗어났다. 그를 구하라…… 그를 구하라. 목소리가 계속 들렸다. 결국 예수도 하느님의 성전을 훼손하는 장사치들을 때렸다. 중요한 것은 법에 대한 수동적인 복종이 아니라 하느님의 보편적인 법에 적극적으로 복종하는 것이었다. 그것은 엄청난 계시였다. 그는 카레가가 나오는 것을 보았다. 그는 오늘 밤 행동을 해야 하는지, 한다면 어떻게 해야 하는지 생각했다. 그가 카레가를 뒤따르고 있을 때, 압둘라가 오두막 안으로 들어가는 게 보였다. '저 친구마저도…….' 무니라는 이렇게 생각하고 그곳을 떠났다.

그는 일주일 동안 하느님에게 길을 보여 달라고 기도했다. 그리고 토요일 저녁, 석유를 구입하여…… 완자의 집으로 갔다. 그것은 그가, 즉 무니라가 아니었다. 그는 단지 법에 적극적으로 복종하여 그것을 수행하고 있을 따름이었다. 지상에서 하느님이 하시는 일을 조롱하는 매음굴을 불살라 버리라는 명령이 그에게 내려진 것이었다. 그는 문마다 석유를 붓고 불을 붙였다. 그리고 일모로그 언덕으로 걸어가 그 위에서 매음굴이 불에 타는 모습을 바라보았다. 네 구석에서 나오는 불길이 피의 꽃잎 같은 모습으로 검은 하늘을 비추었다. 무니라는 자신의 의지로 행동했다. 그는 기도를 하려고 무릎을 꿇으며 자신이 더 이상 아웃사이더가 아니라고 느꼈다. 마침내 자신이 법과 하나임을 확인한 것이다.

13

1. 고드프리 경감은 일등칸 창문 옆에 앉아 멀어지는 들판을 바라보았다. 언덕 중턱과 계곡과 산마루에 위치한, 잘 정돈된 아름다운 커피 농장과 차 농장이 차창으로 지나가고 있었다. 그의 마음은 아직도 루와이니와 나이로비 사이의 굽이치는 풍경이 아니라 뉴 일모로그에 온전히 가 있었다. 범죄의 수수께끼를 풀 때마다 늘 느끼던 내적인 만족감이 느껴져야 마땅했다. 그런데 어딘가 심기가 불편하고 신경이 고두선 느낌이었다. 그는 약간 놀라고 있었다. 이러한 불편함은 냉정하게 사회적, 정치적 사건들의 흐름을 보는 그의 성격과 전혀 부합되지 않았다. 카레가 같은 부류의 사람들에게 관심이 있어서가 아니었다. 그는 그런 질서의 파괴자들을 향해서는 아무런 감정을 느끼지 못했다. 고드프리 경감은 자수성가한 사람이었다. 정식 교육은 8학년까지 받았지만, 자신의 위치를 알고

연구와 응용을 통해 지금의 자리에 올랐다. 그에겐 웅덩이의 밑바닥을 휘젓는 것에 대한 본능적인 두려움이 있었다. 그래서 그는 사유 재산의 신성함을 믿게 되었다. 그가 보기에 사적인 소유권, 그리고 생산과 교환과 분배의 방식이라는 체제는, 하늘에 고정되어 영원한 듯 보이는 해와 달과 별 같은 사물의 자연스러운 질서와 동의어였다. 그렇게 정해진 사물의 고정성과 영원성을 방해하는 사람은 누구든, 부자연스러운 존재였다. 그런 사람에게는 자비를 베풀 필요가 없었다. 그렇지 않으면 어떤 어리석은 우주 비행사가 해나 달을 밀어 버릴 경우에나 발생할 혼란이 올 터였다. 급진적인 노조 활동과 공산주의를 신봉하는 카레가 같은 사람들은 자본주의의 구조 자체를 위협했다. 따라서 그들은 살인자들보다 더 나빴다. 고드프리 경감은 늘 이 사회를 보호해야 한다고 생각했다. 그가 지금까지 일군 재산이 별로 없다는 것은 중요하지 않았다. 그는 여전히 그 구조를 지켜야 한다고 생각했다. 경찰은 안정을 보장해 주는 힘이 아닐까? 그래야만 방해받지 않고 부를 쌓는 게 가능하지 않을까? 사실, 모두가 자신의 위치를 그 힘에 빚지고 있었다. 캄웨네 문화 재단 밑에 모여 있는 백만장자들도 마찬가지였다. 그는 경찰력이야말로 진정으로 근대 케냐를 만든 힘이라고 느꼈다. 카레가나 그와 유사한 인간들은 탄자니아나 중국으로 추방해야 마땅했다!

그러나 그의 마음을 산란하게 만든 것은 무니라 같은 사람이었다. 무니라는 어떻게 아버지의 막대한 재산을 거부할 수 있었을까? 재산과 부와 위치와 종교와 교육이 가족을 묶어 줄 수 없다는 말일까? 그것 말고 뭘 원할 수 있는 걸까? 고드프리 경감은 그것이 종교적인 광신주의라고 결론지었다! 그런데 경찰로 근무하면서 경험한 바에 따르면, 그러한 광신주의는 보통 가난한 사람들 사이에서나 찾아볼 수 있었다. 인간은 만족할 줄 모르는 존재이니까!

그러나 무니라의 말이 맞을 수도 있었다. 자본주의와 자본주의적 민주주의 체제가 살아남기 위해서는 도덕적 순수성이 필요했다. 그가 뉴 일모로그에서 보았던 것들만 해도 도덕적 순수성에는 그다지 부합되지 않는 것들이었다. 물론 그는 나이로비, 몸바사, 말린디, 와타무를 비롯한 다른 곳에서도 비슷한 것들을 보았다. 그러나 전에는 그것에 대해 진지하게 생각해 본 적이 없었다. 도덕적 순수성이라는 명목으로 살인을 하는 무니라 같은 사람을 만난 적이 없었기 때문이다. 현재 생각으로는 그랬다. 고드프리 경감이 생각하는 것은 완자의 선샤인 로지가 아니었다. 예를 들면 그것은 일모로그의 우타마두니 문화 관광 센터였다. 그것은 표면적으로는 미국, 일본, 서독, 서부 유럽의 다른 나라에서 오는 관광객들을 즐겁게 하기 위한 것이었다. 그러나 그것은 더 사악한 행동들, 즉 보석과 상아, 동물 가죽, 심지어 사람까지 밀매하기 위한 위장에 지나시 않있디. 그것은 이 나라의 자연적이고 인간적인 자원을 약탈하기 위한 공간이었다. 그들은 관광객의 육체적 욕구를 만족시켜 주기 위해 젊은 여자들을 모집하고 있었다. 그들은 좀 더 가망성 있는 여자들, 즉 영어와 독일어를 적당히 할 줄 알고 세련된 것처럼 보이는 여자들을 유럽으로 유인해 아프리카 창녀로 활용했다. 고드프리 경감은 이익이 엄청 남는 검정 상아 무역이 그 지역 국회의원이고 그 센터의 소유주인 응데리 와 리에라의 묵인하에 이뤄지고 있다는 것을 의심하지 않았다. 그는 서독 출신의 경영자와 협력 관계에 있었다. 검정 상아 수출은 외화벌이의 일등 공신이었다. 우리는 그런 것 없이는 살 수 없는 걸까? 고드프리 경감은 몇 년 전 폭풍이 몰아쳤을 때, 와타무 만에서 발견된 유사한 인신매매단을 떠올리며 그런 의문을 품었다. 그는 이 문제에 대해 상급자들한테 얘기할 생각이었다. 별도의 보고서를 작성해 올릴까도 생각했다. 그러나 그는 많은 고위층들이 그러한 우탈리이 우타마두니 센터와 관련이 있을지 모른다는 사실을 떠올리며, 그 생각을 단념했다. 그는 보고서와 함께 그런 것들에 대한 지식도 혼자만 간직하기로 했다. 복잡한 범죄 사건을 해결해야 하는 상황이 생기면, 그런 것들이 쓸모가 있을 수 있었다. 그는 풍기 단속반 반장이 아니라 형사가 아닌가! 결국 관광 산업은 이 나라의 최대 산업 중 하나였다. 부정적인 것들이 없는 곳이 어디 있던가. 경찰관으로서 그가 해야 할 일은 안정과 법과 질서가 유지되도록 돕는 것이었다. 거기에 모든 산업과 외국인 투자의 성공 여부가 달려 있었다. 그는 껄껄 웃었다. 기분이 좋아졌다. 어떻게, 그리고 왜라는 도덕적 질문에 끌려 들어가다니, 자신이 참으로 어리석었다 싶었다. 나이가 들면서 약해지는 건 아닐까 싶었다. 그는 편안하게 앉아서, 방화에 의한 키메리아, 추이, 음지고의 살인 사건 수사와 관련한 더 편안하고 형식적인 문제들을 떠올렸다. 완자, 무니라, 압둘라, 심지어 카레가까지 그의 마음을 스치고 지나갔다……. 기차가 도시에 점점 가까워지고 있었다. 이 도시에 비하면 일모로그는 작아도 너무 작은 모조품에 불과했다.

2. 그녀는 아버지에 대해 생각했다. 어떤 사람들은 민중의 편에 서서 투쟁하고, 어떤 사람들은 외국인들과 내통하며 민중을 배반하고, 다른 사람들은 위태롭게 가운데에 서게 되는 이유는 무엇일까? 그녀는 압둘라, 카레가, 무니라, 할아버지, 그리고 자신의 삶에서 만났던 모든 사람들을 떠올리며, 어쩌면 모든 것은 단순히 사랑과 미움의 문제일지도 모른다고 결론 내렸다. 인간의 가슴에 샴쌍둥이처럼 등과 등을 맞대고 있는 사랑과 미움. 사랑하기 때문에 미워하기도 했다. 미워하기 때문에 사랑하기도 했다. 사랑한다는 것은 사랑하는 것과 관련하여 미워해야 할 것을 결정했다. 미워한다는 것은 미워하는 것과 관련하여 사랑할 수 있는 것들의 가능성을 결정했다. 사랑하고 미워할 대상을 어떻게 알까? 그녀는 자신의 삶에 있었던 사건들을 생각해 보며 선택의 문제로 되돌아갔다. 자신이 뭘 하고, 어떤 행동을 하고, 어떤 편을 택하느냐에 따라 뭘 사랑하고 뭘 미워할지를 알게 되는 것이었다. 예를 들어, 민중을 억압하는 식민주의자들의 편을 들면서 여전히 민중을 사랑한다고 말할 수는 없었다. 투쟁에서 중립을 지키면서 악에 맞서 싸우는 사람들의 편이었다고 말할 수는 없었다. 그녀의 아버지는 돈을 벌고 재산을 축적하고 싶어 했다. 그는 중립을 선택했다. 그는 민중의 편에 서고 싶어 하지 않았다. 돈을 벌

기회를 잃을 수도 있었기 때문이다. 중립적인 입장을 취해 결과적으로 식민주의자들의 편에 섰던 아버지의 비극은, 그렇게 적과 내통하고 자신과 자기 아버지를 부정했음에도 결국은 파멸로 끝나고 그 주변 세계가 와해되었다는 것이었다. 그가 했던 변변치 않은 배관 일은 그를 둘러싼 거대 기업들의 적수가 되지 않았다. 그녀는 소규모 운반 사업에 스스로 관여한 적이 있어 그것을 분명히 알았다. 그녀는 영세 상인, 승합차 운전사, 버스를 한 대만 소유한 사람, 가게 주인들한테 어떤 압력이 가해지는지 너무나 잘 알았다. 그렇다면 자신의 입장과 아버지의 입장에는 차이가 있었을까? 그녀도 앞서 아버지가 그랬던 것처럼 투쟁에서 편을 택하지 않았던가. 그녀도 나중에는 뭘 사랑할지 선택하지 않았던가. 돈과 돈벌이를. 그렇다면 자기도 케냐가 독립한 이후에 키메리아 같은 사람들의 편을 선택한 것이었다. 그런데 어떻게 아버지를 비난한단 말인가? 그녀는 이제 아버지를 잘 이해했었더라면 싶었다. 그와 길게 얘기했었더라면 싶었다. 그들이 무슨 얘기를 나눌 수 있었을까? 결국 그녀는 아버지에게 치욕만 더 안겨 주지 않았던가? 지금은 어쩔 수 없었다. 그러나 그녀가 뭔가를 하는 게 가능한 때가 있었을까? 그녀는 여러 차례 집으로 돌아가려 하다가 번번이 실패했던 일을 떠올렸다. 짐을 싼 뒤 이제 정말로 이 일을 그만하겠다고 다른 여자들에게 얘기한 때가 있었다. 그런데 그다음 날, 옷을 모두 도둑 맞았다. 그녀는 빈손으로 집에 돌아가는 것이 두려웠다. 아버지가 그녀를 창녀라고 불러 행동 대신 말로 내쫓은 적이 있었다. 변호사가 그녀에게 집으로 돌아가라고 한 적이 있었다. 그는 그 뜻에 따라 집으로 돌아가기로 작정하고 버스에 탔다. 그러나 집에 도착하자, 갑자기 마음이 변했다. 죄의식이 몰려왔다. 빈손이어서만이 아니라 아버지를 마지막으로 만난 기억 때문이었다. 그 기억이 너무도 가슴 아팠다……. 지금도 아팠다. 일모로그에 처음 가기 전 그녀는 부모와 화해하고 그들의 축복을 받고 싶었다. 부모의 저주가 어떤 결과를 가져올지는 아무도 모를 일이었다. 그녀는 어떻게 해야 할지 곰곰이 생각했다. 그녀는 정오에 집에 갔다. 그런데 아버지가 헛간 아래 풀밭에 누워 있었다. 아버지의 쇠약한 얼굴을 보고 그녀는 그가 많이 아프다는 것을 알았다. 그녀는 갑자기 그를 향해 마음이 따뜻해지는 걸 느꼈다. 그는 혼자였고, 말을 하는 것도 힘들어했다. 그는 물을 달라고 했다. 그녀가 안으로 들어가 컵에 물을 따라서 가져다주었다. 그의 손이 떨렸다. 아버지는 그녀를 올려다보더니 천천히 고개를 저었다. "어렸을 때, 네 엄마 같구나." 그의 목소리는 부드러웠다. 그녀는 어쩌면 아버지가 사랑이 가능했던 때를 떠올리고 있을지도 모른다고 생각했다. 그 순간, 그녀도 아버지가 자기를 무릎에 앉히고 노래를 불러 주던 때를 떠올렸다. 그가 돈을 벌어야겠다는 생각에 사로잡히기 전 행복하던 시절의 일이있다. 아버지를 향한 그녀의 마음이 부드러워졌다. 그녀는 자신의 잘못을 고백하고 용서를 빌고 싶었다. 그가 그녀를 다시 바라보며 말했다. "돈 좀 있니? 5실링? 20실링?" 그녀가 핸드백을 들자 갑자기 그의 얼굴이 환해졌다. 그의 쇠약해진 손이 기대감으로 떨리고 있었다. 그는 그녀를 과하게 칭찬하기 시작했다. 자신의 노년에 그녀가 효도를 할 줄 알았다고 말했다. 아버지는 그녀에게 그녀의 어머니가 자기를 속여서 돈을 빼앗아 갔다며 불평을 늘어놓았다. 어머니만이 아니라 모든 이웃들이 작당을 해서 케냐에 있는 돈의 자기 몫을 갖지 못하게 한다고 했다. 이제 남은 사람은 완자뿐이라고 했다. 갑자기, 지폐를 꺼내던 그녀의 손이 굳어 버렸다. 그의 눈에는 어떻게 벌었느냐에 상관없이, 돈만 있으면 그녀가 좋게 보인다는 걸까? 그녀는 생각했다……. 돈을 갖고는 그의 사랑이나 축복도 살 수 없었고, 집으로의 귀가도 살 수 없었다. "아무것도 없네요." 그녀가 핸드백을 닫으며 말했다. 그러자 아버지는 모든 사람을 욕하기 시작했다. 자식들이 하나도 쓸모가 없다는 걸 진작부터 알았다면서……. 그녀는 그 자리를 떠났다. 그리고 가까운 술집에 가서 갖고 있던 돈을 다 털어 술을 마셨다. 나중에 아버지가 죽었다는 소식을 들었을 때도 그녀는 울지 않았다. 아버지는 암으로 죽었다.

그녀는 옛 오두막에 있는 침대에 앉아서 이런 일들을 생각했다……. 과거의 실루엣……. 삶과 기억으로부터 좀처럼 사라지려 하지 않는 것들 . 그녀는 새롭고…… 깨끗한…… 삶을 원했다. 최근에 가까스로 탈출한 것의 의미가 바로 이것이라고 느꼈다. 벌써 안에서 새로운 사람이 꿈틀거리는 것을 느꼈다……. 그녀는 결국 불로 세례를 받은 것이었다. 그녀가 두 번에 걸쳐서 가까스로 탈출하고 새로운 길, 새로운 가능성을 시도할 수 있도록 또 다른 기회를 준 사람이 무니라와 압둘라였다는 말일까? 그러나 그녀에게 더 좋은 기회가 있을까? 자신에게 무슨 일이 일어나든, 그녀는 그 순간의 공포로 인해 늘 떨게 될 것이다……. 어디서 그런 힘이 나서 그런 일을 했던 건지 그녀는 아직도 의아스러웠다…….

누군가가 문을 두드렸다. 누굴까? 또 한 번 두드리는 소리가 났다. 그리고 문이 열렸다.

"어머니!" 완자는 놀라움에 숨이 막혔다.

"내 자식아…… 또 불이구나!" 이제는 나이를 먹은 어머니가 소리쳤다. 그들은 같이 울었다. 어쩌면 서로 다른 기억 때문에 우는 건지도 몰랐다.

"한 달이나 지났는데 나는 몰랐다. 얼마 전에야 낯선 사람한테서 얘기를 들었다."

그 사람이 완자의 안부와 함께, 완자의 몸이 화재에서 많이 회복됐는지 물었다는 것이다. 완자의 어머니는 그 얘기를 듣고 다리가 휘청거렸다고 했다. 그리스도의 자비로움과 무한한 정의에 대한 믿음 때문에 간신히 걸을 수 있었다고 했다.

이후 몇 주 동안, 그들은 과거를 향해 걸음을 옮기며 다정하게 얘기를 나눴다. 그러나 그것을 밖으로 크게 드러내지는 않았다. 그들이 유일하게 오래 이야기한 것은 티 파티에 참석하는 걸 거절했던 일이었다. 완자는 속으로 이런 생각을 했다. 아무도 운명을 벗어날 수 없었는지 몰라. 인생은 잘못된 출발의 연속인지도 몰라. 그래서 잘못이라는 것이 드러나고 또 다른 시작을 위해 다시 더 노력하는 건지도 몰라. 갑자기 그녀는 자신이 느끼는 두려움과 희망을 어머니에게 드러냈다.

"제 생각에…… 저…… 임신한 것 같아요. 아니, 확실해요,

어머니."

그녀의 어머니는 잠시 아무 말도 하지 않았다.

"누구의…… 누구의 아이냐?"

완자는 숯과 두툼한 종이를 집어 들었다. 한 시간 정도, 스케치에 몰두했다. 갑자기 그녀는 자신의 자아로부터 빠져나오는 느낌을 받았다. 전에는 경험해 보지 못한 감정의 물결이 몰려오는 것 같았다. 형상이 종이 위에서 모습을 드러내기 시작했다. 그녀가 나이로비에 있을 때 변호사의 집에서 본 적이 있는 조각품과 승리와 웃음, 슬픔과 두려움의 감정을 느끼는 키마시의 모습이 혼합된 형상이었다. 그런데 그 형상에는 한쪽 다리가 없었다. 스케치가 끝나자, 그녀는 놀라운 고요를 느꼈다. 새로운 종류의 힘을 가질 수 있다는 확신이 생겼다. 그녀는 스케치를 어머니에게 건넸다.

"이렇듯 얼굴이 고통과 고뇌로 가득한…… 이 사람은…… 이 사람은 누구니? 그런데 이 사람이 왜 이렇게 웃고 있는 거니?"

3. 압둘라와 조지프는 뉴 예루살렘에 있는 그들의 오두막 밖에 앉아 이야기를 나누었다. 조지프는 이제 키가 훤칠한 젊은이로 자라 있었다. 그는 말끔한 카키색 셔츠와 반바지로 된 교복을 입고 있었다. 손에는 우스만 셈벤의 『신의 나무토막들』을 들고 있었지만, 독서에는 별로 신경을 쓰지 않았다. 태양이 일모로그 위로 따뜻하게 내리쬤다. 지린내와 썩어 가는 쓰레기 냄새가 바람을 타고 그들이 앉아 있는 곳까지 날아왔

다. 그러나 그들에겐 그 냄새가 익숙했다. 조지프는 시험을 통과할 자신이 있다고 말하고 있었다. 그는 다른 고등학교에 가고 싶었지만, 지원을 하지 않았기 때문에 그럴 수가 없었다. 압둘라의 마음은 다른 곳에 가 있었다. 그는 완자를 구출해 냈다는 사실이 더없이 기뻤다. 그러나 아직도 그 사건을 어떻게 받아들여야 할지 알지 못했다. 어떻게 무니라가 그런 짓을 할 수 있었을까 싶었다. 그를 우러러봐야 할지, 아니면 화를 내야 할지도 알 수 없었다. 몰래 비겁한 행동을 했다며 혐오해야 할지, 아니면 그의 용기를 칭찬해야 할지도 알 수 없었다. 결국 그는 압둘라 자신이 직접 행동으로 옮기지는 못하고 생각만 했던 것을 행동으로 옮긴 셈이었다. 조지프는 아직도 얘기를 계속하고 있었다.

"참 이상해요. 하필이면 그때 살해당하다니 참 이상해요."

"무슨 말이니?" 압둘라가 마지못해 물었다. 그러나 그는 조지프의 답변을 듣고 깜짝 놀랐다.

"학생들이 다른 파업을 계획하고 있었거든요."

"다른 파업? 뭣 때문에?"

"추이는 골프 클럽이나 자기가 이사로 있는 여러 회사의 중역 회의실이나 리프트 밸리에 있는 여러 개의 밀밭에서 학교를 운영했어요. 학교 구내에서 일하는 직원들도 우리에게 동참할 계획이었어요. 선생님들도 한두 명은 동조했어요. 그들도 보수와 근무 여건과 추이의 근무 태만에 불만이 많았거든요……. 이번에 우리는 학생들과 직원들과 노동자들로 구성된 위원회가 학교를 운영해야 한다고 요구할 계획이었어

요……. 그리고 지금도 우리는 반장 제도를 없앨 생각이에
요……. 그리고 우리의 모든 공부가 민중의 해방과 관련이 있
어야 한다고…….”

압둘라는 조지프가 나열하는 시리아나의 문제들에 관심이
없었다. 그는 자신의 삶을 되돌아보고 있었다. 그는 키뇨고리
에서 보낸 유년 시절을 회상했다. 집에 와서 밤늦게까지 얘기
를 나누던 어른들이 떠올랐다. 응강가 와 리웅게. 조한나 키
라카. 나프탈리 미추키. 지포라 응디리. 그들이 케냐의 진정한
애국자들이었다. 그들은 밤늦게까지 리무루의 역사를 돌아
보며 얘기를 나누었다. 그들은 루카처럼 백인들의 이익을 위
해 변절한 자들을 욕하고, 정착민들이 땅을 잠식해 들어오는
것에 맞서 싸웠던 사람들을 칭송했다. 그들은 다가올 미래에
그 지역의 모든 땅이 그 땅의 후손들에게 어떻게 돌아올 것인
지 얘기했다. KCA. KAU.* 그들은 이런 것들에 대해 얘기하다
가 승리의 노래와 투쟁의 노래를 부르며 자리를 파했다. 압둘
라는 그런 노래들을 무척이나 좋아했다. 그는 그들의 이야기
를 들으며 앞으로 다가올 드높은 영광을 상상했다. 그는 응딩
구리를 떠올렸다. 자신이 가까스로 탈출한 일, 숲으로 도망친
일, 체포되고 구금당한 일, 잃은 것도 있고 얻은 것도 있는 상
태로 집에 돌아온 일을 떠올렸다. 갑자기 압둘라는 과거에 관
한 진실을 조지프에게 얘기해야 한다고 생각했다. 그는 자신

---

* KAU(Kenya Africa Union). 케냐아프리카인동맹. 1944년 결성된 키쿠유
족 중심의 반영(反英) 민족 운동 단체.

이 조지프에게 욕을 하고, 작은 아이한테 자신의 좌절감을 해소하려 하고, 아이는 진짜 형이 그러는 것이라고 생각하고 그것을 견뎌 내려 했던 일을 떠올리며 죄의식을 느꼈다. 조지프가 그에게 '그들의' 부모에 대해 물은 적도 없고, 도시로 가던 도중 정신착란에 빠졌을 때를 제외하고는 자신의 유년 시절에 대해 아무 말도 하지 않았다는 것은 이상한 일이었다. 어쩌면 그는 진실을 아는지도 몰랐다. 어쩌면…….

"조지프." 압둘라가 갑자기 말했다. 그는 시리아나에서 있을 파업에 관한 얘기를 못 들은 것 같았다. "내가 과거에 너한테 잘못한 게 있다면 용서해 다오."

"왜 그러세요? 용서할 게 뭐가 있다고요." 압둘라가 화제와 어조를 갑자기 바꾸자 조지프가 놀라며 말했다. "저한테 주신 모든 것에 대해 정말 고맙게 생각하고 있어요. 무니라, 완자, 카레가, 모두 다 고마워요. 제가 자라서 학교와 대학을 마치면, 저도 당신들처럼 되고 싶어요. 저도 우리 민중을 위해 뭔가를 했다는 자부심을 느끼고 싶어요. 당신들은 이 나라의 독립을 위해 싸웠잖아요. 저는 이 나라의 민중을 해방시키는 일에 기여하고 싶어요. 저는 마우마우에 관한 책을 많이 읽고 있어요. 언젠가 키마시가 태어난 곳과 J. M.이 태어난 오사야에 초등학교를 세워 국가의 성지로 만들면 좋겠어요. 키마시를 기념하여 극장도 만들고 싶어요. 교사였을 때, 테투에서 기차무 극장 운동을 조직하신 분이니까요……. 저는 다른 나라의 노동자들과 농부들이 역사적으로 어떤 일을 했는지 기록된 책들을 많이 읽고 있어요. 중국, 쿠바, 베트남, 캄보디아, 라오스, 앙골라, 기니, 모잠비크에서 있었던 민중 혁명에 대해서도 읽었고요……. 그리고 레닌과 마오의 책들도……."

압둘라는 그가 카레가처럼 얘기한다고 생각했지만 아무 말 하지 않았다. 어쩌면…… 어쩌면 역사는 하느님의 거대한 무 대에서 추는 춤일지도 모른다는 생각이 들었다. 역사는 어떤 역할을 선택하든 맡은 역할을 하다가, 새로운 스텝의 물결, 새 로운 춤에 밀려나 그 무대를 떠나는 것일지도 모른다는 생각 이 들었다. 그리고 더 젊고 더 영리하고 더 창의적인 다른 무희 들이 나타나 훨씬 더 나은 기술을 갖고 더 복잡한 스텝을 밟으 며 춤을 추고, 결국에는 그들도 자기들이 만드는 데 일조했던 운동에서 더 거대한 물결에 의해 옆으로 밀려나고, 그리고 다 른 무희들이 앞선 세대는 꿈도 꾸지 못했던 더 새로운 높이와 가능성에 맞춰 춤을 추는 것일지도 모른다는 생각이 들었다. 그냥 놔둬야지……. 그냥 놔둬야지……. 그의 시간은 끝났다. 그는 현재 파멸의 가장자리에 서서 작은 과일 판매상으로 살 아갈 팔자였다. 그러나 그는 한 사람을 죽이려고 갔다가 한 사 람의 생명을 구했다는 사실이 기뻤다. 그는 완자가 행복했으 면 싶었다. 그녀가 때때로 자기를 기억해 주면 기쁠 것 같았다.

4. 재판 직전에 무니라의 아버지, 어머니, 그의 아내가 제로 드 신부와 함께 그를 보러 왔다. 그들은 이 상황에서 어떤 얘 기를 해야 좋을지 생각하느라 고심했다. 무니라는 키가 큰 아 버지를 바라보았다. 그의 아버지는 식민지 시대를 살았음에 도 불구하고 아직도 단단하고 건강해 보였다. 일흔다섯 살이

넘은 그는 이 세상에 대해 어떻게 생각할까? 그는 식민지 이전의 봉건적인 부족장들과 가문들이 쇠퇴하고 몰락하는 것을 본 사람이었다. 그리고 선교사들이 오는 것을 목격했던 사람이었다. 철도, 1, 2차 세계 대전, 마우마우 사태, 독립 이후에 있었던 재판들, 핀토, 음보야, 쿵구 카룸바, J.M.의 살인 사건, 시쿠쿠, 세로니의 구금, 사유 재산을 보호하겠다는 서약. 이 모든 것에 대해 그는 어떻게 생각할까? 무니라는 형제들의 안부를 물었다. 그들은 마치 그와 피를 나눈 형제들이 아닌 듯, 그가 현재 처한 상황에서 너무 멀리 떨어져 있었다.

"아이들은 어디 있나요?" 그가 물었다. 그들은 당황한 듯했다. 무니라는 얼굴을 찌푸리며 화가 난 목소리로 말했다. "아이들이 실패자인 아버지를 보지 않도록 하신 건가요?" 갑자기 그의 어머니가 울음을 터뜨렸다.

"왜 그랬니? 어떻게 그런 짓을 할 수가 있니?" 그녀가 물으며 그 주제에 대한 침묵의 금기를 깼다. 제로드 신부가 맞장구를 쳤다.

"당신이 여기에 내내 있다는 것을 알고도 나는 아무것도…… 내가 도와줄 수도 있었을 텐데."

무니라는 그를 감싸고 있는 위선적인 태도에 전보다 더욱 충격을 받았다. 그는 난폭직입적이었던 고드프리 경감을 떠올렸다. 그는 적어도 자신이 어떤 법을 섬기는지를 분명히 밝혔다. 그는 그 형사와 범죄를 수사하는 그의 괴상한 방식을 향해서 따뜻한 마음을 품었다.

"그 길로 돌아가시오……. 그 빛을 향하시오……." 무니라가 그들 위에 서서 읊조렸다. 그의 목소리에 돌연 동정심과 분노가 동시에 어렸다. 따로 떨어진 곳에 서서 자신의 과거를 생각하는 것처럼 보이는 와웨루를 제외하고, 모두가 서로의 얼굴을 바라보았다.

"아버지……." 무니라가 권위적인 목소리로 말했다.

"왜 그러느냐?"

"한 가지만 여쭙겠습니다. 1952년에 아프리카 땅과 자유를 위한 마우마우 서약을 거부했던 일 기억하십니까?"

"너, 대체 어떻게 됐기에……." 와웨루는 사탄이 새로운 유혹을 들고 나왔을지 모른다고 생각하며 빨리 냉정을 찾으려고 했다.

"그런데 독립을 한 후, 196—년에는 케냐인들을 분리하고 소수의 사람들이 갖고 있는 부를 보호하겠다는 서약을 하셨습니다. 무슨 차이가 있는 거죠? 서약은 서약 아닌가요? 이제 무릎을 꿇고 그리스도께 용서를 비세요. 천국에 계신 하느님의 눈에는 가난한 자도 없고 부자도 없고, 이 부족도 없고 저 부족도 없습니다. 하느님의 눈에는 회개한 사람은 누구나 평등합니다. 신부 당신도……."

"너 돌았느냐?" 그의 아버지가 깜짝 놀라며 다시 소리쳤다.

"당신은 블루 힐스에서 일모로그 사람들을 맞은 적이 있다는 걸 기억할 거요."

"기억이 잘 안 납니다……." 그는 다음에 무슨 말이 나올지 조바심을 내며 말했다.

"그들 중에 절름발이가 있었던 걸 모르겠소? 가뭄이 있었다는 것도?"

"예…… 아…… 예."

"나는 그들 중 한 사람이었소. 당신은 목마르고 배고픈 우리를 쫓아냈소."

"나는 몰랐습니다……. 알았더라면…… 그런데……."

무니라가 다시 기침을 하고 목청을 가다듬더니 그들을 손가락으로 가리켰다.

"법…… 당신들은 하나이신 하느님의 법을 따랐소? ……저주받은 자들아, 나에게서 떠나 악마와 그 부하들을 위하여 준비된 영원한 불 속으로 들어가라. 너희는 내가 굶주렸을 때에 내게 먹을 것을 주지 않았고, 내가 목말랐을 때에 마실 것을 주지 않았으며, 내가 나그네였을 때에 따뜻이 맞아들이지 않았다. 또 내가 헐벗었을 때에 입을 것을 주지 않았고, 내가 병들었을 때와 감옥에 있을 때에 돌보아 주지 않았다. 그러면 그들도 이렇게 말할 것이다. 주님, 저희가 언제 주님께서 굶주리시거나 목마르시거나 나그네 되신 것을 보고, 또 헐벗으시거나 병드시거나 감옥에 계신 것을 보고 시중들지 않았다는 말씀입니까? 그때에 임금이 대답할 것이다. 내가 진실로 너희에게 말한다. 너희가 이 가장 작은 이들 가운데 한 사람에게 해 주지 않은 것이 바로 나에게 해 주지 않은 것이다. 이렇게 하여 그들은 영원한 벌을 받는 곳으로 가고 의인들은 영원한 생명을 누리는 곳으로 갈 것이다."*

---

* 「마태오 복음」 25장 41~46절.

그들은 그를 위해 울면서 물러갔다. 그들은 일모로그 성공회 교회에서 무릎을 꿇고 무니라를 위해 기도했다.

"방언을 하고 기적을 행한다고 주장하는 게 부흥파 신도들입니다. 너무 지나쳐서…… 금지를 해야 합니다……." 제로드 신부가 서글픈 어조로 말했다.

"맞아요……." 무니라의 아버지가 동의했다. 그러나 그는 카레가와 무니라와 마리아무를 생각하고 있었다. 그 여자가 자기 아들들을 통해 두 번이나 자신을 때리는구나 싶었다. 어쩌면…… 간통을 하려고 했던 자신의 죄…… 약한 육신…… 그러나 그가 완전히 그랬던 것은…… 아닌데…… 여하튼 회개했는데…… 어찌 이런 일이 있을 수 있을까? 그때, 그는 최근에 있었던 우연한 일을 떠올렸다. 최근 1920년대에 카군다 음바리 땅을 전부 팔고 리프트 밸리로 사라졌던 카조히가 돌아와서 그에게 도와달라고 한 일이 있었다. 그는 반쯤 눈이 멀어 있었다. 이제키엘 와웨루는 지인들과 친구들을 통해 도시 소재의 교회에서 운영하는 양로원에 그를 들어가게 해 줬다……. 이제키엘은 중얼거렸다. 하느님께서 불가사의한 방식으로 놀라운 일을 행하시는구나. 그는 이제 유언장을 어떻게 작성할지 알았다……. 하느님의 지혜를 어떻게 의심한단 말인가?

5. 카레가는 그 소식을 들었다. 그의 얼굴 표정은 변하지 않았지만 아무리 애써도 눈물 한 방울이 왼쪽 뺨으로 흘러내리는 건 막을 수 없었다. 그는 눈물방울이 시멘트 바닥으로 떨어

지는 것을 지켜보았다. 그의 몸은 초반에 맞고 전기 고문을 당하고 정신적인 괴롭힘을 당해 약해져 있었다. 그런 것들은 참을 수 있었다. 그러나 어머니가 돌아가셨다는…… 돌아가셨다는 소식에는 그도 어쩔 수 없었다. 어머니를 다시는 볼 수 없다니. 그는 어머니에게 해 드린 게 없었다……. 그녀는 평생 땅 한 자락도 갖지 못한 일꾼으로 살았다. 유럽인 농장에서도 그랬고 무니라의 아버지 밭에서도 그랬다. 그리고 최근에는 시골에서, 목숨이 붙어 있게 해 줄 뭔가를 주는 누구를 위해서도 일했다. "왜? 왜?" 그는 속으로 신음했다. "나는 실패한 인간이다." 다시 눈물 한 방울이 시멘트 바닥으로 떨어졌다. 케냐에 있는, 아니 신식민주의적인 아프리카에 있는 우리 어머니 같은 사람들은 어쩌란 말이냐? 아직도 제국주의에 짓눌려 있는 여자들과 남자들과 아이들은 어쩌란 말이냐? 그는 이틀 동안 아무것도 먹지 않았다.

나쁜 소식을 전해 줬던 간수가 세 번째 날에 다시 왔다.

"카레가 씨…… 면회요……. 나와 보는 게 좋겠어요……. 카레가 씨, 나는…… 아니 우리는 당신이 알아줬으면 좋겠어요……. 지금까지 있었던 일에도 불구하고…… 우리 중 일부는 우리 노동자들을 위한 당신의 투쟁에 대해 알게 되어 기쁩니다……. 우리는 당신에게 공감합니다……. 우리는 견딜 따름입니다……. 입에 풀칠을 해야 하니까요……."

카레가는 '우리 노동자들'이라는 말을 속으로 되뇌었다. 그의 어머니는 평생, 재산을 가진 소수를 위해 땅을 팠다. 가진 자들의 피부색이 검으면 어떻고 갈색이면 어떤가? 다수의 피와 땀을 마시는 그들의 능력은 같은 피부색이나 언어나 지역을 배려한다고 줄어들지 않았다. 그녀는 자신의 즉각적인 권리를 요구했지만 불평하지 않았다. 하느님이 모든 것을 제대로 돌려놓으실 거라고 믿었기 때문이다. 그러나 그녀는 이제 죽고 없었다. 하느님은 아무것도 제대로 돌려놓지 않았다. 그녀는 자신이 투쟁하고 싸웠던 것 이상은 갖지 못했다. 이 세상은 먹거나 먹히는 곳이라는 완자의 말이 맞는 걸까?

멀리 한 여자가 서 있는 모습이 보였다. 누구인지 궁금해하며 그는 철조망을 향해 걸어갔다. 그녀의 얼굴이 어쩐지 낯익다는 생각이 들었다. 공장에서 본 적이 있는 여자였다. 셍게타를 만드는 데 필요한 기장을 골고루 펴서 햇볕에 말리는 일을 하는 여자였다. 그녀는 수줍어하는 것 같더니 스와힐리어로 말을 꺼냈다.

"보내서 왔어요. 당신을 보게 해 달라고 졸랐거든요. 이 간수님이 저를 도와주셨어요."

"이름이 뭐죠?"

"아키니이예요. 그분들이 저를 보냈어요……."

"누가요?"

"다른 노동자들이…… 전갈을 보냈어요. 그분들이 당신과 함께 있다고요……. 그분들이…… 우리는 다른 파업을 하고 일모로그 시가로 행진할 계획이에요."

"그런데 누가……?"

"일모로그 노동자 운동이죠…… 양조 공장 노동조합뿐만이 아니에요. 일모로그의 모든 노동자들과 실업자들이 동참할 거예요. 영세 농민들과…… 영세 상인들까지…….”

그는 가만히…… 아주 가만히 서 있었다. 노동자들의 운동……. 그것은 새로운 것이었다……. 그가 억류된 후에 생긴 게 틀림없었다.

그녀는 그에게 일요일에 체포되었을 때 노동자들이 격렬하게 항의를 했다는 얘기도 해 주고, 그때 다쳤던 노동자들의 상태에 대해서도 얘기해 줬다. 또한 그녀는 아주 중요한…… 거물이 죽었다는 소식도 전해 줬다.

“정말이에요?” 그가 물었다.

“네. 나이로비에서요. 마테레 밸리 외곽의 이스틀리에 있는 차 안에서 기다리다가 총에 맞았대요. 집세를 받으러 간 운전사 겸 경호원을 기다리다가 그랬다네요.”

“가난한 사람들을 빨아먹고 산 자로군요. 아마 강도들한테 당했을 테지만 그래도…….”

“강도들이 아니었대요. 소문에 따르면 그 이상인 모양이에요. 그들이 쪽지를 남기고 갔대요. 그들은 자기들이 와콤보지라고 했대요. 세계해방협회라나요……. 사람들 말로는 스탠리 마셍게가 그와 키마시가 시작한 전쟁을 끝내려고 에티오피아에서 돌아왔대요……. 숲과 산으로 되돌아간다는 소문도 있어요…….”

마셍게가 돌아왔다고? 그는 속으로 곰곰이 생각해 보았다. 그럴 리가 없었다. 그러나 그게 무슨 상관이랴 싶었다. 새로운 마셍게…… 새로운 코이탈렐…… 새로운 키마시…… 새로운 피니 오와초…… 그들은 날마다 태어나고 있었다……. 민중들 사이에서······.

"그들이 당신을 어떻게 하려고 하는 건가요?" 그녀가 그의 생각의 흐름을 막으며 말했다.

"나를 억류할 거요······. 나는 공산주의자라는 혐의를 받고 있어요."

"당신은 돌아올 거예요." 갑자기 그녀가 대담한 눈길로 쳐다보며 말했다.

그 목소리는 그녀가 전해 준 이야기를 듣고 떠올린 모습들을 더욱 부추겼다. 제국주의, 자본주의, 지주, 지렁이. 기생 상태와 상호 포식을 사회의 최고 목적으로 삼고 배가 불룩한 진드기들과 빈대들을 낳는 체제. 이 체제와 부당 이익만을 추구하는 신들과 그것의 하수인들이 그의 어머니를 무덤으로 몰아갔다. 이 기생충들은 늘 노동자들에게 피의 희생을 요구할 것이다. 모든 땅을 외국인들에게 팔아넘겼던 소수의 인간들은 피골이 상접한 사람들이 외로운 무덤을 향해 걸어갈 때조차, 민중의 피를 마시고 동일한 피부색과 국가주의에 대한 위선적인 기도를 읊조릴 것이다. 모든 노동자들은 이 체제와 그것의 신들과 그것의 부하들에 맞서 의식적이고 지속적이고 단호하게 싸워야 했다! 코이탈렐에서 시작하여 캉게세를 거쳐 키마시에 이르기까지, 그 길을 닦은 것은 노동자들, 영세 상인들, 영세 지주들의 도움을 받는 농민들이었다. 내일은 노동자들과 농부들이 투쟁을 이끌고 권력을 잡아, 피에 굶주린 신들과 그들의 하수인들로 구성된 체제를 무너뜨리고, 소수에 의한 다수의 지배와 피를 마시고 인간의 살로 포식을 하는 시대를 끝장낼 것이다. 그때가 되면, 그때가 되어야만, 남자와 여자의 왕국이 진정으로 시작될 것이고, 생산적인 노동 속에서 기뻐하고 사랑하게 될 것이다……. 잠시, 그는 이러한 상상의 파도에 몸을 실었다. 그는 케냐의 모든 노동자와 농민을 위해 그러한 상상이 열어 줄 가능성의 파도에 몸을 실었다. 그러한 생각에 너무 빠져 있느라 그는 옆에 있는 여자를 잊고 있었다.

"당신은 돌아올 거예요." 그녀가 다시 말했다. 그 목소리에는 조용하지만 궁극적인 승리에 대한 확신이 담겨 있었다.

그는 그녀를 골똘히 쳐다보았다. 이윽고 그의 눈길은 그녀를 지나 망구오 늪의 무카미를 향했다가, 다시 응야키뉴아한테 돌아왔다가, 자신의 어머니를 향했다. 그 눈길은 아킨이니를 넘어 미래를 향하고 있었다! 그는 슬픔 속에서 미소를 지었다.

"내일…… 내일……." 그는 혼잣말로 중얼거렸다.

"내일……." 그는 자신이 더 이상 혼자가 아니라는 것을 알았다.

에반스톤 – 리무루 – 얄타에서
1970년 10월~1975년 10월

작품 해설

민중의 수난과 역사에 대한
낙관의 이야기

응구기 와 시옹오는 새삼스럽게 소개할 필요가 없을 정도로 잘 알려진 케냐 작가다. 그는 예술가로서, 그리고 실천하는 지성인으로서 이미 높은 평가를 받고 있다. 그럼에도 그에 관한 이야기를 처음부터 다시 해야 하는 이유는 그가 그만큼 중요한 작가이기 때문이다.

작가는 진공 속에 존재하는 게 아니라 구체적인 역사 속으로 태어나 그 역사를 자양분으로 살아가는 존재다. 그래서 작가가 어떤 역사 속으로 태어났느냐 하는 것은 그를 이해하는 데 있어서 대단히 중요하다. 당연히 응구기도 예외일 수 없다. 그는 1938년 (나이로비에서 40킬로미터 정도 떨어진) 리무루 근처에 있는 카미리수에서 농사를 짓는 기쿠유족 부모 사이에서 태어났다. 케냐가 1895년부터 1963년까지 영국의 식민지였으니, 응구기가 1938년에 태어났다는 말은 식민주의 폭력이 기승을 부리던 시기에 태어났다는 말이다. 그는 태어나면서부터 하이데거의 말을 빌려 말하면 식민주의의 한복판에 '내던져졌기' 때문에 유년 시절과 십 대를 거치고 이십 대 중반에 이르기까지 그 현실을 낱낱이 볼 수 있는 위치에 있었다. 그것이 그의 글에 반영되었음은 물론이다. 바로 이것이 식민주의와 독립 투쟁(마우마우 운동)의 문제가 『울지 마라, 아이야』, 『샛강』, 『한 톨의 밀알』 같은 초기 소설들을 관통하는 이유가 된다. 그런데 그가 1938년에 태어났다는 말은 식민지 시대의 현실을 목격할 수 있었다는 의미도 되지만, 식민주의가 종식된 후에 케냐에 밀어닥친 역사의 물결을 목격하고 그것에 부대끼며 살아왔다는 의미도 된다. 바로 이것이 응구기가 『한 톨의 밀알』 이후에 발표한 작품들, 즉 『피의 꽃잎들』, 『십자가 위의 악마』, 『내가 원할 때 결혼할 거예요』 등이 거의 예외 없이, 식민주의 전후의 케냐 역사와 불가분의 관계에 있는 이유이다.

*

식민주의를 경험한 대부분의 나라들에서 그러한 것처럼, 케냐인들의 삶은 식민주의가 종식되고 독립이 된 후에도 고단하긴 매한가지였다. 그들이 영국의 식민 통치하에서 고단한 삶을 살았던 것은 식민주의자들이 케냐를 식민 통치해서 얻을 수 있는 이득을 노리고 온 영국인들이었으니 불가피한 측면이 없지 않지만, 수많은 사람들의 헌신과 희생과 투쟁으로 독립을 쟁취하고도 민중의 삶이 달라지지 않았다면 뭔가 크게 문제가 있다는 말이다. 응구기가 『피의 꽃잎들』에서 주목한 것은 바로 이것이다. 그는 권력의 남용이라는 것이 식민주의자들만의 문제가 아니라, 그들에 이어 정권을 잡은 흑인들의 문제이기도 하다는 사실에 주목했다. 특히 그는 독립을 위한 투쟁의 결실이 식민주의 정권에 빌붙으며 동족을 배반했던 자들에게 돌아가는 모순적인 현실에 주목했다. 민중의 입장에서는 통치자가 백인에서 흑인으로 바뀌었을 뿐, 억압과 압제는 매한가지였다. 영웅으로 추앙받던 사람들마저 정권을 잡자 독재자로 변해 민중을 억압했다. 정치도 나아지지 않았고, 경제도 나아지지 않았고, 교육도 나아지지 않았다. 게다가 식민주의자들은 표면적으로만 물러갔지, 매판 자본가들이나 정치인들과 결탁해 여전히 나라를 주물렀다. 독립이 되면 모든 것이 잘될 것 같았지만, 독립 이후의 케냐는 신식민주의자들의 독차지였다. 보통의 경우, 이러한 상황이라면 체념에 빠지고 패배주의에 젖을 수도 있겠지만, 응구기는 결코 그러하지 않았다. 언젠가 정의가 실현되고 진실이 승리할 것이라는 믿음을 갖고 있었기 때문이다.

그러니 응구기가 독재 정권의 눈 밖에 난 것은 당연한 귀결이었다. 그는 1977년, 식민주의자들과 결탁한 신식민주의자들의 문제를 파헤친 『피의 꽃잎들』을 발표하고, 배경은 『피의 꽃잎들』과 다르지만 주제는 대동소이한 연극 「내가 원할 때 결혼할 거예요」를 무대에 올리면서 당시 부통령이었던(1982년부터는 대통령이 되어 이십 년 동안 장기 집권했다.) 대니얼 아랍 모이의 분노를 사고 투옥되었다. 서민들의 고단한 삶이 타락한 위정자들과 자본가들에 의한 것이라는 사실을 소설과 연극을 통해 강조한 탓이었다. 그러나 그는 감옥에 들어갔다고 해서 펜을 놓을 사람이 아니었다. 그가 한국 집권층의 타락을 풍자한 김지하의 「오적(五賊)」에서 영감을 얻어* 『십자가 위의 악마』를 쓰게 된 것은 이듬해까지 이어진 감옥 생활을 통해서였다. 그는 감옥에서 쓸 종이가 없자, 화장지에 그 소설을 썼다. 그것도 영어가 아니라 자신의 모국어인 기쿠유어로 썼다. 이렇게 하여 기쿠유어로 된 최초의 근대 소설인 『십자가 위의 악마』가 탄생했다. 그런 그를 독재정권이 가만히 둘 리가 없었다. 결국 그는 1982년, 자신이 기쿠유어로 쓴 것을 직접 영어로 번역해 출간한 『십자가 위의 악마』의 홍보차 영국에 갔다가 자신을 죽이려는 음모가 있다는 것을 알고 귀국하지 못하고 유랑의 삶을 살게 되었다. 그가 이후로 영국에서 한동안 살다가 미국으로 건너가서 대학에 정착한 것은 이렇듯 독재 정권의 위협 때문이었다.

---

* 응구기는 자신의 소설이 김지하의 영향을 받아 쓰인 것이라는 사실을 숨기지 않는다. 그의 문학에 대한 존경에서 우러난 것이기 때문이다. 그가 김지하의 시를 『작가와 정치』라는 에세이 모음집에서 상세하게 거론한 것도 같은 이유에서다. 응구기가 다른 작가의 작품을 모방한 예는 또 있다. 그의 또 다른 대표작 『한 톨의 밀알』이 그것이다. 이 소설은 조지프 콘래드의 『서구인의 눈으로』의 서술 기법과 형식을 통째로 빌려다 쓰고 있다. 그래서 『서구인의 눈으로』와 『한 톨의 밀알』의 유사성은 「오적」과 『십자가 위의 악마』만큼이나 가깝다. 그는 이렇듯 빌려 쓰는 것을 주저하지 않았다.

그는 케냐의 독재 정권에게는 눈엣가시였다. 그는 독재와 탐욕, 매판 자본과 신식민주의에 신음하는 민중의 삶을 집요하게 형상화했다. 작가를 "마음의 의사요, 공동체의 영혼"으로 규정하고 문학 작품을 사회를 변혁시키는 "유격대"로 생각했기에 그럴 수 있었다. 거기에는 미래에 대한 깊은 낙관이 자리를 잡고 있었다. 『피의 꽃잎들』에서 그러한 것처럼, 응구기는 민중이 결국에는 모든 것을 극복하고 승리할 것이라고 믿었다. 그에게 역사는 발전이었다. 아니 발전이어야 했다. 현실이 절망스러울 때, 응구기의 소설을 읽는 것은 그래서 좋은 처방일 수 있다.

'피의 꽃잎들'이라는 제목에는 그의 의중이 잘 나타나 있다. 제목은 일차적으로는 벌레가 먹어서 열매를 맺지 못하고 꽃잎이 피처럼 붉은색을 띤다는 의미인데, 여기에서 벌레는 억압의 주체를 지칭한다. 식민주의 시절에는 식민주의자들이 벌레였을 것이고, 독립 이후에는 식민주의자들의 통치 방식을 답습하고 그들과 결탁한 신식민주의자들이 벌레이다. 그러니 제목은 이 벌레들 때문에 열매를 맺을 수도 없고 제대로 된 꽃을 피울 수도 없는 케냐의 현실을 암시한다. 그런데 '피의 꽃잎들'이라는 제목은 궁극적으로, 벌레들의 습격에도 불구하고 끈질기게 살아남아 결국에는 그것에 맞서 싸우는 용기와 기개를 갖게 되는 민중의 생명력과 저항 정신을 의미하기도 한다. 그래서 '피의 꽃잎들'이라는 제목은 권력에 억압당하는 민중을 지칭함과 동시에, 권력에 맞서 자신의 권리를 쟁취하려고 몸부림을 치는 저항적인 민중을 지칭한다. 절망과 희망이 이 소설에서 교차하는 것은 이렇듯 중의적인 제목에 이미 암시되어 있다.

*

응구기를 이해하는 데 있어서 중요한 것 중 하나는 "정신의 탈식민화"라는 개념이다. 이것은 식민주의를 경험한 나라들이 진정한 독립을 쟁취하기 위해서는 공간적인 영역만이 아니라 정신적인 영역에서까지 탈식민화가 되어야 한다는 생각인데, 식민주의를 경험한 대부분의 나라들에서 신식민주의가 기승을 부리고 식민주의에 협력했던 자들이 득세를 하는 역사를 돌아보면 지당한 말이 아닐 수 없다. 그가 나이로비 대학교의 영문학과 교수였을 때(그는 흑인 최초의 영문학 교수였다.) 학과의 이름을 '영문학과'에서 '문학과'로 바꾸자고 제의한 것도 교육 과정의 중심을 영국에서 아프리카로 전환함으로써 정신적인 탈식민화를 할 필요가 있다고 생각했기 때문이었다. 그가 제임스 응구기라는 세례명을 쓰다가 응구기 와 시옹오라는 아프리카식 이름으로 개명한 것도 정신의 탈식민화를 위한 그 나름의 몸짓이었다. 또한 그가 『십자가 위의 악마』를 기점으로 영어가 아니라 기쿠유어로 소설을 쓴 것도 같은 이유에서였다. "노예는 처음에는 이름을 잃고 다음에는 언어를 잃는다."는 것이 그의 신념이었다. 그는 "아프리카 작가는 아프리카 농민과 노동자 들과 효과적으로 의사소통을 할 수 있는 언어, 즉 아프리카의 언어로 글을 써야 한다."라고 믿고 그걸 실천하고자 했다. 그가 아프리카어를 현장에서 활용할 수 있는 희곡에 관심을 돌린 것도 같은 맥락에서였다. 현재 입장에서 보면, 많은 언어들이 혼재하고 있는 상황에서 영어를 버리고 아프리카 토착어로 글을 써야 한다는 그의 주장이 비현실적이고 낭만적이며 다소 억지스럽게까지 들릴 수도 있지만, 중립적으로 보이는 언어라는 것이 사실은 피식민주의자의 정신세계를 식민화하는 문화 제국주의의 도구였다는 말은 구구절절 맞는 것이 아닐 수 없다.

그러나 그러한 고귀한 신념과는 별개로, 응구기처럼 지적이고 다재다능한 작가가 정권의 미움을 받아 작가로서 가장 생산적인 시기를 케냐가 아니라 영국과 미국에서 보내야 했다는 사실은 아무래도 아쉬움으로 남는다. 그가 1982년에 케냐를 떠난 후로 발표한 소설들이 몇 안 되기 때문에 더욱 그렇다. 그가 망명 생활 중에 발표한 주요 소설이라고 하면 1987년에 발표한 『마티가리』, 2004년에 발표한 『까마귀의 마법사』 정도를 들 수 있는데, 이것은 응구기가 갖고 있는 작가적 역량을 감안하면 정말이지 너무 미미한 것이 아닐 수 없다. 타고난 스토리텔러인 그가 창작의 디딤인 고국에 머물지 못하고 낯선 땅에 살면서 지불해야 했던 값은 이렇듯, 일반적으로 생각하는 것보다 훨씬 컸다. 이 시기에 소설보다 비평문이 훨씬 더 많았던 것은 다 이유가 있었던 것이다.

*

『한 톨의 밀알』과 더불어 응구기의 대표작이라는 평가를 받는『피의 꽃잎들』은 정치적 메시지가 강한 탓에 작가를 감옥에 가게 만든 문제작이다. 이 소설은 일모로그라는 작은 시골 마을에서 벌어진 살인 사건을 중심에 놓고 스토리가 전개된다. 스토리는 크게 보아, 소설의 중심 인물들인 무니라, 압둘라, 완자, 카렌자가 세 명의 유명 인사를 살해한 혐의로 체포되는 것으로 시작하여 그들 중 하나가 범인으로 밝혀지는 것으로 마무리되는 범죄 소설 형식을 취하고 있다.

흥미로운 것은 살인 사건의 전모를 풀어헤치는 과정에서 케냐의 역사가 자연스럽게 조명되고 있다는 사실이다. 식민주의, 마우마우 운동이라 일컬어지는 무장 독립 투쟁, 영국으로부터의 독립, 신식민주의, 매판 자본 등의 문제가 낱낱이 거론되고 있음은 물론이다. 그래서 독자는 소설 속에서 벌어지는 흥미로운 이야기를 따라가는 과정에서 케냐의 역사에 자기도 모르게 친숙해지게 되는데, 이것은 자칫 지루해질 수 있는 역사적 사실들이 자연스럽게 스토리 속으로 녹아들게 만든 작가의 능수능란한 스토리텔링 기법에서 연유한다. 스토리는 일모로그라는 작은 농촌 마을을 좀처럼 벗어나지 않지만, 그럼에도 불구하고 일모로그에서 일어나고 있는 것은 케냐라는 나라의 전역에서 일어나고 있는 것을 반영한다. 그러니까 작가는 일모로그에 대해 얘기하면서 케냐에 대해 얘기하고 있는 것이다. 일모로그 농민들이 겪는 고통은 케냐 전역의 민중이 겪는 고통이고, 그들이 산업화 과정에서 겪는 역경은 케냐 전역의 민중이 겪는 역경이다. 무엇보다 중요한 것은 일모로그 주민들의 정치적 각성이 민중의 정치적 각성이라는 사실이다. 작가는 그들이 정치적으로 눈을 뜨는 과정을 풍자와 해학, 우화, 구전의 요소들을 적절히 섞어 가며 감동적으로 형상화함으로써 자신이 왜 케냐, 아니 아프리카를 대표하는 작가인지를 증명해 보인다. 이렇듯 『피의 꽃잎들』은 응구기의 관심사를 응축하여 보여 주는 소설이다.

이 소설이 무엇보다 값진 것은 작가를 감옥에 가게 만든 정치적 메시지에도 불구하고, 예술적인 완성도가 아주 높다는 사실이다. 현실에 대한 분노나 정의에 대한 신념이 때로는 예술적 완성도를 떨어뜨리는 경우가 적지 않은데, 이 소설의 경우에는 오히려 두 가지가 상승 작용을 일으켜 소설의 완성도를 높이는 효과를 발휘한 것처럼 보인다.

*

번역을 하는 과정에서 알게 된 사실인데, '피의 꽃잎들'은 놀랍게도 이미 국내 번역본이 둘이나 있었다. 둘 모두 '피의 꽃잎'이라는 제목으로 출간되었던 적이 있는데, 하나는 1983년에 창작과비평사(김종철 역)에서, 다른 하나는 1986년에 언어문화사(정경우 역)에서 나온 것으로 두 번역은 한 사람의 솟이라고 생각될 정도로 유사하다. 응구기가 1982년에 케냐로 돌아가지 못하고 망명을 했으니, 그가 뉴스의 초점이 되어 그 영향으로 국내에도 두 번역본이 출간된 것처럼 보인다. 당시에 그가 노벨 문학상 후보로 거론된 것도 그의 소설이 우리말로 번역되는 데 한 몫을 하지 않았을까 싶다. 하지만 이미 두 권 다 절판된 상황이라, 나는 번역본의 오류와 미진한 부분을 최대한 보완하여 독자들에게 더 새롭고 적절한 번역으로 선보이는 셈이다. 번역에 사용된 텍스트는 1986년 하이네만 출판사에서 발간한 것을 사용했음을 밝힌다.

끝으로, 정치적 메시지가 초기 소설에 비해 비교적 강하게 드러나는 『피의 꽃잎들』을 번역하면서 응구기에 대한 존경의 마음이 깊어졌음을 고백해야겠다. 나는 전에는 『울지 마라, 아이야』에서 시작하여 『샛강』을 거쳐 『한 톨의 밀알』에 이르는, 정치성을 외면하지 않으면서도 서정성이 강한 초기 소설들을 선호했다. 그러나 이 소설을 번역하면서 그가 정치적인 메시지가 강한 소설을 쓰면서 미학적 측면이 훼손되지 않게 하려고 얼마나 많은 노력을 기울였는지를 알게 되었고, 그로 인해 응구기 소설에 대한 나의 판단이나 선호도가 꼭 옳은 것은 아니었다는 것을 깨닫게 되었다. 그리고 전에도 이 소설을 읽었지만 번역을 해 가는 과정에서 여러 번 읽으며, 케냐를 배경으로 한 이 소설이 우리 역사의 흐름과 무관하지 않다는 사실을 새삼 깨닫게 되었다. 그래서 그의 소설을 번역하는 작업은 우리의 근대사를 돌아보는 계기이기도 했다.

그의 소설을 번역하는 것이 쉬운 일만은 아니었다. 유난히 더웠던 올 여름이 통째로 번역 작업에 들어갔다. 힘들었다. 솔직히 힘에 부쳤다. 그럼에도 오역이 있을 것이고 서툰 부분도 있을 것이 분명하다. 그러나 완전하지 못한 번역이긴 하지만 그것을 통해서라도 『피의 꽃잎들』이 갖고 있는 정치성과 역사성과 예술성이 독자에게 조금이나마 전달될 수 있다면 좋겠다. 나는 그것이 고전이 갖고 있는 위대한 힘이라고 생각한다. 번역할 때마다, 나는 그것으로 위안을 삼는다.

2015년 가을

왕은철

작가 연보

1938년   1월 5일 케냐의 키아무 지역의 리무루(나이로비에
        서 약 40킬로미터 떨어진 지역) 인근에 위치한 카미
        리수에서 기쿠유족 부모 사이에서 태어남. 세례명
        은 제임스 응구기였고, 그가 태어났을 당시 케냐
        는 영국의 식민지였음.

1959년   우간다의 마케레레(Makerere) 대학교(당시에는 런던
        대학교의 분교) 입학.(영문학 전공)

1962년   희곡「검은 은둔자(The Black Hermit)」공연.

1964년   마케레레 대학교 졸업 및 영국 리즈 대학교 입학. 첫
        소설이자 동아프리카 출신 작가가 쓴 최초의 영어
        소설『울지 마라, 아이야(Weep Not, Child)』발표.

1965년   마우마우 운동을 배경으로 하는『샛강(The River
        Between)』발표

1967년	『한 톨의 밀알(A Grain of Wheat)』 발표. 나이로비 대학교 영문학과 교수로 부임. 그는 재임 중 영문학과의 명칭을 문학과로 바꾸자는 주장을 펴며 정신의 탈식민화가 절실하다고 역설함. 영어와 기독교를 거부하고 자신의 모국어인 기쿠유어와 케냐의 공용어인 스와힐리어로 글을 쓰기로 결심함. 제임스 응구기라는 이름을 버리고 응구기 와 시옹오라는 이름을 사용하기 시작함.
1969년	마케레레 대학교의 펠로로 창작을 가르침.
1970년	희곡 세 편이 수록된 『이번에는 내일(This Time Tomorrow)』 발표. 미국의 노스웨스턴 대학교 객원교수로 부임.
1972년	에세이집 『귀향(Homecoming: Essays on African and Caribbean Literature, Culture, and Politics)』 발표.
1973년	아프리카-아시아 작가 협회의 로터스(Lotus) 문학상 수상.
1977년	정치적 메시지가 강한 장편 소설 『피의 꽃잎들(Petals of Blood)』 발표. 희곡 「내가 원할 때 결혼할 거예요(Ngaahika Ndeenda, I Will Marry When I Want)」 발표. 기쿠유어로 쓴 「내가 원할 때 결혼할 거예요」가 무대에 올려지면서 당시 부통령이었고 이후로 대통령이 된 대니얼 아랍 모이의 분노를 사 투옥됨. 투옥 생활 중 화장지에 기쿠유어로 된 최초의 근대 소설 『십자가 위의 악마(Caitaani

mūtharaba-inĩ)』를 집필함.

1978년 케냐타 대통령이 사망하고 부통령이었던 모이가
정권을 물려받음. 국제사면위원회가 구체적인 기
소나 재판 절차 없이 수감되어 있는 응구기를 양심
수로 규정하고 모이 정부에 석방을 요구하여 1년
만인 12월에 감옥에서 풀려남.

1981년 반정부 인사로 낙인이 찍혀 대학 교수로 복직하
지 못하고 8월 30일에 최종적으로 해직 통보를 받
음. 감옥에 있으면서 느꼈던 소회를 기록한『구류
(Detained: A Writer's Prison Diary)』발표. 에세이집
『작가와 정치(Writers in Politics: Essays)』발표. 감
옥에서 쓴『십자가 위의 악마』를 기쿠유어로 발표.

1982년 기쿠유어로 발표한 소설『십자가 위의 악마』를 영
어로 직접 번역. 이 소설을 홍보하기 위해서 영국
에 갔다 돌아올 때 케냐 공항에서 그를 제거하려
고 하는 모이 정권의 음모를 알게 되어 귀국하지
못하고 귀양의 삶을 강요당함. 처음에는 영국에
있다가 이후로는 미국에서 1989년까지 살게 됨.

1983년 에세이집『펜의 총열(Barrel of a Pen: Resistance to
Repression in Neo-Colonial Kenya)』발표.

1986년 에세이집『정신의 탈식민화: 아프리카 문학에서
의 언어의 성치(Decolonising the Mind: The Politics
of Language in African Literature)』발표. 이 저서에
서 아프리카 작가들이 식민화된 정신적 예속 상태

에서 벗어나기 위해 모국어를 사용할 필요를 역설함. 동화『응잠바 네네와 나르는 버스(Njamba Nene and the Flying Bus, Njamba Nene na mbaathi ĩ mathagu)』발표.

1987년   기쿠유 설화를 기초로 하는 풍자 소설『마티가리(Matigari)』발표. 예일 대학교 영문학 및 비교문학 객원 교수 역임. 예일 대학교 외에도 이스트매사추세츠 대학교, 스미스 대학교, 미시건 대학교, 마운트 홀요크 대학교 등에서 객원 교수 역임.

1990년   동화『응잠바 네네의 권총(Njamba Nene's Pistol)』발표.

1992년   단편 소설집『은밀한 삶(Secret Lives, and Other Stories)』발표. 뉴욕 대학교 비교문학 교수.

1993년   에세이집『중심 이동(Moving the Centre: The Struggle for Cultural Freedom)』발표.

1996년   옥스퍼드 대학교 클래린던 기념 초청 강연.

1998년   강연을 기초로『펜의 끝, 총의 끝, 그리고 꿈(Penpoints, Gunpoints and Dreams: The Performance of Literature and Power in Post-Colonial Africa)』발표.

1999년   케임브리지 대학에서 애시비 기념 초청 강연.

2001년   노니노(Nonino) 국제 문학상 수상. 부커상 후보.

2002년   뉴욕 대학교에서 캘리포니아 주립 대학교 영문학 및 비교문학과로 자리를 옮김.

2003년   미국 학술원 명예 회원.

2004년   거의 이십 년 만에 소설 『까마귀의 마법사(Mũrogi
         wa Kagogo)』 발표. 모이의 독재 정권(1982~2002)
         이 끝나자, 이십이 년간에 걸친 귀양을 끝내고 가
         족과 함께 케냐로 돌아갔다가 봉변을 당하고 가까
         스로 목숨을 건짐. 이 년 후 미국으로 돌아감. 리즈
         대학교 명예 문학 박사, 월터 시술루 대학교 명예
         문학 박사.

2005년   딜러드 대학교 명예 문학 박사.

2006년   기쿠유어로 된 『까마귀의 마법사』를 영어로 번역
         (Wizard of the Crow) 출간. 하버드 대학교에서 맥
         밀런 스튜어트 기념 초청 강연.

2008년   뉴욕 대학교 명예 문학 박사.

2009년   에세이집 『아프리카 르네상스(Something Torn and
         New: An African Renaissance)』 발표.

2010년   회고록 『전쟁 중의 꿈들(Dreams in a Time of War: a
         Childhood Memoir)』 발표.

2012년   회고록 『통역사의 집에서(In the House of the
         Interpreter: A Memoir)』 발표. 이 회고록으로 전미
         비평가협회상 자서전 부분 후보에 오름.

2013년   탄자니아 다르에스살람 대학교 명예 문학 박사.

2014년   철학적인 문학에 수여하는 쿠바의 니콜라스 기엔
         (Nicolás Guillén) 문학상 수상. 독일 바이로이트 대
         학교 명예 문학 박사. 이 외에도 지금까지 많은 대
         학에서 명예 문학 박사 학위를 받음.

2015년   현재 미국 캘리포니아 주립 대학교(Irvine)의 영문학 및 비교문학 특별 교수(Distinguished Professor)로 재직 중.

세계문학전집 **339**

피의 꽃잎들

1판 1쇄 펴냄 2015년 10월 8일
1판 6쇄 펴냄 2023년 3월 14일

지은이 응구기 와 시옹오
옮긴이 왕은철
발행인 박근섭, 박상준
펴낸곳 (주)민음사

출판등록 1966. 5. 19. (제 16-490호)
서울특별시 강남구 도산대로1길 62(신사동) 강남출판문화센터 5층 (우편번호 06027)
대표전화 02-515-2000 팩시밀리 02-515-2007
www.minumsa.com

한국어 판 ⓒ (주)민음사, 2015. Printed in Seoul, Korea

ISBN 978-89-374-6339-6 04800
ISBN 978-89-374-6000-5 (세트)

세계문학전집 목록

세계문학전집은 계속 간행됩니다.